百年经典学术丛刊

现代中国文学史

著

钱基博

上海古籍出版社

图书在版编目(CIP)数据

现代中国文学史 / 钱基博著. -- 上海：上海古籍出版社，2025. 5. -- (百年经典学术丛刊). -- ISBN 978-7-5732-1540-6

Ⅰ. I209.6

中国国家版本馆 CIP 数据核字第 2025DM5366 号

百年经典学术丛刊

现代中国文学史

钱基博　著

上海古籍出版社出版发行

(上海市闵行区号景路 159 弄 1-5 号 A 座 5F　邮政编码 201101)

(1) 网址：www.guji.com.cn

(2) E-mail：guji1@guji.com.cn

(3) 易文网网址：www.ewen.co

浙江临安曙光印务有限公司印刷

开本 890×1240　1/32　印张 13.25　插页 3　字数 331,000

2025 年 5 月第 1 版　2025 年 5 月第 1 次印刷

印数：1—1,500

ISBN 978-7-5732-1540-6

I·3909　定价：55.00 元

如有质量问题,请与承印公司联系

出 版 说 明

　　钱基博(1887—1957)，字子泉，别号潜庐，江苏无锡人，著名学者、教育家。早年参加辛亥革命。1913 年任无锡县立第一小学文史地教员。1920 年后任吴江丽则女子中学国文教员、江苏省立第三师范学校国文与经学教员及教务长。1923 年后历任上海圣约翰大学国文教授、北京清华大学国文教授、南京中央大学中国语文学系教授、无锡国学专修学校校务主任、光华大学(今华东师范大学)中国文学系系主任及文学院院长等职。1937 年，抗日战争爆发，辗转浙江大学、湖南蓝田国立师范学院等处任教。抗战胜利后，1946 年任武汉华中大学(今华中师范大学)教授。1957 年 11 月 30 日病逝于武汉。

　　钱氏出身书香门第，四岁起即读四书五经，十五岁时读《资治通鉴》《续通鉴》《读史方舆纪要》等书。少年时期所受的教育，决定了他一生的学术走向。钱氏在思想上基本上秉持了"中学为体，西学为用"这一根本理路，以中国传统的经史之学为自撰门径，同时亦以此为驾驭新知识、新学问的一种方法。

　　《现代中国文学史》上承《中国文学史》，理念相同，撰著方式相同，冠以几乎相同的《绪论》。据书后跋语："无锡国学专门学校诸生，索余所著《现代中国文学史长编》稿，而集资以铅字排印贰百部，索跋于后。余搜讨旧献，旁罗新闻，草创此编，始民国六年，积十余岁，起王闿运以迄胡适，哀然成巨帙。"可知本书的撰著出版，与充作教材的用途不无关系。是书分上、下二编，上编"古文学"以文、诗、词、曲四体介绍旧体文学，下编"新文学"分新民体、逻辑文、白话文三体，所论始为一般意义上的"现代文学"。

盖钱氏所谓"现代文学"，与当时以迄今日的主流意见均属扞格，退"新文学"为"现代文学"之一部，"白话文"为"新文学"之一隅，着墨甚少，且对于入选之胡适、周树人、徐志摩三人，评论亦颇有微词。因此本书甫一出版，就招致新文学中人的批评。钱氏在《绪论》虽然声称要同时破除"骛外"与"执古"二弊，仍不免招致"执古"之讥。后来本书甚至长期淹没于主流文学史叙述的洪流中，不为世人所知。20世纪80年代以来，本书方陆续再版。

今日重读此书，主要价值有二：

一是本书介绍的清末民初旧体文学创作，可以补缺。流传至今的旧体文学家，其人其作品尚不在少数，然而在主流文学史叙述中，往往古代文学史不讲，现当代文学史也不讲（或者仅作为对立面略为提及），至今仍然如此。他们作为时代的一部分对于文学和社会产生了或积极或消极的影响，终究应该相应地在文学史书写中占有一席之地。

二是本书提供了现代文学书写的一种当时人视角，可以为鉴。"五四"以来的文学"正统"观念并不是理所当然的，且白话文新文学并非横空出世，更不是天然深入人心。对于当代研究者来说，新文学在文学内部何以生发、何以成为主流的历程，是一个非常值得探讨的领域。

本次再版，我们将本社《钱基博著作集》中的《中国文学史》与《现代中国文学史》抽出，收录于《百年经典学术丛刊》中，以飨读者。

上海古籍出版社

2025年1月

目　次

上编　古　文　学

下编　新文学

目 次

序*

余读班、范两《汉书》,《儒林传》分经叙次,一经之中,又叙其流别,如《易》之分施、孟、梁丘,《书》之分欧阳、大小夏侯,其徒从各以类此,昭明师法,穷原竟委,足称良史。是编以网罗现代文学家,尝显闻民国纪元以后者,略仿《儒林》分经叙次之意,分为二派:曰古文学,曰新文学。每派之中,又昭其流别,如古文学之分文、诗、词、曲,新文学之分新民体、逻辑文、白话文。而古文学之中,文有魏晋文与骈文、散文之别,诗有魏晋、中晚唐与宋诗之别,各著一大师以明显学,而其弟子朋从之有闻者,附著于篇。至诗之魏晋,其渊源实出王闿运、章炳麟,而闿运、炳麟已前见文篇,则详次其论诗于文篇,以明宗旨,而互著其姓名于诗篇,以昭流别,亦史家详略互见之法应尔也。特是学者猥众,难以悉载。今但录其卓然自名家者,著于篇。

又按《汉书·儒林》每叙一经,必著前闻以明原委,如班书叙《易》之追溯鲁商瞿子木受《易》孔子,范书之必称前书是也。是编亦仿其意,先叙历代文学以冠编首,而一派之中,必叙来历,庶几展卷了如,要之以汉为法。特是规模粗具,而才谢古人。汉传经师,人系短篇,简而得要。仆纂文士,传累十纸,详而薪尽。闻之前人:粤在明季,南浔庄氏为《明书》,中王阳明一传,有上下卷,共三百余页,其冗长无体裁可知已_{陈寅清《榴龛随笔》},传者以为笑。《书》曰:"辞尚体要。"言史之论纂,贵简不

* 据世界书局一九三三年版校印。

贵烦也。然史笔贵能简要，而长编不厌求详。昔在鄞县，万斯同季野草《明史》，每为一传，必就故家长求遗书，考问往事，旁及郡志邑乘、杂家志传之文，靡不网罗，参伍而为长编，缅缅数十纸，传写者为腕脱，每语人曰："昔人于《宋史》已病其繁芜，而吾所述将倍焉。非不知简之为贵也。史之难言久矣。非事信而言文，其传不显。李翱、曾巩所讥魏晋以后贤奸事迹，暗昧而不明，由无迁、固之文是也。而在今则事之信为尤难。盖俗之偷久矣，好恶因心而毁誉随之，一家之事，言者三人，而其传各异矣。言语可曲附而成，事迹可凿空而构。其传而播之者，未必皆直道之行也；其闻而书之者，未必有裁别之识也。吾恐后之人务博而不知所裁，故先为之极，使知吾所取者有可损，而所不取者，必非其事与言之真而不可益也。"钱大昕《潜研堂文集》万先生言可谓有慨乎其言之。然则详者简之所自出也。会稽章学诚实斋亦言："古人一事，必具数家之学，著述与比类两家，其大要也。班氏撰《汉书》为一家著述矣，刘歆、贾护之《汉记》，其比类也。司马光撰《通鉴》，为一家著述矣，二刘、范氏之《长编》，其比类也。古人云：'言之不文，行之不远。''文不雅驯，荐绅先生难言之。'为职故事、案牒、图牒之难以萃合而行远也，于是有比次之法。"章学诚《文史通义》外篇《报黄大俞先生》仆少耽研诵，粗有睹记，信余言之不文，幸比次以有法征文，则扬、马侈陈词赋，《汉书》之成规也。叙事，则王、谢详征轶闻，《晋书》之前例也。知人论世，详次著述，约其归趣，迹其生平，抑扬咏叹，义不拘虚，在人即为传记，在书即为叙录，吾极其详，而以俟后来者之要删焉。署曰长编，非好为多多益善也。吾为刘歆、贾护，而听人之为班孟坚焉；吾为二刘、范氏，而蕲人之为司马君实焉。不亦可乎？

抑史家有激射隐显之法。其义昉于太史公，如叙汉高祖得天下之有天幸，而见意于《项羽本纪》，借项羽之口以吐之曰："非战之罪也，天也。"叙平原君之好客，而见意于《魏公子列传》，借公子之言以刺之曰：

"平原君之游，徒豪举耳。"事隐于此而义著于彼，激射映发，以见微旨。是编叙戊戌政变本末，详见康有为、梁启超篇，而戊戌党人之不餍人意，则见义于章炳麟篇，借章氏之论以畅发之。如此之类，未可更仆数，庶几史家激射隐显之义尔。至若林纾之文谈，陈衍之诗话，况周颐之词话，以及吴梅之曲话，其抉发文心，讨摘物情，足以观文章升降得失之故，并删其要，著于篇。亦班书《贾谊传》裁政事诸疏，《董仲舒传》录"天人三策"之例也。要之叙事贵可考信，立言蕲于有本。聊疏纂例，以当发凡。

中华民国十九年十一月十日无锡钱基博叙于光华大学

绪　　论

一、文　　学

治文学史，不可不知何谓文学，而欲知何谓文学，不可不先知何谓文。请先述文之涵义。

文之含义有三：（甲）复杂　非单调之谓复杂。《易·系辞传》曰："物相杂故曰文。"《说文·文部》："文，错画，象交文。"是也。（乙）组织　有条理之谓组织。《周礼·天官·典丝》"供其丝纩组文之物"，注："绘画之事，青与赤谓之文。"《礼·乐记》："五色成文而不乱。"是也。（丙）美丽　适娱悦之谓美丽。《释名·释言语》："文者，会集众彩以成锦绣，会集众字以成辞义，如文绣然。"是也。综合而言：所谓文者，盖复杂而有组织，美丽而适娱悦者也。复杂，乃言之有物。组织，斯言之有序。然言之无文，行之不远，故美丽为文之止境焉。

文之涵义既明，乃可与论文学。

文学之定义亦不一：（甲）狭义的文学　专指"美的文学"而言。所谓美的文学者，论内容，则情感丰富，而不必含义理，论形式，则音韵铿锵，而或出于整比，可以被弦诵，可以动欣赏。梁昭明太子序《文选》："譬诸陶匏为入耳之娱，黼黻为悦耳之玩"者也。"若夫姬公之籍，孔父之书……老庄之作，管孟之流，盖以立意为宗，不以能文为本，今之所撰，又以略诸。若贤人之美辞，忠臣之抗直，谋夫之话，辩士之端，冰释泉涌，金相玉振，所谓坐狙丘，议稷下，仲连之却秦军，食其之下齐国，留侯之发八难，曲逆之吐六奇，盖乃事美一时，语流千载，概见坟籍，旁出子史，若斯之流，又亦繁博，虽传之简牍，而事异篇章，今之所集，亦所不取。至于记事之史，系年之书，所以褒贬是非，纪别异同，方之篇翰，亦已不同。若夫赞论之综辑辞采，序述之错比文华，事出于沉思，义归乎翰藻，故与夫篇什杂而集之……名曰文选云耳"。所谓"篇什"者《诗》雅颂十篇为一什，后世因称诗卷曰篇什，由萧序上文观之，则赋耳，诗耳，骚耳，颂赞耳，箴铭耳，哀诔耳，皆韵文也。然则经姬公之籍，孔父之书非文学也，子老庄之作，管孟之流非文学也，史记事之文，系年之书非文学也，惟赞论之"综缉辞采"，序述之"错比文华"，"事出沉思"，"义归翰藻"，与夫诗赋骚颂之篇什者，方得与于斯文之选耳。梁元帝《金楼子·立言篇》以"扬榷前言，抵掌多识者谓之笔；咏叹风谣，流连哀思者谓之文"。又云："至如文者，惟须绮縠纷披，宫徵靡曼，唇吻摇会，情灵摇荡。"刘勰《文心雕龙·总术篇》曰："今之常言，有文有笔，以为无韵者笔，有韵者文也。"持此以衡，虽唐宋韩、柳、欧、苏、曾、王八家之文，亦不得以厕于文学之林，以事虽出于沉思，而义不归乎翰藻，盖以立意为宗，不以能文为本者也。夫文学限于韵文，此义盖有由来，然而非其朔也。大抵六朝以前，所谓"文学"者，"著述之总称"，所包者广。六朝以下，则"文学"者，"有韵之殊名"，立界也严。其大较然也。然吾人傥必持狭义以绳文学，则所谓文学者，殆韵文之专利品耳。傥求文学之平民化，则不得不舍狭义而取广义。（乙）广义的文学　"文学"二字，始见《论语》，子曰："博学于文。""文"指《诗》、《书》、六艺而言，不限于韵文也。孔门四科，文学子游、子夏，不闻游、夏能韵文也。《韩非子·五蠹篇》力攻文学而指斥及藏管、商、孙、吴之书者，管商之书，法家言也，孙吴之书，兵家言也，而亦谓之文学。汉司马迁《史记·自序》曰："汉兴，萧何次律令，韩信申军法,张苍为章程,叔孙通定礼仪,则文学彬彬稍进。"举凡律令、军法、章程、礼仪,皆归于文学。班固撰《汉书·艺文志》,凡六略:六艺百三家,诸子百八十九家,诗赋百六家,兵书五十三家,数术百九十家,方技三十六家,皆入焉。傥以狭义的文学绳之,六略之中,堪入艺文者,惟诗赋百六家耳,其六艺百三家,则萧序所谓"姬公之籍,孔父之书"也,至《国语》、《国策》与夫《楚汉春秋》、《太史公书》之并隶入春秋家者,则萧序所谓"记事之史,系年之书"也。诸子、兵书、方技、术数之属,则萧序所谓"老庄之作,管孟之流,盖以立意为宗,不以能文为本"者也。然则"文学"者,述作之总称,用以会通众心,互纳群想,而表诸文章,兼发智情,其中有偏于发智者,如论辩、序跋、传记等是也。有偏于抒情者,如诗歌、戏曲、小说等是也。大抵知在启悟,情主感兴。《易》、《老》阐道而文间韵语,《左》、《史》记事而辞多诡诞,此发知之文而以感兴之体为之者也。后世诗人好质言道德,明议是非,作俑于唐之昌黎,极盛于宋之江西,忘比兴之恉,失讽谕之义,则又以主情之文而为发知之用矣。譬如舟焉,智是其柁,情为帆棹,智标理悟,情通和乐,得乎人心之同然者也。

文学与哲学、科学不同:

哲学解释自然　乃从自然之全体观察,复努力以求解释之。

科学实验自然　乃为自然之部分的观察,以求实验而证明之。

文学描写自然　科学家实验自然之时,必离我于自然,即以我为实验者之谓也。文学家描写自然之时,必融我入自然,即我与自然为一之谓也。

二、文 学 史

文学之义既明,请论史之为物。

《说文·史部》:"史,记事者也,从又持中,正也。"然则史之云者,又

《说文》"又，手也"持中以记事也，中者，不偏之谓。章炳麟曰："记事之书，惟为客观之学。"夫史以传信，所贵于史者，贵能为忠实之客观的记载，而非贵其有丰厚之主观的情绪也，夫然后不偏不党而能持以中正。推而论之，文学史非文学。何也？盖文学者，文学也。文学史者，科学也。文学之职志，在抒情达意，而文学史之职志，则在纪实传信。文学史之异于文学者，文学史乃纪述之事，论证之事，而非描写创作之事，以文学为记载之对象，如动物学家之记载动物，植物学家之记载植物，理化学家之记载理化自然现象，诉诸智力而为客观之学，科学之范畴也。不如文学抒写情志之动于主观也。更推是论之，太史公《史记》不为史。何也？盖发愤之所为作，工于抒慨而疏于记事，其文则史，其情则骚也。胡适《五十年来之中国文学》不为文学史。何也？盖褒弹古今，好为议论，大致主于扬白话而贬文言，成见太深而记载欠翔实也。夫记实者，史之所为贵，而成见者，史之所大忌也。于戏！是则偏之为害，而史之所以不传信也。史之云者，又持中以记事也。《周书·周祝》《荀子·性恶》注："事，业也。"又《荀子·非十二子》注："事业谓作业也。"然则记事云者，记作业也。史之云者，持中正之道记人之作业也。文学史云者，记吾人之文学作业者也。然则所谓中国文学史者，记中国人之文学作业云尔。

中国无文学史之目。"文史"之名，始著于唐吴兢《西斋书目》，宋欧阳修《唐书·艺文志》因之，凡《文心雕龙》《诗品》之属，皆入焉。后世史家乃以诗话、文评别于总集后出一文史类。《中兴书目》曰："文史者，所以讥评文人之得失。"盖重文学作品之讥评，而不重文学作业之记载者也。有史之名而亡其实矣。

自范晔《后汉书》创《文苑传》之例，后世诸史因焉，此可谓之文学史乎？然以余所睹记：一代文宗往往不厕于《文苑》之列。如班固、蔡邕、孔融不入《后汉书·文苑传》，潘岳、陆机、陆云、陈寿、孙楚、干宝、习凿齿、王羲之不入《晋书·文苑传》，王融、谢朓、孔稚圭不入《南齐书·文学传》，谢灵运、颜延之、鲍昭、王融、谢朓、江淹、任昉、王僧孺、沈约、徐陵不入《南史·文学传》，元结、韩愈、张籍、李翱、柳宗元、刘禹锡、杜牧不入《旧唐书·文苑传》，欧阳修、曾巩、王安石、苏轼、苏辙、陈亮、叶适不入《宋史·文苑传》，宋濂、刘基、方孝孺、杨士奇、李东阳不入《明史·文苑传》。然则入《文苑传》者，皆不过第二流以下之文学家尔。且作传之旨，在于铺叙履历，其简略者仅以记姓名而已，于文章之兴废得失不赞一辞焉。呜呼！此所以谓之文苑传，而不得谓之文学史也。盖文学史者，文学作业之记载也，所重者，在综贯百家，博通古今文学之嬗变，洞流索源，而不在姝姝一先生之说；在记载文学作业，而不在铺叙文学家之履历。文学家之履历，虽或可藉为考证之资，欧西批评文学家尝言："人种、环境、时代三者构成艺术之三要素也，欲研究一种著作，不可不先考究作者之人物、环境及时代。"质而言之，即不可不先考证文学家之履历也。然而所以考证文学家之履历者，其主旨在说明文学著作。舍文学著作而言文学史，几于买椟还珠矣。

文学著作之日多，散无统记，于是总集作焉。一则网罗放佚，使零章残什，并有所归。一则删汰繁芜，使莠稗咸除，菁华毕出。是固文章之衡鉴，著作之渊薮矣。昔挚虞始作二书：一曰《文章志》，一曰《文章流别》《文章志》四卷，《文章流别》三十卷，见《晋书》本传，今其书佚不见，而体裁犹可悬揣而知，盖志如今之严氏《全上古三代文》，以人为纲，而《流别》疑如姚氏《古文辞类纂》，以文体为纲者也。尔后作者，代不乏人，梁昭明太子之《文选》，宋姚铉之《唐文粹》，吕祖谦之《宋文鉴》，真德秀之《文章正宗》，元苏天爵之《元文类》，明唐顺之之《文编》，黄宗羲之《明文海》，清严可均之《全上古三代秦汉三国六朝文》，姚鼐之《古文辞类纂》，姚椿之《国朝文录》，李兆洛之《骈体文钞》，曾国藩之《经史百家杂钞》，王先谦、黎庶昌之《续古文辞类纂》，王闿运之《八代文选》，其尤著者也。

然有文学著作而无记载,以体裁分而鲜以时代断,于文章嬗变之迹,终莫得而窥见焉。则是文学作品之集,而非文学作业之史也。独严氏书仿明梅鼎祚《文纪》,起皇占迄隋,博搜毕载,是为总集家变例,然与史有别者,以所孜兀者,不在文学作业之记载,而在文学作品之集录也。此只以与文史、文苑传,供文学史编纂之材料焉尔。

昔刘知幾谓作史有三难,曰才,曰学,曰识。而余则谓作史有三要,曰事,曰文,曰义,孟子谓“其事则齐桓、晋文,其文则史,其义则丘窃取之”者也。夫文学史之事,采诸诸史之文苑,文学史之文,约取诸家之文集,而义则或于文史之属有取焉。然设以人体为喻,事譬则史之躯壳耳,必敷之以文而后史有神彩焉,树之以义而后史有灵魂焉。余以为作中国文学史者,莫如义折衷于《周易》,文裁则于班马。《易·系辞传》曰:“圣人有以见天下之动而观其会通。”又曰:“《易》有圣人之道……以动者尚其变……通其变,遂成天下之文。”而文学史者,则所以见历代文学之动,而通其变,观其会通者也。此文学史之所谓取义也。至司马迁作《史记》,于六艺而后,周秦诸子,若孟、荀、三邹、老、庄、申、韩、管、晏、屈原、贾生、虞卿、吕不韦诸人,情辞有连,则裁篇同传,知人论世,详次著述,约其归趣,详略其品,抑扬咏叹,义不拘墟,在人即为列传,在书即为叙录。其后班书合传,体仍司马而参以变化,一卷之中,人分首尾,两传之合,辞有断续,传名既定,规制綦密。然逸民四皓之属,王、贡之附庸也,王吉、韦贤诸人,儒林之别族也,附庸如颛臾之寄鲁,署目无闻,别族如田陈之居齐,重开标额,征文,则相如侈陈词赋,辨俗,则东方不讳谐言,盖卓识鸿裁,犹未可量以一辙矣。此尽可取裁而以为文学史之文者也。然而世之能读马、班书而通其例者鲜。读《周易》而发其义于史者尤鲜。太史公上稽仲尼之意,会《诗》、《书》、《左传》、《国语》、《世本》、《战国策》、《楚汉春秋》之言,通黄帝、尧、舜至于秦汉之世,可谓观其会通者矣。所惜者,观会通于帝王卿相之事者为多,观会通于天下之动者少，不知以动者尚其变耳。

三、现代中国文学史

　　吾人何为而治文学耶？曰："智莫大于知来。""来何以能知？""据往事以为推而已矣。"故治史之大用，在博古通今，藏往知来。盖运会所届，人事将变，目前所食之果，非一一于古人证其因，即无以知前途之夷险，此史之所以为贵。而文学史者，所以见历代文学之动，而通其变，观其会通者也。民国肇造，国体更新，而文学亦言革命，与之俱新。尚有老成人，湛深古学，亦既如荼如火，尽罗吾国三四千年变动不居之文学，以缩演诸民国之二十年间，而欧洲思潮又适以时澎湃东渐，入主出奴，聚讼盈庭，一哄之市，莫衷其是。榷而为论，其蔽有二：一曰执古，一曰骛外。何为骛外？欧化之东，浅识或自菲薄，衡政论学，必准诸欧，文学有作，势亦从同，以为"欧美文学，不异话言，家喻户晓，故平民化。太炎、畏庐，今之作者，然文必典则，出于《尔雅》，若衡诸欧，嫌非平民"。又谓："西洋文学，诗歌、小说、戏剧而已。唐宋八家，自古称文宗焉，傥准则于欧美，当摈不与斯文。"如斯之类，今之所谓美谈，它无谬巧，不过轻其家丘，震惊欧化，服降焉耳。不知川谷异制，民生异俗，文学之作，根于民性，欧亚别俗，宁可强同？李戴张冠，世俗知笑，国文准欧，视此何异？必以欧衡，比诸削足，履则适矣，足削为病。兹之为蔽，谥曰骛外。然而茹古深者又乖今宜，崇归、方以不祧，鄙剧曲为下里，徒示不广，无当大雅。兹之为蔽，谥曰执古。知能藏往，神未知来，终于食古不化，博学无成而已。或难之曰："子之言自论文耳。傥文学言史，舍古何述？宁不稽古，即可成史。"请晓之曰：史不稽古，岂曰我思？然史体藏往，其用知来，执古御今，柱下史称，生今反古，谥以愚贱。文学为史，义亦无殊,信而好古,只以明因,阐变方今,厥用乃神,顺应为用,史道光焉。吾书之所为题"现代",详于民国以来而略推迹往古者,此物此志也。然不题"民国"而曰"现代",何也? 曰:维我民国,肇造日浅,而一时所推文学家者,皆早崭然露头角于让清之末年,甚者遗老自居,不愿奉民国之正朔,宁可以民国概之。而别张一军,翘然特起于民国纪元之后,独章士钊之逻辑文学,胡适之白话文学耳。然则生今之世,言文学而必限于民国,斯亦隘矣。治国闻者,傥有取焉。

编　首

一、总　论

　　昔清儒焦循以为一代文学有一代之所胜,欲自楚骚以下,撰为一集。汉则专取其赋,魏晋六朝至隋则专录其五言诗,唐则专录其律诗,宋专录其词,元专录其曲。而胡适亦谓:"一时代有一时代之文学,周秦有周秦之文学,汉魏有汉魏之文学,唐宋元明有唐宋元明之文学。"披二十四朝之史,每一鼎革,政治、学术、文艺,亦若同时告一起讫,而自为段落。然事以久而后变,道以穷而始通。殷因夏礼,周因殷礼,其所损益者微也。秦燔诗书,汉汲汲修补,惟恐不逮,其所创获者浅也。六代骈俪,沿东京之流。北朝浑朴,启古文之渐。唐之律诗,远因陈隋。宋之诗余,又溯唐季。唐之韩柳,宋之欧苏,欲私淑孟、庄、荀、韩以复先秦之旧也。元之姚虞,明之归柳,清之方姚,又祖述韩、柳、欧、苏以追唐宋之遗也。是则代变之中,亦有其不变者存。然事异世变,文学随之,积久而著,迹以不掩,而衡其大较,可得而论,兹以便宜分为四期:第一期自唐虞以迄于战国,名曰上古,骈散未分,而文章孕育以渐成长之时期也。第二期自两京以迄于南北朝,名曰中古,衡较上古,文质殊尚。上古之文,理胜于词,中古之文,渐趋词胜而词赋昌,以次变排偶,驯至俪体独盛之一时期也。第三期自唐以迄元,谓之近古。中古之世,文伤于华,而近古矫枉,则过其正,又失之野,律绝之盛而词曲兴,骈文之敝而古文兴,于是俪体衰而诗文日趋于疏纵之又一时期也。第四期明清两朝以迄现代。唐之韩愈,文起八代之衰,宋之言文章者宗之,于是唐宋八大家之名以起。而始以唐宋为不足学者,则明之何景明、李梦阳也。尔后谭文章者,或宗秦汉,或持唐宋,门户各张。迄于清季,词融今古,理通欧亚,集旧文学之大成而要其归,蜕新文学之化机而开其先。虽然,中国文学史之时代观,有不可与学术史相提并论者。试以学术言:唐之经学,承汉魏之训诂而为正义,佛学袭魏晋之翻译而加华妙,似不宜与宋之理学比,而附于陈隋之后为宜。而自文学史论:沈宋出而创律诗,韩柳出而振古文,温韦出而有倚声,则开宋元文学之先河,而以居宋元之首为宜。故谓学术史之第二期,始两汉而终五代,与文学史同其始而不同其终。而第三期则始于宋而终明,与文学史殊其终,并不同其始。盖明之学术,实袭宋朱陆之成规而阐明之,不如文学之有何、李、王、李复古运动,轩波大起也。试得而备论焉。

二、上　古

呜呼!文章之作也,其于韵文乎?韵文之作也,其于声诗乎?声诗之作也,其于歌谣乎?盖生民之初,必先有声音而后有话言,有话言而后有文字,故在六书未兴之前,人禀七情以生,应物斯感,感物吟志,情动于中,而形于言,言之不足,故嗟叹之,嗟叹之不足,故咏歌之,咏歌之不足,不知手之舞之、足之蹈之也。情发于声,声成文谓之音,譬之林籁结响,调如竽笙,泉石激韵,和若球锽,夫岂外饰,盖自然耳。朱襄《来阴》之乐,包牺《罔罟》之章,葛天之《八阕》,娲皇之《充乐》,其声诗之鼻祖也。惟上古之时,文字未著,徒有讴歌吟咏,纵令和以土鼓苇籥,必无文字雅颂之声，如此，则时虽有乐，容或无诗，譬之则偏僮之跳苗歌耳。是以缙绅士夫，莫得而载其辞焉，厥为有音无辞之世。是后鸟迹代绳，文字初炳，作始于羲皇之八卦，大备于黄帝之六书，而年世渺邈，则声采莫追。唐虞文章，则焕乎始盛。尧时有《康衢歌》、《击壤歌》，虞舜有《卿云》、《南风》、"明良喜起"等歌，始有依声按韵，诵其言，咏其声，播之篇什而为诗歌者。

虞舜诗之可信者，独见《尚书》之"明良喜起"歌，《尚书大传》之《卿云歌》。《南风歌》见称《礼·乐记》，而不著其词，见《尸子》，而辞气谐畅，疑若不类。然当日诗歌之属，必已多有。孔子于《帝典》录舜命夔之言曰："诗言志，歌永言。"是诗教之始也。"明良喜起"歌者，《虞书》帝庸作歌曰："股肱喜哉，元首起哉，百工熙哉。"皋陶赓歌曰："元首明哉，股肱良哉，百工康哉。"又曰："元首丛脞哉，股肱惰哉，万事堕哉。"凡三章，章三句，每句一音，虽以四言成句，而句有哉字语助，其实三言也。《卿云歌》曰："卿云烂兮，纠缦缦兮，日月光华旦复旦兮。"凡三句，每句一韵，虽以四言八言成句，而句有兮字语助，其实三言七言也。惟二典三谟记言之文，四言成句而寡将以助语，用也、矣、与、耶字者绝无，而哉字之语助亦止一二见。盖诗歌主音节，故成句之字数奇，而缀以语助，用以叶响。而言论则非同于歌咏，故典谟记载，多四言句而不用语助。此可以证韵文、散文之殊，在音节而不以句之奇与偶也。

后世有作，韵文多为偶，而散文多用奇。然三代以上，韵文不尽偶，而散文不必奇。凝重多出于偶，流美多出于奇。体虽骈，必有奇以振其气；势虽散，必有偶以植其骨。仪厥错综，致为微妙。试以《尧典》为例："钦明文思"一字为偶。"安安"叠字为偶。"允恭"、"克让"二字为偶。偶势变而生三，奇意行而若一。"光被四表，格于上下"语奇也而意偶。"克明峻德"四字一句奇。"以亲九族"十六字四句偶。"协和万邦"十字二句奇，而"万邦"与"九族百姓"语偶，"时雍"与"黎民于变"意偶，是奇也而偶寓焉。"乃命羲和"一段奇,而"昊天"、"授时"隔句为偶,中六字纲目为偶。"分命"、"申命"四段,章法偶而辞悉奇。自"帝曰咨"至"庶绩咸熙"一段奇,"期三百"十七字参差为偶,"允厘"八字颠倒为偶,而意皆奇。故双必意偶;"钦明"、"允恭"等句是也。单意可奇可偶,"光被"、"允厘"等句是也。其中"以亲九族"四句,"慎徽五典"四句,凡数目之字,已无不对待整齐矣。"流共工于幽州"四句,竟居然以人名对人名,地名对地名焉,但不调平仄而已。然《关雎》"关关雎鸠"四句,以雎鸠雌雄相应和,兴君子之必得淑女为好逑,意似偶而句法不偶。"参差荇菜"四句偶,而承之曰"求之不得,寤寐思服,悠哉悠哉,辗转反侧",则又奇矣。首尾奇而中间以偶,骈文络乎散文之间,犹之偶数络乎奇数之间也。文之初创,骈散间用。数之初创,奇偶间用。厥后数理日精,奇数与偶数遂各立界说。文法日备,骈文与散文乃自为家数。喜骈,则成诗赋一流。嗜奇,则为散韵一派。又或合乐则以文语,记事则以散行,而纯主偶者为骈体,纯主奇者称散文。然则骈散古合今分者,亦文字进化之一端欤。

惟声律之用,本于性初,发之天籁。故古人之文,化工也,多自然而合于音,则虽无韵之文,而往往有韵,苟其不然,则虽有韵之文而时亦不用韵,终不以韵而害意也。《诗三百》,有韵之文也,乃一章之中,有二三句不用韵者,如"瞻彼洛矣,维水泱泱"之类是矣。一篇之中,有全章不用韵者,如《思齐》之四章、五章,《召旻》之四章是矣。又有全篇无韵者,《周颂·清庙》、《维天之命》、《昊天有成命》、《时迈》、《武》诸篇是矣。说者以为当有余声,然以余声相协,而不入正文,是诗亦有不用韵者也。伏羲画卦,文王系之辞也,凡卦辞之系者时用韵,《蒙》之"渎"、"告",《解》之"复"、"夙",《震》之"虩"、"哑",《艮》之"身"、"人",皆叶韵也。孔子赞《易》十篇,其《彖》《象》传、《杂卦》五篇用韵,然其中无韵者亦十之一。《文言》、《系辞》、《说卦》、《序卦》五篇不用韵,然亦间有一二,如"鼓之以雷霆,润之以风雨,日月运行,一寒一暑,乾道成男,坤道成女","君子知微知彰,知柔知刚,万夫之望"。此所谓化工之文,自然而合者,固未尝有心于用韵也。《尚书》之体,本不用韵,而《大禹谟》"帝德广运,乃圣乃神,乃武乃文,皇天眷命,奄有四海,为天下君",《伊训》"圣谟洋洋,嘉言孔彰,惟上帝不常,作善,降之百祥,作不善,降之百殃",《太誓》"我武惟扬,侵予之疆,取彼凶残,杀伐用张,于汤有光",《洪范》"无偏无党,王道荡荡,无党无偏,王道平平,无反无侧,王道正直",皆用韵。礼之为体,据事制范,章条纤曲,好礼君子,随所闻见,得即录之,名曰《礼记》,方放废是惧,遗文掇拾,奚遑协音成韵,金声而玉振之乎?然《曲礼》"行,前朱鸟而后玄武,左青龙而右白虎,招摇在上,急缮其怒",《礼运》"元酒在室,醴醆在户,粢醍在堂,澄酒在下,陈其牺牲,备其鼎俎,列其琴瑟,管磬钟鼓,修其祝嘏,以降上神,与其先祖,以正君臣,以笃父子,以睦兄弟,以齐上下,夫妇有所,是谓承天之祐",《乐记》"夫古者天地顺而四时当,民有德而五谷昌,疾疢不作,而无妖祥,此之谓大当,然后圣人作为父子君臣以为纪纲",此其宫商大和,翻回取均,声不失序,音以律文,如刘彦和所谓"标情务远,比音则近,吹律胸臆,调钟唇吻"者,庶几得之。左氏传经,亦多叶韵,见于近人著述中所举者更难以悉数。即如四子书中,子思、孟轲之书皆散文,而《中庸》曰:"故君子不可以不修身,思修身,不可以不事亲,思事亲,不可以不知人,思知人,不可以不知天。"又曰:"大哉圣人之道。洋洋乎发育万物,峻极于天,优优大哉,礼仪三百,威仪三千。"七篇曰:"今也不然,师行而粮食。饥者勿食,劳者勿息,睊睊胥谗,民乃作慝,方命虐民,饮食若流,流连荒亡,为诸侯忧。"至如诸子之书,亦多有韵者,今试举老、庄而言:《老子》:"元牝之门,是谓天地根,绵绵若存,用之不勤。"《庄子》:"巧者劳而智者忧,无能者无所求,饱食而遨游,泛若不系之舟。"子思、孟轲、老子、庄子,断非有意于用韵者也,而读其所作,谓非用韵而不可也。盖冲口而出,自为宫商,此即《乐记》所谓声者由人心生者也。故曰："有歌谣而后有声诗,有声诗而后有韵文,有韵文而后有其他诸体文。"

《诗三百》之用韵,于不规律中,渐有规律,而为后世一切诗体之宗,其用韵之法有三:首句、次句连用韵,隔第三句,而于第四句用韵者,《关雎》之首章是也,凡汉以下诗及唐人律诗之首句不用韵者源于此。一起即隔句用韵者,《卷耳》之首章是也,凡汉以下诗及唐人律诗之首句不用韵者源于此。自首至末,句句用韵者,若《考槃》、《清人》、《还》、《著》、《十亩之间》、《月出》、《素冠》诸篇,又如《卷耳》之二章、三章、四章,《车攻》之一章、二章、三章、七章,《车发》①之二章、三章、四章、五章是也,凡汉以下诗,若魏文帝《燕歌行》之类源于此。自此而变,则转韵矣。转韵之始,亦有连用隔用之别,而错综变化,不可以一体拘,于是有上下各自为韵,若《兔置》及《采薇》之首章,《鱼丽》之前三章,《卷阿》之首章者。有首末自为一韵,中间自为一韵,若《车攻》之五章者。有隔半章自为韵,若《生民》之卒章者。有首提二韵而下分二节承之,若《有瞽》之篇者。此皆诗之变格,然亦莫非出于自然,非有意为之也。

孔子博学于文,好古敏以求之。子贡曰:"夫子之文章,可得而闻。"盖继往开来,而集二帝三王文学之大成者也。稽之载籍,可考见者五事。(甲)正文字 孔子在卫,曰"必也正名",郑玄以正名谓正书字也。盖孔子将从事于删述,则先考正文字。春秋之时,文字虽秉仓史之遗,而古之作字者多家,其文往往犹在,或相诡异,至于别国,殊音尤众。孔子之至是邦也,必闻其政,又观于旧史氏之藏、百二十国之事,佚文秘记,远俗方言,尽知之矣。于是修定六经,将择其文之近雅驯者用之以传于学者,故以周公《尔雅》教人,其余亦颇有所定。六经文字极博,指义万端,间有仓史文字所未赡者,则博稽于古,不主一代,刑名从商,爵

---

① 原书作"车发",似有误。

名从周之例也。春秋异国众名,则随其成俗曲期,物从中国,名从主人之例也。太史公往往称孔氏古文,以虽同是仓史文字,而经孔子考定以书六经,则谓孔子古文焉。意孔子当日必别有专论文字之书,其见引于许慎《说文》者不一。孔子曰:"一贯三为王。"孔子曰:"推十合一为士。"孔子曰:"黍可为酒,禾入水也。""儿,仁人也,孔子曰:'在人下故诘屈。'"孔子曰:"乌,盱呼也,取其助气,故以为乌呼。"孔子曰:"牛羊之字,以形举也。"孔子曰:"狗,叩也,叩气吠以守。"孔子曰:"视犬之字,如画狗也。"孔子曰:"貉之为言恶也。"孔子曰:"粟之为言续也。"许慎谓孔子书六经皆以古文。《论语》"《诗》、《书》、执礼"谓之雅言,文字自孔子考定,始臻雅驯也。此孔子定文字之证。(乙)订诗韵 孔子曰:"吾自卫反鲁,然后乐正,《雅》、《颂》各得其所。"盖古诗皆被弦歌,诗即乐也。近世言古音者,如顾炎武、江永以来,并以《诗》为古之韵谱。夫《诗三百》删自孔子,是即孔子之韵谱也,以殊时异俗之诗,其韵安能尽合,意孔子就原采之诗,不惟删去重复,次序其义,而于韵之未安者,亦时有所正,故曰"乐正,《雅》、《颂》各得其所"也。《史记·孔子世家》曰:"三百五篇,孔子皆弦歌之以求合《韶》、《武》、《雅》、《颂》之音。"则孔子未正以前,或不协于弦歌,既正以后,学者即据之为韵谱,故易象、楚辞、秦碑、汉赋用韵与《诗三百》合,皆本孔子矣。(丙)用虚字 上古文字初开,实字多,虚字少。周诰、殷盘,佶屈聱牙,虚字不多,然木强寡神。至孔子之文,虚字渐备,赞《易》用者、也二字特多。而《论语》、《左传》,其中之、乎、者、也、矣、焉、哉无不具备,作者神态毕出,尤觉脱口如生,此实中国文学一大进步,盖文学之大用在表情,而虚字者,则情之所由表也,文必虚字备而后神态出焉。(丁)作文言 文言者,孔子之所作也。孔子以前,有话言而无文言。近人蔡元培称:"文言用古人的话传达今人的意思。"虽然,古人之话,果足当今之所谓文言乎?余不能无疑也。不知古人自有古人之话,古人自有用话所作一种通俗之白话文学书,即

《尚书》《诗经》是也。夷考《尚书》之《尧典》《皋陶谟》《高宗肜日》、《西伯戡黎》《微子》《洪范》《康诰》《无逸》《君奭》《立政》《顾命》、《文侯之命》诸篇，当日对话之文也。《甘誓》《汤誓》《盘庚》《牧誓》、《多士》《费誓》《秦誓》诸篇，当众演说之辞也。《大诰》《多方》《吕刑》诸篇，当日演说之文也。太史陈诗以观民风，而十五国风，则采自民间歌谣，斯二者，在当日义取通俗，文不雅驯。"格"之训至也，来也。"殷"之训中间之中也。"采"之训事也。"肆"之言于是也。"刘"之言杀也。"诞"与"纯"之言大也。"台"与"邛"之言我也。"莫莫"之言茂密也。"揖揖"之言会聚也。"薨薨"之言群飞也。"愬"之言饥也。"旁旁"之言驰驱也。"迈"之言去也，行也。"监"之言终了也。"伾伾"之言有力也。如此之类，古人用语，随在可以考见。然则《尚书》者，古人之白话文也。《诗经》者，古人之白话诗也。惟话言不能无随时变迁，后人读而不易晓，遂觉为佶屈聱牙焉。《尔雅》一书，有《释诂》《释言》《释训》三篇，是即以中古以来通用之文言，而注释《诗》《书》之古语也。蔡元培云："司马迁《史记》……记唐虞的事，把'钦'字都改作'敬'字，'克'字都改作'能'字，记古人的事，还要改用今字。"若自余观之：司马迁以"敬"改"钦"，以"克"改"能"，乃是依孔子以来通用之文言，改订唐虞之古语，而非如蔡氏所云"记古人的事，改用今字"也。此为中国最古之白话文学。此外十三经之中，如《春秋左氏传》《孝经》《论语》《孟子》、《礼记》之类，作于孔子之后者，之文言而非白话，与《尚书》《诗经》不同。所以字句之间，后人读之易晓，便不似《尚书》《诗经》之聱牙涩舌，此可以见今所谓文言，是从孔子以来到今通用，而不似古人之话之受时间制限。《书·盘庚》："乃话民之弗率。"东坡《书传》曰："民之弗率……以话言晓之。"是《盘庚》之为古人之话，明也，而《盘庚》之佶屈聱牙特甚。孔子作《易》乾坤两卦文言，明明题曰文言而不称做话，然而句法、字法，与今之所谓文言无大殊。更可见古人之话，自别有一种，而非即今之所谓文言也。自孔子作文言以昭模式,于是孔门著书皆用文言。左丘明受经仲尼,著《春秋传》,文言也。有子、曾子之门人,记夫子语,成《论语》一书,亦文言也。曾子问孝于仲尼,而与门人弟子言之,门弟子类记而成《孝经》,亦文言也。《檀弓》、《礼运》,皆子游之门人所记,亦文言也。可见仲尼之徒,著书立说,无不用夫子之文言者,故曰:"夫子之文章,可得而闻也。"虽然,夫子之文章,不曰诵而曰闻者,盖古用简策,文字之传写不便,往往口耳相授。阮元曰:"古人以简策传事者少,以口舌传事者多,以目治事者少。以口耳治事者多,故同为一言,转相告语,必有衍误,是必寡其词、协其音以文其言,使人易于记诵,无能增改,且无方言俗语杂其间,始能达意,始能行远。此孔子于《易》所以著《文言》之篇。"然则文言非古人之话,明也。大抵孔子以前,为白话文学时期,而孔子以后,则为文言文学时期。孔子曰:"辞达而已。""达"即《论语》"己欲达而达人"之"达"。达之云者,时不限古今,地不限南北,尽人能通解之谓也。如之何而能尽人通解也?自孔子言之,只有用文言之一法。孔子曰:"书同文。"又曰:"言之无文,行之不远。"此之所谓"远",指空间言,非指时间言,是"纵横九万里"广远之"远",而非"上下五千年"久远之"远"。推孔子之意,若曰:"当今天下各国,国语虽不同,然书还是同文。倘使吾人言之无文,只可限于方隅之流传,而传之远处,则不行矣。"所谓"言之有文"者,即阮元所谓"寡其词,协其音……无方言俗语杂于其间"之言也。时春秋百二十国,孔子三千弟子,七十二贤,所占国籍不少,当日国语既未统一,如使人人各操国语著书,则鲁人著书,齐人读之不解。观于《公羊》、《谷梁》,已多齐语、鲁语之分。更何论南蛮鴂舌如所称吴楚诸国。此孔子于《易》,所以著文言之篇而昭弟子之法式者欤?盖自孔子作文言,而后中国文学之规模具也。(戊)编总集 古者诗三千余篇,及至孔子去其重,取可施于礼义,上采契、后稷,中述殷、周之盛,至幽厉之缺,始于衽席,故曰:"《关雎》之乱以为

《风》始，《鹿鸣》为《小雅》始，《文王》为《大雅》始，《清庙》为《颂》始。"三百五篇，厥为诗之第一部总集。孔子观书周室，得虞、夏、商、周四代之典，乃删其善者，定为《尚书》百篇，所以宣王道之正义，发话言于臣下，故其所载，皆典、谟、训、诰、誓、命之文。厥为文之第一部总集。则是总集之编，导源《诗》《书》，而出于孔子者也。惟《诗》者风、雅、颂以类分，而《书》则虞、夏、商、周以代次。则是《诗》者，开后世总集类编之先河，而《书》则为后世总集代次之权舆也。子以四教，而文居首。及游夏并称文学之彦，而子夏发明章句。懿欤休哉，此所以为六艺之宗，称百世之师欤。

三、中　古

凡经之《易》、《诗》、《礼》、《春秋》，传之《左》、《公》、《谷》，子之《墨》、《老》、《孙》、《吴》、《孟》、《荀》以及《公孙龙》、《韩非》之属，集之楚词，莫匪戛戛独造，自出机杼。是上古之世，文学主创作，而中古以后，则摹仿者为多。《史记·律书》仿《周易·序卦》，司马相如《大人赋》仿屈原《远游》，扬雄为汉代文宗，而其《太玄》摹《易》，《法言》摹《论语》，《方言》摹《尔雅》，《十二箴》摹《虞箴》，《谏不许单于朝》摹《国策·信陵君谏伐韩》，《甘泉赋》摹司马相如《大人赋》，几于无篇不摹，而班固《汉书·地理志》仿《禹贡》，陆机《辨亡论》、干宝《晋纪·总论》仿贾生《过秦论》，如此之类，不可悉数。

章学诚曰："西汉文章渐富，为著作之始衰。然贾生奏议，入《新书》，相如词赋但记篇目，皆成一家之言，与诸子未甚相远，初未尝汇次诸体，衰焉而为文集者也，诸子衰而文集之体盛。"吾则谓文集兴而"文"、"学"之途分。何也？韩非子《五蠹篇》力攻文学，而指斥及藏管、商、孙、吴之书者。秦丞相李斯请悉烧所有文学、诗书、百家语，而以"文学"二字，冠诗书、百家语之上。太史公自序其书，举凡一切律令、军法、章程、礼仪，皆称之为文学。盖两汉以前，文与学不分。至两汉之后，文与学始分。六艺各有专师而别为经学。诸子流派益歧，而蔚为子部。史有马、班，而史学立。文章流别分于诸子，而集部兴。经、史、子、集，四部别居，而文之一名，遂与集部连称而为所专有。

李延寿《北史·文苑传·序》曰："江左宫商发越，贵于清绮。河朔词义贞刚，重乎气质。气质则理胜于词，清绮则文过其意。理胜者便于时用，文华者宜于咏歌。此则南北词人得失之大较。"盖北人擅言事之散文，而南人工抒情之韵语也。然战国以前，如经之《易》、《书》、《礼》、《春秋》，传之《左》、《公》、《谷》，子之《老》、《庄》、老子，楚苦县人，苦县即今河南鹿邑县。庄子，蒙人，蒙县在今河南商丘县之东北。本柳诒徵说。《孟》、《荀》等，其体则散文也，其用则叙述也，议论也，皆北方文学也。独《诗》三百篇，楚辞三十余篇，为言情之韵文耳。楚辞之为南方文学，固也。考《诗》之所自作，《吕氏春秋》载："禹行功，见涂山之女。禹未之遇，而巡省南土。涂山之女，乃令其妾候禹于涂山之阳。女子乃作歌曰：'侯人兮猗。'实始作为南风。周公、召公取风焉，以为《周南》、《召南》。"而郑樵为之说曰："周为河洛，召为岐雍，河洛之南濒江，岐雍之南濒汉，江汉之间，二《南》之地，《诗》之所起在于此。屈宋以来，诗人墨客多生江汉，故仲尼以二《南》之地为作《诗》之始。"然则《诗三百》之始自南音，有明证矣。战国以前，所谓言情之韵文，可考见者，惟此与楚骚耳。未能与散文中分天下也。是为北方文学全盛时代。汉兴，而南人如枚叔、刘安、司马相如、王褒、扬雄之徒，寖与贾谊、晁错、董仲舒、刘向辈抗颜行。而司马迁撰《史记》，以史笔抒骚情，班固作《两都赋》，以赋体罗史实，且融裁南方文学以为北方文学矣。此实南方文学消长之一大枢机也。爰逮晋之东也，篇制溺乎玄风，嗤笑殉务之志，崇盛亡机之谈。孙绰、许询、桓、庾诸公，虽各有雕采，而辞趣一揆，所以景纯《仙篇》挺拔而为俊矣。宋初文咏，体有因革。黄老告退而山水方滋，俪采百字之偶，争价一句之奇，情必极貌以写物，辞必穷力而追新，颜谢腾声，骖以鲍照，尤足启后代之津途。自汉以来，模山范水之文，篇不数语，而谢灵运兴会标举，重章累什，陶写流峙之形，后之言山水也，此其祖矣。晋之陆云，对偶已繁，而用事之密，雕镂之巧，始颜延之，齐梁声病之体，后此对偶之习，是其源矣。然较其工拙，延之雕镂，不及灵运之清新，亦逊鲍照之廉俊。延之尝问鲍照，已与灵运优劣，照曰："谢五言如初发芙蓉，自然可爱，君诗若铺锦列绣，亦雕缋满眼。"延之终身病之。照以俊逸之笔，写豪壮之情，发唱惊挺，操调险急，史称其文甚遒丽，信然。然其所短，颇喜巧琢，与延之同病，至其笔力矫健，则远过之，与谢并称，允符二妙。然国风好色不淫，楚词美人以喻君子，五言既兴，义同《诗》、《骚》，虽男女欢娱幽怨之作，未极淫放，至鲍照雕藻淫艳，倾侧宫体，作俑于前。永明、天监之际，颜谢寖微而鲍体盛行，事极徐庾，红紫之文，遂以不反。既而徐陵通聘，庾信北陷，北人承其流化，"矜一韵之奇，争一字之巧，连篇累牍，不出月露之形，积案盈箱，惟是风云之状。世俗以此相尚，朝廷据此擢士"。李谔上隋高祖《革文华书》尝慨乎言之。厥为南方文学全盛时代。物极则反。《唐书·韩愈传》载："愈常以为魏晋以还，为文者多相偶对，而经诰之旨，不复振起。故所为文抒意立言，自成一家。后学之士，取为师法。"论者谓"文起八代之衰"，实则唾弃南方文学，中兴北方文学耳。

燕赵多慷慨悲歌之士，江左擅绮丽纤靡之文，自古然矣。顾有不可论于三国者，魏武帝崛起称伯，开基青豫，以文武姿，挟藻扬葩，把酒临江，横槊赋诗，固一世之雄也。子桓、子建，兄弟竞爽，亦擅词采，然华而不实，上有好者，下必甚焉。陈琳、阮瑀以符檄擅声，王粲、徐幹以词赋标美，刘桢情高以全采，应场学优以得文，皆一时之秀。已萌晋世清谈之习,开江左六朝绮丽之风矣。夫江左六朝,建国金陵,阻长江为天堑,与北方抗衡,其端实自孙氏启之。孙权称制江东,号吴大帝,然文笔雅健,不为绮丽,《与诸将令》《责诸葛瑾诏》,卓荦有西京之风焉。虞翻谏猎之书,简而能要。骆统《理张温表》,语亦详畅。而诸葛恪救国之论,慨当以慷,尤吴人文之可诵者。吴之末造,韦曜《博弈论》、华覈《请救蜀表》渐近偶俪,然质而不俚,以视魏武父子之风情隽上,词采秀拔,固有间矣。谁则谓南朝文士尽华靡者乎?至蜀为司马相如、扬雄词赋家产地,而陈寿称"诸葛亮文采不艳",范頵谓"陈寿文艳不及相如,而质直过之",是南人之文质直,转不如北人之藻逸工言情矣,可谓变例也。

　　自魏文帝始集陈、徐、应、刘之文,自是以后,渐有总集,传于今者,《文选》最古矣。昭明太子序《文选》也,其于史籍,则云"不同篇翰",其于诸子,则云"不以能文为贵"。盖必文而后选,非文则不选也。六朝之人,多以"文"、"笔"对举。《南史·颜延之传》:"竣得臣笔,测得臣文。"刘勰《文心雕龙》云:"无韵者笔,有韵者文。"或疑"文笔区分,《文选》所集,无韵者猥众。夫有韵为文,无韵为笔,是则骈散诸体,一切是笔非文",近儒章炳麟氏之所为致诮于昭明者也。不知六朝人之所谓"有韵者文"之"韵",乃以语章句中之韵,非如后世之指句末之韵脚也。六朝不押韵之文,其中奇偶相生,顿挫抑扬,皆有合乎宫羽。故沈约作《宋书·谢灵运传》论曰:"五色相宜,八音协畅,由乎玄黄律吕,各适物宜,欲使宫羽相变,低昂合节。若前有浮声,则后须切响,一简之内,音韵尽殊,两句以中,转重悉异。妙达此旨,始可言文。"其指实发于子夏《诗大序》,谓"情发于声,声成文,谓之音",又曰:"主文而谲谏。"郑玄曰:"声,谓宫商角徵羽也。""声成文",宫商上下相应。"主文",主与乐之宫商相应也。此子夏直指诗之声音而谓之文也,不指翰藻也。然则《诗·关雎》"鸠"、"洲"、"逑"押脚有韵,而"女"字不韵,"得"、"服"、"侧"押脚有韵,而"哉"字不韵,此正子夏所谓"声成文之宫羽也"。此岂诗人暗与韵合,匪由思至哉。子夏此序,《文选》选之,亦以抑扬咏叹,其中有成文之音也。六朝人益衍畅其指而为韵之说。《南史·陆厥传》云:"王融、谢朓、沈约等文,将平、上、去、入四声制韵,有平头、上尾、蜂腰、鹤膝,世呼为永明体。"所谓"平头"者,前句上二字与后句上二字同声,如古诗"今日良宴会,欢乐难具陈","今"、"欢"同平声,"日"、"乐"同仄声,是"平头"也。又如古诗"朝云晦初景,丹池晚飞雪","朝云"、"丹池"同平声,是"平头"也。所谓"上尾"者,上句尾字与下句尾字俱用平声,虽韵异而声同,如古诗"西北有高楼,上与浮云齐","楼"、"齐"平声,是"上尾"也。所谓"蜂腰"者,每句第二字与第五字同声,如古诗"闻君爱我甘,窃欲自修饰","君"、"甘"皆平声,"欲"、"饰"皆入声,是"蜂腰"也。所谓"鹤膝"者,一句尾字与三句尾字同声,如古诗"客从远方来,遗我一诗札,上言长相思,下言久离别","来"、"思"皆平声,是"鹤膝"也。然则后世之所谓韵者,以句末之同为适而求其大齐,而六朝人之所谓韵者,则以句中之同为犯而求其不齐。是以声韵流变而成四六之骈文,亦只论句中之平仄,不谓韵脚也。而章氏乃谓"《文选》所集,无韵猥众",特以其无句末之韵脚耳。安知六朝以前之所谓韵者,非此之谓哉。

四、近　　古

唐之兴也,文章承江左遗风,陷于雕章绘句之敝。贞元、元和之际,韩愈、柳宗元出,倡为先秦之古文,一时才杰如李观、李翱、皇甫湜等应之,遂能破骈俪而为散体,洗涂泽而崇质素,上踵孟、荀、马、班,下启欧、苏、曾、王,盖古文之名始此。古文者,韩愈氏厌弃魏晋六朝骈俪之文,而返之于六经、两汉,从而名焉者也。其文章之变,即字句骈散不同,而骈散之不同,则诗文体制之各异也。文势贵奇,而诗体近偶。重骈之代,则散文亦写以诗体。重散之世,则诗歌亦同于散文。即如范晔生刘宋之时,增损东汉一代,成《后汉书》,自谓无惭良直,而编字不只,捶句必双,修短取均,奇偶相配,故应以一言蔽之者,辄足为二言,应以三句成文者,必分为四句,弥漫冗沓,不知所裁。初唐袭南朝之余,《晋书》作者,并擅雕饰,远弃史、班,近宗徐、庾。夫以琢彼轻薄之句,而编为史籍之文,无异加粉黛于壮夫,服绮纨于高士,著讥《史通》,非虐谑也。近世赵翼则谓:"以文为诗,自韩愈始。至苏轼益大放厥词,别开生面,天生健笔一枝,有必达之隐,无难显之情。"故曰:重骈之世,则散文亦写以诗体;重散之世,则诗歌亦同于散文也。诗有六义,其二曰赋。赋者铺也,体物写志,铺采摛文,滥觞于诗人,而拓宇于文境者也。是以重骈之代,赋中诗体多于文体。重散之世,赋中文体多于诗体。试观徐庾诸赋,多类诗句,而王勃《春思赋》则直七字之长歌耳。此重骈之代,诗体多于文体也。若欧阳修之《秋声赋》,苏轼之前后《赤壁赋》,则又体势同于散文。盖宋袭韩柳之古文,而归于质,重散之世也。论古文之流别:韩愈以扬子云化《史记》,柳宗元以《老》、《庄》、《国语》化六朝,王安石以周秦诸子化韩愈,曾巩以《三礼》化西汉,苏洵以贾谊、晁错化《孟子》、《国策》,苏轼以《庄子》、《孟子》化《国策》。于此可悟文学脱胎之法,而唐以后之言古文者,莫不推韩、柳为大宗。然唐宋八家,韩、柳并称,而继往开来,厥推韩愈。独愈之文安雅而奇崛。李翱敠其安雅,皇甫湜得其奇崛。其衍李翱之安雅一派者,至则为欧阳修之神逸,不至则为曾巩、苏辙之清谨。其衍皇甫湜之奇崛一派者,至则为王安石之峻峭,不至则为苏洵、苏轼之奔放。其大较然也。

惟骈俪之文,虽摧廓于中唐之韩柳,而骈俪之诗,则大成于初唐之沈宋。夷考其始,汉魏六朝诗,祖述《风》、《骚》,陶写情性,篇无定句,句无定声,长短曲折,惟意所从,世号曰古体。唐调以声律,加以排整,句有绳尺,篇有矩矱,谓之近体,以别于古体也。古体、近体,唐代始划立鸿沟。近体诗者,合五七言律、五七言绝而称也。然诗之化散为骈,至唐而要其成耳。盖自沈约创声病之说,尔后诸家遵轨,竞为新丽,益与律体相近。陈隋之间,江总、庾信、虞茂、陆敬、薛道衡、卢思道等所作,往往见五律七律排律之体,此可以证六朝之散体趋骈,诗亦不在例外。然其初非出有意,不过偶合新调,故未能别成一格。凡其集中用律诗格调者,或仅六句,或至十句。至沈佺期、宋之问出,揣其声韵,顺其体势,始与六朝以前之古诗,判然分途而为律诗。盖前者之作,不期而成八句。后者之律,则立意而为四韵。诗之有沈宋,犹文之有徐庾也。绝之声调,与律同,或不与律同亦可,章四句,有全体属对者,有前二句或后二句属对者,盖由律诗中截来,故又号曰"截句"。然李白、杜甫,唐推诗圣,运古与律,纵横挥斥。李白五言律,秾丽之中,运以奇逸之思,而杜甫更能于四十字中,包涵万象。七言律,李白所短,而工于绝,纯以神行,独多化工之笔。杜不工绝,而善七言律,八音和鸣,济以沉雄。后世之言律绝者莫尚焉。是律绝之极工者,不拘于声律对偶,而铿锵鼓舞,自然合节,所以为贵也。然唐诗之有李杜,犹唐文之有韩柳。韩柳并称,而继往开来,韩愈之力为大。李杜竞爽,而入雅出风,杜甫之传称盛。一传而为元和,得韩愈、白居易焉,皆学杜甫者也。特韩更欲高,白更欲卑,韩得其峻,白得其平。自白衍而益为绮,则为温李温庭筠、李商隐,为宋之西昆。自韩流而入于奥,则为郊岛孟郊、贾岛,为宋之西江。杜诗之有韩愈、白居易两派,犹韩文之有李翱、皇甫湜两家矣。请得而备论之。

唐以诗名一代,有初、盛、中、晚之分。大抵高祖武德元年以后百年间,谓之初唐。唐玄宗开元元年以后五十年间,谓之盛唐。代宗大历元年以后八十年间,谓之中唐。宣宗大中元年以后至于唐亡,谓之晚唐。初唐诗人,王勃、杨炯、沈佺期、宋之问承陈隋之后,风气渐转而骨格未完,齐梁浓艳,尚有沾濡,排比之迹,盖益精整。而陈子昂特起于王、杨、沈、宋之间，始以高雅冲澹之音，夺魏晋之风骨，变齐梁之俳优，力追古意。后代因之，古体之名以立。杜审言、刘希夷、张说、张九龄，亦各全浑厚之气于音节疏畅之中。盛唐稍著宏亮，储光羲、王维、孟浩然之清逸，王昌龄、高适之闲远，常建、岑参、李颀之秀拔，李白之朗卓，杜甫之浑成，元结之奥曲，咸殊绝寡伦。而李白、杜甫独以雄浑高古，称盛唐之宗。其次当推王、孟、高、岑。王维诗丰缛而不华靡，秀丽疏朗，往往意兴发端，神情传合，由工入微，不犯痕迹，所以为佳，七言律尤臻妙境。孟浩然专心古澹，句法、章法，虽仅止于五言四十字，而悠远深厚，超以象外，不犯寒俭枯瘠之病。高岑不相上下，高适轶宕，一起一伏。岑参遒劲少逊高，而婉缛过之。选体，岑差健也。储光羲有孟浩然之古而无其深远。岑参有王维之缛而掩以华靡。李颀工七言律，称与王岑并驾。然李有风调而不甚丽。岑参才甚丽而情不足。惟王差备美尔。中唐弥矜卓练，刘长卿以古朴开宗，韦应物、钱起以隽迈擅胜。而韦应物尤工五言，闲澹简远，境界绝高。大抵应物诗韵高而气清，王维诗格老，而辞丽，并称五言之宗匠，然互有得失，不无优劣。以体韵观之，王维诗格老，而味远不逮应物。至于词不迫切而耐人咀味，应物自不可及也。下暨元和，则有柳宗元之超然复古，韩愈之雄深博大，元稹、白居易之清新，张籍、贾岛、孟郊之峻刻，李贺之奇诡，尤称一时之杰也。张籍工乐府，与元稹、白居易并称，专以道得人心中事为工。但白才多而意切，张思深而语精，元体轻而词躁尔。晚唐体愈雕镂。杜牧高爽欲追老杜，而温庭筠李商隐婉丽自喜，开宋初西昆之体。皮日休陆龟蒙鹿门唱和，亦为西江拗体之先河。斯皆晚唐之胜矣。晚唐人单辞片语，一联数句之间，实有精到之处，然格局未完，雕镂愈工，真气弥伤，此其短也。

　　律绝莫盛于唐，然律绝盛而词兴，而词者，则又律、绝之破整为散者也。考词之滥觞，厥推李白之《忆秦娥》《菩萨蛮》，及张志和之《渔歌子》，实破五七言之绝句为之。如《菩萨蛮》云："平林漠漠烟如织，寒山一带伤心碧。暝色入高楼,有人楼上愁。玉阶空伫立,宿鸟归飞急。何处是归程,长亭更短亭。"合五言、七言而成。而张志和之《渔歌子》曰:"西塞山前白鹭飞,桃花流水鳜鱼肥。青箬笠,绿蓑衣,斜风细雨不须归。"则裁七言绝一字者也。至《忆秦娥》云:"箫声咽,秦娥梦断秦楼月。秦楼月,年年柳色,灞陵伤别。乐游原上清秋节,咸阳古道音尘绝。音尘绝,西风残照,汉家陵阙。"长短错落,亦裁之于七言或有余,或不足,皆以协和其调也。明杨慎云:"唐人之七言律,即填词之《瑞鹧鸪》也。七言之仄韵,即填词之《玉楼春》也。"然则词不惟破绝,并破律为之矣。

　　词上承诗,下启曲,亦唐代一大创制也。蜀赵崇祚编有《花间集》十卷,其词自温庭筠而下十八人,凡五百首,为后世倚声填词之祖。陆务观曰:"诗至晚唐五季,气格卑陋,千人一律,而长短句独精巧高丽,后世莫及,此事之不可晓者。"至于宋以词为乐章,熙宁中,立大晟府,为雅乐寮,选用词人及音律家,日制新曲,谓之"大晟词"。于是小令、中调之外,又出长调,而其体大备。故词之有宋,犹诗之有唐。宋初沿《花间》旧腔,以清切婉丽为宗,至苏轼出,始脱音律之拘束,创为激越之声调,一洗绮罗香泽之态,摆脱绸缪婉转之度,使人高瞻远瞩,举首高歌,逸怀浩气,超乎尘垢之表,或以其音律小不谐,自是横放杰出,曲子内缚不住者,比之诗家之有韩愈,遂开南宋辛弃疾等一派。辛弃疾才气俊迈,好为豪壮语,即法苏轼,为南宋词家大宗。然姜夔、张炎仍以清切婉丽为主。故宋词分二派:一派词意蕴藉,沿《花间》之遗响,称曰南派,是为正宗。一派笔致奔放,脱音律之拘束,称曰北派,号为变格。遗集尤著者:南派有晏殊《珠玉词》一卷,晏几道《小山词》一卷,柳永《乐章集》一卷,张先《安陆集》一卷,欧阳修《六一词》一卷,秦观《淮海集》一卷,李清照《漱玉词》一卷(以上北宋),姜夔《白石道人歌曲》四卷、《别集》一卷,张炎《山中白云词》八卷,吴文英《梦窗稿》四卷、《补遗》一卷,高观国《竹屋痴语》一卷,史达祖《梅溪词》一卷,王沂孙《碧山乐府》三卷,周密《草窗词》二卷。北派有苏轼《东坡词》一卷，黄庭坚《山谷词》一卷，辛弃疾《稼轩词》四卷，刘过《龙洲词》一卷，皆传诵人口者也。独周邦彦于南北宋为词家大宗，有《片玉词》二卷、《补遗》一卷，所作皆精深华艳，而长调尤善铺叙，用唐人诗语隐括入律，浑如己出，实兼综南北之长焉。

宋词至苏轼而变《花间》之旧腔，宋诗至苏轼而胚江西之诗派。宋初诗人如潘阆、魏野规规晚唐格调，寸步不敢走作。杨亿、刘筠则又专宗李商隐，词取妍华，而倡所谓西昆体者。欧阳修、梅尧臣始变以平淡豪俊，而规模未大。及苏轼出，乃以旷世之逸气高情，出入韩白，驱驾万象，雄伟轶荡，故是宋诗人之魁也。其门下客有江西黄庭坚者，得其疏宕豪俊之致，而益出之以奇崛，语必惊人，字忌习见，搜罗奇书，穿穴异闻，得法杜甫而不为蹈袭，自成一家，锻炼勤苦，虽只字半句不轻出，世以其诗与苏轼相配，称曰苏黄，所谓江西诗派者宗之，是为宋诗一大变。而黄之所为不同于苏者，苏诗曲折汪洋，如长江千里。而山谷险峻奇崛，如太华三危。一深一阔，一难一易，故不同也。彭城陈师道者，亦游苏轼之门，喜为诗，自云学黄庭坚。然庭坚学杜，脱颖而出。师道学杜，沉思而入。宁拙勿巧，宁朴勿华，虽非正声，亦云高格。后来吕本中作《江西宗派图》，遂以师道次庭坚之后，而并称开宗之祖焉。

夷考六朝之骈文，一变而为唐宋之散体古文，又一转而为宋元之语录及章回小说，文之破整为散则然也。唐之律绝，一变而为宋之词，又一转而为元之剧曲，诗之破整为散则然也。然则中古文学之由散而整者，近古文学则破整为散，其大较然矣。虽然，近古文学之破整为散，特为社会士夫言之耳，要非所论于朝廷功令。唐以诗赋取士，宋以经义取士，皆俪体也，遂为近代取士模楷。然则近古而后，社会士夫既厌俪体之极敝而救之以散行，而朝廷功令，方挽俪体之末运而欣之以禄利，而朝廷之禄利，不足以易士夫之好尚，此则不可不特笔也。

五、近　代

　　夷考明自洪武而还，运当开国，其文章多昌明博大之音。永、宣以后，安享太平，多台阁雍容之作。作者递兴，皆冲融演迤，不事钩棘，而杨士奇文章特优，一时制诰、碑版，出其手者为多。仁宗雅好欧阳修文，而士奇文得其仿佛，典则稳称，后来馆阁著作，沿为流派，所谓台阁体是也。庙堂之上，郁郁乎文。弘、正之间，茶陵李东阳出入元宋，溯流唐代，擅声馆阁，推一代文宗，而门下士北地李梦阳、信阳何景明，乃起而与之抗曰："文必秦汉，诗必盛唐，非是者弗道。"曰："古文之法亡于韩。"为文故作艰深，钩章棘句，至不可句读，持是以号于天下，而茶陵之光焰几烬。洎北地、信阳之派，转相摹拟，流弊渐深，论者乃稍稍复理东阳之传以相撑住。盖宋元以来，文以平正典雅为宗，其究渐流于庸肤，庸肤之极，不得不变而求奥衍。王、李之起，文以沉博伟丽为宗，其极渐流于虚侨，虚侨之极，不得不返而求平实。一张一弛，两派迭为胜负，盖皆理势之必然。然汉魏之声，由此高论于后世，而与韩欧争长。唐宋之文运，至此乃生一大变化矣。然较其得失：秦汉之文，玉璞金浑，风气未开。后世文明日进，理欲日显，故格变而平，事繁于昔，故语演而长，此亦天演自然之理。而何李以其偏戾之才，矫为聱牙诘屈，无其质而貌其形，为文弥古，于时弥戾。故何李之徒，卒为委罪之薮。至嘉靖之际，历城李攀龙、太仓王世贞踵兴，更衍何李之绪论，谓"文自西京，诗至天宝而下，俱无足观"。而世贞才最高，地望最显，声华意气，笼盖四海。独昆山归有光绍述欧曾，毅不为下，至诋世贞为妄庸巨子。自明之季，学者知由韩、柳、欧、苏沿洄以溯秦汉者，有光之力也。虽然，有光之文，亦自有其别成一家而不与前人同者。盖有光以前，上而名公巨卿，下而美人名士之奇闻隽语,刿心怵目,斯以厕文人学士之笔。至有光出而专致力于家常琐屑之描写。桐城方苞,谓"震川之文,发于亲旧及人微而语无忌者,盖多近古之文。至事关天属,其尤善者,不事修饰,而情辞并得,使览者恻然有隐,其气韵盖得之子长。"而姚鼐亦以为"归震川之文,于不要紧之题,说不要紧之语,却自风神疏淡,是于太史公深有会处"。其尤恻恻动人者,如《先姚事略》、《归府君墓志铭》、《寒花葬志》、《项脊轩记》诸文,悼亡念存,极挚之情而写以极淡之笔,睹物怀人,户庭细碎,此意境人人所有,此笔妙人人所无。而所以成其为震川之文,开韩、柳、欧、苏未辟之境者也。

让清中叶,桐城姚鼐称私淑于其乡先辈方苞之门人刘大櫆,又以方氏续明之归氏而为《古文辞类纂》一书,直以归方续唐宋八家,刘氏嗣之,推究闺奥,开设户牖,天下翕然号为正宗,此所谓桐城派者也。方是之时,吾家鲁思先生实亲受业于桐城刘氏之门,时时诵师说于阳湖恽敬、武进张惠言。二人者,遂尽弃其考据骈俪之学而学焉,于是阳湖古文之学特盛,谓之阳湖派。而阳湖之所以不同于桐城者,盖桐城之文从唐宋八家入,阳湖之文,从汉魏六朝入。迨李兆洛起,放言高论,盛倡秦汉之偶俪,实唐宋散行之祖,乃辑《骈体文钞》以当桐城姚氏之《古文辞类纂》,而阳湖之文,乃别出于桐城以自张一军。顾其流所衍,比之桐城为狭。然桐城之说既盛,而学者渐流为庸肤,但习为控抑纵送之貌而亡其实,又或弱而不能振,于是仪征阮元倡为文言说,欲以俪体嬗斯文之统。江都汪中质有其文,熔裁六朝,导源班蔡,祛其缛藻,出以安雅,而仪征一派,又复异军突起以树一帜。道穷斯变,物极则反,理固然也。厥后湘乡曾国藩以雄直之气,宏通之识,发为文章,而又据高位,自称私淑于桐城,而欲少矫其懦缓之失。故其持论以光气为主,以音响为辅,探源扬、马,姤宗退之,奇偶错综,而偶多于奇,复字单词,杂厕相间,厚集其气,使声彩炳焕而戛焉有声。此又异军突起而自为一派,可名为湘乡派。一时流风所被,桐城而后,罕有抗颜行者。门弟子著籍甚众,独武昌张裕钊、桐城吴汝纶号称能传其学。吴之才雄,而张则以意度胜,故所为文章,宏中肆外,无有桐城家言寒涩枯窘之病。夫桐城诸老,气清体洁,海内所宗。徒以一宗欧、归,而雄奇瑰玮之境尚少。盖韩愈得扬、马之长,字字造出奇崛。至欧阳修变为平易,而奇崛乃在平易之中。桐城诸老汲其流,乃能平易而不能奇崛,则才气薄弱,势不能复自振起,此其失也。曾国藩出而矫之,以汉赋之气运之,故能卓然为一大家,由桐城而恢广之,以自为开宗之一祖,殆桐城刘氏所谓"有所变而后大"者耶?

自明以来,言文学者,汉魏、唐宋,门户各张,一阖一辟,极纵横轶宕之观,而要其归,未能别出于汉魏、唐宋而成明之文学,清之文学也,徒为沿袭而已。清初诗家有声者,如钱谦益、吴伟业、龚鼎孳为江左三大家,皆承明季之旧,而曹溶诗名,亦与鼎孳相骖靳。大抵皆步武王、李也。明末公安袁宏道矫王、李之弊,倡以清真。竟陵钟惺复矫其弊,变为幽深孤峭,与谭元春评选唐人诗为《唐诗归》,又评隋以前为《古诗归》。钟、谭之名满天下,谓之竟陵体,亦一时之盛也。新城王士禛肇开有清一代之诗学,枕葄唐音,独嗜神韵,含蓄不尽,意有余于诗,海内推为正宗。与秀水朱彝尊、宣城施闰章、海宁查慎行、莱阳宋琬所汇刻者,曰六家诗。彝尊学富才高,始则描摹初唐,继则滥泛北宋,与士禛齐名,时人称为"朱贪多,王爱好"。又有南施北宋之目,盖闰章以温柔敦厚胜,琬以雄健磊落胜也。当是时,商丘宋荦亦称诗宗,与士禛颉颃,而诗主条畅,又刻意生新,其源出于苏轼。游其门者,如邵山人长蘅等靡然从风,亦于士禛之外自树一宗,独王士禛名最高,然清诗之有王士禛,如文之有方苞也。清初诗人皆厌王李之肤廓,钟惺谭之纤仄,谈诗者颇尚宋、元,而宋诗之质直流,而为有韵之语录,元诗之缛艳化,而为对句之小词。王士禛崛起其间,独标神韵,所选古诗及《唐贤三昧集》,具见其诗眼所在。如《三昧集》不取李、杜一首,而录王维独多,可以知其微旨,蔚然为一代风气所归。但士祯之诗,富神韵而馁气势,好修饰而略性情。汪琬戒人勿效其喜用僻事新字,而益都赵执信本娶士祯女甥,习闻士祯论诗,谓"当如云中之龙,时露一鳞一爪",而执信作《谈龙录》纠之,谓"诗当指事切情,不宜作虚无缥缈语,使处处可移,人人可用",论者以为足救新城末派之弊。大抵士祯以神韵缥缈为宗,而风华富有,执信以思路巉深为主,而刻画入微。王之规模阔于赵,而流弊仍伤肤廓,赵之才力锐于王,而末派再病纤仄。两家并存,其得失适足相救也。执信既著《谈龙录》发难士祯,而山左之诗一变。钱唐厉鹗《樊榭山房诗》,精深峭洁,参会唐宋,于王士祯、朱彝尊外,又别树一帜,而两浙之诗一变。钱唐袁枚,铅山蒋士铨,阳湖赵翼并起,号江左三大家,而大江南北之诗无不一变矣。然乾、嘉之际,海内诗人相望,其标宗旨,树坛坫,争雄于一时者,要推沈德潜、袁枚、翁方纲。王士祯之诗,既为人所不餍,于是袁枚倡性情以矫士祯之好修饰而涉于泛。翁方纲拈肌理以救士祯之言神韵而落于空。沈德潜论格调以药士祯之工咏叹而枵于响。袁枚论诗,以为"诗者,人之性情也。性情之外无诗。王士祯主修饰而略性情,观其到一处必有诗,诗中必用典,此可想见其喜怒哀乐之不真",此袁枚论诗之旨也。翁方纲以学为诗者也。其论诗,谓:"士祯拈神韵二字,固为超妙,但其弊恐流为空调。"故特拈肌理二字,盖欲以实救虚也。所以诗,自诸经注疏以及史传之考证,金石文字之爬梳,皆贯澈洋溢于其中。王士祯之后,诗有翁方纲,犹桐城之后,文有曾湘乡乎?然言言征实,亦非诗家正轨,故其时大宗,不得不推沈德潜。德潜少从吴县叶燮受诗法,其论诗最崇格律。尝曰:"诗以声为用者,其微在抑扬抗坠之间。"此说本发之赵执信,谓"汉魏六朝至唐初诸大家,各成韵调,谈艺者多忽不讲,与古法戾",乃为《声韵谱》以发其秘,亦犹曾湘乡论文从声音证入,以救桐城懦缓之失也。德潜又曰:"诗贵性情,亦须论法。所谓法者,行所不得不行,止所不得不止,而起伏照应,承接转换,自神明变化,贵能以意运法,而不能以意从法。"及自为诗,古体宗汉、魏,近体宗盛唐,尤所服膺者为杜,选《古诗源》及《三朝诗别裁》以标示宗旨。天下之谭诗者宗焉。踵其后而以诗名者:大兴有舒位,秀水有王昙,昭文有孙原湘,世称三君。四川有张问陶,常州有黄景仁、洪亮吉,江西有曾燠、乐钧,浙中有王又曾、吴锡祺、许宗彦、郭麈,岭南则有冯敏昌、胡亦常、张锦芳三子,而锦芳又与黄丹书、黎简、吕坚为岭南四家。大率皆唐人之是学,未尝及德潜门,而实受其影响者。其中以舒位、孙原湘、黎简三家,尤为特出。位与原湘皆自昌黎、山谷入杜,而简则学杜而得其神髓者也,于是宋诗之径途渐辟。道光而后,何绍基、祁寯藻、魏源、曾国藩之徒出,益盛倡宋诗,而国藩地望最显,其诗文皆私淑江西。洞庭以南,言声韵之学者,稍改故步,而湘潭王闿运则为骚选盛唐如故,比之古调独弹矣。王闿运始与武冈邓辅纶、邓绎,长沙李寿蓉,攸县龙汝霖四人者相善也,喜吟咏,日夕赓和,而辅纶尤工五言,每有作,皆五言,不取宋唐歌行近体,故号为学古,标曰湘中五子。而五子之中,闿运独推服邓辅纶云。

　　清诗有唐宋之殊,而词则宗宋。词学至南宋之季,几成绝响,知比兴者,金之白朴、元之张翥而已。朴词曰《天籁集》,清隽婉逸,意惬韵谐,可与张炎《玉田词》相匹,而翥《蜕岩词》,婉丽风流,亦有南宋旧格。惟璞所宗者,多东坡、稼轩之变调,而翥所宗者,犹白石、梦窗之余音,门径微有不同。明初作者,犹沾溉张翥之旧,不乖于风雅。永乐以后,南宋诸名家词,皆不显于世,盛行者,为《花间集》、《草堂诗余》二选。杨慎、王世贞辈之小令、中调犹有可取,长调皆失之俚。惟陈子龙之《湘真阁》、《江蓠槛》词,直接唐人,可谓特出。明社既屋,京兆士大夫虽依新朝,犹慨沧桑,特假长短之句,藉抒抑郁之气,始而微有寄托,久则务为谐畅,而吴越操觚家闻风兴起,作者、选者,妍媸杂陈,遂不免有怪词、鄙词、游词之三大蔽。王士禛之数载广陵，实为斯道总持。盖皆祖述南宋，唯《草堂诗余》是规，罕及北宋以上，殆若文之祢唐宋八家而祧东、西京，诗之学苏、黄而不知有苏、李十九首，未可谓善学也。洎士禛在朝，位高望重，绝口不谈倚声，独朱彝尊、陈维崧两人并世齐名，妙擅倚声，合刻《朱陈村词》，而清朝词派始成。惟朱才多，不免于碎；陈气盛，不免于率。朱之情深，所作词高秀超诣，绵密精美，其蔽为馂饤。陈之笔重，所作词天才艳发，辞锋横溢，其蔽为粗率。继之而起，名重一时者，实惟纳兰成德，门地才华，直越北宋之晏小山而上之。其词缠绵婉约，能极其致，南唐坠绪，绝而复续。故论清初词家，当推成德为一把手，朱陈犹不得为上。所惜享年不永，门户未张耳。然乾隆以前，言词者莫不以朱、陈为范围。钱塘厉鹗，吴县过春山，近朱者也；兴化郑燮，铅山蒋士铨，近陈者也。其后作词者遂分浙西、常州两派。浙西派始于厉鹗，鹗词宗彝尊，而数用新事，世多未见，故重其富。后生效之，每以捃摭为工，后遂浸淫而于大江南北。然抄撮堆砌，音节顿挫之妙，未免荡然。特是绮藻韵致，词家之有厉鹗，如诗之有王士禛，有《樊榭山房词》一卷，《续集》一卷，生香异色，超然神解，如入空山，如闻流泉，节奏精微，辄多弦外之音。然标格仅在南宋，以姜夔、张炎为登峰造极之境，流极所至，为馂饤，为寒乞。亦与诗之渔洋末派同。武进张惠言乃起而振之，与其弟琦选唐宋词四十四家、百六十首，为《词选》一书，阐意内言外之旨，推文微事著之原，比傅景物，张皇幽渺，虽町畦未辟，而奥突已开。盖以深美闳约为主，其意在尊清真而薄姜、张，视苏、辛尤为小家，贵能以气承接，通首如歌行然，又须有转无竭。嘉庆以来名家，大抵自张惠言而出。其学于惠言而有得者，歙县金应城、金式玉也。其以惠言之甥而传其学者，则武进之董士锡也。此常州派之所由起也。荆溪周济稍后出，尝谓："词非寄托不入，专寄托不出。"其所立论，实足推明惠言之说而广大之，盖自济而后，常州派之壁垒益固矣。词之有常州，以救浙派俳巧之弊，犹之文之有湘乡，以矫桐城懦缓之失也。桐城之文，富神韵而馁气势，略如诗之有渔洋，词之有浙派。然而有不同者，盖崇雅澹而排涂饰，不如渔洋诗、浙派词之好修饰而略性情。此以流派论。若就词论词：南宋而还，极盛于清，然惟纳兰成德、项鸿祚、蒋春霖三人为当家耳。成德《饮水词》，哀感顽艳，得南唐后主之遗，虽长调多不协律，而小令则格高韵远，极缠绵婉约之致。鸿祚《忆云词》甲、乙、丙、丁稿，古艳哀怨，如不胜情，荡气回肠，一波三折，有白石之幽涩而去其俗，有玉田之秀折而无其率，有梦窗之深细而化其滞，殆欲前无古人。其《乙稿》自序云："近日江南诸子竞尚填词，辨韵辨律，翕然同声，几使姜、张颊首，及观其著述，往往不逮所言"云云，婉而可思。又《丁稿》自序云："不为无益之事，何以遣有涯之生！"亦可以哀其志矣。以成德之贵，项氏之富，而填词皆幽艳哀断，异曲同工，所谓别有怀抱者也。浙中填词为姜、张所缚，百年来屈指惟项鸿祚有真气耳。蒋春霖为诗，恢雄肮脏，若《东淘杂诗》二十首，不减少陵《秦州》之作，乃易其工力为长短句，镂情刬恨，转毫于铢黍之间，直而致，沈而姚，曼而不靡。文字无大小，必有正变，有家数。春霖《水云词》，固清商变徵之声，而流别甚正，家数甚大，与纳兰成德、项鸿祚二百年中，分鼎三足。咸丰兵事，天挺此才，为倚声家杜老，而晚唐、两宋一唱三叹之意则已微矣。或曰："何以与成、项并论？"应之曰："清初王士祯、钱芳标钱方标，字葆馚，华亭人，所著《湘瑟词》有"惊才绝艳"之誉一流，为才人之词，张惠言、张琦、周济一派，为学人之词。惟三家是词人之词，固不以流派限矣。"

　　此近代文学之大略也。现代文学者，近代文学之所发酵也。近代文学者，又历古文学之所积渐也。明历古文学，始可与语近代；知近代文学，乃可与语现代。既穷其源，将竟其流，爰述历古文家为编首。

上　编
古　文　学

一、文

魏 晋 文

王闿运　章炳麟　附黄侃　苏玄瑛

方民国之肇造也，一时言文章老宿者，首推湘潭王闿运云。

王闿运，字壬秋，又字壬父。生时，父梦神榜其门曰："天开文运。"因以闿运为名。顾天性愚鲁，幼读书，日诵不及百言，又不能尽解。同塾者皆嗤之。师曰："学而嗤于人，是可羞也。嗤于人而不奋，无宁已。"闿运闻而泣。退益刻励，昕所习者，不成诵不食，夕所诵者，不得解不寝。年十五，始明训故。十九补诸生，与武冈邓辅纶、邓绎等结兰陵词社，号湘中五子。二十通章句。二十四而言《礼》，作《仪礼演》十二篇。二十八达《春秋》。其治学初由《礼》始，考三代之制度，详品物之体用，然后通《春秋》微言，张公羊，申何休，今文家言于是大盛也。时则让清之季，学者承乾、嘉以来训诂章句之学，习注疏，为文章法郑玄、孔颖达，有解释，无纪述，重考证，略论辨，掇拾丛残，而不知修辞为何事，读者竟十行，辄隐几卧。而闿运不谓是，因慨然曰："文者，圣之所托，礼之所寄，史赖之以信后世，人赖之以为语言。词不修，则意不达，意不达，则艺文废，俗且反乎混沌。况乎挐乳所积，皆仰观俯察之所得。字曰文，言其若在天之星象，在地之鸟兽蹄迹，必其灿著者也。今若此，文之道，或几乎息矣。"故其为文悉本之《诗》《礼》《春秋》，而溯庄、列，探贾、董，旁涉释乘，发为文章，乃萧散似魏晋间人，大抵组比工夫，隐而不现，浮枝既削，古艳自生。平湖张金镛方督学湖南，科试录遗才，得闿运卷，惊曰："此奇才也，他日必以文雄天下。"急延见，称勉之，且曰："湖岳英灵，郁久必发，其在子乎？"中咸丰癸丑举人，应礼部试，入都。肃顺柄政，待为上宾。一日，为草封事，文宗叹赏，问属草者为谁。肃顺对曰："湖南举人王闿运。"上问何不令仕，曰："此人非衣貂不肯仕。"上曰："可以赏貂。"故事，翰林得衣貂。时闿运在公车，意不欲他途进也。既，文宗崩，孝钦皇后骤用事，诛肃顺。而闿运方客山东，得肃顺书招之，将入都，闻肃顺诛，临河而止，有《人日寄南昌高心夔伯足诗》曰："当时意气各无伦，顾我曾为丞相宾。俄罗酒味犹在口，几回梦哭春华新。"即咏肃顺也，不胜华屋山丘之感。后数十年，闿运老矣，而主讲船山书院时，一夜朗诵此诗，说肃顺故事，曰："人诋逆臣，我自府主。"泪涔涔下。某岁走京师，托言计偕，而实未与试，阴以卖文所获数千金，恤肃顺之家云。闿运诙谐善谑，独于朋友死生之际，风义不苟如此。肃顺既败，乃踉跄归，伏匿久不出。旋参两江总督曾国藩军事。国藩，闿运通家也。其初简屏仪从，延纳士人，重法以绳吏胥，严刑以殛奸宄，皆纳闿运议。闿运谓"国藩之文，欲从韩愈以追西汉，逆而难。若自诸葛忠武、曹武王以入东汉，则顺而易"，而国藩不能用也。独谓闿运文有慧业，极称其《秋醒词序》。其辞曰：

戊午中秋既望之次夕，余以微倦，假寝以休。怀衿无温，憬焉而寤。方醒之际，意谓初夜，倾听已久，乃绝声闻。揽衣出房，星汉照我，北斗摇摇，庭院垂光。芳桂一枝，自然胜露；秋竹数茎，依其向月。青扉半开，知薄寒之已久。垩墙如练，映苔地以逾阴。象床低彩凤之帷，金缸续盘龙之焰。罗帱轻扬而已惊蚊宿，锁窗无听而坐闻虫语。湛湛之露，隔鸳瓦而犹凉。瑟瑟之风，送鸡声而俱远。辽落一声，旁皇三叹。岂象罔三求之后，将钧天七日之终？忽然自失，旋云有得矣。嗟乎！镜非辞照，真性在不照之间；川无停流，静因有不流之体。然则屡照足以疲镜，长流足以损川，推移之时，微乎其难测也。且齐有穿石之水，吴有风磨之铜。油不漏而炷焦，毫不坠而颖秃，积渐之势也。笋一旬而成竹，松百年而穿天，迟速之效也。人或以百年为促，而不知积损之已久。或以耄期为寿，而不知佚我之无多。是犹夏虫之疑冰，冬鹬之忌雪矣。一年已来，偶有斯觉，未觉之顷，相习为安。况同景异情，觉而仍梦，庸得不即机自警，依影冥心者哉。于斯时也，从静得感，从感生空，意御列风之是非，窆轩云而升降，接卢敖之汗漫，入李叟之有无，犹陈思之登鱼山，茂陵之叹敝屣也。俄而侍娃旋起，闺人已觉，一庭之内，群籁渐生，似华胥之顿还，若化城之忽返，是知安闺房者，苦人之扰天。栖空山者，必静而慕动。神仙纵可以学至，傥非智慧之士，所得而息机焉。居尘途而谈元寞，在金门而希隐遁，县车之愿徒设，拂衣之效无闻。与夫北山轩眉，终南捷仕，牛巢论禅代之事，武陵知汉晋之迁，亦有欣哀，未容相笑也。若出而思隐，将隐而思出乎？子思所以有素行之箴，许行所以有一瓢之累也。但幸契遐心，堪祛劳虑，信有为之如六，悟还真之用九。盖梦在百年之中，而愁居七情之外，由是澄心眇言，然脂和墨，聊赋其意，命曰《秋醒词》。浣笔冰盂，叩声霜磬。飞萤入户，引幽想以俱明；早雁拂河，闻秋吟而不去。人间风月之赏，别有会心；道场人天之音，切于常听也。

自诧以为生平妙文，无过此者。文章雍容，遨游群帅间。而是时，天下大乱,将帅各开幕府,招致才俊。曾国藩尤称好士。贱人或起家为布政,裸身来,归资巨万,士争自效。闿运独为客,不受事,往来军中,或旬月数日即归。后国藩益贵,宾客皆为弟子,闿运仍为客,尝至江宁谒国藩。国藩未报,遣使招饮。闿运笑曰:"相国以我为铺啜来乎?"即携装乘小舟去。国藩追谢之,则已归矣。撰《湘军志》,叙曾国藩之起湘军及戡平太平军本末。虽表扬功绩,而言外见意,于国藩且有微辞,不论其它。文辞高健,为唐后良史第一。惟骄将惮其笔伐,造作蜚语,谓得暮夜金,所纂有乖故实,购毁其板,欲得而甘心焉。然闿运自以为记事追太史公,趔趄不多让也。其记事之流传者,《湘军志》而外,有《录祺祥故事》,其辞曰:

> 恭忠王母,文宗慈母也,全太后以托康慈贵妃,贵妃舍其子而乳文宗,故与王如亲昆弟。即位之日,即命王入军机,恩礼有加,而册贵妃为太贵妃。王心慊焉,频以宜尊号太后为言。上默不应。会太妃疾,王日省视,帝亦省视,一日,太妃寝未觉,上问安至,宫监将告,上摇手令勿惊。妃见床前景,以为恭王,即问曰:"汝何尚在此?我所有,尽予汝矣。它性情不易知,勿生嫌疑也。"帝知其误,即呼额娘。太妃觉焉,回面一视,仍乡内卧不言。自此始有猜,而王不知也。又一日,上问安入。遇恭王自内而出。上问:"病如何?"王跪泣言:"以竺。意待封号以瞑。"上亶曰:"哦,哦。"王至军机,遂传旨令具册礼。所司以礼请,上不肯却奏,依而上尊号,遂愠王,令出军机,入上书房,而减杀太后丧仪,皆称遗诏减损之,自此远王同诸王矣。庚申之难,令王留守。至热河,帝疾,独军机诸臣在,王及醇王皆不侍。八月初,王具奏请省视。帝疾竺,以不能坐起,强起倚枕手批王奏曰:"相见徒增伤感,不必来觐。"其猜防如此。故肃顺拟遗诏,亦缘上意,不召王与顾命也。肃顺本郑王房,

以功世为亲王，与袭郑王异母，以才敏得主知，自辅国将军为户部尚书，入军机，专断不让。怡王即世宗弟，亦以宠世王，袭王载垣与袭郑王端华皆依肃顺为用。初诏谒陵出都，实辟夷兵，而讳其行。行日之朝，犹有诏言"君死社稷"。独肃顺先具行装，备路赉。自都启行，供张无办，后妃不得食，惟以豆乳充饭，而肃顺有食担，供御酒肉。后御食有膳房，外臣不敢私进，孝贞、孝钦两后不知其由，以此切齿于肃顺。及之热河，循例进膳。孝贞又言："流离羁旅，何用看席。请蠲之。"文宗曰："汝言是也，当以告肃六。"明日，诏问云云，肃顺知上旨，则对以："费亡几。若骤减膳，反令外惊疑。"上心喜所对，即诏后曰："肃六云不可。"后益恶肃顺矣。已而大行，遗诏八臣受顾命如故事。孝贞诏顾命臣，以防雍阁为词，日进章疏，仍由内发，军机拟旨，上后览发，以小印为记。小印曰"同道堂"，不知何时人刻，汉玉为之。汉玉者，汗玉也，殉葬玉，皆假名汉。文宗初晏朝，后至御寝，问侍寝何人，升坐责数之。上既视朝，心念后未还，恐有变，即还寝，则宫监森然侍立，知后升坐，即戒毋报知皇后，潜步入，则后方上坐，侍妃跪前。后见上至，下迎，帝即坐后坐，跪者犹未敢起，后立帝旁。帝阳指跪者，问后："此何人也？"后跪奏："自祖宗以来，寝兴有定法。今帝以醉过辰不出朝，外间不知，皆以奴无教，故责问彼何以多劝上酒。"帝叹曰："此自我过，彼何能劝我，且宜恕之。"后奉诏，因曰："此主子宥汝。以后无论何处醉，惟汝自问。"帝惭，即索所佩，唯一玉印，解赐后以谢。"同道"章自此始，今乃以为信，而或说不知，安有传伪云。既而御史高延祜上请垂帘，本后意也。以示顾命臣。肃顺即言："按制当立斩。"孝贞心怍焉，即曰："我辈不用其言足矣，不必深求。"及票拟上，议斩。奏下，独留高折不发。于是军机三日不视事，孝贞问，则以对前折未尽下。于是孝贞涕泣，自起检奏予之，拟高摘为披甲奴。越日大临,后见醇王福晋而泣。醇王福晋,孝钦妹也,孝贞亦妹之,故相亲善,诉其事,曰:"欺我至此。我家独无人在乎?"福晋言:"七耶在此。"孝贞喜曰:"可令明晨入见。"及明,醇王入直庐前。肃顺问"何为",对以"召见"。肃顺哂曰:"焉有此。"斥令退。王退,立外阶。俄宫监来窥直房,旋去,而军机至晏,竟不叫起。叫起者,召见分班,一见为一起,军机则皆同入为头起。此日不召头起,先召醇王。宫监来窥者三,终不见醇王至,三至,乃自语曰:"七耶何不来?"王在外闻之,即应曰:"待久矣。"来监亦曰:"待久矣。"遂引王入。肃顺在内坐,不能阻王,既对,孝贞诉如前,醇王曰:"此非恭王不办。"后即令往召恭王。醇王受命,驰还京。三日,与恭王至,军机前辈也,至则递牌入,谒梓宫,因见后。后诉如前,恭王对:"非还京不可。"后曰:"奈外国何?"王奏:"外国无异议。如有难,惟奴才是问。"后即令王传旨回銮,令肃顺护梓宫继发。既之京,即发诏罪状顾命八臣,俱拿问。怡、郑二王犹在直房,恭王出诏示之,皆相顾无语。王问:"遵旨否?"载垣曰:"焉有不遵。"王即拱之出,则以备车送宗人府。于是遣醇王迎提肃顺,即庐殿旁执诣刑部。肃顺骂曰:"坐被人算计,乃以累我。"临刑,骂不绝,卒以拦阻垂帘斩于市,而赐二王死。一时无识者谓之三凶。即诏旨亦不知垂帘之当斩也。先是改元祺祥,至是改同治。设三御坐,召见听政如常仪。名治肃党,以常酒食往来者当之。而恭之任事,委权督抚,朝政号为清明。颇采外论,擢用贤才,能特达者,不为遥制。然宫监娈索,亲王密迩,时有交接,辄加辐赍,则不足于用,而国制,王贝勒不亲出纳,奉给庄产,皆有典主者,率盗侵以自给,及入枢廷,需索尤繁,王恒忧之。福晋父,故总督也,颇习外事,则以提门包为充用常例。王试行之而财足用。于是府中赇赂公行,珍货猥积,流言颇闻,福晋亦患之而不能止矣。王既被亲用,每日朝,辄立谈移晷,宫监进茗饮。

两宫必曰:"给六耶茶。"一日,召对颇久。王立御案前,举瓯将饮,忽悟此御茶也,仍还置故处。两宫哂焉。盖是日偶忘命茶。而孝钦御前监小安方有宠,多所宣索。王戒以:"国方艰难,宫中不宜求取。"小安不服,曰:"所取为何?"王一时不能答,即曰:"如瓶器杯盘,照例每月供一分,计存者已不少,何以更索?"小安曰:"往后不取矣。"明日进膳,则悉屏御磁,尽用村店粗恶者。孝钦讶问,以"六耶责言"对。孝钦愠曰:"乃约束及我日食耶?"于时蔡御史闻之,疏劾王贪恣。它日,诏王曰:"有人劾汝。"示以奏,王不谢,固问:"何人?"孝钦言:"蔡寿祺。"王失声曰:"蔡寿祺非好人。"于是后积前事,遂发怒,罪状恭亲王,有"暧昧不明,难深述"之语。朝论大惊疑。而外国使臣亦询军机事所由,用是得解。复召见,王痛哭谢罪,复直如初,以疑忌挤去者八人。军机有前后八仙,与前顾命者为对,皆以目恭王云。然恭王自是益谨。而安得海以擅出京师,诛于历城。李莲英继用事,烜赫过于小安,而谨饬慎密,竟终事孝钦。恭王亦以功名终,得谥曰贤,不遇祸败。然王大臣纳贿之风,及孝钦颇留意进献,皆自王倡之。五十年来,议和主战,终归于服从,亦孝钦之过虑也。恭王、孝钦皆有过人之敏知,而俱为财累,乃至德宗末年,天下惟论财货,及禅让亦以贿成,用兵惟先言饷,动至千百万,和款外债遂巨兆。举古今不闻之说,公言之而不怍,开辟以来未有之奇,盖又咸、同以来所不料者。以前史论之,战国、秦、楚之际,庶几肇兹。自非张四维,革浇风,吾乌知其所底哉。

盖作于国变以后,然婉而章,尽而不污,与《湘军志》同为逊朝大掌故文字也。既以肃党摈不用于时,大治群经,出所学以开教授。谓:"文章之道,词不追古,则意必循今。率意以言,违经益远。是以文饰者胥尚虚浮,驰骋者奋其私知。故知文随德异,宁独政与声通。欲验流风,尤资总集。但萧楼略选，仅存梗概；梅纪旁搜，未区门目。自馀捃摭，莫识津涯。蔽所稀闻，咻于众楚。"因辑《八代文粹》，广甄往籍，类分仍夫萧选，正副略仿李钞，要以截断众流，归之淳雅，并为述其本由，使必应于经义。四川总督丁宝桢钦其贤，延为成都尊经书院院长。至之日，则进诸生而告之曰："治经要道，于《易》，必先知《易》字含数义，不当虚衍卦名。于《书》，必先断句读。于《诗》，必先知男女赠答之词，不足以颁学官，传后世。一洗三陋，乃可言《礼》。《礼》明，然后治《春秋》。"又曰："说经以识字为贵，而非《说文解字》之为贵。"又曰："文不取裁于古，则亡法。文而毕摹乎古，则亡意。""然欲取裁于古，当先渐渍乎古。先作论事理短篇，务使成章，取古人成作，处处临摹，如仿书然，一字一句，必求其似，如此者，家信、账记，皆可摹古，然后稍记事，先取今事与古事类者，比而作之，再取今事与古事远者，比而附之，终取今事为古所无者，改而文之，如是者，非十余年不成也。人病欲速。"遂教诸生以读《十三经注疏》、二十四史及《文选》之法。诸生日有记，月有课，暇则习礼，若乡饮、投壶之类，三年皆彬彬进乎礼乐。厥后廖平治《公羊》、《谷梁》、《春秋》、《小戴记》，戴光治《书》，胡从简治《礼》，刘子雄、岳森通诸经，皆有师法，能不为阮氏《经解》所囿，号曰蜀学。既还，主长沙校经书院，移衡州船山书院，江西大学堂。弟子数千人，学者称为湘绮先生。

湘绮先生者，盖因闿运自署所居之楼而称也。闿运闲雅广达，饶文史之乐，蚤岁偕妻赁庑，殊逼仄不甚适，自署曰湘绮楼，诵谢仪曹诗曰："高文一何绮，小儒安足为。"自以"好为文而不喜儒生，绮虽未能，是吾志也"，故以为名。然是时实未有楼也。后于长沙定王故台之旁，得三楹而居，有楼甚广，开窗即见湘水接天，山峦起伏，苍波无际，悠然景物，悉纳户牖。闿运于是大乐，欣得其所也，曰："此真湘绮楼矣。"夫人蔡氏名蕲生，亦知书，能诵《楚辞》以娱媚于闿运。先是闿运之少也，谒于蔡氏。有女贞不字，窥帘见以为丰裁独秀。其父微测其意，告于祖母，问曰："湘潭王生尚有文才,惜太贫耳。"女默然久之,第曰:"贫亦何害。"祖母曰:"然则汝肯嫁若耶?"女益默然。父友丁取忠方善闿运,绳而媒焉。闿运少喜标置,不乐土风,未之许也。他日丁取忠乃言蔡女高傲,或劝勿媒,闿运遽曰:"女中安得高者?"请愿娉焉。问名之夕,梦通谒者红锦金书,唯媞字朗然,且得庚帖,越二岁来归,故字以梦媞。既习礼容,尤矜风格,明眸广额,乡发稠如。姻家黄尝大会族亲,满堂簪佩。或问谁为王嫂,黄母笑曰:"刘妇莱妻,一望识矣。"自以居贫,恒严取受,顷岁绝食,有馈金求闿运文者,笑曰:"当作则与,文可鬻耶?"已而闿运果却之,相视辗然。闿运居湘绮楼之一年,而太平军作难,曾国藩起湘军。闿运奋焉有用世之志,出参军谋,归读我书。邻园有鹤夜鸣,辄起徘徊,赋诗曰:"鹤唳华池边,气与空秋爽。平生志江海,低羽归尘鞅。"翛然有世外之致也。既兵久不解,疮痍遍地,白日闭城,但有师旅,干戈之光映月,而哭声盈野,变故陈沓。闿运乃絜妻避兵明冈,六年还城,则困甚。自言:"家无儋储,月供房税,麋菽水之福,有泉刀之苦。"乃身之广州,写所经涂,有《到广州与妇书》。其辞曰:

　　吾自度揭岭,日远故国。下滩乘泷,并值冬涸,川石露列,溪流清弱,泷船柔脆,篙师拙狞。自平石至乐昌,乃昔迁客涕泣惊怖之地。凡有六泷,郦道元所谓"崖壁干空,交柯晦景"者也。泷原由溱入洭。汉桂阳太守周昕疏凿巨石,始通舟楫,旧有祠祀昕,今惟祠祷韩愈。素湍激雪,风涛凛厉,估舟惊望,叹若天堑。然观其水势,浅陕殊甚,徒极奔溅之状,实无浩洶之奇。吾舟下泷时,触破来舫,移岸迁货,纤毫得济,非有江湖稽天之浸,风涛呼吸之危也,而众人矜惜衣装,婴于濡没,重载轻发,自取碎破,清水白石,遂受恶名。耳口相传,自为眩惑,致使衣带之水,与吕梁齐险。祷求谪臣而使君废祀,以愈生时,犹不自济,欲其为福,不亦难乎。由乐昌下,大舟,东至曲江,五岭之口也。县以曲红冈而名,江红声同,因改字矣。设府建关,控引吴楚,浮桥横江,以榷舟税,大艑巨舰,骈阗于此。韶石在其北,郦生所记二仙分憩之处也。自唐以前,传虞舜奏乐于此,及英德亦有尧山。道元引耆旧之言,云"尧行宫"。王韶之记亦谓"尧故亭"。又曰:"父老相传南巡登此。"然则禹迹以前,斯为内地。且金银轮王治四天下,唐虞二圣,岂局步于五岭乎?从英德至清远,经历三峡,即浈阳大庙中宿也。大庙介二峡之间,赵佗筑万人城,杨仆伐破寻狭,亦此岸地。然是陆地之要区也,江行之奇则在浈阳。道元云:"两岸杰秀,壁立亏天。"张子寿亦言:"晴书山阴,先秋水冷。"后人始开栈道,建峡山寺于上。悬崖长啸,江帆萧瑟,虽词客寻玩,淹流忘俗,而旁山剥落,翠秀靡依。以吾卧观,未为佳胜也。且南州炎德,草木恒青,藻丽山川,宜增幽映,而石壁竦仄,势若火燎,丹皮赭骨,寸茎不附,孰如蒸湘,岩树葱茏,松竹杉柏,陵冬鲜碧,故过岭以南,无可瞻悦。但此峡擅名既久,未跻绝壁,江山嘉会,步步异形,若登临俯观,或当有异。故周夔云:"碧澜之下,寸寸秋色,乳枝磬落,松风瑟缩。"得此石室,题为难到矣。《吴都赋》以闽禺楫师,习御长风。今老龙、河西等船,实为蠢陋,舟形彭亨,水手粗疏,每下篙竹,喧呼叫跳,足若蹄踏,号声惨烈,清旦黄昏,闻者骇悸。兼劫盗肆出,人人自危。下至三水,乃稍稍清旷。三水今县,《汉地志》所谓"洭水南至",四会之地也。洭水自清远来曰浈江,牂牁水源流万里,自肇庆来,曰西江,晋康水自广宁来,曰绥江,均会昆都,故为县号。绥江至县,复分二派,同为一川,故昔言四会矣。冬水尽涸,舟楫无利,始以季冬六日至于广州。此州实四宅之南交,荆州之下徼。自汉迄今,繁富有名。往在他方,闻彼土人,说其物产,矜炫殊绝,云甲天下。及躬览风物,考之图志,要其土俗,可得而言焉。州为秦南海郡地。《山海经》所谓贲禺,郭景纯云："今番禺也。"姚文式言："城东南偏有水坑陵，此县人名之为番，城倚其上，在番山之隅也。"城始筑自越人公孙隅，号曰南武。楚威王时有五羊衔谷穗之瑞，乃增筑楚亭，城周十里，号五羊城。及任嚣、赵佗始成都会。吴步骘又廓番山之北。及宋，筑子城、瓮城，又增两翅以卫居民。明永嘉侯朱亮祖始连三城为一，即今省城制也。市廛逼窄，第宅坚陕，街衢垢秽，无洁清之容。民言侏僭，贪利好奢，自外中国，别为风气。地性蒸暖，易生疾疫，蚊蝇乘其昏运，蛇鼠充其毒食。瘴疠风淫，尤多盲女。昔人言之详矣。岛夷杂糅，诡服殊形，刀剑火枪，纵横于路。民无正业，习为博盗，白昼攫金，露刃连队，不知其非法也。俗取周兴嗣《千字文》，列字八十，分为一章，四分取一，任人射覆，凡出三钱，许射一条，由一至百千万，不限字数，全中，其利千倍，一钱之资，偿以十金。国人若狂，梦想颠倒，号曰白鸽标，此敛财之巧术也。意钱掷骰，割肉悬壶，藏钩恹牌，皆供赌输，愚者倾家，智者疲神，古博徒所未闻也。凡倡女冶容，多乐隐蔽，独此邦中，视同商贾，或连房比屋，如诸生斋舍之制，或联舟并舫，仿水师行营之法，卷发高尾，白足著屐，燕支涂颊，上连双眉，当门坐笑，任客择视。家以千计，人以万数，弦唱撮声，尽发鸠音。远游之人，窃窕之性，入于其间，若抱虎狼，斯实男女之一厄乎？异物恒产，来自番舶，土人所甘，良亦奇诡。菜必生辛，羹必稠甜。若夫槟榔酸涩，蕉子甘烂，薯重十斤，芥高七尺，君迁小柿，新会大橙，不含霜雪，多复皱腐。腌橄榄以盐豉，取蚁粪为奇南，榕树不可爨，木棉不可絮，奇器巧制，则故贱其直，水火菽栗则尽昂其贾。陆生所记，"南越之境，五谷无味，百花不香"者，信非他方之所取也。冬至初过，桃荣梅落，余花生红，多不辩名，但有其质，聊无其姿，亦何取于长春乎？邦人市海鲜，别为厨馆，则有鲨鱼之翅，海蛇之皮，章举马甲，鲦鲻天蠔，咸蟹龙虾，雄鸭腊鹑，腥秽于市井，纷错于楼馆者,不可胜计。又俗好烧炙,物喜生割,操刀持叉,千百其徒,乞人待肉食而餐,宾筵以多杀为豪,婚礼烧猪,辄列数百。俗无羞耻,取妇以得女为奇。床第之私,守宫之验,明告六亲,夸以为荣。知礼之家,亦复随俗。亦既觏止,我心则降,此尤可笑叹者也。通商之夷,何止百种。蟠踞城府,敖兀大官,屈心事之,惟恐不欢,况敢设备豫乎?外郡土客,仇杀未已,且不受官劝,谁能用武。乡村族居,多建炮台。县官催科,动必发兵,幸而战胜,惧乃纳税。省中录囚,日屠百人,皆无辜之穷老,受泉而代死。子卖其父,如犬羊然,轻命嗜货,三纲绝矣。蚕富则为大豪,夕贫则充盗魁。昔南汉刘䶮,奢僭自雄,乐裸逐之戏,制烧煮之刑。今久渐皇风,犹为恶俗。若非猛厉廉正,贵士贱商,先教礼让,后禁淫盗,则伊川之野,不百年而为戎乎?尉佗文理以止斗,陈祖奋武而勤王,彼何人哉!彼何人哉!吾乡游宦士大夫,多怀归思。亦有强壮,无瘅而夭。柳生夏凋,翁君冬亡,虽会冥数,诚可悲惧也。容兄以卑官居韶,十口饥寒,其妻与妾居,比肩钧敌,呼嫡子为儿,视所生如奴。山农新取南女,以为继妻。此女矜其华年,轻鄙老夫,动即叫骂,坐必偃蹇,同之南海,便褰裳而去,独坐夷船,还其母家,虽冯敬通之悍妻,贾公闾之妒妇,以今方古,未足云奇。亦近世之新闻,女史之一鉴也。夫阴教不修,夫妻同过,但责女德,岂足云乎。想卿闻斯,达此谊也。吾好为远游,何必乐土。优游自如,身心无患。比读庄生之文,悟其元旨,知物论生于是非,生死累于形骸,颇欲逍遥,以化成亏,何觉哀乐之殊境,离合之异轨乎?惟恐淑子独处幽忧,聊书所经,以为笑噱。冬寒日轻,春物方妍,起坐眠食,勉当自慎,时复手书,以慰劳勤。

诵者谓"辞章之美,情必极貌以写物,辞必穷力而追新"。先民有作,鲍照《大雷》差相拟也。诗才尤牢罩一世，各体皆高绝。而七言近体则早岁尤擅场者。其重悼师芳阎运女适钟，未逾年夭诗曰：

> 初月无端入玉棍，露痕如白又如青。不成眉样依明镜，遥想啼痕染素馨。自是长愁甘解脱，未应多慧误婷婷。文姬死后知音少，吟尽伤心只自听。

又《泰安岱祠》曰：

> 三重门阁敞清晖，碧殿丹墀对翠微。路入仙坛孤影静，气通天座百灵归。秦碑古藓青成字，汉柏神风绿晕衣。祠令奉高严祀久，不同诸岳倚岩扉。

《斗姥宫尼院》曰：

> 瑶阶翠柏不知霜，仙地宜分玉女房。镜里云霞烘月影，川中脂粉带天香。灵宫定有珠为蕊，尘世应知海未桑。朱鸟窗前几人到，等闲邪见莫思量。

《雪霁登玉皇顶》曰：

> 黄河如线海如杯，表里泱泱四望开。战国曾嫌天下小，登封常见圣人来。扶桑浴日光先照，匹练浮云首重回。一片空明尽冰雪，便疑身在九璜台。

雅健雄深，颇似陈卧子，有明七子之声调而去其庸肤，此其所以不可及也。顾其集中所存，无七言近体，盖晚年手订全稿时删去者。惟湘中旧刻本内有七言律绝二卷，曰《杜若集》、《夜雪集》。而七言古最著者，莫如所作《圆明园词》一篇，韵律调新，风情宛然，乃敩唐元稹之《连昌宫词》，不为高古，于《湘绮集》为变格，然要其归引之于节俭，而以监戒规讽终其篇，亦仿元稹《连昌宫词》之体也。网罗园故，序而行者，则署名长沙徐树钧焉。其词曰：

圆明园在京城西，出平则门三十里，畅春园北一里许，世宗皇
帝藩邸赐园也。圣祖常游豫西郊，次于丹棱沜，乐其川原，因明武
清侯李伟清华园旧址，筑畅春园。藩邸赐园故在其旁。雍正三年，
乃大宫殿朝署之规，以避暑听政，前临西山，环以西湖。湖水发原
玉泉山，曰瓮山，度宫墙东，流入清河，《水经注》所谓"蓟县西湖，绿
水澄淡，燕之旧池"者也。东流为洗马沟，东南合高粱之水，故鱼稻
饶衍，陂泉交绮。高宗皇帝嗣位，海宇殷阗，八方无事，每岁缔构，
专饰园居。大驾南巡，流览湖山风景之胜，图画以归，若海宁安澜
园、江宁瞻园、钱塘小有天园、吴县狮子林，皆仿其制，增置园中，列
景四十，以四字题扁者为一胜区，一区之内，斋馆无数。复东拓长
春，西辟清漪，离宫别馆，月榭风亭，属之西山，所费不计亿万。园
地多明权珰别业，或传崇祯末，诸奄皆以珍宝窟宅于兹，乾隆间浚
池，发银数百万。每岁夏幸园中，冬初还宫。内廷大臣赐第相望，
文武侍从并直园林，入直奏对，昕夕往来，络绎道路。历雍、乾、嘉、
道，百余年于兹矣。文宗初，粤寇踞金陵，盗贼蜂起。上初即位，求
直言，得胜保、曾国藩、袁甲三三臣，既以塞、程、徐、陆先朝重望，相
继倾覆，始擢用前言事者，各畀重任。三臣支柱，贼不犯畿，然迭胜
迭败，东南数省，蹂躏无完土，主上悯苍生之颠沛，慨左右之无人，
九年冬，郊宿于斋宫，夜分痛哭，侍臣凄恻，大考翰詹，以宣室前席
发题，忧心焦思，伤于祸乱，然后稍自抑解，寄于文酒，以宫中行止
有节，尤喜园居，冬至入宫，初正即出。时园中传有四春之宠，皆汉
女，分居亭馆，所谓杏花春、武陵春、牡丹春、海棠春者也。然上明
于料兵，委权阃外，超次用人，海内称哲，而部院诸臣，无所磨厉，颇
袭旧敝，晚得肃顺，敢言自任，故委以谋议。先是道光二十年，英吉

黎夷船至广东香港,求通商不得,又以烧烟起衅,执政议和,予海关税银千八百万。英夷请立约,广督耆英与期十年,届期而徐广缙督两广。夷使至广州,拒不许入以受封爵。夷酋恨焉,志入广州。咸丰元年,英吉黎、佛朗西、米利坚各国,乘粤寇鸱张,中国多故,复以轮舶直入大沽口台。王僧格林沁托团练之名,焚其二船,尽击走之。夷人知大皇帝无意于战,特臣民之私愤,乃潜至海岸买马数千,募群盗为军,半年而成,再犯天津,称西洋马队。闻者恐栗。夷马步登岸,我未陈而敌骑长驱矣。十年六月十六日,上方园居,闻夷骑至通州,仓卒率后嫔幸热河。道路初无供帐,途出密云,御食豆乳、麦粥而已。十七日,英夷帅叩东便门,或有闭城者,闻炮而开。王公请和,和议将定。十九日,夷人至圆明园宫门,管园大臣文丰当门说止之。夷兵已去,文都统知奸民当起,环问守卫禁兵,一无在者,索马还内,投福海死。奸人乘时纵火,入宫劫掠,夷人从之,各园皆火,三昼夜不熄,非独我无官守诘问,夷帅亦不能知也。初英夷使臣巴夏里已拘刑部,和议成,以礼释囚,于是巴夏里与夷帅各陈兵仗,至礼部,订约五十七条,予以海关税银三千六百万,而夷人抵偿圆明园银二十万。十一年七月,文宗晏驾热河。今上即位,奉两宫皇太后还京,垂帘十载,巨寇削平,而夷人通商江海,往来贸易,设通商王大臣以接夷使。然常言某省士民毁天主教堂,某省不行其教,某省民教挑衅,日以难我,应之不暇,盖岌岌乎!华夷杂处,又忽忽十有一年,园居荒虚,鞠为茂草,西山大寺,夷妇深居。予旅京师,恻然不敢过也。同治十年春,同年王壬父重至辇下,追话旧游,张子雨珊亦以计偕来,约访故宫,因驻守参将廖承恩许为东道主,四月十日,命仆马,同过绣漪桥,寻清漪园遗迹,颓垣断瓦,零乱榛芜,官树苍苍,水鸣呜咽,由辇路登廓如亭,望万寿山,但见牧童樵子,往来林莽间。暮从昆明湖归,桥上铜犀卧荆棘中,犀背御铭,朗然可诵。明日访守园者,得董监,自言:"年七十余,自道光初入侍园中,今秩五品。"居福园门旁。导予等从瓦砾中循出,入贤良门而北,指勤政、光明、寿山、太和四殿遗址,至前湖,圆明寝殿五楹,后为奉三无私殿、九州清晏殿,各七楹,坏壁犹立,拾级可寻。董监言:"东为天地一家春,后居也。西为乐安和,诸妃嫔贵人居也。洞天深处,皇子居也。"清辉殿为文宗重建,与五福堂、镂月开云台、朗吟阁,皆不可复识。镂月开云者,即所谓牡丹春也。世宗为皇子,当花时,迎圣祖至赐园,而高宗年十二,以皇孙召侍左右。三天子福寿冠前古,集于一堂,高宗后制诗,常夸乐之。经其废基,裴回怃焉。东渡湖为苏堤、长春仙馆、藻园,又北为月地云居、舍卫城、日天琳宇、水木明瑟、濂溪乐处,仅约略指视所在。东北至香雪廊,阶前苇荻萧萧,废池可辨。复渡桥,循福海西行,为平湖秋月,水光溶溶,一泻千顷,望蓬岛瑶台,岛上殿宇,犹存数楹,惜无方舟,不达其下,流水潺湲,激石成响。董监示余,"此管园大臣文公死所也"。西北至双鹤斋,又西过窥月桥,登绮吟堂,经采芝径,折而东,仍出双鹤斋,园中残毁几遍,独存此为劫灰之余,乱草侵阶,窗棂宛在,尤动人禾黍悲尔。双鹤斋西,为溪月松风,翠柏苍藤,沿流覆道,斜日在林,有老官人驱羊豕下来。东过碧柳书院,地跨池,东为金鳌,西为玉蛛,坊楔犹存。又东去,皆败坏难寻,遂不复往,暮色沉沉,栖鸟乱飞,揖董监出福园门,还于廖宅。廖,澧州人,字枫亭,少从塞尚阿、僧格林沁军,亦能言行间事,感予来游,颇尽宾主之欢。既夕言归,则礼部放榜日也。雨珊既落第南去,余与壬父每相过从,言念园游,辄惘惘不自得。壬父又曰:"园之盛时,纯皇勒记,必殷殷踵事之戒。然仁宗始罢南幸,宣宗尤忧国贫,秋狝之礼,辍而不举。惟夫张弛之道,宜及嘉、道时补纯皇倦勤之功,而内外大臣,惟务慎节,监司宽厚,牧令昏庸,讳盗容奸以为安静,八卦妖徒,连兵十载,无生天主,教目滋繁,由游民轻法,刑废不用故也。江、淮行宫既皆斥卖,国之所患,岂在乏财。"又曰:"燕地经安、史戎马之迹,爰及辽、金,近沙漠之风矣。明太宗于燕王旧居,不务改宅,仍而至今,地利竭矣。又园居单外,非所以驻万乘,废而不居,盖亦时宜。"余曰:"然。前年御史德泰请按户亩鳞次捐输,复修园工。大臣以侈端将启,请旨切责,谪戍未行,忿悔自死。自此莫敢言园居者。而比年备办大昏,费已千万,结彩宫门,至十余万,公奏朝廷,动用钱粮。婚以成礼,岂在华饰?若前明户部司官得以谏争,余且建言矣。又余闻慈安太后在文宗时,有脱簪之谏,《关雎》《车辖》之贤,中兴之由也。又园官未焚前一岁,妖言传上坐寝殿,见白须老翁,自称园神,请辞而去,上梦中加神二品阶。明日至祠,谕祠之。未一祺而园毁,岂前定欤?子能诗者,达于政事,曷以风人之意,备繁霜云汉之采?"于是壬父为《圆明园词》一篇,而周学士、潘侍郎见之,并叹其伤心感人,笔墨通于情性。余以此诗可传后来,虑夫代远年逝,传闻失实,词中所述,罔有征者,乃为文以序之。同治十年立秋日,长沙徐树钧撰。

宜春苑中萤火飞,建章长乐柳十围。离宫从来奉游豫,皇居那复在郊圻。旧池澄绿流燕蓟,洗马高梁游牧地。北藩本镇故元都,西山自拥兴王气。九衢尘起暗连天,辰极星移北斗边。沟洫填淤成斥卤,宫廷映带觅泉原。淳泓稍见丹棱沜,陂陀先起畅春园。畅春风光秀南苑,蜕旌凤盖长游宴。地灵不惜矗山湖,天题更创圆明殿。圆明始赐在潜龙,因为邸第作郊宫。十八篱门随曲涧,七楹正殿倚乔松。轩堂四十皆依水,山石参差尽亚风。甘泉避暑因留跸,长杨扈从且弢弓。纯皇缵业当全盛,江海无波待游幸。行所留连赏四园,画师写放开双境。谁道江南风景佳,移天缩地在君怀。当时只拟成灵囿,小费何曾数露台。殷勤无逸箴骄念,岂意元皇失恭俭。秋狝俄闻罢木兰，妖氛暗已传离坎。吏治陵迟民困痡，长鲸跋浪海波枯。始惊计吏忧财赋，欲卖行宫助转输。沉吟五十年前事，厝火薪边燃已至。扬竿敢欲犯阿房，探丸早见诛文吏。此时先帝见忧患，诏选三臣出视师。宣室无人侍前席，郊坛有恨哭遗黎。年年辇路看春草，处处伤心对花鸟。玉女投壶强笑歌，金杯掷酒连昏晓。四时景物爱郊居，玄冬入内望春初。袅袅四春随凤辇，沉沉五夜递铜鱼。内装颇学崔家髻，讽谏频除姜后珥。玉路旋悲车毂鸣，金銮莫问残镫事。鼎湖弓剑恨空还，郊垒风烟一炬间。玉泉悲咽昆明塞，惟有铜犀守荆棘。青芝岫里狐夜啼，绣漪桥下鱼空泣。何人老监福园门，曾缀朝班奉至尊。昔日喧阗厌朝贵，于今寂寞喜游人。游人朝贵殊喧寂，偶来无复金闺客。贤良门闭有残砖，光明殿毁寻颓壁。文宗新构清辉堂，为近前湖纳晓光。妖梦林神辞二品，**自注曰：咸丰九年，文宗一日独坐若瞑，见白须老人跪前，上问何人。对曰：守园神。问何所言。云将辞差使耳。问汝多年无过，何为而去。对以弹压不住，得去为幸。上曰：汝嫌官小耳，可假二品阶。未一年而乱作矣。**佛城舍卫散诸方。湖中蒲稗依依长，阶前蒿艾萧萧响。枯树重抽盗作薪，游鳞暂跃惊逢纲。别有开云镂月台，太平三圣昔同来。宁知乱竹侵苔出，不见春花泣露开。平湖西去轩亭在，题壁银钩连到霤。金梯步步度莲花，绿窗处处留赢黛。当时仓卒动铃驼，守宫上直余嫔娥。芦茄短吹随秋月，豆粥长饥望热河。上东门开胡雏过，正有王公班道左。敌兵未爇雍门荻，牧童已见骊山火。**自注曰：夷人入京，遂至宫园，见陈设巨丽，相戒勿入，云恐以失物索偿也。及夷人出，而贵族穷者倡率奸民假夷为名，遂先纵火，夷人还而大掠矣。**应怜蓬岛一孤臣，欲持高洁比灵均。丞相避兵生取节，徒人拒寇死当门。即令福海冤如海，谁信神州尚有神。百年成毁何匆促，四海荒残如在目。丹城紫禁犹可归，岂闻江燕巢林木。废宇倾基君好看，艰危始识中兴

难。已惩御史言修复,休遣中官织锦纨。锦纨枉竭江南赋,鸳文龙
爪新还故。总饶结彩大宫门,何如旧日西湖路。西湖地薄比郇瑕,
武清暂住已倾家。惟应鱼稻资民利,莫教莺柳斗宫花。词臣讵解
论都赋,挽辂难移幸雒车。相如徒有上林颂,不遇良时空自嗟。

盖同治十年所作。诗出,辇下争写。大学士周祖培、侍郎潘祖荫见之,
并叹为伤心感人也。独普定姚大荣议之曰:"杜子美《曲江行》、白乐天
《长恨歌》、元微之《连昌宫词》,皆歌咏天宝遗事,大率据事直书,细微曲
折,罗缕尽致。惟《长恨歌》托言汉皇,杨家有女,养在深闺,稍从曲笔。
然文宗诵《曲江行》,辄思复升平故事,命浚曲江池,营宫殿于四岸以状
之。宣宗吊白居易诗,有'童子解吟《长恨曲》'之句,文人之荣极矣。元
相遭逢尤奇。其《连昌宫词》流播禁掖,妃嫔近习皆诵之,目为元才子。
中官崔潭峻录以奉御,穆宗大悦,遽召见,迭加拔擢,遂参政事。可见唐
时公论犹重,是非昭著,天子不得曲护其私,而名流诗歌,并得于君父之
前,指陈既往以警将来,尚有古代陈诗观风之遗。余自少喜诵元白诗
歌,《连昌宫词》尤读之烂熟。窃疑所述宫殿景物,历历如绘,当是曾经
目击,恐得诸人言者,不能如是亲切也,顾乃托于宫边老人之言以生文。
及观郑宾光《津阳门诗序》,述其开成中,下帷石瓮僧院,甚闻宫中陈迹
云云。甚闻者,巨细备悉之寓词。盖有不仅耳闻而兼得之目验者,及其
裁刻为诗,则又托诸旅邸主翁口授,与元相同一用意,岂故蹈前人窠臼
耶? 盖皆有所避忌,而懔然于刑名之不敢干也。按唐《卫禁律》:'阑入
宫门者徒二年,殿门,徒二年半,守卫不觉,减二等,主帅又减一等,故纵
者各与同罪。'当二家作诗时,连昌、华清二宫旷闭已久,虽循例守卫,而
颓废之余,纠察从宽,典守者自不必断断与游人为难,而徇隐疏纵,容或
有之。盖人情于名胜之区,往往神游目想,冀得亲尝其境以为快。况先
朝离宫,陈迹故事,熟在人口,垂诸记载,艳溢心目,苟机会可乘,混迹得

入，较之他项冒不韪触禁令者，情殊可原。虽纠察不及，而播为诗歌，则须衷法度，书而不法，后嗣何观。此二家诗词，所以必托诸人言，而未见自承亲见之微意也。昔宋崇宁中，崔德符以擅入景华御苑，为主者劾奏罢职，事载《容斋随笔》。光绪丙申，合肥李文忠公奉使俄罗斯，回国入觐颐和园行宫覆命，便道至圆明园游观，为所司纠举干谴。盖御苑非公园之比，主帅守卫，无许人出入特权，往游者即不自为计，独不为主帅守卫计乎？曩阅乔重禧《陔南池馆遗稿》有《敬瞻避暑山庄前后七十二景恭纪诗》，甫展卷，即诧其未娴禁令，不啻自具枷杖供招。今湘绮此词，亦未检点及此，而彼周学士、潘侍郎乃翕然称之。嗟乎！礼、刑相为表里，士大夫不知律，即不知礼，亦实不恤国体，又何怪其后外部溺职，不严引律条以拒绝外人游观之请乎。且湘绮方慨然于游民轻法，刑废不用，抑思士大夫为民表率，尚自弁髦刑章，又何责乎小民？此甚关文章体要，非其他小疵可比。嗟乎！有唐诗人之不可及，岂徒以其诗哉。即以诗论：首二句'宜春'、'建章'、'长乐'并用，似涉填凑，合下二句离宫云云，意殊凡近。起势平弱，入后便难振奇。中间'山石参差尽亚风'，句法出自老杜，然杜系题画，风鼓洪涛，山木自偃，转似洪涛在上，山木在下，画中风色，确有此状，故云'山木尽亚洪涛风'。若山石是不动物，云何亚风，此等死句，殊难索解。然尚系小疵，其巨谬则在不考事实，就所见闻，一断以心，而为莫须有之案证。既作诗，虑故实不详，传闻或失，复自序之，而托名于同游之主事徐树钧。第诗以纪事，叙以明诗，如二者皆非纪实，则不足征信。且纪事之文，最重年月日，年月日一不分明，则事实可臆造，必启虚诬颠倒之弊。庚申之役，衅起换约。先是咸丰八年戊午四月，英、法、俄、美四国以兵轮至天津议款。英、法联兵攻陷大沽炮台，挟兵要抚。文宗命大学士桂良等至天津查办，津民遮谒道左。初，发匪北窜，扰及畿南诸地，津郡团练御贼有功，至是乃请率民团助官军拒敌。桂相不允，慰遣之。嗣津民与洋人斗殴，有英使行营参赞李国太在场帮助。李国太者,广东嘉应州人,世通番,为英人爪牙。津民恶之,纠众生禽,谋杀之。桂相恐误和局,设法解散,释李国太回船,此咸丰八年五月事也。文宗以津沽密迩宸垣,海防紧要,特命蒙王僧格林沁为钦差大臣,驻津督办海防事宜。九年己未五月各国至津换约。英人背约,闯入大沽口,且用炮炸裂我截港铁锁,僧邸饬防军击之,英众歼焉。《中西纪事》所谓大沽前后之役,是也。而序以为咸丰元年,僧邸托团练之名击走之,夷人知大皇帝无意于战,特臣民之私愤云云,盖误以津团剿匪,暨禽李国太之事,并为一谈。而不知文宗历年宵旰忧勤,选将筹防,意在决战,其和乃不得已耳。十年庚申六月,英法大举北犯,二十六日,闯入大沽口,陷骑兵防营,七月五日,袭踞北岸炮台,提督乐善战死,初七日,陷天津,畿辅大震,遂有驾幸木兰,举行秋狝之议。八月初一日,洋兵逼通州,文宗命怡亲王载垣驰往议款。英使额罗金遣其参赞巴夏里督带散众数十人来会。巴夏里狂悖无理,或告洋人有异志。怡邸密商僧邸,以计禽巴酋及其众二十六人,解送京师。兵端复起。初七日,洋兵长驱而北。僧邸及大学士瑞祺、副都统胜保迎击,皆败。僧邸不及具折,马上书片纸飞奏御园,请暂幸热河,遂定北狩之计。初八日寅卯间,文宗诣安佑宫行礼,启跸。六宫及诸王从焉。《东华录》及《中西纪事》所载年月日皆同。《中西纪事》于此役皆据当时公牍纂辑,故悉与奏案合,而序乃以为十年六月十六日,与上所述咸丰元年事直接,于此役本末,尚在云雾之中,而又传述脱节,信笔舞文,议论可以自为,岂年月日与事实亦可以自为乎?至洋军攻海淀焚御园及景山、昆明湖一带,先后凡二次。初次在八月二十二、二十四等日,二次在九月初四等日湘绮以为六月十九日,大缪,皆因巴夏里被释出狱,挟被捕及虐杀其从者十三人之恨捕击及监毙人数《中西纪事》不详。兹据日本冈本监辅《万国史记》,意图泄忿,乃为此不道之行。先是有建议杀巴夏里者,幸而未杀,若果杀之,则英人仇我愈甚,岂仅焚掠淀园而已乎?吾淀园之焚,由巴夏里积怨深怒所致。设当时操纵得宜，抑或命有学问阅历之汉大臣主持其事，不拘辱巴酋，并致死其从人，则圆明园至今犹在，何至后来别筑颐和园，糜尽天下膏血，府怨召衅，以贾无穷之祸哉。谋国者不慎于一日，其祸必及于百年，非偶然也世多以淀园之焚为仁和龚孝珙奇计，不然，英兵将且屠都城，此特孝珙妄言，不衷事实。而湘绮于事实不屑屑讨论，其柱意只谓朝廷不当有郊外游观之乐，若徒侈游观，必失民心，民心既失，必乘机构乱。淀园之焚，由奸民纵火，洋兵乃从之，置巴酋修怨之师不讲，只归狱于园居过侈以垂炯戒，岂非言之成理，而隔膜太甚。譬诸村媪出入侯门，虽复醉卧泉石，指陈亭馆，颂德陈篪，均违事实，无当刍荛之采也。夫愚民迫于饥寒，乘乱劫掠，诚所不免。至于御园，在当时有恭邸及桂相率禁旅驻守，事棘时，僧、瑞二军并移往偕守，何物奸民，敢揭竿倡乱乎庚子义和拳之乱，奸民聚众杀人放火无算，然不敢扰及官署或公所。至于御园，尤其不敢。庚子之乱，甚于庚中，以后证前，其诬立辨！不斥洋酋挟屡胜之威，纵火焚掠，而归罪于孱弱之贫民，何其不衷于事实乎《万国史记》云：英法联军闻清兵据圆明园，进攻又走之，蹂躏宫殿，掠夺宝贽。自是此案公论！传曰：'俗语不实，流为丹青。'其湘绮之谓欤。"然闿运此诗，模范唐贤，踵武梅村，淫思古意，流播辇下，传写纸贵，观其窃比相如，恨不遇时，自负亦不浅矣。然所自憙者尤在五言古。宗尚庾、鲍，上窥建安，华藻丽密，词气苍劲，自诧不作唐以后诗。盖其沉酣于汉魏、六朝者至深，杂之古人集中，真莫能辩也。诃之者则云："惟莫能辩，故不必自成湘绮之诗矣。"然闿运则自以尽古人之美，熔铸以出。其教人亦从摹拟入手，以为："诗则有家数，易摹拟，其难在于变化，于全篇模拟中，能自运一两句，久之可一两联，久之可一两行，则自成家数矣。"有《诗法一首示黄生》。其辞曰：

　　诗有六义，其四为兴。兴者，因事发端，托物寓义，随时成咏，始于虞廷喜起及《琴操》诸篇，四、五、七言无定，而不分篇章，异于风、雅，亦以自发情性，与人无干，虽足风上化下，而非为人作，或亦写情赋景，要取自适，与风、雅绝异，与骚赋同名。明以来论诗者动称《三百篇》，非其类也。太白能诗者，而其说曰："五言不如四言，七言又其靡也。"太白四言如《独漉篇》，其靡殆甚，岂古法乎？无亦以大言欺人，托于《三百篇》。而不知五言出于虞时，在《三百篇》千年前乎？汉人四言乃是箴铭一类，有韵之文耳，非诗也。嵇康四言则诚妙矣。然是从五言出，盖五言之靡者也。七言出于《离骚》，开合从衡，可谓靡矣，而其气足以振靡，故与五言亦分两途，非出于五言也。今欲作诗，但有两派：一五言，一七言。五律则五言之别派，七律亦五律之加增。五绝七绝，乃真兴体，五言法门，皆从此权舆。既成五言一体，法门乃出，要之只苏、李两派。苏诗宽和，枚乘、曹植、陆机宗之。李诗清劲，刘桢、左思、阮籍宗之。曹操、蔡琰，则李之别派。潘岳、颜延之，苏之支流。陶、谢俱出自阮，陶诗真率，谢诗超艳。自是以外，皆小名家矣。山水凋缋，未若宫体，故自宋以后，散为有句无章之作，虽似极靡，而实兴体，是古之式也。李唐既兴，陈、张复起，融合苏、李以为五言，李、杜继之，与王、孟竞爽。有唐名家，乃有储、高、岑、韦、孟郊诸作，皆不失古法，自写性情。才气所溢，多在七言。歌行突过六朝，直接二曹，则宋之问、刘希夷道其法门，王维、王昌龄、高、岑开其堂奥，李颀兼乎众妙，李、杜极其变态。阎朝隐、顾况、卢仝、刘义，推宕排阖，韩愈之所羡也。二李贺、商隐、温岐、段成式，雕章琢句，樊宗师之所羡也。元微之赋《望云骓》，从横往来，神似子美，故非乐天之所及。张、王乐府，效法白傅，亦推于《新丰》、《上阳》诸篇乎？退之姊尚诘诎，则近乎戏矣。宋人披昌，其流弊也。诗法既穷，无可生新。物极必反，始兴明派，专事模拟，但能近体，若作五言，不能自运。不失古格而出新意，其魏源、邓辅纶乎？两君并出邵阳，殆地灵也。零陵作者，三百年来，前有船山，后有魏、邓，鄙人资之，殆兼其长。比何、李、李、王，譬之楚人学齐语，能为庄岳土谭耳。此诗之派别，自汉至今之雅音也。今则从容尔雅，自然同声，天下作者，无复鄙音庸调，虽工拙不同，而趣向已一，斯则风会使然，不由人力矣。诗既分和劲两派，作者随其所近，自臻极诣，当其下笔，先在选词，斐然成章，然后可裁。诗者，持也，持其志，无暴其气，掩其情，无露其词。直书己意，始于唐人，宋贤继之，遂成倾泻。歌行犹可粗率，五言岂容屠沽。无如往而复之情，岂动天地鬼神之听！故曰"先王作乐，后哲为诗"，观《乐记》之言，即知诗之体用。功成作乐，学成作诗，诗之终也。十三舞勺，能言作诗，诗之始也。乐必依声，诗必法古，自然之理也。欲己有作，必先有蓄，名篇佳制，手披口吟，非沉浸于中，必不能炳著于外。故余遇学诗人，从不劝进，以其功苦也。古人之诗，尽美尽善矣。典刑不远，又何加焉。但有一戒，必不可学元遗山及湘绮楼。遗山初无功力，而欲成大家，取古人之词意而杂糅之，不古不唐，不宋不元，学之必乱。余则尽法古人之美，一一而放之，熔铸而出之，功成未至而谬拟之，必弱必集，则不成章矣。故诗有家数，犹书有家样，不可不知也。甲寅五月，书以示黄生铁臣。

盖议论偏至如此。性诡诞，牢落不偶意，壹以谐谑出之。至京师，恭王奕诉慕其名，造问政，闿运曰："国之治也，有人存焉。今少荃之洋务，佩蘅之政事，人才可睹矣，何治之足图哉。"少荃者，直隶总督李鸿章，佩蘅者，大学士宝鋆，一世所推伟人长德也，而闿运讥之如此。奕诉曰："是处士之徒为大言者。"遂不复请谒。然闿运则自以为贤。其乡人左宗棠总督甘陕，方拓土西域，朝论倚重。而闿运与之书，怪其不以贤人见师，谓："天下之大，见王公大人众矣，皆无能求贤者。今世真能求贤者，闿运是也。而又在下贱，不与世事，性懒求进，力不能推荐豪杰，以此知天下必不治也。"又尝谒两江总督曾国荃，诒以诗有"若论上将功多少，试问长江水浅深"。诵者问是何义谛，闿运曰："汝意云何？"曰："归功水师。"闿运笑曰："否。此乃见景生情也。是时曾馈余五十金，余报之以诗，身在江船，对水赋此耳。"宣统之世，岑春萱抚湘，以闿运老儒，上所著书，赐翰林院检讨，乡试重逢，晋侍读。至辛亥革除，士大夫争剪发，西冠西服，而闿运不改装。会八十寿辰，湖南都督谭延闿具大礼服往贺。闿运则红顶花翎，衣袍袭裙，拖辫发而出。延闿不得已屈膝焉。既坐，闿运谓之曰："子毋诧。吾胡服垂辫，子西装髡首，皆外国制也，有何文野？若能优孟衣冠，乃真睹汉官威仪矣。"相与一笑。总统袁世凯致聘问。复书谓："今之弊政在议院，而根由起于学堂。盖椎埋暴戾，不害治安。华士辩言，乃移风俗。其宗旨不过弋名求利，其流极乃至无忌惮。此迂生所以甘跧伏而闭距也。"持论不根，好恶拂人，大率如此。世尤盛传其民国总统之联曰："民犹是也，国犹是也，何分南北。总而言之，统而言之，不是东西。"诹之者曰："此所谓戏笑怒骂皆成文章者也。"闿运则弥以自喜，以民国三年入都，就职国史馆馆长。过新华门，忽仰视太息曰："何题此不祥字耶？"同行者大骇而询之。曰："吾老眼花，额上所题，得非'新莽门'三字乎？"闻者不敢膺也。同馆者问公集中前后《忆梅曲》、《紫芝歌》何为而作，闿运曰："昔年十八九时，在长沙与左氏女相爱，欲娶之。左女亦誓非我不嫁，乃格于其母，不得。后左女抑郁死。此三诗及《采芬女子墓志》、《吊旧赋》，皆为伊人作者。"因戏言："此事不足为外人道，恐笑我八十老翁犹有童心也。"一日谒国务卿徐世昌，袖出一匾额曰："余以此赠公可乎？"展视，则"清风徐来"四字也。世昌为之轩渠不置。旋归，越一年卒，年八十五。所著有《周易说》、《尚书笺》、《尚书大传补注》、《诗经补笺》、《礼经笺》、《小戴记笺》、《周官笺》、《春秋公羊笺》、《春秋例表》、《论语训》、《湘军志》，注《墨子》、《庄子》、

《列子》，正诸史艺文，纂《春秋遗传》。门弟子辑其诗文笺启为《湘绮楼集》，凡若干卷。晚年文章稍颓丧，而气矜之隆不减。所作《华山游记》，假郦善长《水经注》征证以记山游，自诩结构之奇，直千年来未尝见也。然闿运晚年惓惓逊朝，致讥民国，而不知其张《公羊》以言改制，为今文学者固其壁垒，即不暓为革命家言导其前茅，此固闿运所不及料也。大抵晚清学者，有言《公羊》改制而嫌革命者，王闿运是也。亦有斥言《公羊》改制而革命非所嫌，则章炳麟是也。章炳麟稍后出，治经持古文，言《周官》、《左氏》，不言《公羊》，所学与闿运违异，而论文乃喜闿运，致以为闿运能尽雅者，则以闿运文萧散似魏、晋，而炳麟衡文右魏、晋，有同契也。

　　章炳麟，原名绛，字太炎，浙江余杭人也。清末，尝及事经师德清俞樾，又尝问业于定海黄以周，谨守古学，以治《左氏春秋》见知于两湖总督张之洞。之洞自负在当日督抚中，恢廓有意量，能汲引天下士。见炳麟所为左氏书，故谓有大才，可治事。其幕客侯官陈衍又力为言。之洞曰："此君信才士，然文字谲怪。"衍曰："终是能读书人。"因属其乡人钱恂罗致，索得炳麟上海，而炳麟方与新会梁启超、顺德麦孟华哄。启超、孟华皆南海康有为弟子，以其师为教皇，又目为南海圣人，谓"不及十年，当有符命"。舌锋所及，目光炯炯如岩下电，闻者慑而崇信之。独炳麟面呵之，以为此病狂语，何值一笑。而好之者乃如蚼蜣转丸，则不得不大声疾呼，直攻其妄。尝谓："邓析、少正卯、卢杞、吕惠卿辈，咄此康瓠，皆未能为之奴隶。若钟伯敬、李卓吾狂悖恣肆，造言不经，乃真似之。"私议及此，属垣漏言，启超之徒衔次骨矣。启超门人曰梁作霖者，愤欲殴炳麟，昌言其众曰："昔在粤中，有某孝廉诋谋康氏，于广坐殴之。今复殴章某者，足以自信其学矣。"炳麟呵曰："噫嘻。长素有若数辈，其遂如仲尼得由，恶言不入于耳耶？"持不下。恂至，则携之赴鄂。炳麟意气益盛，喜为高睨大谭，与之洞幕客朱某言革命，朱以告武昌守梁鼎芬，鼎芬将悬而榜之。炳麟闻，仓皇逃走，之上海，遗书别陈衍，告其事，且曰"之洞非英雄"也。亡何，以序巴县邹容《革命军》一书，偕逮系西狱，罚作，乃究心释典，治因明有所入，谓容曰："学此可以解三年之忧矣。"盖因明之学，以分析名相始，以排遣名相终，从入之途，与平生古学相似，易于契机也。既出狱，东走日本。尝寓小石川，集留学国人二十许，为讲书，因以干食，每日面包两餐而已，或馈以鱼肉，则亦恣啖，一餐而尽，不为隔宿计也。开讲之前一日，共议讲何书，有人言讲《白虎通》为佳，炳麟默然而罢。众不晓所以。一人归语友，友曰："是其中多公羊家言，非所愿。盍以许慎《五经异议》请？"翌日，其人如言。炳麟即欣然登座，敷演不倦。既多涉猎西籍，以新知附益旧学，日益闳肆。而治《说文》尤精，尝翻阅大徐本数十过，一旦解悟，的然见语言文字本原，以音韵为骨干，于是初为《文始》。而经典专崇古文，记传删定大义，往往可知。由是所见与笺疏琐碎者殊矣。顾好盛气攻辨，言革命而不赞共和，治古学而兼称宋儒，放言高论而不喜与人为同。时论多诋秦剗制，而炳麟不然，曰："人主独贵者，其政平。不独贵则阶级起。秦皇负扆以断天下，而子弟为庶人，所任将相李斯、蒙恬，皆功臣良吏也。后宫之属，椒房之嬖，未有一人得自遂者。富人如巴寡妇筑台怀清，然亦诛灭名族，不使并兼。夫其卓绝在上，不与士民等夷者，独天子一人耳。天子以秉政劳民贵。帝族无功，何以得有位号？授之以政而不达，兴之以爵而不衡，诚宜下替与布衣黔首等。夫贵擅于一人，故百姓病之者寡，其余荡荡平于浣准矣。明制贵其宗室，孳子诸王虽不与政柄，而公卿为伏谒。耳孙疏属皆气禀于县官。秦皇无是也。汉世游侠兼并养威于下，而上不限名田以成其厚。武帝以降，国之辅拂不任二府，而外戚窃其柄。秦皇无是也。要以著之图法者，庆赏不遗匹夫，诛罚不避肺腑，斯为直耳。秦制本商鞅，其君亦世世守法，要其用意，使君民不相爱，块然循于法律之中。秦皇固世受其术，虽独制，必以持法为齐。藉令秦皇长世，易代以后，扶苏嗣之，虽四三皇、六五帝，不足比隆也。何有后世繁文饰礼之政乎？"时论方崇汉党锢，而炳麟不然，曰："党锢之名自汉始，迄唐、宋、明皆有党人。原其用心，本以渴慕利禄之心，务求速化，一朝摈斥，率自附于屈原、韩愈之徒，盖魏公子牟有云'身在江湖之上，心在魏阙之下'，庄周述之以为热中之戒，而是族反举此以为美谈。观葛洪《抱朴子外篇·汉过篇》曰：'历览前载，逮乎近代，俗微道敝，莫剧汉末也。'然又云：'懒看文书，望空下名者，谓之业大志高。结党合誉，行与口违者，谓之以文会友。'则党锢诸公皆在所讥矣。《刺骄篇》曰：'闻之汉末诸无行自相品藻次第，群骄慢傲，不入道检者，为都魁雄伯，四通八达，皆背叛礼教，而从肆邪僻，讪毁真正，中伤非党，口习丑言，身行敝事。凡所云为，使人不忍论也。'《名实篇》曰：'闻汉末之世，灵、献之时，品藻乖滥，英逸穷滞，饕餮得志，名不准实，贾不本物，以其通者为贤，塞者为愚。'则知党人之口，变乱黑白，甚于青蝇。其视阉尹，亦齐楚伯仲之间耳。若郑康成以山东大师，传授经术，未尝问王朝治乱之事，名在党中，实由株连所及，此本不得以党人论者。若夫汝南许劭有臧否人伦之鉴，而与其兄许靖不协，摈之马磨，则知朋党相倾，不足以协人望，久矣。郭林宗以在野之士，昵迩公卿，虽不应征辟，终不出于浮华竞名之域。是以葛洪正之曰：'圣者忧世，周流四方，犹为退士所见讥弹。林宗才非应期，器不绝伦，出不能安上治民，移风易俗，入不能挥毫属笔，祖述六艺，行炫自耀，亦既过差，收名赫赫，受饶颇多。然卒进无补于治乱，退无迹于竹帛，街谈巷议以为辩，讪上谤政以为高。时俗贵之歙然，犹郭解、原涉见趋于曩时也。'虽然，党人之所以自高者，率在危言激论，而亦藉文学以自华。今之新党，于古人固不相逮，若夫夸者死权，行险徼幸以求一官一秩，则自古而有之。明之党人，名为与逆奄相抗。然自江陵新郑之时，朝士已分省自植。以熊廷弼之长于兵略而不附东林，则邹元标、魏大中辈必欲置之死地，其私心有可见者。会魏忠贤用事，廷弼、东林同时俱尽，海内党人不得不解仇相助。忠贤既诛，而分省之事复哑。乃者东林之汪文言，复社之张溥，皆以善行贿赂，为党人所依赖。此汉、唐、宋之党人所不为者。若其内行点污，瞑瞒声色，则又前世清流之所未有。张溥喜服房中之药，见于医师喻昌书中。如瞿式耜之忠纯而犹有内实五姬，临命桂林，欲与姜诀，为张同敞所引止，况复延儒、谦益之流乎？明思文帝有言：'北都覆于东林，南京亡于马、阮，厥罪维均。'信哉，党人之死权而忘国事也。今之新党，与古人絜长则相异，与古人比短则相同。自弘历殁而党人绝，百年之间，朝野士庶寂然宁息，国政军实堕于暗昧。洪王起于金田，虏始震动，旋踵亦灭。外有晢人之祸，北露、西欧交征诸夏。迄于载湉嗣位，丑声起于禁掖之间。李鸿章拥兵于外，朝士哗然，皆谓其有异志。梁鼎芬以劾李鸿章罢官，朱一新以言李莲英废黜，天下冤之。则新党之萌芽始作。甲午辽东之役，丧师靡财，疆场日蹙。台湾之割，旅顺之割，青岛之割，威海之割，接踵而至。大酋垂拱于上，失其帝天之尊，而宫掖亦时有诟谇。康有为乘七次上书之烈，内资翁同龢之力，外藉张之洞之援，设强学、保国诸会以号召天下。当是时，有郑孝胥、陈三立之徒，以诗歌、目录闻于世，而汤寿潜善持论，为吏有声，世比之陈仲弓，数子者，名为通达时事，并相和会。嘉应黄遵宪与有为交最深，元和江标以掇拾中外末流之学，视学湖南，熊希龄辈和之于下，皆更相驱驰为一朋。有为既用事，欲收物望，树杨锐、刘光第于军机，以宫闱相挤之故，复结二妃。时文廷式既废，亦扼腕欲自发舒。其外则有俞明震者，与陈三立父子有连，尝佐唐景崧称副总统于台湾，世人称其忠义，与有为亦相引为重。而诸贵游为京朝官者，各往往参错其间。新党自此立矣。惟谭嗣同、杨深秀为卓厉敢死。林旭素佻达，先逮捕一夕，知有变，哭于教士李佳白之堂。杨锐者，颇圆猾知利害，既入军机，知其事不可久。时张之洞子为其父祝寿京师，门生故吏皆往拜。锐举酒不能饮，徐语人曰：'今上与太后不协，变法事大，祸且不测。吾属处枢要,死无日矣。'吾尝问其人曰:'锐之任此,固为富贵而已。既睹危机,复不能去,何也?'其人答曰:'康党任事时,天下望之如登天。仕宦者争欲馈遗,或不可得。锐新与政事,馈献者踵相接,今日一袍料,明日一马褂料,今日一狐桶,明日一草上霜桶,是以恋之不能去也。'呜呼!使林旭、杨锐辈皆赤心变法无他志,颐和之围,或亦有人尽力,徒以萦情利禄,贪著赠贿,使人深知其隐,彼既非为国事,则谁肯为之效死者。有为既败,杨、刘死。张之洞、梁鼎芬始与有为抵拒,其党人亦稍稍引去,而江标以连蹇死。惟黄遵宪终始依之。倾侧扰攘,至于庚子汉口之役,有为以其事属唐才常。才常素不习外交,有为之徒龙泽厚为道地。其后才常权日盛,凡事不使泽厚知,又日狎妓饮燕不已。泽厚愤发,争之不可得,乃导文廷式至武昌发其事。才常死,其军需在上海,共事窃之以走。有为再败,则同党始有告密于诸藩,自戕其气类者。然新党之萌芽,本非自有为作,挟其竞名死利之心,而有为所为,足以达其所望,则和之,不足以达,则去之,足以阻其所望则畔之。故有为虽失助,而新党自若。综观十余年之人物,其著者或能文章,矜气节,而下者或苟贱不廉,与市侩伍,所志不出交游声色之间。人心不同固如其面,吾亦不敢同类而共非之,特其竞名死利则一也。幸其用事日浅,秽行不彰,不然而康氏事成,诸新党相继柄政,吾知必无叶向高、高攀龙辈,而人为谦益,家效延儒,可无待蓍蔡而决矣。猥俗之论,多以晚明方比后汉,此未得其情。后汉可慕,尽在《独行》、《逸民》诸传及夫雅俗孝廉之士而已。其党锢不足矜,然则孝弟通于神明,忠信行于蛮貊,居处齐难,坐起恭敬,道途不争险易之利,冬夏不争阴阳之和,见利不亏其义,见死不更其守。此后汉贤儒所立著于乡里,而本之师法教化者也。晚明风烈,独有直臣。直臣可式,独有杨继盛,余琐琐皆党人矣。义色形于在公,流涕彰于退食,骨鲠闻于王路,庸行阙于草茅,而世以归厚,则过矣。"时论咸薄宋程、朱,而炳麟不然,曰:"戴震生清雍正末,见其诏令谪人不以法律，顾摭取洛、闽儒言以相稽，觇伺隐微，罪及燕语。九服非不宽也，而逊之以丛棘，令士民摇手触禁，其伤已多。震自幼为贾贩，转运千里，复具知民生隐曲，而上无一言之惠，故发愤著《原善》《孟子字义疏证》，专务平恕，为臣民诉上天，明死于法可救，死于理即不可救。又谓衽席之间，米盐之事，古先王以是相民，而后人视之猥鄙。其中坚之言尽是也。究极其义，及于性命之本，情欲之流，为数万言。夫言欲不可绝，欲当即为理者，斯固莅政之言，非饬身之典矣。辞有枝叶，乃往往轶出阃外，以诋洛、闽。纪昀攘臂扔之，以非清净洁身之士，而长流污之行。挽世或盗其言以崇饰滔淫，今又文致西来之说，教天下奢，以菜食绸衣为耻，为廉节士所非。诚明震意，诸豪言岂得托哉。洛、闽所言，本以饰身，不以逮政，震所诃又非也。凡行己欲陵而长民欲恕。陵之至者，止于释迦，其次若伯夷、陈仲，持以阅世，则《关雎》为淫哇，《鹿鸣》为流湎，《文王》、《大明》为盗言矣。不如是，人不与鸟兽绝。洛、闽诸儒躬行虽短，其言颇欲放物一二，而不足以长民。长民者使人人得职，絜荡其性，国以富强。上之于下，如大小羊羜相羒羳而已，本不可自别于鸟兽也。徒以礼义厉民犹难，况遏其欲。民唯有欲，故刑赏可用，向若以此行己，则终身在鹌鹊之域也。洛、闽之学，明以来稍敝蠹。及清为佞人假借，世益视之轻。然刁苞、应伪、张履祥之徒，修之田舍，其德无点。至今草野有习是者，虽陋犹少虚诈，属之以事体而无食言，寄之以财贿，幸而无失期会，无妄出入，虽娖娖无奇节，亦以周用。往者程、朱既废，古籍又不恒讽诵，行谊已薄，然野士犹不骀荡逾轨。自顷谈者以邹、鲁比德蛮俚，谓颜回乞儿，孙卿屠家公，老聃木偶行尸，古籍复尽不诵，十稔之间，虽总角之僮、鼓箧之子，已狂狡不自摄矣。世人颇以东国师任王学，国以富强，此复不论其世。东国者，初脱封建，人习武事，又地狭而性挢固，治王学固胜，纵治程、朱之言，犹自振也。夫其民志强忍，足以持久，故藉王学足以粉墨之。中国民散性偷久矣，虽为王学，奚所当匡敝救衰。且夫本王学以任事者,不牵文法,动而有功,素非可以长世也。观自文成以后,徐阶复习其术以仆严嵩,辅主数年,而政理昏惰,子姓恣轶,又未能去嵩绝远。此则其术足以猝起制人,不足以定天保、仆大命明矣。其飞箝制伏之术,便习之则可以为大佞,校其利害之数,而程、朱寡过矣。古之所谓成人者,见利思义,见危授命,久要不忘平生之言,其本要将在斯也。"时论方蔑道德,奖革命,而炳麟不然,曰:"今与邦人诸友同处革命之世,偕为革命之人,而自顾道德,犹无以愈于陈胜、吴广。纵令瘏其口,焦其唇,破碎其齿颊,日以革命号于天下,其卒将何所济。道德者不必甚深言之,但使确固坚厉,重然诺,轻死生可矣。虽然,吾闻古之言道德者曰:'大德不逾闲,小德出入可也。'今之言道德者曰:'公德不逾闲,私德出入可也。'道德果有大小、公私之别乎?于小且私者,苟有所出入矣,于大且公者而欲其不逾闲,此乃迫于约束,非自然为之也。政府既立,法律既成,其人知大且公者之逾闲,则必不免于刑戮,其小且私者,虽出入而无所害,是故一举一废,应于外界而为之耳。政府未立,法律未成,小且私者之出入,刑戮所不及也,大且公者之逾闲,亦刑戮所不及也。如此,则恣其情性,顺其意欲,一切破败而毁弃之,此必然之势也。吾辈所处革命之世,此政府未立,法律未成之世也,方得一芥不与、一芥不取者,而后可与任天下之重。若曰:'有狙诈如陈平、倾险如贾诩者,吾亦可以因而任之。'此自政府建立后事,非今日事也。今世之言革命者,则非直以陈平、贾诩为重宝,而方欲自效陈平、贾诩之所为,若以此为侥傥非常者。悲夫悲夫。方今中国之所短,不在智谋而在贞信,不在权术而在公廉。其所需求,乃与汉时绝异。楚汉之际,风尚淳朴,人无诈虞,革命之雄,起于吹箫编曲。汉祖所任用者,一自萧何、曹参,其下至于王陵、周勃、樊哙、夏侯婴之徒,大抵木彊少文,不识利害。彼项王以勇悍仁强之德,与汉氏争天下,其所用皆廉节士。两道德相若也,则必求一不道德者而后可以获胜,此魏无知所以斥尾生、孝己为无用,而陈平乃见宝于汉廷矣。季汉风节，上轶商、周。魏武虽任刑法，所用将士愍不畏死，而帷幄之中参豫机要者，钟、陈、二荀，皆刚方皎白士也。有道德者既多，亦必求一不道德者而后可以获胜，故贾诩亦贵于霸朝矣。其所以贵者，以其时倾险狙诈之才，不可多得而贵之也。……风教陵夷，机械日构，至于今日，求一质直如萧、曹，清白如钟、陈、二荀，奋厉如王陵、周勃、樊哙、夏侯婴者，则不可得，而陈平、贾诩所在有之。尽天下而以诈相倾，甲之诈也，乙能知之，乙之诈也，甲又知之，其诈亦即归于无用。甲与乙之诈也，丙与丁疑之，丙与丁之诈也，甲与乙又疑之，同在一族，而彼此互相猜防，则团体可以立散。是故人人皆不道德，则惟有道德者可以获胜。此无论政府之已立未立，法律之已成未成，而必以是为皋矣。今之习俗，以巧诈为贤能，以贞廉为迂拙，虽歃血苴盟，犹无所益。是故每立一会，每建一事，未闻其有始卒，其或稍畏清议而欲食其前言，则曰：'吾之所为，乃有大于此者。'知祸患之将至，则藉口于远求学术，容身而去矣。见异己之必胜，则遁辞于大度包容，委事而逸矣。'言必信，行必果，久要不忘平生之言'，贯四时而不改柯易叶者，盖有之矣，我未之见也。若能则而行之，率履不越，则所谓确固坚厉，重然诺，轻死生者，于是乎在。呜呼！端居读书之日，未更世事，每观管子所谓'四维'，孔子所谓'无信不立'者，固以是为席上之腐谈尔。经涉人事，忧患渐多，目之所睹，耳之所闻，坏植散群，四海皆是。追怀往诰，惕然在心，反是不思，亦已焉哉。"时论方慕共和，称代议，而炳麟不然，曰："代议政体者，封建之变相。其上置贵族院，非承封建者弗为也。民主之国，虽代以元老，蜕化而形犹在。其在下院，《周礼》有外朝询庶民，虑非家至而人见之也，亦当选其得民者以叩帝阍，《春秋》卫灵公以伐晋，故遍访工商。讫汉世去封建犹近，故昭帝罢盐铁榷酤，则郡国贤良文学主之，皆略似国会。魏晋以降，其风始息，至今又千五六百岁，而议者欲逆反古初，合以泰西立宪之制，庸下者且沾沾规日本。不悟彼之去封建近,而我之去封建远,去封建远者民皆平等,去封建近者民有贵族、黎庶之分。与效立宪而使民有贵族、黎庶之分,不如王者一人秉权于上,规模廓落,则苛察不遍行,民犹得以纾其死。盖震旦亦无他长耳。旁睨邻国,与我为左右手者,印度以四姓阶级亡。西方诸国,上者藩侯,下者地主,平民皆不得与抗礼,其废君主立总统者,以贫富为名分,若天泽冠履然,彼其与印度兴亡虽异,以阶级限民则同。独震旦脱然免是。必欲阖置国会,规设议院,未足佐民,而先丧其平夷之美。他国未有议员时,实验未著,从人心所悬揣,谓其必优于昔。今则弊害已章,不能如向日所悬拟者。其被选不以功贤,有权力者能以势藉结人,大佞取给于口舌,哗众啸群,其言卓荦出畴辈,至行事乃绝异。家有阎妻,又往往以色蛊人,助夫眩惑。既与举者交欢,骋辩未终,令听者魂精颠沛,俄而使其良人上遂矣。美国之法,代议士在乡里,有私罪不得举告,其尊与帝国之君相似。猥鄙则如此,昌披则如彼,名曰国会,实为奸府。徒为有力者傅其羽翼,使得膝膑齐民。震旦尚不欲有一政皇,况欲有数十百议皇耶。民权不借代议以伸,而反因之扫地。他且勿论。君主之国,有代议则贵贱不相齿。民主之国,有代议则贫富不相齿。横于无阶级中增之阶级,使中国清风素气,因以摧伤,虽得宰制全球,犹弗为也。吾侪所志,在光复宗国而已,光复者,义所任、情所迫也。光复以后,复设共和政府,则不得已而为之也,非义所任、情所迫也。世人矜美、法二国以为美谈。今法之政治以贿赂成,美人亦多以苟且致贵显。而为代议士者,营求入选,所费金无虑巨万,斯与行贿得官何异。举总统者又踵是。且众选者,诚民之同志哉。驰辩驾说以彰其名,人为之树旗表,使负版贩夫皆劝誉民,己愚无知,则以为诚贤。贤否之实,不定于民萌而操于小己,此犹出之内府,取之外府,求良田大宅者,持人短长而辞苟夺之名,使人署券以效其地也。既选,又树其同己者以为陪贰。下及茸骑驵伍,亡不易位,不考功实,不课疲能,而一于朋党。下者乃持大赂名琛,田之租赋,市之币余,适妻荐席,外妇奉匦以求得当。议官司直,交视而莫敢议其后。然则政制之可鄙厌,宁独专制,虽民主立宪,犹将拨而去之。藉令死者有知,当操金椎以趣冢墓,下见拿破仑、华盛顿,敲其头矣。"时论方举学校,废科举,而炳麟不然,曰:"昔汉时举博士,年五十始应科,今之世,有晨朝卒业,比暮已为父师者矣,而学官弟子,复以其业为足。循是以往,惧犹不如科举之世。何者?科举文辞至腐朽,得科举者犹自知不为成学,入官以后,尚往往理群籍,质通人,故书数之艺、六籍之故、史志之守、性命之学,不因以蠹败,或乃乘时间出,有愈于前。今终以学校之业为具,则画地不能进一武。老聃有言:'天下皆知美之为美,斯恶已。'彼学校者岂不美于科举耶。犹曰未已,而在学者以奸政。学校诸生,非吏也,所习不尽刑名比详,虽习之,犹未从政,辍业不修,以奸当涂之善败,则士侵官而吏失守。士所欲恶,不尽当官成,又不与齐民同志,上不关督责之吏,下不编同列之民,独令诸生横与政事,恃夸者之私见以议废置,此朋党所以长。盖昔郑公孙侨不毁乡校者,期其私议横舍之国,以风闻者而理察之,不期其公议于廷。侨虽不毁,当是时,校士好议,忘其肄业,不嗣管弦之音而佻达于城阙,犹诗人所讥也。"自诩前识,其言往往而中。然世儒之于炳麟,徒赞其经子诂训之勆,而罕会体国经远之言,知赏窈眇密栗之文,未有能体伤心刻骨之意。世莫知炳麟,而炳麟纷纶今古,益与世为连,剽剥儒、墨,虽老师宿学不能自解免焉。

炳麟论文,右魏晋而轻唐宋,于古今人少许多连。顾盛推魏晋之论,谓汉与唐宋咸不足学,独魏晋为足学而最难学。述论式。其大指谓:"雅而不核,近于诵数,汉人之短也。廉而不节,近于强钳,肆而不制,近于流荡,清而不根,近于草野,唐宋之过也。有其利,无其病者,莫若魏晋。魏晋之文,大体皆埤于汉,独持论仿佛晚周,气体虽异,要其守己有度,伐人有序,和理在中,孚尹旁达,可以为百世师矣。效唐宋之持论者,利其齿牙,效汉之持论者,多其记诵,斯已给矣。效魏晋之持论者,上不徒守文,下不可御人所口,必先豫之以学。"斯其盛推魏晋也。于清儒推汪中、李兆洛,并世推王闿运、吴汝纶、马其昶三人,此外虽其师俞樾之文亦致不满。因著《校文士》以见意曰:

> 近代学者率椎少文,文士亦多不学。兼是两者,惟阳湖之张生张惠言,又非其至者也。然学者不习通俗之文,而特雅驯可诵,视欧、曾、王、苏将过之。先戴戴震《句股割圜记》,吐言成典,近古之所未有。迩者黄以周以不文著,惟黄氏亦自谓钝于笔语,观其撰述,密栗醇厚,庶几贾、孔之遗章,何宋文之足道。戴君戴望在朴学家,号为能文,其成一家言者,则信善矣。造次笔札酬对之辞,顾反与宋文相似。故知世人所谓文者,非其最上,而椎少文之云,特以匪色不足,短于驰骤曲折云尔。惟俞先生俞樾文窳滥,不称其学,此则轶出于恒律者也。史家若章、邵二公章学诚、邵晋涵记事甚善,其持论亦在《文心》《史通》间,然史家固无木讷寡文之诮,故不悉论。若通俗不学者,其文亦略有第次,善叙行事,能为碑版传状,韵语深厚,上攀班固、韩愈之轮,如曾国藩、张裕钊,斯其选也。规法宋人,而能止节淫滥,时以大言自卫,亦不敢过其情,如姚鼐、梅曾亮,则其次也。闻见杂博,喜自恣肆,其言近于纵横,视安石不足,而拟苏洵为有余,如恽敬辈,又其次也。自放尘埃之外,傲睨万物,而固陋不能持论,载其清静,亦使穷儒足以娱老,如吴敏树辈,又其次也。乃夫文质相扶,辞气异于通俗,上法东汉,下亦旁皇晋宋之间,而文士以为别裁异趣,如汪中、李兆洛之徒,则可谓彬彬者矣。魏源、龚自珍,则所谓伪体者也。源故不学,惟善说满洲故事,晚乃颠倒诗、书以钓名声,凌乱无序,小学尤疏谬,而栩栩自高,以为微言大义在是。其持论或中时弊,而往往近于怪迂。自珍承其外祖之学,又多交经术士,其识源流,通条理,非源之俦。然大抵剽窃成

说而无心得，其以经为史，本之《文史通义》而加华辞，观其华，诚不如观其质者。若其文辞侧媚，自以取法晚周诸子，而佻达无骨体，视晚唐皮、陆且弗逮，以较近世，犹不如唐甄《潜书》之近实。而后生信其诳耀以为巨子，诚以舒纵易效，又多淫丽之辞，中其所嗜，故少年靡然乡风。自自珍之文贵于世，而文学涂地将尽，将汉种灭亡之妖耶。孔子云："觚不觚。觚哉觚哉。"

大率衡论诸家，犹以为得失互见，而于后生崇信之龚自珍，极口诋排，致以为汉种灭亡之妖焉。世或不以为允也。既而入民国，炳麟故以文字张革命而有成功，誉望高，讲学推为大师，而持论逾峻厉。闽县林纾方以能文章治桐城家言，为士论所归，尤遭炳麟嫉诃。其《与人论文书》曰：

> 来书疑仆持论褒大先梁而捐置徐、庾以下，又称中唐韩、吕、刘、柳诸家，次及宋世宋祁、司马光等，然上不取季唐，下不与吴蜀六士谓欧阳、曾、王、苏，若两取容于姚、李二流者。仆闻之，"修辞立其诚"也，自诸辞赋以外，华而近组则灭质，辩而妄断则失情，远于立诚之齐者，斯皆下情所欲弃捐，固不在奇偶数。徒论辞气，太上则雅，其次犹贵俗耳主意。俗者谓土地所生习《地官·大司徒》注，婚姻丧纪，旧所行也《天官·太宰》注，非猥鄙之谓。孙卿云："有雅儒者，有俗儒者。"李斯云："随俗雅化。"夫以俗为缦白，雅乃继起以施章采，故文质不相畔。世有辞言袭常而不善故训，不綦文理，不致隆高者，然亦自有友纪。佻儇侧媚之辞薄之，则必在绳之外矣。是能俗者也。先梁杂记，则随俗而善，文尽雅，陈已稍替，及南北捆合，其质大浇。故有常语尽雅，毕才技以造瑰辞，犹几不及俗者，唐世颜师古、许敬宗之伦是也。致文则雅，燕闲短语，有所记述题署，且下于俗数等，近世阮元、李兆洛之伦是也。且北朝更丧乱久，文

章衰息，浸已绌于江左。魏收、邢子才刻意尚文，以任、沈为大师，终不近。会江左文体亦变，徐陵通聘，而王褒、庾信北陷，北人承其蚩色，其质素丑，外自文以妖冶，貌益不衷。传曰："白而白，黑而黑。"夫贲，有何好乎？陵夷至于唐世，常文蒙杂，而短书媟嫚，中间亦数改化。稍稍复古以有韩、吕、刘、柳，自任虽夸，顾其意岂诚薄齐、梁耶？有所欲于徐、庾，而深悼北人之效法者，失其轶丽，而只党莽，不就报章，欲因素功以为绚乎？自知虽规陆机，摹傅亮，终已不能得其什一，故便旋以趋彼耳。北方流势本拥肿也，削而砭之，大分不出后汉，碑诔尤近，造辞窜句，犹兼晋、宋赋颂之流。宋世能似续者，其言稍约，亦独祁、光诸子。今夫韩、吕、刘、柳所为，自以为古文辞，纵材薄不能攀姬汉，其愈隋唐末流猥文固远。宋世吴蜀六士，志不师古，乃自以当时决科献书之文为体，是岂可并哉？曩尝与足下言："仆重汪中，未尝薄姚鼐、张惠言。"姚、张所法，上不过唐宋，视吴蜀六士为谨。原注云：夸言稍少，此近代所长。若恽敬之恣、龚自珍之慢，则不可同论。仆视此虽不与宋祁、司马光等，要之，文能循俗，后生以是为法，犹有坛宇，不下堕于猥言酿辞，兹所以无废也。并世所见：王闿运能尽雅，其次吴汝纶以下，有桐城马其昶，为能尽俗。原注云：萧穆犹未能尽俗。下流所仰，乃在严复、林纾之徒。复辞虽饬，气体比于制举，若将所谓曳行作姿者也。纾视复又弥下，辞无涓选，精采杂污，而更浸润唐人小说之风。夫欲物其体势，视若蔽尘，笑若龋齿，行若曲肩，自以为妍，而只益其丑也。与蒲松龄相次，自饰其辞而祗敬之曰："此真司马迁、班固之言。"原注云：纾弟子记师言，援吴汝纶言以为重。汝纶既没，其言有无不可知。观汝纶所为文辞，不应与纾同其谬妄，或由性不绝人，好为奖饰之言乎？若然者，既不能雅，又不能俗，则复不得比于吴蜀六士矣。仆固不欲两取容于姚、李，而恶夫假托以相争者，杨子曰："见弓之张弛而不失其良，曰櫱之而已矣。"夫先梁与中唐者，势有张弛，岂其为良异哉？使奇偶之言，文章之议，日竞于世，失其所以櫱，而诡雅异俗者据之，斯亦非足下之所惧耶？

盖斥严复、林纾为诡雅异俗云，而诃林纾尤甚。又以林纾小说为世俗称道，于是明述作之意，又署后曰：

> 小说者，列在九流十家，不可妄作。上者宋钘著书，上说下教，其意犹与黄老相似，晚世已失其守。其次曲道人物、风俗、学术、方伎，史官所不能志，诸子所不能录者。比于拾遗，故可尚也宋人笔记尚多如此，犹有江左遗意。其下或及神怪，时有目睹，不乃得之风听，而不刻意构画其事，其辞坦迤，淡乎若无味，恬然若无事者，《搜神记》《幽明录》之伦，亦以可贵。唐人始造意为巫蛊、媟嬻之言，晚世宗之，亦自以小说名，固非其实。夫蒲松龄、林纾之书，得以小说名者，亦犹大全、讲义诸书，傅于六艺儒家也。

炳麟词意刻急，大率视此。惟炳麟之所贬绝者，特林纾耳，未尝贬绝桐城家言也。人问："桐城义法何其隘耶？"曰："此在今日，亦为有用，何者？明季猥杂佻脱之文，雾塞一世，方氏起而廓清之。自是以后，异喙已息，可以不言流派矣。乃至今日，而明末之风复作。报章小说，人奉为宗，幸其流派未亡，粗存纲纪。学者守此，不至堕入下流，故可取也。若谛言之，文足达意，远于鄙倍，可也，有物有则，雅驯近古，是亦足矣。"然则炳麟之所贬绝者，固非桐城而林纾也。顾林纾不平于炳麟之斥绝，往往引桐城家以自障焉。错具林纾篇中。

炳麟论文，谓当以文字为主，不当以彣彰为主，而文之为名，包举一切著于竹帛而言，故有成句读之文，有不成句读之文，而成句读者，复有有韵、无韵之别，无韵文中，当有学说、历史、公牍、典章、杂文、小说六科，而欲以书志疏证之法，施之于一切文辞。命其形质，则谓之文。状其华美,则谓之彣。凡彣者必皆成文,而成文者不必皆彣。援经据典,述《文学论略》一篇,博辨强证,洋洋万余言,兹以繁不能具录,仅节约其旨曰:

> 《论衡·超奇篇》云:"能说一经者为儒生。博览古今者为通人,采掇传书以上书奏记者为文人。能精思著文,连结篇章者为鸿儒。"又曰:"州郡有忧,有如唐子高、谷子云之吏,出身尽思,竭笔牍之力,烦忧适有不解者哉。"又曰:"长生死后,州郡遭忧,无举奏之吏,以故事结不解,征诣相属。文轨不尊,笔疏不续也,岂无忧上之吏哉?乃其中文笔不足类也。"又曰:"若司马子长、刘子政之徒,累积篇第,文以万数,其过子云、子高远矣。然而因成前纪,无胸中之造。若夫陆贾、董仲舒论说世事,由意而出,不假于外,然而浅露易见。观读之者犹曰传记。阳城子长作《乐经》,杨子云作《太玄经》,造论助思,极窅冥之深,非庶几之才,不能成也。桓君山作《新论》,论世间事,辩照然否,虚妄之言,伪饰之辞,莫不证定。彼子长、子云说论之徒,君山为甲。自君山以来,皆善鸿眇之才,故有嘉令之文。"据此所说,所谓文者,皆以作奏记为主。自是以上,乃有鸿儒。鸿儒之文,若司马子长、刘子政所著,则为历史,陆、董、阳城、杨四子所著,则为经说,君山所著,则为诸子。是历史、经说、诸子三者,彼方目以最上之文,非如后人摈此于文学之外,而沾沾焉惟以华辞为文,或以论说、记序、碑志、传状为文也。或言:"学说、文辞之所以异者,学说在开人之思想,文辞在动人之感情,虽亦互有出入,而大致不能逾此。"此亦一偏之见也。就彼所说,则除学说而外,一切有韵、无韵之文,皆得称为文辞,而一以激发感情为主,则其误亦已甚矣。无韵文中,专尚激发感情者,惟杂文、小说耳。历史之中,目录、学案,则于思想有关,而于感情无涉,其他叙事之文,固有足动

感情者，然本非以是为主。盖叙事者，在得其事之真相耳。其事有足动感情与不动感情之异，故其文亦有足动感情与不动感情之异。若强事而就辞，则所谓削足适履者也。至于姓氏之书，列入史科，此则无关思想，亦无关于感情者也。公牍之中，诏诰奏议，亦有能动感情者，然考绩升调之诏，支销举劾之书，则于感情固无所预，其取动感者，惟为特别事端，非其标准在此也。诉讼之词状，录供之爱书，当官之履历，经商之引帖，此足动感情乎，抑不足动感情乎？典章之中，思想、感情，皆无所预。若评论典章，与寻求其原理者，此则诸子之法家，当在学说，非彼所谓文辞矣。然则无韵之文，除学说外，有历史、公牍、典章、杂文、小说五科，而三科皆不以能动感情为主。惟杂文、小说则以是为标准耳。有韵之文，诚以能动感情为主矣，然则著龟象象之文，体皆韵语，命曰占繇，《周易》而外，见于左氏者多。乃如杨子之《太玄》，焦赣之《易林》，东方朔之《灵棋》，其文古雅有余，而于感情实无所动。其他诗赋、箴铭、哀诔、词曲之属，固以宣情达意为归，抑扬宛转，是其职也。虽然，儒家之赋，意存谏戒，若荀卿《成相》一篇，固无能动感情之用。毛公传《诗》，独标兴体，所谓兴者，即能动感情之谓，则知比、赋二式，宜不以此为限。传称："登高能赋，谓之德音。"然则原本山川，极命草木，若相如之《子虚》，扬雄之《羽猎》、《甘泉》，左思之《三都》，郭璞、木华之《江》、《海》，奥博翔实，极赋家之能事矣，其感情动耶否耶？其专赋一物者，若荀卿之《蚕赋》、《箴赋》，王延寿之《王孙赋》，祢衡之《鹦鹉赋》，俟色揣称，曲尽形相，读者感情亦未动也。今之言诗，与古稍异，故诗、赋分为二事。汉世《郊祀》、《房中》之歌，沉博绝丽，而庄敬之情，览者曾不为动，盖其感人之处，固在被之管弦，非局于词句也。若夫《柏梁》联句，语皆有韵，后世遵之，自为一体，今试䌷绎其辞，惟是夫子自道，而《上林令》诗则以"桃李橘柏枇杷梨"

七字堆积成言，无异《急就篇》中文句。若以《柏梁》诗为不善，则固诗人所尊奉也。若以《柏梁》诗为善，则无可动人之感情也。然则谓文辞之妙，惟在能动感情者，在韵文已不能限，而况无韵之文乎？彼专以杂文、小说之能事，概一切文辞者，是真知其一而不知其二也。或云壮美，或云优美，学究点文之法，村妇评曲之辞，庸陋鄙俚，无足挂齿，而以是为论文之轨，不亦过乎？吾今为一语曰：一切文辞，体裁各异，以激发感情为要者，箴铭、哀诔、诗赋、词曲、杂文、小说之类是也。以浚发思想为要者，学说是也。以确尽事状为要者，历史是也。以比类知原为要者，典章是也。以便俗致用为要者，公牍是也。以本隐之显为要者，占繇是也。其体各异，故其工拙亦因之而异，其为文辞则一也。夫以学说与文辞对立者，其失在惟以彣彰为文，而不以文字为文，故学说之不彣者，则捍然摈之于文辞之外。惟《论衡》所说，略成条理，先举奏记为质，则不遗公牍矣。次举叙事、经说、诸子为言，则不遗历史与学说矣。有韵为文，人所共晓，故略而不论，杂文汉时未备，故亦不著。不言小说，或其意存鄙夷。不列典章，由其文有缺累。此则不能无失者也。虽然，王氏所说，虽较诸家为胜，亦但知有句读文，而不知无句读文，此则不明文学之原矣。吾今当为众说：古者书籍得名，由其所用之竹木而起，此可见语言、文学，功用各殊，是文学之所以称文学也。且如经之得称谓其常也，传之得称，谓其转也，论之得称，谓其伦也，此皆后儒训说，未必睹其本真。欲知称经、称传、称论之由，则经者，编丝缀属之谓也，是故六经而外，复有纬书，义亦同此，如佛经称素怛缆亦云修多罗，素怛缆者，直译为线，译意为经，盖彼贝叶成书，故不得不用线联贯，此以竹简成书，亦不得不编丝缀属，其必举此为号者，异于百名以下，专用版牍者耳。盖经本官书，故《吴语》有"挟经秉枹"之说，韦昭解：经，兵书也。此说未确也，岂有临阵而读兵书者？盖尺籍伍符之属，临阵携之，取便检点。字既繁多，故用策而不用版也。传者，专之假借也，《论语》"传不习乎"，是其明证。《说文》训专为六寸簿，簿则手版，古谓之忽令作笏，书思对命，以备忽忘，故引伸为书籍记事之称。书籍名簿，亦名为专。专之得名，以其体短有异于经。郑康成《论语》云："《春秋》二尺六寸，《孝经》一尺二寸，《论语》八寸。"则知专之简策，当更短于《论语》所谓八寸者也。《汉书·艺文志》言：刘向校中古文《尚书》，有一简二十五字者，而服虔注《左氏传》则云：古文篆书一简八字，盖二十五字者二尺四寸之经也，八字者六寸之传也。古官书皆长二尺四寸，故云二尺四寸之律，举成数言，则曰三尺法。经亦官书，故长如之，其非经律则称短书，皆见《论衡》。论者古只作仑，比竹成册，各就次第，是之谓仑。箫亦编竹为之，是故龠字，从仑，引申则乐音之有秩序者，亦称为仑，"于论鼓钟"是也。言说之有秩序者，亦称为仑，"坐而论道"是也。推寻本义，实是仑字。《论语》为师弟问答，而亦略记旧闻，散为各条，次编成帙，故曰仑语。要之，经者，绳线贯联之称，传者，簿书记事之称，论者，比竹成册之称，各从其质以为之名，亦犹古言方策，汉言尺牍，今言札记也。虽古之言肆业者《左氏传》：臣以为肆业及之也，亦谓肆版而已。《释器》云："大版谓之业。"所习之书，各有篇第，而习者移书其文于版，故云肆业，《管子·宙合篇》云："退身不舍端，修业不息版。"以此证之，则肆业之为肆版明矣学业之名，由此引伸，与事业、功业异义。据此诸证，或简或牍，皆从其质为名，此所以别文字于言语也。其所以必为之别者，何也？文字初兴，本以代言为职，而其功用有胜于言者。盖言语之用，仅可成线，喻如空中鸟迹，甫见而形已逝，故一事一义得相联贯者，言语司之，及夫万类垒集，棼不可理，言语之用有所不周，于是委之文字。文字之用，可以成图，故表谱图画之术兴焉。凡排比铺张，不可口说者，文字司之。及夫立体建形，向背同现，文字之用又有不周,于是委之仪象。仪象之用,可以成体,故铸铜雕木之术兴焉。凡望高测深,不可图表者,仪象司之。然则文字本以代言,而其用则有独至,凡无句读之文,皆文字所专属者也。文之代言者,必有兴会神味。文之不代言者,则不必有兴会神味。不代言者,文字所擅场也。故论文学者,不得以感情为主。今分无句读文为图画、表谱、簿录、算草四科。而有句读文则分有韵、无韵,有韵文者:赋颂、哀诔、箴铭、占繇、古今体诗、词曲,无韵文者:学说、历史、公牍、典章、杂文、小说也。其中学说、历史、公牍、典章、杂文又当区为各类。以此分析,则经典亦当散入各科。如《周易》者,占繇科也。如《诗》者,赋颂科也。如《周礼》者,典章科之官礼类也。如《仪礼》者,典章科之仪注类也。如《礼记》者,典章科之仪注类《曲礼》《内则》《投壶》《公冠》诸篇皆是,书志类《祭法》《明堂》《月令》诸篇皆是,学说科之诸子类《中庸》《礼运》《三朝》诸篇皆是,疏证类《昏义》《冠义》《乡饮酒义》诸篇皆是,历史科之记传类如《五帝德》篇是也。《春秋》者,历史科之编年类,《世本》则表谱科,《国语》则历史科之国别史类,二传则学说科之疏证类也。《论语》《孝经》者,学说科之诸子类也。《尔雅》《说文》者,学说科之疏证类也。至于正史一书之中,分科各异:如纪传,则历史科之纪传类也,书志,则典章科之书志类也,年表,则表谱科也,若百官公卿表,则又典章科之官礼也,宰相世系表,则又历史科之姓氏书类也,于书志中,有《艺文》《经籍》等志,则又历史科之目录类也。文人所作总集、别集之属,大抵多在杂文科中,而碑志,则历史科之款识类,传状,则历史科之行状类、别传类也,若《翰苑集》,则公牍科之奏议类也,若《顺宗实录》,则历史科之纪传类也。凡自成一家之书,名为诸子。然《别录》《七略》,兵书、方技、数术,皆为独立,不入诸子略中。晋荀勖《簿录中经》分为四部,而兵书、数术,遂与诸子合符。梁阮孝绪作《七录》,子、兵为一,而技术复在其外。隋《经籍志》始以兵家、天文家、历数家、医方家尽入诸子。自今以后,科学渐兴,则诸子所包,其数将不可计,儒家、道家,同为哲学,墨家、阴阳家,同为宗教,似亦不须分立矣。此与历史、公牍、典章、小说诸科,皆相涉入,惟于杂文则远耳。其次或自成一家,或依附旧籍,而皆以实事求是为归者,则通名为疏证。上自经说,下至近世之札记,此皆疏证类也。其最古者,若《尚书》有《太誓》故(见《周语》),《管子》有《形势解》、《立政》、《九败解》、《版法解》、《明法解》,《韩非》有《解老》、《喻老》,此亦疏证类也。而近人别集,如戴震、钱大昕、段玉裁、阮元辈,其间杂文甚少,而关于考证者多,是亦疏证类也。此类与历史、公牍、典章、杂文、小说诸科,则皆相涉入者也。其有商度文史,自成一家者,名曰平议,若荀勖之《杂撰文章家集叙》,挚虞之《文章志》,傅亮之《续文章志》,《隋书》皆列入《史部·簿录篇》中,皆为近似,而后人则于别集、总集而外,又立一文史类,搜集此种,录入其中,则名实相去远矣。今之史评,若《史通》是也。今之文评,若《文心雕龙》是也。其关于款识者,若《金石要例》是也,其关于古今体诗者,若《诗品》是也。其通评文史者,若《文史通义》是也。此则与无句读文、有句读文皆相涉入者也。故凡有句读文,以典章为最善,而学说科之疏证类,亦往往附居其列,文皆质实而远浮华,辞尚直截而无蕴藉,此于无句读文最为邻近。魏晋以后,珍说丛兴,文渐离质,作史者能为纪传而不能为表谱、书志。今观陈寿之《三国志》,范晔之《后汉书》,姚思廉之《梁书》、《陈书》,令狐德棻之《周书》,李百药之《北齐书》,李延寿之《南史》、《北史》,惟存纪传,而表志绝焉惟沈约《宋书》、萧子显《齐书》、魏收《魏书》有志。若《续汉书》之志,则司马彪作,非范晔所能作也。《隋书》成于官撰,纪传与志分任纂修,盖作纪传者亦不能作志也,《晋书》亦官撰,故得有志。江淹所以叹作史之难,莫难于作志也。中唐以后，三传束阁，降及北宋，论锋横起，好为浮荡恣肆之辞，不惟其实，故疏证之学渐疏。刘攽、刘奉世、洪适、洪迈、娄机、吴曾、王应麟之徒，虽能考证丛残，持之有故，言之不能成理，属文者便于荒陋，反以疏证为支离，此文辞所以日趋浮伪也。虽然，既已谓之文辞，则书志必不容与表谱、簿录，同其繁碎，疏证必不容与表谱、簿录，同其冗杂。故书志之要，必在训辞翔雅，若《汉志》《隋志》《通典》之文则得矣。宋、元、明《志》、《通考》、《续通考》辈，非其任也。疏证之要，必在条理分明，若江永、戴震、段玉裁、王引之、金榜、黄以周之文，则得矣。余萧客、王昶、洪亮吉辈，非其任也。以典章科之书志，学说科之疏证，施之于一切文辞，除小说外，凡叙事者尚其直叙，不尚其比况，若云"血流杵标"，或云"积干曳甲与熊耳山齐"，其文虽工，而为偭规改错矣。凡议论者尚其明示，而不尚其代名，若云"颜渊虽笃学，附骥尾而行益显"，或云"足历王庭，垂饵虎口"，其文虽工，而为雕刻曼辞矣。乃若叠韵双声，连字连义，用为形容者，惟于韵文为宜。无韵之文，亦非所适。所以者何？韵文以声调节奏为本，故形容不患其多。无韵之文便与此异。前世作者用之符命，是为合格，其他诸篇，傥见则可，过多则不适矣。相如、子云湛深于古文奇字，《移檄》、《解嘲》之属，用此亦多，后人当师其奇字，不当师其形容语也。乃如举地称官，皆从时制，虽当异族秉政，而亦无可讳更，所谓"名从主人"也。近世为文例者，只以此为金石刻画之程式，其实杂文亦尔。特历史、公牍诸科，需此尤切耳。夫解文者，以典章学说之法，施之历史、公牍，复以施之杂文，此所以安置妥帖也。不解文者，以小说之法施之杂文，复以施之历史、公牍，此所以骩骳不妥也。或曰："子前言一切文辞体裁各异，故其工拙亦因之而异，今乃欲以书志、疏证之法施之于文辞，不自相刺缪耶？"答曰："前者所说，以工拙言也。今者所说，以雅俗言也。工拙系乎才调，雅俗者存乎轨则。轨则之不知，虽有才调而无足贵，是故俗而工者，毋宁雅而拙也。雅有消极、积极之分。消极之雅，清而无物，欧、曾、方、姚之文是也。积极之雅，闳而能肆，扬、班、张、韩之文是也。虽然，俗而工者，毋宁雅而拙，故方、姚之才虽驽，犹足以傲今人也。吾观日本之论文者，多以兴会神味为主，曾不论其雅俗，或其取法泰西，上追希腊，以美之一字横梗结噎于胸中，故其说若是耶？彼论欧洲之文，则自可耳，而复持此以论汉文。吾汉人之不知文者，又取其言以相牸式，则未知汉文之所以为汉文也。日本人所读汉籍，仅中唐以后之书耳。魏晋、盛唐之遗文，已多废阁，至于周、秦、两汉，则称道者绝少，虽或略观大意，训诂文义，一切未知，由其不通小学耳。夫中唐文人，惟韩、柳、皇甫、独孤、吕、李诸公为胜。自宋以后，文学日衰，以至今日。彼方取其最衰之文，比较综合以为文章之极致，是乌足以为法乎？"或曰："子之持论，似明世七子所言，专以唐为封域，而蔑视宋后诸公，宁非一偏之论耶？"答曰："七子之弊，不在宗唐而祧宋也，亦不在效法秦汉也，在其不解文义而以吞剥为能，不辨雅俗而以工拙为准。吾则不然，先求训诂，句分字析而后敢造词也；先辨体裁，引绳切墨而后敢放言也。此所以异于明之七子也。"或曰："子谓不辨雅俗，则工拙可以不论。前者已云：'以便俗致用为要者，公牍是也。'彼公牍者，复何雅之足言乎？"答曰："所谓雅者，谓其文能合格。公牍既以便俗，则上准格令，下适时语，无屈奇之称号，无表象之言词，斯为雅矣。《汉书·艺文志》曰：'书者，古之号令，号令于众，其言不立具，则听受施行者勿晓，古文读应尔雅，故解古今语而可知也。'则古之公牍以用古语为雅。今之公牍，以用今语为雅。或用军门、观察、守、令、丞、倅以代本名，斯所谓屈奇之称号也。或用'水落石出'、'剜肉补疮'以代本义，斯所谓表象之言词也。其余批判之文，多用四六，昔在宋世，已有龙筋凤髓之书，近世宰官相率崇效，以文掩事，猥渎万端。此弊不除，此公牍所以不雅也。公牍之文，与所谓高文典册者，其积极之雅不同，其消极之雅则一，要在质直而已，安有所谓便俗致用者，即无雅之可言乎？非独公牍然也，小说之文，与他文稍异矣，然亦有其雅者，《史记·滑稽列传》、《汉书·东方朔传》，此皆小说所本，而汉《艺文志》之称小说，则云'街谈巷语、道听途说者所造'，是所谓询于刍荛者也，故如邯郸淳之《笑林》、刘义庆之《世说》，多当时实事也。其有意构造者，则如《汉志》所载小说诸家，多兼黄老，而其后亦兼鬼神，若《搜神记》、《幽明录》者，非小说之正宗矣。然犹不以谲怪恢奇相尚，虽云'致远恐泥'，而无淫污流漫之文，是在小说，犹不失为雅也。自明以来，文人夸毗，惟怀婚姻，自诩风流，廉耻道丧，于是有《秘辛杂事》、《飞燕外传》诸作，浸淫至今，而其流不可遏矣。反古复始，故亦有其雅者。近世小说，其为街谈巷语，若《水浒传》、《儒林外史》，其为神怪幽秘，若《阅微草堂》五种，此皆无害为雅者。若以古艳相矜，以明媚自喜，则无不沦入恶道。故知小说自有雅俗，非有俗无雅也。公牍、小说，尚可言雅，况典章、学说、历史、杂文乎？若不知世有无句读文，则必不知文之贵者，在乎书志、疏证。若不知书志、疏证之法，可施于一切文辞，则必以因物骋辞，情灵无拥，为文辞之根极。宕而失原，惟知工拙，不知雅俗，此文辞所以日弊也。"

炳麟生平论文之旨大略具是矣。然未及文之所由生也。炳麟以为文生于名，名生于形，修辞必原本小学，而自以造辞先求故训，穷理能为玄言，高出时辈，不欲为伍。《与邓实书》曰：

昨闻上海有人定近世文人笔语为五十家，以仆纡厕其列。仆之文辞为雅俗所知者，盖论事数首而已，斯皆浅露，其辞取足便俗，无当于文苑。向作《訄书》，文实宏雅，箧中所藏，视此者亦数十首，盖博而有约，文不掩质，以是为文章职墨，流俗或未之好也。定文者，以仆与谭复生、黄公度耦。二子志行，顾亦有可观者，然学术既疏，其文辞又少检格。复生气体骏利，以少习俪语，不能远师晋、宋，喜用雕琢，惊而失粹，轻侠之病，往往相属。公度喜言经世，其体则同甫、贵与之侪，上距敬舆，下摧水心，犹不相逮。仆虽朴陋，未敢与二子比肩也。近世文士王壬秋，可谓游于其藩，犹多掩袭声华，未能独往。康长素时有善言，而稍谲奇自恣。仆亦不欲与二贤参俪。谓宜刊削鄙文，无令猥厕，大衍之数，虚一不用，亦何伤于著卦哉？故非欲掎摭利病，泛儓时彦以自崇也。以为文生于名，名生于形，形之所限者分，名之所稽者理，分理明察，谓之知文。小学既废，则单篇撅落。玄言日微，故俪语华靡。不揣其本而肇其末，人自以为卿、云，家相誉以潘、陆，何品藻之容易乎？仆以下姿，智小谋大，谓文学之业，穷于天监，简文变古，志在桑中，徐、庾承其流化，澹雅之风，于兹沫矣。燕、许诸公，方欲上攀秦汉，逮及韩、刘、吕、权、独孤、皇甫诸家，劣能自振。晚唐出以谲诡，两宋济以浮夸，斯皆不足邵也。将取千年朽蠹之余，反之正则，虽容甫、申耆，犹曰"采浮华，弃忠信"尔。皋文、涤生尚有谖言，虑非修辞立诚之道。夫忽略名实，则不足以说典礼。浮辞未寙，则不足以穷远致。言能经国，绌于笾豆有司之守。德音孔胶，不达形骸知虑之表。故篇章无计簿之用，文辩非穷理之器。彼二短者，仆自以为绝焉。所以块居独处，不欲寄群彦之数者也。夫代文救僿，莫若以忠，撰录文辞，谅非急务，然彼之为是，亦云好尚所至而已。遂事既不可谏，仆之私著，出内在我，宜告以鄙怀，无令署录，玉石、朱紫，庶其有分。

炳麟故意高自标置，并世文人，独称王闿运能尽雅。或问如何能雅？

曰：“抒所欲言，成章以达，而汰其虚字，不厕笔端，则尽雅矣。”为文章尤喜以古字易今字，曰：“六书本义，废置已夙，经籍仍用，通借为多，舍借用真，兹为复始。”然尽雅而不便俗。后生小子读其文者，罕能竟焉。徒震其高名，相为矜耀而已。

炳麟论文，薄宋六士，而言诗又不取宋诗，作《辨诗》。其大指以为“宋世诗势已尽，故其吟咏情性，多在燕乐。今词又失其声律，而诗尨奇愈甚。考征之士，晴一器，说一事，则纪之五言，陈数首尾，比于马医歌括。及曾国藩自以为功，诵法江西诸家，矜其奇诡，天下鹜逐，古诗多诘诎不可诵，近体乃与杯珓谶辞相等。江湖之士，艳而称之，以为至美。盖自《商颂》以来，歌诗失纪，未有如今日者也。物极则变，今宜取近体一切断之，古诗断自简文以上，唐有陈、张、杜、李之徒，稍稍删节其要，足以继风雅，尽正变”，以故生平为诗不作近体，五言古最多。蚤岁亡命日本，因咏东夷诗以讥之，其第一首曰：

> 昔年十四五，迷不知东西。曾闻“太平人，仁者在九夷。陇首余糇粮，道路无拾遗”。少壮更百忧，负絏来兹畿。车骑信精妍，艨艟与天齐。穷兵事北狄，三载燔其师。将率得通侯，材官眂山鸡。帑藏竟涂地，算赋及孤儿。天骄岂能久，愁苦来无沂。偷盗遂转盛。妃匹如随廦。家家怀美疢，骭间生疡微。乃知信虚言，多与情实违。

诵者叹为实录。然炳麟为诗，拟古之迹太甚，往往意以词夺，卒不可通晓，盖与文章同病云。刊有《春秋左氏传读叙录》、《刘子政左氏说》、《文始》、《新方言》、《小学答问》、《说文部首韵语》、《庄子解故》、《管子余义》、《齐物论说》、《齐物论释》、《国故论衡》、《检论》、《太炎文录》、《菿汉微言》凡四十八卷，曰《章氏丛书》，而《菿汉微言》最晚出。及国民军之再起也，孙传芳抚有苏、浙、皖、赣四省之众，剸制江以南，割地自封，国民军将致讨焉。而炳麟则藉辞于联俄容共，诟厉国民军以为不道，大放厥辞，孙传芳亦以自张其垒而卒无救于败。于是孙传芳走，炳麟隐，杜门却客，有晤论学，则怃然曰："论学不在多言，要于为人。昔吾好为《菿汉微言》，阐于微而未显诸用，核于学而未敦乎仁，博溺心，文灭质，虽多亦奚以为。欲著《菿汉昌言》以竟吾指也。"生平有"章疯子"之目，而弥为诡诞，题署多名，初本名炳麟，后私淑昆山顾亭林氏，而易名绛，于是字曰太炎，以亭林名绛，又名炎武也，既则自以治汉学，而所服膺者在刘歆，辄署"刘子骏之绍述者"。迨研《大乘起信论》，每作梵文叙言，后题"佛灭度后二千三百八十三年，震旦优婆塞章绛序"，或署"震旦白衣章炳麟序"。至袁世凯盗国之日，疑炳麟不为己用，幽之北京之龙泉寺。逻卒在门，从游者皆不得见，至以为苦。而世凯亦知炳麟徒书生好大言，实无它，意颇怜之，移之钱粮胡同，稍弛其禁，然仍不得出，则慨然曰："余惟待死矣。"与其弟子黄侃书，则署"待死人章某"也。既以国民党用事而摈于世，无所发愤，会前大总统黎元洪死，则挽以联曰："继大明太祖而兴，玉步未更，绥寇岂能干正统。与五色国旗同尽，鼎湖一去，谯周从此是元勋。"弦外之音，令人惊异，而下署"中华民国遗民章炳麟挽"也。继而孙总理奉安新都，寄挽一联曰："举国尽苏俄，赤化不如陈独秀。满朝皆义子，碧云应继魏忠贤。"以总理前停榇北平碧云寺，旧传出魏阉建也，则又公然诽谤，拟不于伦，诵之者哗曰："此真疯子矣。"弟子数百人，钱玄同、黄侃最著。而玄同中途畔去，独侃称高足也。

　　黄侃，字秀刚，号运甓，别号病禅，一作病蝉，湖北蕲春人。炳麟逃难日本，与侃遇，侃数称道《毛诗传》、《说文解字》，自言受父四川按察使黄君云鹄，为儿时书笤诵之以更《千字文》，遂受学炳麟称弟子。读书多神悟，尤善音韵，文辞澹雅，上法晋宋。炳麟亟称焉。尝著《梦谒母坟图题记》，炳麟尤所赏异。辞曰：

乘拨逆蕲水而上，可百三十里，溪水清泊，平浑跤望，有水自东来会，是为白水，其右有市，名曰包茅，对溪孤山，孽然高举，峭不可上，则螺堆也。山麓精庐，云洗心阁，寒泉步觭，所在深窈。渡此以上，堤绵半里，松桧棽映，中有豫章，缭以周垣，扶疏四布，干可十围，与溪西一树相直，悉是三百年物。堤内广陂，扶渠满中，小渚二三，杂植槐栱。循池东走，得黄氏祠墓，前直螺堆，若树重表。黄氏始自江西，占籍此地，有信甫是其初祖，乡人谣俗以人表地，及其自署，乃云螺堆黄氏。盖山水清邃，错以腴壤，良宜聚族而居者矣。先人相宅，在山之阴。前有三丘，駪駪相属，右为章丘，亡母周孺人墓在焉，面西背东，水出其北，白石为茔，碑崇三尺，陇首长松，高可二丈，下覆冢兆，有如羽盖，升虚反望，便见吾家。墓下田舍厘隘，藉以守冢，山田数亩，有圃有池，其前溪亥十里，琁环可睹，侠溪远阜，青苍摏天。临溪一面，重巇峻削，与螺堆齐。自尔向下，堤皆树柳，墓前单椒，斗入溪胁，堤则尽矣。先时卜葬，神灵听从，意母之潜魂，眷怀旧地，茕茕孤子，可以朝夕顾守斯坟。曾不几时，违患远游，既流窜东夷，恐遂不得反乡里，上先人冢墓。一旦溘死，复不能依母泉下。宵中魂梦，恒来是丘，既癗悲伤，至于昒旦，因请沙门曼公绘为是图，粗存较略，藉用寄思，但望之匪遥，远则万里，诗曰："岂不怀归，畏此罪罟。"每念斯言，所以零涕沾衣者也。黄侃题记。

侃入民国，历北京大学、武昌师范大学、南京中央大学文科教授。徒以生性孤僻，士论不与。而文章尔雅，晋宋之遗，则固足以绳徽于炳麟者也。顾有炳麟同时交好，不称弟子，而造辞傀丽，依于炳麟，以言译事者，苏玄瑛也。然玄瑛志洁而行芳，超然尘埃之表，可以仪刑浇世，则轶乎炳麟矣。

苏玄瑛，字子穀，号曼殊，即所称沙门曼公为黄侃绘《梦谒母坟图》

者,小字三郎,始名宗之助,其先日本人也。王父忠郎,父宗郎,母河合氏,生数月而父殁,母子茕茕靡所依,而河合氏综览季世,渐入浇漓,思携所生托根上国,会粤人香山苏某商于日本,因归焉,遂籍香山而父苏某。苏某固香山甲族,在国内已娶妻生子矣。至是得玄瑛母子,并挈之归国,时玄瑛方五岁也。居三年,河合氏不见容于苏妇,走归日本。玄瑛依假父独留,顾苏妇甚玄瑛甚,族人亦以玄瑛异类,群摈斥之。假父无如何,则分资遣就外傅于香港,从西班牙罗弼氏、庄湘处士治欧罗巴文,庄湘奇赏焉。学二载而假父亦殁。乃归于苏,则苏妇遇玄瑛益虐。年十二,遂为沙门,始从慧龙寺主持赞初大师披剃于广州长寿寺,法名博经,号曰曼殊。旋入博罗,坐关三月,诣雷峰海云寺,具足三坛大戒,嗣受曹洞衣钵,任知藏于南楼古刹。亡何,以师命归广州,值新学方张,争言毁寺,而长寿寺亦被其厄,玄瑛则特笔记之曰:"不意长寿寺已被新学暴徒,毁为墟寺,法器无存。"乃东渡日本,依河合氏,居神奈川,顾自居中国人而乐重其风土。学泰西美术于上野二年,学政治于早稻田三年,皆无成。清使汪大燮以使馆公费助之学陆军八阅月,卒不屑竟学,则思为远游,发抒其意志,得故师庄湘资助,整装之暹罗,随乔悉磨长老究心梵章二年。初玄瑛以汉土梵文作法,久无专书,其存于龙藏者,惟唐智广所撰《悉昙字记》一卷,然音韵既多龃龉,至于语格一切未详,盖徒供持咒之用而已。尝欲有志造述而未果也。至是乔悉磨长老勖以成书,而见西人撰述《梵文典》,条例彰明,与慈恩所述八转六释等法,正相符会,因成《梵文典》八卷,章炳麟为序焉。遂尽通梵、汉暨欧罗巴诸国典籍。尝谓:"世界文字简丽相俱者,莫若梵文,而梵文之典丽闳雅,莫如《摩诃婆罗多》、《罗摩衍那》二章,为长篇叙事诗,虽吾震旦《孔雀东南飞》、《北征》、《南山》诸什,亦不足比其闳美。考二诗之作,在吾震旦商时,此土向无译本,惟《华严疏钞》中述其名称,有云《波罗多书》、《罗摩延书》,谓出马鸣菩萨手,文固旷劫难逢,特玄奘当日以其无关正教,而不之译也。然二诗于欧土早有译本,《婆罗多书》以梵土哆君所译为当。"更援《婆罗多书》以证"支那"之音非"秦"转,其大指谓:"中夏国号曰'支那',有谓为'秦'字转音者,欧洲学人皆具是想,而不知其非然也。尝闻天竺遗老之言曰:'粤昔民间耕种,恃血指,后见中夏人将来犁粗之属,民咸骇叹,始知效法,从此命中夏人曰'支那'。'支那'者,华言巧慧也。是名亦见《摩诃婆罗多》书,前此有王名婆罗多,其时有大战,后始统一印度,遂有此作,王言:'尝亲统大军,行止北境,文物特盛,民多巧智,殆支那分族'云云,考婆罗多朝在西纪前千四百年,正震旦商时,当时印人慕我文化,称智巧耳。证得音非'秦'转矣。"旋至上海,从陈独秀、章士钊游,为《国民日报》翻译,译法人嚣俄书,名曰《惨社会》,刊诸报端,盖独秀之所删润也。时玄瑛虽博学而不工为文章,造辞多乖律令,而独秀殷勤牖迪,不啻师之于弟子焉,而于是玄瑛中国文学之天才始浚发也。

已而玄瑛赴苏州,任吴中公学教授。继渡湘水,登衡岳以吊三闾大夫,主讲实业、崇正、明德、经正诸学校。授课以外,终日杜户。忽一日,手筇杖着僧服而出,云将游衡山,则飘然去矣。寻重游暹罗之盘谷,时让清光绪二十九年癸卯,玄瑛年二十矣。明年甲辰,主讲盘谷青年学会,旋赴锡兰,注锡菩提寺。暹罗古称扶南,锡兰则法显《佛国记》所谓师子国也,遂作法显《佛国记》、惠生《使西域记地名今释及旅程图》。乙巳之南京,会池州杨文会仁山方创祇桓精舍,招玄瑛及李晓暾为讲师。而玄瑛则大喜过望,与友人书曰:"瑛于此亦时得闻仁老谈经,欣幸无量。仁老八十余龄,道体坚固,声音宏亮,今日谨保我佛余光,如崦嵫落日者,惟仁老一人而已。"德国柏林大学教授法兰居士者,适来游,遇玄瑛谭及英人近译《大乘起信论》,以为破碎过甚。玄瑛喟然叹曰:"译事固难,况译以英文,首尾负竭,不称其意,滋无论矣。又其卷端谓马鸣此论,同符景教,是乌足以语大乘者哉。"法兰属玄瑛为购《法苑珠林》,版久蠹蚀，无以应其求也，因语法兰曰："震旦万事蘦坠，岂复如昔时所称天国，亦将为印度、巴比伦、埃及、希腊之继耳。"感喟身世，发呕血疾东归，随河合氏居逻子樱山，侍母之余，唯好啸傲山林。一日夜月照积雪，泛舟中禅寺湖，歌拜轮《哀希腊》之篇，歌已哭，哭复歌，抗音与流水相应，盖哀中国之不竞而以拜轮身世自况。舟子惶骇，疑其痴。亦以其间从章炳麟学为诗焉。丙午辑《文学因缘》二卷成，自为序。之芜湖，主讲皖江中学，识怀宁邓绳侯，已复之南京，主讲陆军中学，识丹徒赵声，旋以病起胸鬲，遄归将母，与黄侃同译拜轮诗，而意趣所寄，尤在《去国行》、《大海》、《哀希腊》三篇，则玄瑛与黄侃草创之，而章炳麟润色以成篇者也。玄瑛重系之赞曰："善哉。拜轮以诗人去国之忧，寄之吟咏，谋人家国，功成不居，虽与日月争光可也。夫诗歌之美，在乎气体，译之所不能概。然其情思幻眇，抑亦十方同感，如予旧译《颖颖志墙靡》、《去燕》、《冬日》、《答美人赠束发镵带诗》数章，可为证已。"所称《答美人赠束发镵带诗》者，亦拜轮之作也，凡六章，章四句，辞曰：

> 何以结绸缪？文纰持作绲。曾用系卷发，贵与仙蜕伦。
> 系着曩衣里，魂魄还相牵。共命到百岁，殉我归重泉。
> 朱唇一相就，沆液皆芬香。相就不几时，何如此意长。
> 以此俟偕老，见当念旧时。絷情如根荄，句萌无绝期。
> 参发乃如铣，波文映珍鬣。颔首一何佼，举世无与易。
> 锦带约鬆发，郎若炎精歆。赤道普无云，光景何鲜晔。

欧诗之译，自玄瑛始，而出以五言，辞必典则，仿佛晋宋，不为鄙倍，斯可谓王闿运、章炳麟之同调也已。至《去燕》者，英人师梨诗也。玄瑛常言："英人诗句，以师梨最奇诡而兼疏丽，盖合中土义山、长吉而熔冶之者。"乃译以五言四章，章四句，辞曰：

> 燕子归何处，无人与别离。女行篸谁见，谁为感差池？

女行未分明，蹀躞复何为。春声无与私，尼南欲语谁。

游魂亦如是，蜕形共驱驰。将翔复将翔，随女天之涯。

翻飞何所至，尘寰总未知。女行谅自适，独我弃如遗。

玄瑛有师梨诗一册，称为西方美人之贻，甚宝贵之。炳麟题其端曰："师梨所作诗，于西方最为妍丽，犹此土有义山也，其赠者亦女子，展转逐被，为曼殊阇黎所得，或因是悬想提维与佛弟难陀同辙。于曼殊为祸为福，未可知也。"师梨与拜轮咸以诗人多愁善感，又年少美风仪，蛾眉曼睩之流，多倾心焉。而玄瑛以飘泊流徙之躯，东西南北，随人袅其情丝，瓣香所在，意以自况身世，各题以一绝曰：

秋风海上已黄昏，独向遗编吊拜轮。词客飘蓬君与我，可能异域为招魂。《题拜轮诗》

谁赠师梨一曲歌，可怜心事正蹉跎。琅玕欲报从何报，梦里依稀认眼波。《题师梨集》

诗人寄托，别有怀抱，每谓："拜轮犹中土李白，天才也。师梨犹中土李贺，鬼才也。"然拜轮豪放，师梨凄艳，而玄瑛字拟句放，译以五古，晦而不婉，哑而不亮，衡其气体，似伤原格。其译拜轮《星耶峰耶俱无生》一章，则几不成语矣。不特于译学三事，皆未周匝也。所自为诗，又不为译诗之奥古，而以七绝最为工。然亦仅足备司空表圣所云"窈窕深谷，时见美人"一格，而往往有故作虚神，其实无远味者。散文萧闲有致，小品弥佳，而长篇皆冗弱，无结构，无意境，无情趣，笔舌散漫，所谓隽人而非大才也。徒以抗心希古，依于炳麟，沾溉所被，所译遂称高格。而后生睹其古体，相惊汉魏，又多淫丽之词，中于所嗜，推崇过当，异议亦起。然玄瑛词旨雅令，自称隽才。

丁未，为译学会译师，交游婆罗门忧国之士，愿捐所有旧藏梵本，与陈独秀、章炳麟议建梵文书藏，人无应者，卒不成。已而刘师培为《天义报》，倡无政府主义，邀玄瑛同居，刊其画于报端。师培妇何震则从玄瑛习绘事，号称女弟子，震为玄瑛辑刊书谱，玄瑛自有序，又思刊布所著《梵文典》，印度波罗罕学士暨炳麟、师培为序，独秀为题诗，震为题偈，顾咸未集事，仅于《天义报》刊其序跋诸作而已。别取《文学因缘》刊布之，亦仅成其半，戊申，刊《拜轮诗选》成，复广为《潮音》一书，即逐录《拜轮诗选序》弁其首。己酉，南巡星加坡，值庄湘处士及其女雪鸿于舟次。初，庄湘欲以雪鸿妻玄瑛。玄瑛垂泪曰："吾证法身久，辱命奈何。"遂已。顾犹以文字寄情款，与友人书曰："衲谓凡治一国文学，须精通其文字。昔瞿德逢人，必劝之治英文，此语专为拜轮之诗而发。夫以瞿德之才，岂未能译拜轮之诗，以非其本真耳。太白复生，不易吾言。此次南渡，舟中遇西班牙才女罗弼氏，亦以此说为当，即赠我西诗数册，每于椰风槟雨之际，挑灯披卷，且思罗子，不能忘弸也。"时玄瑛方译《燕子笺传奇》为英吉利文，甫著稿而雪鸿约以相诒，刊行欧土，欲以志文字因缘。顾玄瑛好言译事而致难其词，以为未易。每称"译事之剧，莫难于诗，而欧土诗伯，无过拜轮、师梨。拜轮足以贯灵均、太白，师梨足以合义山、长吉，而沙士比、弥尔顿、田尼孙以及美之郎弗劳诸子，只可与杜甫争高下。此其所以为国家诗人，非所语于灵界诗翁也。近世学人均以为泰西文学精华，尽集林、严二氏故纸堆中。嗟夫！何吾国文风不竞之甚也。严氏诸译，我未经目。林氏说部，独《鲁滨孙飘流记》、《金塔剖尸记》二书，以少时曾读其原文，故售诵之，服其精能。余如《吟边燕语》、《不如归》，皆译自第二人之手，而林不解英文，可谓译自第三人之手，所以不及万一。甚矣！译事之难也。独辜鸿铭氏译《痴汉骑马歌》，可谓辞气相副。惜乎辜氏之无意文学也。至其中土之美，转移欧方，独诵庄湘师译《葬花诗》，词气凑泊，语无增减。若法译《离骚经》、《琵琶行》诸篇，雅丽远逊原作。夫文章构造，各自含英，有如吾粤木棉素馨，迁地弗为良。况歌诗之美，在乎节族长短之间，虑非译意所能尽也。文章之美,身毒为最,汉文次之,欧洲番书,瞠乎后矣。汉译佛经,自然缀合,无失彼此。盖梵、汉字体,俱甚茂密,而梵文八转十罗,微妙傀琦,斯梵章所以为天书也"。旋之爪哇,主讲噀班中华会馆,庚戌,始游梵土,居中印度芒碣山寺,辛亥夏,归日本,诣王父墓所,会其远亲金阁寺僧飞锡为删定《潮音集》,与莲华寺主刊印流通,嘱玄瑛重证数言,玄瑛曰:"余离绝语言文字久矣。当入邓尉,力行正照,吾子其毋饶舌。"时玄瑛年二十有八也,复渡爪哇,得庄湘处士书,为序所译《燕子笺》,并论佛法,而玄瑛答书千余言,其中极论忏之非佛法,大指谓:"应赴之说,古未之闻。昔白起为秦将,坑长平降卒四十万,至梁武帝时,志公智者,提斯悲惨之事,用警独夫好杀之心,并示所以济拔之方。武帝遂集天下高僧,建水陆道场,凡七昼夜,一时名僧咸赴其请,应赴之法自此始。检诸内典,昔佛在世,为法施生,以法教化,一切有情,人间天上,莫不以五时八教,次第调停而成熟之,诸弟子亦各分化十方,恢弘其道。迨佛灭度后,阿难等结集《三藏》,流通法宝,至汉明帝时,佛法始入震旦,风流向盛,唐、宋以后,渐入浇漓,取为衣食之资,将作贩卖之具。嗟夫异哉。自既未度,焉能度人?譬如落井救人,二俱陷溺。且施者,与而不取之谓。今我以法与人,人以财与我,是谓贸易,云何称施。况本无法与人,徒资口给耶。纵有虔诚之功,不赎贪求之过。若复苟且将事以希利养,是谓盗施主物,又谓之负债用,律有明文,呵责非细。志公本是菩萨化身,能以圆音利物。唐持梵呗,无补秋毫,矧在今日凡僧,相去更何止万亿。田延云栖广作忏法,蔓延至今,徒误正修,以资利养,流毒沙门,其祸至烈。至于禅宗本无忏法,而亦相率崇效,非但无益于正教,而适为人鄙夷,思之宁无坠泪。"并著其说于《断鸿零雁记》,辞意悲慨,而出之大声疾呼,如闻狮子吼矣。

既闻汉土光复,而玄瑛亦以兴会飙举,航海来归,遂之上海。临时大总统孙文亦香山人也,初亡命日本,以与玄瑛乡里雅故,海内才智之士，望风慕义者，鳞萃辐凑，人人愿从玄瑛游，自以为相见晚。玄瑛翱翔其间，若庄光之于南阳故人焉。及是南都建国，诸公者皆乘时得位，争欲致玄瑛。玄瑛冥鸿物外，谓："山僧日醉卓氏炉前，则亦已耳，何遂要山僧坐绿呢大轿子，与红须碧眼人为伍耶？明末有童谣曰：'职方贱如狗，都督满街走。'不图今日沪上所见亦复如是。"徒以禀性孤洁，悄然独往，不肯为翕翕热，每谓："南雷有言：'人而不甘寂寞，何事不可为。笼鸡有食汤刀近，野鹤无粮天地宽。'特为今之名士痛下箴砭耳。"时章炳麟方持节为东三省筹边使，意气洋洋，甚自得也。而玄瑛则语人曰："此公兴致不浅，知不慧进言之缘未至，不欲见之矣。"然而炳麟则称之曰："广东之士，儒有简朝亮，佛有苏玄瑛，可谓厉高节、抗浮云者矣。若黄节之徒，亦其次也，岂与录名党籍，矜为名高者同日语哉。"而玄瑛远矣。

玄瑛工愁善病，顾健饮啖，日食摩尔登糖三袋，谓是茶花女酷嗜之物，又尝一日饮冰五六斤，比晚不能动，人以为死，视之犹有气，明日仍饮冰如故，以是得腹疾。尤嗜吕宋雪茄烟，偶囊中金尽，无所得资，则碎所饰义齿金质者，持以易烟。其他行事都类此。人目为痴。然谈言微中，玄瑛不痴也。尝过张园，有女如云，竞为欧妆以相炫耀，因悲叹曰："'艳女皆妒色，静女独检踪。任礼耻任妆，嫁德不嫁容。君子易求聘，小人难自从。此志谁与谅，琴弦幽韵重。'此孟郊《静女吟》也。所见吾女国民，皆竞邪侈，新妆袨服，招摇过市，殊自得意，以为如此则文明矣，又奚望其有反朴还淳之日哉。衲敬语诸女同胞，此后勿徒效高乳细腰之俗，当以静女'嫁德不嫁容'之语为镜台格言，则可耳。"又谓："吾国今日女子殆无贞操，犹之吾国殆无国体之可言，此亦由于黄鱼学堂之害。女必贞而后自由。昔者王凝之妻，因逆旅主人之牵其臂，遂引斧自断其臂。今之女子何如？若夫女子留学，不如学毛儿戏。"或问黄鱼学堂何意。曰："衲效吴中语耳。苏称女子大足者曰黄鱼。"又谓："吾国多一出洋学生，则多一通番卖国之人。"又告友人曰："吾在沪见各国面包远不及法兰西人所制者,惟牛肉、牛乳,劝君不宜多食。不观近日少年之人,多喜牛肉、牛乳,故其情性类牛,不可不慎也。吾发明一事,以中华腐乳涂面包,又何让外洋痴司牛油哉。"伤心之言,出以戏笑。言之无罪,闻者足戒也。《国风》好色而不淫,《小雅》怨悱而不乱,若玄瑛者,可谓兼之矣。癸丑以还,袁世凯既擅政,翦灭异己,孙文、黄克强皆亡命出国,而玄瑛栖迟上海,顾侦者则指为黄克强之间也。玄瑛既躬更丧乱,乃垂涕曰:"嗟夫!四维不张,生民涂炭,宁有不亡国者。吾但奉承阿母慈祥颜色可耳。"造东归养疴。一日,之上海,与友人握手道故,形容憔悴甚,但言:"邑庙新辟商场极绚烂,顾求旧时担饧粥者弗可得,盖大商垄断之术工,而细氓生计尽矣。天下之所谓新政者,类如此耳。"玄瑛生平绝口论政事,独其悲天悯人之怀,流露于不自觉,有如此者。七年戊午,再之上海,卧病金神父路广慈医院数月,竟不起。卒年三十有五。少时假父为聘女曰雪梅,假父殁,女家绝玄瑛婚,雪梅侘傺死。既东渡,河合氏有姊,欲以女静子嫔玄瑛,卒谢之。顾美利加有肥女,重四百斤,胫大如汲水瓮,玄瑛视之,问:"求耦耶?安得肥重与君等者?"女曰:"吾故欲瘦人。"玄瑛曰:"吾体瘦,为君耦何如?"传者以为笑。玄瑛独行之士,不侪流俗,而遭逢身世,有难言之痛,间为小诗,多绮语,自言有《无题》三百首,索阅乃弗肯出,卒亦无见其稿者。尤工绘事,精妙奇特,自创新格。既交丹徒赵声,索为荒城饮马图,未赡。声起兵广州事败,呕血死。玄瑛则绘寄所好,焚之墓上。自是遂绝笔,不复作也。玄瑛既殁之十年,其友吴江柳弃疾亚子始搜其遗著,刊成《苏曼殊全集》凡七类,曰诗集、译诗集、文集、书札集、杂著集、译小说集,旁采博搜,加以考证,而于是玄瑛之文章,乃大白于天下也。玄瑛交游满四海,尤多贤豪长者,而一死一生,乃见交情,独藉弃疾以不朽其文章云。弃疾,字安如,别号亚子,江苏吴江人,盖南社之发起人也,别著于篇。

骈　　文

刘师培　李详　附王式通　孙德谦　附孙雄

　　王闿运弘宣今学，章炳麟敦尚古文，苏玄瑛皈心释典，所学不同，而文尚魏晋，以澹雅为宗，则蹊径略同。顾有敦崇古学，与炳麟契合，而文章不同者，刘师培是已。

　　刘师培，字申叔，江苏仪征人。曾祖文淇，祖毓崧，伯父寿曾，均以传《左传春秋》，名于清道、咸、同、光之世，列传国史，三世传经，世称仪征刘氏者也。父贵曾，亦以经术发名东南。师培少承先业，服膺汉学，以《春秋》三传同主诠经，《左传》为书，说尤赅备，审其义例，或经无传著，或经略传详，以传勘经，知笔削所昭，类存微悁，汉儒说左氏，据本传以明经义，凡经字相同即为同指，又引月冠事，明经有系月、不系月之分，创获实多，亦校二传为密，爰阐厥科条，著之凡例，成《春秋左氏传例略》一卷。又据《汉志》，《礼古经》五十六卷，卷与篇同，谓于今文十七篇外，增多三十九篇，故合五十六篇言，则曰"古经"，亦曰"古文礼"，即三十九篇言则曰"逸礼"。至五十六篇所自出，刘歆移书太常博士云："鲁恭王得古文于坏壁之中，逸礼有三十九篇，《书》十六篇，天汉之后，孔安国献之，藏于秘府，伏而未发。"据是，则秘府所藏，即系孔壁所得。《志》云出于鲁淹中及孔氏，孔氏，即安国也，是则古经篇目，当据班书，逸礼原流，当宗歆说。西汉之时，其古文旧简，盖惟藏于秘府，民间亦私有传授，然其说不昌，是以绝无师说。东汉古经之行于民间者，别本滋多，然逸礼三十九篇，当世经师，均不作注，计其散亡，盖在东晋以前，而遗文佚句,时见郑氏及诸家称引,宋王应麟、元吴澄并事考辑,所采未备,爰举佚礼篇名之确可征信者,成《佚礼考》一卷。又以《礼经》十九篇目,大小戴及刘向《别录》所次不同,郑注据小戴本,其篇次则从《别录》,《既夕》、《有司彻》二篇,篇名仍从小戴。魏晋以下,推崇郑本,三家旧谊,遂以湮没。考郑氏《目录》,于经文十七篇分属吉、凶、嘉、宾四礼,前此礼家并无此说。郑义虽合古文,然不得目为此经旧谊,爰广征两汉经师之说,为《礼经旧说考略》如干卷。又以《周礼》先师说六乡之吏,即冢宰六官,亦即六军之将。知者,贾公彦引贾逵说:"以为六乡之吏,则冢宰以下是。"《说文》"乡"字注云:"封圻之内六乡,六卿治之。"勘以《五经异义》所引古《周礼》之说,符契适合。自马郑始以乡吏别六官,则王国之卿十有二人,并数三孤,则为十五,迥异古说。近孙诒让为《正义》,一是折衷马、郑,疹发实鲜,爰申古部,正其违失,著《周礼古注集疏》二十卷。又以《古文尚书》,安国所得,既献汉廷,因藏秘府。仁和龚自珍顾云:"秦烧天下图书,汉因秦宫室,不应独藏《尚书》,假使宫中有《尚书》,不应安国献孔壁书,始知增多十六篇。"不知汉收图籍,非谓《诗》、《书》,若实有《书》,安国无缘再献,史公云献,则是未有其书。是知中秘古文,藏自武帝。既为孔壁之书,即匪嬴秦之籍,观刘歆言:"安国献古文。"又言:"藏于秘府,伏而未发,成帝乃陈发秘籍,校理秘文。"所云秘藏,即谓中文之属,所云校理,盖即刘向所司,是则刘向所观、安国所献,既无殊本,应即一书,龚氏所疑,不析自解,著《驳泰誓答问》一卷。又以《汉志·书类》著录《周书》七十一篇,自注云:"孔子所删百篇之余。"近儒每援之以说群经,爰参校同异,详加编次,成《周书补正》六卷。若五官、三监、五服、濮路、月令、明堂诸考,则别著为篇,成《周官略说》一卷。清代经师治古文者,自高邮王氏父子以降,迄于定海黄以周玄同、德清俞樾曲园、瑞安孙诒让仲容,各揭厥识,匡微补缺,阐发宏多。若夫广征古说,足诤马、郑之违,且钳今师之口,则诸家未之或逮。故述造视前师为婳，而精当寖寖过之。信乎研精覃思，持之有故者矣。又历检群籍，至于内典道藏，无不究宣，尝取老、庄、荀、董之书，雠正讹脱，独创新解，按文次列，成《老子斠补》一卷，《庄子校义》一卷，《荀子斠补》若干卷，《吕氏春秋斠补》一卷，《楚辞考异》八卷，《贾子新书斠补》一卷，《春秋繁露斠补》三卷，计所发正，凡数百事，均王、洪、俞、孙之所未诠，一事论定，必旁推交通，百思莫能或易，乃著简毕，而术业专攻，则在《周官》《左氏春秋》。

　　生平精力敫于著述，世变纷纶，匪所能悉。而蚤岁过从，独契章炳麟。炳麟治《周官》、《左氏春秋》，其说多取之师培，而有不同，辄下己意，师培无以难也。炳麟著《新方言》，师培为疏数十事。师培说"有"字，疑《说文》从月不谛，炳麟曰："有者，本义为日月食。《开元占经》引西方说，言月日食者，阿修巨灵所为，浮屠书谓手遮蔽之，上古诸神怪语，多自西域来。有从月，又兼会意也，不然者，《春秋》书日食，必言日有食之，辞繁不杀，何也？日月蔽遮为有，凡有所蔽曰囿，或谓之宥，反宥则谓之别宥，皆有字也，言有无者，当作宥，庄子所谓在宥矣。"师培曰："《释诂》赉、畀、卜皆训予，义云何？"炳麟曰："畀与鼻同声，古文鼻但作自，畀借为自。《说文》：'吾，我自称也。我，施身自谓也。'《春秋》有邾畀我、季芉畀我，即自我也。卜者，仆也，记卜人师，注改为仆，是古卜、仆通也。王侯称不穀，不穀合音即为仆，世以不善为说，无由知为仆字，亦戆矣。不糅不来，来以一声，赉即台字。是故赉、畀、卜训予，非付予也。"炳麟问师培："鲁冉雍字仲弓，义云何？"师培曰："辟雍，泮宫类也，河间献王奏对三雍宫，弓借为宫，宫从躬省声，躬又作躬，明弓、宫声通也。"炳麟说："刘氏向歆，父子治《左》。"著《刘子政左氏说》。师培曰："《汉书》本传言：'歆以为左丘明好恶与圣人同，亲见夫子，而公羊、谷梁在七十子后，传闻之与亲见之，其详略不同。歆数以难向，向不能非间也，然犹自持其穀梁义。'辞意明白如此，胡云父子治《左》也？"炳麟曰：

"是有说。君山《新论》明言刘子政、子骏、伯玉父子，呻吟左氏，下至婢仆，皆能讽诵。君山亲见二刘，语当可信，而君以《汉书》为疑。仆则以为仲任论次人材，鸿儒通人，本与儒者有别。汉世儒者，墨守一先生之说，须以发策决科，此专持家法者也。向、歆本好博览，左右采获，自在鸿儒通人之列，与墨守者有异。即观子骏之说《左氏》，犹多旁引《公羊》，则向之兼通二家，未为异也。《穀梁》与《左氏》义少违戾，与《公羊》复非同趣，上自孙卿，下至胡常、翟方进辈，皆以《左氏》名家，而亦兼治《穀梁》。盖二家本皆鲁学，异夫《公羊》齐学，绝不相通者，则子政贯综二氏，宜也。《新论》本书，今已亡佚，所引数语见于《论衡》，素丞相之遗迹，犹可搜寻，量其时代，本在叔波之前，似不应信《汉书》而疑《新论》也。《说苑》、《新序》所举《左氏》成文，多至三十余条，虑非征据他书者，其间一字偶易，适可见古文《左传》，不同今本。且子政之改易古文，代以训诂者，亦皆可观。太史公世家所述，大略同兹。盖字与今异者，则可见河间古文，训与今异者，则本之贾生训故，籀绎古义，断在斯文。"师培说："杜预《春秋释例》，以经之条贯，必出于传，传之义例，归总于凡。《左传》称凡者五十，其别四十有九，皆周公之垂法，史书之旧章，仲尼因而修之以成一经之通体，然颇疑五十凡例，不足尽传文之旨。"炳麟曰："君言诚是。而刘、贾、许、颖复于传文之外，自为枝梧，则不足致意者。今欲作疏，惟就征南《释例》，匡救其违，先于篇首为条例数十篇，然后随事疏证，各附其年，斯纲纪秩如矣。康成笺《诗》必先作谱，辅嗣说《易》，亦有《略例》。此则揭示大义，自与随文训说有殊，可据以为法者也。征南《释例》，惟拘于赴告者必当匡救，其余可采者多。即贾侍中言，左氏义深君父，此与公羊反对之词耳。若夫称国弑君，明其无道，则不得以义深君父为解，征南于此最为宏通，而近世鲰儒多谓借此以助典午，如沈小宛、焦理堂辈，则所谓焦明已翔乎寥廓，弋者犹视乎薮泽也。"师培曰："贾、服虽善说经，然于五十凡例，间有所补，或参用公、穀，不尽左氏家法,宜存而弗论。"炳麟曰:"然也。仆怀斯疑甚久。始谓刘、贾诸儒,曾见左氏微言,或其大义略同二传,而杜征南不见,遂疑诸儒诡更师法。后复绅绎侍中所奏,有云'左氏同《公羊》者什有七八',乃知左氏初行,学者不得其例,故傅会《公羊》以就其说。亦犹释典初兴,学者多以老、庄皮傅。征南生诸儒后,始专以五十凡例为揭橥,不复杂引二传,则后儒之胜于先师者也。然以是为周公旧典,抑又失其义趣。其间固有史官成法,如赴告诸例是也,自兹而外,大抵素王新意,宾礼有会盟而无宗觐,官职汰孤卿而存大夫,其非周、鲁旧史,固已明白,《公羊》以殷礼自文,诚辞遁,《左氏》末师又谓当时霸制,其于会盟之礼则从矣。抑岂孤卿之秩,亦霸制所无乎? 故知酌损《周官》,裁益齐晋,亦素王之制也。"二人者,皆书生好大言,负所学以自岸异,不安儒素,而张皇国学,诵说革命,微词讽谕,托之文字,又假明故,以称排满。师培《书曝书亭集后》以见意曰:

> 秀水朱氏博极群书,虽考古多疏,然不愧博物君子。夫朱氏以故相之裔,值板荡之交,甲申以还,蛰居雒诵,高栗里之节,卜梅市之居,东发深宁,差可比迹。观于马草之什,伤满政之苛残;北邙之篇,吊皇陵而下泣。亡国之哀,形于言表。此一时也。及其浪游岭峤,回车云朔,亭林引为知音,翁山高其抗节,虽簪笔佣书,争食鸡鹜,然哀明妃于青冢,吊李陵于虏台,感慨身世,迹与心违。此一时也。至于献赋承明,校书天禄,文避北山之移,径夸终南之捷。甚至轺车秉节,朵殿承恩。仕莽子云,岂甘寂寞? 陷周庾信,聊赋悲哀。此又一时也。后先异轨,出处殊途。冷落青门,忆否故侯之宅;萧条白发,难沽处士之称。此则后凋松柏,莫傲岁寒;晚节黄花,顿改初度者矣。秋风戒寒,朗诵遗集,因论其行藏之概,以备信史之采焉。

二人者,既高儒雅望,缘饰经术,而后无君不为叛乱,排满即云匡复,持以有故,言之成理,胥为嚚暴鲜事者之所欲藉宠。而师培儒生修边幅,不习剑客,雅步从容,动遭陵愦,意恒鞅鞅。而与炳麟则竞名分崩,又好内,妇何震敏给通文史,而悍锐能制其夫,以师培亡命日本久,不获志于同盟会,遂牵以入两江总督端方之幕而为之侦伺也。炳麟恨焉,诒之书曰:

> 申叔足下:与君学术素同,盖乃千载一遇,中以小衅,鬺为仇雠,岂君本怀,虑亦为人诖误。兼以草泽诸豪,素昧问学,夸大自高,陵愦达士。人之践愆,古今所同,铤而走险,非独君之过也。天羹其衷,公权殒命,君以权首,众所属目,进无搏击强御之用,退乏山林独善之地。彼帅外示宽弘,内怀猜贼,闲之游徼之门,致诸干掫之域。臧谷扈养,由之任使。赁舂执爨,莫非其人。猜防积中,葅醢在后。悲夫悲夫,斯诚明哲君子,所为嗟悼者也。夫恩素厚者怨长,交之亲者言至。仆之于君,艺术素同,气臭相及。猥以形寿有逾,恒人视之,若先一饭,精义冥思,亦有多算。君雅好闻望,不台于先我,自谓文学绪业,两无独胜,怀此觖望,弥以恨恨。然仆岂有雍蔽之志哉?学业步骤,与年相将,悠悠之誉,又非由已。畴昔坐谈,盖尝勤攻君过,时有神悟,则推心归美,此盖朋友善道之常,而君岂忘之耶?自顷辀张,退息坟典,胸怀相契,独有黄生,思君之勤,使人发白,何意株附,乃寻斧柯。中夏无主文之彦,经术有违道之谤,独学少神解之人,干禄得鼎烹之悔,以此思哀,哀可知已。君虽绁离鞥绊,素非愚暗,内奉慈母,亦闻史家成败之论,洁身远引,虽无其道,阳狂伏梁,为之由已。盖闻元朗、冲远,皆尝为凶人牵引矣,先迷后复,无减令名。况以时当遁尾,经籍道息,俭德避德,则龙蛇所以存身,人能弘道,而球图由之不坠,祸福之萌渐,废兴之枢

机,可不察乎?然则唐棣之华,翩然如反,未之思也,何远之有。

师培得书不报。既而端方去两江,后来者不致气饩焉。师培惘惘失志,则去而之四川,为国学院讲师。及革命军之兴也,川人絷师培而囚焉,欲以逞志,炳麟则以书为解,又为之道地以主讲北京大学文科曰:"刘生儒林之秀,使之讲学而不论政,亦足以扬明国故,牖迪我多士,未可以一眚废也。"既袁世凯欲以大总统称帝,而未有以发,师培则以参政杨度之提挈,与孙毓筠、严复、李燮和、胡瑛等六人,发起筹安会,推杨度为理事长,孙毓筠为副理事长,而师培则与严复、李燮和、胡瑛为理事,欲以研究君主、民主国体二者以何适于中国,世称筹安六君子。而师培名次严复,在第四也。乃著《君政复古论》以明劝进之指曰:

> 夫国无强弱,视乎其政;政无良窳,视乎其人。是故千里之胜,决于庙堂;万化之原,基于用舍。至于创制天下,宾属四海。至大之统,非至辨者莫之能分;至重之业,非至强莫之能任。伊古膺期赞世之主,必有显懿翼天之德。德象天地谓之帝,仁义所在谓之王。斯必竹帛以载之,金石以昭之,立天下之美号,制天下之大礼。表功明德,故立名正度;继天治物,故以爵事天。缅寻谟典,历听风声,损益虽殊,其揆一也。是以天生蒸民,无主则乱;事弗稽古,无以承天。往者清承明祚,天地板荡,斗机绝纲,摄提无纪,黄炎之后,踣弊不振。被发之痛,甚于伊川;左衽之悲,兴于微管。迄夫季末失驰,帝命殒越,内外混淆,庶官失职,国政迻移于亲贵,强邻窥伺夫衽席。缀旒之喻,未足为方;守府之灵,于斯亦泯。上失其道,民背如崩,用是雄桀扬声,雷动电发。偕亡之叹,兆生于革夏;云集之众,事浮于张楚。斯实金火相革之交,仰亦天命去就之会也。天祚有圣,篡作民主,悬三光于既坠,扬清风于上列,万姓廓然,蒙庆更生。诚宜踵迹灵区,扶长中夏,显章国家竺古之制,以拒间气殊

类之灾。绍胤汉勋，俾知族类。保育生人，使得苏息。其在《诗》曰："民亦劳止，迄可小康。"厚下安宅，靡切于斯。顾复虚建极之尊，遵与能之典，宸位旷而不居，皇统替而弗续。是盖继变化之后，示拨乱之法，深惟厉揭随时之义，以慰远方瞻望之观，非谓王政乏致治之图，世及非经国之术也。惟是舍澄鉴沬，未为善鉴；扬汤弭沸，计劣抽薪。故道术之要，百世不移；行权反经，《春秋》所疾。今也以一朝之计，违万世之轨；委成功之基，造难就之业。道乖于经始，义昧于慎终。卒之巨猾窃灵，下陵上替。侵弱之衅，绵历岁年。凌夷之祸，曾不终日。虽曰天命，岂非人事？得失之故，可略而言：夫民生有欲，假物斯争。好恶无节，致乱之源。然峻城十仞，楼季弗逾；铄金百镒，盗跖不搏。盖必争之情，民所恒具。无冀之利，众所弗干。先王因民之情以为之节，名以定分，分以止争，爰峻其防，俾无或溃，譬之户必有墉，器必有范。襄陵之浸，制以金堤；夏驾之马，驱以衔策，所以重齿路之防，定逐鹿之分，成长久之计，定永年之功也。是以大宝之位，必属大德之君。斗筲之器，不经栋梁之任；薮泽之夫，弗希云龙之轨。下无觊觎之望，上无偏谬之授，人心专壹，风化以淳，观化上机，于是乎在；抚民定业，恒必由兹。遭时堀绝，诸夏无君，元后之尊，下侪匹竖。九服之广，民无定主。火泽易位，数见换易。荡涤等威，堕损威重，改玉改行，习以为常。用是徒步之人，绳枢之子，曾无体睿之明、合元之德，十室之资、百乘之赋，拔于陪隶之中，俯越什伯之际，挟负舟之力，忘折足之凶。功逊强晋，不戢请隧之图；地劣荆楚，思假九鼎之问。则是神器可以力征，而天钧可由窃执。是必分威共德，祸成于耦国；比知同力，衅兆于土崩。虽无下人伐上之痾，必有炕阳动众之应。湘、赣之难，自是而生；沪、宁之师，势有必至。至于党争之弊，则又可得而说矣。夫丑言异计，见耻前志。阿党比周，先圣所戒。自古善言庸违之众，必生滔天泯夏之凶，以党举官，适滋奸幸。往者邦朋枋政，列士养交。一哄之市，不胜异意；频频之党，甚于莺斯。倾动辅颊之间，反覆齿唇之内，下以受誉，上以得非。阴行取名，则伐技以凭上。取予自己，亦肆意而陈欲。及夫私议成俗，名器双假，授位乖越，署用非次。诋讦之民，密通要契；赇纳之政，更共饬匿。出入逾侈，犯太上之节；溪壑靡厌，峻大半之赋。民萌之命，危于累卵；刑屋之凶，生于喜怒。民神痛怨，亿兆悼心，葡、墨覆车，其迹弗远。今者约法更新，颇易前敝，垂石室之制，颁金匮之法，斯盖应时偶变之具，诎伸济用之术，杯水之益，其与几何？释根务枝，孰云有济。至于存名漏迹，损敝袭新，张歙失序，既昧彝宪，真伪相贸，尤爽昔谈，非所以昭示国典，垂无穷之制也。是以群才大小，咸斟酌所同，稽之典经，假之筹策，静惟屯剥，延首王风，亦犹群流之归巨壑，众星之拱北辰。夫积力所举，无弗胜之业；众知所为，无或隳之功。邦命维新，属当今会。世之论者，则以昭功之本，莫尚于宁民；怀远之经，莫先于体信。若复法禁屡易，位号数革，信不可知，义无所立，转易之间，虑滋民惑。知弗然者，昏明相递，晷景恒度。豹变之义，《大易》所著。流之浊者澄其源，景之枉者正其表，是盖自然之物理，抑亦前世之明鉴也。方今百姓，盛歌元首之德，股肱贞良，庶事宁康，吏各修职，复于旧典，虽复屯沴屡起，金革亟动，幸蒙威灵，遂振国命，毕歼群丑，载廓氛浸，《采芑》之什弗足譬其功，《戎狁》之歌未足喻其捷，葛其戎谋，民服如化，此实天下乂安刑措之时也。顾复邦国殄瘁，惠康未协，野泽有兼并之民，江介有不释之备，赋发充于常调，生人转于沟壑，上贻日昃之忧，下重倒悬之厄，失不在人而在于制，是可知已。夫临政愿治，莫如更化。创制改物，古以显庸。追观季末倾覆之戒，宜有蠲法改宪之道，缅维逐兔分定之义，深慰瞻乌知止之情，外植国维，内酬人望，正受始之大统，乘握乾之灵

> 运，用协大中之法，俾抑祸患之端。则磐石之安，易于反掌；休泰之
> 祚，洪于来业矣。

文出，好者以为《剧秦美新》，子云之亚也。袁世凯败，而师培望实并堕，愈为士论所鄙，然文章尔雅，泽古者深，人亦以此多之。

师培与章炳麟并以古学名家，而文章不同。章氏淡雅有度而枵于响，师培雄丽可诵而浮于艳。章氏云追魏晋，与王闿运文为同调；师培步武齐梁，实阮元文言之嗣乳。此其较也。师培于学无所不窥，而论文则考型六代，撢源两京，尝谓："积字成句，积句成文，欲溯文章之缘起，先穷造字之源流。上古之时，有语言而无文字，未造字形，先有字音，以言语流传难期久远，乃结绳为号以辅言语之穷。及黄帝代兴，乃易结绳为书契，而文字之用以兴。故'字'训为饰，《广雅》、《玉篇》并言'字，饰也'。《广韵》注引《春秋纬说题词》亦云'字，饰也'。与文章之训相同 文章取义于藻绘，言有组织而后成文也。足证上古之初，言与字分，以字为文。然文字初兴，勒书简毕，有漆书刀削之劳，抄胥匪易，传播维艰。故学术授受，仍凭口耳之传闻，又虑其艰于记忆也，必杂于偶语韵文以便记诵。阮芸台《文言说》云：古人以简策传者少，以口舌传事者多，以目治事者少，以口耳治事者多，故同为一言，转相告语，必有愆误，是必寡其词，协其音，以文其言，使人易于记诵，无能增改。且无方言俗语杂于其间，始能达意，始能行远。而语言之中有文矣 故易言文言。及以语言著书册，而书册之中亦有文。是则上古之前，'文'训为字，故许书称'说文'。中古以降，'文'训为章，故出言之有章者为文，《诗》曰'出言有章'。著书之有章者亦曰文。观于三代之书，谚语箴铭，实多韵语。若六艺之中，《诗》篇三百，固皆有韵之词，即《易》、《书》二经，亦大抵奇偶相生，声韵相叶，而《尔雅·释训》子子孙孙以下，用韵者亦三十条。惟《戴礼》、《周官经》言词简质，不杂偶语韵文，则以昭书简册悬布国门，犹后世律例公文，特设专门之文体也，故与文言不

同。降及东周，直言者谓之言，论难者谓之语见《说文》，修词者谓之文。而《易》曰：'修词立其诚。'《说文》：'修，饰也。'词之饰者，乃得为文，不饰词者，即不得谓之文。不独言与文分，亦且言与语分，故出言亦分文质。言之质者，纯乎方言者也；方言者，犹今俗语也。《说文序》云秦代以前，诸侯各邦，'文各异形，言各异声'，是三代以前，各邦之中皆有特别之语言文字矣。言之文者，纯乎雅言者也。阮芸台曰：雅言者，犹今官话也。雅与夏通，夏为中国人之称，故雅言即为中国人之言。'尔雅'者，乃方言之近于官话者也。春秋之时，言词恶质，故曾子斥为鄙词曾子曰：出辞气，斯远鄙倍矣，荀子讥为俚语，而一语一词，必加修饰。《左传》曰：'言之无文，行而不远。'又曰：'非文辞不为功。'文辞犹言文言也，文言者，即文饰之词也。孔子言'词达而已'，即不文饰之词也。言词达而已，不言文达而已，足证词与文不同，词非文也。至春秋时代之书册，亦大抵文与语分。文近于经，语近于史。故曾子作《孝经》，观《孝经》虽无韵语而偶语实多，如'加于百姓，刑于四海'，'非法不言，非道不行'，'口无择言，身无择行'，皆偶语也。其语句互相为偶者尤多。老子作《道德经》，其中多韵文，且多偶句，扬氏《太玄经》亦然。屈原作《离骚经》，如《太素》、《灵枢经》等书，皆多偶句韵文也。皆杂用偶文韵语者也。若《春秋左氏传》以及《国语》、《国策》诸书，乃史官记言记事之遗，非杂用偶文韵语者也。至诸子之书，有文有语。《荀子·成相篇》、《墨子·经》上下篇，皆属于文者也。庄、列、孔、孟、商、韩，皆属于语者也。文犹后世之文词，语犹后世之演稿。惟古人言词，一经书册之记载，或加润色之功，致失本文之旧。俞氏荫甫谓左氏一书，由丘明润色，非其本文之旧也，则语而饰以文矣。又古代之初，虚字未兴，罕用语助之词，故典谟誓诰，无抑扬顿挫之文。后世以降，由实字假为虚字，浑噩之语，易为流丽之词，文士互相因袭，致偶文韵语之体，亦稍变更，则文而涉于语矣。西汉代兴，文区二体。赋颂、箴铭，源出于文者也；论辩、书疏，源出于语者也。然扬、马之流，类湛深小学，故发为文章，沉博典丽，雍容揄扬，注之者既备述典章，笺之者复详征训故，非徒词主骈俪，遂足冠冕西京。东京以降，论辩、书疏之作，亦杂用排体，易语为文。魏、晋、六朝，崇尚排偶，而文与笔分，偶文韵语者谓之文，无韵单行者谓之笔。观魏晋、六朝诸史，各列传中多以文笔并言，则当时所谓笔者，乃直朴无文之作也，或用之记事之文，《唐书·蒋楷传》'踵修国史，世称良笔'，亦为记事之文。张说称大手笔，亦指其善修史及作碑版耳，亦记事之文也。故孔子作《春秋》，必言笔削，陆机《文赋》不及传志碑版之文，盖以此为史体非可入之于文也。或用之书札之文，《汉书》称谷永善笔札，而《晋书》亦言乐旨潘笔，皆指书札之文而言之也。体近于语，复与古人之语不同。盖魏晋之时尚清谈，即古人所谓语也，而笔则著之书册，故又与古人之语不同。梁元帝《金楼子》云：'至如不便为诗如阎纂，善为章奏如伯松，若此之流，泛谓之笔，吟咏风谣，流连哀思者，谓之文。'刘彦和《文心雕龙》云：'今之常言，有文有笔，无韵者笔也，有韵者文也。'文笔区分，昭然不爽矣。故昭明之辑《文选》也，以沉思翰藻者为文，凡文之入选者，大抵皆偶词韵语之文，即间有无韵之文，亦必奇偶相成，抑扬咏叹，八音协唱，默契律吕之深，见阮芸台《文韵说》所引《宋书·谢灵运论》及沈约《答陆厥书》，甚为的当。故经子诸史，悉在屏遗。是则文也者，乃经史诸子之外，别为一体者也。齐、梁以下，四六之体渐兴，以声色相矜，以藻绘相饰，靡曼纤冶，文体亦卑，然律以沉思翰藻之说，则骈文一体，实为文体之正宗。降及唐代，韩、柳嗣兴，始以单行易排偶，由深趋浅，由简入繁，由骈俪相偶之词，易为长短相生之体，与诗歌易为词曲者，其理相同。昔罗马文学之兴也，韵文完备，乃有散文，史诗既工，乃生戏曲，而中土文学之秩序，适与相符，乃事物进化之公例，亦文体必经之阶级也。韩柳之文，希踪子史，即传志碑版之作，亦媲美前贤，然绳以文体，特古人之语而六朝之笔耳。故唐代之时亦称韩文为笔，刘禹锡《祭韩侍郎》文云'子长在笔'，赵璘《因话录》曰'韩公文至高，时号韩笔'，是唐人不以散行者为文也，至北宋苏轼推崇韩氏，以为'文起八代之衰'。明代以降，士学空疏，以六朝之前为骈体，以昌黎诸辈为古文，文之体例莫复辨。而近代文学之士，谓天下文章，莫大乎桐城，于方、姚之文，奉为文章之正轨。由斯而上，则以经为文，以子史为文。由斯以降，则枵腹蔑古之徒，亦得以文章自耀，而文章之真源失矣。惟歙县凌次仲先生以《文选》为古文正的，与阮元《文言说》相符，而近世以骈文名者，若北江、容甫，步趋齐、梁。西堂、其年，导源徐、庾。即毂人、巽轩、稚威诸公，上者步武六朝，下亦希踪四杰。文章正轨，赖此仅存。而无识者流，欲别骈文于古文之外，亦独何哉。"此论小学为文章之始基，以骈文实文体之正宗也。又曰："六朝以前，文集之名未立，及属文之士日多，后之君子欲观其体势，以见性灵，乃汇萃成编，颜曰文集。然古人学术，各有专门，故发为文章，亦复旨无旁出，成一家言，与诸子同。试即唐、宋之文言之：韩愈、李翱之文，正义明道，排斥异端，欧、曾继之，以文载道，而下逮南宋朱、陆，阐发性天，儒家之文也。子永厚、柳游记，善言事物之情，出以形容之词，而知人论世，复能探原立论，核覈刻深，如《桐叶封弟辩》、《晋赵盾许世子义》、《晋命赵衰守原论》诸作，是也。宋儒论史，多诛心之论，皆原于此，名家之文也。明允之文，最喜论兵，谋深虑远，排兀雄奇，兵家之文也。子瞻之文，以粲花之舌，运捭阖之词，往复卷舒，一如意中所欲出，而属词比事，翻空易奇，纵横家之文也。南宋陈同甫之文，亦以兵家兼纵横家者也。介甫之文，侈言法制，因时制宜，而文辞奇峭，推阐入深，法家之文也。若夫邵雍之徒，为阴阳家。王伯厚之徒，为杂家。而叶水心之徒，亦近于法家兵家。近代以还，文儒辈出。望溪、姬传，文祖韩、欧，阐明义理，趋步宋儒，此儒家之支派也。慎修、辅之，综核礼制，章疑别微；近儒治三礼者如秦蕙田、凌廷堪、程瑶田之流，咸有文集，集中一多论理之作。考汉制言名家出于礼官，则言礼者必名家之支派也。若膺、伯申，考订六书，正名辨物；近儒喜治考据，皆从《尔雅》、《说文》入手，而诸家文集亦以说经考字之作为多，古人以字为名，名家综核名实，必以正名析词为首，故考据之文亦出名家。皆名家之支派也。叔子、崐绳，洞明兵法，推论古今之成败，叠陈九土之险夷，落笔千言，纵横奔肆，此兵家之支派也。子居之文，取法半山，喜论法制，而文章奇峭峻悍，亦颇仿佛。安吴之文，洞陈时弊，兵农刑政，酌古准今，不讳功利之谈，爰立后王之法，此法家之支派也。朝宗之文，词源横溢，简斋之作，逞博矜奇，若决江河，一泻千里，此纵横家之支派也。若夫词章之家，侈陈事物，娴于文词，亦当溯源于纵横家。雍斋沈涛、于庭之文，杂糅谶纬，靡丽瑰奇，凡治常州学派者皆然，此阴阳家之支派也。大绅、台山之文，妙善玄言，析理精微，彭尺木亦然，此道家之支派也。维崧、瓯北之文，体杂俳优，涉笔成趣，凡文人之有小慧者，其文皆然，此小说家之支派也。旨归既别，夫岂强同，即古人所谓文章流别也。惟诗亦然。子建之诗，温柔敦厚，近于儒家。渊明之诗，澹雅冲泊，近于道家。陶潜虽喜老、庄，然其诗则多出于《楚辞》，若嵇康之诗颇得道家之意，郭景纯诗亦有道家之意。康乐之诗，琢磨研炼，近于名家。凡六朝之诗，喜用炼句以状事物之情，且工于刻画，如何逊、阴铿之诗皆是也，然康乐之诗，其滥觞也。太冲之诗，雄健英奇，近于纵横家。盖在心为志，发言为诗，讽咏篇章，可以察前人之志矣。隋唐以下，诗家专集浩如渊海，然诗格既判，诗心亦殊。少陵之诗，惓怀君父，希心稷、契，是为儒家之诗。杜诗云'许身亦何愚，窃比稷与契'，又云'法自儒家有'，此杜诗出儒家之证。太白之诗，超然飞腾，不愧仙才，是为纵横家之诗后世惟辛稼轩、陈同甫之词，慷慨激昂，近于纵横家。襄阳之诗，逸韵天成；出于陶渊明。子瞻之诗，妙善玄言。是为道家之诗。储光羲、王维之诗，备陈稼事，追拟《豳风》，是为农家之诗。山谷、后山之诗，喜用瘦削之语，出以深峻，是为法家之诗。由是言之，辨章学术，诗与文同矣。要而论之，西汉之时，治学之士侈言灾异五行，故西汉之文多阴阳家言。东汉之末，法学盛昌，故汉、魏之文，多法家言。西汉之文，无一篇不言及天象者，三国之文，若钟繇、陈群、诸葛亮之作，咸多审正名法之言，与西汉殊。六朝之士，崇尚老、庄，故六朝之文多道家言。隋、唐以来，以诗赋为取士之具，故唐代之文，多小说家言。观唐代丛书可见矣。宋代之儒，以讲学相矜，故宋代之文，多儒家言。明末之时，学士大夫多抱雄才伟略，故明末之文，多纵横家言。近代之儒，溺于笺注训故之学，故近代之文，多名家言。此特举说经之文言之。虽集部之书，不克与子书齐列，然因集部之目录，以推论其派别源流，知集部出于子部，则后儒有作，必有反集为子者，是亦区别学术之一助也。会稽章氏、仁和谭氏稍知此义，惟语焉未精，择焉未详，故更即二家之言推论之，以明其凡例焉。"此论文章流别同于诸子也。又曰："古人诗赋俱谓之文，阮芸台《咸秩无文解》云：古人称诗之入乐者曰文，故子夏《诗大序》'声成文谓之音'，《孟子》'不以文害辞'赵注：'文，诗之文章也'。然诗赋之学，亦出行人之官。盖赋列六艺之一，乃古诗之流。古代之诗，虽不别标赋体，然凡作诗者，皆谓之赋诗见《左氏》闵二年及文六年传，诵诗者亦谓之赋诗见《左氏》隐三年闵二十八年传。《汉志》叙诗赋略，谓：'古者诸侯卿大夫交接邻国，以微言相感，当揖让之际，必称诗以喻其志，盖以别贤不肖而观盛衰，故孔子言不学诗，无以言。'夫交接邻国，揖让喻志，咸为行人之专司，行人之术，流为纵横家，故《汉志》叙纵横家，引'诵《诗》三百不能专对'之文以为大戒，诚以出使四方，必当有得于诗教，则诗赋之学，实惟纵横家所独擅矣。试考之古籍，则周代之诗，非徒因行人而作，且多为行人所赓诵。有知行人之勤劳，而赋诗以慰恤者。见《诗·周南·卷耳》篇序及郑序。有奖行人之往来，而赋诗以褒美者。见《诗·小雅·四牡》篇序及'四牡骈骈'句毛传，《小雅·皇皇者华》篇序及'骁骁征夫'句毛传。或行人从政，而室家赋诗以劝行。见《诗·周南·殷其雷》序及郑笺。或行人于役，而僚友赋诗以寄念。见《王风·君子于役》篇序及《正义》。或行人困瘁，赋诗以抒其情。见《诗·小雅·北山》篇序及'或不已于行'句，又见《绵蛮》篇序及郑笺。或行人闵忧，赋诗以述其境。见《诗·王风·黍离》篇序及'行迈靡靡'句毛传，又见《小雅·小明》篇'我征徂西'

句孔疏。是古诗每因行人而作矣。又以《左氏传》证之,有行人相仪而赋诗者,见襄二十六年传。有行人出聘而赋诗者,见襄八年传。有行人乞援而赋诗者,见襄十六年传。有行人莅盟而赋诗者,见襄二十七年传。有行人当宴会而赋诗者,见昭元年传。有行人答饯送而赋诗者,见昭十六年传。是古诗每为行人所诵矣。盖采风侯邦,本行人之旧典,见《汉书·食货志》。故诗赋之根源,惟行人研寻最审,吴季札'以行人观乐于鲁',此其证。所以赋诗当答者,行人无容缄默,而赋诗不当答者,行人必为剖陈。由是言之,行人承命以修好,苟非登高能赋者,难期专对之能矣。两汉以前,未有别集之目,《汉志》所载诗赋,首列屈原,而唐勒、宋玉次之,其学皆源于古诗,《汉志》言屈原作赋以讽,咸有恻隐古诗之义,而《史记·屈原传》亦言《离骚》兼《国风》、《小雅》之长。虽体格与三百篇渐异,然屈原数人,皆长于辞命,行人应对之才。《史记·屈原传》云:'娴于辞令,出则接遇宾客,应对诸侯。屈原既死之后,楚有宋玉、唐勒、景差之徒者,皆好词而以赋见称,然皆祖屈原之从容词令。'其确证也。西汉诗赋其见于《汉志》者,如陆贾、严助之流,并以辩论见称,受命出使,是诗赋虽别为一略,不与纵横同科,而夷考作者之生平,大抵曾任行人之职,则后世诗赋,皆纵横家之支与流裔矣。欲考诗赋之流别者,盍溯源于纵横家哉。"此推诗赋根源本于纵横也。凡所持论,见《文说》、《广文言说》、《文笔诗笔词笔考》。盖融合昭明《文选》、子玄《史通》以迄阮元、章学诚,兼纵博涉,而以自成一家言者也。于是仪征阮氏之文言学,得师培而门户益张,壁垒益固。论小学为文章之始基,以骈文实文体之正宗,本于阮元者也。论文章流别同于诸子,推诗赋根源本于纵横,出之章学诚者也。阮氏之学本衍《文选》,章氏蕲向乃在《史通》。而师培融裁萧、刘,出入章、阮,旁推交勘以观会通,此其柢也。又裒次所为辞赋诗文如干首,成《左庵文集》五卷。以民国八年十一月二十日卒,得年三十有六,特其生平文章之誉,掩于问学,而同时扬州文士,骈俪名家,揭帜阮元、汪中以自标置者,则有兴化李详焉。

　　李详，字审言，扬州府兴化县廪生，与师培诸父名富曾者游，名辈特先，而迭遭过之。其为人聪颖夙成，甫六岁倍讽异常儿，父增亲督教之，携夸坐宾。比长，瞻顾非常，泛嗜群言，羞为功令之文。年二十，江苏督学使者瑞安黄体芳漱兰始录为附学生员，详衔感次骨，为作《思君子赋》。出游落落无所合，羁贫失志，惟淮阳海道合肥蒯光典礼卿钦其学行，每为延誉。年四十余，客南京，谒石埭居士杨文会仁山，参究生死。文会湛深佛典，谓曰："尔亦头陀，堕落受苦。"详为悚然。既以蒯光典之介，得识江阴缪荃孙艺风，一见如旧相识，苟、陆睹面，不作常谈，苏、李知心，托诸诗句，言之两江总督端方，委充江楚编译官书局帮总纂。时实无书可纂，支官钱，治私书，即端方之《陶斋藏石记》是也，总纂本为荃孙，以为端方撰《销夏记》，论列书画，不遑兼顾，举临桂况周颐夔笙领之。周颐择拓本无首尾，及曼漶模糊不辩字迹者，一以属详，而时刺探释文何若，将以抵巇送难，顾详于王述庵侍郎《金石萃编》及钱少詹、阮文达、翁覃溪、武授堂集，精研有素，周颐无以中也。然详目耗精销于此书矣。其记经详所编凡一百六十余种，择其释文略经考定者，别辑为《分撰陶斋藏石记释文自定本》。端方视详，颇加敬礼，丹徒某妒详之进，与长洲朱孔彰仲我皆为所齮龁，以为名士，非学人也。详以膺曰："是何害。"撰《名士说义》以解。其辞曰：

　　《小戴记·月令》"季春之月，聘名士"，郑君注："名士，不仕者。"孔冲远疏引蔡氏云："名士者，德行贞纯，道术通明，王者不得臣，而隐居不在位者也。"按此名士之称，自足高式人表，矫排浮竞。故颍川仲达，持此以目卧龙；琅琊茂宏，下教而尊卫虎。求之于古，必如鲁儒卓立，万变不穷，郢臣好修，九死靡悔，始能民誉允孚，昭示来代。自唐而后，俗化浇讹，乡曲獿子，江湖小集，李赤胡生之流，游神火马之辈，并得揖让公卿，骄稚里闬，饮酒作达，率师嗣宗，蹑屐通讯，强附子敬，致使往昔荣名，降沦舆隶。三桠五叶，乃得芜菁；千里一曲，遂积浊洧。黎邱冒形，欺魄失质，集矢巧诋，有自来矣。然有高世绝俗，砥厉廉隅，好奇服而不衷，禀幼清而未沫，特以宗尚有别，旨趣稍殊，比党交攻，诧为异类，阴挤下流，阳奉此号，一若鸮服适集，恶其鸣声，魑魅可御，宜投绝远。昔之君子，今直不肖。九变复贯，孰云可回；溯游相从，周礼宛在。是以耿介之士，侧身人间，容止不改其常，风雨贞于如晦。脱有相轻，偶蒙品目，方如宠锡之膺，惭负嘉贶，讵敢引为缪丑，纵斧本根。嗟乎！苟令大鬼狂易，勿蹈藩篱，二三有道，力行不惑，则揆厥所元，其朔可考也。

文出，益以兀傲见嫉。既而端方移督直隶，详与朱孔彰往送，时直盛暑，两人衣冠拱立，端方微颔之。孔彰以为大辱，详曰："第忍之何妨。世方誉陶斋为毕镇洋，即此慢士一端，去毕已不如远甚。"寻端方以骄蹇无状褫官，其再起也，特以铁路大臣督师入川，抵资州，为革命军所杀，事闻，详见《陶斋藏石记》印本，感赋三绝以哀之：

> 槐影扶疏红纸廊，冶城东畔又沧桑。摩挲石墨人空老，忆到金陵便断肠。

> 脱略曾非礼数苛，上官有女妒修蛾。濮阳金集儒书客，那得扬雄手载多。

> 觥觥含宪出重闉，传命居然奉敕尊。轻薄子玄犹并世，可怜不返蜀川魂。

情见乎词，盖犹不忘前恨也。自嗟迍邅，媲于汪中，宗尚所寄，以况身世。尝为其文笺注，语必溯源。上元周钺左庵亦好汪文。详以《广陵对》"忠孝存焉"四字，出陈寿《三国蜀志·诸葛瞻传》注，后钺举示座客，谓："李某强识绝人，能寻不经意处。"仪征刘富曾谦甫，一日谈汪《黄鹤楼铭》。详言："'桃花绿水，秋月春风'，出萧子显《南齐书》，而李延寿袭之。"富曾惊起曰："先兄恭甫昔校《南齐书》，得汪语所出，喜慰数日，不意君一叩即应也。"详弥以自喜，每谓"容甫之文，出范蔚宗《后汉书》，而承祚《国志》，先于范氏，裴松之注所采诸家，规模如一，观其约疏为密，继以闳丽，文之能事，尽于此矣。容甫窥得此秘，节宣于单复奇偶间，音节遒亮，意味深长，又甚会沈休文、任彦昇之树义遣词，而不敢轻涉鲍明远、江文通之藩篱，此其所以独高一代而推为绝学也"仁和谭献仲修撰《师儒表》，于汪氏称为绝学。意思牢落，托之文章，而州部交契，最称顾硕石孙，为《顾石孙四十生日寿序》以寄慨曰：

今之生日何昉乎？履端于《楚骚》，祝延于《颜训》。唐宋而嬗，墨儒藻士，往往肸饰华曼，剿诗摘文，以是为颂祷焉，盖亦雅材之宪典，伐木之幽贽也。余与顾子石孙生幸同岁，交倾辈流。庞、马不问主宾，殷、刘至陷轻薄，穷则抚翼濡沫，欢则扬眉抵掌。西陵弭棹，辛苦相诒；南馆鸣葭，起居互讯。三年不见，绵思憺于风霜；一夕九逝，劳结纡于书疏。违离之感，尔我同之。比邅多幸，适君远归。洒练神明，沐浴膏泽。弥年疢疾，赠并州之一丸；永日谭谐，预泉明之三益。君则意气干云，余则坎壈失职，荣悴寒暑，未足相雠。顾景徂年，各登卅九，置酒见属，为庆更生。值君初度，讵能默息。昔陈遵、张竦，志趣小异；阿瞒、伯业，孟晋各殊。咸履涂轨，同蹋好尚。敬相比附，用资喁噱。君词宗累叶，门第蝉嫣；夜光专曜，良璧独玩。北海年少，居龙腹而不惭。东国人伦，附骥尾而立显。余植根异所，藉荫柯条。汝南应场，略有著书；陈留阮瑀，雅善笔札。倭指宗衮，俱非一贯。此不如君一也。君幼禀挺至，噪誉觿辰。慧析杨梅，玄参荷棘。炊糜忘箪，听长者之谈。盗酒不诇，动家尊之喜。余少役里弄，荃蕙为茅，蹴踘意钱，间侣甲乙。司空城旦，屡废研寻；逮解裳衣，升堂嗟晚。鲁国男子，逢盛宪而已迟；槐里朱生，师萧倩而不获。此不如君又一也。君瞻瞩异等,卓荦冠时。元龙置上下之床,嗣宗为青白之眼。魏其坐次,奢气要人;金闺亭前,敛迹群小。余钳舌弭谤,危行仄视,裁量月旦,扬抑时流,片言积忤,诮安国之寒灰。微文见刺,近支离之攘臂。此不如君又一也。君鸿篇巨制,乔宇旁魄。长河一写,修桐百尺。宋玉口多微辞,江总尤工侧体。铜蠡丽制,持喻琼瑰;碧玉倡家,结言环佩。余役才苦短,颠踬宫商。仲宣不足起文,子云常病少气。闺中邃远,裴侧扬灵;陌上徘徊,昌丰辍咏。譬之工膑不属先施,卖侣终非阳五。此不如君又一也。君任侠自喜,豪举称雄。设醴以款穆生,挥金以希疏傅。邻女炳烛,往就徐吾;修龄乞米,唯在谢尚。余胥疏人世,雅志开拓。亦尝质衣恤隐,解佩盱衡。铜山之赉未赓,归墟之水旋燋。以至王阳衣被,微徽轻名;陈汤丐货,取讥无节。此不如君又一也。总此五惭,谬蒙心赏。流波析引,寒谷熙春。翻阳暴谑,欣与平叔为曹;敬礼小文,辄付陈思是定。称药量水,栖屑曾经;泛舟褰裳,欢情自接。申四海之敬,各存断金;献三托之辞,请赓溉釜。粗窥厓涘,略挈都凡。佐公感知己之赋,愿君不行兮夷犹,颜远思友人之诗,慰余自怜兮惆怅。善保黄发,勉贻令名。

借题抒慨,以己度人。又为《自序》一文以抚汪氏,至云:"容甫比于孝标,已为不逮。余于容甫,又愈下焉。是知九渊之深,未及劫灰;餐茶之苦,劣于含鸩。"辞意激楚,可概见焉。

详论文不主桐城,论诗又薄西江,与时流异趣,而特心折侯官陈衍石遗。衍著书,揭帜西江以成诗派,而详之砭西江特甚。每谓:"道咸以降,涪翁派曼延天下,又以定庵恢奇鬼怪,淆乱聪明子弟,如聚一丘之貉,篝火妄鸣,为详为制,至于亡国,声音之道,不可不正也。余论诗好从实处入,又喜直起直落,而略致情款,不喜作伪语及仙佛一切杂碎,比于奸声者。"语详所著《拭觚》。而陈衍见详篇什,谓非近日诗人妙手空空者可比。详闻之,意不足,谓石遗殆未知余论诗之说,见于《拭觚》者,记以一诗曰:

> 偶闻北海知刘备,惜未任华遇少陵。僝薄自迷三里雾,烦歊谁办一桦冰。游吴物论惟轻宋,自注:赵秋谷游吴事阮吾山,谓所指者西陵耳。朝鲁宗盟竟长滕。心折长芦吾已久,别材非学最难凭。

陈衍见之曰:"沧浪论诗,以谓别材非学,余所不凭,曾于罗瘿庵诗叙畅言之。惜审言所著《拭觚》,终未见之,至此诗使事雅切,仍以非妙手空空儿评之耳。近人能诗者,皆好自欺欺人语,又千篇一律,语熟口臭,阅之不一行,使人欲睡。"详鹰之曰:"有子部杂家之学,偶尔为诗,必有可传。若就诗求诗,架上堆得《随园全集》、《湖海诗传》,交不出乡里,材料皆家人匡箧中物,钟记室以任昉为戒,但揭羌无故实,讵出经史,相为裁量,因之一千余载之后,白话诗出,为大革命。公诗避俗好奇,直高于我,而仆敢执弭以从者,以好为子部杂家之学,诗格虽不同,内函子部杂家语,即和意不和词,亦箭锋相直,绝非若卢子幹之酬刘越石,李谪仙之嘲杜少陵也。沆瀣一气,久而加敬,如文殊师利之叩维摩诘,为二士之谈道。两家弟子,各处一方,公托闽海,弟家淮滢,天公不捉在一处因,泥鳅专制,孽狐作祥,各传其学而已。"顾所自喜者,尤在文章。自谓初好容甫文,又嗜昭明《文选》之序,日加三复,阮太傅《文言说》,尤所心醉也。《答江都王翰棻论文书》曰:

> 渥然仁兄足下:日者之集,以有坐客,不能畅谈。客未来时,某已略陈狂瞽。兹奉来书,洋洋盈耳,色然以骇。不意足下少年,所造至此,殊可羡仰。足下起自孤童,与某相等,其无师承,一以古人为归。足下尚居郡城,某则村落僻左,求一卷之师不得也,又苦无书可借。蚤岁自致,不能如足下百分之一,而困学则同。稍观古

人文字,喜蔚宗《汉书》、昭明《文选》,以求申阮氏文言之旨。阮氏之言,亦昭明立意能文之区画也。文章自六经、周秦、两汉、六代以及三唐,皆奇偶相参,错综而成。六朝俪文,色泽虽殊,其潜气内运,默默相通,与散文无异旨也。其散文亦为千古独绝。试取《三国志注》、《晋书》及南北两史、郦善长《水经注》、杨衒之《洛阳伽蓝记》与释氏《高僧传》等书读之,皆散文之致佳者,至今尚无一人能承其绪。盖误以雕琢视之,而未知其自然高妙也。唐之肃、代以下,文字亦多追响南北两朝,特韩、柳稍异耳。夫韩、柳亦偶也,观其全集,何曾有子家言连犿恣肆,渺无岸畔,参厕其内。北宋初元,为师承未坠。自穆伯长、柳仲涂、苏子美、尹师鲁倡为古文,胸中初无所储,而务纡其词以为古,曳其声以为韵,裁复为单,改短为长。欧阳兖公虽师昌黎,而小变其体,未为背师法也。苏老泉以布衣求之于纵横、名、法家言,冀以自达。二苏继之,驰骋而好为策士议论,重以比况为长,文遂往而不返。后虽别为一派,而文章正宗不在是也。本朝自望溪以古文自命,惜抱拥护于后,曾文正又演程鱼门言,比于禅林宗派。后生小子,粗有见地,一若文非桐城,即为畔道,比于汉人,且有甘背师法以求禄利,于是天下靡然向风,相逐于不悦学之一途,而摹其章法起讫,以为古文在是。沧海横流,其谁主之。异代必有推原祸始者,某不敢尽言也。足下涉猎诸书,已见一班。惟近人文字,相戒弗观,其害人如鸩,著人如腻。求之于古则得矣,安有今人之足师耶?治经治小学亦不易。但观大意与训诂假借引申,用之于文字不谬,若精研之,非数十年功力不可。且必求胜于诸老,否则公然剽袭,可勿为也。某所嗜者,《左氏传》、《文选》、《杜诗》、《韩集》、《容斋随笔》、《困学纪闻》、《曝书亭集》、钱少詹《潜研堂》、阮文达《研经室集》、汪容甫《述学》、高邮王氏诸书、《说文》、段氏注、《郝氏遗书》,此皆某之师也,敢以荐于左右。足下今持盛意，欲执贽衰朽以为论文之地。在昔昌黎好为人师，其门下皇甫湜、张籍、李翱，未有以师称之者。翱又娶其兄女，尚称退之为兄。某何敢屈足下为弟子。谦必称受业，尊必称夫子，噫！此市道交也，奈何效之。且韩门至有刘义，况今之逄蒙、吕步舒比比耶。《通鉴》某亦好此，胡注于地理最佳，其他亦有望文生义者，足下如有所见，可互相推勘。相距甚远，以书往来，不异面谈，毋以未相推奉，谓有隔阂。某非让以鸣高，亦以古人论学，不规规于是也。某再拜。

盖持论不慊桐城如此。而一时揭帜桐城以号于天下者，则为侯官林纾畏庐，而详则诃之曰："观林氏所译小说，重在言情，纤秾巧靡，淫思古意，三十年来，胥天下后生，尽驱入猥薄无行，终以亡国。昔人言王、何之罪，浮于桀、纣，畏庐之罪，应科何律。畏庐既以此得名，可以已矣，而又强论文章，因择举世所宗，又为时贵倾向，遂复附和其说，张之无已，气矜之隆，寖至不可向迩。畏庐本佳人，而入迷途。其初多文为富，炫鬻自媒，致败风俗，后又出其绪余，高论文章，取究韩、柳文法，复起桐城之焰，鼓以炉韝，势令海内学子从风而靡，一与其小说等，而其富厚之愿始毕。此仆七十老公，所为不平，而欲义形于色者也。"金坛冯煦梦华总纂《江苏通志》，引详为佐。所上条陈，无不曲纳，综其议论，署为"碎金"，别有《艺文志商例》，煦尤极赏之。函令采访分纂，依例核真，而众畏其难。惟松江、南通、太仓如所云云，著见本末，余则重性黜谬而已。它如江都、甘泉、仪征三县人物、儒林、文苑及艺文，又舆地沿革表，皆详所修定也。煦于志事，深相委重，而详以煦之乡里姻亲，督惑视论，羞与分谤，遂膺东南大学之聘，教授《文选》及《陶渊明集》、《韩昌黎集》，尚气好攻辩，人畏其口，亦以此累不得志。而文章自矜重，骈文尤所得意，以为"骈文全贵隶事，不可拾人唾余，扬雄赋《甘泉》，为之病悸少气，曾为一骈文，汗出不止，几殆，服参附乃免"。因改定润例，凡求骈文，要先两月通问，先奉润金三百元，不依此格者，付之不答，其自矜贵如此。论者亦以相推，冒广生鹤亭言："方今骈文，北王南李。"王谓汾阳王式通书衡，让清光绪戊戌进士，入民国，官大理院推丞，亦以骈文有名，而与李详不同。李详以雕藻，式通以秀润。而冯煦之叙孙德谦《六朝丽指》也，仿陈思王《与杨德祖书》，以为"并世作者，可得而言，夔生鹰扬于岭表^{况周颐}，芸子猿吟于蜀都^{宋育仁}，静山鸿冥于毗陵^{屠寄}，审言鹤峙于淮左，并抽秘骋妍，标新领异。今益荩异军特起，独秀江东"。与冒氏品藻不同，而以详所为，固已跻之作者，名以一家矣。

孙德谦者，益荩其字，一号隘堪，江苏元和人，历任东吴、大夏、交通诸大学教授。其论学究心流别，以治会稽章学诚《文史通义》有盛名。李详尝以语曰："会稽之学，君与钱唐张尔田孟劬，海内称为两雄，有益一人而不得者。"自称少而从事声音训诂，好高邮王氏之学，久之，病其破碎，遂有事于会稽之学，以上溯《班书》六略，旁逮周季诸子，考其源流，观其会通，成《诸子要略》五十篇。而目录家言，三十以前，即有偏嗜，《班书》六略，《隋志》四部，时用钩稽，徒见世之讲版本者，得宋、元以矜奇秘，而于书之义理，则非所知，又断断在字句之间，以为刘氏向、歆之所长，只此琐琐辨订，未克条其篇目，撮其指归，于是纂《〈汉书·艺文志〉举例》、《刘向校雠学纂微》两书。盖生平得力，在周秦名家之术，于一切学问异同得失，咸思核实以求其真，与世之穿凿附会者不同科矣。然生平志在千秋，以为诗文戋戋，何足称不朽绝业。弱冠之岁，有友箴之曰："君子之学，所贵文质相宣，学贯天人，尤贵润以文章。"意有感发。而文之为体，骈散而已，自以散文非性所近，遂致功于俪偶，日取武进李兆洛申耆所选《骈体文钞》专一诵习，如是者有年，乃悟潜气内转之法，其为文不尚涂泽，唯务气韵天成，尤喜读范蔚宗《后汉书》叙论，爱其遒逸，而济之以江文通，欲更加研炼。一时论俪体者，以李详为第一，德谦次之。而海宁王国维静安则语之曰："审言过于雕藻，知有句法而不知有章法。君得疏宕之气，我谓审言定不如君。"德谦每引自重。而以俪体必溯六朝，因撰《六朝丽指》一书而叙其端曰：

丽辞之兴，六朝称极盛焉。夫沿波者讨源，理枝者循干。作为斯体，不知上规六朝，非其至焉者矣。唐、宋以来，各擅其胜，爰迨近彦，颇亦为工。然北江杰材，别成其派衍；南城辑略，群奉为正宗。六朝之气韵幽闲，风神散荡，飙流所始，真赏殆希。亦由任、陆楷模，得世缵而显；魏、邢优劣，唯孝徵则知。未有下帷钻坚，升堂睹奥，沾逮来哲，譬晓密微故也。夫论文之制，托始子桓。厥后宏范谓之翰林，仲洽条其流别。士衡诠赋，曲尽于能言；公曾撮题，杂撰乎集叙。自是孳多于世矣。其在六朝，往往间出，彦昇缘起，乃原六经，休炳一编，备稽江左。若夫隐侯述志，水德博征，仲伟周游，风谣自局。其古今隐括，体用圆该，东莞《雕龙》，可云殆庶。然宋、齐而下，不复详言，则以世近易明，无劳甄叙，六朝盛藻，嗣响鲜闻。将师旷知音，且期异代，惠施妙处，未获传人。意者岂其然乎？加以昌黎崛起，古文代雄。后来辞人，递相师祖。震起衰之说，近蔽眉山；矜载道之华，远承泗水。语乎六朝富艳，方且俳优黜之。夫迭相奇偶，前良所崇，虽简文嗤其懦钝，士恢訾其华伪，尔时气格，或不免文胜之叹。然其缛旨星稠，逸情云上，缀字通《苍》、《雅》之学，驭篇运骚、赋之长，骈俪之文，此焉归趣。又况王筠妍炼，独步名家，仲宝典裁，腾芬当世者焉。余少好斯文，迄兹靡倦，握睇籀讽，垂三十年，见其气转于潜，骨植于秀，振采则清绮，凌节则纤徐。缉类新奇，会比兴之义；穷形抒写，极绚染之能。至于异地隽才，刚柔昭其性；并时齐誉，希数观其微。凡皆成诵在心，借书于手，符羊子百章之数，准马谈六家之论，亦已著之篇中，兹盖试言其略也。

评非月旦,敢觊乎高名;礼毋雷同,岂资于剿说。固知言不尽意,恒患攸存,庶六朝之闳规密裁,于是焉在。若乃镜鉴源流,铨综利病,善文之士,类能道之,斯则非所急矣。

籀其归趣,大指主气韵,勿尚才气,崇散朗,勿嬗藻采。其论以为"骈文之有任、沈,诗家之有李、杜。彦升用笔,稍有质重处,不若休文之秀润,时有逸气,为可贵也。《诗品》云:'昉既博物,动辄用事,所以诗不得奇。'然则彦升之诗,失在贪用事,故不能有奇致,吾谓其文亦然,皆由于隶事太多耳。语曰:'文翻空而易奇。'以此言之,文章之妙,不在事事征实,若事事征实,易伤板滞,后之为骈文者,每喜使事,而不能行清空之气,非善法六朝者也。六朝之文,无不用顿宕之笔,后人但赏其藻采,而于气体散朗则不复知之。故即论骈文能入六朝之室者,殆无多矣"。此崇散朗,勿嬗藻采之说也。又谓:"长沙王达吾选《骈文类纂》若干卷,其持论大旨,则在不分骈、散,而以才气为归。夫骈文而归重才气,此固可使古文家不复轻鄙,无所借口。惟既言骈文,则当上规六朝,而六朝文之可贵,盖以气韵胜,不必主才气立说也。《齐书·文学传》论曰:'放言落纸,气韵天成。'若取才气横溢,则非六朝真诀也。昌黎谓:'惟其气盛,故言之高下皆宜。'斯古文家应尔,骈文则不如此也。六朝文中,往往气极遒练,欲言不言,而其意则若即若离,上抗下坠,潜气内转,故骈文蹊径与散文之气盛言宜,所异在此。"此主气韵,勿尚才气之说也。主气韵,勿尚才气,则安雅而不流于驰骋,与散行殊科。崇散朗,勿矜才藻,则疏逸而无伤于板滞,与四六分疆。德谦以为:"骈体与四六异。四六之名,当自唐始,李义山《樊南甲集序》云'作二十卷,唤曰《樊南四六》',知文以四六为称,乃起于唐,而唐以前则未之有也。且序又申言之曰:'四六之名,六博格五、四数六甲之取也。'使古人早名骈文为四六,义山亦不必为之解矣。《文心雕龙·章句篇》虽言'四字密而不促,六字格而非缓'，此不必即谓骈文。不然，彼有《丽辞》一篇，专论骈体，何以无此说乎？吾观六朝文中，以四句作对者，往往只用四言，或以四字、五字相间而出。至徐、庾两家，固多四六语，已开唐人之先，但非如后世骈文，全取排偶，遂成四六格调也。而骈文又与律赋异。以为骈文宜纯任自然，方是高格，一入律赋，则不免失之纤巧。《文心雕龙·诠赋》与《丽辞》各自为篇，则知骈文且不同于赋体。赋体出以雕纂，而骈文尤贵疏逸。"疏逸之道，则在寓散于骈。以为"骈体之中，使无散行，则其气不能疏逸，而叙事亦不清晰。故庾子山碑志诸文，述及行履，出之以散。每叙一事，多用单行，先将事略说明，然后援引故实，作成骈语以接其下。推之别种体裁，亦应骈中有散文。倪一篇之内，始终无散行处，是后世书启体，不足与言骈文矣"。德谦之书，此为精核，其他诸作，未能称也。李详以为骈文全须隶事，不可拾他人唾余。而德谦则病任彦升隶事太多，不如沈休文之秀润有逸气，以为"文章之妙，不在事事征实"，此可以征两家蹊径之不同。李详以隶事新颖自夸，德谦以逸气清空为尚。《北齐书·魏收传》："见邢子才、魏之臧否，即任、沈之优劣。"吾则谓任、沈之优劣，即是李、孙之优劣尔。然德谦好自标置，特工议论，而所作或不逮。若论秀润有逸气，盖不如同郡孙雄云。

　　孙雄早岁治经宗东汉，愿学郑玄，以玄字康成，原名同康字师郑，亦号郑斋，别号朴盦，以明蕲向所在也，昭文人。高祖原湘，为清代乾隆、嘉庆间诗人，世称子潇先生，著有《天真阁诗文集》六十四卷。雄幼承家学，十岁即能诗，弱冠以后，从德清俞樾、定海黄以周游，始知服膺东汉大儒郑康成之学，而治三《礼》、《毛诗》尤邃，中式光绪甲午进士，授职吏部主事。大学士张之洞，管京师分科大学，奏派为文科大学监督，辑近人诗，约得二千余家，为《道咸同光四朝诗史一班录》，无贵贱老幼与相识不相识，旁搜博采，每人缀以小传，其题《薛裵铭诗稿》后有云："朱子论作文，勿使差异字。选言戒钩棘，说理尚平易《朱子语类》卷一百三十九云云。诗文体纵殊，探源靡二致。"又云："谪仙旷世才，逸足追风骥。落笔撼五岳，绝尘飞六辔。少陵郁忠肺，字字流血泪。高歌泣鬼神，独醒唤众醉。慷慨南董笔，从容北山议。天若假之鸣，词取达其意。蛇神牛鬼徒，形秽三舍避。"又云："诗中隐有我，诗外更有事。回甘道味浓，叩寂余音嗣。古云貂裘杂，不如狐裘粹见《淮南子》。哂彼饾饤儒，獭祭夸多识。作诗如用兵，操纵身使臂。奇兵不在众，敢战推骠骑。"即此可见论诗宗旨，盖所贵达意，而无取使事也。其为骈文不以遒峭为古，而气味自渊懿。年二十许，游京师，客其乡人尚书翁同龢所，与会稽李慈铭莼客相过从。慈铭工骈文，又宿学，索观所作，亟赏之，谓曰："君文精洁简雅，渊乎经籍之光。妙在命意遣词，必以盅粹为本，雍和为节，视世之矜奥衍、逞才情者，或雕饰以为古，或恢诡以示奇，正宗旁门，判若泾渭。此经生之文，异乎瑰士也。"为加点定，因辑为《师郑堂骈体文存》上下二卷，都十七篇，而慈铭尤推其《居庸关至宣化府行记》、《贺曾孟朴新昏序》、《读元秘史注书后》、《与胡复修书》四篇，辞趣渊雅，匪徒苟为炳炳琅琅而已。若论怀文抱质，征见性情，则莫如《与翁师汉书》，其辞曰：

> 执别数日，相思千里，冬序忽来，秋思弥甚。北地苦寒，冰厚寸许。车声雷奔，马足雾乱。黄尘飞扬，两目为障；紫沙堆积，半体若塑。昨日之午，爰抵深州，征骖甫停，即觉疾首。寒风侵骨，倚枕不寐，遥念足下，澄虑经史，削迹家街。入有吹埙之雅，出有盍簪之欢，委蛇偃仰，诚足惫乐。仆本乏技能，唯耽文史，谬蒙长者推奖，为之先容。羁鸟借一枝之安，劳鱼得蹄涔之水。静言思之，已为非分。矧以顺德先生中朝冠冕，海内斗山，幕府群才，孔多鸿硕，相与推襟送抱，佩韦质弦，证古史之对音，论骈文之异体。松盟柏悦，生幸同时；月落参横，谈犹未倦。以此稍慰岑寂，暂忘离忧。然南望之心常悬，北堂之膳谁侍。门前别子，何限歔欷；梦里觐亲，难酬顾

复。每当鱼更三跃，掩卷就寝，魂游江南之国，身在华胥之乡。婢仆贺其速归，弟妹喜而起舞。高堂扶杖，话面目之瘦肥；良友叩门，问著作之多寡。邻僮解事，乐闻笑言；山妻赋诗，互相赠答。恍惚自思，疑为幻境，颓然而醒，仍复独处。呼仆举烛，亦在睡乡。仰视东方，天光已白。一夜十起，只益怅然。嗟乎！北江先生有言："积瘁之士，寡至四十者。"仆之年齿已近三十，而学问、事业，迄用无成。傥得策名清时，委贽京国，窃怀负石赴河之义，力挽琅汤凌铄之风。破柱求奸，作守天之一鹗；开城创制，为南溟之大鹏。此乃上愿所存，不可必也。若夫辑高密之遗书，申洨长之奥说，诵龙门之雄文，校兰陵之异字。含毫邈尔，思通古人，伸纸斐然，精骛八表。休息经籍之囿，驰骤文雅之囿。百家杂语，渊汇乎一编；六籍微言，囊括夫万象。覃思以终其业，咀华以润其流。则我心区区，亦窃慕乎是。昔北齐刘孔昭云："使我数十卷书传于后世，不以易齐景之千驷也。"仆尝叹此达言，以为美谈。至乃以科举为性命，视富贵若神仙。骛向而寻声，承意而揣色。牡群牝友，殷殷沄沄；齿豁头童，灌灌踉踉。偶邀顾盼，如登天而坐云；略失援系，便坠心而危涕。百年倏忽，时不我与。幸得禀乾坤之至灵，承鞠育之遗体，宁忍驱役魂梦，眩惑耳目，随草木以同腐，动朋友之茹叹哉。吾乡诸子，并雄于学，夐修研思乎《国策》，谦斋振响乎《淮南》，孟朴殚勤乎《汉志》，秉衡覃精乎《晋书》，隐南肆力乎古文，木彊疲神乎目录。开箧而视，咸有成书；闭门而造，无非确论。足下又淹贯众长，自成绝学，惟善蓄光彩，益彰令名。道远言略，各自努力耳。十日以后，使车递都，再达笺缯，发函于邑，不尽所云。同康再拜。

时雄未举进士，以翁尚书之介，随侍郎顺德李文田仲约按试承德府，文字赏会，而文田方为《元秘史注》成书，此《读元秘史注书后》之所为作也。文田诵之，叹曰："拙著《元秘史注》本极猥鄙，然经通人一览，抉摘无遗，惟博闻彊记于平时，故能提要钩玄于一日。"盖雄之学兼综条贯，而于文章流别辨之尤严，故其文笃雅有节，光气黝然，而不尚雕藻，与孙德谦辞趣一揆，然未能以骈文上说下教，发凡起例，如德谦所云为也，故以附于篇。

散　文

林纾　马其昶　姚永概　附兄永朴

民国更元，文章多途，特以俪体缛藻，儒林不贵，而魏晋、唐宋、骈骋文囿，以争雄长。大抵崇魏晋者，称太炎为大师，而取唐宋，则推林纾为宗盟云。

林纾，原名群玉，字琴南，号畏庐，又自署冷红生，福建闽县人也。年十岁，从同县薛则柯读，则柯读《礼记·檀弓》至防墓崩，即掩卷大哭，纾亦为饮泣。则柯赏其慧解，因授以欧文、杜诗。然家贫无所得书，则杂收断简零篇，用自磨治，偶发箧，得季父所藏《毛诗》、《尚书》、《左传》、《史记》四部残本，则大喜过望。而喜《史记》特甚。尝语人曰："《史记》之文，纯一纪事之文也。然本纪、世家、列传中，有同时之事，不并叙无以取证。已往之迹，不插叙无以溯源。繁赜之文，不类叙无以醒目。"为笺识，用力颇劬，自十三龄及于二十以后，校阅不下二千余卷。迨三十以后，得与同县李宗言交，乃尽读其家所藏书，不下三四万卷。强记多闻，为骈文慕王昙、金应麟，为古今体诗，追吴伟业、陈恭尹，能画，能经世文，才名噪里党，与林崧祁、林某有三狂生之目，久之一切弃去，为古文祈向桐城诸老，寝馈昌黎，自谓善阒抑蔽匿，当伯仲桦湖吴敏树、柏枧梅曾亮，或翘其阙，则勃怒于言。中式光绪壬午举人，再应礼部试不遇，大挑用教谕，以二十六年入京师，为五城中学国文教员，年五十矣。因得与桐城吴汝纶遇。汝纶故文章老宿，有大名，为论《史记》竟日，纾曰："《大宛》一传，不划断诸国，融为长篇，犹散钱贯之以绳，前半贯以张骞，骞卒，续贯以宛马，于是安息、奄蔡、黎轩、条枝、身毒之通，皆为马也，零落不相胶附之国，公然与汉氏联络矣。但观传首大书曰'大宛之迹，见诸张骞'，则史公当日用心，因张骞以贯诸国，故能融散为整。又《绛侯世家》叙侯功颇简约，至亚夫事，则文笔婉媚动人，犹欧西人之构宇，集民居为高楼，扩其余城成公园，以待游侣。此文字疏密繁简之法也。《彭越传》疏率若不经意，弗如淮阴之详，且与魏豹同传，然世称汉初功臣必曰韩、彭者，几不得解，乃不知《高帝本纪》中累书'彭越反梁地以牵掣项羽，使不得过成皋'，厥功与韩信垓下之役实同。读《史记》者，能于不经意中求之，或得史公之妙乎?"汝纶大韪纾说，又读纾文，称曰:"是抑遏掩蔽，能伏其光气者。"于是声名益起。其诏学者，恒令取径于《左氏传》及马之《史》、班之《书》、昌黎之文，以为:"此四者，天下文章之祖庭也。历古以来，自周秦迄于元明，其间以文名而卒湮没勿章者何限，胡以左、马、班、韩岿然独有千古。正以精神诣力，一一造于峰极，历万劫不复漫灭耳。而后人之称昌黎者，曰'文起八代之衰'，此专言昌黎一人之文，不属于唐人之文也。唐之名家，如裴度、李华、独孤及、段文昌、权德舆、元稹、刘禹锡之流，力摹汉京，自以为古，然响枵而气促，体赝而格俗，偶与皇甫湜、李翱、孙樵之文杂陈，则意境神味迥然不侔，矧能肩随退之哉。平心而论，六朝之文，去古尚近，而后来则弥不及。范晔、陈寿、魏收三君，较之马、班，固不能望其项背，然三家之文，咸沉穆方重，饶有古趣，自唐以下则渐杀。至于宋之刘原父、宋子京之伦，力欲求古而弥不古，则时时发为伧狞之音。迨及明之陈仁锡、李梦阳、王元美，日以赝体侈众，犹复唾弃南北朝为凡猥，则不可解矣。天下之理，制器可以日求其新，惟行文则断不能力掩古人而自侈其厚。六朝时，古书未尽毁，又去汉魏不远，元气深厚，制局用笔，敛而不散，精而能卓，虽体格弗高，然能遏光弗扬，亦其精力有独至者。故文家取材，知窥涉子书而取其古色，不知六朝人之吐属名贵，亦故家风范，不能不用以荡涤其伧气。"是纾早年论文崇唐宋，故亦未尝薄魏晋者，然每为古文，则矜持异甚，或经月不得一字，或涉旬始成一篇，独其译书则运笔如风落霓转，而造次咸有裁制，所杂者，不加点窜，脱手成篇，此则并世所不经见者已。

初纾与长乐高氏兄弟凤岐、而谦敦昆弟欢。凤岐、而谦历佐大府，为东诸侯上客有声，与纾相引重。而谦挚友王寿昌精法兰西文，亦与纾欢好。纾丧其妇，牢愁寡欢。寿昌因语之曰："吾请与子译一书，子可以破岑寂，吾亦得以介绍一名著于中国，不胜于蹙额对坐耶。"遂与同译法国小仲马《茶花女遗事》行世，国人诧所未见，不胫走万本。既而凤、谦主干商务印书馆编译事，则约纾专译欧美小说，前后一百二十三种，都一千二百万言，其中多泰西名人著作，若却而司迭更司，若司各德，若莎士比亚，均有之，而以译却而司迭更司为尤高。最先出者为《茶花女遗事》，致自得意。盖中国有文章以来，未有用以作长篇言情小说者，有之，自林纾《茶花女》始也。纾遂译既熟，口述者未毕其词，而纾已书在纸，能限一时许就千言，不窜一字，见者竞诧其速且工。然属他文，亦坐此率易命笔矣。自以工为古文辞，虽译西书，未尝不绳以古文义法也。其序英哈葛德《斐洲烟水愁城录》曰："哈氏所遭塞涩，往往为伤心哀感之词，以写其悲，又好言亡国事，令观者无欢。此篇则易其体为探险派，言穷斐洲之北，出火山穴底，得白种人部落，且因游历斐洲之故，取洛巴革为导引之人。书中语语写洛巴革之勇，实则语语自描白种人之智。书与《鬼山狼狭传》似联非联，斩然复立一境界，然处处无不以洛巴革为针线，何乃甚类我史迁也。史迁《大宛传》，其中杂沓十余国。文章之道，凡长编巨制，苟得一贯串精意，即无虑委散。《大宛传》固极绵褫，然前半用博望侯为之引线，随处均著一张骞，则随处均联络，至半道张骞卒，直接入汗血马，可见汉之通大宛诸国一意专在马，而绵褫之局，又用马以联络矣。哈氏此书，写白人一身胆勇，百险无惮，而与野蛮并命之事，则仍委诸黑人，白人则居中调度之，可谓自占胜着矣。然观其着眼，必描写巴洛革为全篇之枢纽，此即史迁《大宛传》篇法也，文心萧闲，不至张皇无措，斯真能为文章矣。"序英却而司迭更司著《孝女耐儿传》曰："天下文章，莫易于叙悲，其次则叙战，又其次则宣述男女之情，等而上之，若忠臣孝子、义夫节妇，决脰绝血，生气凛然，苟以雄深雅健之笔施之，亦尚有其人。从未有刻画市井卑污龌龊之事，至于二三十万言之多，不重复，不支厉，如张明镜于空际，收纳五虫万怪，物物皆涵涤清光而出，如凭阑之观鱼鳖虾蟹焉，则迭更司者，盖以至清之灵府，叙至浊之社会，令我增无数阅历，生无穷感喟矣。中国说部登峰造极者，无若《石头记》，叙人间富贵，感人情盛衰，用笔缜密，着色繁丽，制局精严，观止矣。其间点染以清客，间杂以村姬，牵缀以小人，收束以败子，亦可谓善于体物，终竟雅多俗寡，人意不专属于是。若迭更司者，则扫荡名士美人之局，专为下等社会写照，奸狯驵酷，至于人意所未尝置想之局，幻为空中楼阁，使观者或笑或怒，一时颠倒，至于不能自已，则文心之邃曲，宁可及耶。余尝谓古文中叙事，惟叙家常平淡之事为最难着笔。《史记·外戚传》述窦长君之自陈，谓'姊与我别逆旅中，丐沐沐我，饭我，乃去'，其足生人惋怆者，亦只此数语。若《北史》所谓隋之苦桃姑者，亦正仿此，乃百摹不能遽至，正坐无史公笔才，遂不能曲绘家常之恒状。究竟史公于此等笔墨亦不多见，以史公之书，亦不专为家常之事发也。今迭更司则专意为家常之言，而又专写下等社会家常之事，用意着笔为尤难。此书特全集中之一种，精神专注在耐儿之死。读者迹前此耐儿之奇孝，谓死时必有一番死诀悲怆之言，如余所译之《茶花女日记》，乃迭更司则不写耐儿，专写耐儿之大父凄恋之状，疑睡疑死，由昏愦中露出至情。则又于《茶花女日记》外，别成一种蹊径矣。"序迭更司著《块肉余生述》曰："此书为迭更司生平第一着意之书，分前后二篇，都二十余万言，思力至此，疑绝顶天。古所谓锁骨观音者，以骨节钩联，皮肤腐化，揭而举之，则全具锵然，无一屑落者，方之是书，则固赫然其为锁骨也。

大抵文章开阖之法，全讲骨力气势，纵笔至于灏瀚，则往往遗落其细事繁节，无复检举，遂令观者得罅而攻，此固不为能文者之病，而精神终患弗周。迭更司他著，每到山穷水尽，辄发奇思，如孤峰突起，见者眩目，终不如此书伏脉至细，一语必寓微旨，一事必种远因，手写是间，而全局应有之人，逐处涌现，随地关合，虽偶尔一见，观者几复忘怀，而闲闲着笔间，已俯拾即是，读之令人斗然记忆，循编逐节以索，又一一有是人之行踪，得是事之来源，综言之，如善弈之着子然，偶然一下，不知后来咸得其用，此所以成为国手也。施耐庵著《水浒》，从史进入手，点染数十人，咸历落有致，至于后来，则如一群之貉，不复分疏其人，意索才尽，亦精神不能持久而周遍之故，然犹叙盗侠之事，神奸魁蠹，令人眷慴。若是书特叙家常至琐至屑无奇之事迹，自不善操笔者为之，且恹恹生人睡魔，而迭更司乃能化腐为奇，撮散作整，收五虫万怪融汇之以精神，真特笔也。史、班叙妇人琐事，已绵细可味矣。顾无长篇可以寻绎。其长篇可以寻绎者，惟一《石头记》，然炫语富贵，叙述故家，纬之以男女之艳情而易动目。若迭更司此书，种种描摹下等社会，虽可哙可鄙之事，一运以佳妙之笔，皆足供人喷饭，尤不可及也。"又法森彼得著《离恨天》译余剩语曰："凡小说家立局，多前苦而后甘，此书反之。然叙述岛中天然之乐，一花一草，皆涵无怀、葛天时之雨露，又两少无猜，往来游衍于其中，无一语涉及纤亵者。用心之细，用笔之洁，可断其为名家。中间著入一祖姑，即为文字反正之枢纽，余尝论《左传》楚武王伐随，前半写一'张'字，后半落一'惧'字，'张'与'惧'相反，万不能咄嗟间撇去'张'字，转入'惧'字，幸中间插入'季梁在'三字，其下轻将'张'字洗净，落到'随侯惧而修政，楚不敢伐'。今此书叙葳晴古岛之娱乐，其势万不能归法，忽插入祖姑一笔，则彼此之关窍已通，用意同于左氏。"如此之类更难仆数，尝语人曰："中西文字不同，而文学不能不讲结构一也。"即此可以征已。

纾之文工为叙事抒情，杂以恢诡，婉媚动人，实前古所未有，固不仅以译述为能事也。其自作《冷红生传》曰：

> 冷红生，居闽之琼水，自言系出金陵某氏，顾不详其族望。家贫而貌寝，且木强多怒。少时见妇人，辄踧踖匿隅。尝力拒奔女，严关自捍，嗣相见奔者恒恨之。迨长，以文章名于时，读书苍霞洲上。洲左右皆妓寮，有庄氏者，色技绝一时，夤缘求见，生卒不许。邻妓谢氏笑之，侦生他出，潜投珍饵，馆僮聚食之尽，生漠然不闻知，一日群饮江楼，座客皆谢旧昵，谢亦自以为生既受饵矣，或当有情，逼而见之，生遽巡遁去。客咸骇笑，以为诡僻不可近。生闻而叹曰："吾非反情为仇。顾吾褊狭善妒，一有所狎，至死不易志，人又未必能谅之，故宁早自脱也。"所居多枫树，因取"枫落吴江冷"诗意，自号曰冷红生，亦用志其僻也。生好著书，所译巴黎《茶花女遗事》，尤凄惋有情致。尝自读而笑曰："吾能状物态至此，宁谓木强之人，果与情为仇也耶。"

又以中日之战，海军败绩，用丛诟厉，伤毁者之例以一概也。作《徐景颜传》曰：

> 徐景颜，江南苏州人，早岁习欧西文字，肄业水师学堂，每曹试必第上上。筝琶箫笛之属，一闻辄会其节奏，且能以意为新声。治《汉书》绝熟，虽纯史之家，无能折者。年二十五，以参将副水师提督丁公为兵官。壬辰，东事萌芽时，景颜归辄对妻涕泣，意不忍其母。母知书明大义，方以景颜为怯弱，趣之行。景颜晨起，就母寝拜别，持箫入卧内，据枕吹之，初为徵声，若泣若诉，越炊许，乃斗变为惨厉悲健之音，哀动四邻，掷箫索剑，上马出城。是岁，遂死于大东沟之难。
>
> 论曰：余戚林少谷都督于大东沟之战，所领兵舰碎于敌炮，都督浮沉海中，他舟曳长绳援之，都督出半身推绳，就水上拱揖，俾勿

援。如是三四，终不就援以死。又杨雨亭镇军军覆威海时，以手枪内龈齶之间，弹发入脑，白浆溃出，鼻窍下垂径尺许，端坐不仆，日人惊以为神。二公皆闽人，与景颜均从容就义者也。恒人论说，以威海之役，诋全军无完人。至三公之死节，亦不之数矣。呜呼！忠义之士，又胡以自奋也耶。

又作《赵聋子小传》以非相者。其辞曰：

> 赵聋子，楚人，以相术至闽，三日，闽之荐绅先生集其门，至不可过车马。纳金屏息，听决于聋子。聋子曰"某颐丰寿耆"，群客闻之，皆自摩其颐也。"某准隆位相"，群客闻之，又皆自按其准也。神色惴恐，惟患聋子之诋己者。"若者神木而色朽，当死"，则泪承睫，他客亦戚然若悯其果死者，更抚其项，审其颊曰"是纹佳，可勿患"，则泪者笑矣。寿夭贵贱，惟聋子一言。聋子诡谲多智，尝阴饰姝丽若贵家者，而至求相。聋子伪叱曰："若倡也，若何相。"相者泚而栗，引去，见者大神之。士之应举者麋至，聋子皆许售。闽试得售者百有三人耳，聋子许售已百数。榜木未出，至于更欲有问者，晨款其扉，而聋子以夜去矣。

> 畏庐曰：有某公者，拥赀巨万，已任方面，事聋子甚恭。聋子第三年必开府，今已后期无验，病挛，不复良行。公恭俭峻整，亲故严惮，无敢陈乞，于聋子特厚。呜呼！聋子亦神于乞矣。

此畏庐初集之文也。晚年名高，好为矜张，或伤于蹇涩，不复如初集之清劲婉媚矣。初集出，一时购读者六千人，盖并世作者所罕觏焉。

当清之季，士大夫言文章者，必以纾为师法。遂以高名入北京大学主文科。尝教学者以作铭之法曰："铭者，有声之文也，与序事之体异。昌黎为郑君弘之墓志铭曰：'再鸣以文进涂辟。佐三府治蔼厥绩。郎官郡守愈著白。洞然浑璞绝瑕谪。甲子一终反玄宅。'用'辟'字、'蔼'字、

'谪'字，不特取其字，亦兼取其声也。顾但用其声，其中无波折停蓄之态，则声亦近枵，读之索然。故每句须用顿笔，用顿笔则断不流利，故有'拗'字、'蹇'字、'涩'字之诀。欧公为安陆侯墓铭，亦用七字。其文曰：'思无邪，答则庄。蔚然有仪人所望。学而不止久愈彰。铭昭厥美示不忘。'可谓不'拗'不'涩'矣，然读之无声响。庐陵散文能至，而有声之铭词未必至。其不能至者，由少拗笔、蹇笔与涩笔也。南宋之词，至白石、草窗，亦皆沉哑，然播以声律，又复悠扬动听，如'暗香疏影'，字字皆哑，亦字字皆圆。填词小道，尚须沉哑，况铭词高贵，安可以油滑之调出之？至于昌黎作铭时，不作七古之想，故力求蹇涩，正以敛避七古。"又曰："或以为班固《封燕然山铭》用楚辞体者，非也。楚辞之声悲，而班铭之声沉。楚辞之声抗，而班铭之声哑。其词曰：'铄王师兮征荒裔。剿凶虐兮截海外。复其邈兮亘地界。封神丘兮建隆碣。熙帝载兮振万世。'班氏深知铭体典重，一涉悲抗，便为失体。故声沉而韵哑，此诀早为昌黎所得，为人铭墓，往往用七字体，省去'兮'字，声尤沉而哑。然此体尤难称，不善用者，往往流入七古。七古在近体中，别为古体，以不佻也，然一施之铭词，则立见其佻。法当于每句用顿笔，令'拗'，令'蹇'，令'涩'，虽兼此三者，而读之仍能圆到，则昌黎之长技也。"纾读书能识古人用心，抉发闲奥。及其老也，虽散文亦以拗笔、蹇笔、涩笔出之，固非其伦，而名亦渐衰。

初纾论文持唐宋，故亦未尝薄魏晋。及入大学，桐城马其昶、姚永概继之，其昶尤吴汝纶高第弟子，号为能绍述桐城家言者，咸与纾欢好。而纾亦以得桐城学者之盼睐为幸，遂为桐城张目，而持韩、柳、欧、苏之说益力。既而民国兴，章炳麟实为革命先觉，又能识别古书真伪，不如桐城派学者之以空文号天下。于是章氏之学兴，而林纾之说熸。纾、其昶、永概咸去大学，而章氏之徒代之。纾愤甚。《与姚永概书》曰：

仆潜蛰京师久，咫尺之地，不与足下相闻。既见足下南归，不居大学。有人言校长不直足下，寻校长亦不见直于学子，且不见直于司学之人，而校长行矣。继其事者不知为谁。然以足下之鸿学方论，宜其不见容于大学也。夫瞢然不审中国四千余年之继绍绝学，则蔽于东人之言，此少年轻剽者所为，虽力攻吾学，而不即隳堕于其手。敝在庸妄巨子，剽袭汉人余唾，以捃扯为能，以钉饾为富，补缀以古子之断句，涂垩以《说文》之奇字，意境义法概置勿讲。侈言于众："吾汉代之文也。"伧人入城，购搢绅残敝之冠服，袭之以耀其乡里，人即以搢绅目之，吾不敢信也。王、李之相竞以能古，震川先生肖然不之却，而后来古文之绍其传者，未闻以沧溟、弇州为正宗。矧弇州晚年之于震川又何如？震川之痛诋弇州，已不以能古属之，矧今日妄庸之巨子，其道又左于弇州万万也。古人因文以见道，非能文即谓之知道。盖古文之境地高，言论约，不本于经术，为言弗腴，不出于阅历，其事无验。唐之作者林立，而韩、柳传。宋之作者亦林立，而欧、曾传。正以此四家者，意境、义法皆足资以导后生而进于古，而所言又必衷之道，此其所以传也。孔孟之徒，传之勿替者，以其善诱也。庄、列恃其聪明，高蹠远步，惟晋人绍之，已而光焰熠然。然庄、列之文，亦岂捃扯钉饾，如今日妄庸之巨子者耶？近者其徒某某腾噪于京师，极力排媢姚氏，昌其师说，意可以口舌之力挠蔑正宗。且党附于目录之家，矜其淹博，谓古文之根柢在是也。夫目录之学，书贾之帐籍也。京师书贾老暮者，叩以宋、明之椠历历然，谓文之有根柢者，必若书贾之帐籍，其可乎？贡父兄弟读书多于欧公，今日《二刘遗集》，宁足与《居士集》并立？矧庸妄之谬种，又左于二刘万万也。桐城之派，非惜抱先生所自立。后人尊惜抱为正宗，未敢他逸而外轶，转辗相承而姚派以立。仆生平未尝言派，而服膺惜抱者，正以取径端而立言正。若弗务正，而日以挦扯钉饾，震眩流俗之耳目，吾可计日而见其败。离违久，不得足下之书，故拾其所闻以相语，非斤斤与此辈争短长，正以骨鲠在喉，不探取而出之，坐卧皆弗爽也。

盖卑卑无甚高论，而持唐以前之古为不可法，立说与前殊矣。既不得志于大学，会徐州徐树铮为段祺瑞谋主，以北洋军人魁桀，盗国之钧；自谓有文武才，喜谈桐城之学，以纾三人文章尊宿，遂引之入所办正则学校。一时言桐城者咸得皈依，而纾尤倾心焉，其撰《徐氏评点古文辞类纂序》曰：

> 总集昉于《文选》，梁以前未有也。昭明创立体例，法严而律精。迨宋之《文苑英华》出，始舍精而贵多，凌杂失统，柳宗元、白居易、权德舆、李商隐、顾云、罗隐诸人，至全卷收入。姚铉辑《唐文粹》，始铲刈繁芜，师承穆修、柳开一派，而独孤常州乃列为正宗。顾衡以退之，尚有间也。燕、许宗汉京，四杰尚骈俪，置韩、柳、李、孙四公于全唐文中，翘然莫肖其类。然非深于文者亦不能别。自是以来，吕祖谦之《宋文鉴》、苏天爵之《元文类》、程敏政之《明文衡》出；谓之备列三朝人之文，可也；谓之鉴别三朝文格之精，不可也。盖必深于文者，始能去取古人之文，若徒备数而取足，则梅鼎祚之《文纪》，合东西晋、南北朝而尽录之，直汇书耳，宁复谓之选本。故茅鹿门之选八家，失之滥收，储同人之选八家，亦未必得其传作。独惜抱先生沉酖于古文近六十年，获成是书，心力瘁矣。蜀中赵尧生侍御，称是书为姚氏学。余曰："惟姚氏始有是学，他氏恶能有者。"姚氏之文，近于欧、归。夫欧非学韩者耶？韩之变化，不可方物，欧则出之以冲融，顾外融而中矫，如《送徐无党南归序》，其中化单而偶，化偶为单，迹象浑然，读之不辨其为韩也。震川沉厚不及欧，而因事设权，能不自袭其旧，是亦解变化者。惜抱则综二

氏之长,潜其脉而永其趣,脉潜则不见其偾张,趣永则弥觉其渊邃,殆所谓阴柔之文也。凡文近于阴柔者,恒深沉而善思,故亦精于鉴别。韩之文,崇义而履忠者,凛乎其阳刚也。叙哀而述情者,粹然其阴柔也。而欧公则寓阳刚于阴柔之中,惜抱近欧而慕韩,故集中所选韩文特多,欧次之,凡余平日所惬于韩、欧者,惜抱则皆录之矣。黎氏、王氏均有续集,黎则古今杂收而不审择,王本专收近人,于桐城之弟子为多,幸皆不悖于法,然其行世仍不如姚选之盛。吾友徐君又铮崇礼姚氏全集,已一一加墨,且集诸家评语标之眉间,间亦出以己意。又铮韬钤中人,而笃嗜古文如此,较余之驽朽为甚矣。夫文评始于《典论》,次则挚虞之《流别》、刘勰之《文心雕龙》,然皆自成一集。至宋明诸老,则务求深解,好作高谈,非毁前人,毛举细事,用矜其识,又铮均不以为可,其刊成是篇,盖发明古人用心所在,用以嘉惠后学者。呜呼! 天下方汹汹,又铮长日旁午于军书,乃能出其余力以治此,可云得儒将之风流矣。

其所以推姚氏学者甚至。顾徐树铮军人干政,时论不予,而纾称为儒将,或者以莽大夫扬雄《剧秦美新》比之,惜哉。

方清末造,谭诗者既宗宋之西江派,章炳麟既力辟之。而天下之倡宋诗者,如闽县陈宝琛、郑孝胥、侯官陈衍之伦,皆林纾乡人也。顾林纾不以为然,语于人曰:"汉之曹、刘,唐之李、杜,宋之苏、黄,六子成就,各雄于一代之间,不但沿袭以成家,即就一代之人言,亦意境各别。凡侈言宗派,收合党徒,流极未有不衰者也。时彦务以西江立派,欲一时之后生小子,咸为蹇涩之音。有力既为之倡,而乱头粗服,亦自目为天趣以冒西江矣。识者即私病其鲜味,然宗派既立,亦强名之为涩体,吾未见其能欺天下也。陈后山之诗,犹寒潭瘦竹,光景清绝,性情稍弗近者,即弗能入。妄庸者乃极意张大之,力辟李、杜,惟此是宗。然闽中文人，在嘉、道间咸彬彬能诗，几见为枯瘠之语者。"是纾不惟不主宋诗，且斥闽人之主宋诗者为"妄庸"，如其以"妄庸巨子"之斥章炳麟矣。及其老也，又称："方今海内诗人之盛，过于晚明，而余所服膺者，则陈伯严、吾乡陈橘叟、郑苏堪而已。"陈伯严者，义宁陈三立，而橘叟则陈宝箴，苏堪则郑孝胥，皆西江派之健者也。按林纾论文不薄六朝，论诗不主江西，不持宗派之见，初意未尝不是。顾晚年昵于马其昶、姚永概，遂为桐城护法，昵于陈宝箴、郑孝胥，遂助西江张目，然"侈言宗派，收合徒党，流极未有不衰"，纾固明知而躬蹈之者，毋亦盛名之下，民具尔瞻；人之藉重于我，与我之所以见重于人者，固自有在；宗派不言而自立，党徒不收而自合，召闹取怒，卒丛世诟。则甚矣，盛名之为累也。或者以桐城家目纾，斯亦皮相之谈矣。

未几，绩溪胡适自美国可伦比亚大学卒业归，倡文学革命之论，蕲于废古文，用白话，以民国七年入北京大学为教授，陈独秀、钱玄同诸人和之，斥纾三人为桐城余孽。纾心不平，作小说《妖梦荆生》诸篇，微言讽刺，以写郁愤。又致北京大学校长蔡元培书曰：

大学为全国师表，五常之所系属。近者外间谣诼纷集，我公必有所闻，即弟亦不无疑信。或且有恶乎阘茸之徒，因生过激之论。不知救世之道，必度人所能行；补偏之言，必使人以可信。若尽反常轨，侈为不经之谈，则毒粥朝陈，旁有烂肠之鼠；明燎宵举，下有聚死之虫。何者？趋甘就热，不中其度，则未有不毙者。方今人心丧敝，已在无可救挽之时，更侈奇创谈，用以哗众。少年多半失学，利其便己，未有不糜沸麕至，附和之者，而中国之命如属丝矣。晚清之末造，慨世者恒曰："去科举，停资格，废八股，斩豚尾，复天足，逐满人，扑专制，整军备，则中国必强。"今百凡皆遂矣，强又安在？于是更进一解，必复孔、孟，铲伦常为快。呜呼！因童子之羸困，不求良医，乃追责其二亲之有隐瘵，逐之，而童子可以日就肥泽，有是理耶？外国不知孔、孟，然崇仁、仗义、矢信、尚智、守礼，五常之道未尝悖也，而又济之以勇。弟不解西文，积十九年之笔述，成译著一百二十三种，都一千二百万言，实未见中有违忤五常之语，何时贤乃有此叛亲蔑伦之论。此其得诸西人乎，抑别有所授耶？弟年垂七十，富贵功名，前三十年，视若弃灰，今笃老尚抱守残缺，至死不易其操。前年梁任公倡马、班革命之说。弟闻之失笑。任公非劣，何为作此媚世之言？马、班之书，读者几人，殆不革而自革，何劳任公费此神力。若云"死文字有碍生学术"，则科学不用古文，古文亦无碍科学。英之迭更，累斥希腊、腊丁、罗马之文为死物，而至今仍存者，迭更虽躬负盛名，固不能用私心以蔑古，矧吾国人尚有何人如迭更者耶？须知天下之理，不能就便而夺常，亦不能取快而滋弊。使伯夷、叔齐生于今日，则万无济变之方。孔子为圣之时，时乎井田、封建，则孔子必能使井田、封建一无流弊；时乎潜艇、飞机则孔子必能使潜艇、飞机不妄杀人，所以名为时中之圣。时者，与时不悖也。卫灵问陈，孔子行，陈恒弑君，孔子讨，用兵与不用兵，亦正决之以时耳。今必曰天下之弱，弱于孔子，然则天下之强，宜莫强于威廉，以柏林一隅，抵抗全球，皆败衄无措，直可为万世英雄之祖。且其文治、武功、科学、商务，下及工艺，无一不冠欧洲，胡为恹恹为荷兰之寓公？若云成败不可以论英雄，则又何能以积弱归罪孔子？彼庄周之书，最摈孔子者也，然《人间世》一篇，又盛推孔子。所谓"人间世"者，不能离人而立之谓，其托颜回、托叶公子高问难孔子，而陈以接人处众之道，则庄周亦未尝不近人情而忤孔子。乃世士不能博辩为千载以上之庄周，竟咆哮为千载以下之桓魋，一何其可笑也。且天下唯有真学术、真道德，始足独树一帜，使人景从。若尽废古书，行用土语为文字，则都下引车卖浆之徒，所操之语，按之皆有文法，不类闽广人为无文法之啁啾，据此，则凡京津之稗贩，均可用为教授矣。若《水浒》、《红楼》，皆白话之圣，并足为教科之书。不知《水浒》中辞吻，多采岳珂之《金陀萃编》，《红楼》亦不止为一人手笔，作者均博极群书之人。总之非读破万卷，不能为古文，亦并不能为白话。若化古子之言为白话演说，亦未尝不是。按《说文》："演，长流也。"亦有延之广之之义，法当以短演长，不能以古子之长，演为白话之短，且使人读古子者，须读其原书耶？抑凭讲师之一二语，即算为古子，若读原书，则又不能全废古文矣。矧于古子之外尚以《说文》讲授，《说文》之学，非俗书也，当参以古籀，证之钟鼎之文，试思用籀篆可化为白话耶？果以籀篆之文杂之白话之中，是引汉唐之燕、环，与村妇谈心，陈商周之俎豆，为野老聚饮，类乎不类？弟闽人也，南蛮鴃舌，亦愿习中原之语言，脱授我者以中原之语言，仍令我为鴃舌之闽语可乎？盖存国粹而授《说文》，可也。以《说文》为客，以白话为主，不可也。大凡为士林表率，须圆通广大，据中而立，方能率由无弊。若凭位分势力，而施趋怪走奇之教育，则惟穆罕默德左执刀而右传教，始可如其愿望。今全国父老以子弟托公，愿公留意，为国民端其趣向。故人老悖，甚有幸焉。愚直之言，万死万死。

是时胡适之学既盛，而信纾者寡矣。于是纾之学，一绌于章炳麟，再蹶于胡适。会徐树铮又以段祺瑞为奉直联军所败，纾气益索。然纾初年能以古文辞译欧美小说，风动一时，信足为中国文学别辟蹊径。独不晓时变，姝姝守一先生之言，力持唐宋以与崇魏晋之章炳麟争，继又持古文以与倡今文学之胡适争，丛举世之诟尤，不以为悔，殆所谓"俗士可与虑常"者耶？然有系于一代文学之风会者固匪细，不可不特笔也。性勤事不少休，晚年卖文、译书外，益肆力作画。自珂罗版书画盛行，虽家乏收藏，不难见古名人真迹。珂罗版者，西法用药水玻璃，照印字画，毫发不爽。纾用得饱临四王、墨井、南田上及宋、元诸大家杰作，骎骎擅能品。沽者麇至，幅直数十饼金，纸绢塞屋，益以版税、版权，岁入巨万。版税者，著作稿书坊代印，每书分其价十之几，版权者，以著作稿售书坊，每千字价若干金，其丰歉一视其人之声誉以为衡，而版税、版权之所饶益，并世所睹记，盖无有及纾者也。纾有书室，广数筵，左右设两案，一案高将及胁，立而画，一案如常，就以作文，左案事暇则就右案，右案如之，食饮外，少停晷也。作画、译书，虽对客不辍，惟作文则辍。其友陈衍尝戏呼其室为造币厂，谓动即得钱也。然纾颇疏财，遇人缓急，周之无吝色。中年丧妻，置一妾，爱怜少子，而有不克家者。所著《畏庐文集》、《续集》、《诗存》、《笔记》、《春觉斋论文》、《韩柳文研究法》都若干卷。以民国十二年卒，年七十三。当其时，与纾为徒而真能绍桐城之学者，马其昶、姚永概为最著。

马其昶，字通伯，安徽桐城人也。幼耽文章，尝请古文义法于同县吴汝纶，汝纶则戒作宋元人语曰："是宜多读周秦、两汉时古书。"又言："今天下宿于文者，无过武昌张廉卿裕钊，子往问焉，吾为之介。"赋诗一篇，谐庄杂出，谓："得之桐城者，宜还之桐城。"其昶至江宁，谒裕钊凤池书院。裕钊者，尝受文章义指于湘乡曾国藩，而国藩固服膺桐城姚氏之言勿失者也，既见其昶，则大喜，而相诏曰："文之道至精。古之能者，义不苟立，辞不苟措，陈义必取其最高而尤雅者。造言必深古，不使片辞杂乎凡近，其句调声响，必在在叶乎铿锵鼓舞之节。"又曰："培其源，无速厥成。善学者，宜俟其自至。"时其昶年二十一，意气迈往，自以守其邑先正之法，禔之后进，义无所让也。遂辑《桐城古文集略》而序之曰：

总集盖源于《尚书》、《诗》三百篇，洎王逸《楚辞》、挚虞《流别》以后，日兴纷出，其义例可得而言：萧选务取藻绘，真氏《文章正宗》乃一根于理道，姚宝臣《唐文粹》、吕东莱《宋文鉴》，则意在备一朝文献，三者纂述之大凡也。其或录一郡一邑之文，则皆以备文献者类也。录经世之文，则皆宗于理者类也。标格领奇，如楼迂齐、谢叠山之所为，则皆习于文者类也，由前所为，有裨实用，然旁收泛览，务盈卷帙，或失则芜。由后所为，涂抹古书，品藻狼藉，或失则陋。唐宋以来，作者众矣，而世之治古文者，独取韩、柳、欧、曾、王、苏之作，一二深识之士，又谓明归氏及我朝方侍郎足以继之，岂故隘其途哉？诚慎之也。侍郎为吾邑文学之宗，再传至姚姬传先生，于是遂本其所闻刘学博及世父编修君之绪论，为《古文辞类纂》一书，刊伪砭俗，启示径途，然后学者知由唐宋、秦汉以上溯六经，盖蔚乎大雅之林矣。师友源澜，各有所自，文儒之兴，愈乎他邑。昔戴存庄孝廉与方柏堂先生编《桐城文录》，未就。其昶僭不自揆，有志重辑，惧其复蹈前所陈者之失也。凡所取录，义主于备文献，又必其理高而词尤雅者，起国初到今文三十五家，以类区十二卷，其集佚及所未见者不与。夫论文而至限之一邑，固视天下以不广。然而一邑之文，有非一邑所能私者。后之君子，或欲考论文章体势之正变，学派之流别，庶几其有取焉。

既而名日高，清光绪末，大臣以经明行修荐辟，诏授官学部主事，充京师大学堂教习，刊有《抱润轩集》十卷。义宁陈三立跋其后曰："曾、张而后，吴先生之文至矣。然过求壮观，稍涉矜气，作者之不逮吴先生，而淡简天素，或反掩吴先生者，以此也。"虽以章炳麟之好为诋諆，而于其昶，亦许为"能尽俗"，次吴汝纶以下焉。其昶澹泊静约，貌庄而气醇。自少于俗尚外慕，一不屑意，而刻苦锐进于学。三十以前，治古文辞，后治群经，旁及诸子史，编摹选述，寻蹑要眇，覃精穷思，如此者数十年如一日。中岁后须发尽白，然神完气凝，老而不衰。年七十几，既老病，肢体不仁，而与人短札，犹力疾自书，密行小楷，无一笔苟者。以民国十九年卒。

同县姚永概者，字叔节，其昶妻弟，其昶文追惜抱，而永概乃似望溪。父濬，诗人也，永概能世其学，而文尤雅澹，刊有《慎宜轩文集》。遣言措意，切近的当，而自轶荡有致，其作《高氏两世家传》曰：

> 吾友高仲葵，其先世合肥人。大父国兴，以贾来桐城，娶王氏，生一子宝成，年十四而孤。王泣抚之曰："汝今为无父之儿矣。宁佣于人以活乎，抑欲成门户也？"宝成对曰："人贵自立，不愿仰食于人。"母子昼夜勤作，家以起。先是国兴两侄延成、玉成留合肥者来相依，王抚之如子，为娶妇，延成无子而卒，玉成生二子曰德元、德魁，以德元嗣延成，王思畀以田，德元意少之，尽窃其田庐契约以逃。时粤贼踞桐城，德元使人谓王曰："若不三分取一予我，我将献之伪官。"宝成请于母，谓："是虽吾母子辛苦所得，然身在，何忧无产乎？"听之。王好施与，尝夜行，见遗金，守而还之。宝成性方正，曾拒邻女私奔，抚孤甥成立，授之以田，乡里颇爱敬之。而宝成再娶于魏，亦能承姑及夫志，多盛德。前娶卢遗一女，侧室夏遗一子，子尝病，调护无间昼夜，女自夫家归，见之，大感曰："母如是视弟，弟与我不视母如所生，是殆非人。"德元既以挟得资，旋死，其母郑子无所依，魏仍奉之归，一忘前吝。德魁瘰痀疾，亦死，有子甫七月，将鬻之矣，魏闻之曰："吾家门户单弱，奚忍听之。"亦引之归，抚育成立。其行事率类此。尤爱重读书人，携仲葵移居仲勉家，见仲勉所为则大喜，命其子拜仲勉为师，故仲葵终身事仲勉如严兄，而师事柏堂先生，友伦叔、常季、通伯及余兄弟，恳恳乎质行君子，不敢背母兄也。今仲葵老矣，终母葬已数年矣，时时泣思，详述两世事实，授永概使记之，因撮举大端著于篇。独是永概少失母，先君

子免丧亦已数年，教训在耳，行已多负，视仲葵之举足不忘其先，负愧曷既。读其叙两世事略，发汗沾衣也。

论者谓容与闲易，有桐城诸老风，不似林纾气矜之隆，有艰难劳苦之态也。纾亦心折焉。作《慎宜轩文集序》曰：

方沧溟、弇州之昌于明也，天下文章宗匠，若无敢外二子而立，而震川则恂恂于崐山，以老孝廉起而与抗，二子卒莫之胜者，固不能以淫丽者蔑天下之正宗也。袁、赵、蒋三家之昌于乾嘉之间也，浮嚣者群响而知之，阳湖诸老复各树一帜，争为长雄。惜抱伏处钟山，无一息曾与之竞，不三十年间，诸子光焰皆熸，而天下正宗尊桐城焉。归、姚二公岂蓄必胜之心，而古文一道又岂为竞胜之具，然人卒莫胜者，载道之文，固非绨句绘章者之所能掩也。今庸妄巨子，饤饾过于汪伯玉，哮勃甚于祝枝山，用险句奇字以震眩俗目，鼓其赝力，斥桐城不值一钱，而无识之谬种，和者隳声彻天，余则以为其才不能过伯玉，而其顽焰所张又未能先枝山也。吾友桐城姚君叔节恒以余任气而好辩，余则曰："吾非桐城弟子，为师门作捍卫者。"盖天下文章，务衷于正轨，其敢为黔黑凶狞之句，务使人见而沮丧者，虽扬雄氏之好奇，不如是也。昌黎沉浸于雄文，然奇而能正，盖得其神髓，运以关轴，所以自成为昌黎之文。惟《曹成王碑》好用奇字，乃转不见其奇。彼妄庸之谬种，若独得此秘，用之以欺人，吾亦但见黔黑凶狞而已，不知其所言之为文也。叔节家世能文，为惜抱之从孙，所著《慎宜轩文》若干篇，气专而寂，澹宕而有致，不矜奇立异，而言皆衷于名理，是固能称其祖矣。叔节之言曰："刘孟涂，桐城人，乃其文固不肖桐城也。"余谓孟涂之文，吾乡张松寥已力诤之矣。得桐城之嫡传者，惟上元梅曾亮，顾其山水游记则微肖柳州。夫学桐城者必不近柳州，而伯言能之，此非异也。曾子固文近刘更生，而《道山亭记》亦与柳州为近，盖既深于文，固无所不可，叔节知孟涂，则自知尤深，行文能用其所长。夫能用其所长者，桐城之长也。用桐城之长，则决不为黔黑凶狞之句，可决矣。今日微言将绝，古文一道，既得通伯，复得叔节，吾道庶几不孤乎。因乐为之序而归之。

其大恉在崇永概以斥章炳麟。而永概之兄曰永朴者，字仲实，亦能文，与永概齐名。永概尝语人曰："余同母兄弟三人，伯也早世，不竟其学，惟仲实及余存。余好为诗歌古人辞，而治之不专精，不如仲实耽于书，数十年如一日，每见辄用自惭。"因跋永朴《蜕私轩诗文经说后》曰：

> 往岁吾与兄仲实同治诗、古文辞，挂车山中，其后客游南北，仲实娖娖志读经三十余年，不立门户，视唐如汉，视宋、元、明亦如唐，博稽而约取，会通众说，有不安乃下己意。盖传经者必守师说，治经则取其通而已。或问即墨郑君杲："今世为汉学者有几人乎？"郑君曰："吾未见也。然如仲实者，舍读书无他营，舍经无他书，虚心以求真是，将终其身焉，其殆庶欤。"仲实诗文驯雅，有法度可诵，皆有为而作。其经说凡屡易稿，多至数十卷，今存者三卷。既老，居京师，教授久，从游者众，人稍知之，而真窥其涯涘者罕。近汇其诗一卷、文四卷，合付印，将待其人而与之。忆光绪壬辰、癸巳间，仲实客旅顺，泰兴朱铭盘见其书，大惊曰："吴越士夫有此，早取声名一世，君乃掩覆不肯襮，今日见古人矣。"因投诗订交，而仲实意落落也。吾文不足发仲实所得，姑举郑君语及铭盘事记于目后云。

世之诵永朴书者，咸谓永概不虚誉其兄也。永朴、永概咸以高文雅望膺京师大学文科教授。永朴因著《文学研究法》，每成一篇，辄为诸弟子诵说，危坐移时，神采奕奕，恒至日昃忘餐，仆御皆环听户外，若有会心者。

其发凡起例，盖仿之刘勰《文心雕龙》，而自上古有书契以来，论文要旨，略备于是焉。既不得志于京师大学，则入徐树铮之正则学校，树铮又败，永朴、永概相偕南归，永概以民国十四年卒。永朴旋受聘为东南大学教授，而文章意气亦衰矣。

二、诗

中 晚 唐 诗

樊增祥　易顺鼎　附僧寄禅

　　方今之世，文有古今之殊，而古文之中，又有魏晋、齐梁与唐宋之分，所谓歧之中又有歧焉。惟诗亦然。独文则唐与宋不分派，而诗则所谓同光体者，又喜谈宋诗，以别于中晚唐一宗焉。

　　近来诗派大别为三宗：清季王闿运崛起湘潭，与武冈邓辅纶倡为古体，每有作皆五言，力追魏晋，上窥《风》、《骚》，不取唐宋歌行近体，辅纶《白香亭诗》，高秀出《湘绮楼》之上。闿运自谓学二陆至曹、陶，已无阶可登，而辅纶和陶冲澹微远，深哜神味。衡阳曾熙学诗辅纶，又奉手闿运，述二人教学诗之法曰："拟古而已。"盖以为六朝诗人皆有拟古之作，惟其能与古合，斯能与古离也。武林诗人陈锐，字伯弢，为闿运弟子，著《袌碧斋论诗》，称曰诗中之圣。而自为诗，初学汉魏选体，晚乃脱然自立，思深旨远，虽时嫌生硬，尚不失为楚人之诗也。是王闿运为一大宗。南皮张之洞总督两湖时，尝谓："洞庭南北有两诗人，壬秋五言，樊山近体，皆名世之作。"樊山者，恩施樊增祥也。早岁崇清诗人袁枚、赵翼，自识之洞，乃悉弃去。从会稽李慈铭游，颇究心于中、晚唐，吐语新颖，则其独擅。龙阳易顺鼎，固能为元、白、温、李者，于是流风所播，中、晚唐诗极盛，然学者颇多而佳者卒鲜。何者？盖此体易入而难精造也。至同光体者，闽县郑孝胥之伦，所为题目同光以来诗人，不专宗盛唐者也，出入南北宋，标举梅尧臣、王安石、黄庭坚、陈师道、陈与义以为宗尚，枯涩深微，包举万象，亦一大宗也。此宗又分为两派：一派为情苍幽峭，自《古诗十九首》、苏武、李陵、陶潜、谢灵运、王维、孟浩然、韦应物、柳宗元，以下逮贾岛、姚合，宋之陈师道、陈与义、陈傅良、赵师秀、徐照、徐玑、翁卷、严羽，元之范梈、揭傒斯，明之钟惺、谭元春之伦，洗练而烹铸之，体会渊微，出以精思健笔，字皆人人能识之字，句皆人人能造之句，及积字成句，积句成韵，积韵成章，遂无前人已言之意、已写之景，又皆后人欲言之意、欲写之景。此一派当以郑孝胥为魁垒，其同县陈宝琛，亦此中之健者。而五言佐以孟郊，七言参以梅尧臣、王安石及金之元好问，斯则郑孝胥之所独矣。孝胥尝语学六朝诗者曰："六朝诗非不佳妙，第陈陈相因，生意索然耳。"盖学六朝者，能入而不能出，或不失古格而罕出新意。此固孝胥之所不许也。其一派生峭奥衍，自《急就章》、《鼓吹词》、《铙歌十八曲》以下逮韩愈、孟郊、樊宗师、卢仝、李贺、梅尧臣、黄庭坚、谢翱、杨维桢、倪元璐、黄道周之伦，皆所取法，语必惊人，字忌习见，此派推义宁陈三立为巨子，而嘉兴沈曾植作诗喜用僻典，与三立之好用奇字又少异焉。

樊增祥，字嘉父，号云门，别号樊山，湖北恩施人。父燮，官湖南永州协副将，酣饮不事事，巡抚骆秉章将劾之，而湘阴左宗棠方以在籍举人佐秉章，主其军政，燮恐，谒求解，伏地拜，宗棠不答，又诉让燮。燮负武官至红顶矣，亦惭怒，相诟唾而出也，遂以剥饷乘轿被劾罢官，归谓增祥曰："一举人如此，武官尚可为哉？若不得科第，非吾子也。"增祥天性聪颖，美姿容而工为文章，游于京师，会稽李慈铭称其才。中光绪丁丑进士,出补陕西渭南县知县,能听断,吏民甚畏爱之。累官陕西、江宁布政使。诗尤有名,顾惊才绝艳,欢娱能工,不为愁苦之易好。自言:"少喜随园,长喜瓯北,请业于张广雅、李越缦,心悦诚服二师,而诗境并不与相同。"越缦者李慈铭,而广雅即张之洞也,尤为之洞所识拔。之洞年七十,增祥方布政陕西,以文二千余言寿之,为俪体,用电报分日拍发告之洞,中有四句云:"不嘉其谋事之智,而责其成事之迟。不谅其生财之难,而责其用财之易。"盖之洞志大而才疏,任督抚四十年,凡所兴作,多谋少成,而耗费巨万万,一时有"国家败子"之目也。之洞以其极意斡旋,大声琅诵数过,击棹呼曰:"云门诚可人哉。"增祥又以之洞禁士夫为文用新名词,有句云:"如有佳语,不含鸡舌而亦香。尽去新词,不食马肝为知味。"隶事稳称,亦为之洞激赏者也。顾增祥所自喜者在诗,尤雅负其艳体之作,谓可方驾冬郎,《疑雨集》不足道也。赋前后《彩云曲并序》最工。其辞曰:

傅彩云者,苏州名妓也。年十三,依姊居沪上,艳名噪一时。某学士衔恤归,一见悦之,以重金置为簉室,待年于外,祥琴始调,金屋斯启,携至都下,宠以专房。学士持节使英,万里鲸天,鸳鸯并载,至英,六珈象服,俨然敌体。英故女主年垂八十,雄长欧洲,尊无与并。彩出入椒庭,独与抗礼,尝偕英皇并坐照象,时论荣之。学士代归,从居京邸,与小奴阿福奸生一女,学士逐福留彩,寝与疏隔。俄而文园消渴,竟促天年。彩故与他仆私,至是遂为夫妇,居无何,蓄略尽,所欢亦狙,仍返沪为卖笑计,改名曰赛金花。苏人公檄逐之。转至津门,虽年逾三十,而艳名不减畴昔。己亥长夏,与客谈此事,因记以诗。先是学士未第时,为人司书记,居烟台,与妓爱珠有啮臂盟,比再至,已魁天下,遽与珠绝,珠冤痛累日,竟不知所终。今学士已矣,若敖鬼馁,燕子楼空,唱金缕者,出节度之家,过市门者指状元之第,得非霍小玉冥报李十郎乎? 余为此曲,亦如元相所云:"甚愿知之者不为,而为之者不惑耳。"

姑苏男子多美人,姑苏女子如琼英。水上桃花知性格,湖中秋藕比聪明。自从西子湖船住,女贞尽化垂杨树。可怜宰相尚吴棉,何论红红兼素素。山塘女伴访春申,名字偷来五色云。楼上玉人吹玉管,波头桃叶倚桃根。约略鸦鬟十三四,未遣金刀破瓜字。歌舞常先菊部头,钗梳早入妆楼记。北门学士素衣人,蹔踏球场访玉真。直为丽华轻故剑,况兼苏小是乡亲。海棠聘后寒梅喜,侍中居外明诗礼。两见泷冈墓草青,鸳鸯弦上春风起。画鹢东乘海上潮,凤凰城里并吹箫。安排银鹿娱迟暮,打叠金貂护早朝。深宫欲得皇华使,才地容斋最清异。梦入天骄帐殿游,阏氏含笑听和议。博望仙槎万里通,霓旌难得彩鸾同。词赋环球知绣虎,钗钿横海照惊鸿。女君维亚乔松寿,夫人城阙花如绣。河上蛟龙尽外孙,虏中鹦鹉称天后。使节西持娄奉章,锦车冯镣亦倾城。冕旒七毳瞻繁露,盘敦双龙赠宝星。双成雅得君王意,出入椒庭整环佩。妃主青禽时往来,初三下九同游戏。装束潜将西俗娇,语言总爱吴娃媚。侍食偏能厌海鲜,投书亦解翻英字。凤纸缄来镜殿寒,玻璃取影御床宽。谁知坤媪山河貌,只与杨枝一例看。三年海外双飞俊,还朝未几相如病。香息常教韩寿闻,花枝每与秦官并。春光漏泄柳条轻,郎主空嗔梁玉清。只许丈夫驱便了,不教琴客别宜城。从此罗帐怨离索,云蓝小袖知谁托。红闺何日放金鸡,玉貌一春锁铜雀。云雨巫山枉见猜,楚襄无意近阳台。拥衾总怨金龟婿,连臂犹歌赤凤来。玉棺昼下新宫启,转瞬玉郎长已矣。春风肯坠缘珠楼,香径还思苧罗水。一点奴星照玉壶,樵青婉娈渔童美。穗帷犹挂郁金堂,飞去玳梁双燕子。那知薄命不犹人,御叔子南先后死。蓬巷难栽北里花,明珠忍换长安米。身是轻云再出山,琼枝又落平康里。绮

罗丛里脱青衣，翡翠巢边梦朱邸。章台依旧柳鬖鬖，琴操禅心未许
参。杏子衫痕学官样，枇杷门榜换冰衔。吁嗟乎。情天从古多缘
业，旧事烟台那可说。微时菅蒯得恩怜，贵后萱芳都弃掷。怨曲争
传紫玉钗，春游未遇黄衫客。君既负人人负君，散灰扃户知何益。
歌曲休歌金缕衣，买花休买马塍枝。彩云易散玻璃脆，此是香山
《悟道诗》。

某学士者，吴县洪钧，光绪间，出使英、俄、德、奥诸国者也，故增祥以洪
容斋影之，尝语人曰："祸水何能溺人，人自溺之。出入青楼者，可以彩
云为鉴。"厥后彩云以庚子入京，会八国联军至，统师者德国瓦德西，则
彩云前媵洪钧出使时所私昵也，至是重续坠欢，侍瓦居仪鸾殿。尔时联
军驻京，惟德军最酷。留守诸大臣结舌坐视，莫之谁何。而彩云则言于
瓦，止其淫掠。又曰："琉璃厂，中国数千年文物之所萃也，幸毋毁。"凡
瓦之欲使中国过于难堪者，彩云必争之。迨议赔款，则抑减其数，而于
是朝局之斡旋，民生之利赖，不在诸公之衮衮，而系彩云之纤纤。此可
谓中国奇耻极辱也。然士大夫之向诅骂者，一转而颂彩云之能效忠于
国矣。虽然，彩云则何知。一日，谓瓦曰："中国之蒐人材，在八股试帖，
将相于是出焉。"瓦用其言，乃于金台书院集诸生而试之，示期县榜如
制，文题"以不教民战"，试题"飞刍入秦中"。试之日，人数溢额，瓦为评
定甲乙，考得奖金者，咸欣然有喜色。自此事出，而向之誉彩云者，颂声
未歇，又或大诟以为丧心辱国也。增祥乃著《后彩云曲》以叙其事，可以
觇国势之不竞，世变之凌夷焉。其辞曰：

纳兰昔御仪鸾殿，曾以宰官三召见。画栋珠帘霭御香，金床玉
几开宫扇。明年西幸万人哀，桂观蜚廉委劫灰。虏骑乱穿驿道走，
汉宫重见柏梁灾。白头宫监逢人说，庚子灾年秋七月。六龙一去
万马来，柏林旧帅称魁杰。红巾蚁附端郡王，擅杀德使董福祥。愤

兵入城恣淫掠，董逃不获池鱼殃。瓦酋入据仪鸾座，凤城十家九家破。武夫好色胜贪财，桂殿秋清少眠卧。闻道平康有丽人，能操德语工德文。状元紫诰曾相假，英后殊施并写真。柏灵当日人争看，依稀记得芙蓉面。隔越蓬山十二年，琼华岛畔邀相见。隔水疑通云汉槎，催妆还用天山箭。彩云此际泥秋衾，云雨巫山何处寻。忽报将军亲折简，自来花下问青禽。徐娘虽老犹风致，巧换西装称人意。百环螺髻满簪花，全匹鲛绡长拂地。雅娘催下七香车，豹尾银枪两行侍。钿车遥遵辇路来，袜罗果踏金莲至。历乱宫帷飞野鸡，荒唐御座拥狐狸。将军携手瑶阶下，未上迷楼意已迷。骂贼还嗤毛惜惜，入宫自诩李师师。言和言战纷纭久，乱杀平人及鸡狗。彩云一点菩提心，操纵夷獠在纤手。朏箧休探赤仄钱，操刀莫逼红颜妇。始信倾城哲妇言，强于辩士仪秦口。后来虐婢如蝮虺，此日能言赛鹦鹉。较量功罪相折除，侥幸他年免缳首。将军七十虬髯白，四十秋娘盛钗泽。普法战罢又今年，枕席行师老无力。女间中有女登徒，笑捋虎须亲虎额。不随槃瓠卧花单，那得驯狐集金阙。谁知九庙神灵怒，夜半瑶台生紫雾。火马飞驰过凤楼，金蛇倓韬燔鸡树。此时锦帐双鸳鸯，皓躯惊起无襦袴。小家女记入抱时，夜度娘寻凿坏处。撞破烟楼闪电窗，釜鱼笼鸟求生路。一霎秦灰楚炬空，依然别馆离宫住。朝云暮雨秋复春，坐见珠槃和议成。一闻红海班师诏，可有青楼惜别情。从此茫茫隔云海，将军颇有连波悔。君王神武不可欺，遥识军中妇人在。有罪无功损国威，金符铁券趣销毁。太息联邦虎将才，终为旧院蛾眉累。蛾眉终落教坊司，已是琵琶弹破时。白门沦落归乡里，绿草依稀具狱词。世人有情多不达，明明祸水褰裳涉。玉堂鸂鶒愆羽仪，碧海鲸鱼丧鳞甲。何限人间将相家，墙茨不扫伤门阀。乐府休歌杨柳枝，星家最忌桃花煞。今者株林一老妇，青裙来往春申浦。北门学士最关渠，西幸丛谈亦及汝。古人诗贵达事情，事有阙遗须拾补。不然落溷退红花，白发摩登何足数。

读者至以比清初吴伟业之《圆圆歌》，而后曲有当诗史，剧胜前曲。嘉兴沈曾植以为的是香山，不只梅村者也。增祥为诗甚捷疾，案头诗稿，用薄竹纸订厚百余页，蝇头细字，下笔数行，极少点窜，不数月又易本矣。友人侯官陈衍尝辑《师友诗录》，以增祥之诗多而选难，欲于往来赠答之外，专选其艳体诗，而为之辞曰："后人见云门诗者，不知若何翩翩年少，岂知其清癯一叟，旁无姬侍，且素不作狭斜游者耶。"知者谓此语实录，而或称其轶荡者讹也。生平论诗，以清新博丽为主，工于隶事，巧于裁对，见人用眼前习见故实，曰："此乳臭小儿耳。"作诗万首，而七律居其八九，次韵叠韵之作尤多，无非欲因难见巧也。为文绮丽称其诗，所作《西溪泛舟记》尤工。辞曰：

十月既望，樊子与客自广雅书院归，经采虹桥，循溪而南，适有小航，帆樯新净，角巾共载，柔橹乍鸣。于时林日已敧，晚潮方至，溯流东去，迟重若牛，顾以徐行，益惬幽赏。是溪也，近带西村，远襟南岸，水皆缥碧，滑若琉璃，即古所称荔枝湾也。背山临流，时有聚落，环植美木，多生香草。榕楠接叶，蕉荔成阴。风起长寒，日中犹暝。幽溪蓄翠，深逾百重之云；片叶新红，靓于十五之女。萧闲看竹，宛转逢鸥。嘉客与偕，清谈逾肆。秋鲈不鲙，自成笠泽之游；林鸟忽惊，有甚虎溪之笑。入麻源之三谷，过南园之五桥。药草交乎蓬窗，垂杨拂其帆席。爰自虹桥，达于珠江，美荫清流，可五六里。竹篱映水，寒菜平畦。珠儿总角，已习画船；越女媚颜，每临烟浦。盖隐秀之致深，而车骑之尘远矣。方舟入江，风帆转健。绮罗烟水，远带轻霞；金碧楼台，俯临明镜。栖鸦点点，柳翠新黄；官马萧萧，沙堤雪净。连樯若筱，比屋成鳞。层城楼橹，若龙唇之嘘云；

远浦琛航，杂蛮獠而互市。言经沙面，遂薄海珠。故将祠新，古台砖圮。仙云四合，起瑶岛于中间；璧月双晖，与金波为上下。瞻言花屿，何异蓬山。广州士庶丰昌，物华茜丽。珠帘齐下，但闻琵琶之声；绛河一曲，悉是胭脂之水。鱿窗栉比，画舫连环。月胁横穿，风心屡荡。百缣以外，始买春宵；十里之间，惟闻香麝。晓钟欹枕，未是迟眠；斜日梳鬟，犹为早起。觃觍贴地，翡翠为屏。茶坞香云，酒槽金楲。青灯夜月，昼桡金楫，落别浦之惊鸿；红袖雕栏，盼过楼之秋雁。亦足极选佛之娱，续游仙之梦。花市已遥，兰舟遂杙。香皋路暗，水阁灯明。回睇江天，但余烟雾。良游无述，俊赏将渝。眷此江山，写以金粉。

盖侔色揣称，如唐人小赋焉。然增祥诗特工，近代诗人，其隶事之精、致力之久，益以过人之天才，盖无逾于增祥者。入民国，为退宦诗人，寓都下，文酒过从，与周树模少朴、左绍佐笏卿号楚中三老。而并时楚人中，及与增祥同举秀才者，只左绍佐一人而已。绍佐，应山人，一字竹勿，于清季官广东雷琼道，有政声，诗词均戛戛独造。所为日记，密行精楷，数十年如一日。诗在昌黎、东坡之间，与增祥不同，而交期极笃。增祥有与笏卿论诗长歌，其词曰：

君不见兰子七剑两手中，中有五剑常在空，巧手能虚以运实，开凿浑沌皆玲珑。又不见单父种花骊花宫，万花颜色无一同，匠心能以素为绚，坐使枯寂回春风。兵家在以少克众，权家在以轻起重。道家在以静制动，诗家在以独胜共。能言人所不能言，如山出灵无不宣。能圆人所不能圆，如月三五悬中天。百汲不竭井底泉，任烧不绝香上烟。百花酿作酒一瓢，百药炼成丹一丸。五味入口取其甘，五色入目取其鲜。五声入耳取其和，惟貌不独取其妍。取之杜、苏根底坚，取之白、陆户庭宽。取之温、李藻思繁，取之黄、陈奥窔穿。言之有物饼中馅，裁之成幅机中练。视之无迹水中盐，出之则飞匣中剑。无意何能作一经，无笔何以役万灵？无才何以笼群英，无学何由跻老成？无法何所谓尺绳，无事何足为重轻？一字不安众所议，八面受敌谁不能。老笏杂言昨挑战，意亦学韩通其变。六十余年穷生活，为君一骋雕龙辩。诗林籧篨百尺竿，老年进步如少年。学我者死殊不然，果如我语诗其仙。

增祥之诗，缉裁巧密，尤工隶事，而论诗乃贵虚以运实，素以为绚，不独取其妍而已。尤不拘拘宗派，每语于人曰："向来诗家率墨守一先生之集，其他皆束阁不观，如学韩、杜者必轻长庆，学黄、陈者即屏西昆，讲性灵者，则明以前之事不知，尊选体者，则唐以后之书不读。不知诗至能传，无论何家，必皆有独到之处，少陵所谓'转益多师是我师'也。人所处之境，有台阁，有山林，有愉乐，有幽愤。古人千百家之作，浓淡平奇，洪纤华朴，庄谐敛肆，夷险巧拙，一一兼收并蓄，以待天地人物形形色色之相需相感。吾即因以付之，此即所谓八面受敌，人不足而我有余也。所蓄既富，加以虚衷求益，句煅季炼，而又行路多，更事多，见名人长德多，经历世变多，合千百古人之诗以成吾一家之诗，此则樊山诗法也。"初取径于中、晚唐，而晚年亦为宋诗，《与苏堪冬雨剧谈》之作，瘦淡仿郑孝胥体，不为侧艳。而孝胥和诗，亦备极倾倒之辞曰：

久于南皮坐，习闻樊山名。老矣始一见，赵璧真连城。落笔必典赡，中年越峥嵘。才人无不可，皎若日月明。春华终不谢，一洗穷愁声。南皮凤自负，通显足胜情。达官兼名士，此秘谁敢轻。晚节殊可哀，祈死如孤茕。其诗始抑郁，反似优平生。吾疑卒不释，敢请樊山评。

尝序伯严诗，持论辟清切。自嫌误后生，流浪或失实。君诗妙易解，经史气四溢。诗中见其人，风趣乃隽绝。一语莫非深，天壤在毫末。何须填难字，苦作酸生活。会心可忘言，即此意已达。

穷愁固易工，忧患宁爱好。奋飞抉世网，结习犹烦恼。午怡论诗骨，见谓饥不饱。心知小潺湲，河海愧浩渺。何期樊山老，闽荔喻益巧。荔甘而诗涩，唐突天下姣。庶几比谏果，回味得稍稍。嗜涩转弃甘，攒眉应绝倒。原注：夏午诒赠诗云"世人无此骨，餐之不疗饥"。

说者谓能传增祥生平，不仅足征此日之诗派焉。顾增祥自负一代诗伯，从不轻许可人诗。某甲自负能诗，每对增祥诵所作，增祥不耐，一日嗤以鼻曰："君诗多不协韵，且误用故事，于他人尚不应如此，矧向余卖弄，尤可不必。"甲面发赤，谢曰："小子学殖荒落以致此也。"增祥抚掌狂笑曰："田无一草，不得言荒，树无一果，奚所用落。君胸无点墨，犹之无草之田，无果之树，何荒落之有。"甲不胜惭，发怒。增祥不顾也。独诵龙阳易顺鼎之《初至关中》诗，则倾倒备至，如"翠华西幸周王骏，紫气东来李叟牛"，"关百二重秦代月，宫三十六汉时秋"，"云从武帝祠边散，雨自文王陵下来"，"城堞雉连秦晋树，关门牡绣汉唐苔"，评云："精丽无匹。""何忍呼他为祸水，尚思老我此柔乡"，评云："绮艳。""流残清灞无情水，画出阿房不霁虹"，评云："名句。"集句之"词客有灵应识我，好云无处不遮楼。河山北枕秦关险，故国东来渭水流"，评云："巧匠运斤。"谭者诧为得未曾有。然顺鼎意殊不足，语于人曰："余《初入关中》诗，精丽绮艳者，宁止此。如：'瑶池雪作帘前水，玉井花为槛外峰。《三辅黄图》天下壮，九州黛色此间浓。''行人立马罗敷水，仙客乘鸾玉女祠。天地魂销还有我，汉唐才尽久无诗。''渭城小雪如朝雨，秦地残云似美人。一百二重愁望远，五三六点欲催春。'诗虽不多，而无一联不簇簇生新，戛戛独造。试向渔洋《菁华录》中觅之，恐欲求如此之一联，亦未必可得也。"顺鼎《咏古诗六十首》，偕增祥作，盖仿西昆体而为之者。增祥甚赏宋仁宗"西夏不过鳞甲患，长秋微惜爪痕伤"一联。顺鼎曰："樊山未为知言。余自评以《诸葛武侯》一联为第一。其联云：'万牛回首因龙卧，三马惊心为虎来。'盖咏武侯诗无人不用龙典，而用虎典者，止余一人，可谓工巧精切矣。《孙伯符》一联云：'小弟坐分三足鼎，大乔方称并头花。'有此惊才，当为第二。《唐明皇》一联云：'三郎枉自除安乐，四纪何曾保莫愁。'天生巧对，竟无人对过，当为第三。此外则《西楚霸王》云：'早知秦可取而代，晚叹虞兮奈若何。霸业祖龙分本纪，诗才姜马入悲歌。'又一首两联云：'二十有才能逐鹿，八千无命说从龙。咸阳宫阙须臾火，天下侯王一手封。'第四句自谓奇绝横绝，非如此不能将项羽为人写出。项王可爱，此诗亦可爱，当为第四。《虞姬》云：'死怜斑竹湘妃庙，生笑桃花息国词。良史他年如作传，美人当日定能诗。'当为第五。《张丽华》云：'鸡台梦尚愁高颎，马嵬诗应怨郑畋。'咏张丽华断无人能用郑畋典，当为第六。《明太祖》云：'开国不能降保保，复仇岂意仗圆圆。'当为第七。至如《汉高祖》之'公然亭长能为帝，奇绝英雄不读书'，《文帝》之'宣室客来湘水外，露台金出邓山余'，《贾生》之'黄老学兴儒术废，苍生对易鬼神难'，《光武》之'上界星辰都作将，故人天子不能臣'，《刘聪》之'生比季龙先作帝，死同擒虎尚称王'，《晋元帝》之'半壁江山牛易马，渡江人物鲫随龙'，《王猛》之'家在第三峰下住，孙于重五日间生'，《隋文帝》之'普六非常知最早，独孤误我悔应迟'，《罗隐》之'偕郑五终唐雅颂，讨朱三合鲁《春秋》'，《宋太祖》之'水色碧时留寡妇，火光红处产孩儿'，《神宗》之'面垢臣思追孔子，颡宽君本类高辛'，较之西昆诸公以一二联脍炙千古者何如。"时两宫西狩，而顺鼎以道员领行在所转运也，闻者咋舌，以为顺鼎之磊落自喜，轶增祥矣。增祥以民国二十年三月十四日卒于北平。年八十六，遗诗三万篇。

顺鼎字仲硕，一字实父，自署曰忏绮斋，又自号眉伽，晚署哭庵，湖北龙阳人。父佩绅，累官江苏布政使。顺鼎天生奇慧，有神童之目，自谓张梦晋后身，又自谓张船山、张春水后身，以为王子晋再世为王昙首，三世为梦晋，四世为船山，五世为春水，实则春水及见船山，焉得为其后身？不过天性诡诞，托所心好者以自夸异耳。十五岁补诸生，刻诗词各一卷，曰《眉心悔存稿》。其七言律句如"眼界大千皆泪海，头衔第一是花王"，"生来莲子心原苦，死傍桃花骨亦香"，"秋月一丸神女魄，春云三折美人腰"，"寸管自修香国史，万花齐现美人身"，"飞龙药店输金屋，走马兰台感玉溪"，"仆本恨人犹仆仆，卿须怜我更卿卿"，七言乐府诸篇如"冰蟾走入谁家楼，唤起楼中无限愁"，"貂裘公子气如虹，十万金钱掷秋雨"，及《七夕篇》之"红泪流成无定河，香肩倚倦长生殿"等句，皆传诵一时，称曰才子。十六岁，随父贵东道古州任所，有容园，以榕得名，得句云："日斜花外红如此，人立榕阴碧欲无。"中光绪丁丑举人，时年十七，以是年冬应礼部试北上，取道江南，骑一卫冒大雪入南京城，遍访六朝及前明遗迹。一日中成《金陵杂感》七律二十首，其警句如"地下女郎多艳鬼，江南天子半才人"，"淘残旧院如脂水，住惯降王没骨山"，"桃花士女《桃花扇》，燕子儿孙《燕子笺》"，"衰柳绿连三妹水，冰枫红替六朝花"，"如此江山奈何帝，误人家国宁馨儿"，哀感顽艳，亦有口能诵者也。忠州李士芬号能诗，为湘乡曾国藩总督两江时所称，读《金陵杂感》诗有一联云"蒋侯死去留青骨，江令生还负黑头"，谓曰："何不改'蒋侯死去留青史'？"顺鼎举蒋子文青骨成神事告之。士芬大叹服，因赠诗云："烂熟南朝史，澜翻东海波。"其为老辈折服有如此者。尝问业于王闿运。闿运诧叹，与湘乡曾广钧并称两仙童，顾不然其诡诞，讽以书曰："海内有如祥麟威凤，一见而令人钦慕者，非吾贤与重伯耶？曾广钧字重伯然亦惹非笑，不尽满人意者，重伯好利，仲硕好名故也。好名，不独好忠孝之名，即母姊皆仙，白吕神交，皆是浮名。见诸行事，害不及人，故无妨也。笔之于书，有目共见，则生同异矣。同必有异，异则必损名，强为无伤，人必伤之。故吾为仙童之说，谓夫仙童有玉皇香案者，兄日姊月，所见美富，土苴诸天，遗弃一切，是上等也。有幽居岩穴，草衣木食者，一旦入世，则老虎亦为可爱，金银无非炫耀，乃至耽著世好，情及倡优，不惜以灵仙之姿为尘浊之役，物欲所蔽，地狱随之矣。请贤择于斯二者。"顺鼎发书不为意也。自负才气，会中日战起，我军败绩，顺鼎慷慨上书论事，不省，则间关航海走台湾，欲赞刘永福军，为海外扶馀，既至，见事已不可为，乃脱身归国。时论推为气节功名之士。年三十，以同知候补河南，骤冀大用，不得，志意牢落，有句云："三十功名尘与土，五千道德粕兼糟。"沉滞无所事事，如是者六年，遂弃官，入浙，访诗僧寄禅，偕游普陀山，赋诗，得"海是空王泪，云为织女楼"，"三代以前无贝叶，六经而外有芙蓉"释典有《莲华经》，《离骚》注"芙蓉一名莲华"，"龙来拜佛成童子，客到游山变女人"诸句，自以为奇隽。溧阳狄平子者，常喜以禅论学，见之叹曰："蕴含万有，超妙极矣。"然以名士谈禅，未空色相，不如寄禅一律曰："到此弥知佛理深，普门日夜演潮音。莲为大士出尘相，海是空王度世心。今古沧桑从变幻，鱼龙多少任浮沉。喜游华藏庄严刹，吐我生平浩荡襟。"可谓聿浚道源，得未曾有。不仅禅门本色，不染一尘也。寄禅者，本湖南姜畲黄姓农家子。幼孤贫，为人牧牛。十余岁时投山寺出家为僧，燃两指供佛，故又号八指头陀。具宿慧，能为诗，初不识字，以画代诗，不知壶字，辄画壶形，自言："初学为诗，甚苦。其后登岳阳楼，忽若有悟，遂得句云：'洞庭波送一僧来。'灵机偶动，率尔而成，不谓竟得诗奥。"其后僧众推主长沙上林寺，为士大夫所礼重，独叶焕彬郎园谓之曰："工诗必非高僧。古来名僧，自寒山、拾得以下，若唐之皎然、齐己、贯休，宋之九僧、参寥、石门，诗皆不工，而师独工。其为僧果高于唐宋诸人否耶？"寄禅不服。焕彬书楹联赠之，有"正法眼空三教论，中唐音变九僧诗"之句，亦谓其诗自工而僧固不高也。主上林方丈一年，童童仆仆，无一日顷闲。焕彬又举吴蔺次讽大汕之语语之曰："和尚应酬杂遝，何不出家？"寄禅笑颔之，不能答。辞上林席，还姜畲，宿杨度晳子山斋。度出屏纸，强其录诗，十字九误，点画不备，窘极大汗，书未及半，言愿作诗以求赦免。度许之，命题击钵，洪编立成。后游天台，得"袖底白生知海色，眉端青压是天痕"一诗，莫不称诵。未几，主天童方丈，作《白梅诗》，远近传写，呼之曰白梅和尚。一日下山，睹流水，憬然有悟，为诗曰："流水不流花影去，花残花自落东流。落花流水初无意，惹动人间尔许愁。"入民国，湘中寺产为党人所据，寄禅被推为中国佛学会会长，以二年入京请愿发还，与内务部主管司长某言语抵牾。某怒，起搁其颊。寄禅归所主法源寺，一夕，愤懑而死。杨度则收其平日诗文遗稿，付刊行世，都十九卷，曰《寄禅上人集》。其诗大抵清空灵妙，音旨湛远，以视顺鼎，一清一艳，有人间天上之别。顺鼎溺于绮语，不能出。少年之作，如"星光忽堕岸千尺，水气平添波一层"等句，绮障日深，不可复睹矣。又入庐山，于三峡涧上筑琴志楼居之，若将终身，而幽优侘傺，中丧其母，乃作《哭厂传》以见其意曰：

> 哭厂者，不知何许人也。其家世姓名，人人知之，故不述。哭厂幼奇惠，五岁陷贼中，贼自陕、蜀趋郧、襄，以黄衣绣葆缚之马背，驰数千里，遇蒙古蕃王大军，为骑将所获，献俘于王。哭厂操南音，王不能辨，乃自以右手第二指濡口沫，书王掌。王大喜曰："奇儿也。"抱之坐膝上，趣召某县令，使送归。十五岁，为诸生，有名。十七岁举于乡。所为诗歌文词，天下见之，称曰才子。已而治经，为训诂考据家言，治史，为文献掌故家言。穷而思反于身心，又为理学语录家言。然性好声色，不得所欲，则移其好于山水方外，所治皆不能竟其业。年未三十而仕，官不卑，不二年弃去，筑室万山中，居之，又弃去。综其生平二十余年内，初为神童，为才子，继为酒人，为游侠少年，为名士，为经生，为学人，为贵官，为隐士，忽东忽西，忽出忽处，其师与友谑之称为神龙。其操行亡定，若儒若墨，若

夷若惠，莫能以一节称之。为文章亦然，或古或今，或朴或华，莫能以一诣绳之。要其轻天下，齐万物，非尧舜、薄汤武之心，则未尝一日易也。哭厂平时谓天下无不可哭，然未尝哭，虽其妻与子死不哭，及母殁而父在，不得渠殉，则以为天下皆无可哭，而独不见其母为可哭。于是无一日不哭，誓以哭终其身，死后而已，自号曰哭厂。

好为恢诡，素性使然。而闿运则重诒以书曰："仆有一语奉劝，必不可称哭厂。上事君相，下对吏民，行住坐卧，何以为名，臣子披昌，不当至此。若遂隐而死，朝夕哭可矣。且事非一哭可了，况又不哭而冒充哭乎？闿运言不见重，亦自恨无整齐风纪之权，坐睹当代贤豪流于西晋，五胡之祸，将在目前。因君一发之，毋以王夷甫识石勒为异也。"独两湖总督张之洞爱其才，又伤其不遇，意颇怜之。招入幕，又畀以两湖书院分教，亦不自得。二十五年冬，以大臣荐召见，意气发舒，赋《纪恩》诗，有句云："金掷民膏二万万，珠含天泪一双双。"盖慈禧皇太后谕中日战败，赔款巨万，为之泪下也。此联盛传都下，谓二万万极不易对，而顺鼎以一双双对之，可谓神通狡狯矣。又有句云："股肱周室留黄发，羽翼商山进紫芝。"不十日而立大阿哥，以尚书崇绮为师傅，说者谓建储为顺鼎所请，而商山四皓有绮里季，即影师傅崇绮也。其《上宰相王文韶》诗云："北虏亦知司马相，南人都是卧龙儿。太皇太后嘉申国，天上天孙福子仪。"《荣禄》诗云："心捧九重双日月，手携二十八星辰。庙堂范老寒西夏，帷幄留侯定奉春。"皆谀非其实，而顺鼎脱口无惭。《上荣禄》诗又有句云："行地中犹洪水抑，措天下若泰山安。"时增祥在荣禄幕，为言相公亟赏此联。顺鼎夸称以为荣，士论薄之。一出为广西右江道，将出都，有句云："新词欲赋《贺梅子》，他日应呼易柳州。"以右江道治柳州也。樊增祥调以诗，有"好收侧贰作蛮姬"之句。顺鼎和韵云："已办腰刀思杀贼，未留须戟为谋姬。"或诘谋姬何意，顺鼎曰："谋字有二解，与姬谋，一解也,谋纳姬,一解也。"闻者大笑。既抵官,无所展布,寻为两广总督岑春萱劾罢,遂以不振,而益肆力于为诗。

顺鼎诗才绮绝,自少至壮,所作将万首,尤工裁对,与樊增祥称两雄。惟增祥不喜用眼前习见故实,而顺鼎则必用人人所知之典。增祥诗境,到老不变,而顺鼎则变动不居,学大小谢,学杜,学元、白,学皮、陆,学李贺、卢仝,无所不学,无所不似,而风流自赏,以学晚唐温、李者为最佳。所刻自《眉心室悔存稿》以后,有《丁戊行卷》《摩围阁诗》,及《出都》《吴蓬》《樊山》《沌水》《蜀船》《巴山》《锦里》《峨眉》《青城》《林屋》《游梁》《庐山》《宣南》《岭南》《甬东》诸诗录,盖足迹所至,十数行省,一行省一集也,而以《四魂集》为最所自喜。号于人曰:"余所刻《四魂集》,誉之者满天下,毁之者亦满天下。湘绮、樊山皆极口毁之者也。然文章千古事,得失寸心知,余自信此集为空前绝后少二寡双之作。盖殿余者皆以好用巧对为病,即张文襄亦屡言。不知以对属为工,乃诗之正宗。凡开国盛时之诗,无不讲对属者,如唐之初盛,宋之西昆,明之高刘皆然。自作诗者不讲对属而诗衰,诗衰而其世亦衰矣。杜诗亦讲巧对,如'子云清自守,今日起为官'及'大司马'、'总戎貘'之类,况余诗对仗皆用成语,且不喜用僻典,而所用皆人人所知之典,又皆寓慷慨悲歌、嬉笑怒骂于工巧浑成之中,自有诗家以来,要自余始独开此派矣。其尤工者,如'城郭人民丁令鹤,楼台冠剑子卿羊','云汝衣裳龙鸟往,风其臣妾马牛奔','月云鄂国八千里,冰雪苏卿十九年','潮州谪宦能驱鳄,汐社遗民有拜鹃','六月图南海东运,七星在北汉西流','送别五千人樏李,压装三百颗离支','东云龙向西云路,南海牛从北海风','丁令威真返辽海,申包胥合哭秦廷','鸢肩火色宾王相,鹤唳风声太傅兵',此皆无一字无来历,又无一字用僻典,又无一字稍杂凑而不浑成,必如此方可以讲对仗也。《四魂集》中凡用古人名,非属对甚工者不用,如'过江兵马狸终毙,亡国河山鼠亦妖','竟同鹏举死冤狱,无怪马迁修谤书'，'中朝党误牛僧孺，西域胡讥马伏波'，'唤女惟闻木兰父，哭夫不顾杞梁妻'，'李怨牛恩朋党论，桃生羊死贱贫交'，'酎金罚已宽荀彘，盈箧书都示乐羊'，'肯事春农王相国，漫同秋螯贾平章'，'觅得屠苏刘白堕，偕来广柳鲁朱家'，'边墙故迹熊经略，幕府高贤鹿太常'，'中朝旧议封关白，上相新闻使契丹'，'忍耻灭吴求范蠡，写忧适越学梁鸿'，'即墨田单为守将，睢阳南八是男儿'，'深州未出牛元翼，浪泊难归马伏波'，此皆属对工巧，而用典隶事，又极精切，所以可贵耳。余尝有一推倒一时豪杰之论云，无工巧浑成对仗，竟可以不必作诗。盖尘羹土饭，人云亦云之语，虽数十万首，亦作不完，何必千首雷同，徒费纸墨乎？虽然，《四魂集》中不仅以属对工巧为尚也，其隶事之精切，设色之奇丽，用意之新颖，皆兼而有之。如'殿脚至今多妇女，露筋前代有神人'，'此日盟犹存白马，何人塞欲卖卢龙'，'海上鱼龙真跋扈，淮南鸡犬岂平安'，'石马汗流唐祚永，铜驼泪下杞忧深'，'星临吴分坚当败，雪满淮西济可擒'，'蓬莱海上三千岁，荆杞山中二百州'，'鹤语今年时令异，乌知屋底达官空'，'似闻文帝宽黄屋，每念高皇困白登'，'棘门、灞上皆儿戏，太液、昆明是水嬉'，'下泽当骑款段马，常山枉策率然蛇'，'似报韩人雠侠累，未闻郑伯减宣多'，'肯让秦人剪鹑首，欲回周纪次天鼋'，'王母有图呈益地，麻姑无术救扬尘'，'丹穴生灵薰越巂，乌桓部落奉田畴'，'泛海零丁文信国，渡泸兵甲武乡侯'，'梳头逆旅逢张妹，椎髻蛮夷起赵佗'，'痛哭珠崖原汉土，大呼仓葛本王人'，'折节太原公子在，感怀真定弟昆多'，'见说杜鹃啼蜀帝，不妨桀犬吠唐尧'，'谢公昔欲凌穷发，葛相今思入不毛'，何其隶事之精切也。'天吴紫凤为奇服，含景苍龙有佩刀'，'雌龙雄凤曾北走，铜驼金狄有东迁'，'重攀碧柳重魂断，一步红桥一泪流'，'鸡唱一声天已白，马通三尺地皆黄'，'黄帝画图公玉带，素王书谶卯金刀'，'白龙鳞甲为刀柄，翠凤翎毛作帚叉'，'鳞甲玉龙三百万，觚稜金爵九重双'，'鳌腾轴底思掀地，龙入窗中欲攫人'，'韬略六三羞虎豹，骚词廿五感龙鸾’，‘白狼元菟都非我，青雀黄龙已赠人’，‘青绿山川图小李，丹黄村落认诸杨’，‘黄耳音书隔人海，红毛衣服共云山’，‘虎齿所居楼十二，鸿毛难载水三千’，‘元蜂赤蚁苍梧野，紫蟹黄鱼白苇庄’，‘南窗朱鸟贻书札，东国青童畏佩刀’，‘麒麟凤鸟为先戒，翡翠鲸鱼入小诗’，‘胭脂坐令输胡地，翡翠何曾赚越装’，‘馆问碧蹄平秀吉，城寻赤嵌郑成功’，何其设色之奇丽也。‘紧急春寒如战事，迟延花信似家书’，‘露布定寒西夏国，云台应画富春山’，‘军书竟日如经读，诗卷他年作史看’，‘墨磨盾鼻为诗砚，钱挂矛头当画叉’，何其用意之新颖也。其实皆人人眼前语，皆人人意中语，他人或眼前有之而意中无之，或意中有之而笔下无之，我不过取他人之眼前者意中者，而出之于我笔下耳。至集成语用虚字为句者，如苏诗‘君但未知其趣耳，臣今时复一中之’之类，古人亦常有之。《四魂集》中最喜集成语用虚字，而无不浑灏流转者，所以独开一派，突过前人也，如‘江潭摇落树如此，鹧鸪晨鸣草不芳’，‘母兮顾复生成我，某也东西南北人’，‘朝去黄河暮黑水，云横秦岭雪蓝关。眾涉涉施鳢泼泼，车辚辚过马萧萧’，‘惟民所止畿千里，与汝游兮古九河’，‘讴歌恐不讴歌汝，笑骂还由笑骂他’，‘蓼蓼者莪应葬我，离离彼黍不关卿’，‘未识明年在何处，请看今日是谁家’，‘藤萝芦荻如夔府，薜荔芙蓉似柳州’，‘魂归来些蘋齐叶，心悦君兮木有枝’，‘锦缆朱帘鸥与鹭，红颈白项燕兼乌’，字字如抛砖落地，又如生铁铸成，不能不谓之绝调矣。更有奇句创格，开古人所未开之境者，如‘庆历众贤之进日，元和惟断乃成年’，‘布衣臣本南阳者，冠冕人皆北斗之’，‘与诸君饮黄龙耳，若有人乘亦豹兮’，此与《四魂集》中‘北海知刘豫州否，南朝有李侍郎无’一联，及‘南朝可谓无人矣，北海犹知有备耶’一联，皆可以横绝千古也。用成语为句而平仄不调者，如‘曰归曰归嗟岁暮，其雨其雨叹朝阳’，古称名作。《四魂集》中此体有数首，如‘相头上冠将腰箭，母手中线儿身衣’，‘其惟云乎雨天下，何多日也露泥中’，‘我徂东山别西土，王命南仲城朔方'，成语对仗之工，古今无两矣。集中更有音节高亮悲壮之作，如'九叶藩封周正朔，千年礼乐汉衣冠'，'人料苻坚难胜晋，帝知周勃可安刘'，'立马岱宗青未了，闻鸡天下白如何'，'渡河气壮周王兕，入蔡寒侵晋国貂'，'生当火色鸢肩上，死不乌头马角还'，'雪窖冰天前路永，云阶月地此生休'，'裹革尸当糜作粉，冲冠发亦炼成钢'，'无定河边新鬼在，长安市上故人多'，'属国未收苍海郡，单于犹在白登台'，'如龙如虎诗无敌，为鹤为猿国有兵'，'皂帽辽东归路断，白衣易水哭声多'，'水欲接天天接水，花难如雪雪如花'，'唐陵汉寝凄翁仲，禹甸尧封媚夜叉'，'自然流涕如周颉，何以销忧有杜康'，'鼍愤龙愁沧海外，猿惊鹤怨草堂前'，'帆席有情搴海月，褐衣无恙绣天吴'，'海上星方明太白，天边月又照流黄'，'汉弃珠崖非得已，越薰丹穴果何如'，'廿年赐姓空开国，再世降王已入朝'，'蛮烟瘴雨添行色，海水天风和哭声'，'未许朱三是天子，尚留南八是男儿'，似此之类，亦不可以枚举也。"盖高自标置，誉不容口如此。然唐言寡实，又不检于行，其在仕途，颇工逢迎之术，惟有类饥鹰，饱即飏去，又恃宠而骄，以是见赏如张之洞，亦鲜克有终。中年以往，日以诗词写其牢骚，然诲淫之作，居什之八九。顺鼎自以为玩世不恭，或俳优畜之，而顺鼎弥轶荡自喜。会民国更元，岁逢癸丑，新会梁启超邀都人士于三月三日，修禊京师之万生园，仿兰亭故事也。诸名士会而赋诗，而顺鼎长歌当哭，可以觇革除之际，都下士夫之用心焉。其辞曰：

> 噫吁嚱悲哉！今日非同前代崇祯之甲申，今日岂同前代顺治之乙酉？我生不幸，逢此前代义熙之甲子。我生何幸，逢此前代永和之癸丑。义熙甲子宜止酒，顺治乙酉宜得酒，永和癸丑宜行酒。古人最重三月三、九月九。九月九乃陶元亮所专，三月三为王逸少所有。吾辈生于古人后，事事皆落古人之窠臼。岂知今日此身一

半化为会稽山阴人,一半化为彭泽斜川叟。酒在口,笔在手,剑不
必悬腰,印不必系肘。莺含桃,鱼贯柳,冠任汝沐猴,衣任汝成狗。
喜有钓台朋,幸少金谷友。昨者樊山寄诗云,"莲社人居晋宋间"。
今日吾亦赋诗云:"兰亭禊在清明后。"西直门,万生园,先朝创造资
游观,不知曾费几许水衡钱。中有牡丹厅,采莲船。如水之车,如
龙之马,奔驰于其外。如斗之花,如凤之鸟,充牣于其间。我亦尝
携壶觞,听管弦。逢初三下九,携三五二八,销三万六千。我昔尝
有句云:"照脸脸霞皆北地,压眉眉黛是西山。"此诗未成仅断句,此
游亦复不记为何年。梁夫子,招我何为至于此?君著书数百万言,
远过习凿齿,在外十有六年,将及晋重耳。其学可以左右十三经,
贯串廿四史,此才何止上下五千年,纵横九万里。来从析木津,恰
看桃花水。七十二沽春水生,一百五日东风起。东风吹花花怒开,
东风吹人人老矣。昔年丁酉,与君相见于湘川。今年癸丑,与君相
见于燕市。我已憔悴枯槁,非复神禪吊靡。君之颜色,尚觉女偶如
婴儿。君之容貌,尚觉姑射如处子。况有圣人之才,更如卜梁倚。
方持玉杯断国论,方用铁函贮《心史》。且倾铜斗,洗金罍兮,饮此
天宝之诗人,贞元之朝士。或言"不为无益之事,何以遣有涯之
生"。或言"以后种种,譬如今日生。从前种种,譬如昨日死"。或
言"前不见古人",或言"不恨古人吾不见,恨古人不见吾狂耳"。又
闻孔云"不曰如之何,吾末如之何"。又闻孟云"然而无有尔,则亦
无有尔"。使我茫然莫知其所以,勿令下士闻之,声如苍蝇笑不止。
噫吁嚱悲哉。吾尝闻尧氏舜氏之歌辞曰:"菁华已竭,褰裳去之。"
又尝闻穆满氏、西王母氏之歌辞曰:"道里悠远,山川间之。"方今朱
干苓落犹可期,白云黄竹何须悲。且相与采华芝,玩菊篱,餐蕨薇,
亦安用谈刑天,说精卫,称钦鸡。梁夫子,与其有朱虎、熊、黑、伯
夷、龙、夔同列廿二人,召风使之南,不如有骅骝、骚骃、山子、盗骊

亟行三万里，追日使不西。所以侯人之歌曰："猗。"梁鸿之歌曰："噫。"丁令威之歌曰："城郭犹是人民非，何不学仙冢累累。"楚接舆之歌曰："凤兮凤兮，何德之衰。往者不可谏，来者犹可追。"古儒家之歌曰："青青之麦，生于陵陂。生不布施，死何用含珠为。"汉田家之歌曰："种一顷豆，落而为其。生不行乐，死何以虚谥为。"元亮曰："时运而往矣。"逸少云："死生亦大矣。"此与"春非我春"、"日新又新"，皆为前哲之良规。然则今日之日兮，当以一刻千金为要素。明日之日兮，当以寸阴尺璧为前提。梁夫子，勿我诃。帖不必摹临河，图不必仿上河。试问百年之间，癸丑能有几？正恐中年以后，上巳还无多。何况今日之共和，远非昔日之共和。国曰支那，土曰婆娑。历曰娄罗，时曰刹那。捧剑有金人，流觞有玉女。卧冢无石麟，流涕无铜驼。"庆云烂兮，纠缦缦兮。"再听明日之国歌，有酒不饮意如何。

盖诗之诡诞极矣，所以寄郁勃之思也。时袁世凯为大总统，次子克文以才捷爱幸，顺鼎秉意投契，屡与谭宴，如杨修之于曹植焉。作《寒云茗话图记》曰：

　　南海有亭，题额曰"流水音"者，盖禁御胜地，瀛台比邻，而在今为寒云主人读书之所也。水隔衣带，睇仪鸾殿而可招；坞藏画船，疑倚虹堂之在望。轩槛掩映，房栊窈深，宜青绿以画山，非丹朱之罔水。宋人词云："檀栾金碧，婀娜蓬莱。"斯境似焉。爰有翠松磊砢，争学虬翔，素瀑潺湲，时窥猿饮。石皆削立，将睹日观之峰；泉尽伏流，直探星宿之海。距龙楼凤阙而近，在鹦洲凫渚之间。主人读书其中，问寝多暇，于是命侪啸侣，挈榼提壶，招甫白以论文，延荆关而读画。沧江虹月，若登米家之船；紫泉烟霞，不下隋宫之锁。岂意轩冕之内，有此俊人；但觉图书以外，无他长物。忘驹阴之移曩，乐麈尾以谈玄。老聃所称："虽有荣观，燕处超然。"道林所言："虽在朱门，如游蓬户。"以今方古，殆过之矣。时则玄冥司契，旰光执权，验泽腹而既坚，卜天心而渐复。水失环佩，犹疑有声；冰成琉璃，误认为地。寻诗而缘磴道，如鹤一一以上天；照影而立桥阴，无鱼六六之可数。觞咏将倦，谈谐复生。嫏环如虎之犬，不使卧乎阶前；汉祠如龙之马，不许驾乎门外。方其摄影也，主人如欲振衣千仞冈；方其临池也，众宾如欲濯足万里流。及其执节益恭，则主人翱翱然如冬涉渊；及其推襟尽欢，则众宾熙熙然如春登台也。夫尊严之所，罕接章缝；华胝之胄，不亲山泽。穷鱼濡沫，每相呴于江湖；候蜇感秋，始争吟于圍砌。若乃香草十步，馨桂一山，人望如神仙，自视若寒素。去天不盈尺，而谢韦杜二曲之纷华；为地仅方丈，而收壶峤三山之佳胜。寒山千尺雪，夺席宣光；庐岳一囊云，争墩宁献。其相较也，不已多乎？其人乃属汪子鸥客作图，而余为之记。癸丑仲冬十日。

其后袁氏僭帝，以顺鼎代理印铸局长，志满意得，狂喜欲绝，亦作诗以自写其幸。既而帝制事败，袁氏发恨死，克文南行，而顺鼎侘傺失志，浮泊京师。又以日者言"寿不过五十九"，歌场舞榭，放荡益甚。赋《买醉津门雪中成咏》三绝云：

> 焉知饿死但高歌，行乐天其奈我何。名士一文值钱少，古人五十盖棺多。

> 访戴寻梅意略同，楼台寂寞水晶宫。小车出没飞花里，疑是山阴夜雪蓬。

> 雪水斟来置竹炉，歌姬院里著狂夫。平生陶毂韩熙载，乞食烹茶画两图。

士夫诵而悲之。以民国九年卒，年五十有九。

顺鼎篇章富有，捷才同于增祥。侯官陈衍曰："近人樊樊山增祥作诗已届万首，易实甫略相等，余赠实甫诗所谓'渐西樊山旧同调，赋诗刻烛乘公余。艰辛容易各有致，樊易叉手袁捻须。冰堂高足得三子（南皮张之洞别署抱冰），于湖牛渚悲云殂'者也。"桐庐袁爽秋昶，有《于湖集》。所著书皆署渐西村舍，作诗冷涩，用生典，与增祥、顺鼎三人皆张之洞弟子，而诗境迥然不同，斯可异者。与三人同辈，而生峭奥衍差似昶，又才捷追增祥、顺鼎者，莫如义宁陈三立。

宋　　诗

陈三立　　附张之洞、范当世及子衡恪、方恪
陈衍　　附陈澹然
郑孝胥　　附陈宝琛及弟孝柽
胡朝梁　李宣龚　　附夏敬观、诸宗元、罗惇曧、
　　　　　　　　　罗惇㬊、黄濬、梁鸿志

　　三立字伯严，晚筑室金陵，署曰散原精舍，又称散原老人，故湖南巡抚宝箴子也。少而文，有风概，与湖北巡抚谭继洵之子嗣同，福建巡抚丁日昌之子惠康，提督吴长庆之子保初齐名，天下称四公子。而三立早为故侍郎出使英法大臣湘阴郭嵩焘所知，集中《留别墅遣怀》诗所称"绮岁游湖湘，郭公牖我最。其学洞中外，孤愤屏一世"者也。光绪丙戌进士，官吏部主事，戊戌政变，三立与有力，而四品卿军机章京杨锐、刘光第又皆宝箴荐，慈禧太后甚之甚，褫父子职，永不叙用，遂侍父居金陵。自是肆力为诗，陶写情性，呼之欲出，赋《遣兴》一律云：

　　　　而我于今转脱然，埋愁无地诉无天。昏昏一梦更何事，落落相看有数贤。懒访溪山开画轴，偶耽醉饱放歌船。诗声尚与吟虫答，老子痴顽亦可怜。

又有《城北道上》一律云：

　　　　晶砾新驰道，晴霆叠马蹄。屋阴衔柳浪，裙色润瓜畦。诣客能相避，偷闲亦自迷。归栖枝上鹊，为我尽情啼。

又《至沪访郑太夷》云：

> 生还真自负，杂处更能安，意在无人觉，诗稍与世看。所哀都
> 赴梦，可老得加餐。吐语深深地，吹裾海气干。

三诗乃三立削官后作，真气旁薄，不假雕饰，沉忧积毁中，乃能吐属闲适
如此。盖三立为诗学韩愈，既而肆力为黄庭坚，避俗避熟，力求生涩，与
薛士龙季宣绝似，然其佳处可以泣鬼神，诉真宰者，未尝不在文从字顺
中也。而荒寒萧索之境，人所不道，写之独觉逼肖，而壹出自然，可谓能
参山谷三昧者。其《题豫章四贤像拓本》第三绝云：

> 驼坐虫语窗，私我涪翁诗。镵刻造化手，初不用意为。

世人只知以生涩为学庭坚，独三立明其不然，此所以复绝人人。其为
《濮青士观察丈题山谷老人尺牍卷子》曰：

> 我诵涪翁诗，奥莹出妩媚。冥搜贯万象，往往天机备。世儒苦
> 涩硬，了未省初意。粗迹捋毛皮，后生渺津逮。书何独不然，笔法
> 摹讹伪。九州炫赝本，蛇蚓使眼眯。岩拓亦损真，略具银钩势。望
> 古忝邑子，遣墨期购致。邻寺守传幅，号称小三昧。謷謷转郡国，
> 坐失摩挲地。属闻散人家，居奇千金利。濮叟骚雅宗，袭珍辱持
> 示。阿谁乞伽佗，想见娱游戏。风日发光妍，珠玑蕴温粹。宛窥虞
> 柳全，渐拾羲献坠。锋锐敛冲夷，乃副儒者事。取证内外集，波澜
> 与莫二。得此夸家鸡，政尔适癌痹。后有五百年，永宝十行字。劣
> 咏污败毫，凭叟哂以鼻。

盖论定黄氏，有不同人云亦云者。尝以宣统元年刊《散原精舍诗》二卷，
郑孝胥序其耑曰：

> 伯严诗，余读至数过，尝有越世高谈自开户牖之叹。己酉春，

始欲刊行，又以稿本授余曰："子其为我择而存之。"余虽喜为诗，顾不能为伯严之诗，以为如伯严者，当于古人中求之。伯严乃以余为后世之相知，可以定其文者耶？大抵伯严之作，至辛丑以后，尤有不可一世之概。源虽出于鲁直，而莽苍排奡之意态，卓然大家，非可列之江西社里也。往有巨公与余谈诗，务以清切为主，于当世诗流，每有"张茂先我所不解"之喻。其说甚正。然余窃疑诗之为道，殆有未能以清切限之者。世事万变，纷扰于外，心绪百态，腾沸于内，宫商不调而不能已于声，吐属不巧而不能已于辞。若是者，吾固知其有乖于清也。思之来也无端，则断如复断，乱如复乱者，恶能使之尽合。兴之发也匪定，则倏忽无见，惝恍无闻者，恶能责以有说。若是者，吾固知其不期于切也。并世而有此作，吾安得谓之非真诗也哉。噫嘻！微伯严，孰足以语此。

此孝胥赠樊增祥诗所称"尝序伯严诗，持论辟清切"者也。序中巨公，即指南皮张之洞也。晚清名臣能诗者，前推湘乡曾国藩，后称张之洞。国藩诗学韩愈、黄庭坚，一变乾嘉以来风气，于近时诗学有开新之功。之洞诗取欧阳修、苏轼、王安石，宋意唐格，其章法声调，犹袭乾嘉诸老矩步，于近时诗学有存旧之思。国藩识巨而才大，寓纵横诙诡于规矩之中，含指挥方略于句律之内，大段以气骨胜，少琢炼之功。而之洞则心思致密，言不苟出，用字必质实，勿纤巧，造语必浑重，勿吊诡，写景不虚造，叙事无溢辞，用典必精切，不泛引，不斗凑，立意必己出，毋袭故，毋阿世，称心而出，意不求工，刊落纤浓，宁质勿绮，虽以风致见胜处，亦隐含严重之神，不剽滑，其生平宗旨，取平正坦直，最不喜黄庭坚，题其集曰："黄诗多槎牙，吐语无平直。三反信难晓，读之鲠胸臆。如佩玉琼琚，舍车徒荆棘。又如佳茶荈，可啜不可食。子瞻与齐名，坦荡殊雕饰。"几于征声发色，不啻微言讽刺，而见诗体稍僻涩者，则斥为江西魔

派,不当意也。三立尝从之洞游南京燕子矶,有《九日从抱冰宫保至洪山宝通寺送梁节庵兵备》一律云:

> 啸歌亭馆登临地,今日都成隔世寻。半壑松篁藏梵籁,十年心迹比秋阴。飘鬐自冷山川气,伤足宁为却曲吟。作健逢辰领元老,下窥城郭万鸦沉。

诗在三立为最清切之作,而之洞诵之,哂曰:“元老那能见领于人。”又称“逢辰”二字为不经“逢辰”二字,陈师道、朱熹常用之,盖亦不解之一。然之洞督鄂之日,尝聘三立校阅经心两湖书院卷,先施往拜,备极礼敬。而三立亦称之洞诗重厚宽博,在近代诸老之上焉。

　　三立之诗,晚与郑孝胥齐名,而蚤从通州范当世游,极推其诗,以当世亦学黄庭坚也。当世尝录示《甲午客天津中秋玩月》之作。三立诵叹绝曰:“苏黄而下,无此奇矣。”因酬以诗称“吾生恨晚数千岁,不与苏黄数子游。得有斯人力复古,公然高咏气横秋”者也。当世,字无错,号肯堂,少出语惊长老,壮而益奇。武昌张裕钊有文章大名,客江宁,当世偕同县张謇、朱铭盘谒之,裕钊则大喜,自诧一日得通州三生,兹事有付托矣。其后当世弟钟、铠相继起,世又称三范,而称当世为大范。桐城吴汝纶方知冀州,见当世与謇、铭盘唱和诗,诒书钩致。当世亦乐得以为依归,遂之冀,而困厄寡谐,一出客直隶总督李鸿章所,意气甚欢。既更世难,抑郁牢愁,壹发以诗,有《范伯子诗集》,工力甚深,下语不肯犹人,峻峭与三立同。而三立笔势壮险,仿佛韩愈、黄庭坚。当世意思牢愁,依稀孟郊、陈师道。顾三立喜之特甚,为子娶当世女,有《衡儿就沪学须过其外舅肯堂通州率写一诗令持呈代柬》一律云:

> 吾尝欲著藏兵论,汝舅还成问孔篇。此意深微竦知者,若论新旧转茫然。生涯获谤馀无事,老去耽吟傥见怜。胸有万言艰一字,摩莎泪眼问青天。

志意牢落可想。盖三立名公子，既蹉跌不用，然不能忘情经世，则一发之于诗。其《甲辰感春》诗云：

> 杂置王霸书，其言综治乱。慷慨一时画，指列亦璀璨。世运疾雷风，幻转无数算。冥冥千岁事，孰敢恣臆断。况当所遭值，文野互持半。垂示不过物，道苦就羁绊。又若行执烛，迎距光影判。倍谲势使然，安能久把玩。巍巍孔尼圣，人类信弗叛。劫为万世师，名实反乖谩。起孔在今兹，旧说且点窜。撼彼体合论，差协时中赞。吾欲衷百家，一以公例贯。与之无町畦，万派益输灌。国民如散沙，披离数千岁。近儒合群说，哓哓徒置喙。无当下民心，反唇笑以鼻。"疴痒本非我，我爱焉所寄"。

> 生今探道本，亦可决向避。天地有与立，绸缪非细事。吾尤痛民德，繁然滋朋伪。东掖踬于西，宁独窒厥智。环球县宗教，始赖缮万类。厮养炀灶间，上帝临无二。俗化得基础，然后图明备。嗟我号传孔，梓潼杂儿戏。回释既浮剽，耶和益相恣。向见龙川翁，组织别树帜。谬欲昌其说，用广师儒治。惜哉畏弹射，又倚厌世义。徒党散四方，杳茫竟谁嗣。

> 咄嗟渤海战，楼樯涌山岳。长鲸掉巨蛟，咋死落牙角。腾挟三岛锐，其势病飞雹。立国何小大，呼吸见强弱。稍震邦人魂，酣梦徐徐觉。方今鏖群雄，万钧操牡钥。之死而之生，妙巧讵苟托。醉饱视息地，一唤飙扫箨。奋起刀俎间，大勇藏民瘼。兹事动鬼神，跃与泪血薄。一士沧瀛归，苍黄发装橐。携取太和魄，佐以万金药。曰"举国皆兵"，曰"无人不学"。

皆戛戛生新而绝不为钩棘者。然辛亥国变以后，则诗体一变，错于杜、梅、黄、陈间矣。《癸丑由沪还金陵散原别墅杂诗》云：

> 入门成生还，踌躇顾室庐。凝尘扫犹积，阴藓侵阶除。几案未

改位，签架稍纷挐。檐间新巢燕，似讶客曳裾。猫犬饥不还，轶落干死鱼。纸堆弃遗札，略辨谁某书。因嗟哄变始，所掠半为墟。长旗巨刃前，守者对欹歟。就抚手植树，汝留劫烬余。

凤恋山水区，辛勤营此屋。草树亦繁浓，颇欣生意足。移居席未暖，烽燧已在目。提携卧疾雏，指星庇海曲。栖息屡改火，奋身看新筑。四望带城陴，春气染花竹。狭巷闻卖浆，居邻唤黄犊。卸装此盘桓，倏骇万霆逐。窗壁为动摇，坐立几俱仆。地震兼鸣啸，平生所历独。夜中震复然，破寐叫庸仆。置彼灾祥说，一枕百忧续。

钟山亲我颜，郁怒如不平。青溪绕我足，犹作呜咽声。前年恣杀戮，尸横山下城。妇孺蹈藉死，填委溪山盈。谁云风景佳，惨憺弄阴晴。檐底半亩园，界画同棋枰。指点女墙角，邻子戕骄兵。买菜忤一语，白刃耀柴荆。侧跽素发母，拿婴哀哭并。叱咤卒不顾，土赤血崩倾。夜楼或来看，月黑磷荧荧。

前两首叙述曲折，后一首郁怒呜咽，乱离归后情景，可谓极绘写之能。诵者恍若闻睹焉。

三立诸子皆能诗，而长子衡恪名最著，即三立写诗柬通州范当世署曰衡儿者也，字师曾，多能艺事，篆刻逼汉人，画得倪瓒、黄公望风味，而为诗喜学谢灵运、谢惠连之作，尤挚言情。妇范早卒，继娶汪，又卒，悲之甚。有《春绮卒后百日往哭殡所感成三首》云：

我居西城闉，君殡东郭门。迢迢白杨道，萋萋荒草原。来此尽一哭，泪洗两眼昏。既不簠簋设，又无酒一尊。焚香启素幄，四壁惨不温。念我棺中人，欲呼声已吞。形影永乖隔，目渺平生魂。我何不在梦，时时闻笑言。倏忽已三月，卒哭礼所敦。我哭有已时，我悲郁难宣。藕断丝不绝，况此绸缪恩。苦挽已残月，留照心上痕。

故人九原土，新人三寸棺。相继前后水，一往不复还。我何当此戚，泪眼送奔澜。生时入我门，绿发承珠冠。死别即尘路，灵辀载鸣銮。忽忽十年事，真作百岁观。念此常恻怆，凋我少壮颜。少壮能几何，厌浥朝露团。会当同归尽，万事空漫漫。

子身转脱然，于我一何忍。相期白首欢，岂意娱俄顷。当时携手处，一一苦追省。伸纸见遗墨，检奁得零粉。衣绽何人补，书乱惟自整。亦有庭院花，独赏不成景。一昨致盆兰，三日叶枯殒。似我同心人，寿命吝不永。郁陶对暗壁，泪若繁星陨。天乎何困余，江海吊寒梗。有生有忧患，此味今再领。

侯官陈衍评："第二首冠銮二韵，眼前事人不能道，愈瑰丽乃愈悲痛，信有不堪回首者。"春绮，其妇字也。又题《春绮遗像》，云：

人亡有此忽惊喜，兀兀对之呼不起。嗟余只影系人间，如何同生不同死。同死焉能两相见，一双白骨荒山里。及我生时县我睛，朝朝伴我摩书史。漆棺幽閟是何物，心藏形貌差堪拟。去岁欢笑已成尘，今日梦魂生泪泚。

《月下写怀》云：

丛竹绿到地，月明影斑斑。不照死者心，空照生人颜。

词意凄厉，盖亦悼亡之作。衡恪诗不多作，特以画名。自称徐天池转生，屡梦天池与论画，且告之曰："我得年七十有三，汝寿如之。"自许当得大年，而以民国十二年卒，年三十有几，士论惜之。

衡恪之弟方恪，字彦通，亦能诗，侯官陈衍赠衡恪诗所谓"诗是吾家事，因君父子吟"者也。陈衍尝称衡恪真挚，而彦通则名贵。有感于京师南妓，作《梁溪曲》。其词曰：

曲罢真能服善才，十年海上几深杯。不知一曲梁溪水，多少桃花照影来。

休言灭国仗须眉，女祸强于十万师。早把东南金粉气，移来北地夺胭脂。

镫痕红似小红楼，似水帘栊似水秋。岂但柔情染似水，吴音还似水般柔。

其自序言："前清末年京师南妓最盛，皇室贵胄无不惑溺，遂以苞苴女谒亡国。而梁溪亦成北来南去之李师师云。"

陈衍，字石遗。生六七岁，读《孟子》"不仁者可与言哉"、"《小弁》小人之诗也"两章，喜其音节悲凉，抗声朗诵不已。父用宾，宿儒也，方自外归，闻之色喜曰："此儿于书理殆有神会。"九岁，兄书授唐诗，自秋徂冬，王维、孟浩然、韦应物、柳宗元诗皆成诵，上及陈子昂、张九龄之作，次年乃及李白、杜甫与晚唐诸家。十岁毕读《诗》《书》《易》《周礼》《春秋》《左氏传》，习制举之文，然终年学为诗，日课一首，盖书之教也。书胸中不滞于物，诗境超逸，于白居易、苏轼为近，中间为陈师道、陆游、杨万里，为陆龟蒙、皮日休，雅不以空言神韵专事音节，为岑参、李颀、孟浩然、韦应物、柳宗元之所为者为然。衍秉其教，旁逮考据，以唐、宋、金诗皆有纪事，而元独无，遂辑《元诗纪事》，其自为诗宗陈师道，然议论宏通，不主一家。其《论诗一首送觐俞同年归里》云：

君从故乡来，忽索我诗看。言逢畏庐说，"子诗近所罕"。因得读君诗，湖上作居半。湖光与山渌，著笔不肯散。自言探诗境，一叶坠浩漫。岷峨在何许，蜀道险不惮。我从学诗来，亦复思之烂。乐天善闲适，柳子工嗟叹。孟郊鸷且雄，次山碎何惋。奇兵双井出，短剑渭南锻。老树曲而直，颓云连复断。连宵快纵谭，归棹惜哉晏。何当小旗亭，画壁赌之涣。

盖近人为诗,喜学北宋,学陆游者特少,故表而出之也。尝语人曰:"放翁七言近体,工妙宏肆,可称观止。古诗亦有极工者,盖荟萃众长以为长也。"以光绪二十四年,应两湖总督张之洞辟召为从事,客武昌,谒嘉兴沈曾植。曾植见刺,张目视曰:"岂著《元诗纪事》之陈衍耶? 是固吾走琉璃厂肆,以朱提一流之所购读者。"衍曰:"吾丙戌在都,闻郑苏堪诵君诗,相与叹赏,以为同光体之魁杰。"苏堪,郑孝胥字也。曾植,字子培,号乙盦,浙江嘉兴人,光绪庚辰进士,累官安徽布政使。顾是时曾植方以京曹官掌教两湖书院,博极群书,于辽、金、元史及舆地,尤精熟,初若不屑意为诗。衍曰:"吾亦耽考据,其实谭经说史,皆为人作计,无与己事,作诗尚是自家意思,自家言说,此外学问皆诗料也。"曾植意动,因言:"吾诗学深,诗功浅。凤喜张文昌、玉溪生、山谷内外集,而不轻诋七子诗。""诗学深"者,谓阅诗多;"诗功浅"者,作诗少也。衍曰:"君爱艰深,薄平易,则黄山谷不如梅宛陵。"时人无道梅尧臣者,因诒《宛陵集》残本以赠。时郑孝胥亦在武昌,投衍诗索和,衍句云:"著花老树初无几,试听从容长丑枝。"孝胥曰:"此本宛陵诗。"因赠衍诗曰:"临川不易到,宛陵何可追。凭君嘲老丑,终觉爱花枝。"自是始有言宛陵者,实自衍一人倡之。所居与沈曾植邻,谭诗过从极欢。平生论诗谓"诗莫盛于三元",三元者,上元开元,中元元和,下元元祐也。曾植戏教时语鹰曰:"三元,皆外国探险家觅新世界,殖民政策开埠头本领。"衍言:"今人强分唐诗、宋诗,不知宋人皆推本唐人诗法,力破余地耳。欧阳修、梅尧臣、苏轼、王安石、黄庭坚、陈师道、陆游、杨万里诸家,唐诗岑参、高适、李白、杜甫、韩愈、孟郊、刘禹锡、白居易之变化也。陈与义、陈傅良、严羽及永嘉四灵徐照、徐玑、翁卷、赵师秀诸家,唐诗王维、孟浩然、韦应物、柳宗元、贾岛、姚合之变化也。故开元、元和者,世所分唐宋人之枢纽也。若墨守旧说,唐以后之诗不读,有日蹙国百里而已。"然衍论诗宗宋,而于宋诗之敝,亦极言之,曰:"咸同以来,古体诗不转韵,近体诗不尚声，貌之雄浑焉耳。其敝也，蓄积贫薄，翻复只此数意教言。或作色张之，非其人而为是言，非其时而为是言，视貌为汉魏、六朝、盛唐之言者，无以胜之也。余于诗文无所偏好，以为惟其能与称耳。浅尝薄植，勉为清隽一二语，自附于宋人之为，江湖末派之诗耳。"

衍喜说诗，以光绪三十二年应学部大臣辟召赴京，补学部主事，寻充北京大学文科教授，入民国，仍教授大学如故。会新会梁启超主干《庸言杂志》，属为诗话，乃著《石遗室诗话》，月成一卷，都若干卷。其论古之诗人曰："李习之论文，谓'六经之创意造言，皆不相师，故其读《春秋》，如未尝有《诗》也。其读《诗》也，如未尝有《易》也。其读《易》也，如未尝有《书》也。其读屈原、庄周也，如未尝有六经也。'古之诗人亦然。一人各具一笔意，谢之笔意绝不似陶，颜之笔意绝不似谢，小谢之笔意绝不似大谢。初唐犹然，至王右丞而兼有华丽、雄壮、清适三种笔意，至老杜而各种笔意无不具备。大历十子笔意略同。元和以降，又各人各具一种笔意。昌黎则兼有清妙、雄伟、磊砢三种笔意。北宋人多学杜、韩，故工七言古者多。南宋人稍学韦、柳，故有工五言者。南渡苏、黄一派，流入金源。宋人如陈简斋、陈止斋、范石湖、姜白石四灵辈，皆学韦、柳，或至或不至，惟放翁无不学，独七言古不学韩、苏。诚斋学白，学杜之一体。此其大较也。"又曰："诗贵风骨，然亦要有色泽，但非寻常脂粉耳；亦要有雕刻，但非寻常斧凿耳。有花卉之色泽，有山水之色泽，有彝鼎图书种种之色泽。王右丞，金碧楼台山水也。陈后山，淡淡靛青峦头耳。黄山谷则加赭石，时复著色朱砂。陈简斋欲自别于苏、黄之外，在花卉中为山茶、蜡梅、山矾。吴波不动，楚山丛碧，李太白足以当之。木叶微脱，石气自青，孟浩然足以当之。纷红骇绿，韩退之之诗境也。萦青缭白，柳子厚之诗境也。"又曰："五律四十字，字字清高，惟初唐至太白为然。老杜五律，高调似初唐者，以'国破山河在'一首为最。自大历以后，高调者渐少。宋人七律，可追唐人，五律罕可诵者。其高者仅至晚唐而止。盖一句只五字，又束于声律对偶，难在结响有余音，易同于排律句调。欲学初唐五律，求之于音节，须求之于用字，音节由用字出也。"又曰："今人作诗，学元、白者视诗太浅，视元、白太浅也。学韦、柳者视诗太深，视韦、柳太深也。学温、李者，只知温、李之整丽，学韩、苏者只知韩、苏之粗硬，非真知诸家者也。"又曰："少陵之'边秋一雁声，露从今夜白'，从江淹《别赋》'值秋雁兮飞日，当白露兮下时'，不觉脱化而出。'月是故乡明'，亦翻用谢庄'隔千里兮共明月'意耳。"又曰："黄山谷谓'疏影横斜'一联，不如'雪后园林'一联云云。余为广其例曰，韩退之之'日照潼关四扇开'，不如其'一间茅屋祀昭王'。柳子厚之'独钓寒江雪'，不如其'欸乃一声山水绿'。'柳州柳刺史，种柳柳江边'，不如白乐天之'开元一株柳，长庆四年春'。"又曰："学香山者多学其七言律、七言古，七言律可学，七言古不可学。而五言古则不易学，东坡、放翁学之，皆有善有未善。"又曰："宛陵用意命笔多本香山，异在白以五言，梅变化以七言。东坡意笔曲达多类宛陵，异在音节。梅以促数，苏以谐畅，苏如丝竹悠扬之音，梅如木石摩戛之音。"又曰："长公之诗，自南宋风行，靡然于金元，明中熄，清而复炽。二百余年大人先生，殆无不擩染及之者。大略才富者闲其排奡，趣博者领其兴会。即学焉不至，亦盘硬而不入于生涩，流宕而不落于浅俗，视从事香山、山谷、后山者受病较鲜，故为之者众。张广雅论诗扬苏斥黄，略谓：'黄吐语多槎牙，无平直，三反难晓，读之梗胸臆，如佩玉琼琚舍车而行荆棘，又如佳茶可啜而不可食。子瞻与齐名，则坦荡殊雕饰，受党祸为枉。'亦可见大人先生之性情乐广博而恶艰深，于山谷且然，况于东野、后山之伦。"又曰："东坡七言古中间全用对句排奡到底，本于老杜《岳麓山道林二寺行》。他如《洗兵马》、《追酬高蜀州人日见寄》则全对句而有转韵，东坡却少学。后山七律结联多用奡语对收，则学杜而得皮毛者。山谷、铁崖多学杜之七言绝句。"又曰："宋人诗工于七言绝句，而能不袭用唐人旧调者，以放翁、诚斋、后村为最。大略浅意深一层说，直意曲一层说，正意反一层、侧一层说。诚斋又能俗语说得雅，粗语说得细，盖从少陵、香山、玉川、皮、陆诸家中一部分脱化而出也。如'归去江南无此景，未须吃饭且来看'，'中间不是平林树，水色天容拆不开'，'点检风来无觅处，破窗一隙小于钱'，'小儿不耐初长日，自织筠篮胜打喜'，'醉去昏然卧绿窗，醒来一枕好凄凉'，'皂荚树阴黄草屋，隔篱犬吠出头来'。全诗如'诗人长怨没诗材，天遣斜风细雨来。领了诗材还又怨，问天风雨几时开'，'逢著诗人沈竹斋，丁宁有口不须开。被渠谱入旁观录，四马如何挽得回'，'晴明风日雨干时，草满花堤水满溪。童子柳阴睡正着，一牛吃过柳阴西'，'莫言下岭便无难，赚得行人错喜欢。正入万山圈子里，一山放出一山栏'，'风雨掀天浪打头，只须一笑不须愁。近看两日远三日，气力穷时会自休'。此外以粗语俗语入诗者，未易悉数。善学之，可以上追圣俞、后山。不善学而一味为之，或流于钉铰击壤。后世袁简斋多学诚斋，近人则竹坡先生、木庵先生、林暾谷亦时为之。"又云："厉樊榭先生《樊榭山房诗》为浙派领袖，在前清风行颇久，至近日稍衰。然其参会唐、宋，于渔洋、竹垞外自树一帜。虽以沈归愚之主张汉魏、盛唐，亦盛称之。实则五言古、七言律、七言绝句佳者甚多。七言古才力薄弱，局势平常。五言律殊少神味，非其所长耳。"论作诗之法曰："诗贵淡荡，然能浓至，则又浓胜矣。诗喜疏野，然能精微，又精善矣。'鸣鸠乳燕青春深，落花游丝白日静'，'雷声忽送千峰雨，花气浑如百和香'，可谓浓至。'穿花蛱蝶轻轻舞，点水蜻蜓款款飞'一联，可谓精微。"又曰："诗要处处有意，处处有结构，固矣，然有刻意之意、有随意之意、有结构之结构、有不结构之结构。譬如造一大园亭然，亭台楼阁全要人工结构，而疏密相间中，其空处不尽有结构也。然此处何以要疏，何以要空？即是不结构之结构。作诗亦然。一篇中某处某处要刻意经营，其余有只要随手抒写者，有不妨随意所向者。譬如走路然，今日要访何人，今夜要宿何处，此是题中一定主意，必须归结到此者。至于途中又遇何人立谈少顷，又逢何景枉道一观，迤逦行来，终访到要访之人，终宿到可宿之处而已。若必一步不停，一人不与说话，一步路不敢多走，是置邮传命之人，担夫争道之行径矣。譬诸构屋，尽是楼阁构连，亭台攒簇，并无山花野草生长之方，陂陀回伏自然之天趣矣。"又曰："诗有四要三弊，骨力坚苍为一要，兴趣高妙为一要，才思横溢、句法超逸各为一要。然骨力坚苍，其弊也窘。才思横溢，其弊也溢。句法超逸，其弊也轻与纤。惟济以兴趣高妙则无弊。唐之孟浩然、王摩诘、杜少陵、韦苏州，宋之东坡、荆公、放翁，皆有真兴趣者，孟、韦才思，庸有不及时耳。渔洋自夸学王、孟、苏州，则非有真兴趣，而才思骨力不足以赴之。"又曰："诗最患浅俗。何谓浅？人人能道语是也。何谓俗？人人所喜语是也。"又曰："宛陵尝语人曰：'凡为诗，必能状难写之景如在目前，含不尽之意见于言外，乃能为至。'此实至言。前二语惟老杜能之，东坡则有能有不能。后二语阮、陶能之，韦、孟、柳则有能有不能。至能兼此前后四语者，殆惟有三百篇。汉魏以下，则须易一字曰：'状写之景如在目前，含不尽之意见于言外。'惟宛陵此四语，前二语实难于后二语。姜白石说诗云：'僻事实用，熟事虚用，学有余而约以用之，善用事者也。意有余而约以尽之，善措词者也。句中无余字，篇外无剩语，非善之善者也。句中有余味，篇中有余意，善之善者也。始于意格，成于句字。诗有四种高妙，一曰理高妙，二曰意高妙，三曰想高妙，四曰自然高妙。一篇全在结句，如截奔马，词意俱尽，如临水送将归，尽意不尽词。若夫意尽词不尽，剡溪归棹是也。辞意俱不尽，温伯、雪子是也。'此言颇尽作诗之妙，然不过宛陵后二语而已。惟白石譬喻尽不尽处，亦有未当。截奔马正是词尽意不尽，奔马本意不止于是，截之使止于是也。临水送将归已是词意俱不尽，何必温伯、雪子。温伯、雪子直有意无词，岂止词意不尽。"又曰："作诗文要有真实怀抱、真实道理、真实本领，非靠着一二灵活虚实字，可此可彼者,斡旋其间,便自诧能事也。今人作诗,知甚嚣尘上之不可娱独坐,百年万里天地江山之空廓取厌矣,于是有一派焉,以如不欲战之形,作言愁始愁之态。凡坐觉、微闻、稍从、暂觉、稍喜、聊从、政须、渐觉、微抱、潜从、终怜、犹及、行看、尽恐、全非等字,在在而是,若舍此无可着笔者,非谓此数字之不可用,有实在理想,实在景物,自然无故不常犯笔端耳。《明史》论钟、谭诗派云:'自袁宏道矫王、李之弊,倡以清真,惺复矫其弊,变为幽深孤峭,与谭元春评选唐人诗为《唐诗归》,又评隋以前诗为《古诗归》,钟、谭之名满天下,谓之竟陵体。'沈春泽撰《钟诗序》云:'自先生以诗文名世,后进之学者,大江以南更甚。然而得其形貌,遗其神情,以寂寥言精练,以寡约言清远,以俚浅言冲淡,以生涩言新裁,篇章字句之间,每多重复。稍下一二助语,辄以号于人曰吾诗空灵已极。余以为空则有之,灵则未也'云云,不啻为今日言之。"凡此之类,皆所谓语无泛设,洞中奥窍者。有一仆张宗扬,字楞严,一字楞颜,给事衍家,濡染久之,遂能诗,书法仿郑孝胥,亦逼真。衍自撰《萧闲堂记》,称"有一仆甚似萧颖士之杜亮",即宗扬也。自称:"生平无韵之文,无虑二三千首。教授京师、武昌各学校,说经之文数百首,论史之文数百首,论文之文数百首。佐幕台北、武昌,草奏书札数百首。卖文上海十年,寿言数百首,杂报论说各数百首。而少时里居,课经义、治事词章于书院者不数焉。"妻萧,名道安,又尝自署曰萧闲堂,盖取《真诰说》而名之者,素善钩稽,喜考据之学,亦能文章,戏为衍作《命名说》曰:

君名衍,喜谈天似邹衍,好饮酒似公孙衍,无宦情、恶铜臭似王衍,对孺人弄稚子似冯衍,恶杀似萧衍,无妾媵似崔衍,喜《汉书》似杜衍,能作俚词似蜀王衍,喜篆刻似吾邱衍,喜《通鉴》似严衍,喜今古文《尚书》、《墨子》似孙星衍,特未知其与元祐党人碑中之宦者陈衍何所似耳。情摹其字以为名刺何如?

萧之卒也，衍题其后曰："中年丧偶，终不复娶，又绝似孙星衍，而非先室人之所及知也。"其诡诞有如此者。生平苟于论诗，或丛诟尤，然性实乐易，能度外取士。其《送陈剑潭南归序》曰：

> 天下乱苟未至皋皋讻讻之遍于有位，而民力屈无复之，幽忧穷愁之气，尚不湮于下，腾于上也。故士之岸然负异者有以相处，得黾勉以安其身与否？君子所以觇世变也。桐城人士多以文章负异于众。余所识马君通伯、姚君叔节皆能为其乡先生之文，而识陈君剑潭先于二君，则不守桐城师法，慕太史公、班孟坚之言，其至者权奇动宕，恣肆自喜。马、姚二君于其文不甚相合，而亦推其能自力也。余亟称剑潭之文，世人疑信相半，亦由剑潭喜谈天下事，而闲于世故周旋，为文章不俟人推许而自推许，动与人深言，下笔不自休，往往涂窜不留十之三四。余尝揶揄其神不凝而用志纷，或故摘其疵颣以相笑乐。而剑潭自豪其所为，以为不如是不足尽文章之变。所识诸侯卿大夫不乏人，而屈于微官不往为，奔走四方，市文修书，掌记奏，舒纸疾书，腕欲脱，岁入千金数千金，仅以救其饥寒。所引为知己，亲若骨肉，乃无逾老病颓唐如余者，亦可叹已。初见于武昌，再见于京师。陆军部长官辟修兵学书，大学聘充讲席，方谓剑潭得久居此，相与谈谐欢醉，少瘳吾人天家国之郁纤，乃终不得安其身以去。吾盖俯仰数十年之间，至于今日，世变殆愈岌岌矣。南中之强有力者，尚有知剑潭之深，丰以养剑潭者乎？使吾剑潭有以自食其力，益以发舒其文章，岂独剑潭一人一家之幸哉。

剑潭名澹然，桐城人，兀傲自多，雅不喜桐城派文，自命能为太史公。不好为诗，而偶作必肮脏语。其《答衍诗》曰：

> 刘表镇荆襄，诸葛卧田亩。雅乐动九州，炎纲已解纽。
>
> 汉廷俱朽骨，渔阳声自哀。如何鹦鹉州，孤冢无蒿莱。

少小慕奇侠，长怀漆室悲。独怜病母衰，江表时逶迤。
莽莽江汉间，曹刘争霸地。异人久不作，世乱吾焉寄。
言求当世士，幸复得石遗。石遗不作官，借箸筹当时。
丈夫贵树立，敝帚复何贵。潦倒偶狂歌，聊发雄怪气。

盖与衍初见武昌时作，而诵第六首，可证衍赠以序所称"引为知己，亲若骨肉，乃无逾老病颓唐如予"者，其言不诬也。澹然客游南北二十年，挟策卖文，干诸侯，抵卿相，喜言经世，而生平最诋常熟相国翁同龢，次则两湖总督张之洞。诗中"刘表镇荆襄"句，即刺之洞，而诸葛隐以自喻也。二公皆当世所谓巨人长德，门生故吏满天下，踦跂澹然使不遇。而衍为之洞从事，独惋惜之意，溢于言表，士论多焉。有《石遗室诗集》十卷，《文集》十二卷，《续集》、《三集》各一卷。

陈衍论诗，当代最推陈三立、郑孝胥。然陈三立诗豪放恣肆，以山谷为门户，而根极于韩愈。而郑孝胥诗凄惋深秀，以柳州树骨干，而洗练以孟郊。

郑孝胥者，字太夷，苏堪其号，福建闽县人也。中式光绪壬午乡试榜首，取苏轼"万人如海一身藏"诗意，自名其楼曰海藏，又集其所为诗曰《海藏楼诗》，凡八卷，以年先后为次。其三十以前专攻五古，规杭谢灵运，而浸淫于柳宗元，又以孟郊琢洗之。沉挚之思，廉悍之笔，一时殆无与抗手。三十以后乃肆力于七言，自谓为吴融、韩偓、唐彦谦、梅尧臣、王安石，而最喜王安石。尝言："作诗工处，往往有在怅惘不甘中者。"此其所为与樊增祥、易顺鼎异趣者也。张之洞诵孝胥诗，亦极推重曰："苏堪是一把手。"闲适之作，夷旷冲淡，而骨力坚炼，冈一字涉凡近。诗体百变，咸衷以法，语质而韵远，外枯而中膏，吐发若古之隐沦。同县陈宝琛赠以诗曰"苏盦诗如人，志洁旨弥夐"者也。宝琛，字伯潜，号弢庵，又号橘隐，同治戊辰进士，名辈先孝胥而诗名不如。宣统逊国，官太保，抚时感事，一托于诗，有《沧趣楼集》。尤长于五古，潜气内转，真理外融，肆力于韩愈、王安石，出入于苏轼、黄庭坚，幽思峭笔略与孝胥相似，顾宝琛乐易长厚，与人为亡町畦，而孝胥则自负经世之略，好奇计，抵掌谈兵，有口辨。于清之季，尝以道员赏四品京堂，率湖北武建军，督办广西边防。既柄兵，骤擢用，顾所自喜者在诗，与人书曰："何意以诗人而为边帅。"或震边帅之贵，乃解以诗曰：

> 高楼先生耽苦吟，廿年来往江之浔。何曾梦见烟瘴地，蛮荒一落颜为黔。连城三月脱鬼手，龙州还对山嶔崟。边关形如马振鬣，戍卒状似猿投林。风情收拾付隔世，坐觉老人来相侵。岂无春花与秋月，路绝不到诗人心。终年望饷数不至，欲和乞食陶乞食，人名谁知音？此人此地宁足爱，庙堂用意殊难寻，天高匪高海匪深。平生诗人岂不贵，何以卑我空伤今。

襟抱可想。顾孝胥之乘边也，著短后衣，亲历戎行，勤放哨，教打靶，振刷士气，日日俨对大敌，以此坐镇两年，威惠甚著。已又不适，以光绪三十一年乞罢归江南。三十三年，中朝再以安徽按察使、广东按察使征，皆不起。宣统二年，东三省总督锡良方营辽沈，孝胥至，为策画十余事，疏上不报，于是悒悒，至京师，寻南归。明年，再抵京师，投刺中朝贵人，署曰"诗人郑孝胥"。于唐柳宗元、孟郊、韦应物、韩愈、吴融、唐彦谦，宋梅尧臣、王安石诸人诗，皆手写。《录贞曜先生诗题后》云：

> 复古孤莫立，佞今群所褒。初非荣世物，而亦为名劳。风雅业坠地，士心滋淫慆。先生不偶生，结束归坚牢。咄嗟浮游子，没齿徒滔滔。

> 高意属秋迥，惠心屏春华。手挥海上琴，衣缀岩间霞。诗涛涌退之，束手徒咨嗟。羌以意表论，邈兹神理遐。不为一世可，坐使千秋哗。

五年南国游，一卷东野诗。寄余独往意，重此绝世辞。连城必良玉，三染必素丝。勿惊绚烂文，终与大璞期。夷厚含陶思，超异同谢规。谁言中唐声，此是小雅遗。太息贞懿士，老死山巉巉。

端人思无邪，笃行言自文。运思虽匪涯，立义各有云。下士逐纷华，百年心如熏。性情荡不支，荣枯随世氛。行跖而言夷，此语非所闻。余表先生节，以振顽懦群。

毕生独吟诗，得此物外身。中有感怀篇，恻怆难具陈。玉堂悲玄鸟，故国望星辰。素月忽经天，鸱鸮不可因。忧时匪吾事，远念何酸辛。位卑思为罪，言孙遇益屯。春晖一终曲，忠孝两断断。咄哉眉山叟，铜斗岂足论。

《录韦苏州诗题后》云：

违华即冲漠，散性难自整。岂云与俗殊，意独得沉省。平生一深念，异代爱隽永。三叹古之贤，曾同惜徂景。

《录柳州诗毕题卷后》云：

河东文章伯，童冠拔时选。翻飞触世网，壮岁坐迁转。盛名自取病，众诟实不浅。愍疾辞徒悲，晚景遇益蹇。丽思郁欲流，惊才跼未展。横经眇心贯，读《骚》俨躬践。蓄悲语离奇，取幽气奥衍。发为澹荡作，嘘吸出坟典。五言暨七言，老手废雕篆。每放寂寞游，偶托释老辩。鲍、谢方抗行，李、杜足非腼。以兹夐妙篇，千古解宜鲜。当代竞宗韩，北辰故易显。那知东方曙，启明上云巘。晴窗与往复，尘虑得驱遣。心折《吊屈》文，语息特修睿。伟人不世出，我辈类狂狷。怀哉文先生，吾砚蚀秋藓。

三诗未收入《海藏楼诗》，然可以征孝胥诗功所自出。其《书韦诗后》云：

为己为人之歧趣，其徵盖本于性情矣。性情之不似，虽貌合，神犹离也。夫性情受之于天，胡可强为似者。苟能自得其性情，则吾貌吾神，未尝不可以不似似，则为己之学也。世之学者，慕之斯貌之，貌似矣曰异在神，神似矣曰异在性情。嗟乎！虽性情毕似，其失已不益大欤。吾终恶其为佞而已矣。韦诗清丽而伤隽，亚于柳，多存古人举止，则高于王。遗王而录韦，与其不苟随时，然亦不可与入古。柳之五言可与入古矣，以其渊然而有淳也。柳之论文也，曰"得之为难"。韦之为韦，亦曰"得之而已矣"。弗能自得其性情而希得古人之得，尽为人者也。

可以窥其生平论诗之宗旨焉。

生平论诗，以为写景视记事抒情为难。举古人名句如柳宗元之"壁空残月曙，门掩候虫秋"，"回风一萧瑟，林影久参差"，白居易之"一道斜阳铺水中，半江瑟瑟半江红"，王安石之"南浦辞花去，回舟路已迷。暗香无觅处，日落画桥西"，赵师秀之"行向石栏立，清寒不可云。流来桥下水，半是洞中云"，其极超妙者。人不过一联两联。而所自得意者，则"乱峰出没争初日，残雪高低带数州"，"月影渐寒秋浩洞，柝声弥厉夜嵯峨"，"月黑忽惊林突兀，泉枯惟对石嶕峣"，"楚泽混茫方入夏，暮云嶵崒忽连山"，"白下溪流向人静，紫金山色入春妍"，"入春风色连林觉，过雨山园一半开"，"两郡楚山临岸起，一江初日抱楼生"七联。可谓夥颐沉沉矣。

孝胥为诗，一成则不改。与陈衍书曰："骨头有生所具，任其支离突兀也。"禀性喜雨，爱诵姜夔"人生难得秋前雨，乞我虚堂自在眠"二句。其《同南通张謇夜坐吴氏草堂赋诗》云：

> 一听秋堂雨，知君病渐苏。欲论十年事，庭树已模糊。

略用姜诗意也。所作七言绝句，以《子朋属题山水小幅》两绝及《吴氏草堂》两绝为最工。其《子朋属题山水小幅》云：

　　江东顾五倦游还，占取城西水一湾。卷卷清诗皆入画，底须俗笔污溪山。

　　二十风流比阮、嵇，年来物役苦难齐。欲知白下闲踪迹，只向书堂觅旧题。原注：子朋所居深柳读书堂中，余旧日题诗最多。

《题吴氏草堂》云：

　　雨后秋堂足断鸿，水边吟思入寒空。风情谁似霜林好，一夜吴霜照影红。

　　水痕渐落霜渔汀，秃柳枝疏也自青。唤起吴兴张子野，共看山影压浮萍。

陈衍最喜诵两题之第二绝，曰："韦苏州之'独怜幽草'，苏东坡之'竹外桃花'，不是过也。"

　　孝胥之诗，似宋之王安石，而论诗则推唐之柳宗元，论文亦如之。其《海藏楼杂诗》之七云：

　　幼时学为文，独喜柳子厚。《断刑》与《时令》，熟读常在口。近人尚桐城，其论深抑柳。阳湖分支派，相袭亦已久。柳文彼所轻，学柳更何有。奇人吾炜士，爱我忘其丑。咨嗟愧室辞，沉至信高手。子亦毗陵宗，胡不惮众诟。损名勿轻言，意子适被酒。

　　盖推柳文如此。及所自作，情文骚楚，则得柳之幽峭纡郁，有《拟谢灵运怨晓月赋》云：

　　梦既觉兮心然疑，下匡床兮搴罗帷。有厌厌之纤月，托夜堂而徘徊。徘徊兮何其，怨绮疏兮天涯。漏促光沉，窗涵影弱。乍讶孤飞，旋愁将落。腹顾茕而谁怀，锁关山而无钥。浮云兮尚羊，羌自宝兮精光。惜残宵之荏苒，众星纷其耀芒。奈须臾之流影，怅修途之阻长。山岩岩而向曙，海荡荡而无梁。寄瑶华于千里，劳引领兮相望。

《诔燕文》并叙云：

> 初秋早起，墙隅露草间，坠燕，且毙矣。取视几，俄而遂毙。瘗之东院芭蕉之下，坎深及尺，旬日草茸茸然合其墟也。诔之以文曰：

> 惟此一抔，微尘瘗愁。雕梁坠月，老翅伤秋。寒暑几何，星火既流。恨沉沧海，梦锁高楼。终古江南，芳草悠悠。莺啼花落，鸿过庭幽。并随逝往，杳与今留。

昔人评柳文以为"丰缛精绝"，如孝胥之《拟谢》、《诔燕》两文，殆庶几焉。

孝胥诗文之外喜作书，笔力挺秀，而瘦硬特甚。盖原本苏轼而参以变化者。顾于古人书，极推王安石。有《作书久不进愤赋此》一诗云：

> 此书无难易，要自习之久。苟怀世人誉，俗笔终在手。古今只此字，点画别谁某。必随人作计，毋怪落渠后。但当一扫尽，逸兴寄指肘。行间驰真气，莫复抟土偶。时贤争南北，扰扰吾无取。狂奴薄有态，得者进猿叟。达哉临川言："妄凿妍与丑。"原注：王荆公诗"谁初妄凿妍与丑，坐使学士劳筋骸"。

《杂诗》云：

> 学书欲何为，坐使百事废。规规摹古人，久之意不快。冥追愈向上，聊以避前辈。人之似某某，窃用引为愧。虽古亦犹人，面目那可对。作真不如草，稍悟竟奚异。谁道起自运，写此盖世气。每奇王介甫，下笔风雨至。聊为宋仲温，千纸勿惜费。原注：宋克仲温杜门染翰，日费千纸。

> 能书由天资，成就在学力。遍搜古人奇，一悟或有得。篆分绝矜严，取势常以逆。草真趋隽永，神味务自适。唐庸宋益弛，晋魏

诚造极。扫去殊未能,岂免为人役。幼年慕从祖,淳古仍宕激。中年观忠端,独往深莫测。米颠恨其手,坐受谈口厄。纵手且勿谈,破柱来霹雳。原注:米元章诗云"有口能谈手不随"。

此可以证其学书之劬,而论书则贵行笔之完,《简梦华》云:

梦华足下:属书高丽纸,辄以奉还。书殊不佳,然亦有所妄见。昔之论书者曰圆健。健诚是也,圆之义乃未了,徒增后生魔障,终无悟入地。必当正之则宜曰完。夫书以气脉为主。结字之工,在于行笔,如人筋骸百节,面目四肢,都无残损,充以涵养,然后精神焕发,生韵迥出。结字随时不同,惟行笔无不足之病,则于长短、肥瘠、反正之中,各具起伏、往来、顿掷之观,每作一笔,神理俱备,合而成字,亲于骨肉,所谓完也。观近人作,结字每苦支离,行笔动伤夭札,因无完笔,遂无完字,又其下者,但辨行列,则小史之技尔。然仆为此言,大不自量。米老曰:"有口能谈手不随。"言之不怍,则为之难,皆吾病也。既为足下书毕谛视,益惭。姑述代谈,即讯文祉。

梦华者,金坛冯煦也,极叹孝胥为至论。

孝胥之弟曰孝栉,稚辛其字也,能诗如其兄。将之江南,《留题福州西湖禅壁一律》云:

一天离绪望吴门,彳亍湖壖昼易昏。山榊叶黄词客面,水渶花瘦女儿魂。上方听法传清梵,他日寻诗拂坏垣。谁为慰留行不得,痴禽著意太温存。

时光绪二十二年也。迨辛亥国变归里,旧地重游,重赋一律云:

曾闻共命是频伽,啼落曼陀一树花。七字题诗犹侪壁,廿年归客已无家。远峰扫黛眉如语,旧事成尘眼欲遮。只有湖波留不尽,照人青鬓点霜华。

题曰:"岁丙申将去福州,留诗西湖禅壁,和者数十首。顷归自吴,沧桑换世,坏壁重题,他日又当若何触枨也。"山榭一联,极似陆游"断桥烟雨梅花瘦,绝磵风霜槲叶深",七字一联,极似苏轼"老僧已死成新塔,坏壁无因见旧题"。廉悍不如乃兄,而婉约胜焉。

孝胥之诗,与陈三立齐名。三立弟子,推铅山胡朝梁为高第。而学孝胥诗者,则以侯官李宣龚为最早云。

胡朝梁,字子方,自号诗庐。诗以外无他好。为人嬲观剧,自午至酉,万声闃咽中,攒眉搜肠,成五言古一篇,盖和其师陈三立《题听水第二斋》韵者。其为诗专学黄庭坚,七言律中二联,多兀傲不调平仄。《夏日即事》云:

> 人生快意是会合,尽日好风来东南。芳塘半亩水清浅,茅屋一间人两三。看水看山殊未厌,栽桑栽竹粗已谙。青云可致不须致,我愿食贫如荠甘。

《写义宁师诗竟辄书所触以呈》云:

> 大块噫气幻万千,上飞下走日月旋。诗人能事通造化,驱使万物归新篇。吾师读书善养气,胸次浩荡收百川。作诗不须故作势,却自凌厉横无前。

《夏居漫兴》云:

> 双塘之水明如镜,一带垂杨青可攀。得意醉而非醉侯,游身材与不材间。有时嗟咭仰天语,消得寻常负手闲。幸是中年健腰脚,短衣匹马好还山。

《述怀》云:

年年作计随人后，短发长歌只自疑。来日万端付之酒，江南片月为吾私。非关早岁思齐物，合有寒儒瘦到诗。我已穷于孟东野，高天厚地更何之。

疏宕遒隽，大率类是。陈三立许其直造宋贤胜处，而陈衍则告之曰："盖仿山谷之学杜，得其一体者。在杜如'爱汝玉山草堂静，高秋爽气相鲜新。有时自发钟声响，落日时见渔樵人'，'锦官城西生事微，乌皮几在还思归。昔去为忧乱兵入，今来惟恐邻人非'，如此之类，不过百首之一二。在山谷则十首之三四。然犹仅三四也，君则十之七八矣。不俗在此，仅能不俗亦在此。"朝梁深服其言，而不能改也。

李宣龚，字拔可，早年为诗学陈师道。及从郑孝胥游，乃为王安石。而孝胥之为汉口铁路局总办也，宣龚实为记室。时陈衍在武昌，宣龚旬日必过诣衍所，有诗云：

> 石遗小住藤为屋，无闷新居竹满庭。准拟过江寻一憩，午凉容我作诗醒。

> 不知鱼鸟归何处，却与蚊蝇共一区。眼底了无芳草色，那能长日闭门书。

盖最早为孝胥诗派者。孝胥在日本有诗题曰："决壁施窗，豁然见海，名之曰无闷。"诗中"无闷"，即指孝胥也。后孝胥去职。宣龚又有《过盟鸥榭有怀太夷奉天一律》云：

> 庭前病桧自萧疏，门外惊鸥不可呼。饱听江声十年事，来寻陈迹一篇无。投荒坐惜人将老，望鲁空嗟道已孤。赖有胜天坚念在，稍分肝胆与枝梧。

盟鸥榭者，盖汉口铁路局之临江一室，而孝胥决壁施窗以为燕客谭诗之所者也。宣龚之学诗，实于是大成焉。

宣龚诗最工嗟叹，盖古人所谓"凄惋得江山助"者。《题吴文剑隐鉴园图》云：

> 事业欲安说，溪边柳成围。当时叩门人，百过亦已衰。此园在城东，地偏故自奇。世俗便贵耳，浊醪争载窥。那识赏寂寞，但闻簧与丝。我向喜独游，扁舟弄涟漪。拊槛一片云，钟山远平篱。花竹不迎拒，鱼鸟无瑕疵。岂惟客忘主，青溪吾所私。中间共出处，就官淮之湄。土瘠民力瘁，百无一设施。鄂渚得再觌，征车方北驰。归途望楚氛，微服鹢退飞。陵谷事已改，变迁到茅茨。相逢忽揽卷，不收十年悲。郑记似柳州，平淡乃过之。凤唫文字饮，可能欠一诗。巷南数椽屋，有枝亦无依。倘免熠耀畏，滔滔还当归。芳草结忠信，吾言兹在兹。

盖宣龚少游金陵，后自筑屋清溪旁，小有林亭，经国变，颇遭蹂躏，又目击武昌兵乱，吟此寄怀，正郑孝胥称王安石诗所云："工处有在怅惘不甘中者。"论者谓"此诗二十年青溪、钟阜间交游踪迹，直举孝胥《海藏楼诗》、《吴氏草堂》、《晚登吴园小台》、《正月二日诗笔》、《上巳吴园修禊》、《濠堂》、《题吴鉴泉新城水榭》、《舟过金陵》诸诗怀抱而萃之一诗"云。

宣龚有诗友二人，曰新建夏敬观剑丞，曰绍兴诸宗元贞壮。宗元审曲面势，善使逆笔，而造语用意，胥求透过一层者。惜其太少。而宗元以为得此已足，若必求益，则卖菜佣所为已。早年随宦江西，得交敬观而未谭诗。及寓沪时，始与敬观唱和，味隽而永，有二妙之目。敬观生平论诗，所服膺者东野、宛陵，及所自为，则刻意锻炼不肯作一犹人语。陈衍尝嘲之曰："吾子诗卓自树立，视乡老陈散原，尚思徐行后长者否也。"因题其诗稿曰："命词薛浪语，命笔梅宛陵。散原实兼之，君乃与代兴。"盖追散原之逸轨者。顺德罗惇曧掞东、罗惇曼敷庵，二难竞爽，咸推诗伯。然而惇曧苍秀，惇曼精严。惇曧气体骏快，得东坡之具体。惇曼意境老澹,有后山之遗响。迹其成就,其在散原,亦犹苏门之有晁、张也。侯官黄秋岳濬尝从陈衍学,诗工甚深,天才、学力皆能相辅而出,有杜、韩之骨干,兼苏、黄之诙诡,其沉着隐秀之作,一时名辈无以易之。挽乃私淑于陈三立,气体益苍秀矣。其乡老林纾畏庐不以诗名,早岁有作则学梅村,而六十以后渐为苍秀,自命杜陵诗史,惟结体松缓,未能精严,写数十首寄示陈衍。衍谓工者二三,不工者七八,寓书劝其删汰,媵以一绝,有"铺张排比杜陵人"之句"铺张排比"四字,元微之以赞少陵,而元裕之则云"少陵自有连城璧,争奈微之识碔砆"也,而纾则大不悦,以视于濬,殊觉前贤畏后贤也。长乐梁鸿志众异有作,必请益陈衍,其诗植骨杜、韩,取径临川,工为嗟叹,颇得介甫深婉不迫之趣,盖郑孝胥之同调矣。凡兹所论,咸足以张西江之壁垒,而殿同光之后劲者也。挽近诗派,郑孝胥以幽峭,陈三立以奥峭,学诗者不此则彼矣。若樊增祥之工丽,祈向者百不一二。杭州三多六桥、丹徒丁传靖闇公其著也,而三多为胜。三多称增祥诗弟子,工于隶事,得其师法,于清末历官绥远都统、库伦驻防大臣,尤熟于满、蒙各地方言与故实,稍稚驯者多以入诗,而歌行似增祥,尤似易顺鼎,七律似顺鼎,尤似增祥。《十叠牙字韵和爨盦主人》云:"兼并文武大林牙辽《百官志》:大林牙,翰林学士也。又行枢密有左右林牙,天锡能诗敢比夸。泼墨如倾饶乐水喀喇沁为古鲜卑地饶乐水出焉,运筹当赛沈阳瓜近人《沈阳百咏》诗云'批红川白知何事,尽有输赢说赛瓜'。人才金史师安石,王位元朝脱不花。莫笑梁园旧宾客,春风不坐坐东衙此间称副都统署曰东衙。"又赠罗惇㼆诗有句云:"人品如西晋,家居爱北平。"稳称雅切,诵者以为得增祥隶事之法云,并著于篇以备考论焉。

三、词

朱祖谋　附王鹏运、冯煦　况周颐　附徐珂、邵瑞彭、王蕴章

谭词学者，匪如诗与文之歧其途也，壹以宋词之常州派为宗，盖词莫盛于宋，而宋人目词为小道，名曰诗余。及让清而词学大昌。秀水朱彝尊、钱唐厉鹗先后以博奥澹雅之才，舒窈窕之思，倚于声以恢其坛宇。浙派流风，泱泱大矣。浙派始于朱彝尊，盖承明词之弊，而崇尚清灵，欲以救啴缓之病，洗淫曼之陋也。然标格仅在南宋，以姜夔、张炎为登峰造极之境。厉鹗继之，而好用新事，后生效之，每以捃摭为工，流极所至，为饾饤，为寒乞。其后乃有常州派起。张惠言、董士锡《易》学大师，周济治《晋书》，号为良史，各以所学益推其谊，张皇而润色之，由乐府以上溯《诗》、《骚》，阐意内言外之旨，推文微事著之源，盖至于是，而词家之业乃与诗家方轨并驰，而诗之所不能达者，或转藉词以达之。张惠言为常州开山之祖，其论词以深美闳约为旨，缘情造端，兴于微言，以相感动。董士锡、周济稍后出，而士锡则惠言甥也。士锡与济至交，而论说互相短长。士锡初好玉田，而济谓之曰："玉田意尽于言，不足好。"济不喜清真，而士锡推其沉着拗怒，比之少陵。抵牾者一年，士锡益厌玉田，而济遂笃好清真，以为："初学词求空，空则灵气往来。既成格调，求实，实则精力弥满。初学词求有寄托，有寄托则表里相宣，斐然成章。既成格调，求无寄托，无寄托则指事类情，仁者见仁，知者见知。北宋词，下者在南宋下，以其不能空，且不知寄托也。高者在南宋上，以其能实，且

能无寄托也。南宋,则下不犯北宋拙率之病,高不到北宋浑涵之诣。"故曰:"词非寄托不入,专寄托不出。一物一事,引而伸之,触类多通,驱心若游丝之罥飞英,含毫如郢斤之斫蝇翼,以无厚入有间,既习已,意感偶生,假类毕达,阅载千百,謦咳弗违,斯入矣。赋情独深,逐境必窑,酝酿日久,冥发意中,虽铺叙平淡,摹绘浅近,而万感横集,五中无主,读于篇者,临渊窥渔,意为鲂鲤,中宵惊电,罔识东西,赤子随母笑啼,乡人缘剧喜怒,抑可谓能出矣。余所望于世之为词人者盖如此。"著有《词辨》一书,又选《宋四家词》以为倚声之正鹄。四家者,曰周邦彦、辛弃疾、王沂孙、吴文英。其所望于词人之读是选者,问途碧山,历梦窗、稼轩以造乎清真。自张惠言有"缘情造端,兴于微言以相感动"之论,而词之体乃尊。自周济有"非寄托不入,专寄托不出"之论,而词之学乃大。浙派但事绮藻韵致,已为下乘,论者谓南宋之作法于凉。要之浙派之词,朱彝尊开其端,厉鹗振其绪,皆奉白石、玉田为圭臬,不肯进入北宋人一步,况唐人乎?故南北宋者,世所分浙派常州之枢纽也。常州以拙重大,学北宋之浑涵。浙派以松轻灵,学南宋之清空。常州派兴而浙派替。至挽近世,仁和谭仲修崛起同光之间,乃衍张惠言、周济之学以纂《箧中词》十卷,盖皆清词也。又取济所纂《词辨》而评之,自谓持论小异,而折衷柔厚则同,所著《复堂词》,大雅遒逸,深得张惠言深美闳约之旨,而传其学于杭县徐珂仲可。由是浙江杭州有常州之学。同时有高密郑文焯叔问者,奉天铁岭人,汉军,其自称高密郑氏者,文焯自诡托于康成之后也,所著词曰《樵风乐府》,感兴微言,澹远沉着。其人少工侧艳,而不尽协律,游吴中十年,学琴于江夏李复翁,极论古音,乃大悟四上竞气之指,于白石自度曲所记音拍,能以意通之,深明管弦声数之异同,上以考古燕乐之旧谱,撰成《词原斠律》一书,而能因姜词以上溯唐谱,推求词律之本原,为研求词学者别辟途径。文焯既留心于乐律,故其词亦偏宗周邦彦、姜夔。两宋词人号知音,能自制曲者,惟柳永、周邦彦、姜夔最为大家,而姜词旁谱,至今犹在,为其有迹可寻,因求其声律,而兼及其格调,故文焯中年,于白石词致力尤深,其教人亦舍白石外,并在禁例,而晚乃兼涉梦窗,以上追清真,又谓:"东坡词气韵格律,并到空灵妙境。"则受临桂王鹏运之薰染也。鹏运,字佑遐,一作幼霞,自号半塘僧鹜,于光绪朝官礼科掌印给事中,号彊直敢言事,而慈禧太后及德宗常驻颐和园,鹏运争之尤力,卒以不见容去位,之江南,寻客死。郁伊无聊之概,一于词陶写之。所著词刊为《半塘定稿》,其词幻眇而沉郁,义隐而指远,盖导源碧山,复历稼轩、梦窗以上追东坡之清雄,还清真之浑化,与周济之说,固契若针芥也。由是常州词派流衍于广西矣。鹏运死,推归安朱祖谋、临桂况周颐为词宗,二人之学,盖一出于王鹏运云。

朱祖谋,原名孝臧,字古微,号沤尹,世居浙江归安之埭溪渚上彊山麓,唐白居易所谓"惟有上彊精舍,与刘商屺之仙知"者也,自号上彊村民,因题其集曰《彊村词》。少时随宦河南,遇王鹏运,交相得也。鹏运之治词也,盖取谊于周济,而取律于万树。万树者,于康熙间尝著《词律》以纠驳《啸余谱》明程明善撰、《填词图谱》清赖以邠撰及诸家词集之讹,即所称万红友者是也。鹏运常语人曰:"万氏持律太严,弊失之拘,然使来者之有人,综群言于至当,俾倚声一道,不致流为句读不绁之诗,则筚路开基,万氏实为初祖。"而祖谋强识分铢,宗万氏而益加博究,上去阴阳,矢口平亭,不假检本,鹏运惮焉,谓之律博士。然祖谋之词学,实受之鹏运者为多。祖谋以光绪九年二甲第一名进士,累官礼部侍郎,二十二年赴官京师。鹏运方官御史,举词社,邀之入。顾鹏运性喜宏奖,于祖谋则绳检不少贷,微叩之,则曰:"君于两宋涂径固未深涉,亦幸不睹明以后词耳。"因贻所刊《四印斋词》十许家,"四印斋"者,鹏运所以自署其室者也。又约校《梦窗词》四稿,谓:"以空灵奇幻之笔,运沉博绝丽之才,几如韩文、杜诗,无一字无来历。"时时语以源流正变之故,旁皇求索,从南宋入手,明以后词绝不寓目,如是者三年,则曰:"可以视今人词矣。"示以顾贞观、厉鹗、蒋春霖等所作。会义和团变起，八国联军入京，都人士骇而走，祖谋则偕修撰刘福姚就鹏运以居。三人者，痛世运之凌夷，知患气之非一日致，则发愤叫呼，相对太息。既困守穷城，乃约为词课，拈题刻烛，喝于唱酬，日为之无间，一阕成，赏奇攻瑕，诙谐间作，若忘其在颠沛兀臲中，而自以为友朋文字之至乐，即世所传《庚子秋词》也。鹏运投劾，之上海，讲学于南洋公学，而祖谋亦以视学广东，奉诏南下，遇于上海，鹏运则出示所为词九集，将都为《半塘定稿》，约曰："吾两人作，交相校订。"祖谋携其稿之粤，以《彊村词》邮致，索删定，鹏运复以书曰：

> 大集琳琅，日来料量课事讫，即焚香展卷，细意披吟，宛与故人酬对。昨况夔笙渡江见访，出大集共读之，以目空一世之况舍人，读至《梅州送春》、《人境庐话旧》诸作，亦复降心低首曰："吾不能不畏之矣。"夔笙素不满某某，尝与吾两人异趣，至公作则直以独步江东相推，非过誉也。若编集之例，则弟日来一再推求，有与公意见不同之处，请一陈之：公词庚辛之际是一大界限。自辛丑夏与公别后，词境日趋于浑，气息亦益静，而格调之高简，风度之矜庄，不惟他人不能及，即视彊村己亥以前词，亦颇有天机人事之别。鄙意欲以已见《庚子秋词》、《春蛰吟》者编为别集，己亥以前词为前集，而以庚子《三姝媚》以次以汔来者为正集，各制嘉名，各不相杂，则后之读者，亦易分别。叔问词刻，集胜一集，亦此意也。自世人之知学梦窗，知尊梦窗，皆所谓"但学兰亭面"者。六百年来，真得髓者，非公更有谁耶？夔笙喜自诧，读大集竟，浩然曰："此道作者固难，知之者能有几人。"可想见其倾倒矣。拙集既用《味黎集》体例，则《春明花事》诸词，其题目拟《金明池》，下书"扇子湖荷花题"，序则另行低一格，而去其"第一"、"第二"等字，似较大方。公集去之

良是,体例决请如此改绪。暑假不远,拟之若耶上冢,便游西湖。江干暑湿,不可久留。南方名胜当亟游,以便北首。

时光绪三十年夏五月也。祖谋得书之浹月,而鹏运客死苏州矣。祖谋恸之甚,遂以书弁《彊村词》之首,而哭之以词,即《彊村词》卷二、卷三载《木兰花慢》、《哨遍》、《八声甘州》诸阕也。而《木兰花慢》、《八声甘州》两阕尤凄绝。

木兰花慢

程使君书报半塘翁亡,翁将之若耶上冢,且为西湖猿鹤之问,遽逝吴中,赋此寄哀,时方为翁校刊《半塘定稿》,故章未及之。

马塍花事了,但持泪,问西泠。信有美湖山,无聊瓶钵,倦眼难青。飘零,水楼赋笔,要扁舟一系暮年情。才近要离冢侧,故人真个骑鲸。自注:昔年和翁生圹词有云:"傍要离穿冢尔何心,长安。"翁笑曰:"息壤在彼。"岂谶耶。　　瑶京,何路问元亭,九辨总无灵。算浮生消与功名抗疏,心事传经。冥冥,夜台碎语咽,飘风邻笛不成声。恨墨盈笺未理,暗虫凉堕愁镫。

八声甘州

暮登灵岩绝顶,叔问为述半塘翁昔年联棹之游,歌以抒哀,用梦窗韵。

倚苍岩半暝,拂春裾千鬟乱明星。信闲僧指点愁香黏径,荒翠通城。故国鸱夷去远,断网越丝腥。销尽兴亡感,一塔铃声。
招得秋魂来否?对冷渹空酹,梦难醒。问琴弦何许?飘泪古台青。好湖山、孤游翻懒,又咽风、哀笛起前汀。把筇去、小斜廊路,双屦苔平。

祖谋之词,初学吴文英,晚又肆力于苏轼、辛弃疾二家,而于轼词尤所嗜喜,遂校刊《东坡乐府》,而属金坛冯煦序其端曰:

词之有南北宋，以世言也；曰秦、柳，曰姜、张，以人言也。若东坡之于北宋，稼轩之于南宋，并独树之帜，不域于世，亦与他家绝殊，世第以豪放目之，非知苏、辛者也。顾二君专刻，世不恒有。坡词尤鲜善本，古微前辈，词家之南董也，酷耆坡词，乃取世所传毛、王二刻，订讹补阙，以年为经，而纬以词。既定本，属煦一言简端。煦嗜坡词，与前辈同。综其旨要，厥有四难：词尚要眇，不贵质实，显者约之使隐，直者揉之使曲。一或不善，钩辀格磔，比于禽言，扑朔迷离，或侪兔迹。而东坡独往独来，一空羁靮，如列子御风以游无穷，如藐姑射神人吹风饮露，而超乎六合之表。其难一也。词有二派：曰刚与柔，毗刚者斥温厚为妖冶，毗柔者目纵佚为粗犷。而东坡刚亦不吐，柔亦不茹，缠绵芳菲，树秦、柳之前称，空灵动宕，道姜、张之大辂，唯其所之，皆为绝诣。其难二也。文不苟作，寄托寓焉，所谓文外有事在也。于词亦然。然世非怀襄而效灵均《九歌》之奏。时非天宝而拟杜陵《八哀》之篇，无病而呻，识者恫之。而东坡夙负时望，横遭谗口，连塞廿年，飘萧万里，酒边花下，其忠爱之忱、幽忧之隐，旁薄郁积于方寸间者，时一流露，若有意，若无意，若可知，若不可知。后之读者，莫不罧然思，迨然会，而得其不得已之故，非无病而呻者比。其难三也。夫侧艳之作，止以道淫。悠谬之词，或将损性。拘虚小儒，县为徽缠。而东坡涉乐必笑，言哀以叹。暗香水殿，时轸旧国之思；缺月疏桐，空吊幽人之景。皆属寓言，无惭大雅。其难四也。噫！东坡往矣！前辈早登鹤禁，晚栖虎阜。沉冥自放，聊乞玉局之词；峭直不阿，几蹈乌台之案。其于东坡，若合符契。今乐府一刻，殆亦有旷百世而相感者乎？若夫校订之审，笺注之精，则前辈发其凡矣。此不具书。

时宣统二年夏五月也。冯煦者，母朱，梦僧拈花入室，遂瘝而生，字以梦华。少好词赋,有江南才子之目。累举不第,至四十五岁,实为光绪十二年丙戌,成一甲三名进士,授编修。廷对策用双行,文仿陆宣公奏议,书作钟元常体。阅卷大臣大学士张之万、侍郎徐郙怪而抑之,而尚书翁同龢、潘祖荫则力主进呈。胪唱,跪螭蚴下,慈禧皇太后遥见之,顾谓左右曰:"此老名士。"累官安徽巡抚,上疏请核名实,明赏罚,忤朝旨罢斥。入民国,起总纂《江南通志》,年已八十,犹能作蝇头小楷。著有日记,积六十二年,迄殁之日,皆精楷不苟,都四十五册。所为骈散文,陶染典籍,衷于物则。诗则无体不工。旁究倚声,一以南唐、北宋为则,尝就常熟毛晋汲古阁汇刊之《宋六十一家词》,择其尤精粹者,为《宋六十一家词选》十二卷,所定例言,谈词者奉为模楷。少时尝以词质正仁和谭献。献故推本周济之旨,发挥光大,称词家名宿,跋其稿曰:"阅丹徒冯煦梦华《蒙香室词》,趋向在清真、梦窗,门径甚正,心思甚邃,得涩意。惟由涩笔,时有累句,能入而不能出,此病当救以虚浑。单调小令,上不侵诗,下不堕曲,高情远韵,少许胜多,残唐、北宋后,成罕格。梦华有意于此,深入容若、竹垞之室,此不易到。"虽有微词,然期于增美释回,盖以古作者待煦矣。煦与祖谋有同赋精忠柏用岳飞《满江红》旧韵各一阕,盖作于民国以寄思者。

满江红　赋精忠柏敬用忠武旧韵　朱祖谋

大木无阴,浑不是众芳雕歇。相望处,灵旗风雨,于今为烈。亘古心坚如铁石,何人手植无年月。向南枝应有旧啼鹃,声凄切。

奸桧铸,沉冤雪。幽兰瘗,仇雠灭。问乔柯几见金瓯完缺?朱鸟定飘枋得泪,碧苔错认苌弘血。更空山玉骨冷冬青,悲陵阙。

满江红　同古微前辈赋精忠柏敬踵岳忠武韵　冯煦

萧艾披昌,邈今世众芳衰歇。留一木,孤撑天宇,寸心尤烈。七百余年陵谷变,英灵犹恋西湖月。算亭阴鬼雨怒涛飞,身悲切。

离九节,凌冰雪。传海外,何生灭。恁抚柯舒啸唾壶敲缺。古殿苔封虫食篆,空枝春尽鹃啼血。问南朝遗孽桧分尸,屏王阙。

祖谋又有《清明渝楼同梦华》之《高阳台》、《六幺令》两阕:

高阳台

短陌飞丝,平碾麹,市帘江柳争青。中酒年光,买春犹是旗亭。彩幡长记花生日,甚彩窗、儿女心情。尽安排,画幨吴缣,钿阁秦筝。　　白头未要相料理,要哀吟狂醉,消遣浮生。无主东风,博劳怨不成声。朦胧几阵东阑雪,算今年、又看清明。怕相逢,睇燕归来,犹诉飘零。

六幺令

碧纱烟语,恩怨无端的。分明宋墙东畔,帘幕几重隔?扶梦花灯宛转,不照伤心色。后期今夕。青天碧海,未道相思是无益。

蜡烛花还有泪,惜别筵前滴。罗带诗本无题,出意机中织。千万秦筝素手,莫教危弦急。凤帏鸳席。能拼憔悴,知否金钗未堪擘?

盖两人同调,常相酬答也,声情激楚,有弦外之音焉。祖谋又有《为曹君直题赵子固凌波图》之《国香慢》一阕曰:

一帧湘魂。正捐珰水阔,汛瑟烟昏。江皋几丛憔悴,留伴灵均。日暮通词何许?有婵媛、北渚含颦。国香纵流落,未许东风,换土移根。　　轻年亡国恨。料铜槃冷透,铅泪消痕。故宫天远,鹅管从此无春。补作宣和残谱《宣和画谱》无水仙,尽消凝、老去王孙。不成被花恼,步入鸥波,满袂秋尘。

调亦凄咽,殆所谓"弦弦掩抑声声思"者矣。曹君直者,吴县曹元忠也。祖谋以民国六年校刻唐、五代、宋、金元词总集四种,别集一百六十八家,名曰《彊村丛书》。盖词起晚唐,越三百余年而有南宋之刻《百家词》

据《直斋书录解题》于《笑笑词》一条下云：自南唐二主以下，皆长沙书坊所刻，号《百家词》，又四百余年，为明末造，而有常熟毛晋汲古阁之刻，又且三百年，而后有祖谋之校刻也。千祀以来，词苑于是为第三结集矣。元忠盖与有力，遂属为之序曰：

> 彊村侍郎校刻唐、五代、宋、金、元词，以元忠尝助搜讨，共抱微尚，约书成为序其首。今年秋工竣，得别集百有十三家，总集所收，犹不以此数，盛矣哉。自汲古以来，至于近时，朋旧若四印斋、灵鹣阁、石莲山房、双照楼诸刻，皆未足方。虽然，彊村是刻之所以独绝者，则尚不因此。盖尝取近世所传《国策》、《管》、《晏》、《荀》、《列》诸子书录，而知其校刻各词，犹有刘向家法，为不可及焉。按向所校雠，以中书为主，尚取太史节、太常书、大中大夫卜圭书、射声校尉立书、臣富参书、臣向书，校除复重，定著篇数，可见虽据善本，犹待参订也。而彊村所校如之。其于误字，如以赵为肖，以齐为立，以尽为进，以贤为形，以夭为芳，又为备，先为牛，章为长，每云"皆已定杀青可缮写"，可见实事求是，不妨改字也。而彊村所校又如之。顾彊村所尤致意者，则在声律，故于宫调旁谱之属，莫不悉心校定，或非向之所及。然《汉书·艺文志》既载《河南周歌诗》，又附《河南周歌声曲折》，既载《周谣歌诗》，又附《周谣歌诗声曲折》。度向所校，必亦精审如彊村可知，则又惜其书久亡，并无书录之可证也。且夫唐、五代、宋、金、元之词，汉、魏、六朝之乐府也。往读《宋书·乐志》汉《鼓吹铙歌》十八曲，至《有所思》之"妃呼豨"，《临高台》之"收中吾"，虽已索解无从，然犹得据王僧虔启所云，"诸调曲皆有声有辞，辞者歌诗，声者若羊吾夷伊那何之类"，引为比例。独至宋《鼓吹铙歌》、《上邪》、《晚芝田》、《艾如张》诸曲，几于满纸皆"几令吾"、"微令吾"，令人口呿舌拆，不知其作何语？及考诸《乐府

解题》，则云："凡古乐录，皆大字是辞，细字是声，声辞合写致然。"
然后知乐工伶官，既无左骐、史妩、睿姐名倡理董其事，士大夫复以
非肄业所及而不屑道，又谁为之刊正者。故自宋迄梁，不过七八十
年，而沈约所见已骓驳如此。使当时有如疆村者出而校勘，岂非
《宋史·乐志》《导引六州》《十二时》《降仙台》之流，纵音节不传
不可歌，宁至不可读哉？然则汉、魏、六朝乐府，以声辞杂糅之故，
等诸若存若亡，知凡夫唐、五代、宋、元词之仅存者，欲延坠绪于一
线，殆非精校传刻不可。我疆村惟有鉴于此，故《梦窗》锓版者三，
而《草窗》亦至于再，余诸家亦复广搜珍秘，博访通雅，必使毫发无
憾而后已，岂不以南宋所传《望瀛》十二遍散序不拍，《韵语阳秋》能
言之，而今不可知矣。夷则商《霓裳羽衣曲》十一段起第四遍至杀
拍，《碧鸡漫志》能言之，而今又不可问矣。姑无论大曲也。甚而缠
慢小令，若《词源》所称张枢《寄闲集》旁缀音谱者，今且无自访求，
恐再阅百年，即此总集别集百数十家，亦将灰飞烟灭。不及时整
娖，安知不如刘向所言："为其俎豆管弦之间，小不备，绝而不为以
至大不备，惑莫甚焉。"不得不尽力以为之乎？则又用心与向相同，
不但校雠守其家法已也。元忠故详言之，以告当世读《疆村丛
书》者。

盖近今词集之校刻，王鹏运四印斋造其端，而祖谋实以是书集其大成，
志益博而智专，心益勤而业广，其有功于词学者不浅也。徒以衰然巨
帙，卒业为难，而阐词学之阃奥，诏后生以途辙，始宋徽宗皇帝，迄李清
照，凡八十七人，人选数首，曰《宋词三百首》，比之于《唐诗三百首》，中
以周邦彦、吴文英为最多，盖求之体格神致，以浑成为主旨也。况周颐
尝翘以语人曰："能循途守辙于三百首之中，必能取精用宏于三百首之
外，益神明变化于词外求之，则夫体格神致间，尚有无形之讱合，自然之

妙造，即更进于浑成，要亦未为止境。无止境之学，必有以端其始，莫如《宋词三百首》。"盖甚推其书也。及所自为，融诸家之长，声情益臻朴茂，清刚隽上，并世词家推领袖焉。

祖谋以词名，顾诗亦入能品，《和远根乞米曲》曰：

> 宣州诗翁恒苦饥，索米梦持篆窠归。举家啖粥癯不肥，平原笔力弩释机。先生研田十年穖，溉墨一斗键其扉。临川三昧荧荧晖，浓锋蹶岂诸城痱。赫蹄纸百不供挥，玺书增俸畴敢睎。月料半流圩茹薇，焉能休粮脱尘靰。道山延阁接太微，胡不陈书紫宸闱？胡不曼胡短后衣？捷书夜草旄头飞，何为顾颔幽篁围？乾愁漫诞不可矶，诸公遑辨妃与豨。一丘之貉蒙庶几，菜佣求益来已稀。牛铎黄钟荒是非，枵然者腹负大诽。安用陶胡奴累欷，逝将着鞭骖子騑。安吴笔诀绝几韦，他年奇字森烟霏。

又《题胡憺仲金光明胜经卷子》二绝曰：

> 妙伽佗谛绝传衣，花雨香中旧捷扉。一逝翩如黄鹄子，刺天海水又群飞。

> 江左一流今日尽，诗篇连卷共谁论？不如自拨炉烟坐，饶舌丰干已不言。

诗研炼似陈三立，而用事下语或失之晦，陈衍称之曰"诗中之梦窗"，允矣。

临桂况周颐者，名周仪，以讳清宣统溥仪名，遂改周颐，夔笙其字，别号蕙风，官内阁中书，王鹏运致祖谋书所称"目空一世之况舍人"也。少而察惠，读书辄得神解，垂髫应府县学试，冠其曹，举案首。同考或窃窃低语："何以稚子独争上流。"知府事者至榜示谓："广右以灵淑所钟毓，诞此英才，所望为贤父兄者，善为掖进，俾以有用之身，致国家之用，则宦辙所至,亦复与有荣云。"九岁,补博士弟子员,十八岁举优贡。一日,往省姊,偶得《蓼园词选》读之,试为小词,而沉浸者日以深,其集中附有《存悔》一卷,即十七前作也。轻倩流慧,理境两绝,有曰:"春小于人,花柔似汝。云涯怅望知何处?"每谓神来之笔,若有所感,至于垂老追念,都难为怀。二十一举光绪五年乡试,乃娶于赵,伉俪綦笃。夫人擅雅乐,因并习操缦,俨然理曲。既而宦游京国,遵例官内阁中书,与王鹏运同官,益以词学相砥砺,并治金石文字,凡有碑版无不罗致,得万余本,中龙门造像千余本,尤长于许氏《说文》,名声训诂,潜造精研,故其治碑版,并为渊源之学。寻以会典馆纂修,叙劳用知府,分发浙江。曾参两江总督端方幕府。端方藏碑版甲于海内,辄属周颐定之,《陶斋藏石》一记,盖出手纂。时合肥蒯光典礼卿以进士官道员,分发江南,与周颐学不同,乃荐兴化李详以间之,每见端方,必短周颐而称详。一日,端方招饮,光典又及周颐。端方太息曰:"亦知夔笙必将饿死,但我端方在,决不容坐视其饿死耳。"周颐闻之,感激涕下,而致怨于李详。详以不得志于端方,既而端方入川被杀,详以诗吊之,有云:"轻薄子云犹未死,可怜难返蜀川魂。""轻薄子"云,盖指周颐也。自是有宴会,周颐与详,必避不相见。而周颐濡古既深,字画必谨,自以氏况,见人书"况"字只写两点为"况",则必斥其讹讹,而为之加成三点水焉,又睹文书中"金樽"字,必涂去木旁作"尊"字,诸如此类,崇古不苟,冯煦戏称之为况古人,而所自喜者尤在词,尝自谓:"世界无事无物不可入词,但在余能自运其笔,使宛转如意耳。"所著曰《第一生修梅花馆词》、《二云词》、《香樱词》、《蕙风词》。逊国而后,家国之感、身世之情,所触日深,而词格亦日遒上。顿挫排宕,柔厚沉郁,千辟万灌,略无炉锤之迹,而又严于守律,一声一字,悉无乖舛,方之古人,庶几白石,亦自谓五百年后,得为白石,亦复相类也,录其二词,聊当举隅。

齐天乐　秋雨

沈郎已自拌憔悴，惊心又闻秋雨。做冷欺灯，将愁续梦，越是宵深难住。千丝万缕，更搀入虫声，搅人情绪。一片萧骚，细听不作乎是故园树。　　沉沉更漏渐咽，只檐前铁马，幽怨如诉。傥是残春，明朝怕有，无数飞花飞絮。天涯倦旅，记滴向篷窗，更加凄苦。欲谱潇湘，黯愁生玉柱。

四字令

南陵徐积雨得小铜印，文曰"石家侍儿"，白文方式，以拓本见诒，报之以词。

石家侍儿，绿珠宋祎。当年毕竟阿谁，捺银笺紫泥？　　香名未知，乡亲更疑绿珠，广西博白人。余旧有"绿珠红玉是乡亲"小印。红玉，陈文简侍儿，墓在临桂楼霞山麓。愿为宛转红丝，系裙腰恁时。

盖周颐之词，细腻熨帖，典丽风华，阔大不及祖谋，而绵密则过之焉。然周颐之词学，实得助于祖谋者不鲜，尝语人曰："余之为词，二十八岁以后，格调一变，得力于半塘，比岁守律綦严，得力于沤尹，人不可无良师友也。"周颐为词崇性灵，而或伤尖艳，既与王鹏运同官中书，鹏运词夙尚体格，于周颐异趣，多所规诫，又以所刻宋元人词属为斠雠，自是周颐得窥词学之深，所谓"重拙大"，所谓"自然从追琢中出"，积心领神会之，而体格为之一变。盖声律与体格并重也。周颐之词，仅能平侧无误，或某调某句有一定之四声，昔人名作皆然，则亦谨守勿失而已。未能如鹏运之一声一字，剖析无遗也。如是者二十年，既鹏运卒，乃与祖谋相切磋。祖谋于词不轻作，恒以一字之工、一声之合，痛自刻绳，而因以绳周颐。周颐亦恍然向者之失，断断不敢自放，乃悉根据宋元旧谱，四声相依，一字不易，其得力于祖谋，与得力于鹏运者同。如《甲午展重阳日邃父招同半塘登西爽阁子美因病不至调寄蝶恋花》云：

西北云高连睥睨，一抹修眉，望极遥山翠。谁向西风传恨字，诗人大抵伤憔悴。　　有酒盈尊须拌醉。感逝伤离，自注：端木子畴前辈于数日前谢世。何况登临地。㘚好秋光图画里，黄花省识秋深未。自注：西爽阁在京师土地庙下斜街山西会馆，可望西山。

自跋云：“金元已还，名人制曲，如《西厢记》《牡丹亭》之类，皆平侧互叶，几于句句有韵，付之歌喉，极致流美，溯其初哉肇祖，出于宋人填词，词韵平侧互叶，丁北宋已有之，姑举一以起例。贺方回《水调歌头》云：‘南国本潇洒，六代浸豪奢。台城游冶，襞榈能赋属宫娃。云观登临清暇，璧月流连长夜，吟醉送年华。回首飞鸳瓦，却羡井中蛙。　　访乌衣，寻白社，不容车。旧时王谢，堂前双燕讵谁家？楼外河横斗挂，淮上潮平，霜下楼影落寒沙。商女蓬窗罅，犹唱《后庭花》。’蕙风此作，倘有合者。”又《题徐仲可舍人珂女公子新华山水画稿，调寄玉京瑶》云：

玉映伤心稿，凤羽清声，梦里仙云幻。自注：用徐陵母五色云化为凤事。故纸依然，韶年容易凄婉。乍洗净、金粉春华，澹绝处、山容都换。瑶源远，湘苹染墨，昭华搵管。自注：徐湘苹、徐昭华皆工画。

茸窗旧扫烟岚。韵致云林，更楷模北苑。陈迹经年，蟫奁分贮丝茧黯。赠琼，风雨萧斋，带孺子泣珠尘渍。帘不卷，秋在画图香篆。

自跋曰：“此调为吴梦窗自度曲，夷则商犯无射宫腔。今四声悉依梦窗，一字不易。”盖抗心希古，严于守律，大率类此。

周颐论词最工，细入毫芒，能发前人所未发，所著曰《香海棠馆词话》《餐樱庑词话》，论词境曰：“词境以深静为主。韩持国《胡捣练令》过拍云：‘燕子渐归春悄，帘幕垂清晓。’境至静矣，而此中有人如隔蓬山，思之思之，遂由静而见深。盖写境与言情非二事也，善言情者，但写境而情在其中。此等境界，唯北宋人词往往有之。持国此二句尤妙在一'渐'字。"又曰："小山词《阮郎归》云：'天边金掌露成霜，云随雁字长。绿杯细袖趁重阳，人情似故乡。　　兰佩紫，菊簪黄，殷勤理旧狂。欲将沉醉换悲凉，清歌莫断肠。''绿杯'二句，意已厚矣。'殷勤理旧狂'五字三层意。狂者，所谓'一肚皮不合时宜，发见于外'者也，狂已旧矣，而理之，而殷勤理之，其狂若有甚不得已者。'欲将沉醉换悲凉'，是上句注脚。'清歌莫断肠'，仍含不尽之意，此词沉着厚重，得此结句，便觉竟体空灵。"又曰："东坡词《青玉案·用贺方回韵送伯固归吴中》歇拍云：'作个归期天已许。春衫犹是，小蛮针线，曾湿西湖雨。'上三句未为甚艳，'曾湿西湖雨'是清语，非艳语，与上三句相连属，便成奇艳绝艳，令人爱不忍释。"又曰："词有淡远取神，只描取景物，而神致自在言外，此为高手。然不善学之，最易落套，亦如诗中之假王、孟也。刘招山《一剪梅》过拍云：'杏花时节雨纷纷，山绕孤村，水绕孤村。'颇能景中寓情"又曰："罗子远《清平乐》'两桨能吴语'五字甚新。杨柳渡头，荷花荡口，暖风十里，剪水咿哑，声愈柔而景愈深。尝读饮水词《望江南》云：'江南好，虎阜晚秋天。山水总归诗格秀，笙箫恰称语音圆，人在木兰船。'笙箫句与此两桨句，同一妙于领会。"又曰："空同词《浪淘沙·别意》云：'花露涨冥冥，欲雨还晴。'能融景入情，得迷离惝恍之妙。'涨'字亦炼。"又曰："韩子畊《高阳台·除夕》云：'频听银签，重燃绛蜡，年华衮衮惊心。饯旧迎新，能消几刻光阴？老来可惯通宵饮，待不眠还怕寒侵。掩清尊，多谢梅花伴微吟。　　邻娃已试春妆了，更蜂枝簇翠，燕股横金。句引春风，也知芳意难禁。朱颜那有年年好，逞艳游赢取如今。恣登临，残雪楼台，迟日园林。'此等词语浅情深，妙在字句之表，便觉刻意求工，是无端多费气力。"又曰："履斋词《二郎神》云：'凝伫久，蓦听棋边落子，一声声静。'《千秋岁》云：'荷递香能细。'此静与细，亦非雅人深致，未易领略。"又曰："王易简《谢周草窗惠词卷·庆宫春》歇拍云：'因君凝伫，依约吴山，半痕蛾绿。'此十二字绝佳，能融景入情，秀极成韵，凝而不佻。"又曰："填词景中有情，此难以言传也。元遗山《木兰花慢》云：'黄星几年飞去？澹春阴，平野草青青。'平野春青，只是幽静芳倩，却有难状之情，令人低徊欲绝。善读者约略身入景中，便知其妙。"又曰："党承旨《月上海棠·用前人韵》后段云：'断霞鱼尾明秋水，带三两飞鸿点烟际。疏飒秋声，似知人倦游无味。家何处？落日西山紫翠。'融情景中，旨澹而远。又《鹧鸪天》云：'开帘放入窥窗月，且尽新凉睡美休。'潇洒疏俊极矣。尤妙在上句'窥窗'二字，窥窗之月，先已有情，用此二字，便曲折而意多，意之曲折，由字里生出，不同矫揉钩致，不堕尖纤之失。"又曰："段诚之《菊轩乐府·江城子》云：'月边渔，水边钮。花底风来，吹乱读残书。'前调《东园牡丹花下酒酣即席赋之》云：'归去不妨簪一朵。人也道，看花来。'骚雅俊逸，令人想望风采。《月上海棠》云：'唤醒梦中身，鹧鸪数声春晓。'前调云：'颓然醉卧，印苍苔半袖。'于情中入深静，于疏处运追琢，尤能得词家三昧。"又曰："真字是词骨，情真景真，所作必佳。金章宗咏聚骨扇云：'忽听传宣须急奏，轻轻褪入香罗袖。'此咏物兼赋事，写出廷臣入对时情景，确是咏聚骨扇，是章宗咏聚骨扇，他题他人，挪移不得。"又曰："密国公璹词，《中州乐府》著录七首，姜史、辛刘两派兼而有之，《春草碧》云：'旧梦回首何堪，故苑春光又陈迹。落尽后庭花，春草碧。'《青玉案》云：'梦里疏香风似度。觉来惟见，一窗凉月，瘦影无寻处。'并皆幽秀可诵。《临江仙》云：'薰风楼阁夕阳多。倚阑凝思久，渔笛起烟波。'淡淡着笔，言外却有无限感怆。"又曰："遗山句云：'草际露垂虫响遍。'写出目前幽静之境，小而不纤，妙在'垂'字、'响'字，此二字不可易。"论词笔曰："清真词《望江南》云：'惺忪言语胜闻歌。'谢希深《夜行船》云：'尊前和笑不成歌。'皆熨帖入微之笔。"又曰："词亦文之一种。名家词笔，亦有理脉可寻，所谓蛇灰蚓线之妙。如范石湖《眼儿媚·萍乡道中》云：'酣酣日脚紫烟浮，妍暖试轻裘。困人天气，醉人花底，午梦扶头。　　春慵恰似春塘水，一片縠纹愁。

溶溶泄泄，东风无力，欲皱还休。''春慵'紧接'困'字、'醉'字来，细极。"又曰："潘紫岩词，余最爱其《南乡子·题南剑州妓馆》一阕，小令中能转折，其词笔有尺幅千里之势。词云：'生怕倚阑干，阁下溪声阁外山。空有旧时山共水，依然。暮雨朝云去不还。相见蹴飞鸢，月下时时认佩环。月又渐底霜又下，更阑。折得梅花独自看。'歇拍尤意境幽瑟。"又曰："词笔艳与丽不同。艳如芍药、牡丹，慵春媚景；丽若海棠、文杏，映烛窥帘。薛梯飙词工于刷色，当得一'丽'字。《醉落魄》云：'单衣乍著，滞寒更傍东风作。珠帘压定银钩索。雨弄初晴，轻旋玉尘落。　　花唇巧借妆梅约，娇羞才放三分莩。尊前不用多评泊。春浅春深，红向杏梢觉。'"又曰："曾宏父《浣溪沙》云：'紫禁正须红药句，清江莫与白鸥盟。'寻常称美语，出以雅令之笔，阅之便不生厌。"又曰："翁五峰《摸鱼儿》歇拍云：'沙津少驻。举目送飞鸿，幅巾老子，楼上正凝仁。'东坡《送子由诗》'时见乌帽出复没'，是由送客者望见行人，极写临歧眷恋之状。五峰词乃由行人望见送者，客子消魂，故人惜别，用笔两面俱到。"又曰："刘伯宠《水调歌头·中秋》云：'破匣菱花飞动，跨海清光无际，草露滴明玑。''跨海'云云，是何意境？下乃忽作小言。子云所云'大者含元气，细者入无间'，略可喻词笔之变化。"又曰："近人作词，起处多用景语虚引，往往第二韵方约略到题，此非法也。起处不宜泛写景，宜实不宜虚，便当笼罩全阕，他题挪移不得。唐李程作《日五色赋》，首云：'德动天鉴，祥开日华。'虽篇幅较长于词，亦以二句隐括之，尤有弁冕端凝气象。此旨可通于词矣。"又曰："名手作词，题中应有之义，不妨三数语说尽，自余悉以发抒襟抱所寄托，往往委曲而难明，长言之不足，至乃零乱拉杂，胡天胡帝，其言中之意，读者不能知，作者亦不薪其知，以为流于跌宕怪神、怨怼激发而不可以为训，则亦楚徒之骚些云尔。夫使其所作，大都众所共知，无甚关系之言，宁非浪费纸墨耶？"又曰："词笔固不宜直率，尤切忌刻意为曲折，以曲折药直率，即已落下乘。昔贤朴厚醇至，由性情学养中出，何至蹈直率之失。若错认直率为真率，则尤大不可耳。"又曰："党承旨《青玉案》云：'痛饮休辞今夕永。与君洗尽，满襟烦暑，别作高寒境。'以松秀之笔，达清劲之气，倚声家精诣也。松字最不易做到。"又曰："金古齐散汝弼，字良弼，官近侍副使，《风流子·过华清作》云：'三郎年少客，风流梦，绣岭虫瑶环。看浴酒发春，海棠睡暖，笑波生媚，荔子浆寒。况此际，曲江人不见，偃月事无端。羯鼓数声，打开蜀道，霓裳一曲，舞破潼关。　　　马嵬西去路，愁来无会处。但泪满关山，赖有紫囊求进，锦袜传有。叹玉笛声沉，楼头月下，金钗信杳，天上人间。几度秋风渭水，落叶长安。'正大三年刻石临潼县，今存。词笔藻耀高翔，极慷慨低徊之致。"又曰："姚成一《雪坡词》，《霜天晓角·湖上泛月归》换头云：'烟抹，山态活，雨晴波面滑。'五字对句，上句读作上二下三，'抹'字叶韵，不勉强，尤饶有韵致。词笔灵活可喜。"又曰："宋江致和《五福降中天》句：'秋水娇横胲眼，腻雪轻铺素胸。'以'铺'字形容腻雪，有词笔画笔所难传之佳处，无一字可以易之。"又曰："词笔能直固大佳。顾所谓直诚至不易，不能直率也。当于无字处为曲折，切忌有字处为曲折。"又曰："云林《寿彝斋·太常引》云：'柳阴濯足水浸矶，香度野蔷薇。芳草绿萋萋，问何事王孙未归？　　　一壶浊酒，一声清唱，帘幕燕双飞。风暖试轻衣，介眉寿遥瞻翠微。'寿词如此着笔，脱然畦封，方雅超逸，'寿'字只于结处一点。后人可取以为法。"论词句曰："'诗酒尚堪驱使在，未须料理白头人'，少陵句也，梅溪词《喜迁莺》云：'自怜诗酒瘦，难应接许多春色。'盖反用其意。"又曰："卢申之《江城子》后段云：'年华空自感飘零，拥春醒，对谁醒。天阔云闲，无处觅箫声。载酒买花年少事，浑不似，旧心情。'与刘龙洲词'欲买桂花重载酒，终不似少年游'，可称异曲同工。然终不如少陵之'诗酒尚堪驱使在，未须料理白头人'为倔强可喜。"又曰："草窗《少年游·宫词》云：'一样春风，燕梁莺户，那处得春多。'即'梨花雪，桃花雨，毕竟春谁主'之意，俱从义山

'莺啼花又笑,毕竟是谁春'脱出。"又曰:"竹山词《虞美人·咏梳楼》云:'楼儿忒小不藏愁,几度和云飞去觅归舟。'较'天际知归舟'更进一层。"又曰:"寄闲翁《风入松》云:'旧巢未着新来燕,任珠帘不上琼钩。'用'待燕归来始下帘'句意,翻新入妙。《恋绣衾》云:'自不怨东风老,怨东风轻信杜鹃。'是未经人道语。"又曰:"宋周端臣《木兰花慢》句云:'料今朝别后,他时有梦,应梦今朝。'吕居仁《减字木兰花》云:'来岁花前,又是今年忆昔年。'命意政同而遣词各极其妙。"又曰:"仲弥性《浪淘沙》过拍云:'看尽风光花不语,却是多情。'语淡而深。《忆秦娥·咏木樨》后段云:'佳人敛笑贪先折,重新为剪斜斜叶。钗头常带,一段秋风月。'末二句赋物上乘,可谓药纤滞之失。"又曰:"大卿荣讠延《咏梅·南乡子》云:'江上野梅芳,粉色盈盈照路旁。闲折一枝和雪嗅,思量,似个人人玉体香。'似个句艳而质,犹是宋初风格,《花间》之遗。"又曰:"宋名词多尚浑成,亦有以刻画见长者。沈约之《谒金门》云:'犹倚危阑清昼寂,草长流翠碧。'又云:'寒色着人无意绪,竹鸣风似雨。'《如梦令》云:'忺睡忺睡,窗在芭蕉叶底。'《念奴娇》刻本无题,当是咏海棠之作云:'醉态天真,半羞微敛,未肯都开了。'虽刻画而不涉纤,所以为佳。"又曰:"陈梦敩《和石湖·鹧鸪天》云:'指剥春葱去采蘋,衣丝秋藕不沾尘。眼波明处偏宜笑,眉黛愁来也解颦。　巫峡路,忆行云,几番曾梦曲江春。相逢细把银钅工照,犹恐今宵梦似真。'歇拍用晏叔源'今宵剩把银钅工照,犹恐相逢是梦中'句,恐梦似真,翻新入妙,不特不嫌沿袭,几于青胜于蓝。"又曰:"张武子《西江月》过拍云:'殷云度雨井桐凋,雁雁无书又到。'昔人句云:'江头数尽南来雁,不寄西风一幅书。'此词括以六字,弥觉沉顿。"又曰:"马古洲《海棠春》云:'护取一庭春,莫弹花间鹊。'用徐干臣'闷来弹鹊,又搅碎一帘花影',可谓善变。"又曰:"黄雪舟词清丽芊绵,颇似北宋名作。其《水龙吟》云:'柔肠一寸,七分是恨,三分是泪。'盖仿东坡'春色三分,二分尘土,一分流水'之句,所不逮者,以刻缕稍着痕迹耳。

其歇拍云：'待问春怎把千红，换得一池绿水。'亦从'一分流水'句引申而出。"又曰："吴乐庵《水龙吟·咏雪》次韵云：'兴来欲唤，羸童瘦马，寻梅泷首。有客遮留，左援苏二，右招欧九。问聚星堂上，当年白战，还更许追踪否？'此词略仿刘龙洲《沁园春》'斗酒彘肩，醉渡浙江，岂不快哉。被香山居士，约林和靖，与坡公等，驾勒吾回'云云，而吴词意较胜。"又曰："填词之难，造句要自然，又要未经前人说过。自唐五代以还，名作如林，那有天然好语，留待我辈驱遣，必欲得之，其道有二：曰性灵流露，曰书卷酝酿。性灵关天分，书卷关学力。学力果充，虽天分少逊，必有资深逢源之一日，书卷不负人也。中年以后，天分便不可恃，苟无学力，日见其衰退而已。江淹才尽，岂真梦中人索还锦囊耶？"又曰："易被《喜迁莺》云：'记得年时，胆屏儿畔，曾把牡丹同嗅。'语小而不纤，极不经意之事，信手拈来，便觉旖旎缠绵，令人低回不尽。纳兰成德《浣溪沙》云：'被酒莫惊春睡重，睹书消得泼茶香，当时只道是寻常。'亦复工于写情，视此微嫌词费矣。《喜迁莺》歇拍云：'强消遣，把闲愁推入，花前杯酒。'由举杯消愁意翻变而出，亦前人所未有。"论词与诗之别曰："《吹剑录》云：'古今诗人间出，极有佳句。陈秋塘诗：不知筋力衰多少，但观新来懒上楼。'按此二句乃稼轩词《鹧鸪天》歇拍，或者俞文蔚氏误记耶？此二句入词则佳，入诗便觉未合。词与诗体格不同处，其消息即此可参。"又曰："赵愚轩《行香子》云：'绿阴何处，旋旋移床。'昔人诗句：'月移花影上阑干。'此言移床就绿影，意趣尤生动可喜。即此是词与诗不同处，可悟用笔之法。"论词律曰："梅溪词《寻春服感念·寿楼春》有句云：'几度因风飞絮，照花斜阳。'又云：'最恨湘云人散，楚兰魂伤。'风飞、花斜，云人、兰魂，并用双声叠韵字，是声律极细处。"又曰："入声字于填词最为适用。付之歌喉，上、去不可通作，惟入声可融入上、去声。凡句中去声字，能遵用去声固佳，若误用上声，不如用入声之为得也。上声字亦然。入声字用得好，尤觉峭劲娟隽。"又曰："上、去声字，近人往往误读，如动静之'静'，上声，误读去声；暝色之'暝'，去声，误读上声。作词既守四声，则于宋人用'静'字者用上声，用'暝'字者用去声，斯为不误矣。顾审之声调，反蹈聱牙戾喉之失。意者宋人亦误读误用耶？遇此等处，惟有检本人他词及他人此词征之，庶几决定从舍。特非精研宫律者之作，不足为据耳。"又曰："宋人名作，于字之应用入声者间用上声，用去声者绝少，检梦窗词知之。"又曰："词用虚字叶韵最难，稍欠斟酌，非近滑，即近佻。忆二十岁作《绮罗香》过拍云'东风吹尽柳绵矣'，端木子畴前辈采见之，甚不谓然，申戒至再，余词至今不敢复叶虚字。又如赚字、偷字之类，亦宜慎用。儿字尤难用之至，此字天然近俚，用之得如闺人口吻，即亦何当风格。若于此等难用之字，笔健能扶之使坚，意精能练之使稳，庶极专家能事矣。此境未易臻，仍以不用为是。"又曰："畏守律之难，辄自逃律外，或托前人不专家未尽善之作以自解，此词家大病也。守律诚至苦，然亦有至乐之一境。常有一词作成，自己亦既惬心，似乎不必再改，惟据律细勘，仅有某某数字于四声未合，即姑置而姑存之，亦孰为责备而求全者。乃精益求精，不肯放松一字，循声以求，忽然得至隽之字，或因一字改一句，因此句改彼句，忽然得绝警之句，此时曼声微吟，拍案而起，其乐何如，虽剥珉出璞、选薏得珠不逮也。彼穷于一字者，皆苟完苟美之一念误之耳。"论词与曲之别，曰："曲有煞尾，有度尾。煞尾如战马收缰，度尾如水穷云起。煞尾犹词之歇拍也，度尾犹词之过拍也，如水穷云起，带起下意也。填词则不然。过拍只须结束上段，笔宜沉着，换头另意另起，笔宜挺劲，稍涉曲法即嫌伤格。此词与曲之不同也。"又曰："元人制曲，几于每句皆有衬字，取其能达句中之意而付之歌喉，又抑扬顿挫，悦人听闻，所谓迟其声以媚之也。两宋人词，间亦有用衬字者，王晋卿云'烛影摇红向夜阑，乍酒醒心情懒'，'向'字、'乍'字是衬字。"又曰："两宋人填词，往往用唐人诗句。金元人制曲，往往用宋人词句，尤多排演词事为曲。关汉卿、王实甫《西厢记》，出于赵德麟《商调蝶恋花》，其尤著者。就一句一事而审谛之，填词之用笔、用字何若？制曲者又何若？曲由词出，其渊源在是。曲与词分，其经途亦在是。曲与词格迥殊，而能得其并皆佳妙之故，则于用笔、用字之法，思过半矣。"论词之代变，曰："六朝已还，文章有南北之分，乃至书法亦然。姑以词论，金源之于南宋，时代略同，疆域之不同，人事为之耳，风会曷与焉。如辛幼安先在北，何尝不可南。如吴彦高先在南，何尝不可北。顾细审其词，南与北确乎有辨，其故何耶？或谓《中州乐府》，选政操之遗山，皆取其近己者。然如王拙轩、李庄靖、段氏、遁庵、菊轩其词不入元选，而其格调气息，以视元选诸词，亦复如骖之靳，则又何说。南宋佳词能浑至，金源佳词近刚方。宋词深致能入骨，如清真、梦窗是。金词清劲能树骨，如萧闲、遁庵是。南人得江山之秀，北人以冰霜为清。南或失之绮靡，近于雕文刻镂之技；北或失之荒率，无解深衷大马之讥。善读者抉择其精华，能知其并皆佳妙，而其佳妙之所以然，不难于合勘而难于分观，往往能知之而难明言之。然而宋、金之词之不同，固显而易见者也。"又曰："《清真词》有句云：'多少暗愁密意，惟有天知，最苦梦魂，今宵不到伊行。拚今生对花对酒，为伊泪落。'此等语愈朴愈厚，愈厚愈雅。至真之情，由性灵肺腑中流出，不妨说尽而愈无尽。南宋人词如姜白石云：'酒醒波远，政凝想明珰素袜。'庶几近似，然已微嫌刷色。明已来词纤艳少骨，致斯道为之不尊。窃尝以刻印比之，自六代作者，以萦纡拗折为工，而两汉方平正直之风，荡然无复存者。"厥辞甚夥，最其要者著于篇。

　　方清末造，周颐故以文学有大名，端方总督两江，礼致入幕，又优以税差。既入民国，窜居海上无所事，室人以无米告，占《减字浣溪沙》云：

　　逃墨翻教突不黔，瓶罍何暇耻齑盐，半生辛苦一时甜。

　　传语枯萤共宁耐，每怜饥鼠误窥觇，顽夫自笑为谁怜。

又集《左传》、《通鉴》语署楹联曰："余惟利是视晋侯使吕相绝秦。民以食为天贾闾甫谓李密语。"盖牢落可想焉。以民国十五年卒，年六十有六。而硕果仅存，犹一朱祖谋矣。然自王鹏运之殁，朱祖谋、况周颐更主词坛，导扬宗风，而后学者乃趋响北宋，以深美闳约为归，佻巧奋末之风，自此而杀。余杭徐珂仲可、淳安邵瑞彭次公、无锡王蕴章西神亦皆以词有名，年辈差次，而归趣略同，则朱祖谋、况周颐导扬之力也，祖谋旋亦老死。

四、曲

王国维　吴梅　附童斐、王季烈、刘富梁、魏戫、姚华、任讷

词盛于宋，剧起于元。而词者，剧曲之所自出也。顾能词者不必识曲，而并世之治词以进于剧曲者，有海宁王国维、长洲吴梅。

王国维，字静安，亦字伯隅，号观堂，亦曰永观。生而歧嶷，读书通敏，年未冠，文名噪于乡里，寻入州学，以不喜帖括之文，再应乡举，不中程。于时值中日战役，我师败绩，海内士夫争抵掌言天下事，谋变法。国维方冠年，思有以自试，乃之上海，顾伥伥无所遇，适上虞罗振玉叔蕴与吴县蒋黼伯斧结农学社于上海，移檄译东西各国农学书报，以乏译才，遂以光绪二十四年戊戌夏，立东文学社，聘日本藤田丰八博士为教授。国维乃往受学，写所为咏史绝句于同舍生扇头，振玉见而赏异，遂拔之俦类之中，为赡其家。而国维之知学问途辙以自发闻名家，皆振玉有以启之也。国维欲以其间治古文辞，自以所学根柢未深，读江子屏《汉学师承记》，欲于此求修学途径，振玉诏之曰："江氏说多偏驳。本朝学术实导源于顾亭林处士。厥后作者辈出，而造诣最精者，为戴氏震、程氏易畴、钱氏大昕、汪氏中、段氏玉裁及高邮二王。"因以诸家书赠之。国维虽加流览，然方治东西洋学术，未遑致力于此。治日文之余，则从藤田博士受欧文及西洋哲学、文学、美术，尤善韩图、叔本华、尼采诸家之说，发挥其旨趣，为《静安文集》。岁庚子，既毕业东文学社。振玉适主武昌农学校，以教授多日人，乃延国维任译授。明年东渡，留学日本

物理学校。而其时革命之说大昌。振玉移书，谓："留学诸生，多后起之秀，其趋向关系于国家者甚大，曷有以匡救之？"国维答书言："诸生骛于血气，结党奔走，如燎方扬，不可遏止。料其将来，贤者以殒其身，不肖者以便其私。万一果发难，国是不可问矣。"时有闽中萨生均坡与国维同留学，亦入党籍。国维以书告振玉曰："萨固贤者，然性高明而少沉潜。彼既入籍，见所为必非之。惟背之则危身，从之则违心。迩见其居恒郁郁，恐以此夭天年也。"已而萨生果夭，如国维言。寻以脚气病归，止振玉家。病愈，乃荐之南通师范学校，主讲哲学、心理、论理诸学。甲辰秋，振玉主江苏师范学校，乃移国维于苏州，凡三年，刻所为诗词，骎骎致力于文学。以为："生百政治家，不如生一大文学家。何则？政治家与国民以物质上之利益，而文学家则与以精神上之利益。夫精神之与物质，二者孰重？物质上之利益，一时的也。精神上之利益，永久的也。前人政治上所经营者，后人得一旦而坏之。至古今之大著述，苟其著述一日在，则其遗泽且及于千百世而未沫，故希腊之有鄂谟尔也，意大利之有唐旦也，英吉利之有狭斯丕尔也，德意志之有格代也，皆其国人人之所尸而祝之、社而稷之者，而政治家无与焉。惟文学家能与国民以精神上之慰藉，而国民之所恃以为生命者，若政治家之遗泽，决不能如此广且远也。"顾独谓中国无纯文学，中国文学无悲剧，辟奇论以砭往古，树新义而诏后生。其言曰："'自谓颇腾达，立登要路津。致君尧舜上，再使风俗醇'，非杜子美之抱负乎？'胡不上书自荐达，坐令四海如虞唐'，非韩退之之忠告乎？'寂寞已甘千古笑，驰驱犹望两河平'，非陆务观之悲愤乎？如此者，世谓之大诗人矣。至诗人之无此抱负者，与夫小说、戏剧、图画、音乐诸家，皆以侏儒、优倡自处，世亦以侏儒、优倡畜之，所谓'诗外尚有事在'，'一命为文人，便无足观'，我国人之金科玉律也。呜呼！美术之无独立之价值也久矣。此无怪历代诗人多托于忠君爱国、劝善惩恶之意以自解免，而纯粹美术上之著述，往往受世之迫害而无人为之昭雪者也。以是之故，所谓诗歌者，则咏史、怀古、感事、赠人之题目，弥满充塞于诗界，而抒情叙事之作，什伯不能得一，其有美术上之价值者，仅其写自然之美之一方面耳。甚至戏曲、小说之纯文学，亦往往以惩劝为旨，其有纯粹美术之目的，世非唯不知贵，且加贬焉。故曰中国无纯文学也。纯文学，以诗歌、戏曲、小说为其顶点，以其目的在描写人生故。而所谓描写人生者，在描写人生之苦痛与其解脱之道，而使我侪冯生之徒，于此桎梏之世界中，离其生活之欲之争斗而得其暂时之平和。若然者，唯悲剧能之。昔雅里大德勒于《诗论》中，谓：'悲剧者'所以感发人之情绪而高上之。'而如恐惧与悲悯二者，为悲剧中固有之物，由此感发而人之精神于焉洗涤。然而我国人之精神，世间的也，乐天的也，故代表其精神之戏剧、小说，无往而不着此乐天之色彩，始于悲者终于欢，始于离者终于合，始于困者终于亨，非是而欲餍阅者之心，难矣。若《牡丹亭》之《返魂》，《长生殿》之《重圆》，其最著之一例也。《西厢记》之以《惊梦》终也，未成之作也，此书若成，我乌知其不为《续西厢》之浅陋也？有《水浒传》矣，曷为而有《荡寇志》？有《桃花扇》矣，曷为而又有《南桃花扇》？有《红楼梦》矣，彼《红楼复梦》、《补红楼梦》、《续红楼梦》者曷为而作也？又曷为而有反对《红楼梦》之《儿女英雄传》？故我国之文学中，其具厌世解脱之精神者，仅有《桃花扇》与《红楼梦》耳。而《桃花扇》之解脱，非真解脱也。沧桑之变，目击之而身历之，不能自悟，而悟于张道士之一言，且以历数千里冒不测之险，投缧绁之中所索之女子，才得一面，而以道士之言，一朝而舍之，自非三尺童子，其谁信之哉？故《桃花扇》之解脱，他律的也；而《红楼梦》之解脱，自律的也。且《桃花扇》之作者，但借侯、李之事以写故国之戚，而非以描写人生为事。故《桃花扇》，政治的也，国民的也，历史的也。《红楼梦》，哲学的也，宇宙的也，文学的也。此《红楼梦》之所以大背于我国人之精神，而其价值，亦即存乎此。彼《南桃花扇》、《红楼复梦》等，正代表我国人乐天之精神者也,故曰中国文学罕悲剧也。"具见所著《静庵文集》。徒以议多违俗,物论骇之,寻遭禁绝,不行于世。

国维年三十一,而有《静安文集》之刻,是为光绪三十年丁未也,先一年,振玉奉学部奏调,至是荐国维于尚书荣庆,命在学部总务司行走。入都以后,始治宋元以来通俗文学,而殚瘁于宋之词、元之曲。著有《人间词话》,论词标举境界,谓:"有境界则自成高格,自有名句。五代、北宋之词所以独绝者在此。而境非独谓景物也,喜怒哀乐亦人心中之一境界,故能写真景物、真感情者,谓之有境界,否则谓之无境界。'红杏枝头春意闹',着一'闹'字而境界全出;'云破月来花弄影',着一'弄'字而境界全出。境界有大小,不以是而分优劣。'细雨鱼儿出,微风燕子斜',何遽不若'落日照大旗,马鸣风萧萧'?'宝帘闲挂小银钩',何遽不若'雾失楼台,月迷津渡'也?有造境,有写境,此理想与写实二派之所由分。然二者颇难分别,因大诗人所造之境,必合乎自然,所写之境,亦必邻于理想故也。有有我之境,有无我之境。'泪眼问花花不语,乱红飞过秋千去','可堪孤馆闭春寒,杜鹃声里斜阳暮',有我之境也;'采菊东篱下,悠然见南山','寒波澹澹起,白鸟悠悠下',无我之境也。有我之境,以我观物,故物皆著我之色彩。无我之境,以物观物,故不知何者为我,何者为物。古人为词,写有我之境者为多,然未始不能写无我之境,此在豪杰之士,能自树之耳。无我之境,人唯于静中得之;有我之境,于由动之静时得之,故一优美、一宏壮也。"更进而辩词境有隔、不隔之别,而谓:"南宋逊于北宋。白石写景之作,如'二十四桥仍在,波心荡,冷月无声','数峰清苦,商略黄昏雨','高树晚蝉,说西风消息',虽格韵高绝,然如雾里看花,终隔一层。梅溪、梦窗诸家写景之病,皆在一隔字。即以一人一词论,如欧阳公《少年游》咏春草上半阕云'阑干十二独凭春,晴碧远连云。二月三月,千里万里,行色苦愁人',语语都在目前,便是不隔。至云'谢家池上,江淹浦上',则隔矣。白石《翠楼吟》'此地宜有词仙,拥素云黄鹤,与君游戏。玉梯凝望久,叹芳草萋萋千里',便是不隔。至'酒祓清愁,花消英气',则隔矣。然南宋词虽不隔处,比之前人,自有浅深、厚薄之别。'生年不满百,常怀千岁忧。昼短苦夜长,何不秉烛游','服食求神仙,多为药所误。不如饮美酒,被服纨与素',写情如此,方为不隔。'采菊东篱下,悠然见南山。山气日夕佳,飞鸟相与还','天似穹庐,笼盖四野。天苍苍,野茫茫,风吹草低见牛羊',写景如此,方为不隔。古今词人,词格之高无如白石,惜不于意境上用力,故觉无言外之味,弦外之响,终不能与于第一流之作者也。南宋词人,白石有格而无情,剑南有气而乏韵,其堪与北宋人颉颃,唯一幼安耳。幼安之佳处,在有性情,有境界。"此国维论词之大概也。顾所弹心者尤在剧曲,著有《曲录》六卷,《戏曲考原》一卷,《宋大曲考》一卷,《优语录》二卷,《古曲脚色考》一卷,而国维所自惬意者,莫如《宋元戏曲史》,盖综生平论曲之旨而集其大成者也。大指以为:"戏曲之原,盖始于古之巫。巫者,实以歌舞为职,以乐神人者也。其后有俳优,晋有优施,楚有优孟,优之为言调戏也。巫与优之别:巫以乐神,而优以乐人。巫以歌舞为主,而优以调谑为主。巫以女为之而优以男为之。优孟为孙叔敖衣冠,而楚王欲以为相,优施一舞而孔子谓其笑君,则于言语之外,其调笑亦以动作行之,与后世之优颇复相类。后世戏剧,当自巫、优二者出。惟古之俳优,但以歌舞及戏谑为事。自汉以后则间演故事。而合歌舞以演一事者,则始于北齐,如《兰陵王入阵曲》、《踏摇娘》,著于《旧唐书·音乐志》,皆有歌有舞以演一事,而前此虽有歌舞,未用之以演故事,虽演故事未尝合以歌舞,不可谓非戏之创例也。唐代歌舞戏之外,又有滑稽戏,始于开元,盛于晚唐。其与歌舞戏不同者,则一以歌舞为主,一以言语为主。一则演故事。一则讽时事。一为应节之舞踏,一为随意之动作。此其异也。然后代之戏剧,必合言语、动作、歌唱以演一故事,而后戏剧之意义始全,故真戏剧必与戏曲相表里,而戏剧实滥觞于宋之歌曲也。宋之歌曲，其最通行而为人人所知者，是为词，亦谓之近体乐府，亦谓之长短句，宋人宴集，无不歌以侑觞，然大率徒歌而不舞。其歌舞相兼者，则谓之传踏，亦谓之转踏，亦谓之缠踏，其初恒以一曲连续歌之。然至汴宋之末则其体渐变，先以引子，引子后只有两腔迎互循环，此外又有曲破与大曲，则曲之遍数虽多，然仍限于一曲。至合数曲而成一乐者，则自诸宫调始。诸宫调者，小说之支流，而被之以乐曲者也。其所以名诸宫调者，则由宋人所用大曲，传踏不过一曲，其在同一宫调中甚明，惟此编每一宫调中，多或十余曲，少或一二曲，即易他宫调，合若干宫调以咏一事，故曰诸宫调。今考周密《武林旧事》载官本杂剧段数二百八十本，其用普通词调、大曲、法曲、诸宫调者，至一百五十本。其用大曲、法曲、诸宫调者，则曲之片数颇多，以敷衍一故事，自觉不难，而单用词调及曲调者，只有一曲，当以此曲循环敷衍，如传踏之例。则知南宋剧曲，实综合种种之乐曲。至成一定之体段，用一定之曲调，而百余年间无敢逾越者，则元杂剧是也。自有元杂剧而后中国之真戏曲出。元杂剧之视前代戏曲之进步，约而言之，则有二焉。宋杂剧中用大曲者几半。大曲之为物，遍数虽多，然通前后为一曲，其次序不容颠倒，而字句不容增减，格律至严，运用不便。其用诸宫调者，则不拘于一曲，凡同在一宫调中之曲，皆可用之，顾一宫调中，虽或有联至十余曲者，然大抵用二三曲而止，移宫换韵，转变至多，故于雄肆之处稍有欠焉。元杂剧则不然。每剧则用四折，四折之外，意有未尽，则以楔子足之，或在前，或在各折之间，每折易一宫调，每调中之曲，必在十曲以上，其视大曲为自由，而较诸宫调为雄肆。且于正宫之'端正好'、'货郎儿'、'煞尾'，仙吕宫之'混江龙'、'后庭花'、'青哥儿'，南吕宫之'草池春'、'鹌鹑儿'、'黄钟尾'，中吕宫之'道和'，双调之'□□□'、'折桂令'、'梅花酒'、'尾声'，共十四曲，皆字句不拘，可以增损。此乐曲上之进步也。其二则由叙事体而变为代言体也。宋人大曲，就现存者观之，皆为叙事体。金之诸宫调，虽有代言之处，而大体只可谓之叙事。犹元杂剧之为物，合动作、言语、歌唱三者而成，纪所歌唱者曰曲，纪动作者曰科，纪言语者曰宾、曰白，自于科白中叙事，而曲文全为代言，亦不可谓非戏曲上一大进步也。然元剧所用曲，仍不出宋杂剧，或出普通词调，或出大曲，或出诸宫调，而诸曲配置之法，亦有如传达之以二曲迎互循环者，其事实之取材于宋杂本官剧者尤不少。然则元曲之佳处何在？曰：自然而已矣。古今之大文学，无不以自然胜，而莫著于元曲。盖元剧之作者，其人均非有名位学问也；其作剧也，非有藏之名山，传之其人之意也。彼以意兴之所至，为之以自娱娱人，关目之拙劣所不问也，思想之卑陋，所不讳也，人物之矛盾，所不顾也，彼但摹写其胸中之感想与时代之情状，而真挚之理与秀杰之气，时流露于其间。故谓元曲为中国最自然之文学，无不可也。明以后传奇无非喜剧，而元则有悲剧在其中，就其存者言之，如《汉宫秋》、《梧桐雨》、《西蜀梦》、《火烧介子推》、《张千赞杀妻》等，初无所谓先离后合，始困终亨之事也。其最有悲剧之性质者，则如关汉卿之《窦娥冤》，纪君祥之《赵氏孤儿》，即列之于世界大悲剧中，亦无愧色也。元剧关目之拙，固不待言，此由当日未尝重视此事，故往往互相蹈袭，或草草为之。然如武汉臣之《老生儿》，关汉卿之《救风尘》，其布置结构，亦极意匠惨淡之致。然元剧最佳之处，不在其思想结构，而在其文章，其文章之妙，亦一言以蔽之，曰：'有意境而已矣。'何以谓之有意境？曰：写情则沁人心脾，写景则在人耳目，述事则如其口出，是也。古诗词之佳者，无不如是，元曲亦然。其言情述事之佳者，如关汉卿《谢天香》第三折：

　　[正宫端正好]我往常在风尘，为歌妓，不过多见了几个筵席，回家来仍作个自由鬼，今日倒落在无底磨，牢笼内。

马致远《任风子》第二折：

[正宫端正好]添酒力,晚风凉,助杀气,秋云暮。尚兀自脚趔趄,醉眼模糊。他化的我一方之地都食素,单则俺杀生的无缘度。

语语明白如话,而言外有无穷之意。又如《窦娥冤》第二折:

[斗虾蟆]空悲戚,没理会,人生死,是轮回。感着这般疾病,值着这般时势,可是风寒暑湿,或是饥饱劳役,各人证候自知。人命关天关地,别人怎生替得?寿数非干一世,相守三朝五夕,说甚一家一计。又无羊酒缎匹,又无花红财礼,把手为活过日,撒手如同休弃。不是窦娥忤逆,生怕旁人论议。不如听咱劝你,认个自家晦气,割舍的一具棺材,停置几件布帛,收拾出了咱家门里,送入他家坟地。这不是你那从小儿年纪指脚的夫妻。我其实不关亲,无半点凄怆泪。休得要心如醉,意似痴,便这等嗟嗟怨怨,哭哭啼啼。

此一曲直是宾白,令人忘其为曲。元初所谓当行家,大率如此。至中叶以后,已罕觏矣。其写男女离别之情者,如郑光祖《倩女离魂》第三折:

[醉春风]空服遍晌眩乐,不能痊,知他这腊腌病,何日起?要好时,直等的见他时,也只为这症候因他上得。一会家缥渺呵,忘了魂灵;一会家精细呵,使着躯壳;一会家混沌呵,不知天地。

[迎仙客]日长也,愁更长,红稀也,信尤稀,春归也,奄然人未归。我则道相别也数十年,我则道相隔着数万里,为数归期,则那竹院里刻遍琅玕翠。

此种词如弹丸脱手,后人无能为役。至写景之工者,则马致远之《汉宫秋》第三折:

[梅花酒]呀!对着这迥野凄凉。草色已添黄,兔起早迎霜。犬褪得毛苍,人搠起缨枪,马负着行装,车运着糇粮,打猎起围场。他,他,他,伤心辞汉主;我,我,我,携手上河梁。他部从,入穷荒;

我銮舆,返咸阳。返咸阳,过宫墙;过宫墙,绕回廊;绕回廊,近椒房;近椒房,月昏黄;月昏黄,夜生凉;夜生凉,泣寒螿;泣寒螿,绿纱窗;绿纱窗,不思量。

[收江南]呀!不思量,便是铁心肠。铁心肠,也愁泪滴千行。美人图今夜挂昭阳,我那里供养,便是我高烧银烛照红妆。

(尚书云)陛下回銮罢,娘娘去远了也。(驾唱)

[鸳鸯煞]我煞大臣行,说一个推辞谎,又则怕笔尖儿那火编修讲。不见那花朵儿精神,怎趁那草地里风光?唱道伫立多时,徘徊半晌,猛听的塞雁南翔,呀呀的声嘹亮,却原来满目牛羊,是兀那载离恨之毡车半坡里响。

以上数曲,真所谓'写情则沁人心脾,写景则在人耳目,述事则如其口出'者。第一期之元剧,虽浅深大小不同,而莫不有此意境也。古代文学之形容事物也,率用古语,其用俗语者绝无,又所用之字数,亦不甚多。独元曲以许用衬字故,故辄以许多俗语,或以自然之声音形容之,此自古文学上所未有也。例如《西厢记》第四剧第四折:

[雁儿落]绿依依墙高柳半遮,静悄悄门掩清秋夜,疏剌剌林梢落叶风,昏惨惨云际穿窗月。

[得胜令]惊觉我的是颤巍巍竹影走龙蛇,虚飘飘庄周梦蝴蝶,絮叨叨促织儿无休歇,韵悠悠砧声儿不断绝。痛煞煞伤别,意煎煎好梦儿应难舍,冷清清的咨嗟,娇滴滴玉人儿何处也?

此犹仅用三字也。其用四字者,如马致远《黄粱梦》第四折:

[叨叨令]我这里稳丕丕土坑上迷飑没腾的坐,那婆婆将粗剌剌陈米喜收希和的播,那蹇驴儿柳阴下舒着足乞留恶滥的卧,那汉子去脖项上婆娑没索的摸。你则早醒来了也么哥,你则早醒来了

也么哥,可正是窗前弹指时光过。

其更奇者,则如郑光祖《倩女离魂》第四折:

> [古水仙子]全不想这姻亲是旧盟,则待教祆庙火刮刮匝匝烈焰生,将水面上鸳鸯忒楞楞腾分开交颈,疏剌剌沙辅雕鞍撒了锁鞓,厮琅琅汤偷香处喝号提铃,支楞楞争弦断了不续碧玉筝,吉丁丁珰精砖上摔破菱花镜,扑通通东井底坠银瓶。

又无名氏《货郎旦》剧第三折,则所用叠字,其数尤多。

> [货郎儿六转]我则见黯黯惨惨天涯云布,万万点点潇湘夜雨,正值着窄窄狭狭沟沟堑堑路崎岖,黑黑暗暗彤云布,赤留赤律潇潇洒洒断断续续,出出律律忽忽鲁鲁阴云开处,霍霍闪闪电光星注。正值着飕飕摔摔风,淋淋渌渌雨,高高下下凹凹答答一水模糊,扑扑簌簌湿湿渌渌疏林人物,却便似一幅惨惨昏昏潇湘水墨图。

由是观之,则元剧实于新文体中自由使用新言语,在我国文学中,于《楚辞》、《内典》外得此而三,然其源远在宋、金二代,不过至元而大成。其写景、抒情、述事之美,优足以当一代之文学,又以其自然,故能写当时政治及社会之情状,足以供史论家论世之资者不少。又曲中多用俗语,故宋、金、元三朝遗语所存甚多,辑而存之,理而董之,自足为一专书。此又言语学上之事,而非此书之所有事也。"盖国维之盛推元剧如此。自序其书曰:"一代有一代之文学。楚之骚,汉之赋,六代之骈语,唐之诗,宋之词,元之曲,皆所谓一代之文学,而后世莫继焉者也。独元人之曲,为时既近,托体稍卑,故两朝史志与《四库》集部均不著录。后世儒硕皆鄙弃不复道,而为此学者,大率不学之徒,即有一二学子以余力及之,亦未有能观其会通,窥其奥窔者。余读元人杂剧,以为能道人情、状物态,词彩俊拔,而出乎自然,盖古所未有,而后人不能仿佛也。辄思究其渊源,明其变化之迹,以为非求诸唐、宋、辽、金之文学,弗能得也。世之为此学者,自余始,其所贡于此学者,亦以《宋元戏曲史》一书为多。非吾辈才力过于古人,实以古人未尝为此学故也。"识者信其言之匪夸。然国维沉思于宋元以来通俗文学者,先后不逾三年,盖未若治哲学之久也,而所获则远过之。国维治哲学,未尝溺新说而废旧闻,其治通俗文学,亦未尝尊俚辞而薄雅故。迄辛亥国变,振玉挂冠神武门,避地东渡,航海走日本,国维则携家相从。振玉乃劝之专研国学,而先于小学训诂植其基,并与论学术得失,谓:"尼山之学在信古。今人则信今而疑古。本朝学者疑《古文尚书》,疑《尚书》孔注,疑《家语》,所疑固未尝不当。及大名崔氏著《考信录》,则多疑所不必疑。至于晚近,变本加厉,至谓诸经皆出伪造。至欧西之学,其立论多似周秦诸子。若尼采诸家学说,贱仁义,薄谦逊,非节制,欲创新文化以代旧文化,则流弊滋多。方今世论益歧,三千年之教泽,不绝如线,非矫枉不能返经。士生今日,万事不可为,拯此横流,舍反经信古末由也。君年方壮,予亦未至衰暮,守先待后,期与子共勉之。"国维闻而慊然,自怼以前所学未醇,乃取行箧《静安文集》百余册悉摧烧之,欲北面称弟子。自是又尽弃所治宋元文学,专攻经史,日读注疏尽数卷,旁及古文字声韵之学,如是者数年,所造益深且醇。先振玉三年返国。振玉割藏书十之一赠之,送之神户,执国维手曰:"以君进德之勇,异日以亭林相期矣。"迄以治殷虚龟甲文成名,而国维之学,于是为三变矣。所撰《殷卜辞中所见先公先王考》及《殷周制度论》,义据精深,方法缜密,极考证家之能事,而于周代立制之源,及成王、周公所以治天下之意,言之尤为真切。自来说诸经大义,未有如国维之贯串者。国维之学,于让清二百余年中,最近歙县程瑶田易畴及吴县吴大澂愙斋。程氏所著书,以精识胜而以目验辅之,其时古文字、古器物尚未大出,故扃途虽启而运用未宏。吴氏之书,全据近出之文字、器物以立言，其源出于程氏而精博则逊之。国维识力不亚程氏，而步吴氏之轨躅，又当古文字、古器物大出之世，故其规模大于程，而精博则过吴，能由文字声韵以考古代之制度、文物，并其立制之所以然，其术在由博而反约，由疑而得信，务在不悖不惑，当于理而止。其于古人之学说亦然。国维尝谓："今之学者，于古人之制度、文物、学说无不疑，独不肯自疑其立说之根据。"有慨乎其言之也。孜孜兀兀，没身而止，都十五六年，生平治学，盖以考证学为至劬且久云，而处心积虑，所欲号于天下人人者，又志不在此。尝以为："自三代至于近世，道出于一而已。泰西通商以后，西学、西政之书输入中国，于是修身齐家、治国平天下之道，乃出于二。光绪中叶，新说渐胜，逮辛亥之变，而中国之政治、学术，几全为新说所统一矣。而原西说之所以风靡一世者，以其国家之富强也。然自欧战以后，欧洲诸强国情见势绌，道德堕落，本业衰微，货币低降，物价腾涌，工资之争斗日烈，危险之思想日多。甚者如俄罗斯，赤地数万里，饿死千万人，生民以来，未有此酷。而中国此十余年中，纪纲扫地，争夺频仍，财政穷蹙，国几不国者，其源亦半出于此。尝求其故，盖有二焉：西人以权利为天赋，以富强为国是，以竞争为当然，以进取为能事，是故挟其奇技淫巧，以肆其豪强兼并，更无知止知足之心，浸成不夺不餍之势。于是国与国相争，上与下相争，贫与富相争。凡昔之所以致富强者，今适为其自毙之具，此皆由贪之一字误之。此西说之害，根于心术者一也。中国立说，首贵用中。孔子称过犹不及，孟子恶举一废百。西人之说，大率过而失其中，执一而忘其余者也。试言其尤著者：国以民为本，中外一也。先王知民之不能自治也，故立君以治之，君不能独治也，故设官以佐之，而又虑君与官吏之病民也，故立法以防制之，以此治民，是亦可矣。西人以是为不足，于是有立宪焉，有共和焉。然试问立宪、共和之国，其政治果出于多数国民之公意乎，抑出于少数党人之意乎？民之不能自治，无中外一也，所异者，以党魁代君主，且多一贿赂奔走之弊而已。孔子言患不均,《大学》言平天下,古之为政,未有不以均平为务者,然其道不外重农抑末,禁止兼并而已。井田之法,口分之制,皆屡试而不能行,或行而不能久。西人则以是为不足,于是有社会主义焉,有共产主义焉。然此均产之事,将使国人共均之乎,抑委托少数人使均之乎?均产以后,将合全国之人而管理之乎,抑委托少数人使代理之乎?由前之说,则万万无此理。由后之说,则不均之事俄顷即见矣。俄人行之,伏尸千万,赤地万里,而卒不能不承认私产之制度,则曩之汹汹,又奚为也?抑西人处事,皆欲以科学之法驭之。夫科学之所能驭者,空间也,时间也,物质也,人类与动植物之躯体也。然其结构愈复杂,则科学之律令愈不确实。至于人心之灵,及人类所构成之社会、国家,则有民族之特性,数千年之历史与其周围之一切境遇,万不能以科学之法治之,而西人往往见其一而忘其他,故其道方而不能圆,往而不知反。此西说之弊,根于方法者二也。至西洋近百年中,自然科学与历史科学之进步,诚为深邃精密,然不过少数学问家用以研究物理,考证事实,琢磨心思,消遣岁月斯可矣。而自然科学之应用,又不胜其弊,西人兼并之烈,与工资之争,皆由科学为之羽翼。其无流弊如史地诸学者,亦犹富人之华服,大家之古玩,可以饰观瞻而不足以养口体。是以欧战以后,彼土有识之士,乃转而崇拜东方之学术,非徒研究之,又信奉之,数年以来,欧洲诸大学议设东方学讲座者以数十计,德人之奉孔子、老子说者,至各成一团体。盖与民休息之术,莫尚于黄、老,而长治久安之道,莫备于周、孔,在我国为经验之良方,在彼土尤为对症之新药,是西人固已憬然于彼政学之流弊,而思所变计矣。我惛不知,乃见他人之落阱而辄追逐其后,争民施夺,处士横议,以共和始者,必以共产终。"垂涕而道,而世人不果所言,则见以为迂远而阔于事情。犹称其考古之学为前无古人,后启来者。然征文考献,有裨文学,厥推阐扬元剧,开其荜路之功也。逊帝宣统钦其学行,赏食五品俸,赐紫禁城骑马,命检昭阳殿书籍，监定内府所藏古彝器。既而逊帝遁荒天津，国维受聘为清华研究院教授，以民国十六年四月，感时丧乱，自沉颐和园之昆明湖，于衣带中得遗墨曰："五十之年，只欠一死。"海内识与不识，罔不惜其学而闵其愚，使不即死，所造未可量也。特是曲学之兴，国维治之三年，未若吴梅之劬以毕生；国维限于元曲，未若吴梅之集其大成；国维详其历史，未若吴梅之发其条例；国维赏其文学，未若吴梅之析其声律。而论曲学者，并世要推吴梅为大师云。

吴梅，字瞿安，一字灵䰟，又号霜崖。少有志治曲学，常曰："诗文、词曲并称，余谓诗文固难，而古今名集至多，且论文、论诗诸作，指示极精。惟词曲最难从入，而曲为尤难。何者？词自南唐、两宋，名家著述易于购取，学者有志，尚可探索。曲则自元以还，关、马、郑、白之作，不可全见，吴兴百种而外，存者不多。有明一代，名世者不过王于一、阮圆海二三十人，而其所作已在有无之间。且填词宾白之法，素乏专书。词隐之《南词谱》，玄玉之《北词谱》，不易得，所依据者，不过《西厢》、《琵琶》数种而已。"以年十八作《风洞山传奇》。顾仅为其词而已，未能度曲也，心辄怏怏。尝谓："欲明曲理，须先唱曲，《隋书》所谓'弹曲多则能造曲'是也。"吴中里老多善讴者，乃从问业，往往就曲中工尺旁谱，教以轻重疾徐之法，进叩所以，则曰："非余之所知也。且唱曲者可不问此。"顾梅意有不慊，遂取古今杂剧传奇，博览而详核之，积四五年，出与里老相问答，咸骇却走。里老中有俞宗海粟庐者，工为书，而度曲尤臻神妙，独与亲交。梅从之游，途径斯辟。会康有为、梁启超变政，事败而有为之弟广仁与杨深秀、杨锐、林旭、刘光第、谭嗣同六人，骈戮都市，所谓六君子是也。梅闻而哀焉，为谱传奇，名曰《血花飞》。昭文黄振元为之序，而梅大父惧以文字贾祸，遂取其稿焚焉。既能度曲，乃核审律，所自得意者，尝为吴江陈去病题《徐寄鹿女史西泠悲秋图》，图为悲绍兴女子秋瑾之以革命被戮平墓而作者，用越调《小桃红》一套，其中《下山虎》，固举世所称难作者也。尝诵《幽闺记》中一支云："大家体面，委实多般，有眼何曾见，懒能向前。他那里弄盏传杯，恁般腼腆，这里新人忒煞虔。待推怎地展，主婚人不见怜。配合夫妻事，事非偶然。好恶姻缘总在天。"曲中"大"字及"懒能向前"句，"待推怎地展"句，"事非偶然"句，四声一字不可移易，而自以为题此一支之能因难见巧也。其辞曰：

> 半林夕照，照上峰腰。小冢冬青少，有柳丝数条。记麦饭香醪，清明拜扫。怎三尺孤坟，也守不牢。这冤怎样了，土中人血泪抛。满地红心草，断魂可招。你敢也侠气阴风在这遭。

以较《幽闺记》自诧青出于蓝焉。又尝作《双泪碑》传奇，仅成四折，未成书也。丹徒丁传靖者，亦工诗词，作《沧桑艳》、《霜天碧》二曲，词采蒩发，才名甚盛，辄以贻梅。独梅规其不律，与之书曰：

> 琇甫足下：承惠《沧桑艳》、《霜天碧》二曲，循诵再三，渲染点缀，雅近倚姓之境。就文而论，无可献疑。弟敢渎进一言于左右者，则以足下之才之大，苟范之以韵律而不逸于先正之规，虽玉茗百子，犹将敛手，而惜夫出之之易也。夫杂剧之名，滥觞《宋志》；传奇之作，发轫金源。顾当时管器，专力弦索，所陈乐色，间以胡声，嘈杂缓急之间，南人至不能按。迨及元季，永嘉乃兴，扬关、马之流风，创为院本，而伶官旧格，不尽餍一时士夫之心。于是君美、菊庄之徒，斐然有作，乐府声调之遗，户工嘌唱之法，规模略具，堂奥斯成。然而对山募国工以正音，天池拜德明而按拍，龂龂刊黍，非故为其难也，盖郑重之也。足下丽藻天授，敢不心倾。弟所乐与足下商榷者，宫调与音韵之际耳。宫调者，六宫十一调也；音韵者，五音十九部也。凡所谓曲，必隶属于一宫一调，而声之抑扬高下，又各视其所隶之宫调以为衡。而此一宫一调之中，所隶诸曲，虽多至百数，其声之抑扬高下，能者早辨之于无声，初不必制谱而知之也。

惟此宫调之意，尤各有所归。黄钟宜富贵缠绵也，则词之富丽者属之；仙吕宜清新绵邈也，则词之隽逸者属之。是故为词者，必先审其情势之哀乐而定之于一宫，复酌其牌名之繁简而归之于一套，然后晰其阴阳，辨其清浊，审其板之疏密，称其词之美恶，要归诸自然而已矣。能如是，则神而明之，存乎其人，即小德出入，明者亦无所吹求，此凌次仲所谓"传奇无定法"，而清远《四梦》所以终难见诸场上也。至于音韵要守中州，周德清之说惟供北词，范昆白之书，仅利南曲。真文庚清之分，齐微鱼模之辨，运用变化，惟在一心，深甫《大典》不足法焉。虽然，犹有难至者在也。引子过曲，人所尽知，而过曲有长短刚柔之殊，有近慢缓快之别，鼓色板格又有疾徐正赠之不同。则志于斯者，惟因时制宜，操纵合度，不囿于势，不逸于范，竭吾力焉已耳，局促之与㼌驾，安得谓之良马哉？弟少喜度曲，辄复倚声。往者刘君子庚屡述盛意，不图并世尚有斯人，岂知握手之期，即在此日，其愉快以为何如耶？用略陈其愚，惟垂察焉。

盖严于核律如此。顾虚衷博采，有工度曲者，辄造论得失。尝访仇涞之于金陵，金陵言度曲，仇为最，为歌《渡江》、《弹词》二折。梅以为口齿不如吴人，而转调换气，有广陵先正之规。仇意欢然。时民国初定，金陵以大都再遭兵祸，为语秦淮旧事。梅感其言，作北词《折桂令》曰：

> 记秦淮载酒曾过。画舸回灯，水榭听歌。欢事无多，河桥依旧，花月消磨。走青楼，撤不住新亭风火。渡青溪，填不平故国风波。回首蹉跎，十载如梭，说什么金粉南朝，倒变做春梦东坡。

因即订谱，歌之，一时闻者皆惘惘也。

初梅以精词曲，任北京大学文科教授，寻转任东南大学、广州中山大学、南京中央大学，所著有《顾曲麈谈》、《百嘉室曲选》、《南北九宫简谱》等书，皆论曲之作。其论词与曲之递变曰："我国文学改变之迹，皆由自然，非一二大文豪所得左右其间也。自乐府不能按歌，而唐人始有词。太白、香山开其先，至飞卿而其艺遂著。南唐、两宋，更发挥光大之。于是词学乃独树一帜矣。金、元入主中原，旧词之格，往往于嘈杂缓急之间，不能尽按，遂糅杂方言，别立一格，名之曰曲。创始于董解元，而关汉卿、马东篱、郑德辉、白仁甫乃极其变。然则曲也者，为宋、金词调之别体。当南宋词家慢近盛行之时，即为北调榛莽胚胎之日。一时中原弦索，披靡天下，非复垂虹桥畔，浅斟低唱光景矣。然则词之变而为曲，亦有端倪可寻乎？曰：有之，即宋时大曲是也。宋人宴集，无不歌以侑觞，其歌以词一阕为率，其有连续歌此一阕者，如赵德麟之商调《蝶恋花》十章，咏会真之事，亦徒歌而不舞。其所以异于普通之词者，不过将此词牌叠用成套，以咏一事而已。宋时官本杂剧，皆以词牌叠用成套，而《东京梦华录》载杂剧队舞之制极详，是已具搬演戏剧之性质矣。至《乐府雅词》又备录董颖《薄媚》大曲一套，其曲牌有排遍、十㪚、入破、虚催、衮遍、催拍、歇拍、煞衮等名，更与董《西厢》及元人杂剧相类。而东坡《哨遍》㯹括《归去来辞》，虽开代言之体，然以数曲代一人之言，且专赋吴越故事者，实自董颖此套为始。要之德麟《蝶恋花》十曲开董解元之先声，此套则为元套数杂剧之祖。故戏曲之极盛于金、元，实自宋词变化中来，而大曲尤为词与曲嬗蜕之显而易见者也。始也承两宋诗余之格，而移易其声调，出辞渊雅，有类秦、柳，是曰小令，赵闲闲《青杏子》、元遗山《骤雨打新荷》是也。继则沿宋人大曲之制，择同调各曲联缀成篇，写怀赋物，各称其才，是曰散曲，张禄之《词林摘艳》，郭苍岩之《雍熙乐府》，凡所辑录者皆是也。此皆有辞而无科白者也。董解元《西厢》为诸宫调体，有白语矣，而科、介则阙焉。科、介具者有二，作北曲者为杂剧，作南曲者为传奇，至是戏剧之用始备矣。北剧极盛于元，南戏继起有明。而原南戏之兴，当在宋光宗朝，永嘉人作《赵贞女》、《王魁》二传，实为首唱。或云宣和间已有萌芽，至南渡时则盛行，号曰

'永嘉杂剧'，其文字即本宋人词，而益以里巷歌谣，不协宫徵，士大夫罕有传习者。至元时，北剧蔚兴，南戏衰熄。迨高则诚《琵琶传》出，尽洗胡元古鲁兀刺之风，而易之以缠绵顿宕之声，又得明高皇帝奖许，于是海内向风，别名为南曲，以元套杂剧为北曲，而相骖靳。此一时也。澉川杨康惠公梓得贯云石之传，尝作《豫让》、《霍光》、《尉迟敬德》诸剧，流传宇内，与中原弦索抗行。而长子国材复与鲜于去矜交游，以乐府世其家，总得南声之秘奥，别创新音，号为海盐调，江西、两京间翕然和之。此一时也。嘉、隆间，太仓魏良辅、昆山梁辰鱼以善讴名吴下。良辅探讨声韵，坐卧一小楼者十余年，考订《琵琶》板式，造水磨调，辰鱼作《浣纱记》付之，流丽稳协，天下始有清音，号曰昆曲，历世三百，莫不俯首倾耳，奉为雅乐。此犹宋代嘌唱家用就旧声而加以泛艳者也。此又一时也。明之中叶，杂剧亦用南词，传奇间取北曲者，此又事之变也，不可绳之以法也。自明以来，南词特盛，论其高下，派别攸分：《荆》、《刘》、《拜》、《杀》，谐俗者也。《香囊》、《玉玦》，藻丽者也。汤奉常之新颖，沈寿宁之古拙，吴石渠之雅洁。范香令之工练，协律修词，并足为法。逊清一代，高莫如东塘，大莫如昉思，藏园、湖上，虽雅郑不同，非二家之敌也。夫声歌之道，远本风诗。体格之尊，俨若乐府。自艳语赠答动乖典章，才士寄情不辞猥亵，君子观之辄复鄙弃，抑知雕缋物情，模拟人理，极宇宙之变态，为文章之奇观，又乌可以小技薄之也哉。"又论词与曲之别曰："今人言声歌之道，辄将词曲并举，一若二者无异，此不知音者之言也。七音十二律互乘为八十四调，以宫乘律为宫，以其他六音律为调，而以限定乐器管色之高低，无论词曲一也。惟按歌则大不同。诸词皆一字一音，初无繁声介乎其中，与朱子所述《鹿鸣》、《四牡》等十二章诗谱，按之相合，是与北曲之驰骤，南曲之柔峭，绝不相类。此其异于按歌者一也。至于用韵，曲尤谨严。盖填曲之韵，既非诗韵，又非词韵，其间去取分合，大抵以入声分派三声，而各将一韵分清阴阳，如世传之《中原音韵》与《中州音韵》皆是也。大凡词韵与曲韵相异者,词中所用入韵,有协入三声者,有独用入声者,故万不可守入派三声之例,则入声一部,断不能缺,此曲家所以不可用词韵也。且词韵支思与齐微合并为一,居鱼、苏模二韵,寒山、桓欢、先天三韵,家麻、车遮二韵,艳咸、廉纤二韵,亦合而为一。而曲则各判畛域,不可假借,以开口与闭口,出音各殊,鼻音与颚音,吐字宜细。盖不分析,则发音不纯,起调毕曲,无所归宿矣。惟曲韵亦有较诗词宽者,诗则东与冬不能混,萧与豪又不能相合。词虽略宽,顾如魂、元之类,有时亦稍当区别。而曲则江、阳一致,庚、亭不分,且合平、上、去三声而共用之,选韵尤绰有余地,固诗与词所万万不能者也。此其异于用韵者二也。词之长调,意内言外,自宋以来,作者虽多,而论其体例,止有小令、中令、长调之分耳。按诸起调毕曲之说,则首韵与两结韵,各宜慎重下字。然曲则注重在尾格,而每注之起毕,反不必斤斤焉。一支者名小令,二支、四支者名重头,全套有尾者名散套,其繁简多寡,与词大异。此其异在结构者三也。词之作法,不论小令、中调、长调,一言以蔽之,曰雅而已矣。曲则有雅有俗,何也?词无角目,曲有角目也。两宋名词具在,大抵主宾酬酢,皓齿一转而已,但冀一牌脱稿,即可引吭发声,初无套数之多少,更无忠佞之分配也。曲则有清曲、戏曲之分。清曲与词尚近,无容费辞,剧曲则邪正贤奸,最宜分析。然而生、旦之神情易写,净、丑之口吻难描。旧传奇中,净、丑诸曲往往失之太雅,不合本相,不知净、丑多市井小人,非若生、旦之可以文言见长,身不读书,何能以才语相向乎?是误以作词之法作曲也。此其异在填词者四也。今人混曰词曲,宁非与于不知言之甚者耶?"又论南曲与北曲之别曰:"王元美曰:'南曲重板眼;北曲重弦索。南字少而调缓,缓处见眼;北字多而调促,促处见筋。南主柔媚,北主刚劲。南宜独奏,北宜和歌。'此说极是。惟北曲有倍难于南者,北词调促而辞繁,下词至难稳惬,且衬字无定法,板式无定律,初学填词,几于无从入手，不如南曲之衬字不多，且有一定格式。检南词定律，正、衬分明，若北曲，则诸家所定之谱，颇有出入，偶一校对，何去何从，清初如《大成宫谱》、《钦定曲谱》之类，虽多所发明，而按诸各家之说，其间尚费斟酌。至《啸余谱》、《吴骚合编》等书，于北词往往不点板式，而以衬作正，以正误衬，不一而足，令人无从遵守。惟近来时伶，熟习诸套，若者为衬，若者为正，谱中聚讼之处，可就脚本之工尺旁谱中决之。此其难在填词者一也。且北曲不尚词藻，专重白描，胡元方言，尤须熟悉，句法、字法，别有一种蹊径，与南曲之温柔典雅，大相悬绝。如《西厢》'系春心情短柳丝长，隔花阴人远天涯近'，语妙今古。顾在当时，不甚以此等艳语为然，谓之行家生活，即明人谓案头之曲，非场中之曲也。实甫如'颠不刺的见了万千，似这般可喜娘罕曾见'及'鹘伶渌老不寻常'等语，却是当行出色。故作南曲，词章佳者尚易动笔，若作北曲，则语语不可夹入词赋话头，以俚俗为文雅，虽词章才子对此无所措手矣。试遍检明清传奇，南曲佳者至多，北词佳者绝少，皆坐此病。昔洪昉思与吴舒凫论填词之法，舒凫云：'须令人无从浓圈密点。'时昉思女在座曰：'如此则天下能有几人可造此诣？'此其难在本色者二也。且北曲无唱入声，而以入声诸字俱派入三声，盖以北人言语，本无入声，故唱曲亦无入声也。然必分派入三声者，何也？北曲之妙，全在于此，盖入声本不可唱，唱而引长其声，即是平声。南曲唱入声无长腔，出字即断，其间有引长其声者皆平声也。何则？南曲唱法以和顺为主，出声吐腔，重在字头，不必四声凿凿，故可稍为假借。至北曲则平自平，上自上，去自去，字字清真，出声、过声、收声，守定《中原音韵》，分毫不可假借，故唱入声，亦必审其字势该近何声，及可读何声，派定唱法，出声之际，历历分明，亦如三声之本音不可移易，然后唱者有所执持，听者分明辨别。此其难在唱入者三也。故曰：'南曲易，北曲难也。'然亦有北曲可不求工，而南曲不可不求工者，即宾白一事是。元人杂剧，以宾白叙事，以词曲写情，故每折之首,先将一折中人出场齐备,说明事迹何若,而后作大套长曲,及其演串登场,歌者自歌,白者自白,一人居中司歌,其宾白诸人环侍左右,先令宾白者出场,两旁分立,待此一折中人齐集以后,然后正、末登场,引吭而歌,众人或和歌,或介白,是故宾白,在元剧,仅为点清眉目而设,不必求工,即每折抹去宾白,亦无不可。昆调悠扬,一字可数转,虽数人分唱而仍苦其劳,故曲中宾白万不可少,一则节唱者之劳,二则宣曲文之意,非若元剧止供和声、介曲之用也。且元人各曲,善用腾挪之法,每一套中,其开手数曲辄尽力装点饱满,而于本事上,入手时不即擒题,须四五曲后方才说到,是一套之曲,不啻一篇文字,不必换一曲牌,更另换一意思也,故视宾白为无足轻重。南曲则一套之中,唱者既系多人,意境势难合一,不独生、旦同场,必须分清口角,即同是一生,同是一旦,措词亦各有分守,名为一套,实则一曲一意,而于关捩转折之际,能显其优美之趣者,则全在乎宾白,曲中词曲,歌时丝竹嗷嘈,一时未必即能领会,十分佳妙,只显七分,而宾白则一时一语,人人皆知,不分雅俗,每当笔酣墨饱之时,常有因得一二句好白,而使词曲亦十分畅达,加倍生色者。如《牡丹亭》'惊梦'折白曰:'好天气也。'以下便接《步步娇》'袅晴丝吹来闲庭院'一曲,可谓妙矣。试思若无'天气'二字,此曲如何接得上?又云'不到园林,怎知春色如许',以下便接《皂罗袍》'原来姹紫嫣红开遍'一曲,试思若无'不到园林'二语,曲中'原来'云云,如何可接?斯其显而易见者矣。"又论北曲之宜知务头曰:"务头者,曲中平、上、去三音联串之处也。如七字句,则第三、第四、第五之三字,不可用同一之音。大抵阳去与阴上相连,阴上与阳平相连,或阴去与阳上相连,阳上与阴平相连亦可,每一曲中,必须有三音相连之一二语,或二音相连之一二语,此即为务头处。周德清《中原音韵》论务头曰:'要知某调某白某字是务头,可施俊语于其上。'盖填词家宜知某调某句某字作务头,而施以俊语也。换言之,谓当先自定以某句某字为务头,定其去上,析其阴阳,而用俊语实之,不可拘牵四声阴阳之故,遂致文理不顺也。"又论南曲之宜检板式曰:"板拍所以为曲中之节奏。北曲无定式,视文中衬字之多少以为衡,所谓死腔活板,是也。南曲则每宫每支,除引子及'本宫赚'、'不是路'外,无一不立有定式。如仙吕宫之《河传序》共三十二板,《桂枝香》二十三板,其下板处,各有一定不可移动之处,谓之板式。文人善歌者少,往往不明板式之理,或任意多加衬字,以致上一板与下一板相隔太远,遂令唱者赶板不及,甚者落腔出调者,皆填词时不检板式之病也。未填词之先,必先将欲填之曲检出,细察此曲之板式,其疏密若何,若板式至简,或上句之末一板,与下句之第一板,中间间隔多字者,则下句之首万不可再加衬字矣。"又论字音与曲调之殊曰:"声中字音,以上声为最高,而在曲调中则上声诸字,反处极低之度。又去声之音,读之似觉最低,不知在曲调中,则去声最易发调,最易动听。故逢去、上两字连用之处,用去、上者必佳,用上去者次之,所谓卑亢之间,最难联贯也。凡事自上而下较易,自下而上较难。自去声至上声,由上而下也;自上声至去声,由下而上也。所以去、上之声,必优美于上、去。总之就曲调之高低,以律字音之卑亢,调之低者,宜用上声字,调之高者,宜用去声字,而上声字能少用,则所填诸词,无不可被管弦者矣。"尝怪古今曲家自金源以迄今日,其间享大名者不下数百人,所作诸曲,其脍炙人口者亦不下数十种,而独于填词之道则阙焉不论,遂使千古下人,欲求一成法而不可得。于是宗《西厢》者以妍媚自喜,宗《琵琶》者以朴素自高,而于分宫配调、位置角目、安顿排场诸法,悉委诸伶工,而其道益以不彰,虽有《中原音韵》及《九宫曲谱》二书,亦止供案头之用,不足为场上之资。自以少时潜心于此,叩之曲家,卒无人晓示本末者,既钻究有会,乃喟然曰:"曲学之所以不昌者,无他,在识曲者之务自秘而已矣。从来文章之事,就其高深言之,各有见到之处,父不能传诸子,师不能传诸弟,此固难言。惟规矩准绳,必须耳提面命,才能有所步趋。

今一切不讲,使人暗中扪索,在秘而不宣者,以为填词之法,非尽人所能,且此法无人授我,我岂肯独传于人?宁钳吾舌,使人莫明其妙,而吾略为指点之,则人将以关、马、郑、白尊我矣。此所以迄无成书也。夫文章天下之公器,非我之所能犹私,何必靳而不与至如是哉?"故不惮罄竭所晓,苦心分明,启曲学之经涂,诏来者以不诬焉,爰斥专知、撷共喻而撰其要著于篇。

　　梅藏曲之富,一时无两,盖南北遨游,手自搜罗者垂二十年,益以朋好所诒、弟子所录,架积日多,盖六百种。尝谓:"曲虽小伎,艺兼声文。往昔明嘉隆间,金陵唐氏有《富春堂》演剧百种。万历中,吴兴臧氏有《雕虫馆元曲选》。崇祯末,海虞毛氏有《汲古阁六十种曲》。近二十年中,贵池刘□□、武进董康复有《汇刻传奇》及《十段锦》、《盛明杂剧》等诸刊本。网罗放失,可谓勤矣。顾《富春》、《汲古》二本,稀如星凤,未易购求。《雕虫》旧椠,虽有复刊,而流传未广。刘、董两家,刊印颇精,而散曲不多,终嫌漏略。"因辑所藏,刊其尤者,曰《奢摩他室曲丛》:凡一百五十种,分散曲、杂剧、传奇三类。臧、毛等辑,仅具一体,固未足与拟,而散曲丛书,自来无刊,兹分别集、总集两目,体类大备,盖著录之所未睹也。凡散曲之属十一:曰《小山小令》,曰《梦符小令》以上乾隆重刻嘉靖本,曰《楼居乐府》嘉靖常评事集本,曰《碧山乐府》,曰《南曲次韵》以上崇祯张宗孟本,曰《浮海堂词稿》影钞嘉靖本,曰《击筑余音》旧钞本,此散曲别集之属也;曰《词林摘艳》嘉靖吴江张氏本,曰《南词韵选》吴江沈氏原本,曰《吴骚合编》武林张楚叔刻本,曰《太椴新奏》影钞江南图书馆藏崇祯刻本,此散曲总集之属也。凡杂剧之属六十五,曰《风云会》,曰《蓝采和》,曰《赤壁赋》,曰《野猿听经》,曰《豫让吞炭》以上影钞嘉靖本,曰《桃源景》,曰《常椿寿》,曰《香囊怨》,曰《复落娼》,曰《得驺虞》,曰《仗义疏财》,曰《踏雪寻梅》,曰《团圆梦》,曰《牡丹品》,曰《牡丹园》,曰《牡丹仙》,曰《继母大贤》,曰《仙官庆寿》,曰《庆朔堂》,曰《悟真如》,曰《曲江池》,曰《烟花梦》，曰《豹子和尚》，曰《小桃红》，曰《乔断鬼》，曰《半夜朝元》，曰《八仙庆寿》，曰《蟠桃会》，曰《辰钩月》以上宣德宪藩本，曰《不伏老》，曰《僧尼共犯》以上影钞嘉靖本，曰《游春记》，曰《中山狼》以上崇祯张宗孟本，曰《歌代啸》影钞本，曰《骂座记》，曰《寒衣记》以上影钞嘉靖本，曰《红纱》，曰《碧纱》，曰《挑灯剧》以上倘湖小筑本，曰《鸳鸯梦》午梦堂本，曰《西楼剑啸》钞袁箨庵自订西楼本，曰《祭皋陶》安雅堂全集本，曰《坦庵四种》坦庵自刻本，曰《后四声猿四种》旧钞本，曰《春水轩九种》赐锦楼本，曰《四大痴四种》山水邻本。凡传奇之属七十六，曰《琵琶》，曰《幽闺》以上陈眉公评本，曰《荆钗》李卓吾评本，曰《三元》，曰《和戎》以上富春堂本，曰《葵花》，曰《剑舟》以上广庆堂本，曰《青楼》，曰《目连救母》以上富春堂本，曰《凤求凰》，曰《花筵赚》，曰《长命缕》以上山水邻本，曰《还魂》冰丝馆本，曰《紫钗》竹林堂本，曰《邯郸》独深居本，曰《南柯》玉茗堂集本，曰《紫箫》汲古阁本，曰《红梅》玉茗堂评本，曰《碧珠》万历刊本，曰《东郭》，曰《醉乡》以上白雪斋本，曰《红梨》洛诵生原刻本，曰《红梨》快活庵评本，曰《新灌园》，曰《女丈夫》，曰《梦磊》，曰《洒雪堂》，曰《精忠旗》，曰《量江记》，曰《酒家佣》，曰《楚江情》，曰《双雄》，曰《万事足》以上墨憨斋重订本，曰《绿牡丹》，曰《画中人》，曰《西园》，曰《疗妒羹》以上两衡堂本，曰《情邮》粲花斋初刻本，曰《快活三》乾隆内府钞本，曰《息宰河》且居初印本，曰《异梦》玉茗堂评本，曰《题塔》万历刻本，曰《彩舟》，曰《投桃》以上环翠堂原刻本，曰《珊瑚玦》，曰《双忠庙》，曰《元宝媒》以上容居堂原刻本，曰《广寒香》书带草堂本，曰《眉山秀》一笠庵原刻本，曰《双金榜》，曰《燕子笺》，曰《春灯谜》，曰《牟尼合》以上石巢园原刻本，曰《偷甲》，曰《双锤》，曰《鱼篮》，曰《万全》，曰《十醋》，曰《双瑞》，曰《四元》以上金陵坊刻，曰《乞巧》康熙刻本，曰《香草吟》，曰《载花舲》以上曲波园原刻本，曰《芙蓉楼》双溪原刻本，曰《空青石》，曰《念八翻》，曰《风流棒》以上粲花别墅原刻本，曰《扬州梦》，曰《双报应》以上葭秋堂原刻本，曰《珊瑚鞭》（穿柳堂原刻本），曰《称人心》，曰《蝶归楼》以上旧钞本，曰《报恩缘》，曰

《才人福》，曰《文星榜》以上古香林原刻本，曰《伏虎韬》奢摩他室钞本。尽发所藏，播之儒林。百五十种中，如《词林摘艳》、《太霞新奏》、《诚斋诸剧》、《桐威》四种，皆词林逸品，曲苑鸿篇，向传其名，罕睹其籍。而梅搜采所及，别集、总集，则取才尚精，杂剧、传奇则选录从广。作者寓意，不厌详求，遗事轶闻，附书简末。朱祖谋之《彊村词编》及梅之《曲丛》一刻，咸稽古葺佚，蔚为巨观，而骈峙于当代，文章之囿，于是为不落寞矣。所自为曲，曰《霜厓四剧》：一《湘真阁》，二《无价宝》，三《西台恸哭记》，四《惆怅爨》。而《惆怅爨》子目又有四类：一云《香山老出放杨柳伎》，一云《湖州守乾作风月司》，一云《高子勉题情围香曲》，一云《陆务观寄怨钗凤词》。模写物态，雕绘人事，濡染既广，吐属自俊。而弟子传其学者，有江都任讷仲敏，从梅游，就奢摩他室居，尽发藏曲读之，纂《读曲概录》五册。宜兴童斐伯章，亦以文人而工度曲，引商刻羽，细校毫茫，纂有《中乐寻源》一书，备论八十四调之原，乐器弦管之法，以及聆音作谱之方，复取古代旧谱，一一为之釐订，上自《关雎》，下至唐诗、宋词、南北曲，粲然毕具。梅读之而称曰："苏祇婆琵琶入中国，适当雅乐亡佚之时，四旦二十八调，为后世言燕乐者之祖。惟七角调名，大抵居吟宫之位，非角调之正声，尝疑而不得其解，及读斐所著论琵琶借角之说，始悟南北词之角调，皆沿琵琶旧称，而古时七角正音，转多堙晦。得斐一言而深谷峭壁，夷为康庄，不亦大可快耶。昔凌氏《燕乐考原》，陈氏《声律通考》，所论金、元乐名之异同，宫调正犯之要妙，多有前人未发者。顾释理而遗器，审音而略谱，未能如斐之明且备。"然斐于梅十年以长，而致推梅为能自力，非己所逮也。又有梅同县人曰王季烈君九者，尝论昆曲之在今日，其优于他种歌曲者，一曰文词之典雅，二曰音调之纡徐，三曰字音之正确，四曰口诀之细密。顾此四端，一人之精力，未必能悉行精究，则不妨分途程功。长于文藻者任制曲之事。精于音律者任谱曲之事，耳聪口敏嗓亮者任度曲之事。合此三种人才精心研究，始得尽昆曲之能事也。论构成昆曲之次第，则先填词，次制谱，而后度曲，然论习昆曲之次第，则须先习度曲，而后学填词、制谱，盖不习度曲，则曲牌之选择，衬字之安放，四声之布置，决不能得其宜，纵使曲文极佳，而不能被之管弦，因著《螾庐曲谈》四卷。先度曲，次制曲，次谱曲，终乃论其源流沿革，而尤精审曲谱，以俗工沿误，有乖正音，与嘉兴刘富梁凤叔辑《集成曲谱》一书，都四百余折，选戏剧，则采曲律、词章之兼善，订宫谱，则求古律、俗耳之并宜，曲文曲牌，皆悉心订正，小眼宾白，一一详载，锣段笛色无不注明，斯足集曲谱之大成，示学者以指南，而吴梅《奢摩他室曲丛》之刊，则尝索序季烈，而以冠编首焉。盖吴中曲学，启筚路自俞宗海，而金声玉振于吴梅及季烈，歌场坛坫，大江以南，莫与京也。山阴魏铖铁三、贵筑姚华茫父，亦以能文章、审曲律有名当世。姚华纂《菉猗室曲话》，校订毛晋刻《六十种曲》极核也。而王季烈之刻《集成曲谱》，魏铖序焉。然皆不如梅之著名。

梅为南社社员之一，而南社者，创始于让清光绪己酉，为东南革命诸巨子所组合，虽衡政好言革命，而文学依然笃古，诗唱唐音，不尚西江，文喜挦藻，亦非桐城，无一定宗派，初以推倒满清为主，故多叫嚣亢厉之音。又一派则喜学为龚自珍之体，徒为貌似而失其胜概，其下者，更辞无涓选，殊足为坫。但就其铮铮者而论，亦足各自成家。其尤著者，慈利吴恭亨悔晦、醴陵傅熊湘钝根、成都吴虞又陵、吴江陈去病佩忍、柳弃疾亚子、泾县胡蕴玉朴庵以诗文，香山苏玄瑛曼殊、山阴诸宗壮贞长、顺德黄节晦闻、番禺沈宗畸太侔、潘飞声兰史以诗，淳安邵瑞彭次公、余杭徐珂仲可、无锡王蕴章西神以词，顺德蔡有守哲夫以金石、书画，而梅以曲，各以所能擅闻于世，称矫矫者，亦文章之渊薮而儒者之林囿也。始发起者，陈去病、柳弃疾及松江高旭天梅，而柳弃疾连被推为社长，春秋佳日，必为文酒之会，其地则在上海之愚园者为多，岁汇所著，出《南社丛刊》两巨帙，分诗、文、词选三种，已刊至二十余集。其中多愤世嫉时、慷慨悲歌之作，与少陵诗史相近也。它如善化黄兴克强、桃源宋教仁渔父、三原于右任、广东汪兆铭精卫之徒，皆一时政雄，而隶籍南社，焜耀斯世焉。谨援《明史·文苑传》附纪复社、几社之例，附于末。

下　编

新　文　学

一、新民体

康有为　附简朝亮、廖平、徐勤　梁启超　附陈千秋、谭嗣同

当代之文,理融欧亚,词驳今古,几如五光十色,不可方物,而要其大别,曰古文学、曰今文学二者而已。谭古文学者,或远祧中古以上,或近祢近古而还。王闿运、章炳麟、李详、孙德谦、苏玄瑛之文与诗,盖远祧中古以上者。其近祢近古而还者,文则有林纾、马其昶、姚永概之为桐城派焉,诗则有易顺鼎、樊增祥之中晚唐,陈三立、郑孝胥、陈衍之宋诗焉,词则有朱祖谋、况周颐之为常州派焉,曲则有王国维、吴梅之治元剧焉。此古文学之流别也。论今文学之流别,有开通俗之文言者,曰康有为、梁启超。有创逻辑之古文者,曰严复、章士钊。有倡白话之诗文者,曰胡适。五人之中,康有为辈行最先,名亦极高,三十年来国内政治、学术之剧变,罔不以有为为前驱。而文章之革新,亦自有为启其机括焉。

有为,康氏,原名祖诒,字广厦,号长素,广东南海人。世以理学传家,为粤名族。祖赞修,官连州教谕,治程朱之学,多士矜式。父达初,早卒,乃受教于大父,授以书,过目不忘,七岁能属文,有志于圣贤之学。里党传以为笑,戏号之曰"圣人为",盖以其开口辄曰圣人、圣人,故冠于名以为谑也。有为以十九岁丧大父。年十八始游同县朱次琦之门,受学焉。次琦,粤中大儒也,湛深经术,其学根柢于宋儒,而以经世致用为主,穷理治事,刮磨汉宋纷纭之见,惟尚躬行。一出为山西襄陵令,出则

徒步，入则齑盐，朝饔夕飧，皆三十钱。终身布袍，朴学高行，学者翕然宗之。其弟子有名者，厥称顺德简朝亮及有为。朝亮坚苦笃实，壹慕其师，所注《论语》《尚书》，折衷汉宋而抉其粹，最为次琦高弟。而有为则诡诞敢大言，异于朝亮，言学杂佛、耶，又好称西汉今文微言大义，能为深沉瑰伟之思，实思想革新者之前驱。而发为文章，则糅经语、子史语，旁及外国佛语、耶教语，以至声光化电诸科学语，而冶以一炉，利以排偶，桐城义法，至有为乃残坏无余，恣纵不觉，厥为后来梁启超新民体之所由昉。学问、文章，不尽类次琦也。然生平言学必推次琦。次琦著书，晚岁皆自焚之，既卒三十年，其子之绂辑佚，凡诗二十卷，文数十篇，而有为乃序之以显大其学。其辞曰：

> 以躬行为宗，以无欲为尚，气节摩青苍，穷极问学，舍汉释宋，原本孔子，而以经世救民为归，古之学术有在于是者，则吾师朱九江先生以之。先生令山西襄陵百九十日，政化大行，以巡抚某为某亲王婴人，拂衣归，讲学于其九江乡礼山草堂垂三十年。先生为先祖连州公之友，先君知县公与伯叔父两广文公皆捧杖受业。有为未冠，以回、参之列，辟咡受学，则先生年垂七十矣。望之凝凝如山岳，即之温温如醇酒，硕德高风，不言而化，兴起奋发于不自知焉，乃知以德化人之远也。先生授学者以四行五学。四行：一曰敦行孝弟，二曰崇尚名节，三曰变化气质，四曰检摄威仪；五学：一曰经，二曰史，三曰掌故，四曰义，五曰词章。日一登堂讲学，诸生敬侍，威仪严肃。先生博闻强记，不挟一卷，而征引群书，贯穿讽诵，不遗只字，学者录之，即可成书一卷，今所传《礼山讲义》，是也，然十不能得六七。至夫大义所关，名节所系，气盛颊赤，大声震堂壁，听者悚然。为才质无似，粗闻大道之传，决以圣人为可学，而尽弃俗学，自此始也。先生天才敏隽，少以神童闻于粤。方十三龄，仪

征阮文达督粤而召之，试诗而大惊。辟学海堂，授为都讲，沉浸经史、掌故、词章之学，凡吾粤长老，若曾勉士之经，侯君谟之史，谢兰生之词章，皆翕受而自得之，旁及金石、书画，罔不穷经极微。当是时，汉学方盛，饾饤为上，猎琐文而忘大谊，矜多闻而遗躬行。先生夐识高行，独不蔽于俗，厉节行于后汉，探义理于宋人，既则舍康成，释紫阳，一一以孔子为归，其行如碧霄青云，悬崖峭壁，其德如粹玉馨兰，琴瑟彝鼎，其学如海，其文如山，高远深博，雄健正直，盖国朝二百年来，大贤巨儒未之有比也。黎洲精矣，而奇佚气多；船山深矣，而矫激太过。先生之学行，或于亭林为近似，而平实敦大过之。著书满家，以为所知，有《国朝学案》、《国朝名臣言行录》凡百卷，《蒙古记》、《晋乘》各数十卷，诗文数十卷，晚岁皆自焚之，世多疑焉。意者先生疾世之哗嚣，多以文学炫宠，而以身为法耶？夫言之不足化人久矣，文人之亡实多矣。天下无我是书，而教化遂以陵夷，人心遂以熄绝，则其书必当存也。天下无我是书，而教化亡大损，人心未至灭，则先圣先哲之遗书具在，循而行之，大道可宏，生民可救，则何以著作炫世乎？孔子曰："予欲无言。"子思述《中庸》之末曰："声色之以化民末也。上天之载，无声无臭，至矣。"先生之德，于是至矣。后之人受不言之教，以躬行为归，何必遗书，何必遗书。否则著书等身而中心薉慝，其书愈多，其名愈章，其坏风俗、败国家愈甚，是毒吾民也，奚取焉。予小子稍有所述作，每念先生焚书之旨，未尝不反省而悚然曰："吾岂有心欤！抑出不得已、不忍人之心欤？其昔人曾发之而亡待己之喋喋欤？否则宜焚之也。"先生卒于光绪壬午之春，年七十五。诗文既尽焚，无一传，同门友营祠墓毕，议遗文。简广文竹居、胡茂才少恺皆博学高行，以先生恶表襮哗嚣，绍述遗旨，相约勿刻，至于今又垂三十年矣。虽然，令先生无一字流于后世，于先生至人之德、不言之教则不背矣。于后人思慕之意，则非也。先生嗣子之绂明敏克家，搜辑先生佚诗文于乡里中，得《是汝师斋诗》一卷，《大疋堂诗集》一卷，皆三十岁前作，及佚文数十篇，皆书札为多，盖皆流传于外，先生无从焚者。先生之文雄深疋健，深入秦汉之奥，为今所为文，皆受法于先生。此率尔之文，少日之作，诚不足以见先生之万一。然丹凤一羽、夏鼎一足，得之亦为至宝。与其弃之，无宁过而存之，且大义亦时见焉。后之学者，稍闻遗训而瞻文采，不犹愈于无耶？故敢违先生之旨，负同门之约，刻而布之，诚知罪戾，不遑避矣。先生讳次琦，号稚圭，又字子襄，南海县人，道光丁未进士，行事详于《平阳水利碑》，用弁卷端。其《是汝师斋诗》，刻于粤之学海堂。光绪三十四年秋九月，弟子康有为记。

盖诵说次琦如此。然有为之学，从次琦入，而不从次琦出。次琦制行谨笃，而有为权奇自喜。次琦学宗程、朱，而有为旁骛西汉，称微言大义，自负可为帝王师，言天下大计。早岁酷好《周礼》，尝贯穴之，著《政学通义》。后见井研廖平所著书，乃尽弃其旧说。廖平者，王闿运弟子。闿运以治《春秋公羊》闻于时。平受其学，著《四益馆经学丛书》十数种，阐今文家法，开蜀学。尝以其间来游南海广雅书院，而有为之通《公羊》，明改制，盖染于平之说者为多也。有为最初所著书曰《新学伪经考》。"伪经"者，谓《周礼》、《逸礼》、《左传》及《诗》之《毛传》，凡西汉末刘歆所力争立博士者。"新学"者，谓新莽之学。时清儒诵法许、郑者，自号曰汉学。有为以为此新代之学，非汉代之学，故正其名曰新学。而《新学伪经考》之作，最其要旨，一曰："西汉经学并无所谓古文者，凡古文皆刘歆伪作。"二曰："秦焚书并未厄及六经，汉十四年博士所传，皆孔门足本，并无残缺。"三曰："孔子时所用字即秦汉间篆书，即以文论，亦绝无今古之目。"四曰："刘歆欲弥缝其作伪之迹，故校中秘书时，于一切古书,多所羼乱。"五曰:"刘歆所以作伪经之故,因欲佐莽篡汉,先谋湮乱孔子之微言大义。"而微言大义之所寄,则在于《春秋公羊》。有为之治《公羊》也,不断断于其书法义例之小节,专求其微言大义,即何休所谓"非常异义,可怪之论"者,定《春秋》为孔子改制创作之书,谓文字不过其符号,如电报之密码,如乐谱之音符,非口授不能明。又不惟《春秋》而已。凡六经皆孔子所作,昔人言孔子述而不作者误也。孔子盖自立一宗旨,而凭之以进退古人,去取古籍。孔子改制,恒托于古。尧舜者,孔子所托也,其人有无不可知,即有亦至寻常,经典中尧舜之盛德大业,皆孔子理想上所构成也。又不惟孔子而已。周秦诸子,罔不改制,罔不托古。老子之托黄帝,墨子之托大禹,许行之托神农,是也。近人祖述何休以治《公羊》者,若刘逢禄、龚自珍、陈立辈皆言"改制",而有为之说实与彼异。有为所谓"改制"者,盖称"政治革命"、"社会改造"而言也。故喜言"通三统","三统"者,谓夏、商、周三代不同,当随时因革也。喜言"张三世","三世"者,谓"据乱世"、"升平世"、"太平世",愈改而愈进也。孔子之改制,上掩百世,下掩百世,故尊之为教主。谓欧洲之尊景教,为治强之本,故恒欲侪孔子于基督,乃杂引谶纬之言以实之,于是有为心目中之孔子,又带有神秘性矣。具见所著《孔子改制考》。教人读古书,不当求诸章句训诂、名物制度之末,当求其义理。所谓义理者,又非言心、言性,乃在古人创法立制之精意。于是汉学、宋学,皆所唾弃。《伪经考》既以古文经为刘歆所伪造,《改制考》又以今文经为孔子托古之作。于是今文、古文,皆待考定。数千年共认神圣不可侵犯之经典,于是根本发生疑问,引起学者之怀疑批评,而国人之学术思想,于是乎生一大变化。有为言孔子托古改制,而所以学孔子者,亦必出托古改制。孔子之托古改制,见其义于《春秋》,而有为之托古改制则托其说于《礼运》。有为以《春秋》三世之义说《礼运》,谓"升平世"为"小康","太平世"为"大同"。《礼运》之言曰:"大道之行也,天下为公。选贤与能,讲信修睦，故人不独亲其亲，不独子其子，使老有所归，壮有所用，幼有所长，鳏寡孤独废疾者皆有所养。男有分，女有归。货恶其弃于地也，不必藏诸己。力恶其不于身也，不必出为己。是谓'大同'。"有为谓此为孔子之理想的社会制度，曰"天下为公，选贤与能"，后世之所谓"民治主义"存焉。曰"讲信修睦"，后世之所谓"国际联合主义"存焉。曰"人不独亲其亲"，"使老有所归"，"鳏寡、孤独、废疾者皆有所养"，后世之所谓"老病保险主义"存焉。曰"不独子其子"，使"幼有所长"，后世之所谓"儿童公育主义"存焉。曰"壮有所用"，曰"男有分"，后世之所谓"职业国定主义"存焉。曰"货恶其弃于地，不必藏诸己"，后世之所谓"共产主义"存焉。曰"力恶不出于身，不必为己"，后世之所谓"劳作神圣主义"存焉。谓《春秋》所谓"太平世"者即此。乃衍其条理为《大同书》，凡若干事：（一）无国家，全世界置一总政府，分若干区域。（二）总政府及区政府，皆由民选。（三）无家族，男女同栖不得逾一年，届期须易人。（四）妇女有身者入胎教院，儿童出胎入育婴院。（五）儿童按年入蒙养院及各级学校。（六）成年后，由政府指派分任农工等生产事业。（七）病则入养病院，老则入养老院。（八）胎教、育婴、蒙养、养病、养老诸院，为各区最高之设备，入者得最高之享乐。（九）成年男女，例须以若干年服役于此诸院，若今世之兵役然。（十）设公共宿舍、公共食堂，有等差，各以其劳作所入，自由享用。（十一）警惰为最严之刑罚。（十二）学术上有新发明者，及在胎教等五院有特别劳绩者，得殊奖。（十三）死则火葬，火葬场比邻为肥料工厂。《大同书》之具体计划如是。全书数十万言，于人生苦乐之根原，善恶之标准，言之极详辩，然后说明其立法之理，其最要之关键，在毁灭家族。有为谓："佛法出家，求脱苦也，不如使其无家可出。谓私有财产为争乱之源，无家族，则谁复乐有私产。若夫国家，则又随家族而消灭者也，夫而后大同之世，不蕲而自至。"有为悬此鹄为人类进化之极轨，于齐家治国平天下而外，独树新义，固一无依傍，一无剿袭，著书立说在三十年前，而其理想与今世所谓"世界主义"、"社会主义"者多合符契，而国人之政治思想，于是乎又生一大变化。凡此皆次琦所不敢道，不知道者也。初有为从学次琦，凡六年而次琦卒。又屏居独学于南海之西樵山者四年，乃出而有事于四方。北走山海关，登万里长城；南游江汉，望中原；东诣阙里谒孔林，浪迹于燕、齐、楚、吴、荆、襄之间，察其风土，交其士大夫；西溯江峡，如桂林。畴昔山中所修养者，一一案之经历实验，如是者五六年。尝以其间道香港、上海，见西人殖民政治之完整，属地如此，本国之更进可知。因思其所以致此者，必有道德学问以为之本原。乃悉购江南制造局及西教会所译出各书，尽读之。时所译者皆初级普通学，及工艺、兵法、医学之书，否则耶稣经典论疏耳，于政治、哲学，毫无所及。而有为以其天禀学识，别有会悟，能举一以反三，因小以知大，自是于其学力中别辟一蹊迳。有为自言："上海制造局译印新书始于同治三年，其书经所购自读及送人者共三千余册，综计制造局开办以来，三十年间鬻书总额，不过一万一千余册，而其一人所购，竟达四分一以上。"可见当日风气之不开，而有为能自任以开风气也。既而造京师，乃上书乞见尚书乞师傅翁同龢，请间言事，不纳。时同龢以毓庆宫师傅，为户部尚书，兼管国子监事，清德雅望，重于朝廷。有为又因国子监祭酒盛昱以通于同龢，具封事，极陈时局艰危，请及时变法以图自强，乞为代奏。同龢恶其讦以为直，曰："无裨时局，徒长乱耳。"书格不达，独户部侍郎曾纪泽于有为变法之议，相视莫逆。而有为献议，以朝鲜辟为万国公地，纪泽尤为赏叹云。然无术以进之。有为既郁无所舒，乃游心艺事，于厂肆间，搜得汉魏、六朝、唐宋碑版数百本，从容玩索，学为书，其执笔本得法于朱次琦，主虚拳实指，平腕竖锋，其用墨浸淫于南北朝，而知气韵胎格，乃广泾县包世臣所著，曰《广艺舟双楫》，论篆隶变化之由，派别分合之故，世代迁流之异，而序其端曰：

可著圣道,可发王制,可洞人理,可穷物变,则刻镂其精,冥缲其形为之也。不劬于圣道、王制、人理、物变,魁儒勿道也。康子戊巳之际,旅京师,渊渊然忧,悁悁然思,俯揽万极,塞钝勿施,格绌于时,握发蒸然,似人而非。厥友告之曰:"大道藏于房,小技鸣于堂,高义伏于床,巧骘显于乡。标枝高则陨风,累石危则坠墙。东海之鳖,不可入于井;龙伯之人,不可钓于塘。汝负畏垒之材,取桀栈,取桐庐,安器汝。汝不自克以程于穷,固宜哉。且汝为人太多,而为己太少,徇于外有而不反于内虚,其亦暗于大道哉。夫道,无小无大,无有无无。大者,小之殷也。小者,大之精也。蟭螟之巢蚊睫,蟭螟之睫又有巢者。视虱如轮,轮之中虱复傅缘焉。三尺之画,七日游,不能尽其蹊径也。拳石之山,丘壑岩峦,呀深窅曲,蟏蛴蜳生,蛙蟆之衣,蒙苴茂焉。一滴之水,容四大海,洲岛烟立,鱼龙波谲,出日没月。方丈之室,有百千亿,狮子广坐,神鬼神帝,生天生地。反汝虚室,游心微密,甚多国土,人民丰实,礼乐黼黻,草木龙郁,汝冲禅其中,弟靡其侧,复何骛哉?盍黔汝志,锄汝心,悉之以阴,藏之无用之地以陆沉。山林之中,钟鼓陈焉;寂寞之野,时闻雷声。且无用者,又有用也。不龟手之药,既以治国矣。杀一物而甚安者,物物甚安焉。苏援一枝而入微者,无所往而不进于道也。"于是康子翻然捐弃其故,洗心藏密,冥神却扫,摊碑摘书,弄翰飞素,千碑百记,钩午是富,发先识之复疑,窍后生之宦奥,是无用于时者之假物以游岁暮也。国朝多言金石,寡论书者,惟泾县包氏铘之扬之,今则挈之衍之,凡为二十七篇,论书绝句第二十七。永维作始于戊子之腊,实购碑于宣武城南南海馆之汗漫舫,老树僵石,证我古墨焉。归欤于己丑之腊,乃理旧稿于西樵山北银塘乡之澹如楼,长松败柳,侍我草玄焉。凡十七日,至除夕,述书讫,光绪十五年也。述书者,西樵山人康有为也。

有为论书绝精，顾强不知以为知，夸诞其词，所作又不能称是，而转折多圆笔，六朝转笔无圆者，倪所谓"吾眼有神，吾腕有鬼"《广艺舟双楫·述学篇》语，不足以副之欤？有为固自知之矣。

有为既以上书言变法，被放归西樵山。乡人目为怪。新会梁启超方与南海陈千秋同学于学海堂，独好奇，相将谒之，一见大服，遂执业为弟子，共请有为开馆讲学，而以岁之辛卯光绪十七年，于长兴里设黉舍焉，则所谓万木草堂是也。二人者，既夙治汉儒许、郑之学，千秋尤精洽，闻有为说，则尽弃其学而学焉。《新学伪经考》之作，二人者多所参议也。有为经世之怀抱在大同，而其观现在以审次第，则起点于小康、拨乱。有为论政之鹄的在民权，而其揆时势以谋进步，则注意于君主立宪。虽著《大同书》，然秘不以示人，其弟子最初得读此书者，惟陈千秋、梁启超，读则大乐，锐意欲宣传其一部分，有为弗善也，而亦不能禁其所为，后此万木草堂学徒多言大同矣，而有为谓："今方为据乱之世，只能言小康，不能言大同，言则陷天下于洪水猛兽。"其教弟子，以孔学、佛学、宋明学为体，以史学、西学为用。其教旨专在激厉气节，发扬精神。其学纲，曰志于道格物克己，励节慎独，据于德主静出倪，养心不动，变化气质，检摄威仪，依于仁敦行孝弟，崇尚任恤，广宣教惠，同体饥溺，游于艺礼、乐、书、数、画、枪。其学目，曰之理之学孔学、佛学、周秦诸子学、宋明学、泰西哲学，考据之学中国经学、史学、万国史学、地理学、数学、格致科学，经世之学政治原理学、中国政治沿革得失、万国政治沿革得失、政治实际应用学、群学，文章之学中国词章学、外国语言文字学。其课外作业，曰演说每月朔望课之，曰札记每日课之，行之校内者也；曰体操每间一日课之，曰游历每年假时课之，行之校外者也。而其组织则有为自为总教授，而立学生中三人或六人为学长，曰博文科学长主助教授及分校功课，约礼科学长主劝勉品行、纠检威仪，干城科学长主督率体操。其图书仪器之室，亦委一学生专司之，曰书器库监督。凡学生人置一札记簿，日记读书治事所心得以自课，月朔则缴呈之,而有为为之批评焉。甲午,入京师,以《新学伪经考》献同龢,欲以微感其意,而同龢狃于故常,惊诧不已,以为真说经家一野狐也,益不欲见之矣。方是时,我败于日,海军歼焉,乃率其徒从礼部试,公车入都者凡数千人,上书申变法之议,世所传"公车上书"者是也。中国之有群众的政治运动,于是乎托始。及赴礼部试,题为"达巷党人曰大哉孔子",而有为试文,结语曰:"孔子大矣。孰知万世之后,复有大于孔子者哉。"盖隐以自况也。房考阅之,咋舌弃去。至明年乙未成进士,出侍郎李文田之门。文田恶其敢为诡诞,殿试得有为卷,抑置三甲,遂授职工部主事,不得翰林,有为大恨,竟削门生之籍。自是四年之间,凡七上书,申前议。而有为自负其口,工捭阖,于古今中外史迹,及人名、年号、统计之数目字,皆能历举无讹,见者惊其强记,而论议纵横,放得开,收得住,波澜极壮,首尾条贯,上说下教,虽天下不取,强聒而不舍者也。既通籍,住上斜街,仍颜其室曰万木草堂,仆从十许人,夹陛侍立,如王公贵人,久宦京朝,宾朋杂遝,争以望见颜色为幸。徒从既众,乃立强学会于京师,继设分会于上海,寻复开保国会于北京。朝论渐变,声生势张,旬日之间,必遍谒当国贵臣,见辄久谈,或频诣见。时翁同龢最号得君,在毓庆宫授帝读久,以户部尚书、协办大学士,又为军机大臣,在总理各国事务衙门行走,以忠诚结主知,以和平剂群嚣,天下之士奔走其门,而亦有为之所欲藉重以要君者也。乃谒同龢于总理衙门,高睨大谈,其大要归于变法,所具封事,曰立制度、新政局、练民兵、开铁路、借外债数大端,同龢心愤其狂而无以难也,为递折上。有为七上书而姓名达帝听,其最后书,请告天祖,誓群臣,以变法定国是。德宗诵之感愤,诏以有为前后折并《俄皇彼得变政记》皆呈慈禧太后览,而命同龢宣索有为所进书,令再写一分递进。同龢对与有为不往来,帝问何也,曰:"此人居心叵测。"帝曰:"前此何以不说?"对曰:"臣顷见其所著《孔子改制考》知之。"帝默然。间日,帝又宣索有为书,同龢对如前,帝发怒诘责,同龢对传总署令进。帝以同龢老臣，又师傅，必欲藉以进有为而间执诸大臣之口，不许，曰："着汝诣张荫桓传知。"同龢曰："张荫桓日日进见，何不面谕？"帝终不许。同龢退，乃告荫桓。同龢既不悦于有为，而有为则故固不知，日日扬言于朝曰："翁师傅荐我矣。谓康某才百倍老臣也。"德宗则既激发于有为之上书，乃以光绪二十四年戊戌四月二十四日下诏誓改革，其诏草则仍以属同龢，而同龢先以视其门生南通张謇者也。顾二十七日，即下诏斥同龢揽权狂悖，开缺回籍。同龢则闻驾出，亟趋赴宫门，伏道旁碰头，帝回顾无言，神采极凋索也。于是文武一品官及满汉侍郎补缺者，咸具折谢太后。太后则已有疑于帝矣，特逐同龢以示警耳，而帝不为意。二十八日，召见有为，诏悉进所著书，曰《日本明治变法考》，曰《俄大彼得变政致强考》，曰《突厥守旧削弱记》，曰《波兰分灭记》，曰《法国革命记》，曰《孔子改制考》，曰《新学伪经考》，曰《董子春秋学》，凡八种。德宗既读所进《波兰分灭记》一种，泪承于睫，决澜湿纸，曰："吾中国几何不为波兰之续矣。特赏给编书银二千两。"又以有为言，显擢内阁候补侍读杨锐，刑部候补主事刘光第，内阁候补中书林旭，江苏候补知府谭嗣同四人，均著赏四品卿衔，在军机章京上行走，参预新政事宜，所谓四新参者是也。废八股，开学堂，汰冗员，广言路，凡百设施，不循故常，而有为发纵指示，实管其枢。内阁学士阔普通武又以有为指，奏请行宪法而开国会。廷议不以为然，德宗决欲行之，大学士孙家鼐谏曰："若开议院，民有权而君无权矣。"帝喟然曰："朕但欲救中国耳。若中国得救，朕虽无权何害。"于是大臣不悦。大学士荣禄既出为直隶总督，谒帝请训，适有为奉旨召见，因问何辞奏对，有为第曰："杀二品以上阻挠新法大臣一二人，则新法行矣。"荣禄唯唯，循序伏舞，因问皇上视康有为何如人，帝叹息不早用也。已而荣禄赴颐和园谒辞皇太后。时李鸿章新失职，放居贤良祠，谢皇太后赏食物，同被叫入。荣禄奏："康有为乱法非制。皇上如过听，必害大事，奈何？"因顾鸿章，谓："鸿章多历事故,不可不为皇太后言之。"太后问曰:"鸿章意云何?"鸿章即叩头称皇太后圣明。太后叹息:"儿子长大,宁知有母。我问不如不问。汝为总督,凭汝所知好为之,勿负我。"荣禄即退出。有为告人:"荣禄老辣,我非其敌也。"太后既以荣禄言益疑德宗,谭嗣同又进密计,说帝召见武卫军统领袁世凯,好言抚之,擢兵部侍郎,而嗣同夜驰谒世凯,传帝旨,诏以勒兵废太后和诛荣禄。世凯患嗣同躁,又惮荣禄,不即发也。荣禄则微有闻,伺世凯来谒,卒问之。世凯既不得隐,则以归诚于荣禄。事泄,太后怒,临朝训政,夺帝柄而锢诸,急逮御史杨深秀及谭嗣同、林旭、杨锐、刘光第与有为之弟曰广仁者,骈戮焉,世所谓戊戌六君子者也。然太后终疑帝之任有为,以翁同龢故,乃下诏罪同龢,著地方官严加管束,禁交关宾客,其词以荐康有为也。独有为先期得帝旨,令逃走,且曰:"他日更效驰驱,共建大业。"则微行之上海,得英人以兵舰迎护,致香港,仅乃免于难也。遂署号曰更生。自是亡命海外,作汗漫游者十六年,随从奴子皆顶戴如戈什。华侨望见,疑为中国大臣,输款伙左,日盈于门,则以其间纠合海内外同志,名其会曰保皇会,一以声援在幽之德宗,一以消杀革命之势力,卒无有成功而意气不衰。足迹所之遍十三国,率以为莫吾中国若也。作《爱国歌》以见意曰:

　　登地顶昆仑之墟,左望万里,曰维神洲。东南襟沧海,西北枕崇丘。岳岭环峙,川泽汇流。中开天府之奥区,万国莫我侪。

　　我江河浩浩万余里,其余百川无涯涘。江南十里必有川,深广可以泛汽船。新头恒河与密士失必,浅窄仅比我小泉。来因、多铙、泰吾士,先河、秦摆,皆是短小流涓涓。幼发拉的、底格里两河,难比江河之长源。万国无我水利专。巨山广泽,大野深林。原隰陵衍,江湖溪浔。千百里间,必备崇深。相彼印度与北美,万里平原无寸岭。埃及、波斯、阿拉伯,沙漠沉沉。地形自欧洲之外兮,无与我并驾而倚衿。

地兼三带，候备寒暑。川岳含珍，原野平楚。五金荟萃，万宝繁朊。以花为国，灿烂天府。横览大地，莫我能与。

鸟兽昆虫，果蓏草木。亿品万汇，物产繁毓。羽毛齿革，锦绣珠玉。衣食器用，内求自足。五色六章，袨丝为服。饮馔百品，美备水陆。冠绝万国，犹受多福。

巍巍我祖，懿惟黄帝。天启神灵，创始治世。监视万国，无如赤县地。自昆仑西，东徙临莅。时巡镇抚，师兵营卫。有苗蚩尤，铁额铜头。是戮是平，乃统九洲。力牧开辟，风后宣猷。仓颉制字，文明休休。

惟我文明，曰五千年。历史绵远莫我先。埃及金字陵，中绝文明不传。印度九十六道，微妙多不宣。惟我圣作文字远而存，尧舜让帝创民主，孔子改制文教宣。汉、唐开辟益光大，东亚各国皆我文化权。希腊兴周末，文章盛贺、梅。罗马更是强汉世，皆只当我云来孙。何况欧洲诸国之后生，岛陆群种属更何言？

我同胞兮祖轩辕，世本族谱百世传。皆诸侯大夫遗子孙，金枝玉叶布中原，于今兄弟五万万同一源。地球之大姓，莫我远原。万国之人民，莫我庶繁。

中华地大比全欧，全国同文东亚洲。日本、高丽、安南，皆我语言文字之遗留。虽有闽粤音稍转，十六省语能通邮。印度文二十，语言分四流。欧洲十余国，国国语文殊异难搜求。奥国十四文，英之威路士与爱尔兰，语言殊异难讲闻。彼遍设铁路尚如此，我无铁路乃能同文。大地同化之力，无如我神。

神禹开华夏，秦汉大一统。长城万里压尨氿，张骞西域远凿空。汉武、唐太鞭四夷，南朔东西皆入贡。郭侃百日灭波斯，天朝自右诸蛮重。亚洲国土我最尊，上国之人众所奉。至今安南、印度称阿叔，二千年内神威动。

我人相好端金色，我人聪明妙神识。我国制作最先极，据几着袴持箸饮。突厥、印度、埃及号文明，不袴手食坐地席。英用刀匕二百年，倍根之世尚不识。惟我圣贤豪杰多如鲫，文化武功如交织。我心怦怦起感激，大地文明世家我第一。

我若生高丽兮，一时胁罢兵而亡。噫！我若生阿富汗、暹罗之小国寡民兮，虽自厉而无能强。噫！我若生印度兮，久为奴而无乡。噫！我若为突厥、波斯之人兮，教力压而难扬。噫！我即为荷兰、比利时、瑞典、丹墨之国民兮，蕞尔强善而难张。噫！我又为德、法、奥、意诸强之民兮，争雄于欧，而难逞大力于太平洋。噫！方霸义之相竞兮，非有广土众民难回翔。唯我有霸国之资兮，横览大地无与我颉颃。我何幸生此第一大国兮，神气王长。

我之哲学包东西，我无压力无所迷。我欲自强兮，一号而心齐。大呼而奋发，气锐神横飞。我速事工艺汽机兮，可以欧美为府库。我人民四五万万兮，选民兵可有千万数。我金铁生殖无量兮，我军舰可以千艘造。纵横绝五洲兮，看黄龙旗之飞舞。

有为不以诗名，然辞意非常，有诗家所不敢吟、不能吟者。盖诗如其文，糅杂经语、诸子语、史语，旁及外国佛语、耶教语，而出之以狂荡豪逸之气，写之以倔强奥衍之笔，如黄河千里九曲，浑灏流转，挟泥沙俱下，崖激波飞，跳踉啸怒，不达海而不止，返虚入浑，积健为雄，权奇魁垒，诗外常见人也。自负为先知先觉，及为文章，誉己如不容口。言大道，则薄后进而以为不如我知。论政俗，则轻欧美而以为不及中国，每语人曰："未游欧洲者，想其地皆琼楼玉宇，视其人若皆神仙才贤，岂知其放僻邪侈，诈盗遍野。故谓百闻不如一见也。"时亦以此召闹取怒。然笔墨通于情性，而怪奇伟丽往往震发于其间，此所以使好奇爱博者不卒弃也。方居外国为亡人，受其保护，而议论常轻之，自矜自重，尤喜以孔子学说，衡量欧美一切宗教、道德、政治、风俗，犹之林纾以古文义法，衡量欧美文学也。所言之韪不免于非，而要期于辅世长民，拂俗匡时，足以资论证，备考镜。其论宗教曰："吾于二十五年前，读佛书与耶氏书，窃审耶教全出于佛。其言灵魂，言爱人，言异术，言忏悔，言赎罪，言地狱天堂，直指本心，无一不与佛同。其言一神创造，三位一体，上帝万能，皆印度外道之所有，但耶改为末日审判，则魂积空虚，终无入地狱、登天堂之一日，不如说轮回者之易耸动矣。其言养魂甚粗浅，在佛教中，仅登斯陀含果，尚未到罗汉地位。考印度九十六道之盛，远在希腊开创之先，则七贤中毕固他拉之言灵魂，戒杀生，已有所自。盖希腊之与印度，仅隔波斯，舟车商贾大通，则文学教化，亦必互相输转。波斯已侵印度，至亚力山大半吞印度，印之高僧人士，必多有入波斯、希腊而行于巴勒斯坦、犹太之间，此尤浅而易征者矣。且以外仪观之，耶教亦无一不同于佛教焉。不娶妻，一也。出家不仕宦，二也。堂上供像以敬礼，或木像、金像、画像，三也。左右设白蜡烛多对，烧香，四也。案上陈花瓶，五也。神前设坛，几案布席，六也。供酒食，七也。僧衣袈裟亦有斜条，八也。合掌跪拜，九也。肩挂数珠，或手弄之，乃至人民多然，女子颈皆挂之，与蒙满俗同，而今施之中国长官矣，十也。神前昼夜点长明灯，十一也。鸣钟磬，十二也。神前跪诵经，十三也。朝夕礼拜讽诵，十四也。有食斋日，断肉，十五也。僧居寺中修习，十六也。女尼，十七也。出游着法服，十八也。削发之一部，十九也。有僧正、法王统之，二十也。路德之娶妻改像法，犹日本亲鸾之改真宗，西藏莲华生之娶妻改红教，虽人情盛行，实非教主正义。考其内心外礼，无一不同，其为出于印之教无可疑。英之学士多证其然。恶士佛大学教习麦古士米拉作《宗教起元论》，以《新约》证之佛典皆同，尤可为据矣。佛兼爱众生，而耶氏以鸟兽为天之生以供人食，其道狭小不如佛矣。然其境诣虽浅，而推行更广大者,则以切于爱人而勇于传道,其传道者曾以十三代投狮矣。耐劳苦,不畏死而行之,而又不为深山枯寂闭坐绝人之行,日为济人之事,强聒不舍,有此二者,此其虽浅易而弥大行欤?夫道在养魂,行在医济,身神并有以养,而又以大仁大勇推之,蔑不济矣。虽近者哲学大盛,哥白尼、奈端重学日出,达尔文物体进化之说日兴,其于一神创造上帝万能之理,或多有不信。然方今愚夫多而哲士少,尚当神道设教之时,设无畏警,则尽藉人力,其于迁善改过者必不勇。盖观于朱子为无鬼论而可证矣。耶教以天为父,令人人有四海兄弟之爱心,此其于欧美及非亚之间,其补益于人心不鲜,但施之中国,则一切之说,皆我旧教之所有。孔教言天至详,言迁善改过,言鬼神,无不备矣,又有佛教补之。民情不顺,岂能强施?因救人而兵争,至于杀人盈城野,未能救之而先害之,此则不可解者矣。求之中国,独墨子传道于巨子以为后,至死百余人而争之,可谓重大矣。巨子,即教皇也。墨子尊天明鬼,尚同兼爱,无一不与耶同。使墨子而成教主,中国亦有教皇出矣。但墨子有妻而多鬼,此则不同。其道太觳,夫不言魂而尚苦行,此必不可行者也。庄子以为去于王远,岂不宜哉?夫古之为教主者,多有异术以耸人心,观佛之服大迦叶及诸梵志,皆以异术,耶稣亦然。墨子乃从哲学者,王阳明亦直指本心,颇与耶同,然皆有道而无术。于吉之流,有术无道。惟张道陵尊天尚仁,又有符咒之术,道术全备,殆与耶同。其张角三十六方同日起,几成教皇矣,而一败不振。而晋名臣谢安、郗鉴等尚奉其道,卢循亦然,必有可观者。若寇谦之所挟大矣,然又有术无道。推诸子所以致败,则以中国孔子之道,无所不备,虽以佛教之精深,尚难大行,况余子哉?其中虚者,外得侵之,其中实者,外物不入。中国本自有至精美之教,此诸子之所以难大盛也。故佛教至高妙矣,而多出世之言,于人道之条理未详也。基督尊天爱人,养魂忏恶,于欧美为盛矣,然而今中国人也,于自有之教主如孔子者,而又不尊信之,则是绝教化也。夫虽野蛮亦有其教,则是为逸居无教之禽兽也。今以人心之败坏，风俗之衰敝，稍有识者，亦知非崇道德不足以立国矣。而新学之士，不能兼通中外之政俗，不能深维治教之本原。以欧美一日之强也，则溺惑之。以中国今兹之弱也，则鄙夷之。溺惑之甚，则于欧美敝俗秕政，欧人所弃余者，摹仿之，惟恐其不肖也。鄙夷之极者，则虽中国至德要道，数千年所尊信者，蹂躏之，惟恐少有存也。于是有疑孔教为古旧不切于今者，有以为迂而不可行者。吁！何其谬也。夫伦行或有与时轻重之小异，道德则岂有新旧、中外之或殊哉？而今之新学者，竟嚣嚣然昌言曰：方今当以新道德易旧道德也。嗟夫！仁义礼智忠信廉耻，根于天性，协于人为，岂有新旧者哉？《中庸》之言德，曰聪明睿智，宽裕温柔，文理密察，斋庄中正，发强刚毅，而仁智勇为达德，岂有新旧者哉？岂有能去之者哉？欧美之贤豪，岂有离此德者哉？即言伦行，父慈子孝，兄友弟恭，君仁臣忠，夫义妇顺，朋友有信，岂如韩非真以孝弟忠信贞廉为六虱乎？则必父不慈，子不孝，兄不友，弟不恭，君不仁，臣不忠，夫不义，妇不顺，朋友欺诈而不信，然后为人而非虱，为新德而非旧道乎？推彼之言新道德者，盖以共和立国，君臣道息，因疑经义中之尊君过甚也，疑为专制压民之不可行也。岂知先圣立君臣之义，非专为帝者发也。传曰：'王臣公，公臣卿，卿臣大夫，大夫臣士，士臣仆，仆臣隶，隶臣皂，皂臣舆，舆臣台。'由斯以观，士对大夫为臣，而对仆为君，仆对士为臣，而对隶为君矣，故严其父母曰家君，尊家长曰君，此庶人亦为君之证也。故秦汉人相谓为君臣。汉晋时，郡僚对郡将称臣，且行君臣之义焉。而今人与人言，尚尊人为君，自谦为仆焉。盖君臣云者，犹一肆、一农之有主伯、亚旅云尔。其司事总理之主者，君也。其奔走分司百执事之亚旅，臣也。总理待百执事，当仁而有礼。百执事待总理，当敬而尽忠，岂非天然至浅之事义，万国同行之公理者哉？岂惟欧美力行之，其万国前有千古，后有万年，岂能违之哉？藉使总理之待百执事，不仁而无礼，百执事之待总理不忠而傲慢,其可行乎?若以是为道,恐一商肆、一工厂、一农场之不能立也。自梁以后,禁属官不得称臣,改称下官,于是臣乃专以对于帝者。今若不以君臣为然,则攻梁武帝,可也。以疑孔子,则无预也。孔子之作《春秋》也,各有名分,其道圆周,故书君,君无道也,书臣,臣之罪也。莒人弒其君庶其,《公羊》曰:'书人以弒者,众弒也,君无道也。'岂止诛臣弒君而已哉。故孟子曰:'闻诛一夫纣矣,未闻弒君。'孔子曰:'汤武革命,顺乎天而应乎人。'今之言革命者,实绍述于孔子。若必如宋儒尊君而抑臣,则孔子必以汤武为篡贼矣。盖孔子之道,溥博如天,并行不背,曲成不遗,乃定执君臣一义以疑圣,岂不妄哉。孔子于礼设三统,于《春秋》成三世,于乱世贬大夫,于升平世斥诸侯,于太平世去天子。故《礼运》孔子曰:'大道之行也,某未之逮也,而有志焉。''大道之行也,天下为公,选贤与能。'孔子之所志也,但叹未逮其时耳。孔子何所不备。法国经千年封建压制之余,学者乃倡始人道之义,博爱、平等、自由之说。新学者言共和慕法国者,闻则狂喜之,若以为中国所无也,揭竿树帜以为新道德焉,可以易旧道德也。夫人道之义固美也。《中庸》曰:'仁者人也。'孟子释之曰:'仁者人也,合而言之道也。'故人与仁合,即谓之道。孔子曰:'道二,仁与不仁而已矣。'故《中庸》又曰:'道不远人,人之远人,不可以为道,故以人治人,改而止。'则人道之义,乃吾《中庸》、《孟子》之浅说,二千年来,吾国负床之孩、贯角之童,皆所共读而共知之,昔日八股之士,发挥其说,鞭辟其辞,无孔不入,际极天人,是时欧人学说未出未发,但患国人不力行耳,不患不知。乃今得人道二字奉为舶来之新道德品,而以为中国所无也,真所谓家有文轩而宝人之敝駉也。夫《中庸》、《孟子》,孔子之学也,非僻书也,而今妄人不学无知,而欲以旧道德为新道德也。人有醉狂者,见妻于途,惊其美而搂之,以为绝世未见也。及归而醒,乃知其为妻也。今之所谓新道德者,无乃醉狂乎。《论语》曰:'仁者爱人。''泛爱众。'韩愈《原道》犹言:'博爱之谓仁。'《大学》言平天下曰：'絜矩之道。'《论语》子贡曰：'我不欲人之加诸我也，吾亦欲无加诸人。'岂非所谓博爱、平等、自由而不侵犯人之自由乎？《论语》、《大学》者，吾国贯角之童、负床之孙，所皆共读而共知之，昔日八股之士发挥其说，鞭辟其义，际极人天，是时欧人学说未出未发，患国人不力行也。乃今得博爱、平等、自由六字，奉为西来初地之祖诀，以为新道德品，而以为中国所无也，真所谓家有锦衣而宝人之敝屣也。夫《论语》、《大学》，孔子之学也，非僻书也，而今妄人，不学无知，而欲以新道德为旧道德也。贫子早迷于异国，遇父收恤抚养之而不知也，谬以为他富人赠以璎珞也，今之妄人，不学无知，奚以异是也。以《论语》、《大学》、《中庸》之未知未读，而妄攻孔子为旧道德。夫孔子以人为道者也，故公羊家以孔子为与后王共人道之始。盖人有食味、被服、别声、安处之身，而孔子设为五味、五色、五声、宫室之道以处之。人有生我、我生、同我并生、并游并事偕老之身，而孔子设为父子、夫妇、兄弟、朋友、君臣之道以处之。内有身有家，外有国有天下，孔子设修身、齐家、治国、平天下之道以处之。明有天地、山川、禽兽、草木，幽有鬼神，孔子设为天地、山川、禽兽、草木、鬼神之道以处之。人有灵气魂知死生运命，孔子于明德养气、穷理尽性以至于命，无不有道焉，所谓人道也。上非虚空之航船道，下非蛇鼠之穿穴道，孔子之道，凡为人者不能不行之道。故曰：'何莫行斯道也。'凡五洲万国，教有异，国有异，而惟为僧出家者，不行孔子夫妇之一道而已。此外乎？凡圆颅方趾号为人者，不能出孔子之道外者也。夫教之道多矣，有以神道为教者，有以人道为教者，有合人神为教者，要教之为义，皆在使人去恶而为善而已，但其用法不同，圣者皆是医王，并明权实而双用之。古者民愚，阴冥之中，事事物物，皆以为鬼神，圣者因其所明而怵之，则有所畏而不为恶，有所慕而易向善，故太古之教，必多明鬼，而佛、耶、回乃因旧说，为天堂地狱以诱民。独孔子敷教在宽，不语神怪，不尚迷信，故教以仁让，务民之义，不如佛、耶、回之天志、明鬼。然治古民用神道,渐进,则用人道。吾昔者视欧美过高,以为而渐至大同,由今按之,则升平尚未至也。孔子于今日犹为大医王,无有能易之者。而病者乃欲先绝医,殆死矣。"则是欧洲宗教道德,不如中国者一也。论政治曰:"人民之性,有物则必争,平等则必争,至于国土尤争之甚者,故自种族而并成部落,自部落而合成国家,自国家而合成一统之大国,皆经无量数之血战,仅乃成之。故自分而求合者,人情之自然。孔子倡大一统之说,孟子发定于一之论,盖目睹争地以战,杀人盈野,故大倡统一以救之。李斯绍述荀卿之儒学,预闻微言,故丞相绾等请立诸子以为侯王,始皇用李斯言不行,乃分天下以为三十六郡。自是封建废,中国遂以二千年一统,民安其生,比之欧洲千年黑暗之乱祸,其治安多矣。然我国幸而一统得以久安,不幸则以无竞争而退化。求所由然,则我国地形,以山环合。欧西地形,以海回旋。山环,则必结合而定一。海回,则必畸零而分峙。故马其顿、罗马之一统,实年不过六七百,而战国、三国、六朝、五代之分裂,亦不过六七百年。我国数千年,以合为正,以分为变。欧洲数千年,以分为正,合为变。此则其大同而相反之故,而一切政俗因之。呜呼!岂非地形哉。我昔尧舜咨岳,盘庚进民,岂非宪政公诸庶民之具体?而中国亘古乃无议院政体,民举之司者,国民非不智也,地形实为之也。盖民权之起,必由小国寡民,或部族酋长之世,地方数十里、十余里不等,人民自千数百至数万,人多相识,君不甚尊,去民不远,而贵族争政,君位难久,迭代为君,而渐陵夷以臻议院政体出焉。而欧洲数千年时之有国会者,则以地中海形势使然,以其港岛槎桠,山岭错杂,其险易守,故易于分立而难于统一;分立,故多小国寡民,而王权不尊,而后民会乃能发生焉。若印度则七千里平陆,文明已数千年,在佛时虽分立多国而皆有王,人民繁多,君权极尊,国体久成,非同部落。若波斯则自周时已为一统之大国,帝体尤严。埃及、巴比伦、亚西里亚更自上古已为广土众民之王国。至阿剌伯起立更后，不独染于旧制，亦其教理已非合群平等之义，益无可言。凡此古旧文明之国，则必广土众民而后能产出文明，既有广土众民，则必君权甚尊，而民权、国会皆无从孕育矣。况我中国之一统，已当黄帝、尧舜之世，盖古号九州为中国者，在大江以北，太行以南，旷野数千里，地皆平陆，无险可守，故为一统帝国之早之远，在万国之先，不止成国体、立君权而已，既为数千里之大国众民，则君权必尊，无可易者。统全大地论之，他国野番之部落，会议盖多，但无从得文明以立国。亚洲之文明立国已久，则以大国众民，君权久尊而坚定，无从诞生国会。惟欧洲南北两海，山岭丛杂，港汊繁多。罗马昔者仅辟地中海之海边，未启欧北之地，至欧北既启，则无有能统一之者。以亚洲之大，过欧十倍，而蒙古能一之。而欧洲之小，反无英雄定于一，故至今小国林立。而意大利、日耳曼中自由之市，若喱呢士、汉堡之类，时时存焉。至英以条顿种与挪曼人同漂泊于不立颠，传其旧俗而世行之。至西一千二百六十五年，约翰王时，遂定大宪章，日益光大，以至今日而推行于天下。英国世有王，而国会不废，久之且全夺王权，而成为立宪最坚之政体，而大地立宪政体皆法之，此为大地最奇特之事，亦绝无而仅有之事。盖考英当威廉由荷兰入主英国之时，当我清康熙二十七年，而是时英全国人口不过五百万，区区小国寡民，故克林威尔之革命，亦不过如春秋时列国之废逐其君，晋厉、宋殇之弑，鲁昭、卫辄之出，若是者不可胜数。卫人立晋，乃出于众，贵族柄政，盖视为常。苏格兰、阿尔兰之混一不久，上溯约翰世又四百年，计其时英国仅英伦一隅，当西一千二百六十五年，人民必不过二百余万，如威廉第一之世，不过百余万耳，立国于宋世，亦不过人口数万或十数万，名虽有王，不过如今滇、黔土司之酋长耳。盖民数甚少，则君不尊大，地僻海隅之一岛，则罗马及东方大一统之宏规不见，故能传其旧俗而不至灭绝。及文明大启，则国会已坚，而又有希腊、罗马议会故事，傅会之以为民治之极隆，而国会之制，遂为大地之师焉。故日耳曼之分国虽多,而独能传其旧俗者日耳曼开创之始,攘辟山林,粗开部落,未成国土,未有君王,部落既多,群族相斗,必开会谋之。凡称戈之卒皆得预议,不能荷戈者不得预会。所议者,公举头目将军及编兵之事,而预会者亦只有赞成可否之权,无发言之权。焚火射矢以集,众集于丘陵林丛,可者舞蹈,不可者击器以乱之,其大不愿者则投戈于地。此种集会,实为英伦国会制之傲落权舆矣,不属他国而属英伦,则以边海之小岛寡民故也。故曰地形使然也。然则中国之不为议院先进,非中国人智之不及,而地势实限之也。吾又游法国烟弗列武库,正室有各国戎衣,吾国御用甲胄及将士之服存焉。御用甲绣龙,铜片蔽足二,玉如意夹之,咸丰十年,法英联军入京得之者也。惟兵士衣宽袖裙,背心博袴,直非武服,置之各国兵服比校中,非止惭色,亦觉异观,不伦不类,鲜有不以为笑者。岂知吾国一统久矣,养兵仅为警察,只以捕内盗,原非以敌外侮,故谓通国数百年无兵可也。夫苟如欧洲之群雄角立,安得不治兵?观吾战国时,魏有苍头,秦有武骑,齐有武士,可见矣。惟为一统,天下一家,环我小夷皆悉主臣,听吾鞭笞,无敢抗行者,故可罢兵息民,仅存巡警,此真一统天下之宏规,而非欧人诸小竞争所能望我治平者也。然则兵衣宽博,乃益见吾一统久安不竞之盛规。但今者汽船大通,万国沟合,吾已夷为列国,非复一统,冬夏既更,裘葛殊异,而犹用昔者一统之规以待强敌,则大谬矣。然欧人经千年黑暗战争之世,苦亦甚矣。今读《五代史》,五十余年之乱杀,尚为不忍,而忍受千年之黑暗乱争乎?今中国迟于欧洲之治强,亦不过让之先数十年耳。吾国方今大变,即可立取欧人之政艺而自有之,岂可以数十年之弱,而甘受千年之黑暗乎?”则是欧洲分争,不如中国统一者又一也。论法治曰:“中国奉孔子之教,固以德礼为治者也。孔子曰:‘道之以德,齐之以礼,有耻且格。道之以政,齐之以刑,民免而无耻。’太史公曰:‘法者,制治之具,而非制治清浊之原也,故法出而奸生,令下而诈起。’中国数千年,不设辨护士,法律疏阔而狱讼鲜少。戴白之老,长子抱孙,自纳税外,未尝知法律。盖以半部《论语》治天下,国民自以礼义廉耻、孝弟忠信,相尚相激,而自得自由故也。今南洋华人父子兄弟之间,开口即曰'沙拉','沙拉',欧化哉。'沙拉'者,法律也。盖以个人独立之义,有国而无家,故薄恩义而但尊法律,然奸诈盗伪,大行于奉法之中。诚哉其免而无耻也。法治乎!何足尊!"则是欧洲法治,不如中国礼法者三也。论自由曰:"中国人之生长于自由而忘自由,犹之其生长于空气而不知空气为何物耳。世之浮慕共和、自由、平等者,必称法国。夫法国之所以不得不革命者,以法国王者之下,尚有群侯大僧之交为压制也。夫法之小,当吾两省耳,而建侯十万。当时德国封建三十万,奥封建二万。英尤至小,封建六万余。一侯之下,分地主无数。地主皆为封君,有治民之权。其税也,王取十之五,僧取十之四,侯则听其所取,乃至刈麦之刀、烧面之锅,必租于侯而不能自由。营业职工,皆有限禁,物价皆听发落,民之物产,随意没取。聚会言论,皆有禁限,违旧教者焚之。民刑皆无定律,惟判官之所轻重,而君大夫之夫人、公子、女公子,皆得擅刑讯罚而置私囚焉。民禁不得为吏,禁不得适异邦,但充封君之奴。女子惟封君之所取,其嫁也,必待封君之宿而后得配夫焉。民久苦压制之酷毒,故大呼不自由,无宁死也。所求自由者,非放肆乱行也,求人身之自由,则免为奴役耳,免不法之刑罚拘囚搜检耳,求营业之自由,免除一切禁限耳,求所有权之自由,不能随意没取耳,求聚会、言论、信教之自由,今煌煌著于宪法者是矣。求平等者,非绝无阶级也,求去其奴佃而得为官吏,预公议,民刑裁判纳税,皆同等而已。试问吾中国何如?中国之为小地主,听人民自有田地,盖自战国以至于今,乃在罗马未出现之前,不止日耳曼矣。自秦汉已废封建,人人平等,皆可起布衣而为卿相。虽有封爵,只同虚衔,虽有章服,只等徽章。刑讯到案,则亲王、宰相与民同罪。租税至薄,今乃至取民十分之一,贵贱同之。乡民除纳税、诉讼外,与长吏无关。除一二仪饰黄红龙凤之属,稍示等威,其余一切皆听民之自由。凡人身自由、营业自由、所有权自由、集会言论、出版信教自由，吾皆行之久矣。法大革命所得自由、平等之权利，凡二千余条，何一非吾国人民所固有，且最先有乎？但有之已数千年，而忘之不知夸耳。今吾国欲再求自由，除非遇店饮酒，遇库支银，侵犯人而行劫掠，必更无自由矣。今法人尚存世爵数万，仍有尊称，吾乃无之，吾国突进于法多矣。今吾国欲再求平等，则将放肆乱行，绝无阶级。法之平等、自由，果若此乎？嗟乎！纪纲尽破，礼教皆微，何以为治。故中国之人早得自由之福已二千余年，而今之妄人，不察本末，以欧人一日之强，乃欲并其毒病医方而并欲效法而服之。昔有贵人，有痈而割之，血流殷席，命几不保。有贫子美好无病，慕贵人之举动，乃亦引刀自割，貌为呻吟，已而剖伤难合，卒以自毙。今吾国妄人媚外者，自以为取法于法、德，发狂呼号，日以革命、自由为事，不几类美好贫子引刀自割，貌为呻吟，卒以创伤自毙者。岂止见笑于欧、美之识者，无病服毒，不其伤乎。"则是欧洲平等、自由，不如中国先进者四也。论妇女独立曰："巴黎之以繁丽闻于大地者，在其淫坊妓馆，镜台绣闼，其淫乐竟日彻夜，已领牌之妓凡十五万，未领牌者不可胜数。若其女衣诡丽，百色鲜新，为欧土冠。各国王子，宁舍帝王之位而流恋巴黎之妓乐，而贵家妇女，亦多有出而为妓者。法人自由既甚，故妇女多不乐产子，有胎则堕之，以故户口日少。盖自同治九年，德法战时，法人已逾三千万，迄今亦不过三千余万，就此二三十年间，德之人，增至六千二百余万，英增至四千余万，而法乃日衰。若仍此不变，法可自绝灭，不待人灭绝之也。此其故何哉？一薄于教孝也。夫妇女之生子，自孕妊至诞育抚养，至苦矣。当其妊也，行动、饮食、卧起皆不便，男女之道又绝，至妊成而产，则痛苦呻吟如割，或有害及生命者。幸而母子无恙，则抚婴劬劳，乳之哺之，提之携之，夜则转侧号啼，病则抚摩按抱，时而竟夕不寐，当餐不食。以其生育之、抚养之劳苦之甚也，故孔子立法尚孝，教子报之，故《诗》曰'欲报之德，昊天罔极'也。以中国之厚于父母，故女母乐于生子而望倚养于终身，报之于耆老，是故女有生子之望，人无堕胎之俗，故中国人民繁多，过于万国，盖有由也。今欧美之俗，人人自立，父母不能有其子，劬劳而抚子，子长而嫁娶，别父母而远居，积财而不养父母，岁时省亲，仅同作客，其父困绝而不必养，其母病而不之事。既无得子之报，然则为妇女者何所望于子，安肯舍性命、忍嗜欲、耐劳苦，而生之抚之，无宁预绝其萌以省事耶？一妇女自立也。凡天下之忍苦耐劳待人者，必其不能自立，不得已而出之者也。苟能自立，则自由绰绰，何事忍苦耐劳而待无所为之人哉？今妇女之于子也，产之至苦也，抚之至劳也，育之至艰也，不知若何艰苦，然后得子之成立，则待我之老而子养焉，待子之富贵而我尊荣焉，甘耐无穷之劳苦而思有以易之，今我自能养，我自能富贵尊荣，无事于求人待人，然则何为竭十余年之力，忍苦耐劳而生子养子哉？无宁预绝其萌而先堕之。美国堕胎之俗，有同于法，妇人居常之论，皆不愿有子矣。美之禁堕胎也，罚银六千元，囚三年，然不足以禁之。德、英妇女之好淫乐而自立，今虽未至于法之地位，然独立之风既扇，亦必不能久矣。其妇女为教习者，且多不愿嫁人。然则欧美之人口，不其危乎？嗟夫！天下万事，皆赖人类为之。若人类减少，则复愚，人类灭绝，则大地复为犿獠草昧之世。而人之生也，皆赖妇女，故妇人不愿有子，乃天下之大变。洪水猛兽，不烈于此者也。而法、美以文明自由闻，乃先有之，且盛行焉。立法之难，得乎此则失乎彼。抑女而过甚，则非男女平权之义；矫之以独立，又有生人道尽之悲。谈何容易，得其宜乎？今之学者，不通中外古今事势，但闻欧人之俗，辄欲舍弃一切而从之，谬以彼为文明而师之。岂知得失万端，盈虚相倚，观水流沙转而预知崩决之必至。苟非虚心以察万理，原其始而要其终，推其因而审其果者，而欲以浅躁一孔之见，妄为变法，其流害何可言乎？"则是欧洲妇女独立，不如中国教孝者五也。论衣服曰："中国饮食、衣服之美，实冠万国,他日必风行万国。凡美者,人情之所爱。丝服之美,自在优胜劣败之例,不能以欧人一日之长而见屈也。吾国地兼三带,衣服亦备寒暑,既无印度之薄縠,天衣无缝,亦非欧土之厚绒,紧迫其身,不宽不紧,易减易增,披服简便,过于欧美远矣。欧土多寒,故西衣用绒,紧束其身。若我温带,施于盛暑,汗淋如渍,尤损卫生,限以三袭,大寒不能加,盛暑不能减,于观不美,于体不宜。吾昔病于纽约,美医谓我曰:'中国服制最宜。曾有千人大会,莫不感寒,惟中国公使独无恙。若他日变法,一切可变,惟服制必不可变。'吾谓欧服以绒,中服以丝,取材不同。欧服尚披禽兽之毛,膻腥未除,而丝则我天产至美之物也。若吾国舍其天产而从人,则一国四万万人皆服毡绒之服,一人四袭,一袭至贱者二十金,并革履毡帽,人必百金而后可。是我舍数万万金之丝,无所用之,而须购绒革之服料于外,以人百金计之,是费四五万万兆而纳贡于外,过于八国联军之赔款尚百倍也。且吾中国乃大地丝产国也,民之衣食于丝织者以数千万计也,今一易服,全国衣履冠带之丝,皆尽失业,丝织者彷徨而不知所措矣。何为变本加厉,倾民之所有以自敝乎?万国皆不产丝,而丝为中国独有之天产,上考《禹贡》,蚕桑丝筐,已在四千年前,故服物之五色六章,最为妙丽。此天以最厚吾中国者,宁可弃天赆乎?弃天赆者不祥,弃土产者自敝。服毡绒者退化,随人后者无耻。印度岂不变服,益为奴耳,于自立何有。将欲以此为亲,吾面既黄,虽欲亲而安能亲?日本小岛耳,炮声隆隆,则欧美畏媚之。近各国王宫,多为日本装殿,而美人暑时,亦多为日本服,但使内政修明,物质精美,炮舰大横庚庚,则中国丝服,自为大地所美而师之。若徒改服乎,则印度人与黑人之改服,何见亲之有?吾奴吾奴耳。何有堂堂数千年文明之中国,抚有天产吾丝,文章之美,而自弃之,以俯从深林后起日耳曼之毡服。"则是欧服毡绒,不如中国丝服者六也。论膳食曰:"膳风之美,必地为大陆而后得之。大地之国,吞大陆者四域,欧土、波斯、印度及中国耳。印度诸教盛行，多所戒禁，或不食豕、不食羊，或不食牛、不食鸟，或全戒杀生，若此，则食不能美。且其地奇热，好食苦辣腥臭之味，尤为印人所独，而外人不能入口焉。波斯信回教与火教，亦多所禁食。欧土自中世纪黑暗世后，侯国竞争，国境小或十数里，界关隔绝，百货难通，则食品难集。至今尚脔而不切，酱齐之和后加焉，其食之未精，可知也。惟中国自汉一统，地兼三带，百货骈集，品兼水陆，故八珍之美，自周已精，故用酱以和齐入味，先切而用箸弃刀，已在周时矣。今欧洲美食，皆称巴黎，然法国之食，皆出自西班牙，班人僻乡亦解调和，吾游班及墨，觉其价贱而精，尚过于法也。班之食学，又出于葡，吾游葡京理斯本，闻其馔名，有与粤同。盖葡自一千四百九十年，科仑布寻得美洲，至一千五百三十余年，遂得澳门。是时英培根之世，尚用手食而未用刀割，其未能调和，不待言也。葡人以东方之食味，移植葡京，乃大变焉。是的惟班与葡并驱海外，抚有全美，民大富而备海陆之珍，故班首学葡食。法路易十四遗孙非特腊第五王班，贵妇宫女，大臣从者数千人，及王长而后归法，乃移班食味于法。路易十四盛陈宫室、服食以怀柔十万诸侯，于是食馔之美大进，风行欧美焉。然葡食实我所出，班食为吾孙，法食为吾曾孙，欧美为吾云来，突厥、日本切食，尤为吾嫡嗣。盖吾食之博而至精，冠于万国，且皆师我者也。欧食美否不论，但今尚设五味架，从后加味，味不能入，其为不知和可见矣。而今吾国乃反盛行西食。若以同食不洁，则吾明以前无不异食者，上考宋之《武林遗事》，下考戏剧，犹可推见，何不每人异器，如日本然。既可得洁，又保己国之美食，而何事弃己万国最美之馔而退化从人哉？”则是欧人膳食，不如中国先进者七也。论酗酒曰：“法人之好酒极矣。吾游巴黎，入店不饮。酒家请曰：‘吾巴黎无不饮酒者。’乃为饮之，则法人之沉湎可见矣。《书·酒诰》曰：‘群饮，汝勿佚，尽执拘以归于周，予其杀。’此与道光年间重惩鸦片之刑同。夫饮酒小过，何至惩以杀刑？盖当时风俗沉湎之极，故欲以严惩之。吾观欧美人醉酒之风,夜卧于道而哗于市,归驱其妻而争杀开枪致死者,比比也,所经小市大衢,酒店相望,竟日作工所入,尽付酒家,而导淫演杀,与酒为邻。若此败风,惟吾国无之,欧美皆然,惟法人为尤甚耳。盖吾国酒俗为过去世矣。不知者开口媚欧美人为文明,试入卖酒垆观其喧哗,与我孰为文明哉?近世鸦片之毒,弱人体质,厥害为中国数千年所无。然其毒自外来,去之不难,不如酒之甚也。即以鸦片店之患,一榻横陈,亦岂有哗争斗杀之害乎?天下人道之大患,莫甚于相杀,故以酒、烟相比,酒之害为尤烈也。"则是欧人嗜酒,不如中国吃鸦片者八也。论宫室曰:"吾昔闻罗马文明,尤闻建筑妙丽,倾仰甚至。及亲至罗马而遍历名王之古宫,乃见土木之恶劣,仅知用灰泥与版筑而已。其最甚者,不知开户牖以导光。以王宫之伟壮,以尼罗之穷奢,而犹拙蠢若此。不独无建章之万户千门,直深类于古公之陶复陶穴。吾国山西富人,尚有穴山作屋,仅取中溜以通光,穿室数十重,壁盖厚数尺,乃极似罗马古帝宫焉。若法路易十四之宫,夸为世界第一者,雕镂固精,然仅此一大座,比之吾国帝居禁城之宏壮,相去尚十百倍。突厥、波斯之宫殿,吾未之见。印度壮丽亦未极闳。若除此外,则中国帝室皇居之壮大,实为大地第一。盖万里大国二千年一统致然。自建章、未央千门万户,由来久矣。此其雄规,实关文明,不得以专制少之。今以《三辅故事》所述汉武帝之宫比之,建章宫,度为千门万户,其东则凤阙,高二十余丈,上有铜凤凰,立神明台、井干楼,皆高五十丈,辇道相属焉。其上有九室,形或四角八角。张衡赋谓'井干叠而百层',与巴黎之铜楼何异。其北太液池,中有渐台,高二十余丈,中有蓬莱、方丈、瀛洲、台梁,象海中三神山,龟鱼之属,其南有玉堂、壁门、大鸟,承露盘高二十丈,大七围,以铜为之,上有金铜仙人掌,至唐尚存,李贺尚见之,有《金铜仙人辞汉歌》。其甘泉宫之通天台,高三十丈,可望长安城,其上林苑连绵四百余里,离宫别馆三十六所。《汉书》称成帝之昭阳殿,中庭彤朱,赤壁青琐,殿上髹漆,砌皆铜沓,黄金涂,白玉阶,壁带往往为黄金缸,衔蓝田璧,明珠翠羽饰之。班固《西都赋》所谓'雕玉璞以居楹,裁金壁以饰珰,屋不呈材,墙不露形,裹以藻绣,络以纶连,随侯明月,错落其间,金缸衔壁,是谓列钱,翡翠火齐,流离含英'是也。此不过偶举一二耳。若《汉书》称秦之骊山,高五十余丈,周回五里,石椁为游馆,人膏为灯烛,水银为江海,黄金为凫雁,珍宝之藏,机械之变,棺椁之丽,宫馆之盛,不可胜原。而阿房宫三百余里,作者七十万人,破各国,写其宫室,门列金人十二,每重二十四万斤,门以磁石为之,前殿东西五百步,南北五十丈,可坐万人,下可建五丈旗,二百里内,宫观二百七十,甬道复道相连,帷帐钟鼓,不移而具,周驰为阁道,自殿抵南山,表南山之颠以为阙,复为复道,渡渭至咸阳,北至九嵕、甘泉,南至长阳、五柞,东门至河,西门至汧、渭,东西八百里,离宫相望。甘衣绨绣,土被朱紫。宫人不徙,穷年不能遍。由此观之,吾国秦皇、汉武时宫室文明之程度,过于罗马不可以道里计矣。惟罗马亦有可敬者,二千年之颓宫古庙,至今犹存者无数,危墙坏壁,都中相望,而都人累经万劫,争乱盗贼,经二千年,乃无有毁之者。今都人士,皆知爱护,皆知叹美,皆知效法,无有取其一砖,拾其一泥者,而公保守之以为国荣,令大地过客皆得游观,生其叹慕,睹其实迹,拓影而去,足以为凭。而我国阿房之宫,烧于项羽,大火三月。未央、建章之宫,烧于赤眉之乱。仙掌、金人为魏明帝移于邺,已而入于河北。齐高氏之营高二十六丈者,周武帝则毁之。陈后主结绮临春之宫,高数十丈,咸饰珠宝,隋灭陈则毁之。余皆类是,故吾国绝少五百年之宫室。即如吾粤巨富,若潘、卢、伍、叶者,其居宅园林皆极精丽,几冠中国,吾少时皆尝游之。即若近者十八甫伍紫垣宅,一门一窗,一栏一楣木,皆别花式,无有同者,而以伍家不振,忽改为巷,遂使全粤巨宅,无一存者。夫以诸巨富之讲求土木,不惜巨资,其玲珑窈窕,皆几经匠心。若如日本之日光庙及奈良庙,游者收资,岁入数十万。而所存美术精品，后人得由此益加改良进步，则其美术岂不更精焉？乃不知为公众之宝，而一旦扫除，后人再欲讲求，亦不过仅至其域，谈何容易胜之乎？故中国数千年美术精技，后人或且不能再传其法，若宋偃师之演剧木人，公输、墨翟之天上斗鸢，张衡之地动仪，诸葛之木牛流马，北齐祖暅之轮船，隋炀之图书馆，能开门掩门、开帐垂帐之金人，宇文恺之行城，元顺帝之钟表，皆不能传于后，至使欧美今以工艺盛强于地球，此则我国人不知保存古物之大罪也。不知保存古物，则真野蛮人之行为，而我国人乃不幸有之，则虽有千万文明之具，亦可耗然尽矣。"则是欧人宫室，不如中国宏伟者九也。论浴房曰："欧人浴房，但分男女室，男与男赤体同浴，女与女赤体同浴。日本则男女同浴。吾国粤人廉耻最重，无赤体相对者，故粤无浴室。欧人尚乐，故雕刻皆尚赤体，宜其浴无择也。然今则颇尚耻，以短布裤遮其下体。瑞典与日本同，并不用短裤矣。盖浴为洁体之大事，可以祛病；浴为乐魂之妙术，可以畅怀。独乐不如同乐，故多同浴，各国多同之，《史记》讥'于越之俗，男女同川而浴'，盖人道之始必如此。及其后廉耻日进，则男女异浴，又进而恶其秽也，不肯裸以相见，则人人异室矣。吾遍观大地各国，人情无不好浴者。惟西藏、布丹、廓尔喀人不好浴，故最不洁，则以难得水之故，且极寒之故也。野蛮不浴，据乱同浴，升平之世，廉耻与乱世异，则尚异浴。太平大同之世，人各自立，人各自由，则复归于同浴耶？"则是欧人据乱同浴，不如中国异浴之为升平者十也。凡此之类，度长絜大，极世界之美，无逾中国，未尝不发愤而道曰："吾国人不可不读中国书，不可不游外国地，以互证而两较之，当不至为人所恐吓而自退处于野蛮也。日本著书多震惊欧美者，此在日本之小岛国则然，岂吾五六千年地球第一文明古国，而若此之浅见寡闻乎？"因汇所睹记，成《欧洲十一国游记》而序其端曰：

> 将尽大地万国之山川、国土、政教、艺俗、文物，而尽揽掬之，采

别之，掇吸之，岂非凡人之所同愿哉？于大地之中，其尤文明之国土十数，凡其政教、艺俗、文物之都丽郁美，尽揽掬而采别、掇吸之，又淘其粗恶而荐其英华焉，岂非人之尤所同愿耶？然史弼之征瓜哇也，误以为二十五万里。元卓术太子之入钦察也，马行三年乃至。博望凿空，玄奘西游，当道路未通、汽机未出之世，山海阻深，岁月澶漫，以大地之无涯，而人力之短薄也，虽哥仑布、墨志领、岌顿曲之远志毅力，而足迹所探游者，亦有限矣。然则欲揽掬也，孰从而揽掬之？故夫人之生也，视其遇也。芸芸众生，阅亿万年，遇野蛮种族部落交争之世，居僻乡穷山之地，足迹不出百数十里者，盖皆是矣。进而生万里文明之大国，而舟车不通，亦亡由睹大九洲而游瀛海，吾华诸先哲，盖皆遗恨于是。则虽聪明卓绝，亦为区域所限。英帝印度之岁，南海康有为以生，在意王统一之前三年，德法战之前十二年也。所遇何时哉？汽船也，汽车也，电线也，之三者，缩大地促交通之神具也。汽船成于我生之前五十年，汽车成于我生之前三十年，电线成于我生之前十年，而万物变化之祖，为瓦特之机器，亦不过先我八十年。凡欧美之新文明具，皆发于我生百年之内外耳。萃大地百年之英灵，竭哲巧万亿之心精，奔走荟萃，发扬蚩鸣，旁魄浩瀚，积极光晶，汇百千万亿泉流而成江河湖海，以注于康有为之生世，大陈设以供养之，俾康有为肆其雄心，纵其足迹，穷其目力，供其广长之舌，大饕餮而吸饮焉。自四十年前，既揽掬华夏数千年之所有，七年以来，汗漫四海，东自日本、美洲，南自安南、暹罗、柔佛、吉德、霹雳、吉冷、瓜哇、缅甸、哲孟雄、印度、锡兰，西自阿剌伯、埃及、意大利、瑞士、奥地利、匈加利、丹墨、瑞典、荷兰、比利时、德意志、法兰西、英吉利，环周而复至美。嗟乎！康有为虽爱博好奇，探赜研精，而何能穷极大地之奇珍绝胜，置之眼底足下，揽之怀抱若此哉。缩地之神具，不自我先，不自我后，特制竭作以效劳贡媚于我。我幸不贵不贱,亡所不入,亡所不睹,俾我之耳目闻见,有以远轶于古之圣哲人。天之厚我乎,何其至也。夫中国之员首方足,以四五万万计。才哲如林,而闭处内地,不能穷天地之大观。若我之游踪者,殆未有焉。而独生康有为于不先不后之时,不贵不贱之地,巧纵其足迹、目力、心思,使遍大地,岂有所私而得天幸哉?天其或哀中国之病,而思有以药而寿之耶?其将令其揽万国之华实,考其性质色味,别其良楛,察其宜否,制以为方,采以为药,使中国服之而不误于医耶?则必择一耐苦不死之神农,使之遍尝百草,而后神方大药可成,而沉疴乃可起耶?则是天纵之远游者,乃天责之大任,则又既皇既恐,以忧以惧,虑其弱而不胜也。虽然,天既强使之为先觉以任斯民矣,虽不能胜,亦既二十年来昼夜负而戴之矣。万木森森,百果具繁,左捋右撷,大嚼横吞,其安能不别良楛、察宜否,审方制药以馈于我四万万同胞哉?方病之殷,当群医杂沓之时,我国民分甘而同味焉,其可以起死回生、补精益气以延年增寿乎?吾之谓然,人其不然耶?吾于欧也,尚有俄罗斯、突厥、波斯、西班牙、葡萄牙未至也。于美也,则中南美洲未窥,而非洲未入焉。其大岛若澳洲、古巴、檀香山、小吕宋、苏禄、文莱未过。则吾于大地之药草,尚未尽尝,而制方岂能谓其不谬耶?抑或恶劣之医书可以不读,或不龟手之药可以治宗国,而犹有待于遍游耶?康有为曰:"吾犹待于后,遍游以毕吾医业。"今欧洲十一国游既毕,不敢自私,先疏记其略以请同胞分尝一脔焉。吾为厨人,而同胞坐食之,吾为画工,而同胞游览也,其亦不弃诸。

其自任以天下之重如此。自称:"童而好讽诗,顾学以经世,志在掸理,不能雕肝呕肺以为诗人,而嗜杜甫诗若出性生,能诵全杜集,一字不遗。又性好游,玩山水,爱风竹,船唇马背,野店驿亭,不暇为学,则余事为诗。及戊戌遭祸,遁迹海外,五洲万国,靡所不到,风俗名胜,托为永歌。若拔抑塞磊落之怀,日行连犴奇伟之境,临睨旧乡,遭回故国,阅劫已夥,世变日非。灵均之行吟泽畔,骚些多哀;子卿之啮雪海上,平生已矣。河梁陇首,游子何之。落月屋梁,水波深阔,嗟我行迈,皆寓于诗。"既而游突厥,道出所谓耶路撒冷者,犹太人哭所罗门城壁,男妇百数,日午凭城,泪下如縻,诚万国所无也。喟然曰:"惟有教有识,故感人深远。吾念故国,为怆然赋。"凡一百韵,其辞曰:

崇壁严仡仡,围山上摩天。巨石大盈丈,莹滑工何妍。筑者所罗门,于今三千年。城下聚男妇,号哭声咽阗。日午百数人,曲巷肩骈连。凭壁立而啼,涕泪涌如泉。惨气上九霄,悲声下九渊。始疑沿具文,拭泪知诚县。电气互传载,真哀发中宣。一人向隅泣,不乐满堂缘。借问犹太亡,事远难哀怜。万国有兴废,遗民同衔冤。譬如父母丧,痛深限年旬。岂有远古朝,临哭旦夕酸。罗马后起强,第度扬其鞭。虽杀五十万,流血染城阆。当时严上帝,清庙金碧鲜。我来瞻遗殿,华严犹目前。珍宝移罗马,痛心亦难喧。正当吾汉时,渺茫何足云。吾国二千载,亡国破京频。刘石乱中华,洛阳惨风云。侯景围台城,一切文物焚。耶律执重贵,雅乐遂不闻。暨至宋徽钦,汴京虏君民。岂无思古情,颇感骚人魂。或作怀古诗,亦传哀吊文。未有凭城哭,至诚逮野人。妇婴同洒泪,千载恸遗民。吾迹遍万国,奇骇何感因?答言:"祖摩西,奉天创业勤。艰苦出埃及,转徙红海滨。帝降西奈山,特眷吾家春。十二以色列,奄有佐顿川。大辟所罗门,两王尤殊勋。拓边大马色,筑庙耶路颠。武功与文德,焜耀死海漘。余波跃耶回,大地遍遵循。人种我最贵,天孙我最亲。岂意灭亡后,蹂躏最惨辛。罗马与萨逊,蹈藉久纷纭。英暴当中世,俄虐今尚繁。遗种八百万,飘荡大地魂。

有家而无国，处处逐辱艰。被虐谁为护，蒙冤谁为伸？传言上帝爱，我呼彼充瑱。穷途无控诉，凭城啼吾先。"言罢又再啼，四壁啼益喧。哀哀不忍闻，吾亦为垂涎。亡国人皆恨，惟汝有教贤。他国不知愁，同化久忘筌。汝诚文明民，文明成瘴瘀。区区此遗黎，艰苦抱守艰。虽然犹太教，今犹立世间。吾游墨西哥，文字皆不传。英哲与图器，泯灭咸无存。读学皆班文，性俗忘祖孙。岂比汝犹太，能哭尚知原。哀哀念远祖，仁孝无比援。他日买故国，独立可复完。先跳必后笑，物理固循环。吾哀犹太人，吾回睨中原。四万万灵胄，神明自羲轩。唐虞启大文，禹汤文武联。孔圣宝文王，制作大礼尊。圣哲妙心灵，图器文史篇。后生坐受之，枕胙忘其源。如胎育佳儿，如酿蕴良醇。我形胡自来，我动胡自迁？我识与我神，明觉胡为先？喜怒胡自起，哀乐胡所偏？我咏歌舞蹈，我饮食文言。——英哲人，化我同周旋。忘之我坐忘，悟之大觉圆。一往情与深，思古吾翩跹。庄周梦化蝶，吾实化国魂。若其国竟殇，哀恸不知端。凡亡非我亡，畸士托古诠。吾未免为人，多情犹为牵。吾为有国故，身家频弃捐。哭弟哀友生，柴市埋冤云。哭墓已不获，先骸掘三坟。十死亡海外，谗侮百险煎。受诏久无功，缠身万苦难。十载逋亡人，拂逆痛心肝。我本澹荡人，方外乐谈玄。胡事预人国，误为不忍缠。今既荷担之，重远难释肩。地狱我甘入，为救生民艰。受苦固所甘，忍之复忍焉。久忍终难受，去去将舍旃。浩荡诸天游，欢喜作散仙。天外不能出，大地不能捐。国籍不能去，六凿不能穿。犹是中国人，临睨旧乡园。明明涕被席，眈眈伤我神。类告爱国者，犹太是何人？

其辞磊落而英多，其意激切而孤愤，揆之古人，独《湛然居士集·西游诗》，长春真人《西游记》中诗，陈刚中《交州集》可相仿佛，然有其傲诡，而无此慷慨也。尝以为中国不可行民主，傅会孔、孟，旁援欧美，其大要归于强国庇民，因时制宜。故曰："天下无万应之药，无论参术苓草之贵，牛溲马渤之贱，但能救病，便为良方。天下无无弊之法，无论立宪、共和、专制、民权、国会一切名词，但能救国宜民，是谓良法。执独步单方者，必非良医。执一政体治体者，必非良法。故学莫大乎观其会通，识莫尚乎审其时势。《礼运》曰：'时为大，顺次之，体次之。'协于时，宜于人，顺于地，庶几良法矣。孟子曰：'民为贵，社稷次之，君为轻。'社稷者国也，国权、民权、君权，三者迭递代兴而时为轻重者也。专制之世，则君权重。太平之世，则民权重。此皆自然之势，而克当其宜者也。欧洲民权、君权之争，在百年前矣，至数十年来，君权之说已绝，余波荡于亚洲。若民权乎？则在百年前欧美最盛之时，而数十年来国权之说忽盛，俾斯麦以此强德国，虽以美国平民之政，罗斯福亦大倡霸国之义，而各国亦皆鼓吹之。处列强并峙，日事竞争，少不若人，即至夷灭，故霸国之义，不得不倡者，时为之也。昔在春秋、战国之时，管、商之学，专以国权为重。孔、孟意存一统，则专以民权为先。义各有为也。凡学说之盛衰，视其时宜。倡国权说于法国革命之时，则无当矣。倡民权说于德国既强之后，尤为大谬矣。以美国之富盛，昔无海军时，则德人极轻之，近年大治海军，则德人重之。日本以战俄之故，重人民之赋税，然日之威稜震于全球矣。傥使美日犹主重民之义，则日税太重，民难负担，美而治兵，尤悖华盛顿、孟禄之训，然而美日不得不重国而轻民者，诚察时势之宜，不得已也。故重民而张民权之说，乃欧美百年前之旧论，于药则为渣滓，于制则为刍狗，于米则为秕糠，于花则为落瓣，乃吾国通明之士，号称新学，而拾欧美之残羹冷炙，以为佳馔新烹，于胃则不宜，于体则不协，小之致病，大之致死，盖失其时，悖其顺，非其宜故也。"既斥民权而崇国权，国权所寄，必在君主。其初戊戌变政，则进君主立宪之说。及至辛亥革命，益倡虚君共和之论。终莫之用，而革命有成功，建号民国。于是发愤而道曰:"南方之魁桀何尝无帝制自为之心,而矫为民主共和之说以饵于民曰'贫富共产也','人人可为总统、议员也','若入吾党,可得富贵也',甚至谓'改民主共和后,米价可贱也,可不纳税也',此与'迎闯王,可免钱粮'何异哉?愚民乐其便己也,信而从之。强豪杰颉者辍耕垅上,倚啸东门,平宁已久,无从发愤,藉为乱具,侥幸图成。风起所鼓,四海之人,习见枭雄夸诈之夫,能为共和之大言,能为自由之谬论,因时乘势,袭据土壤,纷纷攀附,各藉权势。其夸垒尤甚者,中分天下,指挥风云,政府则敬畏之,乃至借外款千百万以媚事之,其次亦复上将勋位,剖土分藩,下之灶养市魁,皆一蹴而秉麾纡组,列鼎鸣钟,呼叱而金帛盈山,顾盼而声色列屋,其车马、宫室、服食之豪侈过于王公,其颉颃、横暴、跋扈、肆睢之气势行于州县。向之偷儿、里盗、椎埋、剽窃之夫,进称雄于州邑,退亦为政于乡里,横行攘据,武断乡曲,然则谁不慕之,谁不展转效之?权利之思想已溢,自由之势力弥充,进无所慕于古,退有以荣于人,时风众势,卷而成俗,人所羡慕,皆在此徒。苟不破法律,作奸欺,谋乱略,营党私,何以充塞其权利之私,弥满其自由之壑乎?即有廉让之士,而风俗既成,坐而相化,则织衣大帻,谨厚者亦复为之。故当今之世,人不谋乱,更复何事?而涂泽以欧美之文明,群众所尚,报纸所哗,则新世界之所谓'共和'、'平等'、'自由'、'权利思想'诸名词也。夫'自由'者,纵极吾欲云尔。'权利思想'者,日思争拓其私云尔。所谓'平等'者,非欲令人人有士君子之行,不过锄除富家贵族,而听无量数之暴民横行云尔。所谓'共和'者,倒帝者之专制,自余则两党相争,陈兵相杀,日为犯上作乱云尔。以风俗所尚,孕育所成,则只有为洪水猛兽,布满全国而已。今夫地方自治,至美之良法也,而中国行之,则惟资豪猾武断乡曲,未见能于地方兴利也。设辨护士,岂非保护贫弱者之美意哉?而中国行之,则劫贼横行,及被捕获,则亦将延辨护士而解脱,于是盗劫日滋,其他辨护士之日诱人讼以破人产者无论也。若夫官制弃资格而听长官自拔，则惟有引用亲私，负贩、牛医，皆上列大位，下缩铜墨，甚至一丁不识，人皆怀非分之想，人情既不能无私利，则官方何自而整？任官若此，而望其牧民任职，岂非欲入而闭之门哉？若废科举而用学校，则学者自听讲义、读课本外，束书不观，乃至中国相传之名物日用之书，亦不之识，其愚闭乔塞，殆甚于八股之时。而八股之士，尚日诵先圣之经，得以淑身而善俗，今学校之士，则并圣经而不读，于是中国数千年之教化扫地，而士不悦学，惟知贪利纵欲，无所顾忌，若禽兽然。其他举议员，入政党，则惟有挟势鬻金以把持纵肆、败风坏俗而已。然则所谓‘共和’、‘民权’、‘平等’、‘自由’者，实不过此十数万之暴民得之耳。此十数万暴民之"民权"、‘平等’、‘自由’，诚肆睢倪荡，无所不用其极矣。试问吾四万万同胞，谁则实得民权乎？民权托之代议，夫谁能代我民者？其立义已为大谬。况我所欲举者未必被举，既为多金所买，又为大力所挤，而吾民实俯首叹恨而无所与焉。故民权者，大党十数要人之权，而于我四万万同胞何与焉。又试问吾四万万同胞，谁实得平等、自由乎？彼千百暴民之魁，凭权据势，占领土壤，汽车听其盘游，女色惟其所择，车马流水，金帛堆山，发言有权，一电而各省响应，横行如意，举步而开会欢迎，总统则畏其乱而罗笼之，报馆则藉其势而张皇之，随意居游，惟所欲适，无不平等，无不自由。故平等自由者，彼千数百暴民之平等自由。吾民宛脔于虐政之下，一言有误而枪死，一事见诬而枪死，薄言往愬，普天无告。然则吾四万万同胞，谁实得平等、自由乎？夫使吾四万万同胞，果皆得民权、平等、自由，则个人各得其权利，而国权必屈。方今列强并争之世，犹非所宜也。然四万万人果真得民权、平等、自由，则少屈国权，而伸个人之权利，犹之可也。无如四万万人皆无所得于民权、平等、自由，而仅令千数百之暴民得民权、平等、自由，是排除一人之专制，而增设千数百人之专制也。名称‘共和’，实日结党而图共乱。号为‘民主’，实以少数而行专制。戴假面，则朱唇玉貌，揭暗幕，则青面獠牙。"言之若有余悸也。情不能以自禁,辞不免于过讦,播所欲言,署曰不忍。或讼共和之美,在扬民权,则正告之曰:"人实诳汝。共和者,欧制况称之辞,且大诳于中国。夫号称共和者,乃凡在国民人人得发其意之谓,民意昭宣,民权发皇,卢骚之流,大发其义。此在欧洲,古之希腊,中世之威尼士、致那华,及德之汉堡、罕伯雷、伯来问、佉伦、佛兰拂及今之瑞士,蕞尔之国,百数十万之民,而大事,则人民共议,则诚得民意矣。选举则人人有权,则亦庶几民权矣。卢骚亦谓:'二万人之国,可行共和。'若二万人者,或可真得民意,真行民权矣。此不过如吾粤之大乡云尔。吾粤南海之九江、沙头,顺德之龙山、容奇、桂州,新会之外海,番禺之沙湾,皆聚十数万人为一乡,比于卢骚之二万人已过之,其立乡约,行乡法,能得民意与民权与否,尚不可知也。南美洲之各共和国也,若玻理非、委内瑞拉、乌拉圭、巴拉圭,皆以数千人举一议员。即巴西、阿根廷、秘鲁、智利之大,亦不过以万人举一议员。塞维、布加利牙、希腊、罗马尼亚,亦略皆以万人举一议员。若比利时、荷兰、那威、丹麦,亦不过以万人举一议员。即英国之大,为宪法选举之祖,亦不过以三万人选一议员。然当威廉第三入英之际,英民不过四百万,至与拿破仑交战之时,亦不过五百万,是时英最盛昌,亦不过万人选一议员耳。夫尊民意、民权者,不能直达,而以代议名之,苟不能如瑞士之直议,何权之有。人与人面目既殊,心意必异,父子、师弟,亦难强同,而谓所举之人能达我意,必无是理矣。故以一人举一人,已不能得其意,况以万数千人而举一人,人人异意,而谓能以一人曲肖万数千人之意,代达万数千人之意,有是理乎?故万数千人选一议员之国,号称代议,其说已大谬矣。虽然,若英国三万人选一议员。三万人者,亦如吾粤一巨乡耳,既以代议为制,势不能不选于众。三万人之乡,其有才贤,乡人略皆知之,则虽不能得民意、发民权,然既自民之耳目心思所自举者,则亦可谓之民举也。德、法以十万人举一人,日本以十三万人举一人,更不能比于英矣。然十万之乡县，耳目亦近彼宪政既久，选举既熟，或能知其人者，谓之民举焉，亦未尝不可也。至于中国之大，人民之多，今之选举法也，以八十万人选一人。夫八十万人之多数，地兼数县，或则数府，壤隔千里，少亦数百里，吾国道路不通，山川绝限，人民无识，交游未盛，选举不习，则八十万人之中，渺渺茫茫，既为大地选举例之所无，而曾谓八十万人者，能知其人而举之，其人又能代达八十万人之意乎？此尤必无之理也。然则在今大地中，凡百有国，皆可言民意、民权，惟我中国能言民意、民权，则无之也，徒资数万之暴民而已。是大妄也，是欺人也。惟国民真愚，乃受其欺耳。夫欧美之说，知直议不可得，则诡以代议为民以欺人。然曰代议，虽不得民意、民权，告朔饩羊，犹有其名也。而今选举之学说，则猖狂而大言曰：'代议者，乃代一国之政，非代民个人之意也。'此说也，则明明非代民之意矣。以实事言之，彼议员自议国政，非代民之意。以虚名言之，则此学说亦大声疾呼非代达民之意，然于其宪法也，于其国会也，于其选举法也，则大书特书曰'代议院'也，'代议员'也，名实相反，言议相乖，实而案之，不过欺民而已，不过豪猾之士欲搂夺国政，借民权、民意以欺人而已。无论议员之选，出于金钱与势胁也，难于得民望也，即不然，要必非民权、民意而代民议，则可断断言也。夫既非民意、民权，非代民议，则今之国会大声疾呼曰代议者，岂不大谬哉？代金钱而议，则有之矣，代势力而议，则有之矣，代民意而议，则未之见也。故在欧人之说，已是辞穷，而为欺民诱众之计矣。我国地等全欧，人民倍之，国与民相去甚远，民意、民权必不可得，而学欧美人之舌，大声疾呼曰民意、民权。我今质问四万万人，汝有何权？所选举者谁为汝意？议员所陈谁得汝心？吾意真选举之人必不及四千，而得其心意者必不及千也。若云权乎权乎，谁则有之？欺人自欺，无俟言矣。"或谓民主之治，托之政党，又激论之曰："人实欺汝。政党者，欧治积弊之俗，且大戾于中国。夫以英国政体之美，为万国之最，其为政党也，武人不得入，法官不得入，诸吏不得入，非学人、富商、寻常工商不得入，其本党之得权也，获官者不过六十人，余皆无所报酬，全国官吏皆不动，工商皆安业。其为政党者，不过如买马票者之视斗马，所买票之马得胜，则为之抚掌大喜，欢忻舞蹈，不如其然而然。虽然，买马票者犹有所获利也，此政党中之六十者得官者也。其它政党人绝无报酬而奚乐为之？盖彼积数百年之风俗，贵人罢居，富人无事，以为游戏博猎之举而为欢娱者耳。譬如昔之试得科第者，其本省人得状元，本府县人得翰林，本乡人获举贡青矜，其省府县乡之人，无所分杯酒肉羹之惠也，更无所谓报酬也，而接闻报时，莫不欣然色喜，莫解其所以然者。又若观竞渡焉，两曹之观竞者，无所报酬也，而咸乐捐赏执花击鼓以助竞事，于其曹之胜也，大喜若狂，若是云尔。然英人之攻之者，犹谓政党为奸诈之府、腐败之薮也。若夫美国平民政治之政党，则各地方皆有波士握权，把持党事，鱼肉良善，武断一切，纳贿作奸，甚者杀人，其为祸害，美人已痛心疾首之矣。我不得美之长，而先收其短，今且学而青出于蓝焉。以吾所睹，非其党不官，入其党，则可无法。藉其党以遍握权要，鱼肉良善，出入罪恶，吞踞财产，杀戮人民，禁锢异党，封禁报馆，强占选举，万恶皆著矣。盖未有政党之前，中国有法律；既有政党之后，中国无法律。未有政党之前，人民生命财产得保全；既有政党之后，人民生命财产不保全。未有政党之前，人民言论、身体得自由；既有政党之后，人民言论、身体不自由。吾夙昔仰慕欧美首创政党，曾不意政党之害至是也。夫政党岂无佳士，然既入其中，则为大势所驱而不能自拔矣。政党愈大，则薰莸愈杂，整率愈难。若其为法之山岳党乎？挟势横行，斯为屠伯矣。"极言急论，若有不得已。而袁世凯为总统，致书称国老，厚币卑礼，款致之京师而一见焉，有为谢勿赴也。然国权之论，进步党遂袭之以相袁世凯盗国剿制，久之，国民党燔，而进步党亦倾，卒以酿洪宪之祸也。世凯既殂，有为弥用自喜，昌言无忌，好恶怫人之性。久之渐为论政持国是者所不喜,独长江巡阅使张勋有贰心于民国,阴赞其说而加隆礼焉,则以逊帝复辟之说进也,勋则曰:"诺,是吾志也。汝其问诸冯华甫。"冯华甫者,副总统领江苏省督军冯国璋也。有为乃以勋意赞于国璋及故广西督军陆荣廷,皆无违言。国璋且曰:"张绍轩岂能办此?傥君出,我则执鞭弭以从。"有为则大喜,乃属周树模以致告于段祺瑞。时祺瑞方以国务总理,不得志于总统黎元洪,而元洪又挟国会自重,鞅鞅以失职,则詟曰:"民主日争,非君主不能已乱。但只可有其形式,不可用其精神。"有为曰:"此我之所谓'虚君共和'者也。段芝泉同我矣,我则问诸徐菊人。"徐菊人者,东海徐世昌,民国之元老,逊帝之太傅,一时称为巨人长德者也,既闻有为之言,而协赞焉。有为则以复于张勋曰:"众谋佥同矣。"于是十四省督军以六年五月,会议徐州,谋复辟,署盟书,信誓旦旦,画诺惟谨,而推勋为主盟,以亲卒三千入京师解散国会,于七月一日,迎逊帝溥仪号宣统者出复辟。溥仪年十一岁,初闻复辟之谋,问师傅曰:"我即出,将置民权何地?"师傅曰:"权仍在民。皇上即君临天下,亦无权。"溥仪曰:"即如是,何必复辟?"师傅曰:"民意也。"溥仪曰:"事之不成,将集众谤,必集以诟厉于我矣。"师傅无以应也。至是勋挟溥仪以行大事,既逐黎元洪避日本使馆,而不戒于段祺瑞。祺瑞既藉手勋以逞志黎元洪,乃徐起乘勋之敝,一举而覆其军,再造共和,以收民望。冯国璋以副总统代元洪为总统,段祺瑞再起柄国。自勋之复辟,仅十二日,而事败,走荷兰使馆,既知见绐于祺瑞、国璋,而利用之为驱除夫难者,则大愤曰:"此一役也,岂吾一人意而用集谤于我也。"将公布所署盟书以告于国人,而探箧则无有矣。有为既以勋谋主,被名捕,跳而免,则愤而致书徐世昌,累五千言,发其事焉,然后知所谓"复辟"者,凡段祺瑞、冯国璋及世昌咸与于谋。世所传《与徐太傅书》,刊见《不忍》第九、第十之合册者也。顾有为议论坚持中国宜虚君共和,不宜民主如故。既蹶不振,重草《共和平议》,条其利害,凡九万言,而叙其端曰:

吾二十七岁著《大同书》，创议行大同者。吾两年居美、墨，加七游法，吾居瑞士，一游葡，八游英，频游意、比、丹、那，久居瑞典，十六年于外，无所事事，考政治，乃吾专业也。于世所谓共和，于中国宜否，思之烂熟矣。其得失关中国存亡，至重也。不揣愚昧，以为邦人君子百尔所思，不如我所知，以所见闻，草成《共和平议》四卷，数十篇。昔《吕氏》《淮南》之成，县之国门，有能易一字者，予以千金。吾今亦悬此论于国门，甚望国人补我不逮，加以诘难。有能证据坚确，破吾论文一篇者，酬以千圆。

其果于自信如此。然发生民之疾苦，扶共和之极敝，至谓："搔首问天，惟民国之鞠凶。今惟创业之伟人、争权之政客，藉以掠民争利者，数百人外，无不厌民主者矣。或者外国之游学生，中下阶级之军官，各学校之学生，蔽于近见而无远识，寡于阅历而移听闻，与夫海外华商，空慕共和之美名，未受共和之实害，亦或安焉。自尔之外，数万万国民，无不闻民主而谈虎色变，畏之恶之，苦之厌之，但不敢公然笔之于书，以告我国民耳，则恐获罪云尔。"其言为人人所欲吐，其意则人人之所嗫嚅，未尝不可为世之大人先生当头一棒喝也。自是不问世事，创天游学院于上海。盛名所招，从游无算，独称乡人林奄方。每语人曰："吾昔讲学万木草堂，门下最高材者，为曹泰与陈千秋二人。梁卓如之思路，常赖二子浚发尔，非其匹也。惜皆夭死，年不过二十五六，为吾生第一恨事。今林生茂才力学，意态其巨伟绝似，而行纯无疵且又过之。"奄方年二十，而文笔奇警，思力亦伟，投函《甲寅》周刊，为长沙章士钊所称道，字迹矫健，尤似有为。顾贫无所得食，投考上海邮局以执事，不能竟学也。有为尤以为恨云。

有为禀赋绝异，老而不衰，虽摈不容于世，然无所屈于人。复辟既败，所至见嫉，而有为未尝以自挫。其垂殁之年，实为民国之十五年，以事至天津，人颇议其阴谋再复辟也。汉文《泰晤士报》訾之尤甚，标题康有为大逆不道字，连载数日不休。有为读之无怍色。长沙章士钊亦避地天津，往过焉，谈次及之，有为微喟曰："《书》云：'兼弱攻昧。'今吾国士夫之昧，真是骇闻。共和国以民意为从违，民意多数曰何者，政即何从，其中并无独禁君政不谈之理。法兰西有君政党，赫然列席国会，岂是秘事？何吾人之昧，一至于此。"然言下亦无遽色，徐曰："吾生平不喜攻人，惟著《新学伪经考》，为辨学术源流，有所诋谋，如箭在弦，不得不发耳。此外则一听人毁我，我决不毁人。士君子为国惜才，以诚接物，其道应尔。"士钊为神移者久之。而有为年则七十二矣，口辩悬河，声若洪钟，精神矍铄，见者辟易。士钊退语人曰："二十年前，闻之服南海者曰：'天下之丑诋南海者，其人直未尝见之耳。见之，未有不易侮为敬者也。'吾尝举其语以为笑。而今见之，乃信异人。"其明年，国民军再奠江南，有为走死于青岛，年七十三。

　　有为自以生平担荷斯道之重，比于孔丘，抗颜为人师，无所于让。方讲学万木草堂，弟子著籍者众，尤赏南海曹泰、陈千秋。曹泰，字著伟，年二十二，署语壁柱曰："我辈耐十年寒，供斯民暖席；朝廷具一副泪，闻天下笑声。"最耽哲理，思想渊渊入微，尝为《儒教平等义》十余篇，未成。晚年欲穷魂学之精髓，以为佛教密咒，必有特别妙谛，捐弃百学以冥索之，居罗浮岁余，以暴病卒。其文豪放连犿，波谲云诡，能肖其心思。从有为作八比文，题为"天地之大也人犹有所憾"，凡二千余言，万怪皇惑，不可思议。末两比云："同人以姚为始，则忧患已伏于生时，可知泣血涟而，即降孕已受天囚之惨。""未济以火为归，则乾坤必毁于灰炉，可知亢龙有悔，即上帝难为乞命之身。"有为亟赏其名理。侍有为游桂林，题诗厓壁曰："大地权舆我到迟，也曾歌泣也怀思。深山大泽堪容剑，天老地荒独有诗。龙蛇昔曾归觉想，涅槃今欲证心期。我行幸有微风舵，元气舟中任所之。"盖亦哲人之诗也，其精神意趣可想矣。陈千秋,字通甫,与曹泰同县,累见姓氏于梁启超著书。启超以辛卯计偕试入京师。千秋赠以诗,有句云:"非无江湖志,跌宕姿游遭。苍生惨流血,敝席安得暖。"又为启超题箑数语曰:"伊川赏'梦魂惯得无拘检,又逐杨花过斜桥',通甫赏'蝴蝶上阶飞,风帘自在垂',二词谁工? 请问知者。"好学能文,才望甲于一邑。以诸生推主西樵乡局,练民团五百人,兴一学校,建一藏书楼,治盗禁赌,风化肃然。乡中十余万人,奉令惟谨,而为豪强不便,起而讦之,千秋则发愤呕血以死也。尝为《仁说》一书,其持论略与浏阳谭嗣同之《仁学》相出入,又著《性论》、《教宗平议》等书,皆未及成,临殁,则手取摧烧之。年二十二。有为尤恸之。其后有为命草堂诸子汇刊日课札记,系以诗三绝曰:"万木森森散万花,垂珠连璧照红霞。好将遗宝同珍护,勿任摧残毁瓦沙。""春华秋实各为贤,几年伤逝化风烟。偶登群玉山头望,八万珠璎总可怜。""万木森森万玉鸣,只鳞片羽万人惊。更将散布人间世,化身万亿发光明。"于时陈千秋、曹泰则已逝矣,故第二绝云云,盖伤之也。刻竟不成,而两人所著散佚既尽,其名氏亦渐湮没以无闻于世。世所知名者,首梁启超,其次三水徐勤。勤之从有为游者二十有四年,与有为共患难者十有五年,其待有为至忠且敬也。美、墨、非、澳、亚环海之国民党二百埠,皆附有为而隶属于保皇者,定名于丙午,因以丙午国民党名,皆勤总护之以秉成于有为。有为之居东也,日本前文部大臣、国民党魁犬养毅,议员柏原文太郎同游于热海,驱车于汤河,俯仰海山,纵论人物,问于有为曰:"吾识先生门弟子多矣。若徐勤者,德行第一,至诚不息,其为孔门之颜渊耶? 若梁启超之文学,其为门下之子夏乎?"独梁启超文章骏发,传诵海内,尤善论议,名高出于徐勤云。

　　梁启超者,字卓如,别署任公,广东新会人也。六岁毕业五经。八岁学为文。九岁能日缀千言。顾家贫,无它书可读,惟有《史记》、《纲鉴易知录》、唐诗诸书,日以为课,咸成诵。老辈有爱其慧者,赠以《汉书》、

《古文辞类篹》，则大喜，读之卒业焉。十二岁，补新会县学生。十三岁，始治段、王训诂之学，遂负笈入省城之学海堂。学海堂者，让清嘉庆间，总督阮元所立，以训诂、词章教学粤人者也。十七岁中式光绪辛卯广东乡试举人。主考李端棻奇其文，以女弟归之。年十八，计偕入京师。报罢归，重肄业学海堂，乃得与陈千秋交。千秋语之曰："吾闻康先生在京师，上书请变法，不报，被放南下，吾往谒焉。其学乃为吾与子所未梦及，吾与子师之矣。"康先生者，南海康有为，喜持公羊家所谓"非常异义可怪之论"，时人故迂怪少之。而启超闻千秋言，独好奇，介以谒。启超自以少年擢科第，且于时流所重难之训诂辞章，咸窥途辙，以此沾沾自喜。有为一见，则一一斥其非学。至是启超乃尽失所恃，惘惘然归，竟夕不得寐。明日再谒，请何学而可，有为乃告以陆、王心学，而并及史学、西学之梗概。启超则大服，愿执业为弟子，自是决然舍去旧学，自退出学海堂，而间日请益于万木草堂。顾有为不轻以所学授人，草堂常课，《公羊传》以外，则点读《资治通鉴》、《宋元学案》、《朱子语类》等书，又时时习古礼。启超勿嗜也，则与千秋相偕治周秦诸子及佛典，亦涉猎清儒经济书及译本西籍，皆就有为决疑滞。居一年，乃闻所谓"大同义"者，喜欲狂，锐意谋宣传。有为谓非其时，然不禁也。启超治《伪经考》，时复不慊于其师之武断，后遂置不复道。其师好引纬书，以神秘性说孔子，启超亦不谓然。启超谓："孔门之学，后衍为孟子、荀卿二派，荀传小康，孟传大同。汉代经师，不问为今文家、古文家，皆出荀卿，二千年间宗派屡变，壹皆盘旋荀学肘下。孟学绝而孔学亦衰。"于是专以绌荀申孟为标帜，引孟子中指责"民贼"、"独夫"、"善战服上刑"、"授田制产"诸义，谓为"大同"精义所寄，口倡道之。又好墨子，诵说其"兼爱"、"非攻"诸论。启超屡游京师，渐交当世士大夫，而其讲学最契之友，前称陈千秋。千秋既早死，乃交钱唐夏曾祐、浏阳谭嗣同。曾祐方治龚自珍、刘逢禄之所谓今文家言，每发一义，辄相视莫逆。而嗣同则治王夫之之学，喜谈名理，谈经济，及交启超，亦盛言大同，著《仁学》。而启超之学，受夏、谭影响亦至巨。其后启超舍讲学而有志从政，创一旬刊杂志于上海，曰《时务报》，自著《变法通议》，批评粃政，而救敝之法，归于废科举，举学校，亦时时发民权，但微引其绪，未敢昌言，厥为启超投身论政之发轫也。已而嗣同与黄遵宪、熊希龄等设时务学堂于湖南长沙，聘启超主讲席。启超至，则以《公羊》《孟子》教，课以札记。学生仅四十人，而蔡锷最称高材生焉。启超每日在讲堂四小时，夜则批答诸生札记，每条或至千言，往往彻夜不寐。所言皆傅会古学以阐民权，又多言清代故实，胪举失政，盛倡革命。其论学术，则自荀卿以下，汉、唐、宋、明、清学者，掊击无完肤。时学生皆住堂，不与外通，议论激张，人无知者。及年假，诸生归省，出札记示亲友，全湘大哗。而首发难者，叶德辉著《翼教丛编》数十万言，将康有为所著书及启超批札记以至《时务报》诸论文，逐条痛斥。而张之洞方总制湖南北，则著《劝学篇》以折衷新旧，旨趣亦与启超不同。于是启超寖不安于位。既则随有为走京师，上书论变法之宜亟，开强学会，开保国会，启超咸与赞画有力。寻以侍郎徐致靖荐，总理衙门荐，被召见，诏办大学堂译书局事务。启超既有为高第弟子，参闻秘计，方造谭嗣同，有所议讨，而抄捕南海馆之报至，南海馆者，康有为之所居也。嗣同从容语启超曰："昔欲救皇上，既成蹉跌，今欲救康先生，亦恐无及。吾已智尽能索，惟有一死以报知己耳。虽然，天下事知其不可而为之。足下盍入日本使馆，谒伊藤氏，请致电上海领事而救先生焉。"启超则以是夕宿日本使馆，而嗣同竟日不出门以待捕者。捕者既不至，则于其明日入日本使馆，与启超见，劝东游。日使从旁讽曰："不如君偕。"嗣同不可。再三强之，嗣同曰："各国变法无不从流血而成。今中国未闻有因变法而流血者，此国之所以不昌也。有之，请自嗣同始。"因顾启超曰："不有行者，无以图将来。不有死者，无以酬圣主。今康先生之生死未可知，程婴杵臼，月照西乡，吾与足下共勉之。"而不

知有为之先期跳遁也,嗣同既不免于难,而启超则乘日本大岛兵舰以东,遂亡命日本,作《去国行》以见志曰:

> 呜呼! 济艰乏才兮儒冠容容,佞头不斩兮侠剑无功。君恩友仇两未报,死于贼手毋乃非英雄。割慈忍泪出国门,掉头不去吾其东。东方古称君子国,种俗文教咸我同。尔来封狼逐逐磷齿瞰西北,唇齿患难尤相通。大陆山河若破碎,巢覆完卵难为功。我来欲作秦廷七日哭,大邦犹幸非宋聋。却读东史说东故,卅年前事将毋同? 城狐社鼠积威福,王室蠢蠢如赘痈。浮云蔽日不可扫,坐令蝼蚁食应龙。可怜志士死社稷,前仆后起形影从。一夫敢射百决拾,水户萨长之间流血成川红。尔来明治新政耀大地,驾欧凌美气葱茏。旁人闻歌岂闻哭,此乃百千志士头颅血泪回苍穹。

时日本新变法图强有成功,而启超师弟谋改制,乃不容于中国,故有所激发,而启超夙年为诗如其文,词旨不甚修饬,而淋漓感慨,恻恻动人,此固所长。然非所论于诗界革命之诗也。诗界革命之说,始倡于夏曾祐,而谭嗣同和焉。嗣同有诗咏金陵听说法云:"纲伦惨以喀私德,法会盛于巴力门。"喀私德之为言,即 Caset 之译音,盖指印度分人为等级之制也。巴力门,即 Parliment 之译音,盖英国议院之名也。所为诗喜捃扯舶来新名词以自表异,大率类此。而启超不谓然,曰:"过渡时代,必有革命。然革命者,当革其精神,非革其形式。吾党近好言诗家革命,虽然,若以堆积满纸新名词为革命,是又满洲政府变法维新之类也。能以旧风格,含新意境,斯可以举革命之实矣。"谭嗣同既死,启超独称夏曾祐与嘉应黄遵宪、诸暨蒋智由,并推为新诗界三杰。其实三人皆取法古人,并未能脱尽畦封。中国与欧美诸洲交通以来,持英筠与敦槃者,不断于道,而能以诗鸣者,惟黄遵宪,毅然有改革诗体之志,模山范水,关于外邦名迹之作,颇为夥颐,其成就虽未能副其所期,然规模既大,波澜亦宏，世称硬黄，一时巨手矣。蒋智由、夏曾祐皆喜撷用新理、西事入诗，而智由则宗李翰林，风格固规模前人，是启超所谓"以旧风格含新意境"者也。惟三人皆颇撷用新理、西事以润泽其诗，与谭嗣同同，而启超则颇以伤格为讥耳。

启超既被放海外，而时时以文字牖导国人，前后为《清议报》、《新民丛报》、《新小说》、《政论》、《国风报》诸杂志，畅其旨意，而《新民丛报》播被尤广，国人竞喜读之，销售至十万册以上。清廷虽严禁，不能遏也。其间亦为革命排满之论，而其师康有为深不谓然，屡责备之，继以婉劝，两年之间，函札数万言。启超亦不慊意当时革命家之所为，惩羹而吹齑，持论稍变矣。初启超为文治桐城，久之舍去，学晚汉、魏晋，颇尚矜练，至是醳放自恣，务为纵横轶荡，时时杂以俚语、韵语、排比语及外国语法，皆所不禁，更无论桐城家所禁约之语录语，魏晋六朝人藻丽俳语，诗歌中隽语，及《南北史》佻巧语焉。此实文体之一大解放，学者竞喜效之，谓之"新民体"，以创自启超所为之《新民丛报》也。老辈则痛恨，诋为文妖。然其文晰于事理，丰于情感，迄今六十岁以下、三十岁以上之士夫，论政持学，殆无不为之默化潜移者，可以想见启超文学感化力之伟大焉。录《俾士麦与格兰斯顿》一文。其辞曰：

> 欧洲近世大政治家，莫如德之俾士麦、英之格兰斯顿。俾士麦之治德也，专持一主义，始终以之。其主义云何？则统一德意志列邦是也。初以此主义要维廉大帝而见信用，继以此主义断行专制，扩充军备，终以此主义挫奥蹶法，排万难以行之。毕生之政略，未尝少变。格兰斯顿则反是，不专执一主义，不固守一政策，故初时持守旧主义，后乃转而为自由主义，壮年极力保护国教，老年乃解散爱尔兰教会，初时以强力镇压爱尔兰，终乃倡爱尔兰之当自治，凡此诸端，皆前后大相矛盾，然其所以屡变者，非为一身之功名也，

非行一时之诡遇也,实其发自至诚,见有不得不变者存也。夫世界者,变动不居者也。一国之形势与外国之关系,亦月异而岁不同也。二三十年前所持之政见,至后年自觉其不适用而思变之,智识日增之所致乎? 庸何伤焉。故能如格兰斯顿者,可谓之真守旧矣。俾公坚持其主义,而非刚愎自用者所得藉口。格公屡变其主义,而非鼠首两端者所可学步。曰:"惟至诚之故。"

凡任天下大事者,不可无自信力。每处一事,既见得透,自信得过,则以一往无前之勇气以赴之,以百折不回之耐力以持之,虽千山万壑,一时崩坼,而不以为意,虽怒涛惊澜蓊然号鸣于脚下,而不改其容,猛虎舞牙爪而不动,霹雳旋顶上而不惊,一世之俗论嚣嚣集矢,而吾之主见如故。若此者,格兰斯顿与俾士麦正其人也。格公倡议爱尔兰自治之时,自党分裂,腹心尽去,昨日股肱,今日仇敌,而格公不少变,乃高吟曰:"舍慈子兮涕滂沱,故旧绝我兮涕滂沱。呜呼! 绵绵此恨兮恨如何,为国家之大计兮,我终自信而不磨。"俾公为行德国之合邦,或行专断之政策,或出压制之手段,几次解散议院而不顾,几次以身为舆论之射鹄而不惧,尝述怀曰:"以我身投于屠肆,以我首授于国民,我之所以谢天下苍生者,尽于是矣。虽然,我之所信者终不改之,我之所谋者终不败之。"呜呼! 此何等气概,此何等肩膀。非常之原,黎民惧焉。非有万钧之力,则不能守一寸之功。

启超之文,篇幅之巨,亦创前古所未有。古人以万言书为希罕之称,而在启超无书不万言,习见不鲜也。《俾士麦与格兰斯顿》一文,洋洋六百余言,在古人不为短幅,而在启超则札记小品耳。然纡徐委备,往复百折,而条达疏畅,无所间断,气尽语极,急言竭论,而容与闲易,无艰难劳苦之态,遣言措意,切近的当,能令读者寻绎不倦,如与晓事人语,不惊其言之河汉无涯。呜呼！此启超之文之所为独辟一径者也。启超自东渡以来，已绝口不谈"伪经"，亦不甚谈"改制"，而其师康有为大倡设孔教会、定国教、祀天、配孔诸议，国中附和之者众，而启超不谓然，常以为："中国思想之痼疾，在'好依傍'与'名实混淆'，而有为亦未能自拔。其大同之学，空前创获，而必谓自出孔子。及至孔子之改制，何为必托古？诸子何为皆托古？则亦'依傍'、'混淆'也已。此病根本不拔，则思想终无独立自由之望。"启超盖于此三致意焉。于是启超之学术思想，别出于康有为而自树一派，屡起而驳之，语具《新民丛报》。

启超见世之学为新民体者，学其堆砌，学其排比，有其冗长，失其条畅，于是自为文章，乃力趋于洞爽轩辟。《国风报》已臻洁净，朴实说理，不似《新民丛报》之浑灏流转，挟泥沙俱下。然排比如故，冗长如故。既，清廷逊国，启超自海外归，欲以言论与国人相见。而革命党人不悦，以为"启超曾主张君主立宪，在今共和政体之下，不应有发言权，即欲有言，亦当先自引咎以求恕于畴昔之革命党"。而启超归国之日，正黄兴出都之日。其时国民党本部已决议不攻启超，且愿与民主党合，以为启超，民主党之暗中党魁也。其时国民党人方痛骂之，而党魁黄兴则殷勤愿见梁某颜色，以启超在大沽遇风阻滞，候至数日而未得见，遂遗书痛骂，危言激论，谓其不慊于共和，希图破坏。而启超之徒，亦有疑于平昔所主张，与今日时势不相应，舍己从人，近于贬节，因嗫嚅而不敢出言。独启超意气洋洋，不欲授革命党人以间，而独居深念，知不尽言，且无幸。既抵京师，出席报界欢迎会，历陈二十年办报之经过，而卒言之曰："我欲以言论与国人相见，不可不以我之为我，自陈于国人之前。我则立宪党人也，我尤不可不以立宪党之为立宪党，剖析以陈国人之前。即以近年立宪党所主张，对于国体，主维持现状，对于政体，则悬一理想以求必达，此志固可皎然与天下共见。夫国体与政体本不相蒙，稍有政治常识者，类能知之矣。当去年九月以前，君主之存在，尚俨然为一种事实，而政治之败坏，已达极点。于是忧国之士，对于政治前途发展之方法，分为二派，其一派则希望政治现象日趋腐败，俾君主府民怨而自速灭亡者，即谚所谓苦肉计也，故于其失政，不屑复为救正，惟从事于秘灭运动而已。其一派则不忍生民之涂炭，思随事补救，以立宪一名词，套在满政府头上，使不得不设种种之法定民选机关，为民权之武器，得凭藉以与一战。此二派所用手段，虽有不同，然何尝不相辅相成。去年起义至今，无事不资两派人士之协力，此其明证也。然则前此曾言君主立宪者，果何负于国民，在今日亦何嫌何疑而不敢为国宣力。至于强诬前此立宪派之人为不慊共和，则更无理取闹。立宪派人，不争国体而争政体，其对于国体主维持现状，吾既屡言之，故于国体，则承认现在之事实，于政体，则求贯彻将来之理想。夫于前此障碍极多之君主国体，犹以其现存之事实而承认之，屈己以活动于此事实之下，岂有对于神圣高尚之共和国体，而反挟异议者？夫破坏国体，惟革命党始出此手段耳。若立宪党，则从未闻有以摇动国体为主义者也，故在今日拥护共和国体，实行立宪政体，此自论理上必然之结果。若夫吾侪前此所忧革命后种种险象，其不幸而言中者十而八九，事实章章，在人耳目，又宁能为讳。既能发之，则当思所以能收之。自今以往，其责任之艰巨，视前十倍。今激烈派中人，其一部分则谓吾既已为国家立大功、成大业矣，畴昔为我尽义务之时期，今日为我享权利之时期，前此所受窜逐戮辱于清政府者，今则欲取什伯倍之安福尊荣于民国以为偿，此种人自待太薄，既不复有责备之价值。其束身自好者，则谓吾前此亦已尽一部分之责任，进国家于今日之地位矣，自今以往，吾其可以息肩，则翛然尘外而已。而所谓温和派者，则忘却自己本来争政体，不争国体，因国体变更，而自以为主张失败，无话可说，如斗败之鸡，垂头丧气，如新嫁之娘，扭扭捏捏，而不知现在政治之绝未改良，立宪主张之绝未贯彻。若谓前此曾言君主立宪之人，当共和国体成立后，即不许其容喙于政治。吾恐古往今来,普天率土之共和国,无此法律。吾侪惟知中国为中国人之中国,尽人有分,而绝非一部分人所得私。前清政府以国家为其私产,以政治为其私权,其所以迫害吾党,不使容喙于政治者,无所不容其极,吾侪未敢缘此自馁而放弃言责也。况在今日共和国体之下,何至有此不祥之言。"闻者莫不动容,即革命党亦无以难之。乃为《庸言报》以儆戒于国人,而睹国人忻于共和之名而昧其实也,作《罪言》曰:

> 无其实而尸其名,君子曰不祥,而狂愚鹜焉。天下鹜名之民,则未有过今日之中国者也。英人以守旧闻天下,我亦以守旧闻天下。彼旧其名而新其实,我旧其实而新其名。今英之王,非犹乎昔之王也,然固名曰王。其卡边匿内阁非犹乎昔之卡边匿也,其巴力门国会非犹乎昔之巴力门也,然固名曰卡边匿、巴力门。乃至一切法制礼俗,实质日日蜕变,转瞬陈迹,而千百年前之名,抱守勿弃也。我则反是,实莫或察而惟名之断断。钧是人也,名曰盐媒,相望却走,易名嫱施,则啧啧共道其美也。厩无马,指鹿,锡以马名,则相庆曰吾有马矣。急焉榜于国门曰立宪,国遂为立宪国,民遂为立宪国民也。忽焉榜于国门曰共和,国遂为共和国,民遂为共和国民也。门以内勿问也,而日以所榜自豪。人所有者,我勿容无有也。有责任内阁乎?曰有。有政党乎?曰有。有独立法庭乎?曰有。有自治团体乎?曰有。有学校乎?曰有。有公司乎?曰有。有能参政之女子乎?曰有。有能征讨之军士乎?曰有。乃至有旷世间出之伟人乎?曰有。朝弗善也,易以府。谕勿善也,易以令。军机处弗善也,易以秘书厅。内阁弗善也,易以国务院。尚侍弗善也,易以总次长。督抚弗善也,易以都督。镇协弗善也,易以师旅。爵秩弗善也,易以勋位。大人老爷弗善也,易以先生。他人积百数十年而仅闻者,或更积百数十年而犹惧未致者,我一旦而尽有之。

畴者共指为万恶之薮者，一易其称而众善归焉。偃师陈戏，鱼龙曼衍。瞿昙说法，楼台弹指。集事之易，进化之速，殆莫吾京也。狙公赋芋，朝三暮四，名实未亏，喜怒为用。我不喜怒于实而喜怒于名，其智抑加狙一等矣。久假不归，安知非有？名不足以欺天下，固可聊以自娱。虽然，啖名不饱，殉名自贼。及并其名而堕焉，则实落材亡，固已久矣。呜呼！

他所论说称是也。诵其文者比之东坡之嬉笑怒骂，俱成文章焉。时国内士夫人人效为启超文，而启超转自厌倦所为，时时以诗古文辞质正于望江赵熙、闽县陈衍诸人，而赵熙尤所心折。赵熙，字尧生。逊清宣统末，由翰林院编修转江西道监察御史，奏劾邮传部尚书盛宣怀借债卖路，直声震朝宁。而诗功湛深，苍秀密栗，成之极易，见者莫不以为苦吟而得，其实皆脱口而出，不加锤炼者也。尝与同官杨增荦及陈宝琛、陈衍数人联句，意思萧闲，若不欲战，而占句特多，下笔则缊缊不自休。同辈樊增祥、易顺鼎、陈三立外，莫与比捷，而诗格各不同，尤工言山水。增荦改官将之蜀。熙成《竹枝词》三十首送行，专写入蜀山水，自鄂渚至成都者。陈衍诵而爱之，请书一横幅见界。熙立增首尾四诗为赠云："石遗老子天下绝，谈诗爱山无世情。大好金华读书处，闻风心到锦官城。""送客魂销下里词，故人杨子最能诗。迟君一纵巴山棹，细雨迎秋唱竹枝。""千山万水三生约，好句亲题送子云。西向定将人日报，草堂花发最思君。""水驿山程约略齐，并应渔具手中携。间吟为伴陈无己，一夜乡心到蜀西。"次日，衍相过，熙送行诗，又增为六十首矣。衍以告增荦，无不叹其敏捷。增荦在京师，诗名甚盛。高秀似放翁，闲适出右丞，其风骨峻峭之作，又时近文与可、米元章，诗境时与熙不同，而致叹熙之锤幽凿险，范山模水，出以歌咏，直有抉天心、探地肺之奇，不徒以捷给见长也。熙自言："三十前学诗。三十后，颛治小学、古文。年近五十又学诗。文章高下之境，一一悬量胸中，求以自立，乃知世之驰逐虚声者，政堕苦海也。有知以来，荷交海内通人，其性好大都不一。今老矣，追数一生闻见，仍以仁者为至难。若词采蔚然，或周知雅故，凤凰之异于凡鸟，毛羽固殊，然自别有和盛之德也。"每观近人刻集多空陋，心嗤其骛名而无本，遂自戒不轻付刻。问学道义，相知者无不爱敬。而启超闻声忾慕，致其相思，每不自觉长言咏叹，感慨之深也。方其遁荒海外，有《庚戌秋冬间，因若海纳交于赵尧生侍御，从问诗古文辞，所以进之者良厚，顾羁海外，迄未识面，辄为长谣以寄遐忆》一诗，其辞曰：

> 道术无古今，致用乃为贵。交亲无新旧，相尚在风义。我以古
> 人心，纳交当世士。夙慕蜀多才，捧手得数子。直节刘子政，粹德
> 杨伯起。原注：裴村、叔峤两京卿。其人与其言，磊磊在青史。蚤年
> 所往还，尤敬延陵季。诸郎尽麟凤，昵我逾昆季。原注：吴季清先生
> 及德嗣铁樵仲嵍子发兄弟。料简心相宗，研索象数旨。执御汔无成，
> 哭寝但颡泚。觥觥周孝侯，刚果通大理。官节遍三川，气骨横一
> 世。此并赵侯友，凤昔不我弃。赵侯云中鹤，轩轩抗高志。名节树
> 藩篱，艺林厚根柢。峨眉从西来，去天尺有咫。终古孕冰雪，元精
> 逼象纬。御风问真源，独往恣所止。八十四盘陂，陂陂印屐齿。荡
> 胸极雄深，即境领新异。所以其文行，邈与俗殊致。开元及元和，
> 去今各千祀。君独遵何辙，接彼将坠纪。诗撼少陵律，笔摩昌黎
> 垒。择言转气盛，刊华得神拟。浩浩扬天风，郁郁斐兰芷。幽幽缭
> 洞壑，漠漠弄洲沚。诙荡天门开，恢诡屋市起。迅健骏下坂，澹宕
> 鱼戏水。有时一篇中，摄受万态备。探源析正变，证诣惬醇肆。自
> 从同光来，斯道久陵替。岂期万人海，复听九皋唳。固知言皆宜，
> 要在中有恃。文章虽小道，可以觇识器。释褐及中年，簪笔作谏
> 议。上策皆贾、晁，陈义必牧、贽。遥遥千圣心，落落天下计。昔昔

勤论思，字字迸血泪。亦知逆耳言，夙干道家忌。黎元正倒悬，斧
锧安得避。回天精卫瘏，逐恶鹰鹯鸷。谏草留御床，直声在天地。
自我出国门，交旧半弃置。迢听得云天，怀想空梦寐。何期绝尘
姿，盼睐及下驷。群动蛰三冬，尺素枉千里。我学病驰骛，所养失
端委。皇皇求助友，恳恳得砻砥。商量到刊分，往复累百纸。吁嗟
末俗心，相应以骄伪。岂闻倾盖交，乃辱百朋赐。天步正艰难，民
生日憔悴。衔石念海枯，入渊援日坠。吾徒乘愿来，为此一大事。
君其体坚贞，走也将执辔。燕市风萧萧，须浦月弥弥。相望不相
即，歌答杂商徵。闲居潘安仁潘若海，就我方谋醉。聊因天末风，
一讯君子意。

时民国建元之前二年庚戌也。民国既建，入都，则时时与林纾、陈衍、易
顺鼎过从，述志言情，间出俪体。《答宋伯鲁书》曰：

芝栋先生几下：萧瑟平生，哀时泪尽。从军书剑，双鬓飘零。
仰灵光其嵯峨，标清流之眉目。关西称为夫子，天下唯有使君。忆
昔春明之游，梦如隔世。抚今感往，下泪如縻。钩党西京，朝衣东
市。兰摧瓜蔓，骨折心惊。蜚语载以百车，知名尽于一网。投井其
汹汹下石，载盆则郁郁瞻天。狱急同文，令严大索。公既诖议，仆
亦遁荒。或削迹柏台而荷戈，或窜身樱岛而橐笔。解手背面，星纪
再更。私谓此生，无再相见。不意命悬虎口，誓验乌头。整顿乾
坤，二三豪俊。吴竟鹿游目睹，梁以鱼烂自亡。至如仆者，皮骨已
空，文字不死。公乃以口舌之先声，比廓清于武事。见誉其过，乌
敢承哉。帝社既屋，公名如山。每念履綦，苦探息耗。兹承锡以咳
唾，慰其索离。重喜高贤，谋参阃幄。毕缄咨答边防，近见颇、牧；
山涛言议兵事，暗合孙、吴。方之古人，风采与匹。又假麾下之余
闲，度秦中之支部。导宣政略，藻镜人伦。从者如云，所居成市。

从此莲花千叶，观山先拜主峰；神木万年，设治不遗边县。同人拜赐，吾道西行。疏示经用不充，故党务多塞。已如尊旨，转告同侪。苟活水之有源，必分支以普润。仍烦棘手，共矢素心。譬犹河导龙门，天擎华岳，兹事非公莫属矣。仆叨冒时誉，因缘幸会，无才试吏，有路妨贤。倘获拭目升平，屏身陇亩，释禽鱼于笼缚，访蓑笠之交游。亲觌燕私，追谈忧患。寻求白渠之故址，考订黑水之真源。登龙首而盛缅未央，涉辋川而退瞻杜曲。赋诗洒洒，一览千秋。盖不劳域外之游踪，而自极生人之奇趣者矣。顷闻主国即真，兵衅鏖靖。特公私扫地，礼教横流。正俗救贫，骤无长计。即仆所司刑狱，有策亦付悬谈。财力窟空，人才消竭。在昔白云宿吏，坐曹犹鲜专家；今则黄颔稚年，筮仕即为司令。师门甫别，宦牒同荣，更事未深，攫谤奚免。此欲案无留牍，狱鲜冤声；亦恐貌饰维新，口惭诛颂。不剪兹弊，奚以临民？伏维我公学行绝人，经纶冠世，前所云云，治本攸系。是用顿首上请，为国乞言。庶几日照潼关，不吝分明逮仆矣乎？南海师顷奉家讳，未计出山，后有所闻，续日邮报。即今世网逼侧，愿公珍啬自寿。黄发相期，下情岂胜向往之至。不宣。

宋伯鲁者，举官御史，与启超欢好，而以预于戊戌变政谪戍者也。方戊戌政变之无成也，梁启超以致怨于袁世凯。及世凯当国，为临时大总统，则曲意以交欢于启超。启超既不慊于革命原动力之所谓国民党者，于是拥其徒从以组进步党而自为之魁，世凯遂用之以倾国民党也。而进步党者，则共和党之所自出。迨事之急，长沙章士钊行严遇武进杨廷栋翼之于江苏都督程德全所。廷栋则共和党员也。士钊为言："项城杖视共和党，杖南方狗，狗毙，杖亦随手弃耳。"不听。国民党之初计，既欲破进步党与世凯之联合，以孤世凯之势，又欲破启超与进步党之联合，以孤进步党之势，卒不得逞而有宁沪之役，以资袁世凯削平东南，摈国民党而放流之，当选为第一任大总统，盖多借重于启超。国民党既覆，袁世凯以凤凰熊希龄为国务总理，希龄不可，启超以大义敦劝，谓："苟利国家，何恤小己。"希龄不得已起，欲成第一流经验与第一流人才之内阁，而以启超长教育。启超坚辞，希龄大不怿，诘曰："我不欲出，而公责以牺牲。我既牺牲，而公乃自洁。岂熊希龄三字，不抵梁启超三字之值价耶？公且不出，其他何望。"声色俱厉。而世凯闻启超之坚不出，昌言："大局如此。社会责我不用新人，及竭诚相推，而新人复望望然。"启超乃亲见世凯，自明出处之义，会希龄入谒，世凯乃谓："总理在此，君可自与商之。"苦辞往复，不得要领出，希龄黯然，总统府秘书等惕然。世凯乃语人曰："任公不任，成何说话。"启超不得已起，为司法总长，顾无所设施，为世凯撰拟文字，出入讽议。会逊国隆裕皇太后卒，代表大总统致祭《清德宗帝后奉安文》曰：

中华民国二年十二月十二日，大总统袁世凯谨代表国民遣官赵秉钧、梁启超、朱启钤、荫昌、崑源、陆建章、马龙标等，致祭于大清德宗景皇帝大清孝定景皇后之灵，曰：呜呼！遏密而如丧考妣，已韬天山之羲娥；闻善而若决江河，同颂女中之尧舜。三千裸神功圣德，民不能忘。卅六宫懿范徽音，史犹可述。惟我德宗景皇帝冲龄践祚，变法图强。孝思不废于寝门，俭德弥彰于卑服。龙髯递逝，鼎湖弃乌号之弓。马鬣未封，橐泉待鱼膏之烛。望苍梧而叫虞帝，不返六螭；歌《黄竹》而吊周王，难回八骏。孝安景皇后尧门表瑞，姒屋垂型，伤别鹄于离弦，感斗麟于失镜。神器不私一姓，大同则天下为公；惠泽流于千春，让德则万邦惟宪。方冀翟榆日畅，慈竹长青。何期鸾掖风凄，柰花竟白。衔哀二圣，永痛重泉。在天之灵爽倘凭，率土之哀思弥切。虽配天配地，无改骏奔之容；而葬阴葬阳，未合鲋鱼之象。今者灵辀并举，吉壤同安。六合霜凄，万人雨泣。拜汉家之陵墓，长对南山；降弟子之灵旗，倘逢北渚。郁葱佳气，定产夏黄之芝；邃密幽扃，岂怆冬青之树。再窥松柏，应见云飞；迟荐樱桃，伫看春熟。九夏饮帝台之水，象为耕而马为耘。八方怀女几之山，鸾自歌而凤自舞。尚飨。

一书一文，于启超中年以后为别调，悯初年学晚汉、魏晋，绮习未除，而有忍俊不禁者耶。于是之时，启超亦时时学为桐城文以应人请，而因事抒慨，亦致深切动人，是其天性善感，终非描头画角所可几也。跋周印昆所藏左文襄书牍曰：

> 《左文襄公书牍》三册，皆公上其外姑周太君及致其妻弟汝充、汝光两先生者也。公殁后三十余年，汝光先生之孙印昆始搜缀装池之，自宝袭焉，且以遗子孙。启超谨按：公微时，馆甥于周者且十岁。其间常计偕如京师，授学陶文毅家，抚其孤，理其产，后乃入骆文忠幕，渐与闻国家事矣。而筠心夫人犹依母而居，女公子亦育于外氏。故公与周氏昆弟，分虽姻娅，而爱厚过骨肉，其视周母若母也。此三册者，则当时十余年间所相与往复也。其间以学业相砥砺，以功名相期许者，固往往概见，而其泰半乃家人语，谋所以治生产作业，计农畜出入至纤悉。盖文襄自始贫无立锥地，其俨然成家室，无恤饥寒自此时也。昔刘玄德论人物以谓"求田问舍，为陈元龙所羞"，而躬耕之孔明，则三顾之，抑何以称焉？吾又尝读《曾文正公家书》，其训厉子弟以治生产作业，计农畜出入至纤悉，殆更甚于左公书，又何以称焉？盖恒产恒心之义，岂惟民哉？士亦有然。士不至以家计撄虑，乃可以养廉，可以壹志。而恃太仓之米以自赡畜者，其于进退之间，既鲜余裕矣。印昆与启超同生乱世，不能为畸处岩穴之行，寒苦盗廪，而以任天下事自解嘲，其视昔贤所

以善保金玉者何如哉。吾跋斯册而所感仅此，后之揽者，亦可以知其世也。

跋尾署甲寅四月，盖民国之三年也。于是启超既一出为袁世凯之司法总长，又移财政总长，罔克有表见，自以平日所怀政略，百不施一二，而徒食于官以自愧厉，故感激而发若此。寻罢去。会欧战初起，遂假馆西郊之清华学校，作《欧洲战役史论》以诏国人，意甚自得。有《甲寅冬假馆清华学校著书成〈欧洲战役史论〉赋示校员及诸生》一诗，其辞曰：

> 在昔吾居夷，希与尘容接。箱根山一月，归装藁盈箧。虽匪周世用，乃实与心惬。如何归乎来，两载投牢笯。愧俸每颡泚，畏讥动魂慑。冗材惮享牺，遐想醒梦蝶。推理悟今吾，乘愿理夙业。郊园美风物，昔游记逌怛。愿言赁一庑，庶以客孤笈。其时天逢凶，大地血正喋。蕴怒凤争郑，导衅忽刺欱。解纷使者标，合从载书歃。贾勇羞目逃，斗智屡踸踔。遂令六七雄，偌舞等中魇。澜倒竟畴障，天坠真已压。狂势所簸薄，震我卧榻艗。未能一丸封，坐遭两鲸挟。吾衰复何论，天僇困接折。猛志落江湖，能事寄简牒。试凭三寸管，貌彼五云叠。庀材初类匠，诇势乃如谍。溯往既缅缅，衡今逾喋喋。有时下武断，快若髢赴镊。哀哉久宋聋，持此饷葛餂。藏山望岂敢，学海愿亦辄。月出天宇寒，携影响廊屧。苦心碎池凌，老泪润阶叶。咄哉此局棋，坼角惊急切。错节方余昇，畏途与谁涉。莘莘年少子，济川汝其楫。相期共艰危，活国厝妥帖。当为雕苕墨，莫作好龙叶。爨空复怜蚗，目若不见睫。来者傥暴弃，耗矣始愁喋。急景催跳丸，我来亦旬浃。行袖东海石，还指西门喋。惭非徙薪客，徒效恤纬妾。晏岁付劳歌，口呿不能嗋。

综前所述，可知启超归国以来，则亦时时喜治所谓诗、古文辞者，盖其时在京师投简札而与过从者，大率治诗、古文辞者多也，最折服为赵熙，每有所为，常以质正焉。又有《寄赵尧生侍御以诗代书》一篇，其辞曰：

山中赵邠卿，起居复何似？去秋书千言，短李为我致。生客赌欲敫，我怒几色巿。此复凭罗隐，寄五十六字。把之不忍释，旬浃同卧起。稽答信死罪，惭报亦有以。昔岁黄巾沸，偶式郑公里。岂期姜桂性，遽撄魑魅忌。青天大白日，横注射工矢。公愤塞京国，岂直我发指。执义别有人，我仅押纸尾。怪君听之过，喋喋每挂齿。谬引汾阳郭，远拯夜郎李。我不任受故，欲报斯辄止。复次我所历，不足告君子。自我别君归，嘐嘐不自揆。思奋躯尘微，以救国卵累。无端立人朝，月蘦迅逾纪。君思如我戆，岂堪习为吏。自然枘入凿，窘若磨旋蛾。默数一年来，至竟所得几。口空瘏罪言，骨反销积毁。君昔东入海，劝我慎袥趾。戒我坐垂堂，历历语在耳。由今以思之，智什我岂翅。坐是欲有陈，操笔此颎泚。今我竟自拔，遂我初服矣。所欲语君者，百请述一二。一自系匏解，故业日以理。避人恒兼旬，深蛰西山阯。冬秀餐雪桧，秋艳摘霜柿。曾踏居庸月，眼界空凤淬。曾饮玉泉水，冽芳沁痊脾。自其放游外，则溺于文事。乙乙蚕吐丝，汩汩蜡泫泪。日率数千言，今略就千纸。持之以入巿，所易未甚菲。苟能长如兹，馁冻已可抵。君常忧我贫，闻此当一喜。去春花生日，吾女既燕尔。其婿凤嗜学，幸不橘化枳。两小今随我，述作亦斐亹。君诗远垂问，纫爱岂独彼。诸交旧踪迹，君傥愿闻只。罗瘿跌宕姿，视昔且倍蓰。山水诗酒花，名优与名士。作史更制礼，应接无停晷。百凡皆芳洁，一事略可鄙。索笑北枝梅，楚璧久如屣。曾蛰蛰更密，足已绝尘轨。田居诗十首，一首千金值原注：蛰厂躬耕而衷其赀。丰岁犹调饥，骞举义弗仕。眼中古之人，惟此君而已。彩笔江家郎原注：翊云，在官我肩比。金玉兢自保，不与俗波靡。近更常为诗，就我相砻砥。君久不见之，见应刮目视。三子君所笃，交我今最挚。陈、林、黄、黄、梁原注：陈微宇、林宰平、黄孝觉、哲维、梁众异，旧社君同气。而亦皆好我，襟袍互弗闷。更二陈原注：弢庵、石遗一林原注：畏庐，老宿众所企。吾间一诣之，则以一诗贽。其在海上者，安仁原注：潘若海嘻憔悴。顾未累口腹，而或损猛志。孝侯原注：周孝怀特可哀，悲风生陟岵。君曾否闻知，备礼致吊诔。此君孝而愚，长者宜督譬。凡兹所举似，君或稔之备。欲慰君索居，词费兹毋避。大地正喋血，毒螫且潜沸。一发之国命，懔懔驭朽辔。吾曹此余生，孰审天所置。恋旧与伤离，适见不达耳。以君所养醇，宜夙了此旨。故山两年间，何藉以适己。箧中新诗稿，曾添几尺咫。其他藏山业，几种竟端委。酒量进抑退，抑遵昔不徙。或一比持戒，我意告者诡。岂其若是恝，幸此邮筒美。所常与钓游，得几园与绮。门下之俊物，又见几骐骊。健脚想如昨，较我步更驶。峨眉在户牖，贾勇否再拟。琐琐此问讯，一一待蜀使。今我寄此诗，媵以《欧战史》。去腊青始杀，敝帚颇自喜。下走代班籍，将勿笑辽豕。尤有《亚匏集》，我嗜若脍胾。谓有清一代，三百年无此。我见本井蛙，君视谓然否。我操兹豚蹄，责报乃无底。第一即责君，索我诗癖痏。首尾涂肶之，益我学根柢。次则昔癸丑，禊集西郊沚。至者若而人，诗亦杂瑾玼。丐君补题图，贤者宜乐是。复次责诗卷，手写字栉比。凡近所为诗，不问近古体。言多斯益善，求添吾弗耻。最后有所请，申之以长跪。老父君夙敬，生日今在迩。行将归称觞，乞宠以巨制。乌私此区区，君义当不诿。浮云西南行，望中蜀山紫。悬想诗到时，春已满杖履。努力善眠食，开抱受蕃祉。桃涨趁江来，竚待剖双鲤。岁乙卯人日，启超拜手启。

赵熙以外，启超又尽哀生平所为诗数百首，畀之陈衍曰："子为我正之。"

衍亦奋其笔削，未尝有所逊谢退让诿避也。曰："任公诗如其文，天骨开张，精力弥满。顾任公《庚戌秋冬间，因若海纳交于赵尧生侍御，从问诗古文辞辄为长谣以寄遐忆》一诗，'衔石念海枯'句，与上'回天精卫瘏'句事复，不如易'精卫'为'鸱鸮'，与'瘏口'、'回天'意均合。"启超亦不为嫌也。此四五年中，厥为启超文学之复古时期焉。

启超既相袁世凯以霸国民党，国民党尽，袁世凯专政，启超亦不用事，遂返粤而省其父。既而入都，道南京，江苏将军冯国璋告之曰："我闻总统将帝制自为，我辈不力争，无以谢天下。"遂偕启超俱入京以谒袁世凯也，将以谏。既入见，世凯知二人欲有言，即称曰："外论欲我称帝以定民志，然天下尽人可更变共和国体，惟我不可变更共和国体。我为民国元首，就任之日信誓旦旦，为民国永远保存此国体，我若渝誓，人即不言，我何面目以临民上。"辞气慷慨。寻又曰："我已小筑数椽于英伦，若国民终不见舍，行将以彼土作汶上。"两人嗫不发一言而出。启超行且顾国璋微语曰："我观总统意无佗，讹传耳。"国璋惭应曰："然，讹传耳。"国璋南归，而启超则赴天津，杜门读书，若示无意于天下，信世凯之果不为帝也。俄而总统府宪法顾问美博士曰古德诺者，昌言共和国体不适中国国情，著为《共和与君主论》，历举中美、南美、墨西哥诸共和国之卒以坏国残民，以大戒于国，群情震沸。于是参政院参政杨度遂发起筹安会，以研讨君主、民主国体二者之于中国孰为适也。启超既诵古德诺之论，以语其徒，且骂且哂曰："此义非外国博士不能发明耶？则其他勿论，即如鄙人者，虽学识谫陋，不逮古博士万一，然博士今兹之大著，直可谓无意中与我十年旧论同其牙慧，特恨透辟精悍，尚不及我十分之一、百分之一耳。此非吾妄自夸诞，坊间所行《新民丛报》、《饮冰室文集》，何啻百十万本，可覆按也。独惜吾睛不蓝，吾髯不赤，故吾之论，宜不为国人所倾听耳。呜乎！前事岂复忍道。吾愿国中有心人，试取甲辰、乙巳两年《新民丛报》之拙著，一覆观之。凡辛亥迄今数年间，全国民所受苦痛，何一不经吾当时层层道破。其恶现象循环迭生之程序，岂有一焉能出吾当时预言之外？然而大声疾呼，垂涕婉劝，遂终无福命以荷国民之嘉纳，而变更国体所得之结果，今则既若是矣，夫孰谓共和利害之不宜商榷？然商榷自有其时。当辛亥革命初起，其最宜商榷之时也。过此以往，则殆非复可以商榷之时也。呜呼！天下重器也，可静而不可动也，岂其可以反复尝试，废置如弈棋，谓吾姑且自埋焉，而预计所以自搰之也。吾自昔常标一义以告于众，谓吾侪立宪党之政论家，只问政体，不问国体。盖国体之为物，既非政论家之所当问，尤非政论家之所能问。方当国体彷徨歧路之时，政治之一大部分恒呈中止之状态，殆无复政象之可言，而政论更安所丽。苟政论家而牵惹国体问题，政导之以入彷徨歧路，则是先自坏其立足之基础，譬之欲陟而捐其阶，欲渡而舍其舟。故曰不当问。何以言乎不能问？凡国体之一彼一此，其驱运而旋转之者，恒存夫政治以外之势力。其时机未至耶，绝非缘政论家之赞成所能促进。其时机已至耶，又绝非缘政论家之反对所能制止。以政论家而容喙于国体问题，实不自量之甚。故曰不能问，岂惟政论家为然。常在现行国体基础之上，而谋政体政象之改进，此即政治家惟一之天职，苟于此范围外越雷池一步，则是革命家或阴谋家之所为，岂堂堂正正之政治家所当有。故鄙人生平持论，无论何种国体，皆非所反对，惟在现在国体之下，而思以论鼓吹他种国体，则无论何时，皆必反对。”世凯既藉启超以谤国民党而无所于惮，独畏启超有异议，则馈之十万金，曰：“敢以为太公寿也。”将以饵而间执启超之口。顾启超则谢不受，而著《异哉所谓国体问题》一文，以复于世凯，以播之国中，而清议渐彰。卒出秘计以脱其弟子蔡锷于羁，俾之出走，而起兵云南，讨袁世凯之罪。蔡锷之走，启超则与把臂约曰：“行矣勉旃。事幸而捷，吾党毋以宠利居成功，不猎官，不怙权，还读我书。败则以死殉之，不走租界，不奔外国。”蔡锷诺，请如命。袁世凯既失蔡锷，所以侦启超者严甚。启超嬲不免，微服行，中宵与妇诀，妇送之门曰："上自君舅，下逮儿女，我一身任之，君但为国死，毋反顾也。"容烈而辞壮，启超为神王焉。既抵上海，则航海走安南，间关千里，之南宁，说广西将军陆荣廷举兵北出，取湖南以应蔡锷。而广东将军龙济光既受袁世凯之命，引兵西向，示欲攻荣廷，牵之不得北。而蔡锷久困泸州，兵顿势绌，启超计无所出，则只身走广州，抚龙济光而柔之，卒燔世凯，而奠民国，启超之力也。世凯既死，副总统黎元洪代为大总统。国民党再起用事，乃制宪法，于是启超在北京虎坊桥演说宪法之纲领，大旨惩前失，戒师心，按时立论，闻者震悚。会欧战停，美、英、法、日、意五强国开和会于巴黎，而日本方要盟是利，以谋侵占我山东。我以陆征祥、顾维钧为和会代表，而启超则以私人往。既至，万国报界方设俱乐部于巴黎，则以启超之为中国报界名主笔也，辄盛馔具宴焉。盖和会开时，万国报界俱乐部尝宴飨者四人，一美之国务卿兰辛，一英之外部大臣巴尔福，一希腊首相维亚柴罗，皆一代之英也，而其一则中国名主笔梁启超也。顾以日人之狡焉启疆于我也，金议不邀日本，而日本新闻记者五人，则志愿参加焉。于是启超辄即席以演说山东问题曰："假有一国而欲承袭德人在吾山东侵略主义之遗产者，此和平之公敌而为世界第二大战之媒者也。"四座为之鼓掌，日记者无如何。美记者赛蒙氏以著战史有名者也，则问于启超曰："汝回国将何以？岂欲携西洋之所谓科学文明以归饷遗国人耶？"启超曰："然。"赛蒙太息言曰："汝毋然。西洋竞富强，中国尚仁义。富强者，科学之所致也；仁义者，经典之所遗也。然而争民施夺，末日将至，西洋文明则破产矣。噫！甚矣惫。"启超愕曰："然则公将何以？"赛蒙曰："我归杜门不事事，静俟公之输中国文明以相救拔尔。"启超为之怃然。顾此一役也，启超之于国事裨补也鲜，而学问、文章之转变也甚大。其文学转变之足征者，即由复古文学而骎骎回向新民体，又舍诗古文辞不为，而时时为语体文也。在英京与弟仲策书曰：

仲弟鉴：半载无书，知缺望者不独吾弟也。淹法三月，昨日又来英矣。今日最称清暇，草草寄此纸，地远讯疏，殆恒情耶。默计一书往复，例须三月，甫执笔而兴已减。吾书固稀，弟亦不数，余亲朋几无一字。以云缺望，彼此均也。而此间之忙，又为乏书之最大原因，弟宜察之。今当首述吾四月来之状况，以慰远怀，简单言之，则体气日加强，神志日加发皇也。起居虽非严格的有节制，然视国内生活较有秩序，运动及呼吸空气时较多，故体胖而颜泽。最近影相，曾次第奉寄，试以较去岁病后，所影殆如两人矣。至内部心灵界之变化，则殊不能自测其所届。数月以来，晤种种性质差别之人，闻种种派别错综之论，睹种种利害冲突之事，炫以范像通神之图画、雕刻，摩以回肠荡气之诗歌、音乐，环以恢诡葱郁之社会状态，饫以雄伟矫变之天然风景，以吾之天性富于情感，而志不懈于向上，弟试思之，其感受刺激，宜如何者。吾自觉吾之意境日在酝酿发酵中，吾之灵府，必将产生一绝大之革命性。革命产儿为何物？今尚在不可知之数耳。数月来，主要之功课，可分为四：一曰见人，二曰听讲义，三曰游览名所，四曰习英文。法国方面之名士，已见者殆十之七八，其多见者，则政治家及哲学家、文学家也。政治家除专制怪杰之克里曼梭外，殆皆已见（克氏专派一属员来相接待，惟两度约见皆以忙而订后期，大约此人须待彼下野后始见矣）。法之政党以十数，自极右党，自极左党，其首领皆已见，觉气味最好者为社会党，次则王党，次则天主教党，所谓温和共和党、急进共和党者，最占势力，而最为无聊，中庸君子之性质，万方同概也。学者社会极为沉濡。第一流之哲学家三人，皆已见，且成交契。其文学家则第二流者略已见，最著名之两人以不在巴黎，未获见，将来必当见也。巴黎人最富于社交性，每赴茶会一次，可得友无算。吾于其他茶会多谢绝，惟学者之家，有约必到，故所识独多，若再淹留半年,恐全巴黎之书呆子,皆成知己矣。所见人最得意者有二:其一为新派哲学巨子柏格森,其二为三国协商主动人大外交家笛尔加莎。二人皆为十年来梦寐愿见之人,一见皆成良友,最足快也。笛氏与克里曼梭,两雄相厄,今方为失败者,然其人精悍谙练,全法之政界殆罕俦匹,将来必有活动无疑。彼之外交,精通欧洲情状,而对于远东实多隔膜,他日再见,当有以进之。吾辈在欧访客,其最矜持者,莫过于初访柏格森矣。吾与百里、振飞三人,一日分途预备谈话资料,彻夜读其所著书,检择要点以备请益。振飞翻译有天才,无论何时,本皆纵横自在,独于访柏氏之前,战战栗栗,惟恐不胜。及既见,为长时间之问难,乃大得柏氏褒叹,谓吾侪研究彼之哲学极深邃云。可愧也。吾告以吾友张东荪译彼之《创化论》,已将成,彼大喜过望,索赠印本,且允作序文,乞告东荪,努力成之,毋使我负诺责也。除法人外,则美国人最多见,五全权已见其四(威尔逊、兰辛、何斯大佐、槐德)。惟英人甚寡缘,其要人皆未得一面也。此外小国名士见者甚多,希腊各当局尤稔熟,因归途欲游雅典,特与结欢也。芬兰、波兰人极力运动我往游彼国,然交通太不便,未必能成行。游历地方颇少。初到时,曾以十日之力游战地及莱因河左岸联军占领地,其后复游北部战地,又一游克鲁苏大铁厂,除此三次外,未尝出巴黎一步。将来法国南部农工业最盛处,非游不可。惟在法游历,有一难题,因其政府招待太殷勤,每游一次,必派数员随伴,且旅费皆政府供给,吾受之滋愧,因此颇阻游兴也。住巴黎虽有数月,然游览名胜颇少,因每日太忙,惟来复稍得休暇,则尽一日之力以流连风景,故所得殊少。其间有可特别相告者三事:其一游隧道内,陈髑髅七百万具,皆大革命时发掘累代古坟,罗列此间者,当为世界独一无二之壮观,入之胜读佛经七百万卷也。其二游卢骚故居,即著《民约论》处。其阍人言亚洲人来游者，以吾辈为嚆矢也。其三有一七十八岁之老女优，当拿破仑第三时已负盛名者，多年不登场矣。某日为一文豪纪念，特以义务献技，其日吾本约往参议院旁听，临时谢绝，改往听之，因得一瞻西方谭叫天之颜色，实此行一段奇事也。又曾乘飞机腾空五百基罗米突，曾登最大之天文台，窥月里山河，土星光环，此皆足记者。至博物馆、图书馆、美术馆等，皆匆匆而已。最苦者，每诣一处，其政府皆先知照该馆，馆长、职员等全部官样迎送，甚感局促也。生平不喜观剧，弟所知也，至此乃不期而心醉，每观一次，恒竟夜振荡不怡，而嗜之乃益笃。虽然为时日所限，往观尚不逮十度也。吾在此发愤当学生，现所受讲义：一战时各国财政及金融。二西战场战史。三法国政党现状。四近世文学潮流。即此已费时日不少矣。其讲义皆精绝，将来可各成一书也。他日复返法，尚拟请柏格森专为讲授哲学，不审彼有此时日否耳？此行若通欧语，所获奚啻十倍。前此蹉跎，虽悔何裨，今惟汲汲作补牢计耳。故每日所有空隙，尽举以习英文，虽甚燥苦，然本师（丁在君）奖其进步甚速，故兴益不衰。吾弟读至此，则吾每日之起居注，可以想像得之矣。质言之，则数月来之光阴，可谓一秒一分未尝枉费。所最鞅掌者，则中国人之拜往寒暄、饮食征逐，夺我宝贵时间不少，此亦无可如何也。弟察此情形，则我书稀阔之罪，当可末减耶？所最负疚者，此行与外交丝毫无补也。平情论之：失败之责任，什之七八在政府，而全权殊不足深责。但据吾所见：事前事后，因应失当者亦正不少，坐视而不能补救，付诸浩叹而已。三四月间谣言之兴，县想吾弟及同人不知若何怫怒？尔来见京沪各报，为我讼直者，亦复多方揣测，不得其真相。其实此事甚明了，制造谣言，只此一处，即巴黎专使团中之一人是也。其人亦非必特有所恶于我，彼当三四月间，兴高采烈，以为大功告成在即，欲攘他人之功，又恐功转为人所攘，故排亭林，排象山，排亭林，妒其辞令优美，骤得令名也。排象山者，因其首领，欲攻而代之也。又恐象山去而别有人代之也，于是极力谋毁其人。一纸电报，满城风雨。此种行为，鬼蜮情状，从何说起。今事过境迁，在我固更无劳自白。最可惜者，以极宝贵之光阴，日消磨于内讧，中间险象环生，当局冥然罔觉，而旁观者又不能进一言。呜呼！中国人此等性质，其何以自立于大地耶？

盖启超游欧时，学问思想之变，具详所著《欧游心影录》，此文仅引其绪而已。大抵启超为人之所以异于其师康有为者，有为执我见，启超趣时变，其从政也有然，其治学也亦有然。有为常言："吾学三十岁已成，此后不复有进，亦不必求进。"启超不然，常自觉所学于时代为落伍，而懔后生之可畏，数十年日在旁皇求索中。故有为之学，跕定脚跟，有以自得者；启超之学，随时转移，巧于通变者也。方启超之游欧洲而归也，骤见军阀称兵，党人横议，民不聊生，事益无可为，乃宣言不谈政治，意以文学自障，舍一时而争百年之业。少年有绩溪胡适者，新自美洲毕所学而归，都讲京师，倡为白话文，风靡一时，意气之盛，与启超早年入湘主时务学堂差相埒也。启超则大喜，乐引其说以自张，加润泽焉，诸少年噪曰："梁任公跟着我们跑也。"以视民国初元，启超日本归来之好以诗、古文词与林纾、陈衍诸老相周旋者，其趣向又一变矣。顾启超出其所学，亦时有不"跟着诸少年跑"而思调节其横流者。诸少年排诋孔子，以"专打孔家店"为揭帜，而启超则终以孔子大中至正，模楷人伦，不可毁也。诸少年斥古文学以为死文学，为骈文乎，则斥曰选学妖孽，偬散文乎，又谥以桐城谬种，无一而可，而启超则治古文学，以为不可尽废，死而有不尽死者也。启超论文之旨，则具见于《中国韵文里头所表现的情感》、《中学以上作文教学法》两文。盖一为清华学校之文学的课外讲演，而一则演讲于东南大学者也。尝谓："文章之大别为三。一记载之文。二论辨之文。三情感之文。"其《论中国韵文里头所表现的情感》一文，所以治情感之文；而《中学以上作文教学法》，则论记载之文与论辨之文者也。其《论中国韵文里头所表现的情感》曰：

> 韵文是有音节的文字，那范围从三百篇、楚辞起，连乐府、歌谣、古近体诗、填词、曲本乃至骈体文都包在内，我这回所讲的，专注重表现情感的方法，有多少种，是希望诸君把我所讲的做基础，拿来和西洋文学做比较，看看我们文学家表示情感的方法，缺乏的是那几种？先要知道自己民族的短处去补救，才配说发挥民族的长处。这是我讲演的深意，现在请入本题。

> 向来写感情的，多半是以含蓄蕴藉为原则，像那弹琴的弦外之音，像吃橄榄的那点回甘味儿，是我们中国文学家所最乐道。但是有一类的情感，是要忽然奔进一泻无余的，我们可以给这类文学起一个名，叫做奔进的表情法。例如碰着意外的过度的刺激，大叫一声，或大哭一场，或大跳一阵，在这种时候，含蓄蕴藉是一点用不着，凡这一类都是情感突变，一烧烧到白热度，便一毫不隐瞒，一毫不修饰，照那情感的原样子，迸裂到字句上，这种表现法，十有九是表悲痛，表别的情感，就不大好用。我勉强找，找得《牡丹亭·惊梦》里头："原来是姹紫嫣红开遍，似这般都付与断井颓垣。"

> 这两句确是属于奔进表情法这一类。他写情感忽然受了刺激，变换了一个方向，将那霎时间的新生命，迸现出来，真是能手。我意悲痛以外的情感，并不是不能用这种方式去表现他的诀窍，只是当情感突变时，捉住他"心奥"的那一点，用强调写到最高度。那么，别的情感，何尝不可以如此呢？苏东坡《水调歌头》便是一个好例："明月几时有，把酒问青天。不知天上宫阙，今夕是何年？我欲乘风归去，又恐琼楼玉宇，高处不胜寒。"这全是表现情感一种亢进

的状态，忽然得着一个"超现世的"新生命，令我们读起来，不知不觉也跟着到他那新生命的领域去了。这种情感的表现法，西洋文学里头恐怕很多，我们中国却太少了。我希望今后的文学家努力从这方面开拓境界。

第二种叫做回荡的表情法，是一种极浓厚的情感蟠结在胸中，像春蚕抽丝一般，把他抽出来。这种表情法，看他专从热烈方面尽量发挥，和前一类正相同。所异者，前一类是直线式的表现，这一类是曲线式或多角式的表现。前一类所表的情感，是起在突变时候，性质极为单纯，容不得有别种情感搀杂在里头。这一类所表的情感，是有相当的时间经过，数种情感交错纠结起来，成为网形的性质。人类情感在这种状态之中者最多，所以文学上所表现，亦以这一类为最多。这种表情法，我们中国人也用得很精熟，能够尽态极妍。

现在讲第三种是含蓄蕴藉的表现法。这种表情法，向来批评家认为文学正宗，或者可以说是中华民族特性的最真表现。这种表情法，和前两种不同：前两种是热的，这种是温的；前两种是有光芒的炎焰，这种是拿灰盖着的炉炭。这种表情法也可以分三类：

第一类是情感正在很强的时候，他却用有很节制的样子去表现他，不是用电气来震，却是用温泉来浸。令人在平淡之中，慢慢的领略出极渊永的情趣，他是把情感收敛到十足，微微发放点出来，藏着不发放的还有许多，但发放出来的，确是全部的灵影，所以神妙。这类作品，自然以三百篇为绝唱。

第二类的蕴藉表情法，不直写自己的情感，乃用环境或别人的情感烘托出来。这一类诗，我想给他一个名字，叫做"半写实派"。他所写的事实，是用来做烘出自己情感的手段，所以不算纯写实。他所写的事实，全用客观的态度观察出来，专从断片的表出全部，正是写实派所用技术，所以可算得半写实。

第三类的蕴藉表情法，索性把情感完全藏起不露，专写眼前实景（或是虚构之景），把情感从实景上浮现出来。这种写法，三百篇中很少。北齐有一位名将斛律光，是不识字的，有一天，皇帝在殿上要各人做诗，他冲口做了一首，便成千古律诗，那诗是："敕勒川，阴山下，天似穹庐，笼盖田野。天苍苍，野茫茫，风吹草低见牛羊。"这时是独自一个人骑匹马在万里平沙中所看见的宇宙，他并没说出有什么感想。我们读过去，觉得有一个粗豪沉郁的人格活跳出来，须知这类诗，和单纯写景诗不同。写景诗以客观的景为重心，他的能事在体物入微，虽然景由人写，景中离不了情，到底是以景为主。这类诗以主观的情为重心，客观的景，不过借来做工具。

第四类的蕴藉表情法，虽然把情感本身照原样写出，却把所感的对象隐藏过去，另外拿一种事来做象征。这类方法，自起楚辞，篇中许多美人芳草，纯属代数上的符号，他意思别有所指。若不是当作代数符号看，那么，屈原到处调情，到处拈酸吃醋，岂不成了疯子？自楚辞开宗后，汉魏五言诗，多含有这种色彩。中、晚唐时，诗的国土被盛唐大家占领殆尽，温飞卿、李义山、李长吉诸人，便想专从这里头辟新蹊径，这一派后来衍为西昆体，专务捃扯词藻，受人诟病。近来提倡白话诗的人，不消说是极端反对他了。但就唯美的眼光看来，自有他的价值。就如《义山集》中《碧城》三首的第一首："碧城十二曲阑干，犀辟尘埃玉辟寒。阆苑有书多附鹤，女妆无树不栖鸾。星沉海底当窗见，雨过河源隔座看。若使晓珠明又定，一生长对水晶盘。"

这些诗他讲的甚么事，我理会不着。拆开一句一句的叫我解释，我连文义也解不出来。但我觉得他美，读起来令我精神上得一种新鲜的愉快。须知美是多方面的，美是含有神秘性的。我们若还承认美的价值,对于这种文学,是不容轻轻抹煞呵。

现在要附一段专论女性文学。近代文学写女性,大半以"多愁多病"为美人的模范。古代却不然。《诗经》所赞美的是"硕人其颀",是"颜如舜华"。楚辞是赞美的是"美人既醉朱颜酡,娭光眇视目层波"。汉赋所赞美的是"精耀华烛,俯仰如神",是"翩若惊鸿,矫若游龙"。凡这类形容词,都是以容态之艳丽,和体格之俊健合构而成,从未见以带着病的恹弱形态为美的。以病态为美,起于南朝,适足以证明女学界的病态。唐宋以后的作家,都汲其流,说到美人,便离不了病,真是文学界一件耻辱。我盼望往后文学家描写女性,最要紧先把美人的康健恢复才好。

此启超论情感之文学也。论非情感之文学曰:

文章作用,和语言一样,都是要把自己的思想传达给人家。但是所谓思想,实具有两种条件:(一)有内容的。譬如令小儿为文,他胸中本来一无所有,强令执管,决不成文。又如考试的八股文章,和骈体的应酬文字,虽然成文,还是没有内容的,所以于文章上绝无价值。(二)有系统的。虽然有了种种思想,还须加以有条理的排列才好,否则如乱石一堆,不能成文。古人说"言之有物",就是有内容,"言之有序",就是有系统。传达思想亦有两条件:(一)须适中。所言嫌多或嫌少,都不合。吾们做文章,须要言所欲言,不多不少,意尽则言止,到恰好的地位才兴。(二)须明晰。传达思想,须使人能明白。孔子云:"辞达而已矣。"可知辞贵乎"达意",复加"而已"两字,可知"达意"之外,无事他求也。大凡做成功一篇文章,总须具备此四种条件才好。

至于做文章的功夫,可分做两步:(一)结构,(二)修辞。结构可以学而致,修辞则要在天才。同一意思,或说来索然无味,或说来妙趣环生,此全在天才。孟子云:"大匠能予人以规矩,不能使人巧。"我说:"教师能够教人做文章的一个结构,未必能教人做文章修辞一定修得好。"但是文章也有结构而不好的,断乎没有无结构而能好的,我今天讲的就是怎样整理思想成一个结构。

结构也各种文章不同。文章种类,可以思想途径之不同而区分为两类:(一)将客观的事物取入以充吾思想之内容者,为客观的,属记述文。(二)以我之思想发出者,为主观的,属论辨文。然而人人不能不用功夫做客观之叙述,不必人人能做主观的论辨。因为主观的论辨,须要自出主张,有识见,才有议论,这不是容易的。就是主观的论辨,也离不掉客观的事实做材料。倘使吾们一切事物,见见闻闻,都像影戏一样闪过去就算,不能做客观的叙述功夫,那就要做主观的论证,也全没有把鼻,所以客观的叙述最要紧,也最有用。

客观的叙述可分两种:(一)记静态。(二)记动态。静态是一事物已经完全,或比较的已成固定状态,或前后均有变动而中间一部已归静止。记静态和绘画一样,一人形状,尽管前后无定,那绘画者,只取现在一定之形状来画。又如山水风景,尽管气象万千,画的人只取现在所呈之景象来画一样。举个例,就像一种书之提要是。动态是人、物、事的活动状况。记动态,系记人、物、事活动之过程,如留声机,各人曲调不同,而高下疾徐,皆能传出,又如电影,仅视其一片,不成形象,及统合演放,可成一完全戏剧,如传记及记事本末等皆是。大抵记述文,不外记静态与动态。或记静中之动,或记动中之静,或记静中之静,或记动中之动,皆不外静、动两种。

静态有单纯的,有复杂的。如做一种书之提要,系单纯的,做几种书之提要,则为比较的复杂。又如记一山一河,为单纯的,记许多山、许多河,则为复杂。动态亦然,如一人在一时间有一种动作,为单纯的,记多数人在一时间有种种动作,或在不同时间为一种动作,为复杂的。文章难易之分,即在于是。记单纯者较易,记复杂者较难。惟无论记何种状态,精神须顾到两方面:(一)外表的。(二)内容的。如叙一种书共几篇几页,为外表的,而是书之要义在何处,则为内容的。又如作战记,孰胜孰败,为外表的,而其人之性格品行等,均能借以看出,为内容的。

作文有以简驭繁之法,即收空间与时间之关系而整理之。凡空间发生一事,或时间发生一事,均有不并容性。即在一时间发生之事,在空间必不相容。反之在空间发生之事,在时间亦必不相容。记静态以空间为主,时间为辅。记动态以时间为主,空间为辅。但无论记空间与时间,尤有一种原则,即不能单记平面,必须有一部甚详,一部较略,配搭成文,这就是所谓思想的整理。

此其大略也《中学以上作文教学法》并非据《改造》四卷九号刊载梁氏手定讲稿,乃录自《时事新报》通信中,以较简赅也。启超自欧游归,壹屏向者新民体之政论不为,而周游讲学,历任东南大学、清华研究院教授,时时为语体文之学术论著,以饷遗我国人。又欲创设国学院,其设计可得而陈者六事:第一,编审国学丛书。以一百种为一集,其目分学术思想以校理阐发先哲某家某派之学说为主,其译述外国书及自己创作皆不采、文艺以诠述批评前代作家或作品为主,自己创作不采、历史一、各科专史,为中国文学史、中国音乐史之类,题目或总或分,或大或小,皆不拘。二、时代史,如有史以前史、春秋史、两汉史等、地理、自然科学例如中国矿物学、中国生物学等、社会现状等项。此丛书由本院拟定题目,聘请专家编著,或收已成之稿,其海外著作可采,或亦译登,每年最少出二十四种,除专聘所编外,其投著稿、译稿者,或优给酬金,或受其版权,或量给奖励金,版权仍归作者。第二,编辑近代学术文编及国学海外文编。略师贺氏《经世文编》之例，广搜清初迄今学者专集及杂志中所发表凡研究国学有价值之文字专书不录，分类编录，使学者可以尽见难得之资料，且省翻检之劳。此书以一年完成之。海外文编，则专译欧、美、日本研究中国学术事情之著者。第三，编制大辞书：一百科总辞书，二分科专门辞书。第四，校理古籍。凡古籍有不朽价值而较难读者，例如六经、诸子、四史、《通鉴》等，择出二三十种，精校简择，加圈点、符号，补图表，冠以详核之解题，令青年学子人人能读，且引起兴味，拟于五年内将最重要的古籍校理完竣。第五，续辑《四库全书》。搜辑《四库》未收书及乾嘉以后名著，编定目录，撰述提要。第六，重编佛藏。精择各宗派代表之经论，删伪删复，再益以续藏中之主要论疏，约泐成三千卷，各书附以提要。造端宏大，以语掌邦教者，徒惊其言之河汉无涯而已。每自叙曰："启超学问欲极炽，其所嗜之种类亦繁杂。每治一业，则沉溺焉，集中精力，尽抛其他，历若干时日，移于他业，则又抛其前所治者。以集中精力故，故常有所得。以移时而抛故，故入焉而不深。尝有诗题其女令娴《艺术馆日记》云：'吾学病爱博，是用浅且芜。尤病在无恒，有获旋失诸。百凡可效我，此二无我如。'顾启超虽自知其病而改之不勇，中间又屡为无聊的政治活动所牵率，耗其精而荒其业。识者谓启超若能永远绝意政治，且裁敛其学问欲，专精于一二点，则于将来之思想界，当更有所贡献，否则亦适成清代思想史之结束人物而已。"可谓有自知之明者也，用以卒吾篇。其最近刊布著书：有《中国历史研究法》、《先秦政治思想史》、《清代学术概论》、《梁任公近著》、《梁任公学术演讲集》诸书，兹不具论，而著其涉于文学者。以民国十七年卒，年五十七。

二、逻 辑 文

严复　　章士钊　附黄远庸

自衡政操论者习为梁启超排比堆砌之新民体,读者既稍稍厌之矣,于斯时也,有异军突起,而痛刮磨渐洗,不与启超为同者,长沙章士钊也。大抵启超之文,辞气滂沛,而丰于情感。而士钊之作,则文理密,察而衷以逻辑。逻辑者,侯官严复译曰名学者也。惟士钊为人,达于西洋之逻辑,抒以中国之古文,绩溪胡适字之曰欧化的古文,而于是民国初元之论坛顿为改观焉。然中国言逻辑者,始于严复,而士钊逻辑古文之导前路于严复,犹之梁启超新民文体之开先河自康有为也,故叙章士钊者宜先严复,犹之叙梁启超者必溯康有为。然而康有为、梁启超之视严复、章士钊,其文章有不同而同者,籀其体气,要皆出于八股。八股之文,昉于宋元之经义,盛于明清之科举,朝廷以之取士者逾六百年。而其为之工者,无不严于立界犯上连下,例所不许,巧于比类截搭、钩渡,化散为整,即同见异,通其层累曲折之致,其心境之显呈、心力之所待,与其间不可乱、不可缺之秩序,常于吾人不识不知之际,策德术心知以入慎思明辨之境涯,而不堕于卤莽灭裂。每见近人于语言精当,部分辨晰,与凡物之秩然有序者,皆曰合于逻辑矣,盖假欧学以为论衡之绳墨也。然就耳目所睹记,语言文章之工,合于逻辑者,无有逾于八股文者也。此论思之所以有裨,而数百年来,吾祖若宗德术心智之所资以砥砺而不终萎枯也欤?迄于清末,而八股之文随科举制以俱废,而流风余韵,犹

324

时时不绝流露于作者字里行间。有袭八股排比之调,而肆之为纵横轶宕者,康有为、梁启超之新民文学也。有用八股偶比之格,而出之以文理密察者,严复、章士钊之逻辑文学也。论文之家,知本者鲜。独章炳麟与人论文,以为严复气体比于制举,而胡适论梁启超之文,亦称蜕自八股,斯不愧知言之士已。若论逻辑文学之有开必先,则不得不推严复为前茅,叙章士钊而先严复,庶几先河后海之义云。

严复,原名宗光,字又陵,一字几道,福建侯官人也。早慧,师事同里黄宗彝,治经有家法,饫闻宋、元、明儒先学行。让清同治间,同县沈葆桢号知兵,以巡抚居忧在里,奉诏创船政,招试英髦,储海军将才,得复文,奇之,用冠其曹,则年十四也。既卒业,从军舰练习,周历南洋、黄海。日本窥台湾,葆桢奉命筹边,挈复东渡诇敌,勘量各海口。光绪二年,派赴英国海军学校,肄战术及炮台建筑诸学。是时日本亦始遣人留学西洋,伊藤相、大隈伯之伦皆其选,而复试辄最上第。湘阴郭嵩焘以侍郎使英,时引与论析中西学同异,穷日夕不休,比学成归,葆桢已薨,无用之者。于是发愤治八比,冀以科第显,纳粟为监生,应南北乡试者再,俛得复失。而合肥李鸿章方总督直隶,领北洋大臣,器复之能,乃辟教授北洋水师学堂。复见朝野玩愒,而日本同学归者,既用事图强,径夺琉球,则大戚。常语人不三十年,藩属且尽,缳我如老牸牛耳。闻者弗省。鸿章亦嫌其危言激论,不之亲也。法越事裂,鸿章为德璀琳辈所绐,皇遽定约,甚言者摘发,疑忌及复,复亦愤而自疏。及鸿章大治海军,以复总办学堂,不预机要,奉职而已。甲午之战,海军熸于日,割地赔款,仅以无事。德宗大恨,锐欲变法,特诏遴人才。复被荐,以二十四年戊戌秋召对称旨,退上皇帝万言书,大略言:"中国积弱,于今为极,此其所以然之故,由于内治者十之七,由于外患者十之三耳。而天下汹汹,若专以外患为急者,此所谓为目论者也。今日各国之势,与古之战国异。古之战国务兼并,而今之各国谨平权,此所以宋、卫、中山不存于七雄之世，而荷兰、瑞士、丹麦尚瓦全于英、法、德、俄之间。且百年以降，船械日新，军兴日费，量长较短，其各谋于攻守之术也亦日精，两军交绥，虽至强之国，无万全之算也，胜负或异，死丧皆多，且难端既构，累世相仇，是以各国重之。使中国一旦自强，与各国有以比权量力，则彼将隐销其侮夺觊觎之心，而所求于我者，不过通商之利而已，不必利我之土地人民也。惟中国之终于不振而无以自立，则以此五洲上腴之壤，无论何国得之，皆可以鞭笞天下，而平权相制之局坏矣。虑此之故，其势不能不争，其争不能不力。然则必中国自主之权失，而后全球杀机动也。虽然，彼各国岂乐于是哉？争存自保之道，势不得不然也。今夫外患之乘中国，古有之矣。然彼皆利中国之弱，而后可以得志。而今之各国，大约而言之，其用心初不若是，是故徒以外患而论，则今之为治，尚易于古叔季之时。夫易为而不能为，则其故由于内治之不修，积重而难反，而外患虽急，尚非吾国病本之所在也。其在内治云何？法既敝而不知变也。今日吾国之富强，民之智勇，无一事及外洋者，其所以然之故，所从来也远。大抵建国立群之道，一统无外之世，则以久安长治为要图，分民分土、地丑德齐之时，则以富国强兵为切计，此不易之理也。顾富强之盛，必待民之智勇而后可几，而民之智勇，又必待有所争竞磨砻而后日进，此又不易之理也。欧洲国土，当我殷周之间，希腊最盛，文物政治皆彬彬矣。希腊中衰，乃有罗马。罗马者，汉之所谓大秦者也，庶几一统矣，继而政理放纷，民俗抵冒，上下征利，背公营私，当此之时，峨特、日尔曼诸种起而乘之，盖自是欧洲散为十余国焉，各立君长，种族相矜，互相砥砺，以胜为荣，以负为辱。盖其所争，不仅军旅疆场之间而止，自农工商贾至于文词学问，一名一艺之微，莫不如此。此所以始于相忌，终以相成，日就月将，至于近今百年，其富强之效，遂有非余洲所可及者，虽曰人事，抑亦其地势之乖离破碎使之然也。至我中国则北起龙庭、天山，西缘葱岭、轮台之限，而东南界海，中间数万里之地，带山砺河，浑整绵亘，其地势利为合，而不利为分，故当先秦、魏、晋、六朝、五代之秋，虽暂为据乱，而其治终归于一统。统既一矣，于此之时，有王者起，为之内修纲维而齐以法制，外收藩属而优以羁縻，则所以御四夷而抚百姓，求所谓长治久安者，事已具矣。夫圣人之治理不同，而其求措天下于至安而不复危者，心一已。圣人之意，以谓天下已治已安矣，吾为之弥纶至纤悉焉，俾后世子孙谨守吾法，而有以相安养，相保持，永永乐利，不可复乱，则治道至于如是，是亦足矣。吾安所用富强为哉？是故其垂谟著诚，则尚率由而重改作，贵述古而薄谋新。其言理财也，则重本而抑末，务节流而不急开原，戒进取，敦止足，要在使民无冻饿，而有以制丰歉、供租税而已。其言武备也，则取诘奸宄，备非常，示安不忘危之义，外之无与为絜长度大之劲敌，则无事于日讲攻守之方，使之益精益密也，内之与民休息，去养兵、转饷之烦苛，则无由蓄大支之劲旅也。且圣人非不知智勇之民之可贵也，然以为无益于治安而或害吾治，由是凡其作民厉学之政，大抵皆去异尚同，而旌其纯良谨愿，所谓豪侠健果，重然诺，与立节概之风，则皆惩其末流而黜之矣。夫如是，数传之后，天下靡靡驯伏，易安而难危，乱民无由起，而圣人求所以措置天下之方，于是乎大得。此其意非必欲愚黔首，利天下，私子孙也，以为安民长久之道莫若此耳。盖使天下常为一统而无外，则由其道而上下相维，君子亲贤，小人乐利，长久无极，不复乱危，此其为甚休可愿之事，固远过于富强也。不幸为治之事，弊常伏于久安之中，而谋国之难，患常起于所防之外，此自前世而已然矣。而今日乃有西国者，天假以舟车之利，闯然而破中国数千年一统之局，且挟其千有余年所争竞磨砻而得之智勇富强，以与吾相角，于是吾所谓长治久安者，有僰然不终日之势矣。今使中国之民，一如西国，则见国势倾危若此，方且相率自为，不必惊扰仓皇，而次第设施，自将有以救正，而数稔之间，吾国固已富已强矣。顾中国之民有所不能者，数千年道国明民之事，其处势操术与西人绝异故也。夫民既不克自为，则其事非倡之于上，固不可矣。然所以成其如是者，率皆经数千载自然之势流衍而来，对待相生，牢不可破，故今日审势相时而思有所变革，则一行变甲，当先变乙，及思变乙，又宜变内，由是以往，胶葛纷纭，设但支节为之，则不特徒劳无功，且所变不能久立。又况兴作多端，动縻财力，使其为而寡效，则积久必至不支，此亦事之至可虑者也。"所论通达治体，而出之以至诚悱恻，徒以其后言变法而推极论之，必先破把持之局，语为大臣所嫉，格不得上，而政局亦变，德宗被幽。后二年拳匪祸作，自是避地居上海者七年。

　复既摈不用，则殚心著述，蕲于匡时拂俗。既于学无所不窥，举中外治术学理，靡不究极原委，抉其失得，证明而会通之，壹治之以名学而推本于求诚。诚者非他，真实无妄之知是已。名学者，求诚之学也。顾其所重尤专在求，据已知以推未知，席既然以睹未然，其已知既然，为公例可也，为散著可也。名学所辩论，非所信者也，在据所征以为信。盖信一理一言者，必不徒信也，必有其所以信者，此所以信者，正名学所精考微验而不敢苟者也。顾吾国所谓学，告吾以所以信者则如何？自晚周、秦、汉以来，大经不离言辞文字而已，求其仰观俯察，近取诸身，远取诸物，如西人所谓学于自然者，不多遘也。夫言词文字者，古人之言词文字也，乃专以是为学，故极其弊为支离，为逐末，既拘于墟而束于教矣，而课其所得，或求诸吾心而不必安，或放诸四海而必不准，如是者，转不若屏除耳目之用，收视反听，归而求诸方寸之中，辄恍然而有遇，此达摩所以有廓然无圣之言，朱子晚年所以恨盲废之不早，而王阳明居夷之后，亦专以先立乎其大者教人也。惟善为学者不然，学于言辞文字以收前人之所以得者矣，乃学于自然。自然者何？内之身心，外之事变，精察微验，而所得或超于向者言辞文字外也，则思想日精，而人群相为生养之乐利，乃由吾之新知而益备焉，此天演之所以进化，而世所以无退转之文明也。知者，人心之所同具也。理者，必物对待而后形焉者也。吾心之所觉，必证诸物之见象，而后得其符也。王阳明谓："吾心即理。"使六合旷然无一物以接于吾心，当此之时，心且不可见，安得所谓理者哉？此中国言明心见性，而不本之格物致知者之所以为修辞不立其诚也。然执是遂谓中国言词文字之所著者，一切无当于学，则亦不可也。古书难读，中国为甚。英国名学家穆勒约翰有言："欲考一国之文字语言而能见其理极，非谙晓数国之言语文字者不能也。"岂徒言语文字之散著者而已？即至大义微言，古之人殚毕生之精力以从事于一学，当其有得，藏之一心则为理，动之口舌，著之简策则为词，固皆有其所以得此理之由，亦有其所以载焉以传之故。自后人之读古人之书，而未尝为古人之学，则于古人所得以为理者，已有切肤精忱之异矣。又况历时久远，简牍沿讹，声音代变则通假难明，风俗殊尚则事意参差，夫如是，则虽有故训疏义之勤，而于古人诏示来学之旨，愈益晦矣。故曰："读古书难。"虽然，彼所以托焉而传之理，固自若也，使其理诚精，其事诚信，则年代、国俗无以隔之，其故不传于兹，或见于彼，事不相谋而各有合，考道之士，以其所得于彼者，反以证诸吾古人之所得，乃澄湛精莹，如寐初觉，其亲切有味，较之占毕为学者万万有加。而生今日者，乃转于西学得识古之用焉。此可与知者道，难与不知者言也。夫以西学识古，以实验治学，后来胡适倡新汉学者之所持以为揭帜，而实导之于复。复常以为中西二学，兼途并进，或者藉自它之耀，祛旧知之蔽。译有英哲赫胥黎《天演论》、斯密亚丹《原富》、耶方斯《名学浅说》、穆勒约翰《名学》、《群己权界论》、斯宾塞尔《群学肄言》、甄克思《社会通诠》、法人孟德斯鸠《法意》诸书。凡译一书，与他书有异同者，辄旁考博证列入后案，张皇幽眇以补漏义，尤能以古文辞达奥旨，而不断断于字比句次之间。国人之言以古诗体译西诗者，自苏玄瑛，言以古文辞译小说者，自林纾，而言以古文辞译欧西政治、经济、哲学诸科，盖自复启其机镝焉。自以生平师事服膺者，厥惟桐城吴汝纶，每译一书，必以质正。汝纶既高文硕望,常以:"晚周以来,诸子各自名家,其大要有集录之书,有自著之言。集录者,篇各为义,不相统贯,原于《诗》、《书》者也。自著者,建立一干,枝叶扶疏,原于《易》、《春秋》者也。汉之士争以撰著相高,其尤者,《太史公书》继《春秋》而作,杨子《太玄》,拟《易》而为之,是皆所谓一干而枝叶扶疏者也。及唐中叶,而韩退之氏出,源本《诗》、《书》,一变而为集录之体,宋以来因之。是故汉氏多撰著之编,唐宋多集录之文,其大略也。集录既多,而向之所谓撰著之体不复多见,问一见之,其文采不足以自发,知言者摈焉勿列也。独近世所传西人书,率皆一干而众枝,有合于汉氏之撰著。"又惜吾国之译言,大抵弇陋不文,不足传载其义。独推复博涉兼能,文章学问,奄有东西数万里之长,扬子云笔札之功,赵充国四夷之学,美具难并,钟于一手,求之往古,殆邈焉罕俦。复常虚心请益,而汝纶则自谦不通西文,顾亦时有独见。尝答书于复以论译西书曰:

> 来示谓新旧二学,当并存具列,且将自它之耀,以祛蔽揭翳,最为卓识。某前书未能自达所见,语辄过当。本意谓中国书猥杂,多不足行远,西学行,则学人日力夺去大半,益无暇浏览向时无足轻重之书,而姚选古文则万不能废,以此为学堂必用之书,当与六艺并传不朽也。若中学之精美者,固亦不止此等。往时曾大傅言:"六经外有七书,能通其一,即为成学。七者兼通则间气所钟,不数数见也。"七书者,《史记》、《汉书》、《庄子》、《韩文》、《文选》、《说文》、《通鉴》也。某于七书皆未致力,又欲妄增二书,其一姚公此书,余则曾公《十八家诗钞》也。但此诸书,必高材秀杰之士乃能治之,若资性平钝,虽无西学,亦未能追其途辙。独姚选古文,即西学堂中亦不能弃去不习,不习则中学绝矣。世人乃欲编造俚文以便初学,此废弃中学之渐,某所私忧而大恐者也。区区妄见,敬以奉质。别纸垂询数事,某浅学不足仰副明问,谨率陈臆说,用备采择:

欧美文字与我国绝殊，译之，似宜别创体制，如六朝人之译佛书，其体全是特创，今不但不宜袭中文，并不宜袭用佛书。窃谓以执事雄笔，必可自我作古。又妄意彼书固自有体制，或易其辞而仍其体，似亦可也。不通西文，不敢意定，独中国诸书无可仿效耳。来示谓："行文欲求尔雅，有不可阑入之字，改窜则失真，因任则伤洁。"此诚难事。鄙意与其伤洁，毋宁失真。凡琐屑不足道之事，不记何伤？若名之为文，俚俗鄙浅，荐绅所不道。此则昔之知言者，无不县为戒律，曾氏所谓辞气远鄙也。文固有化俗为雅之一法，如左氏之言"马矢"，庄生之言"矢溺"，公羊之言"登来"，太史之言"夥颐"，在当时固皆以俚语为文，而不失为雅。若范书所载"铁胫尤来"、"大枪"、"五楼"、"五蟠"等名目，窃料太史公执笔，必皆芟薙不书。不然，胜广项氏时，必多有俚鄙不经之事，何以《史记》中绝不一见？如今时雅片馆等比，自难入文，削之自不为过，倘令为林文忠作传，则烧雅片一事，固当大书特书，但必叙明原委，如史公之记《平准》、班氏之叙《盐铁论》耳，亦非一切割弃，至失事实也。姚郎中所选文，似难为继，独曾文正《经史杂钞》能自立一帜。王、黎所续，似皆未善。国朝文字，姚春木所选《国朝文录》，较胜于二十四家。然文章之事，代不数人，人不数篇。若欲备一朝掌故，如《文粹》、《文鉴》之类，则世盖多有。若谓足与文章之事，则姚郎中之后，止梅伯言、曾太傅及近日武昌张廉卿数人而已，其余盖皆自郐也。来示谓："欧洲国史，似中国所谓长编、纪事本末等比。"然则欲译其书，即用曾太傅所称叙记、典志二门，似为得体。此二类，曾云"于姚郎中所定诸类外，特建新类"，非大手笔不易办也。欧洲记述名人，失之过详，此宜以迁、固史法裁之。文无剪裁，专以求尽为务，此非行远所宜。中国间有此体，其最著者，则孟坚所为《王莽传》，若《穆天子》、《飞燕》、《太真》等传，则小说家言，不足法也。欧史用韵，今亦以韵译之,似无不可,独雅词为难耳。中国用韵之文,退之为极诣矣。私见如此,未审有当否?

复致服其言,常语人曰:"不佞往者每译脱稿,辄以示桐城吴先生,老眼无花,一读即窥深处,盖不徒斧落徽引,受神益于文字间也,故书成必求其读,读已必求其序。"最先出者,赫胥黎《天演论》。汝纶读,叹绝,曰:"自中土翻译西书以来,无此鸿制,匪直天演之学,在中国为初凿鸿濛,亦缘自来译手,无似此高文雄笔也。顾蒙意尚有不能尽无私疑者,以谓执事若自为一书,则可纵意驰骋,若以译赫氏之书为名,则篇中所引古书古事,皆宜以原书所称西方者为当,似不必改用中国人语,以中事中人,固非赫氏所及知。法宜如晋宋名流所译佛书,与中儒著述显分体制,似为入式。"顾复自以志在达旨,不尽从也。定为《译例》三事:

一、译事三难,信、达、雅。求其信,已大难矣。顾信矣不达,虽译犹不译也,则达尚焉。海通以来,象寄之才,随地多有,而任取一书,责其能与于斯二者,则已寡矣。其故在浅尝,一也;偏至,二也;辨之者少,三也。今是书所言,本五十年来西人新得之学,又为晚出之书,译文取明深义,故词句之间,时有所傎倒附益,不斤斤于字比句次,而意义则不倍本文,题曰达旨,不云笔译,取便发挥,实非正法。什法师有云:"学我者病。"来者方多,幸勿以是书为口实也。

一、西文句中,名物字多,随举随释,如中文之旁支,后乃遥接前文,足意成句。故西文句法,少者二三字,多者数十百言。假令仿此为译,则恐必不可通,而删削取径,又恐意义有漏。此在译者将全文神理融会于心,则下笔抒词,自然互备,至原文词理本深,难于共喻,则当前后引衬以显其意。凡此经营,皆以为达,即所以为信也。

一、《易》曰："修辞立诚。"子曰："辞达而已。"又曰："言之无文，行之不远。"三者乃文章正轨，亦即为译事楷模，故信达而外，求其尔雅，此不仅期以行远已耳，实则精理微言，用汉以前字法、句法则为达易。用近世利俗文字则求达难，往往抑义就词，毫厘千里。审择于斯二者之间，夫固有所不得已也，岂钓奇哉？不佞此译，颇贻艰深文陋之讥，实则刻意求显，不过如是。又原书论说，多本名数格致及一切畴人之学，倘于之数者向未问津，虽作者同国之人，言语相通，仍多未喻，矧夫出以重译也耶？

它所译大率似此。大抵不背于汝纶所称"与其伤洁，毋宁失真"而已。顾复自言："《原富》之译，与《天演论》不同。下笔之顷，虽于全节文理，不能不融会贯通为之，然于辞义之间，无所颠倒附益。独于首部篇十一释租之后，原书旁论四百年以来银市腾跌，文多繁赘，而无关宏旨，则概括要义译之。"又言："穆勒约翰《群己权界论》，原书文理颇深，意繁句重。若依文作译，必至难索解人，故不得不略为颠倒，此以中文译西书定法也。"质言之曰"译意"而已，故不断断于字比句次之间也。虽至名义亦然。顾谨于造辞，矜慎不苟，自谓："一名之立，旬月踟蹰。"译赫胥黎《天演论》曰："新理踵出，名目纷繁，索之中文，渺不可得，即有牵合，终嫌参差。译者遇此，独有自具衡量，即义定名。顾其事有甚难者，即如此书上卷导言十余篇，乃因正论理深，先敷浅说，仆始翻'卮言'，而钱唐夏穗卿_{曾佑}病其滥恶，谓：'内典原有此种，可名悬谈。'及桐城吴丈挚父_{汝纶}见之，又谓：'卮言既成滥词，悬谈亦沿释氏，均非能树立者所为，不如用诸子旧例，随篇标目为佳。'穗卿又谓：'如此则篇自为文，于原书建立一本之义稍晦。'而'悬谈'、'悬疏'诸名，悬者系也，乃会撮精旨之言，与此不合，必不可用。于是乃依其原目，质译'导言'，而分注吴之篇目于下，取便阅者。此以见定名之难，欲避生吞活剥之诮，有不可得者矣。他如'物竞'、'天择'、'储能'、'效实'诸名,皆由我始。"译斯密亚丹《原富》曰:'计学'西名叶科诺密,'叶科'此言'家','诺密'为聂摩之转,此言'治'、言'计',则其义始于治家,引而申之,为凡料量经纪撙节出纳之事,扩而充之,为邦国天下生食为用之经,盖其训之所包至众,故日本译之以'经济',中国译之以'理财'。顾必求吻合,则经济既嫌太廓,而理财又嫌过陋。自我作古,乃以'计学'当之,虽计之为义,不止于地官之所掌,平准之所书,然考往籍'会计'、'计相'、'计偕'诸语,与常俗'国计'、'家计'之称,似与希腊之聂摩,较为有合。故《原富》者,'计学'之书也。然则何不径称'计学'而名'原富'?曰:'从斯密氏之所自名也。'且其书体例,亦与后人所撰计学,稍有不同:达用多于明体,一也。匡谬急于讲学,二也。其中所论,如部丙之篇二、篇三,部戊之篇五,皆旁罗之言,于计学所涉者寡,尤不得以科学家言例之。云'原富'者,所以察究财利之性情、贫富之因果,著国财所由出云尔。故《原富》者,计学之书,而非讲计学者之正法也。计学于科学为内籀之属。内籀者,观化察变,见其会通,立为公例者也,如斯密、理嘉图、穆勒父子之所论者,皆属此类。然至近世,如耶方斯、马夏律诸书则渐入外籀,为微积曲线之可推,而其理乃益密。此二百年来计学之大进步也。计学以近代为精密,乃不佞独有取于是书,而以为先事者,盖温故知新之义,一也。其中所指斥当轴之迷谬,多吾国言财政者之所同然,所谓从其后而鞭之,二也。其书于欧亚二洲始通之情势,英法诸国旧日所用之典章,多所纂引,足资考镜,三也。标一公理,则必有事实为之证喻,不若他书勃窣理窟,洁净精微,不便浅学,四也。"译穆勒约翰《名学》曰:"'逻辑'此翻'名学'。其名义始于希腊,为'逻各斯'一根之转。'逻各斯'一名兼二义,在心之意、出口之词,皆以此名,引而申之,则为论为学,故今日泰西诸学,其西名多以'罗支'结向,'罗支',即逻辑也,如'裴洛罗支'之为字学,'唆休罗支'之为群学,'什可罗支'之为心学,'拜诃罗支'之为生学,是已，精而微之，则吾生最贵之一物，亦名'逻各斯'，此如佛氏所举之阿德门，基督教所称之灵魂，老子所谓道，孟子所谓性，皆此物也，故'逻各斯'名义最为奥衍，而本学之所称为'逻辑'者，以如贝根言，是学为一切法之法，一切学之学，明其为体之尊，为用之广，则变'逻各斯'为'逻辑'以名之，学者可以知其学之精深广大矣。'逻辑'最初译本，为固陋所及见者，有明季之《名理探》，乃李之藻所译，近日税务司译有《辨学启蒙》。曰'探'曰'辨'，皆不足与本学之深广相副，必求其近，姑以'名学'译之，盖中文惟'名'字所函，其奥衍精博，与'逻各斯'字差相若，而学问思辨，皆所以求诚，正名之事，不得舍其全而用其偏也。"译穆勒约翰《群己权界论》曰："或谓旧翻'自繇'之西文'里勃而特'，当翻'公道'，犹云事事公道而已，此其说误也。谨按'里勃而特'，原古文'里勃而达'，乃自由之神号，其字与常用之'伏利当'同义，'伏利当'者，无挂碍也，又与'奴隶'、'臣服'、'约束'、'必须'等字为对义。'公道'西文自有专字曰'札思直斯'，二者义虽相涉，然必不可混而一之也。中文'自繇'，常含放诞、恣睢、无忌惮诸劣义，然自是后起附属之话，与初义无涉。初义但云不为外物拘牵而已，无胜义，亦无劣义也。夫人而自繇，固不必须以为恶，即欲为善，亦须自繇。其字义训，本为最宽。'自繇'者，凡所欲为，理无不可，此如有人独居世外，其繇界域，岂有限制，为善为恶，一切皆自本身起义，谁复禁之。但自入群而后，我自繇者，人亦自繇，使无限制约束，便入强权世界而相冲突，故曰：'人得自繇，而必以他人之自繇为界。'此则《大学》絜矩之道，君子所恃以平天下者矣。穆勒此书，即为人分别何者必宜自繇，何者不可自繇也。斯宾塞《伦理学说公》一篇，言：'人道所以必得自繇者，盖不自繇，则善恶功罪皆非己出，而仅有幸不幸可言，而民德亦无由演进，故惟与以自繇而天择为用，斯郅治有必成之一日。'佛言：'一切众生皆转于物，若能转物，即同如来。'能转物者，真自繇也。是以西哲又谓：'真实完全自繇，形气中本无此物，惟上帝真神,乃能享之。禽兽下生,驱于形气,一切不由自主,则无自繇而皆束缚。独人道介于天物之间,有自繇,亦有束缚。治化天演,程度愈高,其所得以自繇、自主之事愈多。'由此可知,'自繇'之乐,惟自治力大者为能享之,而气禀嗜欲之中,所以缠缚驱迫者,方至众也。卢梭《民约》其开宗明义,谓'斯民生而自繇',此语大为后贤所呵。亦谓初生小儿,法同禽兽,生死饥饱,权非己操,断断乎不得以自繇论也。名义一经俗用,久辄失真。如老氏之'自然',盖谓世间一切事物,皆有待而然。惟最初众父,无待而然,以其无待,故称'自然',惟造化真宰无极、太极为能当之,乃今俗义,凡顺成者皆'自然'矣。又如释氏之'自在',乃言世间一切六如变幻起灭,独有一物,不增不减,不生不灭,以其长存,故称'自在',惟力质本体,恒住真因,乃有此德。乃今欲取涅槃极乐引申之义,而凡安闲逸乐者皆'自在'矣。则何怪'自繇'之义,始不过谓自主而无以挂碍者,乃今为放肆、为淫佚、为不法、为无礼,一及其名,恶义丛集,而为主其说者之诟病乎?穆勒此篇所释名义,只如其初而止,柳子厚诗云:'破额山前碧血流,骚人遥住木兰舟。东风无限潇湘意,欲采蘋花不自由。'所谓'自由',正此义也。'由'、'繇'二字,古相通假。今此译皆作'自繇'字,不作'自由'者,非以为古也,盖其字依西文规例,本一系名,非虚乃实,写为'自繇',欲略示区别而已。"凡此之类,皆几经籀讨,而后定一名、下一义。学者称之曰侯官严先生。自是士大夫多倾向西人学说,而复则以为"自由"、"平等"、"权利"诸说,由之未尝无利,脱靡所折衷,则流荡放佚,害且不可胜言,其究必有受其弊者。独居深念,尝谓近者吾国以世变之殷,凡吾民前者所造因,皆将于此食其报。而浅谫剽疾之士,不悟其所从来如是之大且久也,辄攘臂疾走,谓以旦暮之更张,将可以与胜我抗也。不能得,又搪撞号呼,欲率一世之人,与盲进以为破坏之事。顾破坏矣,而所建设者,又未必其果有合也,则何如稍审重而先咨于学之为犹愈也。每于广众中陈之,急言极论,顾闻者不以为意,辄谓复之过计也。

　　复既以海军积劳叙副将矣,尽弃去,入资,为同知,洊扰道员。宣统元年,海军部立,特授协统,寻赐文科进士出身。其乡人郑孝胥调以二诗,其一曰:"严侯本武人,科举偶所慕。弃官更纳粟,被刖尝至屦。平生等身书,弦诵遍行路。晚邀进士赐,食报一何暮。回思丙丁间,春闱我犹赴。都门有文会,子作必寄附。传观比尤王,一读舌俱吐。谁知厄场屋,同辈空交誉。天倾地维绝,万事逐烟雾。八股竟先亡,当时殊不悟。寒窗抱卷客,亿兆有余诅。吾侪老更黠,检点夸戏具。烦君发庄论,习气端如故。"其二曰:"左侯左宗棠居军中,叹息谓欧斋林寿图以进士出身,官陕西布政使,时左官陕甘总督也。'屈指友朋间,才地有等差。进士胜翰林,举人有过之。我不得进士,胜君或庶几。'欧斋奋然答:'霞山刘蓉以诸生从戎,累官陕西巡抚语益奇。举人何足道,卓绝惟秀才。'言次辄捧腹,季高怒竖眉。观君评制艺,折肱信良医。少年求进士,得之特稍迟。风味如甘蔗,倒嚼境渐佳。何可遽骄满,持将傲吾侪。不穀虽不德,自知背时宜。三十罢应试,庚寅直至斯。誓抱季高说,不顾欧斋嗤。君诗貌烦冤,内喜堪雪悲。官里行皆促,老苍仗头皮。八股纵已亡,身受伏余威。知君不忘故,得意还见思。"亦以证复曩昔之治八股者呫耳。充学部名词馆编纂。其后章士钊董理其稿,草率敷衍,乃弥可惊叹。复藉馆觅食,未抛心力为之也。旋以硕学通儒征为资政院议员。三年,授海军部一等参谋官。

　　袁世凯与复本雅故,其督直隶,招复不至,以为恨。既罢政,诋者蜂起。复独抗言折之,谓:"世凯之才,一时无两。"则又感复。及被举为临时大总统,遂聘复长京师大学堂,充公府顾问、参政院参政及宪法起草委员。复恒昌言:"国人识度不适于共和。"又言:"自由、平等者,法律之所据以为施,而非云民质之本如此也。夫言自由而日趋于放恣,言平等而在反于事实之发生,此真无益,而智者之所不事也。大抵治权之施,见诸事实,故明者著论,必以历史之所发见者为之本基,其间籀取公例,则必用内籀归纳之术而后可存。若夫乡壁虚造,用前有假如之术,立为原则,演绎之,及其终事,罔不生心害政。卢梭之《民约论》出,以自由平等为天下号,适会时世,民乐畔古,而卢梭文辞又偏悍发扬,语辨而意泽,能使听者入其玄而不自知。顾所谓'民居之而常自由、常平等'者,卢梭亦自言其为历史之所无矣。夫指一社会,考诸前而无有,求诸后而不能,则安用此华胥、乌托邦之政论而毒天下乎?况今吾国人之所急者,非自由也,而在人人减损自由,而以利国善群为职志。至于平等,本法律而言之,诚为平国要素,而见于出占投票之时,然须知国有疑问,以多数定其从违,要亦出于法之不得已,福利与否,必视公民之程度为何如。往往一众之专横,其危险压制,更甚于独夫,而亦未必遂为专者之利。是以其书名为救世,于穷檐编户,妪煦燠咻,而其实则惨刻少恩,恣睢暴戾。"乃著《民约平议》一文,其说本之英哲家赫胥黎。而戴袁世凯者,利复有言,又以复雄文高名,欲资之以称帝,始发其谋者杨度。宪法顾问美博士古德诺氏《共和与君主论》既发表之第三日,杨度访复于西城旧刑部街之居,侈陈其比来博簺之利,谓:"数日前,挟二千金之天津,访所眷某姬,约友作雀戏,以千元作底,加旺子百元,和与翻无限制。会吾轮庄牌,作饼子清一色,案上碰出八九饼,手中一饼三枚,二五饼对碰等和,旁家发一饼,以常情论,吾无开杠理。顾吾欲藉以卜吾运之亨塞,乃举手中牌七枚,翻以示人曰:'吾既杠一饼,已无异自宣吾蕴,尚何秘为?苟吾运果佳者,所需二五饼,终当摸索自得之,天缘凑巧,或且杠上开花矣。'不意翻取诸杠头之牌视之,果为二饼,遂以一色全对成和,作五翻计算,合旺子之数,一次所赢已逾万金也。吾以是知吾运已入亨通之境,意有所图,必当如愿。近谋组织一公司,朋辈争相附股,群思托荫于吾,冀有所膏润"云。复闻度言之津津,若有至味,颇不识何所取意。次日,度复相过,问:"见古德诺《君主论》乎?"曰:"见之。"问:"公视今日政治，何如前清？共和果足以使中国臻于富强兴盛乎？"复喟尔而言曰："此一时殊未易答。辛亥改革之顷，清室曾颁布宪法信条十九，誓以勿渝，仆于其时主张定虚君之制。使如吾言，清室怵于王统之垂绝幸续，十九信条，必将守之惟谨，不敢或背。而君臣之义未全堕地，内外百官犹有所慑，国事之坏，当不至如今日之甚。或得如英国国君端拱无为而臻于上理，未可知也？"度曰："惟然，我将与同志诸人组合一会，名曰筹安，专就吾国是否宜于共和，抑宜于君主，为学理之研究。古德诺引其端，吾等将竟其绪。国中士庶，向惟公之马首是瞻。请公为发起人，可乎？"复瞿然作色曰："适吾所云，不过追维既往，聊备一说。国经改革，原非一蹴可期其大治。君主之制所赖以维系者，厥惟人君之威严。今日人君威严既成覆水，贸然复旧，徒益乱耳。仆持重人所共知，居恒每谓国家革故鼎新，为之太骤，元气之损，往往非数十百年不易复，故世俗所谓革命，无问其意在更民主抑君主，凡卒然尽覆已然之局者，皆为仆所不取。国家大事，宁如弈棋，一误岂容再误。吾国之宜有君而舆尸征凶，此虽三尺童子知之，而所难者，孰为之君？此在今日，虽为圣者，莫知适从。鄙意诚所重惮。"度赝之曰："而公曾不闻之乎？德皇威廉一再语梁崧生公使、袁芸台公子梁士诒、袁克定：'中国非君主不治，长此不更，为害必且累及世界。'其言诚洞中肯綮。以公之明，讵尚见不到此。且吾辈但事研究，可耳。至君主应否规复之议一决，吾辈之责任已毕。若夫实施，别有措置。尔时水到渠成，尚何重惮之有。"复又曰："若然，则欲君主便君主可耳。自古觊觎大位者，一惟势力是视，何尝有待于研究哉？"度乃以大义相劫，正色告曰："政治之弛张，不本之学术，于理未融，即于情不顺。公宿学雅望，士林瞻仰，既知共和国体之无补于救亡，即不宜苟安听其流变。"复意不能无动，乃曰："筹安会，足下必欲成之，仆入会为会员，贡一得之愚，固未尝不可。特以研究相号召，度不能强人主张以必同也。"度乃起告别，寻语曰："日者相者俱判吾鹏程万里，行且将扶摇上青天。吾不已告公博簺之微，其通亨且若彼，公果降心相从，何鳃鳃虑夭阏也。"复至是始悟昨之侈言博簺，意在以讽喻，为今日游说张本耳。明日，度具柬邀复晚餐，柬叙同座，则孙毓筠、刘师培、李燮和、胡瑛姓名赫然在焉，皆度所要给以发起筹安会者也。复既以疾辞，至晚宴散，度复相过。复固辞不见。度怏怏去。夜逾半，度忽遣使以一书相诒，谓："筹安会事，实告公，盖承极峰旨。极峰谕非得公为发起人不可，固辞恐不便。事机稍纵即逝，发起启事，明日必见报。公达人何可深拒？已代公署名，不及待复示矣。"缄尾并缀"阅后付火"四字。复得书，仓卒不知所为。明日筹安会启事出，而复列名发起人第三。阍者启："门首晨出，即有壮士二人荷枪鹄立，询之，则谓长官恐匪党或相扰，遣来警卫也。"于是复杜门不出，筹安会召议事，辄称疾谢之，直至筹安会解散，未尝一莅石驸马街，望筹安之门。及梁启超有异议，其论一出，风动海内。而世凯谋所以折其议者，乃以为非复莫属，署券四万金，令内史夏寿田持以谒复，请为文以难启超。复却其币，告寿田曰："吾苟能为，固分所应尔。若以货取，其何以昭信天下？非主座见命之意也。容吾徐图之以报命。"寿田唯唯退。而复得要胁之书，无虑二十通，或讽以利害，或胁以刺杀，或责其义不容辞，而诡称天下属望，所署姓字真伪不得知，要皆谓复非有以折启超而关其口不可。复筹虑数日，乃诣寿田，举所得诸函示之曰："梁氏之议，吾诚有以驳之。惟吾思主座命为文，所祈以祛天下之惑而有裨于事耳。闽中谚云：'有当任妇言之时。有姑当自言之时。'时势至今，正当任妇言之，吾虽不过列名顾问，要为政府中人，言出吾口，纵极粲花之能事，人方视之为姑所自言，非惟不足以祛天下之惑，或转为人藉口，吾以是踌躇不轻落笔，非不肯为也。为之而有裨于事，吾宁不为哉？至于外间以生死相恫吓，殊非吾所介意。吾年逾六十，病患相迫，甘求解脱而不得，果能死我，我且百拜之矣。"寿田以白世凯。世凯知其意不可夺，驳梁启超之文乃改命孙毓筠为之。

是故名与筹安发起之列者六人，世谓之筹安六君子，语含讽嘲。余五人皆有美新之作，劝进之文，而杨度《君宪救国论》最传诵人口。独复学问文章冠绝后辈，未尝有只字著论，而语于人曰："大总统宣誓就职之后，以法律言，于约法有必守之义务，不独自变君主不可训，且宜反抗余人之为变。堂堂正正，则必俟通国民之要求。顾民意之于吾国，乃至难出现之一物，使不如是，则共和最高国体，亦无所云不宜者矣。"徒以名高为累，遂为世凯所涴。英人多辣司氏谓其友曰："世凯苟具卓荦之识，积学如严先生辈，正不应牵令入政治漩涡，摧毁国之精英。然未尝以不如己意而杀其身，贤于贵国古代奸雄远矣。"世凯既失志以死，而黎元洪代为总统，知复之不与谋也，故缉治筹安肇首，复不与焉。顾明令未颁之先，颇有传复不为元洪所谅者，林纾至泣涕以迫复宵遁。复慨然曰："吾俯仰无愧怍，虽被刑，无累于吾神明，庸何伤。"夷然处之。然千夫所指，清望顿减矣。顾复通知古今，善于觇国，既感时惊心，有所切论，知之者以为警世之危言，不知者以为逊朝之殷顽也。然谈言微中，不为苟同，足以资监观，裨国是者，不鲜焉。方袁世凯之为大总统也，国人震其威名，以为可遗大投艰。而复则殊不谓然，曰："中国之弱，其原因不止一端，顾其大患，在士习凡猥，而上无循名责实之政。齐之强以管仲，秦之起以商鞅，其他若申不害、赵奢、李悝、吴起，降而诸葛武侯、王景略，唐之姚崇，明之张太岳，凡为强效，大抵皆任法者也。吾国人学术既不发达，而于公中之财，人人皆有巧偷豪夺之私，如是而增国民负担，虽复甘之。草衣木食，潜谋革命，则痛哭流涕，訾政府为穷凶极恶，一旦窃柄自雄，则舍声色货利，别无所营，平日爱国主义，不知何往。以如是之国民，虽为强者奴隶，岂不幸哉。是故居今而言救亡，惟申韩庶可用。除却综名核实，岂有他途可行？试观历史，无论中外古今，其稍获强效者，何一非任法者耶？项城固一时之杰，顾吾所心憾不足者，无科学知识，无世界眼光，又过欲以人从己，不欲以己从人，一切用人行政，未能任法而不任情也。望其转移风俗，奠固邦基，呜呼！非其选尔。顾居今之日，平情而论，于新旧两派之中，求当元首之任而胜项城者谁乎？此国事之所以重可叹也。财匮民穷，不为根本救济之法，方戚戚以断炊破产为忧，刻意聚敛，以养君为最急之事，尚何能为民治生计乎？教育强国根本，而革命以后，此论久不闻矣。"及世凯之败也，国人怒其稔恶，又以亟去之为快。而复意又不然，曰："项城此时去，则天下必乱，而必至于覆亡。德人有言：'祖国无上，为此者，一切无形有形之物，皆可牺牲。'复之不劝项城退位，非有爱于项城也。无他，所重在国故耳。夫项城非不可去，然必先为其可以去。苏明允谓：'管仲未尝为其可以死，其于国为不忠。'使项城而稍有天良，则前事既差，而此时为一国计，为万民计，必不可去。而他日既为可去之后，又万万不可以留。盖使项城今日而去，则前者既为其不义，而今日又为其不仁。使项城他日而留，则前者既为其寡廉，而他日又为其鲜耻，故曰：'今日必不可去，他日必不可留也。'历观各报，函电旁午，壹以迫项城退位为宗。顾退位矣，而用何道出之，使神州中国得以瓦全，则又毫无办法。故复常谓中国党人，无论帝制共和两派，蜂起愤争，而迹其行事，诛其居心，要皆以国为戏以售其权利愤好之私，而为旁睨胈箧之傀儡，以云爱国，逖乎远矣。夫中国自前清之帝制而革命，革命而共和，共和而一人政治，一人政治而帝制复萌，谁实谓之，至于此极。彼项城固不得为无罪，而所以使项城日趋于专，驯至握此大权者，夫非辛壬党人、参众两院之捣乱，靡所不为，致国民寒心，以为宁设强硬中央，驱除洪猛，而后元元至息肩喘喙之地故耶？不幸项城不悟，以为天下戴己，遂占亢龙，遽取大物，一着既差，威信扫地。呜呼！亦可谓大哀也已。然所谓帝制违誓种种，特反对者所执之词，而项城之失人心，一败至于不可收拾者，固别有在，非帝制也。盖项城之失败众矣，而最制其死命者，莫如财政；项城之败着夥矣，而莫厉于暗杀。项城自柄政以还，于中交两行，其亏负显然可指者过四千万，而黯昧通挪,经梁士诒、叶恭绰为之腾攫者,尚过此数,不得已,梁士诒倡停止付现之院令,盖以逢项城之意,欲取中国银行预备金以为济急之计,乃京、汉而外,举不奉令,则事已全反其所期,而徒为益深益热之败着。呜呼!吾曹终日忧叹,为国怀破产之惧,而项城则长作乐观,泥沙挥霍,小人逢长,因而啜叶促訾,是其败宜久矣。就职五年,民不见德,不幸又值欧战发生,工商交困,百货䷀腾,而国用日烦,一切赋税,有加无减,社会侈靡成风,人怀非望,此即平世,已不易为,乃国体适于此时议变更,遂为群矢之的。且项城自辛亥出山以来,得以首出庶物者,无他,旧握兵权而羽翼为尽死力故也。生性好用诡谋以锄异己,往者勿论,乃革命军动,再行出山,至今若吴禄贞、若宋教仁、若赵秉钧、若应桂馨,最后若郑汝成、若张思仁、若黄远庸,海宇哗然,皆以为项城主之。夫杀吴、宋,虽公孙、子阳而外之所不为,然犹可为说。至于赵秉钧、郑汝成,皆平日所谓心腹股肱,徒以泄秘密之口,忍于出此。又况段祺瑞以不同意称帝,杜门不动,数见危机,人间口语,怪怪奇奇,则群下几何其不解体乎?夫求之财政则如彼,察之人心又如此,虽以魏武、刘裕当之,殆难为力,矧非其伦。而自就职以来,于中国根本问题,毫末无所措注。即以治标而论:军旅素所自许,而悍兵骄将,军实战械,皆未闻有统一之规,徒以因缘际会,群龙无首,为众所推,遂亦予圣自雄,以为无两。而以参众两院捣乱之太过,于是救时之士,亦谓中国欲治,非强有力之中央政府不可。新修约法,于法理本属无当,而反对者少。无他,冀少获救国之效已耳。而谁谓转厚项城之毒乎?筹安会之起,私衷本不赞同。然丈夫行事,既不能当机决绝,登报自明,则今日受责,即亦无以自解。惟于此日取消帝制之后,而欲使我劝项城退位,则又万万不能。"袁世凯既殂,而黎元洪代起为大总统,国人推长者,谓其可息世嚣、夷大难。而复意又不然,曰:"吾读中西历史,小人固覆邦家,而君子亦未尝不失败。大抵政治一道,如御舟然,如用兵然,履风涛,冒锋镝,各具手眼，以济以胜为期，能济能胜而后为群众所托命。道德之于国君，譬如诸财政家之信用，非是固不可行，然而乃其一节，而非其全能也。黎公道德，天下所信，然救国图存，断非如此道德所能有效。何则？以柔暗故。遍读中西历史，以谓天下最危险者，无过良善暗懦人。下为一家之长，将不足以庇其家；出为一国之长，必不足以保其国。古之以暴庚豪纵亡国者，桀纣而外，惟杨广耳，至于其余，则皆熙熙姝姝，善良谨蕙者也。又况今日邦基阢杌，其能宏济艰难，拨乱世而反之正者，决非仅仅守正高尚，如今人所谓道德者足以集事。当是之际，能得汉光武、唐太宗，上之上者也，即不然，曹操、刘裕、桓宣武、赵匡胤，亦所欢迎。盖当国运飘摇，干犯名义是一事，而功成治定，芟夷顽梗，得以使大多数苍生安居乐业，又是一事。此语若对众宣扬，必为人人所唾骂。然细思之，今日政治惟一要义，其对外能强，其对内能治，所用方法，则皆其次。孟子谓：'行一不义，杀一不辜，虽得天下不为。'此自极端高论，殆非世界所能有。然吾所患于袁氏者，以其多行不义，多杀不辜，而于外强内治两言，又复未尝梦到观其在位四年，军伍之不统一，财政之纷乱，夫治标乃渠侬最急之图，尚是如此。至其他根本问题，如教育、司法，尤不必论。综其行事，所最为中外佩服者，即其解散国会一事，谓其有利刃斩乱麻之能，而抵制日本要求不与焉。尝观陕西教士著一见闻录，谓：'袁世凯大罪，不在规图帝制，在于不审始终，至于事败，转使强盗群称守正，匪人皆居成功，而民国之苦痛遂极。'此真针针见血之语。夫国乱如此，北洋系经一番酾豢之后，既成暮气而无能为，则使有政党焉，以其魄力盘踞把持，出而为一切之治，锄诛异己，号令出于一门，人曰此暴民专制也，而吾则曰犹有赖焉。而乃好恶拂人，贪酷无厌，假令一旦异己者亡，而同室之中，又乖离分张，芽蘖萌动，而争雄长矣。夫盗贼匪人，岂有久合之道，欲其利国，不益远乎！此吾国前途所为可痛哭也。"其时梁启超方以政论负天下望，而袁世凯之殂，又发难于启超之一论，国人仰之如景星卿云。而复意又不然，曰："国家欲为根本改革之计，其事前皆须有预备。而今之人，则欲一蹴而几，又焉可得。少年人大抵狂于声色货利之际，即其中心地稍净者，亦闻一偏之说，鄙薄古昔，而急欲一试，以谓必得至效。逮情见势屈，始悟不然，此时即有次骨之悔，而所亡已多。今日之事，不如是耶？但问今日局面不可收拾之所由来，则其原因至众，项城不过因其势而挺之而已，非造成此势者也。若论造成此势，则清室自为其消极，而康、梁以下诸公为其积极，二者合，而大乱遂为不得不成之势。至于元二诸公，所谓推波助澜，而其身亦在漩涡滚浪之中，欲不为然，或不可得。夫满清入关，以东胡种人而为中国之主，比较而论，其暴君乱政，以视朱明、胡元要为稀少。而一旦权臣欺其寡孤以与人市，臣民之中绝少为之太息扼腕者，虽曰自取，而向来执笔出报诸公，不得不谓其大有效力耳。嗟嗟，吾国自甲午以来，变故为不少矣。而海内所奉为导师，以为趋向标准者，首屈康、梁师弟。顾众人视之以为福首，而自仆视之，则以为祸魁。何则？政治变革之事，蓄变至多，往往见其是矣，而其效或非，群谓善矣，而收果转恶。是故深识远览之士，愀然恒以为难，不敢轻心掉之，而无予智之习。而彼康、梁则何如？生长粤东，为中国沾染欧风最早之地。而粤人赴美者多，赴欧者少，其所捆载而归者，大抵皆十七八世纪革命独立之旧义，其中如洛克、米勒登、卢梭诸公学说，骤然观之，而不细勘以东西历史人群结合开化之事实，则未有不薰醉颠狂，以其说为人道惟一共遵之途径，仿而行之，有百利而无一害者也。而孰意其大谬不然乎？平生于《庄子》累读不厌，因其说理语打破后壁，往往至今不能出其范围。其言曰：'名，公器也，不可以多取。仁义，先王之蘧庐也，止可以一宿，而不可以久处。'庄生在古则言仁义，使生今日，则当言平等、自由、博爱、民权诸学说矣。庄生言：'儒者以诗书发冢。'而罗兰夫人亦云：'自由自由，几多罪恶，假汝而行。'甚至爱国二字，其于今世最为神圣矣。然英儒约翰孙有言：'爱国二字,有时为穷凶极恶之铁炮台。'西国文明,自今番欧战扫地遂尽。英国看护妇某氏正命之顷,明告左右,谓:'爱国道德为不足称。何则?以其发源于私,而不以天地之心为心故也。'此等醒世名言,必垂于后,正如罗兰夫人论刑时,对自由神谓'几多善恶,假汝而行'也。可知谈理论一入死法,便无是处。是故孔子绝四,而释迦亦云:'如筏喻者,法尚应舍,何况非法。'而彼康、梁则何如?于道徒见其一偏而出言甚易。南海文笔沉闷。至于任公妙才,下笔不能自休,其自甲午以后,于报章文字,成绩为多,一纸风行,海内观听为之一耸。仆尝寓书戒之,劝其无易出言,致成他日之悔。当日得书,闻颇意动,而转念乃云:'吾将凭随时之良知行之。'由是猖狂无忌,畅所欲言,至学识稍增,自知过当,则曰:'吾不惜与自己前言宣战。'然而革命、暗杀、破坏诸主张,并不为悔艾者留余地也。其笔端又有魔力,足以动人,言破坏,则人人以破坏为天经,倡暗杀,则人人以暗杀为地义,敢为非常可喜之论,而不知其种祸无穷。往者唐伯虎诗云:'闲来写得青山卖,不使人间造业钱。'以仆观之,梁任公所得于杂志者,大抵皆造业钱耳。今夫亡有清二百六十年社稷者,非他,康、梁也。何以言之?德宗固有意向之人君,向使无康、梁,其母子未必生衅。西太后天年易尽,俟其百年,政权独揽,徐起更张,此不独祖宗之所式凭,而亦四百兆人民之利赖。而康乃踵商君之故智,卒然得君,卤莽灭裂,轻易猖狂,驯至于幽其君而杀其友,己则逍遥海外,立名目以敛人财,恬然不为耻。夫曰保皇,试问其所保今安在耶?必谓其有意作乱,固属大过,而狂谬妄发,自许太过,祸人家国,而不自引咎,则虽百仪、秦,不能为南海作辩护也。至于任公则自窜身海外以来,常以摧剥征伐政府为能事,《清议》、《新民》、《国风》,进而弥厉,至于其极,诋之为穷凶极恶,意若不共戴天。以一己之新学,略有所知,遂若旧制一无可恕,其辞具在,吾岂诳哉?于是头脑单简之少年,醉心《民约》之洋学生,至于自命时髦之旧官僚,乃群起而为汤武顺天应人之事,迨万弩齐发，堤防尽隳，而天下汹汹，莫适谁主。盖至辛亥壬子之交，天良未昧，任公悔之晚矣。于是熏穴求君，思及朱明之恪孙，曲阜之圣裔，乃语人曰：‘吾往日议论，止攻政府，不诋皇室。’嗟嗟，任公生为中国之人，读书破万卷，尚不知吾国之制，皇室政府不得歧而二之，于其体诚欲保全，于其用不得不稍留余地，亦可谓枉读一世之中西书矣。今夫中国立基四千余年，含育四五百兆，是故天下重器，不可妄动，动则积尸成山，流血为渠。古圣人所以严分义而威乱贼者以此，伊尹之三就桀者以此，周发之初会孟津而复散归者以此，操、懿之久而后篡者亦以此。英人摩理有言：‘政治为物，常择于两过之间。’法哲韦陀虎哥有言：‘革命时代，最危险物，莫如直线。’任公理想中人，欲以无过律一切政法，而一往不回，常行于最险直线者也，故其立言多可悔，迨悔而天下之灾已不可救矣。今夫投鼠忌器，常智犹能与之。彼有清多罪，至于末造之亲贵用事，坏法乱政，谁不知之？然使任公为文痛詈之时，稍存忠厚，少敛笔锋，不至天下愤兴，流氓童騃，尽可奉辞与之为难，则留一姓之传，以内阁责任汉人，为君主立宪，所全岂不甚多？而无如其一毁而无余何也。至于今日，事已往矣。师弟翩反，复睹乡枌，强健长存，仍享大名，而为海内之巨子，一词一令，依然左右群伦，而有清之社则已屋矣。《黄台瓜辞》曰：‘种瓜黄台下，瓜熟子离离。一摘使瓜好，再摘使瓜稀。三摘犹为可，四摘抱蔓归。’康、梁之于中国，已再摘而三摘矣，耿耿隐忧，窃愿其慎勿四摘耳。大抵任公操笔为文时，其实心救国之意浅，而俗谚所谓出风头之意多。庄生谓：‘蒯聩知人之过，而不知其所以过。’而德文豪哥德剧曲中，载有鲍斯特者，无学不窥，最后学符咒神秘术，一夜召地球神，而地球神至，阴森狞恶，六种震动，问欲何为，鲍大恐屈伏，然而无术退之。嗟乎！任公既以笔端搅动社会至如此矣，然惜无术再使吾国社会清明，则于救亡本旨，又何济耶？时局至此，当日维新之徒，大抵无所逃罪。仆虽心知其危，故《天演论》既出之后，即以《群学肄言》继之，意欲蜂气者稍为持重。不幸舍其旧而谋其新，风会已成。而郑苏堪《五十自寿长句》有句云：'读尽旧史不称意，意有新世容吾侪。'嗟乎！新则新矣，而试问此为何如世耶？大抵吾人通病，在睹旧法之敝，以为一从夫新，如西人所为，即可以得无弊之法，而孰意不然。专制末流，固可为痛，则以为共和当佳，而孰知其害乃过于专制。始知世间一切法举皆有弊，而福利多寡，仍以民德民智高下为归。使其德智果高，将不徒新法可行，即旧者亦何尝遂病。偳德与智，未足心知其意，即民权亦复何为。其最受病，在用共和而不知选举权之重，放弃贩卖，匪所不为，根本受病，此树不能久矣。所以哓哓者，即以亿兆程度，必不可以强为，即自谓有程度，其程度乃真不足，目不见睫，常苦不自知耳。辛亥革命，而段祺瑞执梃袁门，搂合武人以为兵谏，宣统逊政，共和以成，八九年来，常以保障共和自任，然而于所以为共和者，段氏宁梦见也。国会之惟利是视，摧剥民生，殆吾国有历史来所未有。旧有风宪之官，言西法者皆以为非善制，今则以其权界国会矣。由是明目张胆，植党营私，当国者只须有钱以豢养此辈议员，便可以诸善勿作，诸恶奉行，而身名仍复俱泰。呜呼！真不图我生不辰，乃见如此世界也。间尝深思世变，以为物必待极而后反。前者举国暗于政理，为共和幸福种种美言夸辞所炫，故不惜破坏旧法从之。今之民国近十年矣。而时事如此，更复数年，势必令人人亲受苦痛，而恶共和与一切自由平等之论如蛇蝎，而后起反古之思，至于其时，又未必不太过。此社会钟摆原例，无可奈何者也。往者突厥，群称近东病夫，至十九稘末造，毅然变法，于是有少年突厥之特称。列邦拭目观其变化，佥谓自兹欧、亚接壤中间，将必有崛兴之强国矣。顾乃大谬不然。数年之间，埃及、巴尔干群属几尽，而最后乃不量德力，为德所利用，屈指年月，更绘舆图，不独欧洲必无回部，即在安息、大食中间，亦不知占得幅员几许。是故变法而兴者，日本也。变法而亡者，突厥也。天时、地利、人事三者交汇以为其因，此中消息至微，惟狂妄者乃欲矢口高论耳。吾辈托生东方，天赋以国，国者，其尊如君，其亲如父。今乃于垂老之日，目击危亡之机，欲为挽救之图，早夜思维，常苦无术。又熟知世界大势，日见半开通少年，于醉梦中求浆乞酒，真使人祈死不得。所绝对不敢信者，以中国之地形、民质，可以共和存立，梁任公亦谓'共和必至亡国'，而求所以出此共和者，又断然无善术。呜呼！今乃知当日肆口击排清室，令其一毁无余者，为可恨也。传曰：'无易由言。'人人自诡救国，实人人皆抱火厝薪之夫，一旦及之后知，履之后艰，虽痛哭流涕，戟指呵骂其所崇拜盲从之人，亦已晚矣。悲夫。"既而丧乱频仍，国人意又稍苦共和。康有为乃与长江巡阅使张勋阴谋复辟，而复意又不然，曰："九年卤莽共和，天下事至于如此，自常识而论，复辟岂非佳事？惟君主之治，必须出于自力，其次亦须辅佐。况当武人拥兵时代，非聪明神武，岂能戡祸乱而奠治安？此时中国已患无才，至于满人，更不消说。此正合历史一姓不再兴公例，傥卤莽灭裂以图之，非惟无补于苍生，抑将丛诟于清室。名为爱之，适以害之，苌叔违天，乌足尚乎。须知清室若可再兴，则辛亥必不失国，当时天子声灵，尚自赫耀，故家遗老犹有存者，手握雷霆万钧之势，乃亲贵乱政，授人口实，坏此山河，而谓今日凭借鸱张武夫，可以光复旧物，必不然矣。此议果行，大非旧朝之福。"于时天下汹汹，一分而不可复合，北洋之军阀，南方之民党，纷纭角讼，各有藉词。而复则两不以为然，曰："吾国革命之后，占势力者不过两系：军人，一也。所谓民党，二也。时局至此，民党则被罪于军阀之干政，而北洋军人则归狱于万恶之国会，互相抨击，殆无休时。顾我辈平情论之，恐两派均难逃责也。数千年文胜之国，所谓兵者，本如苏明允所称'以不义之徒，操杀人之器'。武人当令，则民不聊生，乃历史上之事实。近数十年来，愤于对外之累败，由是项城诸公得利用之，起而言尚武，言练兵。所以练兵，自唐以来，朝廷于有兵封疆，必姑息敷衍，清中兴以后尤甚，此项城所以刻志言兵也。虽然，武则尚矣，而教育不先，风气未改，所谓新式军人，新于服制已耳，而其为不义之徒，操杀人之器自若也。虽然，此类军人，亦惟在中国始能存立耳，稍与节制师遇，无不披靡。日本有某将官尝言：'军人娶得美妻，殖产至数十万金，其人即非军人。'然则歌童舞女，列屋环侍，偷粮蚀饷，积资数百千万，其人尚有军人资格耶？以如是之人而秉国成，淫佚骄奢，争民施夺，国帑安得而不空虚，民生安得而不憔悴。由是浸淫成五季之局，斯为幸耳。吾国原是极好清平世界。外交失败，其过亦不尽在兵。自光、宣间，当路目光不远，亦不悟中西情势大殊，侗然主张练兵，提倡尚武，而当日所禀令者，依然是以不义之夫，执杀人之器。此吾国今日所由纷纭大乱，万劫不复也。若夫民党，尤为可哀。侈言自由，假途护法，其在野也，私立名字，广召党徒，无事则以报纸为机关，有事则借电报为风雷，把持倡和，运动苞苴，一日登台，所用者必其党徒，曰：'此固美、法先进民主国之法程也。'蜂屯蚁聚，虽二十二行省全国官僚，不足以敷其位置，而徒党之中，驴夫走卒，目不识丁，但前有摇旗呐喊之功，则皆有一脔分尝之获，吏治官方，扫地而尽。至其所谓护法者，亦不过所奉之辞而已。一旦手握重权，则破法者亦即此辈，军人诚恶，然尚有统系纪律之存，其为害或稍胜狂愚谬妄之民党也。北洋军人之奢骄淫佚，夫岂不知？然孰使此类之人，于社会有势力而犹为人心所系者，民党诸公宜自反也。民党诸公，所畏忌无过北系军人，顾识其真际者，窃以为不足畏。盖北系名为军人，养尊处优，大抵暮气，而民党仰取俯拾，方在进行一是，无所忌惮，以必得为主，故当胜也。然于福国利民四字，皆为无望。群不逞志，太息俟时，而中央失政，方镇恣睢，既授以可乘之隙，则群起而挺之，至于成事，则得位行权，各出其钩爪锯牙，以攘拿国帑、鱼肉吾民者，犹吾大夫，未见君子。《诗》曰：'譬彼舟流，不知所屈。'吾国今日所最苦者，在于乏才。十年前，志士以政府腐败之故，日日鸣鼓攻之，致令身无完肤，然于事无济，徒假极无价值人，甚至强盗流氓以隙，使得借以为资，生称伟人，死铸铜像。目下举国若狂，是非自无定论。然我辈去后三十年，人心稍定时，迥观今日，不识当如何叹恨，如何齿冷耳。从来历史当国是国体大更动时，必呈此种现象，俟种种经历丧失，流血已多，而后人天厌乱，渐趋正轨。合欧洲已事观之，此时正佛家所谓浩劫，未见黄人之遂臻平世也。俄虽欧之大国，民物土地，泱泱雄风，而其间大公窃权，女谒弄政，宠赂苟法，与夫其民之不学，较之吾国殆有甚焉。故虽蚕食亚洲，而一遇强对，辄复不振。比者其国半明之民，乘机革命，亦复定制共和，不知国之治乱强弱，初不系此。盖革命所制锄者，特贵族耳。而民之愚暗，初不能一蹴而跻休明，而旧法提防既堕，逞忿纵欲，二者必大横决。故法经八十年而始有可循之轨，犹不足以盛强。最近者俄，方且由革命而造成恐怖，由共和而流为过激，其宗旨行事，实与百年前革命一派绝然不同，其人极恶平等自由之说，以为明日黄花，过时之物，所绝对把持者，破坏资产之家与为均贫而已。残虐暴厉，据所记载，真令人有天地末日之悲。故中国乱矣，而俄罗斯比之则加酷焉。此如中国明季政瘝而有闯、献，斯俄之专制末流而结此果，真两间劫运之所假手。与我中国，均不知何日始有向明之机？此时仔苦停辛，所受痛楚，要皆必循之阶级。极端自由平等之说，殆如海啸飓风，其势固不可久，而所摧杀破坏，不可亿计。此等浩劫，内因外缘两相成，故其孽果无可解免。使可解免，则吾党事前不必作如许危言笃论矣。"党竞既烈，乃借辞外交，段祺瑞为国务总理，以对德宣战，不为黎元洪所可，发愤走天津，而国会则佑元洪以逐祺瑞，佥谓德人无败理也。而复则独不谓然，曰："西方一德，东方一倭，皆犹吾古秦，知有权利，而不信有礼义公理者也。德有三四兵家，且借天演之言，谓战为人类进化不可少之作用。顾以正法眼藏观之，殊为谬说。战真所谓反淘汰之事，罗马、法国则皆受其敝者也。故使果有真宰上帝，则如是国种，必所不福。又使人性果善，则如是学说必不久行。德意志联邦自千八百七十年来，可谓放一异彩。不独兵事、船械，事事见长，起夺英、法之席，而国民学术，如医、如商、如农、如哲学、如物理、如教育，皆极精进，乃不幸居于骄王之下，轻用其民以与四五列强为战，而所奉之辞又多漏义，不为人类之所通赚。目论者徒见其摧坚破强，锐不可当。惟是兵战之道，必计成功，不重锋锐。项羽百战百胜，而卒蹶于汉高。今之德皇，殆如往史之项羽，即胜巨鹿，即烧咸阳，终之无救于垓下，德皇即残比利时，即长驱入巴黎，恐亦终无补于危败也。盖德皇竭力缮武二十余年，用拿破仑与其祖维廉第一之术，欲以雷霆万钧，迅霆不及掩聪，用破法擒俄而后徐及于英国，故其大命县于速战而大捷。顾计所不及者，英人之助比、法也，列日起致死为抗也。德国极强，然孟贲、乌获，力有所底，飙发雷奋，所蘯粉者比国耳，浸淫而及于法之北疆，顾恖尺巴黎，经百日而不能破，东不能入俄境，南不能庇奥邻，至马兰之挫衄而无成之局兆矣，及逾二年，则正蹈曹刿三竭之说。而英人则节节为持久之画，疏通后路，维持海权，联合三国，不许单独媾和。曹刿以一鼓当齐之三，以为彼竭我盈，英人之术，正复如是。大抵德人之病，在能实力而不能虚心。故德、英皆骄国也，德人之骄，益以剽悍；英人之骄，济以沉鸷。然则胜负之数，不待蓍蔡矣。尝谓今日之战，动以国从，战事之起，于人国犹试金之石，不独军政、兵谋关乎胜负，乃至政令、人心、道德、风俗，皆倚为衡。俄广土众民，天下莫二，然以蚕食小弱有余，至与强对作战，则无往不败。昔之于日本，今之于德，皆其已事之明效也。此其故不在兵而在国之政俗。据今策之，纵横二系，非一仆不止。而德意志国力之强，固可谓生民以来所未有，东西二面，敌三最强国矣，而比、塞虽小，要未可轻。顾开战十阅月，民命则死伤以兆计，每日战费不在百万镑以下，来头勇猛，覆比入法，累败俄人，至今虽巴黎未破，喀来未通，东则瓦骚尚为俄守，海上无一国徽，殖民地十亡八九，然而一厚集兵力，则尽复奥所亡城，俄人退让，日忧战线之中绝，比境法北之间，联军动必以数千伤亡，易区区数基罗之地，所谓死酢不得入尺寸者也。不独直抵柏林，虽有圣者，不能计其期日，即此法北肃清，比地收复，正未易言。此真史传之所绝无，而又知人事之大可恃也。英人于初起时，除一二兵家如罗勒、吉青纳外，大抵皆以为易与，及是始举国忧悚，念以全国注之，而于政治则变政党，之内阁而为群策群力，于军械子药则易榴弹以为高炸，取缔工党，向之以八时工作者，至今乃十一时，男子衽兵革，女子职厂工，国债三举，数逾千兆镑，而犹若未充，由此观之，则英人心目之中，以条顿种民为何等强对大可见矣。故尝谓国之实力、民之程度，必经苦战而后可知，设未经是役，则德之强盛，不独吾辈远东之民不窥其实，即彼与接壤相靡者，舍三数公外，亦未必知其际也。使彼知之，则英人征兵之制必且早行，法之政府于平日军储必不弛然怠缺而为之备明矣。今夫德以地形言，则处中央散地四战之境，犹战国之韩、魏也，顾自伏烈大力以来，即持强权主义，虽中经拿破仑之蹂躏，而民气愈益深沉。千百八十年累胜之余，一跃千丈，数十年磨砺以须，以有今日之盛强。由此而知国之强弱无定形，得能者为之教训生聚，百年之中，由极强可以为巨霸，观于德，可征已。德人之于英、法，文明程度相若，而政俗则大不同。德人虽有议院，然实尚武而专制，以战为国民不可少之圣药，外交则尚夸诈、重诇侦，其教民以能刻苦、厉竞争为本，其所厉行，乃尽吾国申、商之长而去其短，日本窃其绪余，遂能于三十年之中，超为一等强国。而英、法则皆民主，民主于军谋，最不便，故宣战后，其政府皆须改组，不然，败矣。日本以岛国而为君主立宪，然其经国训民，不取法同型之英，而纯以德为师资者，不仅察其国民程度为此，亦以一学英、法，则难以图强故也。年来英国屡经失败，其自救而即以救欧洲者，在幡然改用征兵制之一着，否则至今尚未知鹿死谁手耳。世变正当法轮大转之秋，凡古人百年、数百年之经过，至今可以十年尽之。盖时间无异空间，古之程度待数年而后达者，今人可以数日至也。故一切学说法理，今日视为金科玉律，转眼已为蓬庐刍狗，成不可重陈之物。譬如平等、自由、民权诸主义，百年以往，真如第二福音，乃至于今，其敝日见，不变计者且有乱亡之祸。老夫年将七十，暮年观道，十八九殆与前不同，以为吾国旧法断断不可厚非。今有一证在此，有如英国十四年军兴以来，内阁实用人才，不拘党系，足征政党，吾国历史所垂戒者，至于风雨飘摇之际，决不可行，一也。最后则设立战时内阁，而各部长不得列席，此即是前世中书、枢密两府之制，与夫前清之军机处矣，二也。英人动机之后，俄、意诸协商国靡然从之。夫人方日蜕化，以吾制为最便，而吾国则效颦学步，取其已唾弃之刍狗而陈之，此不亦大异也耶？方战事勃发之初，以德人新兴之锐，乘英、法积弛之政，实操十全胜算，尔乃入巴黎不能，趋卡来不至，仅举比境与法北徼而不得过雷池半步者，此其中殆有天焉。及至旷日持久而不得志，则今日之事，其决胜不在战陈交绥之中，而必以财政、兵众之数为最后。德虽至强，而兵力固亦有限。试为约略计之，则一年中，其死伤或云达三百万，即令少此，二百余万当亦有之。而其东陲对俄之兵，报称三百五十万众，如此则六百万矣。而西面比法之间，至少亦不下二百万，是德之胜兵八百万也。方战之初，德人自言兵有此数，群诧以为夸诞之言，乃今此众已全出矣。英、法之海众未熸，而财力犹足以相持，军兴费重，日七八兆镑，久之德必不支。要而言之，德之霸权，终当屈于财权之下。又知此后战争，民众乃第一要义。吾国之繁庶如此，假有雄桀起而用之，可以无对，而日操戈同室，残民以逞，为足痛也。"时论方趋欧化而訾读经，而复则甚不谓然，曰："吾垂老亲见支那七年之民国，与欧罗巴四年亘古未有之血战，觉欧人三百年之进化，只做到'利己杀人，寡廉鲜耻'八个字。回观孔、孟之道，真觉量同天地，泽被寰区。此不独吾言为然。往闻吾国腐儒议论，谓孔子之道必有大行人类之时，心窃以为妄语，乃今听欧美通人议论，渐复同此。彼都人士，研究中土文化之学者亦日益加众，学会、书楼，不一而足。即此可知天下潮流之所趋矣。中国目前危难，全由人心之非，而异日一线命根，仍是数千年来先王教化之泽。读经之在学校，当特立一科，而所占时间，不宜过多，宁可少读，不宜删节，期以熟读，亦不必悉求领悟，而要必于童蒙之教植其基，非不知辞奥义深，非小学生能所领解，然如祖父容颜，总须令其见过，至其人之性情学识，自然须俟年长，乃能相喻。四子、五经亦然，皆中国数千年人伦道德之基，此时不妨先教讽诵，能解则解，不能解则置之，俟年长学问深时，再行理会，有何不可。若少时不肯盲读一过，则终身与之枘凿，徐而理之，殆无其事。虽然，其中有历古不变者焉，有因时利用者焉，使读书者自具法眼，披沙见金，则新陈递嬗之间，转足为原则公例之铁证。老夫行年将近古稀，窃尝究观哲理，以为耐久无敝，尚是孔子之书。四子、五经，固是最富矿藏，惟须改用新式机器，发掘淘炼而已。顾古圣贤人所讲学而有至效者，其大命所在，在实体而躬行。今日号治旧学者，特训诂文章之士已耳，故学虽成，其于人群社会无裨益也。其次莫如读史，当留心细察古今社会异同之点。古人好读四史，亦以其文字佳耳。若研究人心、政俗之变，则赵宋一代历史最宜究心。中国所以成为今日现象者，为善为恶，姑不具论，而为宋人之所造就，什八九可断言也。"时论方戒早婚而崇自由，而复则亦不谓然，曰："吾国前者以宗法社会，又以男女交际，不同欧人，遂有早婚之俗，而末流或至病国，诚有然者。而今日一知半解之年少，莫不以迟婚为主义，若有志于化民善俗。顾细察其情则实不尔。盖少年得此可以抵抗父母，夺其旧有之权，一也。心醉欧风，于配偶求先接洽，既察姿容之美恶，复测情性之浅深，以为自由结婚之地，二也。复次凡今略讲新学少年，莫不以军国民自居，于古人娶妇所以养亲之义，本已弃如涕唾，至儿女似续尤所不重，则方致力求进之顷，以为娶妻适以自累。假一不知谁氏女子以与之商终身不二之权利，则私计亦所不甘，则何若不娶单居，他日学成，幸而有百金以上之入，吾方挟此遨游，脱然无累，群雌粥粥，皆为肉欲之资，孰与挟一伉俪而啼寒号饥,日受开门七件之累乎？此其三也。用此三因,于是今之少年,其趋于极端者,不但崇尚晚婚,亦多傈然不娶,又睹东西之俗,通悦逾闲,由是怨旷既多,而夫妇之道亦苦。不如中国数千年敬重女贞,男子娶妇,于旧法有至重之名义,乃所以承祭祀、事二亲,而延似续。而用今人之义,则舍爱情俗欲而外,羌无目的之存,女色衰则爱弛,男财尽则义绝,中道仳离者,往往而有。今试问二者之中,何法为近于禽兽？则将悚然而知古礼之不可轻议矣。婚嫁旧法,至以子女为禽犊,言之伤心。而新法自由,男女幸福,乃以益薄。今夫旧法之敝,时流类能言之,至一趋于新而不知所裁制,其害且倍蓰于旧,彼昏不知也。"时论方废文言而倡白话,而复则亦不谓然,曰:"北京大学陈独秀、胡适、钱玄同诸君,主张言文合一而作白话文,意谓西国然也。不知西国为此,乃以语言合之文字,而陈、胡诸君则反是,以文字合之语言。今夫文言文之所以为优美者,以其名辞富有,著之手口,有以导达奥妙精深之理想,状写奇异美丽之物态耳。如刘勰云:'情在词外曰隐,状溢目前曰秀。'沈约云:'相如工为形似之言,二班长于情理之说。'梅圣俞云:'含不尽之意,见于言外。状难写之景,如在目前。'今试问欲为此者,将于文言求之乎,抑于白话求之乎？诗之善述情者,无若杜子美之《北征》,能状物者,无若韩吏部之《南山》。设用白话,则高者不过《水浒》、《红楼》,下者将同戏曲中簧皮之脚本,就令以此教育,易于普及,而遗弃周鼎,宝此康瓠,正无如退化何耳。世间万事,无逃天演,革命时代,学说万千,然而施之人间,优者自存,劣者自败,虽千陈独秀,万胡适、钱玄同,岂能劫持其柄,则亦如春鸟秋虫,听其自鸣自止可耳。林纾辈与之较论,亦可笑也。"好为危言抗论,不为随俗,大率类此。而老病颓荡,感时发愤,无可告语,常自叹恨曰:"我生之后,世界泯纷,眼见举国饮狂,人理几绝,而袖手旁观,不能为毫末补救,虽有透顶学识,何益人己之间。然则徒言学术,亦何与人事,此羊叔子所以不如铜雀伎也。吾人不善读书,往往为书所误，是以以难进易退为君子，以隐沦高尚为贤人。不知荣利固不必慕，而生为此国之人，即有为国尽力之天职。往者孔子固未尝以此教人，故公山、佛肸之召，皆欲往矣，而于沮溺之讥，则云'天下有道，某不与易'，孔子何尝以消极为主义也。世事朝局，所以败坏不可收拾如今日者，正坐吾辈自名读书明理，而纯用消极主义，一听无数纤儿，撞破家居之故。使吾国继此果亡，他年信史，平分功过，知亦必有归狱也。吾六十之年又加四矣，嬴病扫轨，目力不能，惟有浩叹。向使年仅知命，抑虽老未衰，将鞭弭櫜鞬，出而从事，杀身亡家，所不顾耳。"英使朱尔典归国，而复往送之，与谈朝局，抚今感昔，不觉老泪如绠。朱慰之曰："君毋然。吾观中国四千余年蒂固根深之教化，不至归于无效。天之待国犹人，眼前颠沛流离，即复甚苦，然放开眼孔看去，未必非所以玉成之也。君其勿悲。"复闻其言，稍为破涕也。中年以来，既以文学为天下所仰，杂文散见，不自留副，仅存诗三百余首，树骨浣花，取径介甫，偶一命笔，思深味永，不仅西学高居上流也。其为学一主于诚，事无大小无所苟，虽小诗、短札，皆精美，为世宝贵，而其战术、炮台、建筑诸学，则反为文学掩矣。以民国十年九月卒，年六十九。

章士钊，字行严，湖南长沙人。少好文章，于唐宋八家，独称柳宗元，每语人曰："子厚《答韦中立书》，自道文章甘苦有曰：'参之《穀梁》以厉其气，参之孟、荀以畅其支，参之老、庄以肆其端，参之《国语》以博其趣，参之《离骚》以致其幽，参之太史以著其洁。'夫于气则厉，于支则畅，于端则肆，于趣则博，于幽则致，于洁则著，相引以穷其胜，相剂以尽其美，凡文章之能事，至此始观止矣。就中洁之云者，尤为集成一贯之德，有获于是，其余诸德自帖然按部而来，故子厚殿以为文章之终事。自来文家，美中所感不足，盖莫逾'洁'字之道未备。韩退之《致孟东野书》，一篇之中，至连用'其'字四十余次，此科以助词未甚中程，似不为过。苏子瞻论文，谓'宜求物之妙，使了然于口于手'，此独到之见，恒人所无。然东坡之文，往往泥沙俱下，气盛诚有之，言宜每不尽然。为宜之道则奈何？曰：凡式之未慊于意者，勿著于篇。凡字之未明其用者，勿厕于句。力戒模糊，鞭辟入里，洞然有见于文境、意境，是一是二，如观游涧之鱼，一清见底，如察当檐之蛛，丝络分明。命意遣词，所定腕下必遵之律令，不轻滑过，要其归于'洁'而已矣。"此士钊论文之旨也。读书长沙东乡之老屋，前庭有桐树二，东隅老桐，西隅少桐。老者叶重荫浓，苍然气古。少者皮青干直，油然爱生。时士钊年二十耳，日夕倚徙其间，以桐有直德，隐然以少者自命，喜白香山有"一颗青桐子"之句，因自号青桐子。二十一岁，负笈来南京，学于江南陆师学堂，总办山阴俞明震恪士素擅学问，尤工为诗，感物造端，摄兴象空灵杳蔼之域，晚益托体简斋，句法间追钱仲文，尝言："诗人非有宏抱远识，必无佳构。"其为人和隽两至，飘然绝俗，能奖掖后生，尤重士钊。而士钊乡人马晋羲惕吾则主讲国文，兼授史地，时校律严，为士钊敬惮，然以此为躁妄者不便。时值上海南洋公学大罢学后，阳湖吴敬恒稚晖主《苏报》，特置"学界风潮"一栏，恣意鼓吹，士气骤动，风靡全国。中国学生之以罢学为当然，自敬恒之倡也。当时知名诸校，莫不有事，陆师亦不免焉。时士钊既以能文章为校士魁领，则何甘于不罢课而以示弱诸校。一日，毅然率同学三十余人，买舟之上海，求与所谓爱国学社者合，并心一往，百不之恤。三十余人者，校之良也，此曹一去，菁华略尽。俞明震知士钊魁率多士，函劝不顾，马晋羲垂涕示阻，亦目笑存之也。自以为壮志毅魄，呼啸风云，吞长江而吹歇潮矣。然三十余人，由此失学者过半，或卒以惰废不自振。中年以后，士钊每为马晋羲道之，往往有刺骨之悔，曰："罢学之于学生，有百毁而无一成，何待他征。愚所及身亲验，昭哉可睹，既若此矣。"事在逊清光绪二十八年壬寅也。

方是之时，革命之说稍起，而孙文名字未著。章炳麟、吴敬恒及善化秦巩黄力山、山阴蔡元培子民之徒，次第张之。巩黄掉臂绿林，潜踪女间,自为风气,罕与士夫接,而炳麟、敬恒、元培皆籍爱国学社。炳麟挟《驳康有为书》一册,沾沾自喜,侪类亦以此推之。敬恒以辩才闻于时,安垲第之演说,大擅江海,然其所言,能得人之耳,而未必得人之心。元培退然若不胜衣,与之言事,类有然诺而无讽示。士钊既罢学之上海,与诸公者合,周旋其间,独抵掌说军国民之义焉。炳麟则大喜,以为得一奇士也。时沧州张继博泉、巴县邹容蔚丹方以劫取日本留学监督姚某之辫,走上海,亦居爱国学社。而容著《革命军》一书,士钊则润泽之,初版签书"革命军"三字,乃士钊笔也,而容以序属炳麟。一日,炳麟掣士钊与张继及容同登酒楼,痛饮极酣,曰:"吾四人当为兄弟,僇力天下事。"炳麟年最长,自居为伯,而仲士钊,叔继,季容,自是士钊弟畜二人,而呼炳麟曰兄也。容十九岁,年最幼,而气陵厉出士钊上,卒然问曰:"大哥为《驳康有为书》,我为《革命军》,博泉为《无政府主义》,子何作?"士钊笑谢之而已。顾自内惭,乃据日本宫崎寅藏所著《三十三年落花梦》为底本,成一小册子,颜曰《孙逸仙》而自序其端曰:

> 孙逸仙,近今谈革命者之初祖,实行革命者之北辰,此有耳目之所同认。吾今著录此书,标之曰"孙逸仙",岂不尚哉? 而不然。孙逸仙者,非一氏之新私号,乃新中国新发露之名词也。有孙逸仙而中国始可为,则孙逸仙者,实中国过渡虚悬无薄之隐针。天相中国,则孙逸仙之一怪物,不可以不出世,即无今之孙逸仙,吾知今之孙逸仙之景与魍魉亦必照此幽幽之鬼域也。世有疑吾言乎? 则请验孙逸仙之原质为何物,以孙逸仙之原质而制作之又为何物。此二物者,非孙逸仙之所独有。不过吾取孙逸仙而名吾物,则适成为孙逸仙而已。既知此义,谈兴中国者,不可脱离孙逸仙三字,非孙逸仙而能兴中国也,所以为孙逸仙者而能兴中国也。然则孙逸仙与中国之关系,当视为克虏伯炮弹成一联属词,而后不悖此书本

旨。吾，黄帝之子孙也。有能循吾黄帝之业者，则视为性命所在，且为此广义，正告天下，以视世之私谊相标榜，主张伪说迷惑天下者，读此书当能辨之矣。共和四千六百一十四年八月二十日。

其时天下固瞢然不知孙氏为谁何者。上海同志与孙氏有旧者，独一秦巩黄，尤诵而喜焉。为之序曰："四年前，吾人意中之孙文，不过广州湾一海贼也，而岂知有如行严所云云者。吾东洋人最好标榜，彼得毋又蹈此病。巩黄阅人多矣，吾父理刑名，少小随侍往来宦场中，继又访吾国之逋臣于东南群岛，复求草泽无名之英雄于南部各省。龚璱人曰：'乌睹所谓奇虬巨鲸、大珠空青者耶？'我行仆仆，亦若是则已矣。大盗移国，公私涂炭，秦失其鹿，丧乱弘多，而孙君乃于吾国腐败尚未暴露之甲午、乙未以前，不惜其头颅性命，而虎啸于东南重立之都会广州府，在当时莫不以为狂。而自今思之，举国熙熙皞皞，醉生梦死，彼独以一人图祖国之光复，担人种之竞争，且欲发现人权公理于东洋专制世界，得非天诱其衷而锡之勇者乎？吾曾欲著此书，而以三年来与孙君有识，人将以我为名也，复罢之。今读行严之书，与吾眼中耳中之逸仙，其神靡不毕肖。喜而为之序。"巩黄又曰："热心家初出门任事，其进诚锐，意若曰：'以齐王犹反手。'而不知前途有无限之荆天棘地。一旦失败，则又徜徉歧路，是以朝秦暮楚，比比皆是。此则孙君之所以异乎寻常志士。读者之所当注意，吾辈之极宜自励者。"炳麟则为题词曰："索摅披昌乱禹绩，有赤帝子断其蠹噬之篇文。掩迹郑洪为民辟，四百兆民视此册。"自是孙文、孙中山著为文章，寖喧于士人之口矣。时孙文易名中山樵以避逻者，士钊著录，用"孙中山"三字，缀为姓字称之。睹者大诧，谓无真伪两姓骈举成名之理，然孙中山之名自此称。而亦以其间时时投稿上海《苏报》及《国民日日报》，中有署名"青桐"之诗歌，即士钊作也。会清廷遣俞明震以江苏候补道来检察革命党。章炳麟、邹容皆就逮，而士钊得脱，则以明震之厚重之也。士钊既免于难，乃还湖南，随善化黄兴克强，纠合湖南革命人物，创立华兴会于长沙，又与洪帮哥老会合，举事不成。士钊乃亡命日本，走江户，则顿悟党人无学，妄言革命，祸发且不可收拾，功罪必不相偿。渐谢孙文、黄兴，不与交往，则发愤自力于学。二十四岁，初习英文字母而不以为耻。于是黄兴以华兴会并入孙文所主之兴中会，及留学生有志革命者，合组同盟会于日本之赤坂，中分八部，各有专职，而以"驱除鞑虏，恢复中华，建立民国，平均地权"为信条。会众三百余人，举孙文为总理。已而章炳麟亦脱狱来会，一日在新宿寓庐，与寿州孙毓筠少侯迫士钊署约入同盟会，共图大事。士钊不许，则动之以情，更劫之以势，非署名者不得出室庐一步，如是者持两昼夜，卒不许也。世风乍启，革命之说鼎盛一时。女子之教，且由外言不入，一跃而藩篱尽撤。士钊遁荒域外，见名门淑女，年十七八，无父兄师保自随，独游异邦，呼朋啸侣，男女无别，行止自便者无算，尤不谓然。顾于其中得一人焉，曰吴弱男，盖庐江吴保初君遂之女也。保初为清故提督长庆谥武壮次子，与故湖北巡抚谭继洵之子嗣同、湖南巡抚陈宝箴之子三立、福建巡抚丁日昌之子惠康，四人皆以文采风概齐名，称四公子。保初文弱颖异，长庆以为非将种，使入都师事故侍郎宗室宝廷。宝廷文章直节，早擅重名，方罢官，无以自存，长庆岁资助之而属以保初。保初则濡染为清折闲肆之诗，遂识沈曾植、陈衍之伦，郑孝胥至都，独请业学诗称弟子，孝胥素不主张弟子之说，坚拒之，而庐江陈诗者，年长于保初，又从而称诗弟子焉。保初尚气好文章，事事效法宝廷，为诗千百言立就，前后千百首，刊有《北山楼集》，音节悲壮，遣词命意时近王安石，其回肠荡气之作，亦不亚海藏楼也。时刚毅方长刑部，自命刑名家，保初以荫补主事，与争一狱，瀚稿反复诤诤持不下，至掷稿于地，自裼公服出署去。既弃官居上海，慈禧太后临朝，报效麇集，政日敝，保初乃电请归政。康有为、梁启超谋变法，保初奔走号召，助张目，而唐才常起事汉口，相传保初与谋焉，兄保德惧连，将告密，又与保初妇谋绐而坑之，嗣子世炎具以告，逃之日本，逾年归。袁世凯方为北洋大臣，以蚤为长庆所识拔，而谋得当于保初，月致二百金，使居金陵，勿得至上海，继益百金，要以三事：不入都、不言朝政、不结交新党，若圈禁于天津焉，恐其及祸也。世炎有神童之目，书过目不忘，十余岁喉疾卒。保初伤之甚。唯二女弱男、亚男，遣游学日本，勖女以诗，有“西方有美人，贞德与罗兰”之句，而弱男倜傥好事，通中英文，足有才藻，至是邂逅士钊，自由缔婚焉。弱男时为同盟会英文书记，与孙文上下议论，持极端欧化之说，又谓：“非平等自由，不足征欧化。”气焰万丈。士钊初解字母，不能读西书，雅不然之，然天下盛称西方美人贞德、罗兰如是，无以难也。未几，偕游英伦。初至，与王小徐论贤母良妻，不协，愤而趋沪北淀。居之三年，至是亲接彼中妇女，往来大学教授及名牧师之家庭间，尽得其忠勤端静，持家教子，非成年之女，无督不得独出诸状，乃征贤母良妻，无疑欧化，欧化亦不尽于自由平等，而刮弃昔日之所轻信谬执，一以亲炙于西贤者为归，而渐化焉。自是以迄归国，绝不问外事，尤鄙女子参政论，闭户理家政，修文学，非亲故，外间获见其面者且罕。士钊每喟然曰：“嘻！欧化真似之辨，吾妻今昔之殊，诚不料其相违之度如此之大也。然亦贵有人善体认焉而速改其度耳。庸讵知吾辈须眉男子之论西政、西学，不与吾妻未游欧前之言社会革命者同其谬妄耶？吾思之，吾重思之。”

士钊既之英，乃入伦敦大学，习政治经济之学。顾最喜者逻辑，又通古诸子名家言，杷梳梳理而观其通。自国中言名学者，严复而后，莫之或先也。自是衡政论文，罔不衷于逻辑，每谓：“文自有逻辑独至之境。高之则太仰，低焉则太俯，增之则太多，减之则太少，急焉则太张，缓焉则太弛，能斟酌乎俯仰、多少、张弛之度，恰如其分以予之者，唯柳子厚为能，可谓宇宙之至文也。”黄花岗既败，志士殉者七十二人，而至友杨守仁笃生同客英伦，自恨不与其役，发愤蹈海死。士钊旅居无憀，黯然有秋意，感于诗人秋雨梧桐之意，遂易"青"而"秋"焉。其时北京《帝国日报》屡征士钊文，士钊则为英宪各论，皆署"秋桐"二字与之。辛亥八月，革命突起，不数月而清帝逊位，共和告成，推孙文为临时大总统，奠都南京。然革命党人所能依稀仿佛以涣然大号者，惟立国会、兴民权，廓然数大事耳。其中经纬百端，及中西立国异同本义，殆无一人能言。士钊归自英伦，晤桃源宋教仁遁初于游府西街。教仁以能文善辩说，有造于共和，而为孙总统所倚重者也，则坦然相告曰："子归乎，吾幸集子所言，以时考览，藉明宪政梗概。"士钊问其故，教仁出示一帙，盖士钊投寄北京《帝国日报》英宪各论，教仁次第裁取，已褒然成一册也。于是士钊乃以明宪法、通政情，为革命党人所欲礼罗。吴敬恒、张继、于右任之徒，联翩而至，邀之入同盟会，士钊卒婉谢之。于右任方主《民立日报》，乃委己以听。《民立日报》者，同盟会之机关报也。同盟会既得势，不知所为，唯四出抵排人。梁启超尝持立宪以与同盟会牾，至是归国，求不见绝于同盟会，因扬言于众曰："吾侪昔立宪者，手段也，目的同为革命。"同盟会不听，而讧益急，又不能持论，唯指与立宪党有连，则莫不关其口而夺之气。其湖北同盟会员王慕陶侃叔者，至抗辩于众曰："吾非妄八蛋，焉为立宪党。"海上群言，以次屏息。顾士钊习于逻辑，持论不为诡随。独谓："政党政治成功之第一要素，在于党德。党德云者，即认明他党为合法团体，而听其并力经营于政治范围以内，以期相与确守政争之公平律也，即英儒梅依所言'听反对党意见之流行'一语也。凡一时代急激之论，一派独擅之以为名高，因束缚驰骤人，使慑于其势，不显与为抗，一遭反诘，甚且嗫嚅无敢自承。于是此一派者，气焰独张，或隐或显，垄断天下之舆论而君之。久之他派尽失其自守之域，轩轾之态，如弹簧然，一唯外力之所施者以为受，不论久暂全阙，天下大势终统于一尊，然理诎不伸，利害情感郁结无自舒发，群序既不得平流而进，国家、社会之元气,乖戾过甚,卒亦大伤。盖不认反对党之行为为合法,凡所争执,隐之走入偏私,显之流于暴举,乃为事势之所必然。十七世纪,英伦之政争纪录,凡号为阴谋史或流血史,有时总理退职,得安然亡命以去,且称幸运焉者,即以此也。是故以'和平改革'四字,导领政治,使两党相代用事,非认反对党之所为,有益于国,万万不可。且政党不单行,凡一党欲其党内之常新,他党忽尔消灭,或日形削弱,均非所利,盖失其对待,已将无党可言,他党力衰,而己党亦必至虫生而物腐也。"壹本其平素所笃信而由衷者,质焉剂焉,持说侃侃,于同盟会意壹不瞻徇。以此大趑于国人,然亦以此失同盟会欢。同盟会既改组为国民党,黄兴缠要隶籍。士钊又不许,国民党人大欢。士钊主《民立报》所为文,以本字行严标识,未用秋桐,国民党人既与士钊见相左,因讦前之投稿《帝国日报》署秋桐,而今匿情,若有隐图,又揭杨守仁与士钊书,以明士钊故与立宪党有连,不宜资《民立日报》以隐为立宪党道地。士钊则愤发舍去,杨□□怀中者,杨守仁之兄弟也,自柏林致书询所以。士钊则复以书曰:

怀中学长左右:得书知由瑞士复抵柏林,此行饱看山水,得诗几何,以为念也。公见《神州日报》,与弟抗论,颇觉不快,以为政争生涯如是如是,恐弟以之灰心。想公决不料新闻记者之卑劣,日甚一日,在今日望公所见之《神州日报》,转在天上也。《民立报》夙为革命党机关,光复时,声光最盛,南京政府既立,同盟会人执政,南方新闻,群以立宪派嫌怨,遇事不敢论列,《时报》至数周不载社论,当时惟《民立报》有作诤友之资地,于右任复以言论独立颂言于人。弟因缘入该社,与右任要约,务持独立二字不失,冀于同盟会炙手可热之时,以中道之论进,使有所折衷,不丧天下之望,此种设想本不自量,至其心则无他也。自从《民立报》与同盟会提携之道,不出于朋比，而出于扶掖。弟意有所不可，辄不妄为假借，有时持论，势不得不与党人所见取义互有出入，而卒以此伤同盟会人之心。夫伤其心，宜也，弟决不以为彼等咎。盖弟非同盟会人，彼毁弟借该会机关倾轧该会，面质右任，何事出此自杀之愚计，并何厚于章某而薄于本党？如此等语，皆非在情理之外。故彼辈造作诬词，百计骂弟，弟概置之不问，而独此等语不得不听。何也？嫌疑所在，道德上说不过去也。弟既去《民立报》，谤词复连载十余日不休，若谓中国可亡，而章行严之名誉不可使存。公当不信行严返国，胡乃陡增如许声价。夫天地之大，何所不容？弟涵养工夫虽不如公，此等流言，尚能包含下去，故彼等如何毁弟，无取为公述之。惟笃生遗书一通，近发布于《中华民报》，中诋弟语甚众，彼等遂引为口实以中伤弟，是不得不有所质于公，冀得公一言以袪烦惑。笃生于公至亲，子弟至友，在英时，三人形影相吊，自始末离一步。凡弟有负笃生，公必知之。笃生暮年感慨过多，好持无端厓之论以抹杀人，与吾二人意多不合，此当为公所能忆。弟于笃生，风义本在师友之间，有所论议，因故避其锋，而笃生辄断断不已。一日，以小事哄于弟寓，顿失常度。弟妇吴弱男至为之骇走。弟以笃生忽有此意外之举，中心痛之，而其事弟亦有失检处，尤难为怀，譬说之余，至于雪涕，弟生平未尝为人流泪，独此次不能忍，此景公亲见之，谅未忘也。若而事者，笃生书中俱屑屑道之，罪弟负友，颇为良证，然此尚非同盟会人发表遗书之意。彼意所在，乃欲实弟为保皇党耳。原书有"弟疑彼（原注：笃生）不忠革命，藉词责之，而己乃徘徊于梁卓如、杨皙子之间，既在《帝国日报》投稿，《国风报》上复有大作一首，又安足以服其心"云云，凡兹所言，实为笃生末日褊狭之态，造一肖像，弟实哀之之不暇，安忍以其言为过，特未许他人窃之以妄骂人耳。弟与南海康氏未谋一面，自弟稍解政治，康之足迹即不见于国内。且笃生书中并未及康,以为言者,则《国风报》上曾有大作一首,遂断其依傍梁卓如耳。所者,乃论翻译名义,见该报二十九期中,公熟知之。此事弟自始未以为当讳,在《民立报》略谈逻辑,首及译名,并屡引前论,使为左证。有蔡君尔文至据原论与弟驰辩,其书赫然在投函栏内,可考也。此于彼等,诚以谓最脆弱可攻处,而在弟则固久矣坦怀置之。以共和之邦,文网尔密,弟决不愿更争旦夕之命也。至何以作此文者,则弟在东京曾撰《双枰记》小说求鬻,彭希明为携前半至梁处,支取稿费百元,乃稿未成而弟西渡,逾年,弟状更窘,议重鬻焉,而前半在梁处,且百元亦无虚受理,乃与梁一通书,并以大作一首寄之,此其大略也。此外与梁有关,则彼创政闻社时,介于徐佛苏、黄兴之,曾在东京晤谈一次,特寒暄数十语耳,未及政治,以其时弟以文学自炫,方鄙政治不谈,且将西行,亦未遑及之也。此种关联,较之某君即发书者与《新民丛报》之亲切,实无可言,即较之笃生自身与梁之纪念,亦无可言杨、梁关系为中国革命史上一大纪念,谊当为表之。笃生以此责弟,由于神经激刺过甚,遂乃举社会一切事情而恶绝之,黄花岗败后,什匿克之心理尤亢,吾辈日与之习,又是政见不合,因首承其蔽,而为彼病态动作之目的物焉,殆不足奇。涉思及此,弟固不忍为笃生过,惟弟与梁卓如并无密交,事实具于是,一览而知。弟为此言,决不许彼辈妄度弟意,以梁君方为民国不题之人,而弟必望望然去之,前此交谊,概置不顾,世风凉薄,此种随处皆是,弟夙昔痛恨之。弟果与梁君缔交弥笃,虽难解于儇薄少年之口语,断不肯以夙昔所痛恨者反而效之,匪惟不效,弟犹且用力表出以为反覆小人激劝。夫梁君自丁酉以还,于举世醉梦之中,独为汝南晨鸡,叫唤不绝,亘十余年不休,一国迷妄,为彼扬声叫破者,岂在少量,此今日革命党人扪心而自知者也。虽彼未尝躬亲革命之业,以致为急激派所借口,而平心论事,彼昔年开导社会之功,自有其独立自存之值,无取与后来功罪相提并论。且立国之业大矣,所有人才,奚必出于一途,以彼之学之才,移为本邦建树之资,其所成就,将非余子可望。急激者必欲排而去之,谅是怠与忌之两念驱之使为,社会之公德心,如是缺乏,此弟与公言之所为长太息者也。推彼等用心,以弟与康、梁有秘密交谊,而特畏为人所发,故阳与同盟会人交欢,俾掩厥迹,今其秽史,出于与弟最昵、道德最高之杨笃生,弟必无颜更在民国言说短长焉矣。见地如此浅鄙,真足令人喷饭。弟自癸卯败后,审交接长江哥弟,非己所长,因绝口不论政事,窃不自量,欲遁而治文学以自见,此凡与弟习者皆能言之,十年来之革命事迹,与弟无关,此自事实。弟固未图以是示异,并向何所妄有所称说。弟苟欲挂革命党招牌,则昔年谈革命于东京,较之上海,尤为太平,何章太炎、孙少侯闭弟于室,强要入会而弟不许,此犹得曰热心利禄,洋翰林非异人任,作党人终未便也。今民国既建,革命已成,险阻艰难变为荣华,依附末光,此其时矣,胡乃以吴稚晖、张博泉、于右任之敦劝,而弟不入同盟会,以黄克强、胡经武之推挽,而弟复不入国民党。弟始终持此,弟自有其一人之见,人尽议其刚愎,尽訾其别有用心,而以明弟不借革命党之头衔自重,要为有余。弟被骂甚,革命党中之知弟者,每举弟昔年实行诸迹以谋间执,无论彼等可曰弟始革命而终保皇,其口仍不可以间执也,即间执矣,而弟谓大是隔靴搔痒之事。夫民国者,民国也,非革命党所得而私也。今人深体挽近国民权利,自有为于其国,宁有以非革命党之故,而受人非礼之排击者。弟固不为保皇党,而请让一步承之。弟固不为政闻社员,而亦让一步应之。凡此俱不足以使弟自生惭怍,退然无动,且正以革命党贪天之功,于稍异己者,妄挟一顺生逆死之见以倒行而逆施,行见中华民国汩没于此辈骄横卑劣者之手而不可救,愈不得不困心横虑,谋有以消其焰。吾舌可断,斯言不可毁也。呜呼!笃生留英之年,神经亢不可阶,往往小故,在他人宜绝不经意者,而笃生视与地坼天崩无异,卒至亲其所疏,疏其所亲,颠倒误乱,一至于是。谅公闻之,当不禁为之长叹也。偶有所触,书之不觉满幅。若以此书有累笃生盛德,公责言至,亦所乐受。彼手写遗诗,尚未付印,以正觅旧友作跋,欲并印为一册。今谤言日至,此举或不足传笃生之名,而转以败之,故弟颇复怅怏踌躇尔。余不白。士钊顿首。

士钊既失职于国民党,而法理政论,一时推为宗盟,既痛当日舆论缚于党见,意皆有所郁结不得抒,则发愤为《独立周报》以畅欲言,又怒国民党人间执秋桐二字以为口实也,大书特书以示无畏,其发端辞引英国文家艾狄生所主撰之周报《司佩铁特》,"司佩铁特"者,袖手旁观人之谓也,艾狄生实以自况,而士钊则藉以致其企慕,隐寓旁观者醒之意,而谥之曰独立者,所以揭持论不为苟同之旨也。士钊既名重一时,出其凌空之笔,抉发政情,语语为人所欲出而不得出,其文遂入人心,为人人所爱诵,不啻英伦之于艾狄生焉。

时袁世凯为临时大总统,方图专政,而欲借途宪法以谋称制。既知士钊之通宪法,而闻其不得志于国民党也,则以孙毓筠为介,招入见,馆之锡拉胡同,礼意稠叠,壹惟士钊之意,欲总长,总长之,欲公使,公使之。舍馆广狭惟择,财计支用无限,所责于士钊者,亦宪法为之主持而已,士钊则大窘。顾袁氏则以吴保初父子雅故,又尝有恩士钊,其亲女夫,意可托大事也。促膝深谈,具悉其所以为帝制者,其计井然,则尤大骇。宋教仁既见贼,士钊意自危,而其妻吴弱男又戒以勿受暴人羁縻,则尽遣其行李仆从,孑然宵遁,既抵上海,造黄兴,方图举兵南京,士钊则袖出讨袁之檄,而与章炳麟先后之武昌,说黎元洪同图大事。元洪隐持两端,而二次革命之役猝起。于是国民党乃缛认士钊为政友,岑春萱亦起而声讨袁世凯以称大元帅，士钊则为之秘书。既不克，士钊亦被名捕，东窜日本，知袁氏不可与争锋，而欲计文字以杀其焰，乃组《甲寅》杂志社于日本之东京小石川区林町七十番地，以中华民国三年五月十日出版第一期，言不迫切，洞中奥会。袁氏之徒，方以大难初夷，唯集权足以奠定，而士钊则揭联邦论以持之。联邦论者，自民国初元，意已萌动，经癸丑二次革命之役，以集权制之反响，势尤潜长，徒慑于袁氏之淫威，国内谈士如丁佛言、张东荪辈，词旨可见，而无敢尸其名。截断众流，严立界说，毅然翘联邦论以示天下，自士钊始也。袁氏之徒，方以大总统总揽治权，制为约法，而士钊则说统治权以折之。统治权者，出于欧文萨威棱帖。萨威棱帖者，犹言一国最高之权也，国而无此最高之权，则不国。此最高权而无国，则不词。是故国家与统治权合体者也，从其凝而言之，为国家，从其流而言之，为统治权，之二物者，非二物也，一物而两象也，然而大总统非国家也，何能总揽统治权而与之合体。而欲明此别也，当先严国家与政府之分。国家者，统治权之本体也；政府者，领受国家之意思以敷陈政事者也。国家者，无责任者也，无政府不得不有之。今若以统治权之总揽者属之政府，则为之首长者，势将行其绝对无根之权而莫能制之，苟制止之，其事即等于革命。由前之说，是无国家；由后之说，是危政府。二者皆大不可也。唯厘国家、政府而二之，使各守其防，不相侵越，而后国政可得而理。国家之权无限，而政府之权则不得不有限。盖政府者，国家所创置者也，苟政府之权而无限焉，则惟有通国家、政府之藩，而反乎专制无艺之实，若而国者，并非绝无可以成立之道，惟宪法一物，不当存在。何也？宪法云者，其在欧文首以限制为义，而政权所使，举有一定之范围，不得逾越，设或逾越，而即有法督乎其后。由斯以谈，国家自有宪法以后，则政权无论大小，要有限制，既有限制，即不得冒统治权之一名词。今则以统治权之总揽者属之大总统矣。吾闻行权绝对无限者，最后必有所以限之，其权亦与之为绝对无限。限之如何？即法皇路易之头之所以砍，英王查尔士之首之所以悬，桀、纣、幽、厉经历朝以迄前清之所以死、所以流、所以灭、所以亡也。国民党人既遁荒海外，而袁氏之徒务屏绝之不与同中国，士钊则晓之以政力向背论。政力向背论者，昔者英儒奈端治天文称宗匠，断言太阳系中有二力于焉运行，日者，全系之心也，一力吸行星而向之，一力复曳行星而离之，前者曰向心力，后者曰离心力，斯律既著，质学大进。后蒲徕士罩精史学，深明律意，以奈端之说可通于政治，极言作政当保持两力平衡之道，其说曰："社会号有组织，必也合无数人、无数团体而范围之。其所以使此人若团体共相维系，则向心力也，反之，人若团体因而瓦解，则离心力也。凡曰社会，无不有前力为之主宰，此至易明，然谓后力可以悉量免除，自有社会以来，完美亦决不至是。盖社会者，乃由小团体组织而成，而小团体中之个体，莫不各自有其中心，环之而走，无论何之，不尽离宗。此种趋势，对于他团体及其个体，其于离立，决非调融，可不俟辨。且也社会过大，人人之意见、希望、利益、情感，断无全归一致之理。彼之所以为康乐，此或以为冤苦。彼受如斯待遇而以为足，此或受之而不能平。缓则别求处理，急且决欲舍去，社会之情，一伤至此。久而久之，势且成为中坚，所有忧伤疾苦，环趋迸发，群体不裂，又复几何？"夫所谓群体裂者何？即革命之祸之所由始也。然则欲祸之不起，惟有保其离心力于团体以内，使不外崩，断无利其离而转排之之理。苟或排焉，则力之盛衰原无一定，强弱相倚，而互排之局成，辗转相排，辗转相乱，人生之道苦，于国家之命亦将绝矣。由是两力相排，大乱之道；两力相守，治平之原。当民军一呼，满廷解纽，昔日之主张君宪者，转而表同情于革命，此较之拿破仑第三既败，共和政府已宣布于巴黎，而君宪之声威，尚公然扬于全国，国民会议，以君党名义而得选举者，至居多数，因日在共和议会，昌言恢复帝政者，其为势顺逆难易何似，不难想见。于法兰西共和先烈，有道以立于楚歌四面之中，而吾首义诸君，乃不知利用众山皆向之势。十三省代表集于汉口，议创临时政府，其中多昔日主持立宪之徒，遂大为革命党人所齮龁，鸟兽散去，实则此诸人者，为执役民军而来。其后唐绍仪南下议和，从行者多一时俊髦之士，而俱以昔日见党不同，接洽未遑，即欲仇以白刃，致彼仓皇投止，狼狈北归。保皇党者，乃过去之名词，当事者以欲张其鼓吹革命之功，乃日寻敌党之宿慝以相媒孽。凡此数端，求于前举政，则乃离心力之可转为向心力者，既为所排而去，而国内所有一切离心力，更不识所以位之，使得其所，而日以独伸向心力为事，卒之离心力骤然溃决，全体以解，已竟陷于绝地而不自觉焉。以言今政府之所为，彼既利用国民党穷追离心力之势，悉收之以向己，而人心以得，而同时乃不审筹一相当之地，以置不可收之离心力，使运行于法制之内，借图政治剂质之用，而措国家于和平之域也。刘廷琛、劳乃宣、宋育仁、章梫之徒，昌言复辟，舆论排之，指为邪说，政府惎之，欲兴大狱，士钊则进之以政本论。为政有本，本何在？曰在有容。何谓有容？曰不好同恶异。近世立国，不外将国中所有意见、情感、利害、希望维持而调护之，使一一各得其所。惟所谓各得其所，其所必异，异则党派以生。君政者，亦党派之得以为帜者也，苟吾守异说至坚，断无禁其存在之理。于是有为事实之谈者曰："国体何事？既云确立，复容他说以叛之，视国家如奕棋，又焉可尚？"不知此正所以固国本也。盖对抗国体之论，张之则为顽词，闭之则为秘计。顽词之张，谁则听之，而一部分之孤怀野性，有所寄托，反侧之志，既销于言词，宽大之名，复归于民国，名曰张之，其实弛之，非失计也。反是叛国之辞，悬为厉禁，感情既郁，诡秘横生，国基纵不以是而颠，而踠�时间，大有害于和平进步之序。议者得无谓吾为共和，有倡言复辟者，即当执而戮之，肆诸市朝，以儆有众，则法兰西之山岳党，曾为之于百余年前矣。不仅王党被戮，即有通王之嫌，或温和而可被以是嫌者，皆上断头台，彼岂不曰王孽既绝，共和之花当百年不凋。乃死事之血未干，王政之基复起，中经数王，往复数十载，至师丹败后，拿破仑第三被卤，而共和始庆更生。时则建国诸贤深明治体，对于尊王反动之徒不加压迫，转与提携议会之中，君政党公然列席，初为多数，逐年递减，至今日仍存二十余席焉，如此优容，转不闻共和为其所坏。此诚一孔之士所不可解，而明理之夫以为自然者也。盖其时君政党跋扈于议会，国家之运命彼实操之，帝政之不复苏，其间不能以寸。幸而其党自有内讧，所拥各异，未能即决。苟民政党过张其理想，迫之以不能堪，则反动立成，彼惟有自泯其争端，相携以制共和之死命已耳。倡共和者知其然也，相与让之，只须保存共和之名以上，一切制度，自审其无可抗议，即惟其所欲，善养帝政余孽之锋，而待其自挫，听其自然，卒未闻于共和有害。于以知褊狭者不可以谋国，浮浅者不可与议法。此诚观于法兰西之往事，而当著为炯戒者也。且一说之起，必有其所由起。今复辟说之所由起者何也？此在稍明时势之人，可以一言断之，曰伪共和也。伪共和者何也？帝政其质，而共和其皮者也。质不异矣，我之质，胡乃独贵于人之质？人求其质，而我必自贵，强人以从我，此安足以服之。今人痛排帝政，并不自认帝政之嫌，而辄翘共和以对，意谓共和之名，一出吾口，即有鬼神呵护，帝政邪说，法当退听，则拿翁设祭，华圣顿之灵翩然来格，斯可耳。不然，则我露其质，乃朝四而暮三，我蒙厥皮，亦朝三而暮四，名实未亏，而冀其喜怒为用，狙公诚智，刘、劳、章、宋、之徒，未见有若众狙如庄生所称也。传曰："尧舜率天下以仁，而民从之。桀纣率天下以暴，而民从之。其所令反其所好，而民不从。"今所令者共和也，而所好则不在是。凡民且为离心，焉论俊秀。董子曰："诘其名实，观其离合，则是非之情，不可以相谰已。"愚固共和论中之走卒，而兴言及此，对于复辟论者，盖不知所以为情。由斯以谈，复辟论，非其本身足以自存，乃伪共和有以召之，明白甚矣。其因既得，攻复辟者，惟有证明今日之共和非伪，或促进今后之共和，使不为伪而已，盍亦反其本矣。严复著《民约平议》一文,揭之天津《庸言报》以痛诋卢梭,而袁氏之徒张之以为民权自由,群治之所由不进,士钊则折之以读《民约平议》。"民约平议"者,严氏之所号称自造,盖全出于赫胥黎《人类自然等差》一文。赫氏为生物专家,近世寡其辈流,而以拘墟于科学之律特甚,扦格不通,自相抵牾,是故以言物理,赫氏诚为宗工,以言政理,时乃驰于异教,术业专攻,势使然也。自有《民约论》以来,论者百家,名文林立,持说无论正负,要有不尽不竭之观。严氏作为平议,体亦大矣。乃皆外而不求,略而不论,独取一生物学者之赫胥黎先入以为之主,不知赫胥黎固非不认民约之说者,特其所谓约,不如卢梭作界之严耳。卢梭曰:"约以意,不以力。"而赫胥黎则曰:"无意无力,两造相要,举谓之约。"严氏今以产业见夺于人,吾无力与之相抗,因俯首帖耳从其条件,疑即卢梭之所谓约,反词以诘之,冀崇拜民约者,无敢置对,词穷而去,是殆先熟赫胥黎之论于胸。请得更诵卢梭之言曰:"约以想,不以力。屈于力者,乃势之事,非意之事也。"然赫胥黎究非能坚守己说,而得其所以言约者,严氏盖敷陈其意以入乎所译《天演论》下卷《严意第四》而撮其大旨,取数点焉:一曰民既合群,必有群约。一曰其为约也,实自立而自守之,自诺而自责之。一曰尊者之约,非约也,约行于平等。一曰民权日伸,公治日出,亦复其本所宜然而已。兹数说者,皆不啻为卢梭之书下以铁板注脚,与赫胥黎他日之所以攻卢者,其意不符。赫氏之论平等,其说从体智身份而入,谓智愚、强弱、贵贱、贫富之不同,自然而然,无法齐之,其言不为无理。然当知此种不同,卢梭非无所见,以此间执卢梭,宁非无谓之尤。卢梭撰《民约论》,论产业终,结以一语曰:"吾今此语,当用以为群制之本源,是何也?是乃民之初约,在不违反天然平等之性,而以道德、法律之平等,取体质之不平等而代之。以体质之不平等,乃造物以加于人,无可解免者也,由是民力、民智纵或不齐,而以有约之,故其在法律,乃享同等之权利。"是则智愚、强弱之不一,卢梭已有说处此。至贵贱、贫富之所由异,有时乃属贤愚、勤惰之结果，卢梭宁不知之？故其言曰："以言平等，其慎勿以为若权若富，吾人皆当保持同等之量。斯语之所谓，不外有权者不当使之为暴，其行权也，务准乎位、依于法。富者不当使之足以买人，反之，贫不当使人不足自存，至于自鬻，如是而已。"是卢梭所以配置贵贱、贫富之道，亦不如俗论所云，彼于权位、财产必芟夷蕴崇，绝其本根，然后快也。呜呼！世人一耳卢梭之名，几相惊以伯有矣，乃夷考其实，言之平正通达如此，且时时戒人勿作极端之思焉。英儒鲍生蔡尝病卢梭之书为人妄解，而发愤一道曰："凡伟人之意见，一入常人之口，其所留意戒备，视为不可犯者，辄犯之不已，甚且假其名以行焉。"此诚有慨乎其言之。袁氏稔恶，既以称帝。梁启超则领袖进步党以与国民党合而讨袁，君子有清流大同盟之颂。而蔡锷者，启超高等弟子也，有云南首义之功，意国民党当下之，国民党不乐，于是肇庆之军事刚终，沪上之讧声复起。方蔡锷之起云南也，岑春萱实入肇庆以为两广都司令，辟士钊为秘书长。启超亦来会。士钊建议辟新运以别立政统，至少亦决不复国会。启超踸之，春萱亦以为然。而汤化龙、吴景濂之徒大会沪上，以民意相劫持，天下重足而立，敢怒而不敢言，约法国会表里唱和之局，咄嗟立成，春萱、启超慑息莫敢动。世凯既殂，春萱释兵以归于沪，士钊则劝以从容养望，不可妄动，词旨切至。春萱额之。士钊即求入北京大学讲逻辑，以三年不闻政相期。居顷之，春萱惑于人言，以为桂军必奉令，又欲恢复国会以收民望，一年之中，三约士钊之沪议行止，每议，钊辄力沮之，春萱则怏怏。士钊贻书痛陈桂军不足恃，并言国会黩货长乱，恢复无当国人意状，春萱偶发其函于赵世钰，议士大恨。春萱亦卒走粤，召国会，立军府，而自为总裁，急电相召，无立异余地。士钊则降心相从。自后启超附于段祺瑞以征南，而春萱遮蔽民党，用事于粤，士钊实为上佐，言："议员宜课资格，受试验。"闻者大哗。又在上海揭论，主党法不由国会订立，其文流传，两院中人指为叛逆，而以士钊之亦为议员也,张皇号召,削其籍,又以附之者衡政必曰学理,谥之为政学系,时人为之语曰:"北有安福,南有政学。"以为大诟。曹锟乘之,用吴佩孚以败段祺瑞,而岑春萱不容于孙文,亦以奔走失职。居无何,孙文亦为其将陈炯明所放逐。士钊睹事无可为,而疑代议之无裨治制,又慨于斯制惰力之未全去,所称宪政祖国之英伦,尤如北辰所在,时论拱焉。乃于十年二月,于役欧洲,亲加考览,长途万里,所怀百端,即红海舟中,草致章炳麟书,历陈国会之乱政,而谓:"有人民神圣、国会万能诸说,稗贩政治者流,得以奔走张皇,莫能颂言其非。惟兄集中有《代议然否》一论,造于逊清末年,主不设国会。其说建于未立本制之先,始为人人所不能言,中为人人所不敢言,卒为人人所欲言而不知所以为言,此诚不能不蒲伏于兄先识巨胆之下,不胜欢喜,深用自壮者也。"既抵英伦,历访其文人政士,而小说家威尔思、戏剧家萧伯讷,皆于民治有贬词。威尔思约士钊赴其乡园,纳凉池畔,从容谈及中国国政,慨然曰:"民主主义,吾人击之使无完肤,只须十分钟耳。但其余主义脆弱,且又过之,持辩至五分钟,便是旗靡辙乱,是民主政治之死而未僵,力不在本身,而在代者之未得其道。世间以吾英有此,群效法之,乃最不幸事。中国向无代议制,人以非民主少之,不知历代相沿之科举制,乃与民主精神深相契合,盖白屋公卿,人人可致,得非平等之极则?辛亥革命,贸然废之科举之废不待革命,威氏之言微误,可谓愚矣。吾欲著一书曰《事能体合论》,意在阐明何事需用何能,何事始为何事,事能之间,有一定之拣选方法使之体合。中国民治,其病在事能之不体合也。"为太息者久之。而萧伯讷之所以语士钊者,意尤恢诡。其言曰:"能治人者始可治人。林肯以来,政坛有恒言曰:'为民利由民主之民治。'然人民果何足为治乎?如剧,小道也,编剧即非尽人能之。设有人言'为民乐由民编之民剧',语之不词,至为章显。盖剧者,人民乐之而不审其所由然。苟其欲之,不能自制,而必请益于我。惟政府亦然。英、美之传统思想,为人人可以治国。

中国则反是。中国人而跻于治人之位，必经国定之试程，试法虽未必当，而用意要无可议。今所当讲，亦如何而使试符其用耳。"士钊又以所为《业治论》质正于群家潘悌，潘悌旧为工程师，乃树立基尔特社会主义之先觉，而倡业治以矫巴力门制者也，则诏于士钊曰："中国自立代议制，政事芬不可理。盖所谓代议者，并未尝代人民而议，且以选区如彼其辽阔，凡所以为选者，其权例操于少数党人之手，此曰代表，词直不通。以此之故，凡政客下选区为演说，其政纲类由自择。人民于不自我起之争论中，迫而指名一造，代己谋国，而其争论又为性至复，非深知其内容，是非莫明，即深知之矣，所列问题，每浮伪不切事情，无关民福，选民纵英爽能断，亦无所用。要之党人所标政策，徒于己党朋分政权而见为利，以云利国，直去万里。彼辈初挟理想而学为政，而一例以骑墙派终，非无故也。盖选区之分划，绝不与实际相符。试思一区之中，利害百出，包举于一人之身，如何可能？吾英谋矫此弊，因有基尔特制之创议。斯制非他，即所以连政治于实际者也。夫代议制之虚伪，以机体不立，故基尔特首祛是病，乃举一国之人，类聚而群分之，如此为分，其最自然之尺度曰业，诚以业者，人所相依为命者也。彼谈国政，恒不免于无意识，而本业夫惟不谈，谈则不离乎意识者近是。何以故？问题较简，而己与之相习故。自有基尔特运动以来，发轫于英伦，风靡于欧美大陆，使言政之家，论思一变，盖以其说深抵巴力门制之创痛。而予意尤以中国为饶有施行业治之机会。盖所谓七十二行，气力不足而行会未亡，以新治加于其上，为势甚顺。中国果其实行，尤且得促西方之反省，使奉为矩范，起而效法。此征于今日西方人心之大觉，予语良非泛然。何也？以其厌恶今制，信念全失，思古幽情，油然以生，举凡生活方式，使人由之，心差安而理差得尔。然吾之基尔特，于资本制未兴以前即已消失，今以业治期之，宜先有准备工夫以资过渡。是何也？即计议资本如何可去，而基尔特如何可复也。中国斫丧未久，犹有存焉者，而在西方，则不反而求诸过去，不可得见也。"潘悌持之以正言庄论，威尔思、萧伯讷出之以嬉笑怒骂，而要归于然否代议则一，于是士钊之政治信念全变。遂返国，道出法之里昂，而吴敬恒方为里昂大学校长，士钊论议文章，敬恒所重，每谓宝山张嘉森君迈曰："章行严之一骭毛，无非佳者。"至是邀讲演。将登坛，有粤生起指士钊大骂，词不可堪，其大指影射粤军政府，无关问学。横逆之来，士钊默尔。而敬恒嗫声拊掌，不知所出。粤生兴尽自去，仅乃得讲，私询知为陈炯明党也，炯明资之来校，同伴凡数十人。时惟粤生多金，校费从出，号贵族，故跋扈如此。士钊私心自计，不审敬恒平日驭贵族何术者。后数月，诸生哄而驱敬恒，布词丑诋，敬恒则大愤，绝去，归国以后，誓不更与办学事。私居聚议，每严颜斥若辈青年无望，恨恨不已。然敬恒持论大廷，建言新闻，则又大神圣而特神圣其新中国之新青年者，壹是有褒而无贬，有书而无但，且制为通律曰："学生与教习斗者，学生必胜，犹之人民与政府战者，人民必胜。"藉是长养天下学生暴动，曾不动色，士钊尝引以为怪焉。

　　士钊之归国也，会曹锟以直隶督军胁总统黎元洪而逐之。其大将吴佩孚练兵洛阳，申讨军实以为奔走御侮之臣。曹锟弥洋洋自得，又欲借重议士饵诱以选为总统。士钊既未甘以自货，遂遁而之沪，囊笔已久，辄复思动，既为《新闻报》有所撰述，其尤著者，曰《论威尔逊》、《论列宁之死》、《论麦克道纳内阁》、《农治述意》，皆为时所称诵。士钊自以《甲寅》得大名，益油然生嗣兴前迹之思，名仍《甲寅》，刊则以周，招资授事，计议粗定，而轩波以大起。江苏督军齐燮元用吴佩孚之命，起兵以逐卢永祥于浙江，吴佩孚自将大军出山海关以攻张作霖，冯玉祥随吴佩孚出师而有贰志，取间道归以袭北京，取曹锟而幽诸，杀其嬖人李彦青，遂与张作霖联军以夹击吴佩孚，尽俘其众，欲推一人以主国事。段祺瑞既失职居天津，图起用事，而以士钊能文善论思，有声南北，请以为谋主，士钊乃置《甲寅》周刊不论而奔命以赴，与祺瑞左右谋以何道而起，士钊曰："吾向主毁法造法,逆料有一时期,约法既坏,新法未生,总统旧称无所用之,非别立一名不可。以前军务院之抚军长,及军政府之总裁,独是一隅自限之号,建位北京,军民并治,取义当有未同。因念西史纪元前,罗马初设民主,署曰公萨,译家如严几道、林琴南均取吾籍'执政'两字当之,宏义雅名,向往弥切。曹锟窃国,黎黄陂移节上海,议立政府,愚不取法统说,以临时执政制进,议虽未成,而窃以为段公再起,谊必出此。"于是段祺瑞以执政建号,开府北京,遂以士钊为司法总长,寻兼教育总长,自以习熟情伪,奋欲更张,于是奂然号于众曰:"吾国兴学许久,而校纪日颓,学绩不举。学生谋便旷废,致倡不受试验之议,即受试矣,或求指范围,或胁加分数,丑迹四播,有试若无。为教授者,以所讲并无切实功夫,复图见好学生以便操纵,虚应故事,亦固其然。他国大学教授,在职愈久,愈见一学之权威,而吾国适得其反。夫留学生初出校门,讲章在抱,虽无成业,条贯粗明,而又朝气尚好,污俗未染,骤膺教职,弥觉兢兢,此类人选,他国至多置之研究院内、助教室中,而在吾国则为上品通材,良足矜贵。何校得此,生气立滋。过此以往,渐成废料。新知不益,物诱日多,内诣学生,外干时事。标榜之术工,空疏化为神圣;犷悍之气盛,一切可以把持。教风若斯,谁乐治学?北京八校,教授多至数百人,年耗库款,少亦二百万元以上,岁终至五百页可读之书,三年可垂之籍,以登学府而版国门。独念吾华号为文化古国,海通以还,学术途径益形扩大,除旧籍所当加意整理外,近世应用科学及各邦文史,政俗种种著录,为学子所万不可忽者,所涉尤繁。使先辈讲学之精神,得存一二,今时述作,将百倍于古而未有已。乃自上海制造局倡议译书以还,垂四五十年,译事迄无进步,而文字转形芜俚,所学未遑探索,鸾刀妄割,谬种流传。无其书,有斯文将丧之忧。有之,转发不如无书之叹。昔徐建寅、华蘅芳、李善兰、徐寿、赵元益、江衡辈,所译质力、天算诸书,贯通中西,字斟句酌,由今视之,恍若典册高文,攀跻不及。即下而至于格致书院课艺，其风貌亦非今时硕博之所能儿。以云进化，适得其反。髦士以俚语为自足，小生求不学而名家。黄茅白苇，一往无余，学者自扪，宁诚不怍。而为之学生者，读西籍，既乏相称之功能，质本师，又乏可供之著述。几纸数年不易，破碎不全之讲义，尸祝社稷，于是出焉，此云兴学，宁非背道。且也大学为学术总集之名，犹之内阁为政治总集之名。内阁有长财政者，不闻称财政内阁；有长司法者，不闻称司法内阁。今大学宜讲农工业，竟自号农业大学与工业大学；大学宜讲法律、政治，复自号法政大学。甚至师范、美术，文科中之一部耳，亦分别独立，各称大学。干为支灭，别得类名，逻辑所不能通，行政所大不便，部落思想，横被学林，卒之兼课纷纭，师生旁午，学统尽坏，排媚风生，欲求首都有一宏深精进条干分明之大学，与伦敦、巴黎竞爽，俟之百年，将亦难得。欲图易俗，乃画三策：一、本部设考试委员会，仿伦敦大学成例，学生入学毕业诸试，概由部办。二、本部设编译馆，要求各大学教授通力合作，优加奖励，期于必成，务使期年之间，有新著数十百种，布之黉舍，辞理并当，餍人取求。三、合并八校。"骤议之日，士钊持说侃侃，无所避就，莫之能难。然而风声所播，诟谤乃丛，部试诸生，青年自视为大逆不道，先生长者，阳持静默而阴和之，潜势极张。宏奖著述，竟讹传为甄别教员，不加考询，顽然抗议；合并八校，施受之间，暗潮不可终日。士钊又以其间绳刊《甲寅》，论列时贤，于吴敬恒、胡适之伦，多所讥切，好恶拂人，弥以丛怨，而五月七日之事起。五月七日者，岁岁以纪念爱国为循例者也，惟警厅以岁必滋事，禁止游行，咨请教育部，转知各校。士钊亦未照办，黠者乃造转知一文以揭于报，且甚其辞曰："摧残教育，阻挠爱国。"于是学生大恨，以为"不扑杀此獠，卖国贼其何所惩"。建旗呐喊以趋魏家胡同十三号，欲得士钊而甘心焉。士钊遁，而毁其室也，士钊既知其后有大力者负之而趋，未可深究，则置不问，而独居深念，意忽忽不乐，因吟白香山孤桐诗曰："直从萌芽拔，高见毫末始。四面无附枝，中心有通理。寄言立身者，孤直当如此。"孤桐孤桐，人生如此，尚复何恨，因易字孤桐。其时北京女子师范大学学生，逐其校长杨荫榆。荫榆至，则持木棍砖石，叫骂追逐，无所不至，撕其布告，而易以学生求援宣言。北京大学学生从而应之，声生势张，男女啸聚，锁闭办公室，把守校门，阻止校长、教职员不许入。诸生跳梁于内，校长侨处在外。士钊大怒，请于段祺瑞曰："士钊少负不羁之名，长习自由之说，名邦大学，负笈分驰，男女同班，亦尝亲与。所有社会交际，两性衔接之机缄缔构，一一考求，其中流以上之家，凡未成年之女子，殆无不惟家长、阿保之命是从，文质彬彬，至可爱敬。从未见有不受检制，竟体忘形，聚啸男生，蔑视长上，家族不知所出，浪士从而推波，伪托文明，肆为驰骋，谨愿者尽丧所守，狡黠者毫无忌惮，学纪大紊，礼教全荒，如吾国今日女学之可悲叹者也。以此兴学，直是灭学。以此尊重女子，直是摧辱女子。钊念儿女乃家家所有，良用痛心。当此女教绝续之秋，宜为根本改图之计。不如查照马前次长处理美术专门学校成例，将女子师范大学停办解散为便。"祺瑞可其请。部令一出，士论哗然。于是号称代表九十八校之学生联合会，登报以声讨士钊之罪曰："章士钊两次长教，摧残教育，禁止爱国，事实昭然。敝会始终表示反对。乃近日复受帝国主义之暗示，必欲扑灭学生爱国运动而后快。不特不谋美专之恢复，且复勾结杨荫榆，解散女师大，以数千女同学为牺牲。此卖国媚外之章贼不除，反动势力益将气焰日高，不特全国教育前途受其蹂躏，而反帝国主义之运动亦将遭其涂毒矣。故敝会代表九十八校，不特否认章贼为教长，且将以最严厉之手段，驱之下野。望我国人其共图之。"诵者同然和之。北京大学教授李石曾会士钊于广座，攘臂起曰："余本不欲言。惟今日京师女学，有一极悲惨之纪念，颇欲藉以警告教育当局，使知女子师范大学学生，有为警察殴伤者若干人，其导因为外交问题，其表见为摧残女学，如此痛心之事，演于首都，已成之国学而不能保,何暇计及地方私立女学之成毁盛衰乎!"语甚悲壮,合座动色。士钊从容诘之曰:"石曾所称警察殴伤女生若干人,果何所见而云然乎?石曾曾身亲焉否乎?若仅以告者为凭,则凡来教部骇告,及所告负责任之呈报,遮得君言之反,当日警察,盖绝未敢侵学生,徒见学生纷持木棍砖石,追逐校长,而为从中调解而已。以北京学界见嫉之甚,保护弱者声浪之高,而女师大又向为一切教联、学联休戚与共之大夋,岂有女生伤及多人,事越三日,并一纸声诉书而不得见,而魏家胡同十三号之门庭,复宁静乃尔矣乎?石曾平旦视愚,岂求摧压学生以为己利者哉?诸君抹杀事实,广构虚词,鸟瞰先机,务锄异己。狙使血气未定之学子,恣为一切坏乱之秘谋,此其用心,直不使有读书种子留连京府。董理教务,以气类之相感,为学问之远图,而宁禽视鸟息于军国官僚之下,伺其颜色,倚为奸利,偶有冲激,寻衅有名,而凡手持毛瑟,或腰带指挥刀者,诸君乃立为第二天性所暗示,不复正觑,而惟使凤称同类同情,决不肯滥用政力侵凌学府者,不复有旋足吐气之余地。以愚不明心解,苦昧其故,石曾思之,亦能示我转语否乎?"石曾无以应也。于是吴敬恒扬言于众曰:"整顿学风,宜也。顾章行严何人,足言整顿学风乎?足解散女师大乎?若蔡子民,斯可矣。"蔡子民者,北京大学校长蔡元培也。两公既高名宿学,不快士钊,沸腾群口。而士钊又以司法总长审查金佛郎案而予通过,事发,士论益哗,以为伙同受贿有据,再毁士钊之室,肆力而捣,尽量以攫,卒扫聚所余,相与火之,呼啸千百众,学生十余人为之发踪指示,自门窗以至椅凳,凡木之属无完者,自插架以至案陈,凡书之属无完者,由笥而椸,无键与不键,凡服用之属无完者,荡焉尽焉,以得肆志为快。吴敬恒为讲其义曰:"此诚作官者之业报也。"士钊乃不得一日安于其位,相应而解官。然而士钊则以号于人曰:"君官可解,吾道不可易也。由今之道,无变今之俗,扰攘终年,羌无一是,政益见其浑乱,学益趋于荒落,虽有圣方,只速人死。"士钊解官而众怒未已。士钊好尽言而与众立异，又工臧否人物。吴敬恒者，一世之人震而惊之，以为人伦模楷，称曰吴先生者也。而士钊则以与梁启超、陈独秀同讥切，以为："国人图新之第一大病，在无办法。其自谓有办法者，其无尤甚。近世革新，分立宪、革命、共产三期，以梁先生尸立宪，吴先生尸革命，陈先生尸共产，允为适当之代表人物。之三人者，各有所长，亦各有所短。以物为喻：稚晖自始闻政以迄今兹，所领盖为游击偏师，己既绝意势位，复无何种作政纲领，惟于意之所欲击者而恣击之尔。盖如盘天之雕，志存击物，始无所不击，终乃一无所击，回旋空中，不肯即下。任公者，知更之鸟也。凡民之欲，有开必先，先之秘息，莫不知之，且凡所知，一一以行，乃致今日之我，纷纷与昨日之我战而无所于恤。独秀则不羁之马，奋力驰去，言语峻利，好为断制，性狷急不能容人，亦辄不见容于人，则别树一帜，为马克思之说以自宠异，回头之草弗啮，不峻之坡弗上，尽气途绝，行与凡马同踣。如此等人，岂非世所谓魁异奇杰之伦，而各各所事之为无裨于国，则如十日并出之所共照，无可诋谰。任公曰立宪立宪，今时宪安在者？稚晖曰革命革命，无命不革，己命且莫之逸，遑言其他。独秀曰共产共产，试问民穷财尽，尚复何产可共？于是语其义也，莫不粹然成章，闻者悦服。至语其效，则同是乱天下有余。何以故？曰无办法故。盖以主义而言主义，天下固未有持之而无故者。其见为善不善，当以为之若何而定，不当以本身之存值而定。庚子而降，凡吾国魁异奇杰者之所为倡，只图倡之之时，快于心而便于口，至为之偏何在而宜补，弊何在而宜救，事前既讲之无素，事至复应之无方，鲁莽灭裂，以国尝试，一摘再摘，三摘四摘，以至今日，空抱蔓归，犹是一无办法，了无进步。吾意无办法矣，与其伪为有办法，四出缴绕，治丝益棼，以覆其国，无宁自承无办法，少安无躁，使国家复其元气，徐图兴造。稚晖、任公、独秀以及不肖，皆试药医生，丧人之命至夥者也。"然而敬恒弗承也。敬恒尤喜言物质救国，自谓弄斧头之年龄已过，未能为劳工之神圣,入与伦敦西南工人为邻,习植铅字数千,出携柏林廊大克一具,以意摄取天然诸美,服劳自给,庶几无负此生。其辞博辩雄伟,杂出庄谐,口无择言,少年宗尚以为一家。而士钊则以为:"稚晖富于玄想,巍然大师。语其高,可与希腊诸哲抗席;语其低,乃不足与中学毕业生程材。英之威尔士,文行与稚晖相仿,顾稚晖薄威尔士不为,笔阵偶张,旋复弃去。稚晖试思之,入植铅字数千,出携廊大克一具,食力不过百钱,为烈不逾一手足者,此诚满街皆是,何劳吴稚晖为之?稚晖为之,亦既二十年矣,语其所获,果何益于盛衰成败之数?"然而敬恒弗服也。愤懑之余,习为激宕,由是论锋横溢,毛举细故。此其士钊得罪世所谓贤人君子者一矣。新文化、新文学者,胡适之所以哗众取荣誉,得大名者也,而士钊则以为:"新文化者,亡文化也。夫文章,大事也。曩者穷年矻矻,莫获贯通,偶得品题,声价十倍。今适之告之曰:'此无庸也。凡口所道,俱为至文,被之篇目,圣者莫易。'彼初试而将疑,后倡焉而百和,如蚊之聚,雷然一声,而其所谓白话,亦止于口如何道,笔如何写,韵味之不明,剪裁之不解,分位之不知,道谊之不协,横斜涂抹,狼籍满纸,媸妍高下,无力自判。已与徒党辄悍然号于众曰:'文学革命也!文学革命也!'以鄙倍妄为之笔,窃高文美艺之名;以就下走圹之狂,堕载道行远之业。跳踉以喜,风靡一时,处势差比前清之谈革命,而其纵阔之深至,更远过之。何也?以运动之式,可以公开,少年窃此以自便其不学,恣斯世盗名之图,河流急转,一泻千里,又较之前清革命党人艰贞为国,前仆后起,如马十驾,乃登峻坡者,为势顺逆,不可比数也。而有一事相同,则持其故者,一切务为劫持,凡异议之生,不察以理而制以势,天下之人,因亦竞为选愞以应之。老师宿儒如梁任公者,闻之且大喜,尽附其说以自张,尤加甚焉,诸少年噪曰:'梁任公跟着我们跪!'有不肯跪者,则群訾曰落伍落伍,千人所指,不疾自僵。有不肯跪而稍稍匡救焉者,则群版其名曰反动,发为口号曰枪毙枪毙,国人皆杀,时或不远。而国家之教育机关，不尽操纵于若辈之手不止。历来之教育长官，所不为若辈颐使，位不安。京沪规模较大之书局，所不遵若辈之教条出书，书不售。语其表也，似天下之论已归于一。至语其里，则不学者少数人发纵指示，强令人天下之学者，默焉以屈于己而已。如金在冶，不跃为常，复假定天下之学者，自默焉屈于己外，无他道而已。为问此默而屈者，其将与之终古否乎？与之终古，中国之文也化也，将至何境矣乎？四五年来，自非无目，莫不见伦纪之凌夷，文事之倾落，如水就下、兽走圹，日蹙千里而未艾也。吾尝澄心求之，以谓人本兽也，人性即兽性，其若拘囚而乐放纵，避艰贞而就平易，乃出于天赋之自然，不待教而知，不待劝而能者也。使充其性而无道以节之，则人欲不得其养，争端不知所届，祸乱并至，而人道且熄。古之圣人知其然也，乃创为礼与文之二事以约之，一之于言动视听，使不放其邪心，著之于名物象数，使不穷于外物，复游之以《诗》、《书》六艺，使舒其筋力而瀹其心灵。初行似局，浸润而安，久之百行醇而至乐出。彬彬君子，实为天下之司命，默持而善导之，天下从风，炳焉如一。夫是之谓礼教，夫是之谓文化。斯道也，四千年来，吾国君相师儒，续续用力以恢弘之，其间至焉而违，违焉而复至，所经困折，不止一端。盖人心放之易而正之难，文事弛之易而修之难，质性如是，固无可如何者也。今乃反其道而行之，距今以前，所有良法美意，孕育于礼与文者，不论精粗表里，一切摧毁不顾，而惟以人之一时思想所得之，口耳所得传，淫情滥绪，弹词小说所得描写，袒裼裸裎，使自致于世，号曰至美。是相率而返于上古獉獉狉狉之境，所谓苦拘囚而乐放纵，避艰贞而就平易，出于天赋之自然，不待教而知，不待劝而能者也。"然而胡适弗服也，适之言曰："旧文学者，死文学也。不能代表活社会，活国家，活团体。"而士钊则曰："此最足以耸庸众之听，而无当于理者也。凡死文学，必其迹象与今群渺所不相习，仅少数人资为考古而探索之，废兴存亡，不系于世用者也。今之欧人，于希腊、拉丁之学为然，而吾也岂其俦乎？且弗言异国古文也，以英人而治赵瑟 Chaucer 十四世纪之诗人即号难读，自非大学英文科生，解之者寥寥。吾则二千年外之经典，可得琅然诵于数岁儿童之口。韩昌黎差比麦考黎英十九世纪之文家，而元白之歌行，且易于裴 Byron 裴伦、谢 Shelley 谢烈与裴同为十九世纪诗人之短句，莎、米更非其伦。死之云者，能得如是之一境乎？且文言贯乎数千百年，意无二致，人无不晓。俚言则时与地限之。二者有所移易，诵习往往难通。黄鲁直之词及元人之碑碣，其著例也。如曰死也，又在彼而不在此矣。"然而胡适仍弗服也，谓："若社会一切书籍，均用文言著述，平民概不了解，必且失趣而废然以返，吾人必一致努力为白话文，以造成白话文之环境。"而士钊则曰："白话文之环境，万无造成之理，可以世界语为喻。夫世界之学问，包涵于英、德、法三国之文字者，为量至大。而三国自身不能互通，有时英人有求于德，德人有求于法，犹且尽力移译，弥其缺陷。今一旦举三国之全量而废置之，惟以瓠落无所容之世界语，使人之耳目心思，从而寄顿，道德学术，从而发扬。他文著录，全译既有所不能，能亦韵味全失，无以生感。同时娴于他文者，复不能严为之界，使俱屏而不用，干枯杂沓，情见势绌。此世界语之卒无能为役也。惟白话文亦然。吾之国性群德，悉存文言，国苟不亡，理不可弃。今举九家百流之书，一一翻成白话，当非适之力所能至。适之殚精著作，将《水浒》、《三国演义》、《西游记》之心思结构，运用无遗，亦未见供人取求，应有而尽有。而又自为矛盾，以整理国故相号召，所列书目，又率为愚夫愚妇顽童稚子之所不谙，己之结习未忘，人之智欲焉傅。环境之说，其虑弥是，而无如其法之无可通也。夫文之为道，要在雅驯。俚言之屏于雅，自无待论，而其蔽害之深切著明者，尤在不驯。凡说理层累之文，恒见五六'的'字，贯于一句，亘二三十言不休，耳治既艰，口诵尤涩，运思至四五分钟，意犹莫明，请遣他词，源乃不具，谋易他句，法亦不习，臃肿堆垛，语不成章。以今去文未远，白话多出能文者之手,茅塞已呈是境,更越若干年,将所谓作文为一事,达意又为一事,打成两橛,不见相属。尤不仅此。文事之精,在以少许胜人多许,文简而当,其品乃高。计世界文字之中,此点以吾文为独至。而白话文则反之,胎息《水浒》《红楼梦》之白话尤反之。其参入的吗哩咧,及其他藉撼听觉,羌无意义之辅字而自成为赘,尤不待言也。是文贵剪剔纷殽,而白话以纷殽为尚;文贵整齐驳冗,而白话以驳冗为高。立言无范,共喻为艰,犷悍相师,如兽走圹,冥冥中文化濒于破产,中国人且失其所以为中国人而不自知。此诚斯文之大厄,而适之努力造成之环境也。"是其得罪当世所谓贤人君子者又一矣。吴敬恒、胡适倡欧化以振垂亡之势,而士钊则曰:"唯唯,否否。不然。欧洲者,工业国也,工业国之财源存于外府即各国商场,伸缩力绝大,国家预算,得量出以为入,故无公无私,规模壮阔,举止豪华,一一与其作业相应,无甚大害,一切社会恶德,出于其制之不得不然,所云 Necessdyg evies 是也。而吾为农国,全国上下百年之根基,可得以工业意味释之者,荡焉无有。无有而不论精粗大小,一唯工业国之排场是鹜,衣服器用,起居饮食,男女交际,党会运动,言必称欧美,语必及台赛,变本加厉,一切恣行无忌,实则比欧美之 Necessdyg Merits 毫发未具,而其 encls 在欧美之国,所蕴而未发,或发而未尽者,而吾也由放依而驰骋,由驰骋而泛滥,赤裸裸地,一无遮阻,转使碧眼黄须儿,卷舌固声于侧,叹弗如焉。此在国家,势不得不举外债,鬻国产,以弥其滥支帑金之不足。在私人,势不得不贪婪诈骗,女淫男盗,以保其肆意挥霍之无艺。其至于今,图穷匕见,公私涂炭,国之不亡,殆与行尸无异。而冥冥人中道堕坏,凡一群中应有同具之恒德,且不得备,其损失尤不堪言。昨年水灾,地域之广,艰民之众,灾情之惨,自来所希闻也,而幸免之人,熟视无睹,将伯之呼莫应,同情之泪不挥。军阀也者,争城夺地如故;官阀也者,恒舞酣歌如故;学阀也者,甚嚣尘上如故。上海《密勒评论》有 Impeg 者,论次其事,且及前代防潦工事之差完,四方捐输之弥急,而一语曰:'中国博施济众之精神,近三十年,已不存矣。'是何也? 即伪欧化有以克制之也。偶举一证,可概其余。民德之浇,滔滔皆是,乃至父无以教子,兄无以约弟,夫妇无以相守,友朋无以相信,群纽日解,国无与立。昔班嗣称有学步于邯郸者,曾未得其仿佛,又复失其故步,遂尔匍匐而归。呜呼! 吾人今后,亦求得匍匐而归为幸耳。"吴敬恒、胡适倡革新以祛旧染之污,而士钊则曰:"唯唯,否否。不然。新者对夫旧而言之。彼以为之反乎旧,即所谓新,今即求新,势且一切舍旧,舍旧,何有历史? 而历史者,则在人类社会诸可宝贵之物之中,最为宝贵。今人竞言教育,不知教育所以必要,旨在以前辈之所发明经验,传之后人,使后人可以较少之心力,博得较大之成效,不更是前辈走却许多迂道,费却许多目力,惨淡经营,才得筑成仅可流传之基础而已。又尝譬之:社会之进程取连环式,其由第一环以达于今环,中经无数环与接为构,而所谓第一环者,见象容与今环全然不同,且相间之时,夐焉不属。然诸环之原形,在逻辑依然各在,其间接又间接与今环相牵之故,俱可想象得之。故今环之人以求改善今环之故,不得不求知原环及以次诸环之情实,资为印证。此历史一科所由立,而知新者早无形孕育于旧者之中,而决非无因突出于旧者之外。盖旧者非他,乃数千年来,巨人长德、方家艺士之所殚精存积,流传至今者也。思想之为物,从其全而消息之,正如《墨经》所云'弥异时,弥异所',而整然自在,其偏之见于东西南北,或古今旦莫,特事实之适然,决无何地何时,得天独全,见道独至之理。新云旧云,特当时当地之人,以其际遇所环,情感所至,希望嗜好所逼枨,惰力生力所交乘,因字将谢者为旧,受代者为新已耳。于思想本身何所容心。若升高而鸟瞰之,新新旧旧,盖往复流转于宇与久间,恒相间而迭见,其所以然,则人类厌常与笃旧之两矛盾性,时乃融会贯通而趋于一。盖凡吾人久处一境,饫闻而厌见,每以疲荼恼乱,思有所迁,念之初起,必且奋力向外驰去,冀得崭新绝异之域以为息壤，而盘旋久之，未见有得。于时但觉祖宗累代之所递嬗，或自身早岁之所曾经，注存于吾先天及无意识之中，向为表相及意志之所控抑而未动者，今不期乘间抵巇肆力，奔放而未有已，所谓迷途知反，反者斯时，不远而复，复者此境，本期开新，卒乃获旧。虽云旧也，或则明知为旧而心安之，或则竟无所觉而仍自欺欺人，以为新不可阶，此诚新旧相衔之妙谛，其味深长，最宜潜玩者也。今之谈文化者，不解斯义，以为躁者乃离旧而僻驰，一是仇旧，而唯渺不可得之新是鹜，宜夫不数年间，精神界大乱，郁郁伥伥之象，充塞天下。躁安妄然，莫明其非。谨厚者蓄然丧其所守。父无以教子，兄无以诏弟。以言教化，乃全陷于青黄不接辕辙背驰之一大恐慌也。不谓误解一字之弊，乃至于此。"如此之类，难以仆陈，语详《甲寅》周刊，或以规曰："子一年中所遗政迹，时议纷纭，都不必在念。盖学风扇发，天下病焉。父兄之教莫先，整饬之方宜讲，子营此事，且有同情。即金佛郎案，牵连国交，迟速必办，为国任重，得谤乃常，既宠赂之不章，奚怨毒之难解。世所期期以为不可，而君坐以市天下之怨，绝友朋之好，行且蹈不测之罪，贻无穷之羞者，惟办《甲寅》周刊一事耳。天下事，未可以口舌争，胡哓哓以蒙耻召怒为也？"士钊应之曰："吾行吾素，知罪惟人。若其中散放言，刑踵华士。伯喈变容，罚同邪党。生命既绝，词旨自空。如其不尔，壹任自然。愚生不工趋避之义，夙志不干违道之誉。天爵自修，人言何恤。怀君子而居易，遵舆诵之本务而已。"既而段祺瑞不得志于冯玉祥，又失张作霖之援。吴佩孚再起湖南，与张作霖联兵以逼京师。段祺瑞出走，士钊随之，蹉跌以不振。而于是士钊之名，儒林所不齿；士钊之文，君子以羞道。然其后国民军再奠江南，建号南京，而掌邦教者，并全诸大学，厉行考试，取缔学生运动，颇用士钊计，盖不以人废言云。

士钊始为《甲寅》杂志于日本，以文会友，获二子焉：一直隶李大钊，一安徽高一涵也，皆摹士钊所为文，而壹以衷于逻辑，掉鞅文坛，焯有声誉。而一涵冰清玉润，文理密察，其文尤得士钊之神。其后胡适著《五十年中国文学史》，乃以高一涵与士钊骈称，为甲寅派。及是唾弃《甲寅》不屑道，而习为白话，倒戈以向，骂士钊为反动，助胡适之张目焉。

三、白 话 文

胡适　附周树人、徐志摩

　　胡适,字适之,安徽绩溪人,美国哥伦比亚大学哲学博士,归国后遂任北京大学文科教授。文学革命之论,自适发其机缄。初梁启超创新民之文体,章士钊衷逻辑为论衡,斯亦我行我法,脱尽古人恒蹊者矣。然袭文言之体,或有明而未融之处,而士钊之逻辑文学,浅识尤苦索解。故当第一次《甲寅》风行之日,北京《亚细亚日报》记者黄远庸致书士钊以相切论曰:“居今论政,不知从何说起。远意当从提倡新文学入手。综之当使吾辈思潮,如何能与现代思潮相接触而促其猛省,而其要义,须与一般之人生出交涉,法须以浅近文艺,普遍四周。史家以文艺复兴为中世改革之根本,足下当能悟其消息盈虚之理也。”士钊答曰:“提倡新文学,自是根本救济之法,然必其国政治差良,其程度不在水平线下,而后有社会之事可言,文艺其一端也。”观其辞有抑扬,殆未以远庸之言为尽然,然胡适则谓:“士钊逻辑文学之大病,在不能‘与一般之人生出交涉’,如远庸所云也。”远庸,名为基,以字行,江西九江人。父儒藻,文采秀发,诸生不第,遂薄宦浙江。母姚,汉上名族,习礼明诗。远庸问学夙成,实资母教。年十六,补诸生。二十岁,举于乡。明年连捷,中前清光绪甲辰进士,以知县即用。时朝廷设进士馆,新第之授京职者,得入馆肄业,或游学外国,三年程其功课以为高下而迁除之。远庸不得京职,而有志于游学,请于当国,再三乃许。于是赴日本,入中央大学习法律科，黾勉研索，昕夕无间，且以余力旁及英吉利文字。己酉秋，学成回国，实为宣统元年。调邮传部，奏改员外郎。时掌部者为尚书徐世昌，侍郎汪大燮、沈云沛，咸相引重，派参议厅行走兼编译局纂修官。会部纂《邮电航路四政条例》成，将奏御，前缺例言，诸曹郎皆以时促，不敢任，独以属远庸，给札郎署，不逾晷，成数千言，叙述详赡，文词渊雅，见者服其工捷。远庸之东游而归也，同里李盛铎亦归自欧洲，同僦居于海岱门内，远庸方肆力于文学，又有志于朝章国故。盛铎告之曰："吾见欧士之谙近世掌故者，多为新闻撰述家。以君之方闻博涉，必为名记者。"而远庸从事新闻记者之业，实基于此。国变以后，部长留之曹署，而远庸绝意进取，谢不往也。时京沪诸报，各以新闻论著相属。远庸文章，典重深厚，胎息汉魏，及是为洞朗轩辟，辞兼庄谐，尤工通讯，幽隐毕达，都下传观，有纸贵之誉。然论治不能无低昂，论人不能无臧否，而于国民党尤多砭戒，以故名益盛而仇者忌者日益滋。及袁世凯为帝，属为文以赞，而远庸高名迹近，不欲应，不敢不应，草一文若讽若嘲。世凯既心不喜，而传者遽言远庸劝进也。徒以言论文章，观听所系，世凯必欲用之，而仇袁者则必欲杀之。袁世凯欲使远庸之上海，主干《亚细亚日报》以为帝制张目。远庸心知不可，久迟且无幸，亟浮海避日本，居数日，若有人踪，东渡美洲，抵桑港，遇刺而死，年三十二岁。远庸风神朗澈，和易近人，簪舄交错之时，远庸一至，则谈谐泛演，四座春生。居日本久，缟纻弥广，每当宴集，辄促致辞，音响方终，赞叹盈耳。闻远庸之死，咸奔走告语，太息弥襟，谓此才之不易得也。生平持论，以为："文艺家之能独立者，以其有人生观。人生观之结果，乃至无解决、无理想，乃至破坏一切秩序、法律及世俗之所谓道德纲常，而文艺家无罪焉。彼其职在写象，象如是现，写工不得不如是写，写工之自写亦复如是。故文艺家第一义在大胆，第二义在诚实不欺，技之工拙存乎其人，天才亦半焉。吾国人之文学家，好称文以载道，而所谓古文学者，什有七八如此。大抵论教必尊孔，论伦理必尊礼教，论文必尊所谓古文，皆吾所谓专制一孔之见，其于今日决当唾弃。"海盐朱联沅、芷青诵说其文而大赏叹曰："是能谈新文艺者，吾生几见。"遂相交欢。而远庸自谓每见芷青，则一见一心醉，见即与谈所谓新文艺者，其大旨以为："吾人今日思想界，乃最重写实及内照之精神，虽甚粗糙而无伤也。余既不能修饰其思想，则亦不能修饰其文字。若真有见之发怒而冷笑者，则即余文之价值也。"联沅辄冷然善焉。联沅既以早夭，远庸又不良死，而于所谓新文艺者，徒托诸空言，未及见诸行事之深切著明也。及胡适自美洲毕所学而归，都讲京师，倡为白话文。其友人陈独秀诵其说而张之，以其长大学文科，锐意于意大利文艺改革之事也。登高之呼，薄海风动，骎骎乎白话篡文言之统，而与代兴为文章之宗焉。其论文学革命之法，有《文学改良刍议》、《历史的文学观念论》、《建设的文学革命论》、《论文学的改革进行程序》、《谈新诗》、《尝试集自序》、《国语文法概论》、《五十年来之中国文学》诸篇，具著《胡适文存》。而其中可以考见胡适文学革命思想之历程者，盖莫如《尝试集自序》，其辞曰：

　　我现在自己作序，只说我为什么要用白话来做诗。这一段故事，可以算是《尝试集》产生的历史，可以算是我个人主张文学革命的小史。

　　我做白话文字，起于民国纪元前六年（丙午），那时我替上海《竞业旬报》做了半部章回小说，和一些论文，都是用白话做的。到了第二年（丁未），我因脚气病，出学堂养病。病中无事，我天天读古诗，从苏武、李陵直到元好问，单读古体诗，不读律诗。那一年我也做了几篇诗，内中有一篇五百六十字的《游万国赛珍会》，和一篇近三百字的《弃父行》；以后我常常做诗，我往美国时，已做了两百多首诗了。我先前不做律诗，因为我少时不曾学对对子，心里总觉得律诗难做，后来偶然做了些律诗，觉得律诗原来是最容易做的玩意儿，用来做应酬朋友的诗，再方便也没有了。我初做诗，人都说我像白居易一派。后来我因为要学时髦，也做一番研究杜甫的工夫。但是我读杜诗，只读《石壕吏》、《自京赴奉先咏怀》一类的诗，律诗中五律我极爱读，七律中最讨厌《秋兴》一类的诗，常说这些诗文法不通，只有一点空架子。

自民国六、七年到民国前二年（庚戌），可算是一个时代。这个时代已有不满意于当时旧文学的趋向了。我近在一本旧笔记里（名《自胜生随笔》，是丁未年记的）翻出这几条论诗的话：

作诗必使老妪听解，固不可；然必使士大夫读而不能解，亦何故耶？（录《怀麓堂诗话》）

东坡云："诗须有为而作"。元遗山云："纵横正有凌云笔，俯仰随人亦可怜。"（录《南濠诗话》）
这两条都有密圈，也可见我十六岁时论诗的旨趣了。

民国前二年，我往美国留学。初去的两年，作诗不过三首，民国成立后，任叔永（鸿隽）、杨杏佛（铨）同来绮色佳，有了做诗的伴当了。集中《文学篇》所说：

明年任与杨，远道来就我。山城风雪夜，枯坐殊未可。

烹茶更赋诗，有倡还须和。诗炉久灰冷，从此生新火。
都是实在情形。在绮色佳五年，我虽不专治文学，但也颇读了一些西方文学书籍，无形之中，总受了不少的影响，所以我那几年的诗，胆子已大得多。《去国集》里的《耶稣诞节歌》和《久雪后大风作歌》都带有试验的意味。后来做《自杀篇》，完全用分段作法，试验的态度更显明了。《藏晖室札记》第三册有跋《自杀篇》一段说：

吾国作诗每不重言外之意，故说理之作极少。……求一朴蒲（Pope）已不可多得，何况华茨活（Wordsworth）、贵推（Goethe）与白朗吟（Browning）矣。此篇以吾所持乐观主义入诗。全篇为说理之作，虽不能佳，然途径具在。他日多作之，或有进境耳。（民国三年七月七日）

又跋云：

吾近来作诗，颇能不依人蹊径，亦不专学一家。命意固无从摹仿，即字句形式亦不为古人成法所拘，盖颇能独立矣。（七月八日）

民国四年八月，我作一文，论"如何可使吾国文言易于教授"。文中列举方法几条，还不曾主张用白话代文言。但那时我已明言"文言是半死之文字，不当以教活文字之法教之"。又说："活文字者，日用语言之文字，如英、法文是也，如吾国之白话是也。死文字者，如希腊、拉丁，非日用之语言，已陈死矣。半死文字者，以其中尚有日用之分子在也。如犬字是已死之字，狗字是活字，乘马是死语，骑马是活语，故曰半死文字也。"（《札记》第九册）

四年九月十七夜，我因为自己要到纽约进哥仑比亚大学。梅觐庄（光迪）要到康桥进哈佛大学，故作一首长诗送觐庄。诗中有一段说：

梅君梅君毋自鄙，神州文学久枯馁，百年未有健者起，新潮之来不可止，文学革命其时矣。吾辈势不容坐视，且复号召二三子，革命军前杖马箠，鞭笞驱除一车鬼，再拜迎入新世纪。以此报国未云菲，缩地戡天差可拟，梅君梅君毋自鄙。

原诗共四百二十字，全篇用了十一个外国字的译音。不料这十一个外国字就惹出了几年的笔战。任叔永把这些外国字连缀起来，做了一首游戏诗送我：

牛敦，爱迭孙；培根，客尔文；索虏与霍桑，"烟士披里纯"。鞭笞一车鬼，为君生琼英。文学今革命，作歌送胡生。

我接到这诗，在火车上依韵和了一首，寄给叔永诸人：

诗国革命何自始？要须作诗如作文。琢镂粉饰丧元气，貌似未必诗之纯。

小人行文颇大胆，诸公一一皆人英。愿共僇力莫相笑，我辈不作腐儒生。

梅觐庄误会我"作诗如作文"的意思，写信来辩论。他说：

……诗文截然两途。诗之文字与文之文字，自有诗文以来，无论中西，已分道而驰。……足下为诗界革命家，改良诗之文字则可；若仅移文之文字于诗，即谓之革命，谓之改良，则不可也。……以其太易易也。

这封信逼得我把诗界革命的方法表示出来。我的答书不曾留稿，今钞答叔永书一段如下：

适以为今日欲救旧文学之弊，先从涤除"文胜"之弊入手。今人之诗徒有铿锵之韵，貌似之辞耳，其中实无物可言。其病根在重形式而去精神，在于以文胜质。诗界革命当从三事入手：第一，须言之有物；第二，须讲求文法；第三，当用"文之文字"时，不可故意避。三者皆以质救文之弊也。……觐庄所论"诗之文字"与"文之文字"之别，亦不尽当。即如白香山诗："城云臣按六典书，任土贡有不贡无。道州水土所生者，只有矮民无矮奴。"李义山诗："公之斯文若元气，先时已入人肝脾。"此诸例所用文字，是"诗之文字"乎？抑"文之文字"乎？又如适赠足下诗："国事今成遍体疮，治头治脚俱所急。"此中字字皆觐庄所谓"文之文字"。……可知"诗之文字"原不异"文之文字"，正如"诗之文法"原不异"文之文法"也。（五年二月二日）

"诗之文字"一个问题也是很重要的问题，因为有许多人只认风花雪月，蛾眉朱颜，银汉玉容等字是"诗之文字"，做成的诗读起来字字是诗。仔细分析起来，一点意思也没有。所以我主张用朴实无华的白描工夫，如白居易的《道州民》，如黄庭坚的《题莲华花寺》和杜甫的《自京赴奉先咏怀》。这类的诗，诗味在骨子里，在质不在文。没有骨子的滥调诗人决不能做这类的诗。所以我的第一条件便是"言之有物"。因为注重之点在言中的"物"，故不问所用的文字是诗的文字还是文的文字。觐庄认做"仅移文之字于诗"，所以错了。

这一次的争论是民国四年到五年春间的事。那时影响我个人最大的，就是我平常所说的"历史的文学进化观念"。这个观念是我的文学革命论的基本理论。《札记》第十册有五年四月五日夜所记一段如下：

文学革命，在吾国史上非创见也。即以韵文而论，三百篇变而为骚，一大革命也。又变为五言、七言，二大革命也。赋变而为无韵之骈文，古诗变而为律诗，三大革命也。诗之变而为词，四大革命也。词之变而为曲、为剧本，五大革命也。何独于吾所持文学革命论而疑之？文亦遭几许革命矣。自孔子至于秦汉，中国文体始臻完备。六朝之文……亦有可观者。然其时骈俪之体大盛，文以工巧雕琢见长，文法遂衰。韩退之所以称"文起八代之衰"者，其功在于恢复散文，讲求文法，此一革命也。……宋人谈哲理者，深悟古文之不适于用，于是语录体兴焉。语录体者，禅门所常用，以俚语说理记言……此亦一大革命也。至元人之小说，此体始臻极盛。……总之文学革命至元代而极盛。其时之词也，曲也，剧本也，小说也，皆第一流之文学，而皆以俚语为之。其时吾国真可谓有一种"活文学"出现。倘此革命潮流，不遭明代八股之劫，不遭前后七子复古之劫，则吾国之文学已成俚语的文学，而吾国之语言早成为言文一致之语言，可无疑矣。但丁之创意大利文学，却叟辈之创英文学，路德之创德文学，未足独有千古矣。惜乎，五百余年来，半死之古文,半死之诗词,复夺此"活文学"之席,而"半死文学"遂苟延残喘以至于今日。……文学革命何可更缓耶?何可更缓耶?

过了几天,我填了一首《沁园春》词,题目就叫做"誓诗",其实是一篇文学革命宣言书:

> 更不伤春,更不悲秋,以此誓诗。任花开也好,花飞也好;月圆固好,月落何悲。我闻之曰:"从天而颂,孰与制天而用之。"更安用,为苍天歌哭,作彼奴为。文章革命何疑?且准备搴旗作健儿。要前空千古,下开百世;收他臭腐,还我神奇。为大中华,造新文学,此业吾曹欲让谁?诗材料,有簇新世界,供我驱驰。(四月十三日)

这首词上半所攻击的是中国文学"无病而呻"的恶习惯。我是主张乐观,主张进取的人,故极力攻击这种卑弱的根性。下半首是《去国集》的尾声,是《尝试集》的先声。

以下要说发生《尝试集》的近因了。

五年七月十三,任叔永寄我一首《泛湖即事》诗。这首诗里有"言棹轻楫,以涤烦疴"和"猜谜赌胜,载笑载言"等句,我回他书说:

> 诗中"言棹轻楫"之"言"字及"载笑载言"之"载"字,皆系死字。又如"猜谜赌胜,载笑载言"两句,上句为二十世纪之活字,下句为三千年前之死句,殊不相称也。(七月十六日)

不料这几句话触怒了一位旁观的朋友。那时梅觐庄在绮色佳过夏,见了我给叔永的信,他写信来痛驳我道:

> 足下所自矜为文学革命真谛者,不外乎用"活字"以入文,于叔永诗中,稍古之字,皆所不取,以为非"二十世纪之活字"。……夫文字革新须洗去旧日腔套,务去陈言,固矣。然此非尽屏古人所用之字,而另以俗语白话代之之谓也。……足下以俗话白话为向来文学上不用之字,骤以入文,似觉新奇而美,实则无永久价值。因

其向未经美术家锻炼,徒诿诸愚夫愚妇无美术观念者之口,历世相传,愈趋愈下,鄙俚乃不可言。足下得之,乃矜矜自喜,炫为创获,异矣。如足下之言,则人间材智、选择、教育,诸事皆无足算,而村农伧父皆足为诗人美术家矣。甚至非洲黑蛮,南洋土人,其言文无分者,最有诗人美术家之资格矣。

至于无所谓"活文学",亦与足下前此言之。……文字者,世界上最守旧之物也。……足下乃视改革文字如是之易乎?……觐庄这封信不但完全误解我的主张,并且说了一些没有道理的话,故我做了一首一千多字的白话游戏诗答他。这首诗虽是游戏诗,也有几段庄重的议论,如第二段说:

文字没有雅俗,却有死活可道。古人叫做欲,今人叫做要;古人叫做至,今人叫做到;古人叫做溺,今人叫做尿;本来同是一字,声音少许变了。并无雅俗可言,何必纷纷胡闹?至于古人叫字,今人叫号;古人悬梁,今人上吊;古名虽未必不佳,今名又何尝不妙?至于古人乘舆,今人坐轿;古人加冠束帻,今人但知戴帽;若必叫帽作巾,叫轿作舆,岂非张冠李戴,认虎作豹?……

又如第五段说:

今我苦口哓舌,算来却是为何? 正要求今日的文学大家,把那些活泼泼的白话,拿来锻炼,拿来琢磨,拿来作文演说,作曲作歌。出几个白话的嚣俄和几个白话的东坡,那不是"活文学"是什么? 那不是"活文学"是什么?

这一段全是后来用白话作实地试验的意思。

这首白话游戏诗是五年七月二十二日做的,一半是朋友游戏,一半是有意思做白话诗。不料梅、任两位都大不以为然。觐庄来信大骂我,他说:

读大作如儿时听莲花落,真所谓革尽古今中外人之命者。足下真豪健哉！盖今之西洋诗界，若足下之张革命旗者，亦数见不鲜。最著者有所谓 Futurism，Imagism，Free Verse，及各种 Decadent movements in Literature and in Arts，大约皆足下俗话诗之流亚，皆喜以"前无古人，后无来者"自豪，皆喜诡立名字，号召徒众，以眩世人之耳目，而己则从中得名士头衔以去焉。……

信尾又有两段添入的话：

文章体裁不同。小说词曲固可用白话，诗文则不可。今之欧美狂澜横流，所谓"新潮流"、"新潮流"者，耳已闻之熟矣。诚望足下勿剽窃此种不值钱之新潮流以哄国人也。（七月二十四日）

这封信颇使我不心服，因为我主张的文学革命，只是就中国今日文学的现状立论，和欧美的文学新潮流并没有关系。有时借镜于西洋文学史，也不过举出三四百年前欧洲各国产生"国语的文学"的历史，因为中国今日国语文学的需要很像欧洲当日的情形，我们研究他们的成绩，也许使我们减少一点守旧性，增添一点勇气。觐庄硬派我一个"剽窃此种不值钱之新潮流以哄国人"的罪名，我如何能心服呢？

叔永来信说：

足下此次试验的结果，乃完全失败是也。……要之，白话自有白话用处（如作小说、演说等），然不能用之于诗。如凡白话皆可为诗，则吾国之京调、高腔，何一非诗？……乌乎适之！吾人今日言文学革命，乃诚见今日文学有不可不改革之处，非特文言白话之争而已。吾尝默省吾国今日文学界，即以诗论，其老者，如郑苏盦、陈伯严辈，其人头脑已死，只可让其与古人同朽腐。其幼者，如南社一流人，淫滥委琐，亦去文学千里而遥。旷观国内，如吾侪欲以文学自命者，舍自倡一种高美芳洁之文学，更无吾侪侧身之地。以足下高才有为，何为舍大道不由，而必旁逸斜出，植美卉于荆棘之中哉？……惟以此(白话)作诗，则仆期期以为不可。……今且假令足下之文学革命成功，将令吾国作诗者皆高腔京调，而陶、谢、李、杜之流，将永不复见于神州，则足下之功又何若哉？……（七月二十四夜）

觐庄说："小说词曲固可用白话，诗文则不可。"叔永说："白话自有白话用处，然不能用之于诗。"这是我最不承认的。我答叔永信中说：

……白话入诗，古人用之者多矣（此下举放翁诗及山谷、稼轩词两例）。……总之，白话之能不能作诗，此一问题全待吾辈解决。解决之法，不在乞怜古人，谓古之所无，今必不可有，而在吾辈实地试验。一次"完全失败"，何妨再来？若一次失败，便"期期以为不可"，此岂科学的精神所许乎？

这一段乃是我的"文学的实验主义"。我三年来所做的文学事业，只不过是实行这个主义。

答叔永书很长，我且再抄一段：

……今且用足下之字句以述吾梦想中之文学革命曰：（1）文学革命的手段，要令国中之陶、谢、李、杜敢用白话京调高腔作诗。（2）文学革命的目的，要令白话京调高腔之中产出几许陶、谢、李、杜。（3）今日决用不着"陶、谢、李、杜"的陶、谢、李、杜。若陶、谢、李、杜生于今日，仍作陶、谢、李、杜当日之诗，则决不能更有当日的价值与影响。何也？ 时代不同也。（4）吾辈生于今日，与其作不能行远，不能普及的五经、两汉、六朝、八家文字，不如作家喻户晓的《水浒》《西游》文字。与其作似陶、似谢、似李、似杜的诗，不如作不似陶、谢，不似李、杜的白话诗。与其作一个学这个、学那个的郑苏盦、陈伯严，不如作一个实地试验，"旁逸斜出"，"舍大道而弗由"的胡适之。……吾志决矣，吾自此以后，不更作文言诗

词。……（七月二十六日）

这是第一次宣言不做文言诗词。过了几天，我再答叔永道：

> 古人说："工欲善其事，必先利其器。"文字者，文学之器也。我私心以为文言决不足为吾国将来文学之利器。施耐庵、曹雪芹诸人已实地证明作小说之利器在于白话。今尚需人实地实验白话是否可谓韵文之利器耳。……我自信颇能用白话作散文，但尚未能用之于韵文。私心颇欲以数年之力实地练习之。倘数年之后，竟能用文言白话作文作诗，无不随心所欲，岂非一大快事？我此时练习白话韵文，颇似新辟一文学殖民地。可惜须单身匹马而往，不能多得同志，结伴同行。然吾去志已决。公等假我数年之期，倘此新国尽是沙碛不毛之地，则我或终归老于"文言诗国"亦未可知。倘幸而有成，则辟除荆棘之后，当开放门户，迎公等同来莅止耳。"狂言人道臣当烹。我自不吐定不快，人言未足为重轻。"足下定笑我狂耳。……（八月四日）

> 这时我已开始作白话诗。诗还不曾做得几首，诗集的名字已定下了，那时我想起陆游有一句诗"尝试成功自古无"，我觉得这个意思恰和我的实验主义反对，故用"尝试"两字作我的白话诗集的名字，要看"尝试"究竟是否可以成功。那时我已打定主意，努力做白话诗的试验；心里只有一点痛苦，就是同志太少了，须"单身匹马而往"，我平时所最敬爱的一班朋友都不肯和我去探险。但是我若没有这一班朋友和我打笔墨官司，我也决不会有这样的尝试决心。《庄子》说得好："彼出于是，是亦因彼。"我至今回想当时和那班朋友，一日一邮片，三日一长函的乐趣，觉得那真是人生最不容易有的幸福。我对于文学革命的一切见解，所以能结晶成一种有系统的主张，全都是同这一班朋友切磋讨论的结果。五年八月十九日我写信答朱经农（经）中有一段说：

新文学之要点，约有八事：（一）不用典。（二）不用陈套语。（三）不讲对仗。（四）不避俗字俗语。（五）须讲求文法。以上为形式的一方面。（六）不作无病之呻吟。（七）不摹仿古人，须语语有个我在。（八）须言之有物。以上为精神（内容）的一方面。这八条，后来成为一篇《文学改良刍议》（《新青年》第二卷第五号，六年一月一日出版）。即此一端，便可见朋友讨论的益处不少了。

我的《尝试集》，起于民国五年七月，到民国六年九月我到北京时，已成一小册子了。这一年之中，白话诗的试验室里只有我一个人。因为没有积极帮助，故这一年的诗，无论怎样大胆，终不能跳出旧诗的范围。

我初回国时，我的朋友钱玄同说我的诗词"未能脱尽文言巢臼"，又说"嫌太文了"。美洲朋友嫌"太俗"的诗，北京的朋友嫌"太文"了，这话我初听了很觉得奇怪。后来平心一想，这话真是不错。我在美洲做的《尝试集》，实在不过能勉强实行了《文学改良刍议》里面的八个条件，实在不过是一些刷洗过的旧诗。这些诗的大缺点就是仍旧用五言、七言的句法。句法太整齐了，就不合语言的自然，不能不有截长补短的毛病，不能不时时牺牲白话的字和白话的文法，来迁就五七言句法。音节一层，也受很大的影响。第一，整齐划一的音节没有变化，实在无味。第二，没有自然的音节，不能跟着诗料随时变化。因此，我到北京以后所做的诗，认定一个主义，若要做真正的白话诗，若要充分采用白话的字、白话的文法和白话的自然音节，非做长短不一的白话诗不可。这种主张，可叫做"诗体的大解放"。诗体的大解放就是把从前一切束缚自由的枷锁镣铐，一切打破，有什么话，说什么话，话怎么说，就怎样说。这样方才可有真正白话诗，方才可以表现白话文学的可能性。《尝试集》第二编中的诗，虽不能处处做到这个理想的目的，大致照这个目的做去。这是第二集和第一集不同之处。

以上说《尝试集》发生的历史。……我觉得我的《尝试集》至少有一件事可以供献给大家的。这一件可供献的，就是这本诗所代表的"实验的精神"。我们这一班人的文学革命论所以同别人不同，全在这一点试验态度。……我们认定白话实在有文学的可能，实在是新文学唯一的利器。但是国内大多数人都不肯承认这话——他们最不肯承认的，就是白话可作韵文的唯一利器。我们对于这种怀疑，这种反对，没有别的法子可以对付，只有一个法子，就是科学家的试验方法。科学家遇着一个未经实地证明的理论，只可认他做一个假设，须等到实地试验之后，方才用试验的结果来批评那个假设的价值。我们主张白话可以做诗，因为未经大家承认，只可说是一个假设的理论。我们这三年来，只是想把这个假设用来做种种实地试验——做五言诗，做七言诗，做严格的词，做极不整齐的长短句，做有韵的诗，做无韵的诗，做种种音节上的试验——要看白话是不是可以做好诗，要看白话诗是不是比文言诗要更好一点。这是我们这班白话诗人的"实验的精神"。我这本集子里的诗，不问诗的价值如何，总可以代表这点实验精神。这两年来，北京有我的朋友沈尹默、刘半农、周豫才、周启明、傅斯年、俞平伯、康伯情诸位，美国有陈衡哲女士，都努力作白话诗。白话诗的试验室里的试验家渐渐多起来了。但是大多数的文人仍旧不敢轻易"尝试"。他们永不来尝试，如何能判断白话诗的问题呢？耶稣说得好："收获是很多的，可惜做工的人太少了。"所以我大胆把这本《尝试集》印出来，要想把这本集子所代表的"实验的精神"贡献给全国的文人，请他们大家都来尝试尝试。

我且引我《尝试篇》作这篇长序的结论：

"尝试成功自古无"，放翁这话未必是。我今为下一转语："自古成功在尝试。"请看药圣尝百草，尝了一味又一味。又如名医试丹药，何嫌六百零六次？莫想小试便成功，那有这样容易事。有时试到千百回，始知前功尽抛弃。即便如此已无魂，即此失败便足记。告人"此路不通行"，可使脚力莫枉费。

我生求师二十年，今得"尝试"两个字。作诗做事要如此，虽未能到颇有志。作《尝试歌》颂吾师，愿大家都来尝试。

此可以窥见胡适文学革命思想之历程焉。所以自号于天下者有三：曰八不主义也，曰历史的文学进化观念也，曰文学的试验精神也。稽其著述，言八不主义者，有《文学改良刍议》、《建设的文学革命论》焉。言历史的文学进化观念者，有《历史的文学观念论》、《五十年来之中国文学史》焉。至文学试验之精神，则表以《尝试集》之一序焉。一时和之而首为驱除难者，陈独秀及浙江钱玄同也。林纾、马其昶之伦，皆文章老宿，而纾尚气好辩，尤负盛名，为适所嫉，摭其一章一句，纵情诋毁，复嗾其徒假名曰王静轩者，佯若为纾辩护，同时并刊驳难而耸观听。及纾弟子李濂镗，欲访所谓王静轩者而与之友，则乌有先生也，叹曰："昔人所谓不信之至欺其友，不意镗亲见之。"纾则愤气填膺而无如何。既以摧抑不得伸喙。独安徽梅光迪、江西胡先骕，故偕适留学美国，称欢交，然论文学则断断不相下。适倡革命，而光迪、先骕主存古，与适持。先骕尤褒弹不遗余力。胡适以仿古之文言文为死文学，而新倡之白话文为活文学，文学有死活，无雅俗。胡先骕曰："不然。文学之死活，以其自身之价值而定，而不以其所用之文字之今古为死活。故荷马之诗，活文学也，以其不死不朽也，乔塞 Chaucer 之诗，活文学也，以其不死不朽也。梭和科 Sophocle 之戏剧，活文学也，以其不死不朽也。席西罗 Cicero 之演说，活文学也，以其不死不朽也。蒲罗大 Plutarch 之传记，活文学也，以其不死不朽也。反而论之，Edgar Lee Masters 之诗，死文学也，以其必死必朽也，不以其用活文字之故而遂得不死不朽也。陀司妥夫士忌、戈尔忌之小说，死文学也，不以其轰动一时，遂得不死不朽也。适之君之《尝试集》，死文学，以其必死必朽也，不以其用活文字之故而遂得不死不朽也。物之将死，必精神失其常度，言动出于常轨，适之君辈之诗之卤莽灭裂，超于极端，正其必死之征耳。一种运动之价值，初不系于成败，而一时之风行，亦不足为成功之征。舍以古今为死活，则是世间无不朽之著作，而每种名著，时过境迁，至多亦不过流传二三百年矣。天下宁有是理耶？"胡适以为："欧洲中古时，各国皆有俚语，而以拉丁文为文言，凡著作书籍皆用之，如吾国之以文言著书也。其后意大利有但丁诸文豪，始以其国俚语著作，诸国踵兴。今日欧洲诸国之文学，在当日皆为俚语，迨诸文豪兴，始以'活文学'代拉丁之死文学，有活文学而后有言文合一之国语也。"胡先骕曰："不然。语言若与文字合而为一，则语言变而文字亦随之变。故英之 Chaucer 去今不过五百余年，Spencer 去今不过四百余年，以英国文字为谐声文字之故，二氏之诗已如我国商周之文之难读，而我国则周秦之书尚不如是。盖欧文谐声，中文辨形。谐声之文字，必因语言之推迁而嬗变。辨形之文字，则虽语言逐渐变易，而文字可以不变。故吾国文字不若欧洲各国文字之易于变易也。向使言文合一，文随语变，宋元之文已不可读，况秦汉、魏晋乎？此正中国言文分离之优点。夫《盘庚》《大诰》之所以杂于《尧典》《舜典》者，即以前者为殷人之白话，而后者乃史官文言之记述也。故元曲之白话，于今不多可解，然宋元人之文章则与今日无别。论者不思其便利，而欲故增其困难乎？抑宋元以上之学，已可完全抛弃而不足惜，则文学已无流传于后世之价值，而古代之书籍可完全焚毁矣。斯又何解于西人之保存彼国之古籍耶？且西人言文何尝合一？其他无论矣，即以戏曲论，夫戏曲本取于通俗也，何莎士比亚之戏曲所用之字至万余？岂英人日用口语须用如此之多之字乎？小说亦本以白话为本也者，今试读 Charlotet Bronte 之著作，则见其所用典雅之字极伙。其他若 Dr. Johnson 之喜用奇字者，更无论矣。且历史家如 Macawlay，Prescott，Green 等，科学家如达尔文、赫胥黎、斯宾塞尔等，莫不用极雅驯、极生动之笔以纪载一代之历史，或叙述辩论其学理，而令百世之下犹以其文为规范，此又何如耶？大抵口语所用之字句多写实，而文学所用之字句多抽象，用白话以叙说高深之学理，而欲期以剀切简明，难矣。今试用白话以译 Bergson 之创制《天演论》，必致不能达意而后已，若欲参入抽象之名词、典雅之字句，则又不为纯粹之白话矣。又何必不用简易之文言，而必以驳杂不纯之口语代之乎？"胡适以为："五言七言之诗，句法整齐，不合语言之自然，而有截长补短之病，故诗体之大解放，在打破一切枷锁自由之枷锁镣铐。五七言之整齐句法，亦枷锁诗体自由之一种枷锁镣铐也。"胡先骕曰："不然。中国之有五七言诗，犹西国之有 Meter 也。惟欧语复音多，故不能如中国四言、五言、七言之整齐，然必高音低音错综而为 Meter，而限定每句所含 Feet 之数，自希腊荷马以来即然。主张解放之大诗家威至威斯 Wordsworth 以为：'可悲之境况与情感，写以句法整齐之韵文，以视用散文之效力为久远。'又谓：'由整齐之句法所得之快乐，盖为由不同而得有同之感觉之快乐。'辜勒律 Coleridge 已谓：'诗与文之别，即在整齐之句法与叶韵。'德昆西 Dequincey 以为：'整齐之句法，可辅助思想之表现。'汉特 J. H. Leigh Hunt 以为：'诗之佳处，在全体整齐，而各部分变异。'波 Poe 以为：'整齐句法与音节皆不容轻易抛弃者。'英诗人德来登 Dryden 以为：'韵之最大之利益，即在限制范围诗人之幻想。盖诗人之想象力往往恣肆而无纪律，无韵诗使诗人过于自由，使诗人尝作多数可省，或可更加锤炼之句。苟有韵以为之限制，则必将其思想以特种字句申说之，使韵自然与字句相应，而不必以思想勉强趁韵。思想既受有此种限制，审判力倍须增加，则更高深、更清晰之思想，反可因之而生矣。'岂非句法之整齐与叶韵，为诗体之不可废者耶？考之歌谣，靡不以整齐句法为之：'月光光，姊妹妹'，三言也。'月亮光光，照见汪洋'，四言也。'打铁十八年，嫌个破铜钱'，五言也。'行也思量留半地，睡也思量留半床'，七言也。此外二三六言、八言、九言、十言特稀。盖二言气促，六言突兀，八、九、十言过长。八、九、十言即有之，亦必分为三、四、五言小段，如'太夫人，移步出堂前'，虽为八言，然为三言与五言所合成；'蔡鸣凤，坐店房，自思自想'，虽为十言，然为两三言、一四言所合成。可见四言、五言、七言者，中国语中最适宜之句法也。惟四言诗只盛于周，而五言古诗则自汉魏以至于齐梁，几为唯一之诗体，其时七言诗虽有作者，然不及五言之重要。即至唐宋以还，虽七言古兴，而律诗大盛，然五言古始终占第一重要位置，直至今日，学诗者犹以为入手之途径、最后之规则，其间岂无故哉。盖五言古既可言志，复能抒情，既可叙事，复能体物。阮步兵之《咏怀》，陈子昂之《感遇》，李太白之《古风》，皆言志之诗也。《孔雀东南飞》、《木兰词》，皆叙事之诗也。谢灵运之作，大半皆写景之诗也。诗之能事，五言古几尽能之。所不能者，为七言古诗之剽疾流利、抑扬顿挫，与夫五七言近体诗之一唱三叹，音调铿锵耳。七言古以剽疾流利、抑扬顿挫为本，故宜于笔力矫健之作，故虽说理言志不及五言，而跌宕过之，然以七言古之跌宕委婉，一调叶其声调，使之谐婉，则七言古诗中之长庆体，又为叙事之良好工具矣。盖叙事贵婉转尽致，因之音节亦尚谐婉。长庆体全用律句以作古诗，其声调之铿锵、情韵之缠绵，遂较平常之七言古诗出一头地。元、白不论，即梅村之能嗣响长庆，亦正以其用长庆体故也。至五七言律诗，以八句四韵之短幅，复以对偶为要旨，自不能如五七言古极纵横阔大尽理穷物之能事。胡适之君必以不讲对仗为改良诗体之一事，则又与于不知诗之甚者也。夫天地间事物，比偶者极多，俯拾即是，虽在周秦之世，诸子名理之言，亦尚排偶，而《古诗十九首》之'青青河畔草，郁郁园中柳'、'胡马依北风，越鸟巢南枝'，苏、李诗之'昔为鸳与鸯,今为参与辰'、'烛烛晨明月,馥馥秋兰芳'、'征夫怀往路,游子恋故乡',皆为对仗。至谢灵运之诗,则几于自首至尾皆为对仗。以后无论五七言古诗,皆寓偶于奇,杂以对仗。虽适之君所推崇之白香山、陆放翁之五七言古诗,亦对仗极多。放翁之五古,且有自首至尾皆用对仗者。古来名人中之喜用单行以作古诗,唯元遗山一人耳。近体诗唯五言、七言排律不耐诵读,其原因初不尽在对仗,盖音调之过于谐婉,实为一大原因。故虽以老杜五排之波澜壮阔,而喜读之者卒鲜也。在古诗之谐畅,作者能错落其句法以救单调之害耳。此即汉特所谓'全体整齐而各部变异',正所以'达到美之最后之目的'者也。夫单行与对仗各有效用。单行句法雄浑严整,厚重缓和,故不求流动而欲端整之作宜之。言非一端,亦各有当,宁必以去对仗为尽作诗之能事乎?"先骕字步曾,江西南昌人,美国加利福尼亚大学农科学士,历庐山森林局副局长、东南大学植物教授,顾先骕治植物学而好谭文学,与胡适友善,而论文不为唯阿。"时代精神"者,胡适之所骛也,先骕曰:"勿骛于'时代精神'。须知文学之最不可恃者,厥为时代精神,以于事过境迁,不含'不朽'之要素也。""文学创造"者,胡适之所夸言也,先骕曰:"勿夸言'创造',而忘不可免之摹仿。须知茹古者深,含英咀华,'创造'即在摹仿之中也。"著有《中国文学改良论》、《文学之标准》、《评〈尝试集〉》、《评胡适〈五十年来中国之文学〉》,具载《学衡》杂志,皆难适而作,寖以失欢,绝交于适焉。

在前清光宣之际,北京大学之文科,以桐城家马其昶、姚永概诸人为重镇。民国新造,浙江派代之而兴,章炳麟之徒乃有多人,登文科讲席,至是桐城派乃有式微之叹。著于林纾《畏庐文集》者,可覆按也。然自陈独秀为文科学长,用适之说,一时新文学之思潮,又复澎湃于大学之内。浙士钱玄同者,尝执业于章炳麟之门,称为高第弟子者也。为人文理密察,雅善持论,至是折而从适,为之疏附。适骤得此强佐,声气腾

跃,既倡新文艺以摧毁古文,又讲新文化以打倒礼教,而学生运动亦适
一力提倡以臻极盛,然而无以持其后。动而得谤,名亦随之。群流景
仰,以为威麟祥凤不啻。梁启超清流凤望,亦心畏此咄咄逼人之后生,
降心以相从,适亦引而进之以示推重,若曰:"此老少年也。"启超则弥沾
沾自喜,标榜后生以为名高。一时大师,骈称梁、胡。二公揄衣扬袖,囊
括南北,其于青年实倍耳提面命之功,惜无抉困持危之术。启超之病生
于妩媚,而适之过乃为武谲。夫妩媚则为面谀、为徇从,后生小子,喜人
阿其所好,因以恣睢,不悟是终身之惑,无有解之一日也。武谲则尚诈
取、贵诡获,人情莫不厌艰巨而乐轻易,畏陈编而嗜新说,使得略披序
录,便膺整理之荣,才握管觚,即遂发挥之快,其幸成未尝不可乐,而不
知见小欲速,中于心术,陷溺既深,终无自拔之一日也。然当是时,白话
文乘方兴之运,先之以《新青年》之摧锋陷阵,胡适、陈独秀、钱玄同诸人
实为主干。而风气所鼓,继起应和者,北京则有《新潮》月刊、《每周评
论》,上海则有《民国日报》附张之"觉悟"《时事新报》之"学灯",推波助
澜,一以"国语的文学,文学的国语"十字为宣传,是则胡适建设的文学
之鹄者也。于是教育部以民国九年颁"小说课本改用国语"之令,而白
话文之宣传,益得植其基于法令。势力既盛,流派斯分。有写以中国之
普通话,而文言杂厕在所不禁者,胡适辈是也。有摹仿欧文而谥之曰
"欧化的国语文学"者,始倡于浙江周树人之译西洋小说,以顺文直译为
尚,斥意译之不忠实,而摹欧文以国语,比鹦鹉之学舌,托于象胥,斯为
作俑。效颦者乃至造述抒志,亦竞欧化,《小说月报》盛扬其焰。然而诘
屈聱牙,过于周诰,学士费解,何论民众。上海曹慕管笑之曰:"吾侪生
愿读欧文,不类见此妙文也。比于上海时装妇人,着高底西式女鞋而跬
步倾跌,益增丑态矣。崇效古人,斥曰'奴性',摹仿外国,独非'奴性'
耶?"反唇之讥,或谑近虐。然始之创白话文以期言文一致,家喻户晓
者,不以"欧化的国语文学"之兴而荒其志耶? 斯则矛盾之说,无以自圆

者矣。或者以白话之盛，而有周树人之"欧化的国语"，比之文言之盛，而有章士钊之"欧化的古文"。然章士钊之"欧化的古文"谨严，而周树人之"欧化的国语文"则词意拖沓。章士钊之"欧化的古文"条达，而周树人之"欧化的国语文"则字句格磔。一则茹古涵今，熔裁自我；一则生吞活剥，模拟欧文，孰为得失，必有能辨之者焉。

自胡适之创白话文也，所持以号于天下者，曰："平民文学也，非贵族文学也。"一时景附以有大名者，周树人以小说著，徐志摩以诗闻。而树人著小说，工于写实，所为《阿 Q 正传》，尤为世所传诵。志摩为诗则喜堆砌，讲节奏，尤崇震动，多用叠句排句，自谓本之希腊，而欣赏自然，富有玄想，亦差似之，一时有诗哲之目。树人擅写实，志摩喜玄想，取径不同，而皆揭"平民文学"四字以自张大。后生小子，始读之而喜，继而疑，终而诋曰："此小资产阶级文学也，非真正民众也。树人颓废，不适于奋斗。志摩华靡，何当于民众。志摩沉溺小己之享乐，漠视民众之惨怛，唯心而非唯物者也。至树人所著，只有过去回忆而不知建设将来，只见小己愤慨而不图福利民众。若而人者，彼其心目何尝有民众耶？"若由小己而转向民众以继起有闻者，曰郭沫若、郁达夫。郭沫若代表青年抵抗一派，郁达夫代表青年颓废一派，而其所以可贵，则要在意趣之转向劳动阶级。而于是所谓新文艺之新而又新者，盖莫如第四阶级之文艺，谥之曰普罗文学者是也。郭沫若、蒋光赤实魁于曹。其精神则愤怒抗进，其文章则震动咆哮，以唯物主义树骨干，以阶级斗争奠基石，急言极论，即此可征新文艺之极左倾向。而周树人、徐志摩则为新文艺之右倾者。其集会结社，则有文学研究会、新月社，以代表右倾。而左倾者，则有所谓左翼作家联盟、自由运动大同盟、无产阶级文艺俱乐部、国际文化研究会、马克斯主义文艺理论研究会、普罗诗社、社会科学家联盟，风起云涌，万窍怒号，其不知者尚阙如也。至于胡适喜谈国故，新青年则讥之曰："胡适之赶逐不上我辈，跪向故纸堆中去矣。"波靡流转，莫知所届。向之诮人落伍者,转瞬而人讥落伍。十年推排,已成老物,身名寂寞,胡适盖不胜今昔之感。而逐林纾之后尘,以为后生揶揄云,又岂适始计之所及料也哉? 余故著其异议,穷其流变,而以俟五百年后之论定焉,亦当世得失之林也。

跋

　　无锡国学专门学校诸生，索余所著《现代中国文学史长编》稿，而集资以铅字排印贰百部，索跋于后。余搜讨旧献，旁罗新闻，草创此编，始民国六年，积十余岁，起王闿运以迄胡适，哀然成巨帙。人不求备，而风气变迁大略可睹。其中陈石遗衍、康南海有为两老人，梁任公启超、章行严士钊两先生，皆曾以稿相示。唯任公晤谈时，若有不愉色然，辄亦无以自解也。呜呼！革命成功，此诸公者，或推或挽，多与有力。然冒宠利以居成功者，所在多有，而曾不图革命之何以善其后。独章太炎炳麟革命之文雄，而自始于革命有过虑之谭，长图大念，不自今日。然而论者徒矜其博文，罕体其深识。康南海，维新之先锋，而垂老有笃古之论，著《欧洲十一国游记》，然疑欧化，若图晚盖，回首前尘，能无惘然。独梁任公沾沾自喜，时欲与后生相追逐，与之为亡町畦，若忘老之将至，而不免贻落伍之讥，耗矣哀哉。乃知推排成老物，此亦无可如何之事。任公妩媚务人，南海权奇自喜，一师一弟，各擅千秋。严又陵复与南海、任公同时辈流，早年声气标榜，抵掌图新，倡予和汝，而临绝哀音，乃力诋康、梁，以为"社会纪纲之灭裂，少年心行之浮薄，谁生厉阶，二公实尸其咎"，感慨恻怆，言之雪涕。呜呼！神器不可以一端窥，愚民不可以浮议扰，严叟国士，抑何见之晚也。章行严少小闹学，意气无前，而整饬学风，行严乃不自我先，不自我后，首发大难，不惮以今日之我，与昔日之我战，召闹取怒，功罪与天下人共见之，可谓磊落丈夫已。其他难以更仆数，余为一一著于篇。於戏！举一世之人，徒见诸公者文采照映，倾

412

跋

动当时，而不知柴棘满胸，中有难言之隐，扪心不得，抱惭何穷。读者以此一帙为现代文人之摩镜台可也。民不见德，唯乱是闻，觥觥诸公，高文动俗，徒快一时，果何为乎？余文质无底，抱朴杜门，论治不缘政党，谈艺不入文社，差幸服习父兄之教，不逐时贤后尘。独念东汉党人，千古盛事。然郑康成经师人师，模楷儒冠，而名字不在党籍，谈者高之。自唯问学不中为康成作奴仆，唯此一事，粗堪追随。然而士无靖志，论喜惊众。前人悔之，后来不悛。波随流转，漫漫安竭，长写不测，知其何故哉。昔元微之撰《会真记》，叙张生崔女事，所望知之者不为，为之者不惑。呜呼！女用色媚，士以文淫，所操不同，惑志一也。知人不为，为之不惑，诸公已矣，来者监诸。至于载笔之法，次第之义，具详叙目，此不论焉。

中华人民造国之二十一年十二月十五日
无锡钱基博跋于上海光华大学之西院